ZETA

Título original: *A Sudden, Fearful Death*
Traducción: Mercè Diago
1.ª edición: noviembre 2009

© 1993 by Anne Perry
© Ediciones B, S. A., 2009
   para el sello Zeta Bolsillo
   Bailén, 84 - 08009 Barcelona (España)
   www.edicionesb.com

Printed in Spain
ISBN: 978-84-9872-220-8
Depósito legal: B. 28.098-2009

Impreso por LIBERDÚPLEX, S.L.U.
Ctra. BV 2249 Km 7,4 Polígono Torrentfondo
08791 - Sant Llorenç d'Hortons (Barcelona)

Una duda razonable

ANNE PERRY

Dedicado a Elizabeth Sweeney, por su amistad
y paciencia para leer mis manuscritos

1

Cuando la mujer entró en el despacho, Monk pensó que le plantearía un nuevo caso de robo de escasa importancia o la investigación de la personalidad y la posición económica de algún pretendiente. Aunque así fuera, tampoco podría permitirse el lujo de rechazar el trabajo. Lady Callandra Daviot, su benefactora, le proporcionaba los recursos suficientes para procurarse un techo y comida caliente dos veces al día, pero su honor y amor propio le exigían aprovechar todas las oportunidades posibles para salir adelante por sus propios medios.

La nueva clienta vestía con elegancia y llevaba una cofia pulcra y bonita. El miriñaque y los amplios faldones acentuaban su fino talle, además de otorgarle una apariencia frágil y juvenil, aunque rondaba la treintena. Cierto que la moda del momento intentaba causar ese efecto en todas las mujeres, y desde luego el resultado era impactante. De hecho, en muchos hombres despertaba el deseo de protegerlas y cierta sensación de gallardía presuntuosa.

—¿Señor Monk? —preguntó ella con indecisión—. ¿Señor William Monk?

Estaba acostumbrado a que las personas lo abordaran con nerviosismo en su primera cita. Contratar a un detective no era tarea fácil. La mayor parte de los asuntos que los llevaban a solicitar sus servicios eran de carácter eminentemente privado.

Monk se puso en pie e intentó adoptar una expresión cordial sin demostrar una familiaridad excesiva. No le resultaba sencillo, pues ni sus rasgos ni su personalidad se prestaban a ello.

—Sí, señora. Tome asiento, por favor. —Señaló uno de los dos sillones, cuya compra para el despacho había sugerido Hester Latterly, su amiga en algunas ocasiones, antagonista en otras, y a menudo colaboradora, le gustara o no. Sin embargo, debía reconocer que esa idea en concreto había sido buena.

La mujer, sin quitarse el chal que le cubría los hombros, se sentó casi en el borde del asiento con la espalda muy erguida y la cara pálida y tensa por la preocupación. Sus bellos y rasgados ojos color avellana lo miraban con fijeza.

—¿En qué puedo servirla? —Monk se arrellanó en el otro sillón, frente a ella, con las piernas cruzadas. Había pertenecido al cuerpo de policía hasta que una fuerte disputa provocó su dimisión. Brillante, mordaz y despiadado a veces, Monk no estaba habituado a hacer que la gente se sintiera cómoda en su presencia ni a tratarla con excesiva cortesía. Era ése un arte que trataba de aprender, aunque le resultaba difícil, y que había decidido poner en práctica por mera necesidad.

Ella se mordió el labio inferior y respiró hondo antes de a hablar.

—Me llamo Julia Penrose o, para ser exactos, soy la señora de Audley Penrose. Vivo con mi esposo y mi hermana pequeña al sur de Euston Road... —Hizo una pausa, como si considerara que el dato era importante y quisiera asegurarse de que él conocía la zona.

—Un barrio muy agradable. —Monk asintió. Dedujo que vivía en una casa de tamaño mediano, con jardín, tenía dos o tres criados a su servicio. Con toda probabilidad le pediría que investigara un robo perpetrado en su hogar o a algún pretendiente de la hermana que no gozaba de su plena confianza.

La mujer bajó la mirada hacia sus manos, pequeñas pero fuertes bajo los delicados guantes. Vaciló por un instante.

Monk comenzaba a perder la paciencia.

—¿Qué la ha traído aquí, señora Penrose? Si no me lo explica, no podré ayudarla.

—Sí, sí, ya lo sé —repuso ella con voz queda—. No me resulta fácil, señor Monk. Soy consciente de que le hago perder el tiempo y le ruego que me disculpe...

—Descuide —dijo él a regañadientes.

La señora Penrose levantó la mirada. Estaba pálida pero sus ojos despedían un brillo intenso. Realizó un esfuerzo tremendo para hablar.

—Mi hermana ha sido... víctima de una agresión sexual, señor Monk. Deseo saber quién lo hizo.

Así pues, no se trataba de un asunto trivial.

—Lo siento —dijo Monk con delicadeza y sinceridad. No era necesario preguntar por qué no había avisado a la policía. A nadie se le ocurriría hacer público un hecho semejante. Una agresión sexual, del grado que fuera, suscitaba en la sociedad, cuando menos, una curiosidad lasciva y, en el peor de los casos, la convicción de que en cierto modo la mujer merecía correr tal suerte. Con frecuencia la víctima llegaba incluso a sentirse culpable, persuadida de que tales cosas no les ocurrían a las personas inocentes. Tal vez fuera el modo que la gente corriente tenía de enfrentarse al horror que tal acción engendraba, el temor a sufrir un acto similar. Si la mujer atacada tenía parte de culpa, las justas y prudentes evitarían ser víctimas de tales conductas. La solución era muy sencilla.

—Quiero que descubra quién lo hizo, señor Monk —repitió ella, mirándolo con seriedad.

—¿Y si lo consigo, señora Penrose? —le preguntó Monk—. ¿Ha pensado qué acción emprenderá? Puesto que no ha avisado a la policía, deduzco que no desea presentar una denuncia...

El rostro de la señora Penrose, de tez clara, adoptó un tono aún más pálido.

—No, por supuesto que no —confirmó ella con voz ronca—. Ya sabe usted cómo sería un juicio de esa índole. Me temo que podría llegar a ser incluso peor que el... el acto en sí, y sin duda fue horroroso. —Meneó la cabeza—. ¡No, de ninguna manera! ¿Imagina la reacción de la gente ante una...?

—Sí. Es más, las posibilidades de que condenen al culpable son escasas, a menos que sufra graves lesiones. ¿Su hermana resultó herida, señora Penrose?

Ella bajó la mirada y un tímido rubor asomó a sus mejillas.

—No, no; no resultó herida de una forma que ahora pueda demostrarse —susurró—. ¿Entiende a qué me refiero? Preferiría no... hablar; sería poco discreto por mi parte...

—Comprendo —repuso Monk. Por supuesto que lo entendía.

No tenía la certeza de que la joven en cuestión hubiera sido violada; tal vez había contado esa mentira a su hermana mayor para dar cuenta de un desliz. En todo caso, sentía una profunda compasión por la mujer que había acudido en su ayuda. Fuera lo que fuese lo ocurrido, en aquellos momentos se enfrentaba a una tragedia en ciernes.

Ella lo observó con esperanza y cierta incertidumbre.

—¿Puede ayudarnos, señor Monk? Por lo menos... por lo menos hasta que se me acabe el dinero. He ahorrado un poco de mi asignación para vestuario y puedo pagarle hasta veinte libras. —No deseaba ofenderlo ni ponerse en evidencia, pero no sabía cómo evitar ni lo uno ni lo otro.

Monk sintió una punzada de piedad, lo que era poco habitual en él. Había sido testigo de tanto sufrimiento, casi siempre mayor que el de Julia Penrose, que hacía ya tiempo que su capacidad para conmoverse ante tales atrocidades se había agotado.

Así pues, se había protegido con una armadura de ira que le ayudaba a conservar la cordura. La ira era la fuerza motriz de sus actos; podía conjurarla, lo que lo dejaba tan exhausto al término de la jornada que no le costaba conciliar el sueño.

—Sí, esa cantidad será suficiente —afirmó—. Supongo que ha preguntado a su hermana por la identidad del agresor y ella no logró reconocerlo.

—Por supuesto. Como es natural, le cuesta acordarse de los detalles de lo sucedido; la naturaleza nos ayuda a alejar de la mente todo aquello cuyo recuerdo nos causa dolor.

—Lo sé —repuso Monk en tono severo y un tanto sarcástico que ella no acertó a comprender. Hacía poco menos de un año, en el verano de 1856, cuando la guerra de Crimea tocaba a su fin, el carruaje en que viajaba sufrió un accidente y él despertó en una estrecha y lúgubre cama de hospital, ante la posibilidad de que se tratara de un asilo de pobres y sin recordar nada de sí mismo, ni siquiera su nombre.

No había duda de que la amnesia se debía a la herida que tenía en la cabeza, pero cuando hubo recuperado algunos recuerdos siguió sintiendo un horror que le impedía rescatar otras facetas de su personalidad, porque le atemorizaba descubrir algo insoportable. Había reconstruido poco a poco su pasado. No obstante, quedaban muchas lagunas, intuía ciertas cosas pero no las recordaba con certeza. La mayor parte de lo que había averiguado le había apesadumbrado. El hombre que había trascendido no era demasiado agradable y temía lo que aún no había desvelado: muestras de crueldad, de ambición, de brillantez despiadada. Sí, conocía muy bien la necesidad de olvidar lo que la mente o el corazón se negaban a aceptar.

Ella lo miraba con sorpresa y preocupación creciente. Monk se recompuso enseguida.

—Sí, por supuesto, señora Penrose. Es natural que su hermana haya borrado de su memoria un acontecimiento tan atroz. ¿Le ha comunicado que tenía intención de requerir mis servicios?

—Oh, claro —se apresuró a responder ella—. No tendría sentido hacerlo a sus espaldas. La idea no le agradó demasiado, pero es consciente de que constituye la mejor solución. —Se inclinó ligeramente—. Si quiere que le sea sincera, señor Monk, creo que se sintió tan aliviada porque no llamé a la policía que aceptó mi sugerencia sin el menor reparo.

Aunque no era un halago, Monk se sintió complacido porque durante algún tiempo no había podido permitirse alimentar su amor propio.

—En ese caso deduzco que no se negará a recibirme —dijo.

—Oh, no, aunque debo rogarle que sea lo más respetuoso posible. —La señora Penrose se ruborizó y miró fijamente al detective. Su fino mentón transmitía una firmeza curiosa. Su rostro era muy femenino y delicado, pero no denotaba debilidad alguna—. Mire, señor Monk, ésa es la gran diferencia que existe entre usted y la policía. Disculpe mi descortesía al decirlo, pero la policía es un servicio público, y la ley especifica cómo deben llevarse a cabo las investigaciones. A usted, en cambio, le pagaré, por lo que puedo exigirle que detenga las pesquisas en cuanto considere que es la mejor decisión desde el punto de vista moral, o la menos perjudicial. Espero que no le moleste que establezca esta distinción.

Ni mucho menos. Monk sonreía para sus adentros. Era la primera vez que sentía una chispa de verdadero respeto por Julia Penrose.

—Acepto su opinión de buen grado, señora —aseguró al tiempo que se ponía en pie—. Tengo la obligación moral y legal de denunciar un delito si poseo pruebas del mismo, pero en el caso de una violación... Siento utilizar una palabra tan horrible, pero deduzco que estamos hablando de una violación, ¿no?

—Sí —musitó la mujer sin disimular su desasosiego.

—En ese caso, es necesario que la víctima presente una demanda y testifique, por lo que el asunto dependerá exclusivamente de su hermana. Los hechos que consiga descubrir estarán a su entera disposición.

—Excelente. —La dama se levantó también y los aros de su amplia falda recuperaron su posición original, lo que le otorgó de nuevo un aspecto frágil—. Supongo que empezará de inmediato.

—Esta misma tarde, si se me permite visitar a su hermana. Todavía no me ha dicho su nombre.

—Marianne, Marianne Gillespie. Sí, esta tarde podrá recibirlo.

—Me ha comentado que había ahorrado una suma considerable de su asignación para vestuario. ¿Hace mucho tiempo que sucedió? —preguntó Monk.

—Diez días —respondió—. Recibo mi asignación cada tres meses. Da la casualidad de que he sido prudente y aún no había gastado la del trimestre anterior.

—Gracias, pero no es necesario que me dé tantas explicaciones, señora Penrose. Sólo quería conocer la fecha de la agresión.

—Por supuesto que no es necesario, pero quiero que sepa que soy sincera con usted, señor Monk. De lo contrario, no podría pretender que me ayudase. Confío en usted y espero merecer su confianza.

De pronto esbozó una sonrisa que iluminó su rostro de forma encantadora por su espontaneidad y franqueza. En ese momento Monk pensó que Julia Penrose le agradaba más de lo que había previsto por su aspecto, propio de una mujer remilgada y predecible en exceso: los faldones con gran miriñaque, que tanto dificultaban el movimiento y tan incómodos resultaban, la pulcra cofia que odiaba sobremanera, los guantes blancos y su actitud recatada. Había establecido un juicio precipitado, algo que desdeñaba en los demás y en él en mayor grado.

—¿Su dirección? —preguntó de inmediato.

—Hastings Street, número 14 —respondió ella.

—Una pregunta más. Dado que es usted quien ha requerido mis servicios, ¿debo suponer que su esposo no está al corriente de lo ocurrido?

La mujer se mordió el labio inferior y no pudo evitar ruborizarse.

—Está en lo cierto —respondió—. Debo rogarle que actúe con la mayor discreción posible.

—¿Cómo justificaré mi presencia en la casa, si me encuentro con él?

—Oh. —Ella quedó desconcertada por un instante—. ¿Por qué no viene cuando él no esté? Trabaja todos los días laborables desde las nueve de la mañana hasta, como mínimo, las cuatro y media de la tarde. Es arquitecto. A veces regresa muy tarde.

—Me parece lo más conveniente. No obstante preferiría tener algo preparado para decirle en el caso de que coincidamos. Por lo menos debemos ponernos de acuerdo en lo que decimos.

La señora Penrose cerró los ojos por un instante.

—Hace que parezca... un engaño, señor Monk. No tengo ninguna intención de mentir al señor Penrose, pero este asunto es tan angustioso que Marianne preferiría que no llegara a sus oídos. Seguirá viviendo en nuestra casa, ¿entiende? —De repente lo miró con una intensidad inesperada—. Después de la agresión que ha sufrido, la única posibilidad de que recupere la seguridad en sí misma, la tranquilidad y una mínima sensación de felicidad es el olvido. ¿Cómo lo conseguirá si cada vez que se sienta a la mesa sabe que el hombre que tiene delante está al corriente de su vergüenza? ¡Resultaría insoportable!

—Sin embargo, usted lo sabe, señora Penrose —señaló él, aun cuando era consciente de que el caso era distinto.

Ella esbozó una débil sonrisa.

—Soy una mujer, señor Monk. Creo que no es necesario que le explique que eso establece unos lazos muy especiales entre nosotras. A Marianne no le importa que yo lo sepa. Con Audley sería muy diferente, por muy discreto que sea, estamos hablando de un hombre, y eso no se puede cambiar.

Monk no tenía nada que responder a propósito de ese comentario.

—¿Qué quiere que le diga para explicar mi presencia? —preguntó.

—No... no estoy segura. —La mujer se mostró inquieta, enseguida recuperó la calma. Miró a Monk de arriba abajo: su rostro enjuto y de piel tersa, sus ojos penetrantes y su boca grande, su atuendo elegante y caro. Todavía conservaba los trajes de calidad que había adquirido cuando era inspector en jefe del cuerpo de policía londinense y sólo debía preocuparse de su manutención, antes de su última y virulenta pelea con Runcorn.

Él esperó con cierta actitud mordaz.

Resultó evidente que ella le dio el visto bueno.

—Puede decir que tenemos un amigo en común y desea presentarnos sus respetos —sugirió con decisión.

—¿Qué amigo? —Monk enarcó las cejas—. Deberíamos ponernos de acuerdo al respecto.

—Mi primo Albert Finnister. Es bajo y rollizo, vive en Halifax y es propietario de una fábrica de tejidos de lana. Mi esposo no lo conoce ni es probable que llegue a conocerlo. El que quizás usted nunca haya estado en Yorkshire no reviste mayor importancia. Pueden haber trabado amistad en cualquier otro sitio, excepto en Londres, porque a Audley le extrañaría que no nos hubiera visitado.

—Conozco Yorkshire —declaró Monk mientras disimulaba una sonrisa—. Halifax servirá. La visitaré esta tarde, señora Penrose.

—Muchas gracias. Que tenga usted un buen día, señor Monk.

Tras inclinar la cabeza, la señora Penrose esperó a que le abriera la puerta y salió de la casa con la espalda recta y la cabeza alta. Echó a andar por Fitzroy Street hacia el norte, en dirección a Euston Road, que se encontraba a unos cien metros de distancia.

Monk cerró la puerta y regresó al despacho. Se había trasladado allí hacía poco tiempo, tras dejar la pensión donde vivía antes, situada en la esquina de Grafton Street. Le había molestado la intromisión de Hester, que con su característica actitud prepotente le había sugerido que se mudara, pero cuando ella le explicó los motivos, él no tuvo más remedio que darle la razón. En Grafton Street, sus aposentos se encontraban al final de un tramo de escaleras, en la parte posterior del edificio. La casera era una mujer muy maternal, pero no estaba habituada a que Monk ejerciera su profesión con carácter privado y se mostraba un tanto reacia a acompañar a los posibles clientes a sus habitaciones. Es más, éstos tenían que pasar por delante de las puertas de los dormitorios de otros inquilinos, con quienes a veces se encontraban en las escaleras, el vestíbulo o el rellano. Su situación actual era mucho mejor. Una doncella recibía a los visitantes sin interesarse por el motivo que los había llevado allí y se limitaba a conducirlos a la agradable sala de estar de la planta baja. Aunque al comienzo aceptó el consejo a regañadientes, Monk reconocía que la mejora era considerable.

Ahora debía investigar la violación de que había sido víctima la señorita Marianne Gillespie, un asunto delicado y que suponía todo un reto para él y era mucho más digno de su categoría que un robo de poca monta o la reputación de un trabajador o pretendiente.

Era un día espléndido. Los rayos de sol de pleno estío calentaban las aceras y hacían de las plazas arboladas placenteros refugios contra la luz deslumbradora pero brumosa a causa del humo de las chimeneas que se alzaban en la distancia. Los carruajes pasaban traqueteando junto a Monk, animados por el tintineo de los arneses, ocupados por personas que habían salido a pasear o a hacer visitas por la tarde, los cocheros y los lacayos de librea, con el latón reluciente. El calor acentuaba el hedor de los excrementos de los caballos, y un barrendero de unos doce años que cruzaba la calle se secó la frente bajo la gorra caída.

Monk se dirigió hacia Hastings Street. Estaba a poco más de un kilómetro y medio de distancia y aprovecharía el paseo para reflexionar. Se alegraba de enfrentarse a un caso más complicado, que le permitiría poner a prueba su talento. Desde el juicio de Alexandra Carlyon no se había ocupado más que de asuntos triviales, que como inspector de policía habría asignado a cualquier agente novato.

Sin embargo, el caso Carlyon había sido distinto. Lo había puesto a prueba hasta límites insospechados. Lo recordaba con un cúmulo de sentimientos encontrados, triunfantes y dolorosos a la vez. Cuando lo rememoraba era inevitable pensar en Hermione y, de forma inconsciente, aligeró el paso, tensó los músculos del cuerpo y apretó los labios hasta formar una delgada línea. La primera vez que tuvo una breve visión de su rostro se asustó; un fragmento de su pasado incierto había vuelto, lo acechaba con ecos de amor, ternura y una angustia terrible. Sabía que la había amado, pero ignoraba cuándo, cómo y si ella le había correspondido, así como qué había sucedido entre ambos para que no quedara ningún rastro de su relación, cartas, ni fotografías.

A pesar de la falta de memoria, no había perdido su talento, firme e implacable. Así pues, consiguió localizarla. Encajó una pieza tras otra hasta encontrarse en la puerta de su domicilio y por fin la vio en carne y hueso: su rostro amable y casi infantil, sus ojos pardos, el halo de su cabellera. Entonces los recuerdos lo invadieron.

Se preguntó por qué se hacía daño deliberadamente. La desilusión se convirtió en ira, como si hubiera ocurrido hacía unos instantes, el lacerante conocimiento de que ella prefería la existencia cómoda de un amor a medias; las emociones que no suponían un desafío; el compromiso del cuerpo y la mente, pero no del corazón; siempre una especie de reserva para evitar la posibilidad de sentir verdadero dolor.

La ternura de Hermione no era compasiva sino acomodaticia. Carecía del valor suficiente para atreverse a tomar algo más que un sorbo de la vida; nunca experimentaría el deseo de vaciar la taza.

Estaba tan absorto en sus pensamientos que chocó contra un anciano vestido con levita. Se disculpó con el mínimo de cortesía. El hombre se lo quedó mirando con furia, con el bigote erizado. Un landó abierto pasó junto a ellos con un grupo de muchachas apiñadas que prorrumpieron en risitas cuando una saludó con la mano a algún conocido. Los lazos de sus capotas ondeaban en el aire y sus enormes faldones hacían que pareciera que estaban sentadas sobre un montículo de cojines floreados.

Monk había resuelto no dedicar más tiempo a analizar las emociones de su pasado. Sabía más de lo que deseaba sobre Hermione y había descubierto o deducido lo suficiente sobre el hombre que había sido su benefactor y mentor, quien le habría introducido con éxito en el mundo del comercio de no haber sido víctima de una estafa, algo que Monk había intentado evitar con todas sus fuerzas sin el menor éxito. Fue entonces cuando, indignado ante tanta injusticia, había resuelto abandonar el comercio y entrar en el cuerpo de policía con el propósito de combatir esa clase de delitos; sin embargo, si no recordaba mal, no había descubierto a los autores de ese fraude. Confiaba en que por lo menos lo había intentado. No recordaba nada y se sentía mal sólo de pensar en la posibilidad de reanudar las pesquisas por temor a que ese descubrimiento le proporcionara más información indeseable sobre el hombre que había sido en el pasado.

Lo cierto era que había ejercido su profesión con brillantez; de eso no cabía duda. Desde el accidente había resuelto los casos Grey y Moidore y, más tarde Carlyon. Ni siquiera su peor enemigo —y hasta el momento todo apuntaba a que era Runcorn, aunque no sabía si existía otro— se había atrevido a acusarlo de falta de valentía, honestidad o voluntad para dedicarse por completo a la búsqueda de la verdad, para trabajar sin escatimar esfuerzos, sin pensar en el coste que ello le supondría. Sin embargo, parecía que tampoco pensaba en lo que podía costar a los demás.

Por lo menos a John Evan le resultaba simpático, aunque, por supuesto, éste lo había conocido después del accidente. En todo caso siempre se mostraba amable con él. Además, había decidido seguir en contacto con Monk aun después de que dejara el cuerpo. Era una de las mejores cosas que le habían ocurrido, y Monk se congratulaba de ello, pues consideraba su amistad tan valiosa y reconfortante que se había propuesto cultivarla y evitar destruirla con su temperamento implacable y lengua mordaz.

Hester Latterly era distinta. Había sido enfermera durante la guerra de Crimea y en esos momentos se encontraba de vuelta en Inglaterra, país en el que no había cabida para mujeres jóvenes (aunque ya no lo era tanto), inteligentes y con las ideas muy claras. Debía de tener unos treinta años, una edad poco propicia para encontrar un marido, por lo que estaba condenada a seguir trabajando para mantenerse o a depender económicamente de algún familiar; algo que Hester detestaba.

Al llegar a Londres había encontrado empleo en un hospital, pero al poco tiempo sus recomendaciones directas a los médicos y su insubordinación al tratar a un paciente por su cuenta provocaron su despido. El hecho de que, además, hubiera salvado la vida del paciente no había hecho más que empeorar la situación. La misión de las enfermeras era limpiar las salas, vaciar orinales, colocar vendajes y, por regla general, obedecer órdenes. La práctica de la medicina estaba reservada a los médicos.

Después de esa amarga experiencia se había dedicado a cuidar de enfermos en domicilios particulares. Quién sabía dónde estaría ahora. Monk lo desconocía.

Llegó a Hastings Street. El número 14 estaba situado a pocos metros de allí, en el extremo opuesto. Cruzó la calle y se acercó a la casa, subió por las escaleras y pulsó el timbre. Era un edificio elegante, de estilo neogeorgiano, que transmitía respetabilidad.

Al cabo de unos segundos una doncella con un uniforme azul y una cofia y un delantal blancos abrió la puerta.

—¿Qué desea, caballero? —preguntó con tono inquisitivo.

—Buenas tardes. —Monk sostenía el sombrero entre las manos con educación. Confiaba plenamente en que le permitieran la entrada—. Me llamo William Monk. —Sacó una tarjeta en la que figuraban su nombre y dirección, pero no su profesión—. Soy un conocido del señor Albert Finnister, de Halifax, quien si no me equivoco es primo de la señora Penrose y de la señorita Gillespie. Como pasaba por aquí, he pensado en presentarles mis respetos.

—¿El señor Finnister?

—Eso es, de Halifax, Yorkshire.

—Tenga la amabilidad de esperar en la salita, señor Monk. Iré a ver si la señora Penrose se encuentra en la casa.

La salita en cuestión estaba amueblada de forma confortable, pero con un esmero que dejaba entrever una economía bien administrada. No se habían realizado gastos innecesarios. La decoración se limitaba a un dechado bordado con un marco modesto, un grabado que representaba un paisaje romántico y un magnífico espejo. Los respaldos de las sillas estaban protegidos con antimacasares bien lavados y planchados, pero los reposabrazos estaban un tanto gastados en la zona donde se habían posado innumerables manos. Por otro lado, en la alfombra se distinguía el camino que se pisaba para ir de la puerta a la chimenea. En la mesa baja que dominaba el centro había un jarrón de margaritas blancas dispuestas con buen gusto que otorgaban a la estancia un agradable toque femenino. La librería tenía un tirador de latón que era distinto de los demás. En conjunto, era una pieza acogedora, sin nada extraordinario, en la que primaba la comodidad sobre las apariencias.

La puerta se abrió y la doncella le informó de que la señora Penrose y la señorita Gillespie lo recibirían en la sala de estar.

La siguió por el vestíbulo en dirección a una estancia más grande, pero en esta ocasión no tuvo tiempo de detenerse a observarla. Julia Penrose se hallaba de pie junto a la ventana, ataviada con un vestido de tarde de tonos rosados; una joven de unos dieciocho o diecinueve años, que supuso sería Marianne, estaba sentada en el sofá pequeño. A pesar de que su piel era atezada, estaba muy pálida. Tenía el cabello oscuro que llevaba recogido en un moño, y un pequeño lunar en la parte superior del pómulo izquierdo. Sus ojos eran de un azul intenso.

Julia se acercó a él con una sonrisa.

—Encantada de conocerlo, señor Monk. Qué detalle por su parte venir a visitarnos —exclamó para que lo oyera la criada—. ¿Desea tomar algo? Janet, por favor, tráiganos un poco de té y pasteles. ¿Le apetece un trozo de tarta, señor Monk?

Él aceptó educadamente pero la farsa terminó en cuanto se hubo ido la sirvienta. Julia le presentó a Marianne y le invitó a cumplir con su misión. Se colocó detrás de la silla de su hermana pequeña y le puso la mano en el hombro como si deseara transmitirle parte de su fortaleza y determinación.

Hasta el momento Monk sólo se había ocupado de un caso de agresión sexual. Las violaciones apenas se denunciaban debido a la vergüenza y el escándalo que comportaban. Había meditado para encontrar la mejor manera de abordar el tema, pero todavía se sentía un tanto inseguro.

—Cuénteme lo que recuerde, por favor, señorita Gillespie —pidió con voz queda. Dudaba de si debía sonreír. La muchacha tal vez lo interpretaría como una falta de seriedad por su parte, como si no fuera consciente de su dolor. Sin embargo, si no lo hacía, sabía que su expresión sería demasiado adusta.

Marianne tragó saliva y carraspeó dos veces. Julia le apretó el hombro.

—La verdad es que no recuerdo gran cosa, señor Monk —dijo Marianne con tono de disculpa—. Fue muy... desagradable. Al principio intenté olvidarlo. Tal vez le resulte difícil entender mi postura, y debo reconocer que la culpa es mía, pero no me di cuenta... —Se interrumpió.

—Es natural —le aseguró Monk con mayor sinceridad de la que ella imaginaba—. Todos procuramos olvidar lo que nos causa dolor. A veces es la única forma de seguir adelante.

La joven abrió los ojos en una expresión de sorpresa y se sonrojó.

—Demuestra usted una gran sensibilidad. —Su rostro denotaba una profunda gratitud, además de la tensión que la atenazaba.

—¿Qué puede contarme de lo ocurrido, señorita Gillespie? —inquirió de nuevo él.

Julia pareció a punto de intervenir, pero hizo un gran esfuerzo y permaneció en silencio. Monk se percató de que era unos diez o doce años mayor que su hermana y que deseaba protegerla a toda costa.

Marianne bajó la mirada hacia sus pequeñas manos cerradas en un puño sobre el regazo de sus enormes faldones.

—No sé quién fue —reconoció con voz queda.

—Ya lo sabemos, querida —se apresuró a decir Julia al tiempo que se inclinaba un poco—. Por eso ha venido el señor Monk. Explícale lo que recuerdes, lo que me contaste a mí.

—No conseguirá descubrir quién fue —objetó Marianne—. ¿Cómo iba a hacerlo, si ni siquiera lo sé yo? De todos modos, aunque el señor Monk lo averigüe, eso no cambiará lo ocurrido. ¿Qué sentido tiene? —Su rostro reflejaba una determinación absoluta—. No acusaré a nadie.

—¡Por supuesto que no! —convino Julia—. Eso sería terrible para ti. Impensable. Sin embargo, existen otras soluciones. Me ocuparé de que no vuelva a acercarse a ti ni a ninguna otra joven decente. Limítate a responder a las preguntas del señor Monk, querida. Es un delito y no podemos permitir que se repita. No estaría bien por nuestra parte seguir actuando como si nada hubiera sucedido.

—¿Dónde estaba cuando ocurrió, señorita Gillespie? —intervino Monk. No deseaba participar en la discusión de qué acción podría emprenderse en caso de que se identificara al culpable. Era esa una decisión que les correspondía a ellas. Conocían las consecuencias mucho mejor que él.

—En el cenador —respondió Marianne.

De manera instintiva, Monk miró por las ventanas, pero sólo vio la luz del sol reflejada en las hojas de un olmo, que caían en forma de cascada, y el suntuoso color de una rosa que se alzaba detrás.

—¿Aquí? —preguntó—. ¿En su propio jardín?

—Sí. Voy allí a menudo para pintar.

—¿A menudo? Así pues, cualquier persona que conozca sus costumbres sabía que podría encontrarla allí.

La mujer se sonrojó.

—Su... supongo que sí, pero estoy convencida de que eso carece de importancia.

Monk no hizo ningún comentario a tal afirmación y se limitó a preguntar:

—¿Qué hora era?

—No estoy segura. Debían de ser las tres y media. O quizás un poco después, tal vez fueran las cuatro. —Marianne se encogió de hombros—. O incluso las cuatro y media. No estaba pendiente de la hora.

—¿Fue antes o después de tomar el té?

—Oh, sí, claro. Después del té. Supongo que en ese caso debían de ser las cuatro y media.

—¿Tiene un jardinero a su servicio?

—¡No fue él! —exclamó ella mientras se inclinaba con expresión alarmada.

—Por supuesto que no —repuso Monk para tranquilizarla—. De ser así, lo habría reconocido. Lo preguntaba porque quizás él viera a alguien. Si estaba en el jardín podría ayudarnos a determinar de dónde salió el hombre, en qué dirección o de qué forma se marchó, incluso la hora exacta.

—Oh, claro, ya lo entiendo.

—Tenemos jardinero —intervino Julia con creciente entusiasmo y una mirada que reflejaba la admiración que le inspiraba Monk—. Se llama Rodwell. Viene tres días a la semana, por las tardes. Aquel día le tocaba trabajar. Mañana estará aquí, de modo que si lo desea podrá interrogarlo.

—Descuide. —A continuación Monk se dirigió a Marianne—. Señorita Gillespie, ¿recuerda algo de aquel hombre? Por ejemplo —se apresuró a añadir al percatarse de que la joven se disponía a contestarle con una negativa—, ¿cómo iba vestido?

—No... no sé a qué se refiere. —Marianne apretó los puños en su regazo al tiempo que observaba a Monk con evidente nerviosismo.

—¿Llevaba una americana oscura, como las que usan los hombres de negocios? —preguntó él—. ¿O un guardapolvo, como un jardinero? ¿O quizás una camisa blanca, como un hombre ocioso?

—Oh. —Marianne se mostró aliviada—. Sí, ya lo entiendo. Creo recordar que llevaba una prenda clara. —Asintió para ratificarse—. Sí, una americana de color claro, como la que lucen algunos caballeros en verano.

—¿Llevaba barba o iba bien afeitado?

La joven vaciló unos segundos.

—Bien afeitado.

—¿Recuerda algo más de su aspecto? ¿Era rubio o moreno, alto o bajo?

—No... no lo sé. Yo... —Marianne respiró hondo—. Supongo que debía de tener los ojos cerrados. Fue...

—Calla, querida —le pidió Julia al tiempo que le apretaba el hombro—. Me temo, señor Monk, que no puede contarle nada más sobre él. Fue una experiencia terrible. No sabe cuánto me alegro de que no haya perturbado su mente; en ocasiones ocurre.

Monk optó por no insistir más, pues no sabía hasta qué punto debía presionar. Se trataba de un terror y una repugnancia que sólo acertaba a imaginar. No existía nada comparable al atropello que había sufrido aquella joven.

—¿Está segura de que desea continuar con esto? —preguntó con la mayor gentileza posible mirando a Marianne, no a Julia.

Sin embargo, fue ésta quien respondió.

—Es nuestra obligación —dijo con resolución—. No sólo pretendemos que se haga justicia, sino también evitar que vuelva a encontrarse con ese hombre. ¿Qué otra información podemos ofrecerle que le sirva de ayuda?

—Quizá podrían enseñarme el cenador —propuso el detective antes de ponerse en pie.

—Por supuesto —convino Julia—. Tiene que verlo para juzgar por sí mismo. —Miró a Marianne—. ¿Quieres acompañarnos, querida, o prefieres quedarte aquí? —Se volvió hacia Monk—. No ha vuelto allí desde que ocurrió.

Monk se disponía a decir que estaría a su lado para protegerla de todo peligro pero, justo a tiempo, comprendió que estar a solas con un hombre que acababa de conocer podría ser suficiente para alarmarla. Sintió una zozobra en su interior. El caso iba a resultar más difícil de lo que había previsto.

Sin embargo Marianne lo sorprendió.

—No; no te preocupes, Julia —aseguró con firmeza—. Iré con el señor Monk al cenador. Si sirven el té durante nuestra ausencia, lo tomaremos después. —Sin esperar ningún comentario por parte de su hermana, salió al vestíbulo en dirección a la puerta lateral, que conducía al jardín.

Tras dedicar una mirada a Julia, Monk la siguió y se encontró en un pequeño patio empedrado y muy agradable, que quedaba resguardado del sol por un laburno y una especie de abedul. Delante se extendía una parcela de césped larga y estrecha y, a poco menos de quince metros de distancia, se alzaba una glorieta de madera.

Caminó detrás de Marianne por la hierba bajo los árboles. El cenador era una pequeña construcción con ventanas acristaladas y un asiento en el interior. No había ningún caballete, pero sí espacio más que suficiente para albergarlo.

Marianne se volvió al llegar al escalón.

—Fue aquí —se limitó a decir.

Monk observó los alrededores con sumo detenimiento para reparar en todos los detalles. La zona ajardinada se extendía a unos seis metros en todas las direcciones, hacia el arriate y los muros del jardín en tres de los lados, y entre el cenador y la casa en el cuarto. Debía de estar profundamente concentrada en la pintura para no percatarse de la cercanía de un hombre, y el jardinero quizá se encontrara en la parte delantera de la vivienda o en el pequeño huerto lateral.

—¿Gritó? —preguntó después de volverse hacia ella. Marianne se puso tensa.

—Creo... creo que no. No lo recuerdo. —Se estremeció y observó a Monk en silencio—. Quizá sí. Es todo tan... —se interrumpió y volvió a mirarlo.

—No importa —dijo él. Carecía de sentido angustiarla hasta el punto de que dejara de recordar los hechos con claridad—. ¿Dónde lo vio por primera vez?

—No le entiendo.

—¿Lo vio acercarse a usted por el césped?

Ella lo miró, perpleja.

—¿Lo ha olvidado? —Monk se esforzó por mostrarse amable.

—Sí. —Marianne se aferró a esa respuesta—. Sí, lo siento mucho...

Monk hizo un gesto con la mano para indicar que daba el asunto por zanjado. Acto seguido salió del cenador y caminó por el césped en dirección al arriate y al viejo muro de piedra que marcaba el límite entre ese jardín y el contiguo. Medía poco más de un metro de altura y en ciertos puntos estaba cubierto de musgo verde oscuro.

No apreció marca alguna en él, ninguna rozadura ni rascadura que indicara que alguien había trepado por ahí. Tampoco advirtió ninguna planta tronchada en el arriate, aunque había sitios con tierra por los que se podía pasar sin rozar las matas. A esas alturas no tenía sentido buscar huellas; el ataque se había producido diez días atrás y desde entonces había llovido en varias ocasiones, aparte del trabajo que el jardinero podía haber hecho con el rastrillo.

Oyó el débil roce de los faldones sobre el césped y se volvió.

—¿Qué hace? —preguntó Marianne con expresión de angustia.

—Intento descubrir alguna señal que indique que alguien trepó por el muro.

—Oh. —La joven respiró hondo como si fuera a continuar hablando, pero no lo hizo.

Monk se preguntó qué habría querido decir y qué le había impedido expresarlo. Por muy desagradable que le resultara, no podía evitar plantearse si, al fin y al cabo, la joven conocía al atacante, o si en realidad se había tratado de una seducción, no de un ataque. Entendía muy bien que una muchacha que había perdido su bien más preciado, la virtud a los ojos de los demás (lo que implicaba que no tenía demasiadas opciones de encontrar un buen marido), llegara a fingir haber sido víctima de una agresión sexual en lugar de reconocer su desliz. En realidad una violación no resultaba más aceptable. Tal vez sólo fuera distinto para la familia de la infortunada, que haría lo indecible con el fin de impedir que la sociedad llegara a enterarse.

Se acercó al muro situado al final del jardín, donde lindaba con la propiedad contigua. En ese lugar las piedras se habían desmoronado en un par de puntos, y un hombre ágil podría haber trepado sin dejar rastros apreciables.

Marianne permanecía a su lado y parecía leerle el pensamiento; tenía los ojos bien abiertos pero no articuló palabra. Él contempló en silencio el tercer muro, que los separaba del jardín en el lado oeste.

—Debió de saltar por el muro más lejano —conjeturó ella con voz queda y la mirada baja—. Nadie pudo pasar por el huerto porque Rodwell debía de estar allí, la puerta del patio está cerrada. —Se refería a la zona pavimentada del costado este, donde se recogían las basuras y se encontraban la tolva de carbón para el sótano y la entrada de servicio a la trascocina y cocina.

—¿Le hizo daño, señorita Gillespie? —Monk formuló la pregunta con el mayor respeto posible; aun así le pareció indiscreta y que demostraba cierta incredulidad por su parte.

La muchacha evitó su mirada y se ruborizó considerablemente.

—Fue una experiencia de lo más dolorosa —susurró—. Muy dolorosa. —Su voz transmitía sorpresa, como si esa circunstancia la asombrara.

Monk tragó saliva.

—Me refiero a si le causó alguna herida, en los brazos o en el torso. ¿La sujetó con violencia?

—Oh, sí. Tengo contusiones en las muñecas y en los brazos, pero ahora apenas se notan. —Marianne se subió las mangas con cuidado para mostrar los moratones, ya amarillentos, en la blanca piel de las muñecas y los antebrazos. En esta ocasión levantó la mirada hacia él.

—Lo siento de veras —aseguró Monk. Era una expresión de compasión, no de disculpa.

Marianne le dedicó una sonrisa, y él vio un atisbo de la mujer que había sido antes de que ese turbio asunto le arrebatara la seguridad en sí misma y el sosiego. De repente experimentó una intensa furia contra la persona que había cometido aquella tropelía, que por mucho que hubiera podido empezar como una seducción había terminado en violación.

—Gracias. —La muchacha enderezó los hombros—. ¿Hay algo más que le interese ver?

—No, gracias.

—¿Qué piensa hacer ahora?

—¿Con respecto a lo sucedido? Hablar con el jardinero y luego con los sirvientes de los vecinos para averiguar si advirtieron algo fuera de lo normal, o a algún desconocido en la zona.

—Oh, entiendo. —Marianne volvió de nuevo.

La fragancia de las flores impregnaba el ambiente y se oía el zumbido de unas abejas.

—De todos modos antes me despediré de su hermana —agregó Monk.

La joven se acercó a él.

—Con respecto a Julia, señor Monk...

—¿Sí?

—Debe perdonarle que se muestre tan... protectora conmigo. —Esbozó una breve sonrisa—. Nuestra madre falleció pocos días después de que yo naciera, cuando Julia contaba once años. —Meneó la cabeza con suavidad—. Podría haberme odiado por ello, pues mi nacimiento provocó la muerte de mi madre, pero cuidó de mí desde ese momento. Estuvo siempre a mi lado para ofrecerme todo su cariño y paciencia, cuando yo era un bebé y luego, en la infancia, para jugar conmigo. Cuando me hice mayor, me enseñó y compartió todas mis experiencias. Nadie me ha tratado jamás con tanta ternura y generosidad.

Miró a Monk con candidez y una expresión que parecía instarlo no sólo a creerla, sino a entender todo lo que aquello implicaba.

—A veces temo que me haya dedicado la atención que podría haber dedicado a un hijo suyo, si lo hubiera tenido. —Sus palabras denotaban cierto sentimiento de culpa—. Espero no haber sido demasiado exigente con ella, no haberle robado demasiado tiempo y sentimientos.

—Usted es muy capaz de valerse por sí misma y debe de hacer tiempo que lo es —repuso Monk con sensatez—. Seguro que su hermana no velaría tanto por usted si no lo deseara.

—Supongo que no —convino sin apartar la mirada de él. La brisa mecía su falda de muselina—. En todo caso nunca podré recompensarla por todo cuanto ha hecho por mí. Debe usted saberlo, señor Monk, para entenderla un poco más y no juzgarla mal.

—Yo no juzgo, señorita Gillespie —mintió él. Era muy propenso a juzgar y, con frecuencia, de forma severa. Sin embargo, en ese caso no veía nada negativo en la atención que Julia Penrose dedicaba a su hermana; tal vez eso compensara su posible falta de sinceridad.

Cuando se aproximaban a la puerta lateral de la casa, se encontraron con un hombre de unos treinta y cinco años, delgado y de estatura media. Las facciones de su rostro no llamaban la atención, pero sí su expresión, que le otorgaba un aire de vulnerabilidad recubierta por un temperamento imprevisible y una enorme capacidad para resultar herido.

Marianne se acercó un poco más a Monk, que sintió la calidez de su cuerpo y el roce de faldones en los tobillos.

—Buenas tardes, Audley —saludó ella con voz un tanto ronca, como si no estuviera preparada para hablar—. Has llegado pronto a casa. ¿Has tenido un buen día?

El recién llegado desvió la mirada hacia Monk y luego la posó en su cuñada.

—Como siempre, gracias. ¿A quién tengo el placer de dirigirme?

—Oh, te presento al señor Monk —explicó ella—. Es amigo del primo Albert, de Halifax.

—Buenas tardes, caballero. —La actitud de Audley Penrose era sólo correcta—. ¿Qué tal se encuentra el primo Albert?

—La última vez que lo vi estaba muy animado —contestó Monk sin pestañear—, pero fue hace algún tiempo.

Pasaba por aquí y, como me habló tan bien de ustedes, me he tomado la libertad de visitarles.

—Supongo que mi esposa le habrá invitado a tomar el té. He visto que está preparado en la sala de estar.

—Gracias. —Monk aceptó porque habría tenido que dar demasiadas explicaciones si se marchaba entonces. Además, pasar media hora en su compañía le proporcionaría conocimientos adicionales sobre la familia y sus relaciones.

No obstante, cuando se despidió tres cuartos de hora después, no había modificado ni añadido nada con respecto a su primera impresión, y tampoco en cuanto a sus recelos.

—¿Qué le preocupa? —le preguntó Callandra Daviot durante la cena, que se sirvió en su comedor, decorado en fríos tonos verdes. Se recostó en el asiento mientras miraba a Monk con curiosidad. Era una mujer de mediana edad y ni siquiera su mejor amiga la habría considerado hermosa. Poseía un rostro con mucho carácter: tenía la nariz demasiado larga, llevaba un peinado que ponía de manifiesto la poca habilidad de su doncella para peinarla, y mucho menos para otorgarle un aspecto moderno; sus ojos, grandes y claros, destilaban gran inteligencia. Vestía un traje verde oscuro muy bonito, aunque de corte indefinido, como si una modista poco habilidosa hubiera intentado retocarlo.

Monk sentía por ella un profundo afecto. Era sincera, valiente, inquisidora y obstinada. Su sentido del humor nunca la abandonaba. Poseía todas las cualidades que él admiraba en un amigo; además era lo bastante generosa para convertirlo en su socio y mantenerlo durante las épocas en que escaseaban los casos o eran tan insignificantes que no le procuraban unos ingresos decentes. A cambio, su única condición era que le contara lo máximo posible sobre todos los casos que investigaba.

Eso era precisamente lo que estaba haciendo esa noche en el comedor, mientras cenaban sabrosas anguilas en vinagre y verduras frescas. Además sabía, porque ella se lo había dicho, que de postre había tarta de ciruelas con nata y un excelente queso Stilton.

—Es imposible de demostrar —observó Monk—. Sólo tenemos la palabra de Marianne con respecto a lo sucedido.

—¿Duda de su palabra? —preguntó ella con curiosidad, sin ánimo de ofender.

Él vaciló unos momentos porque no estaba seguro de si dudaba o no. Callandra no interrumpió su silencio, ni llegó a la conclusión obvia, sino que siguió comiendo el pescado.

—Parte de lo que dice es cierto —afirmó por fin—, pero sospecho que oculta algo importante.

—¿Que no se resistió? —Callandra lo miró a la cara.

—No... no; creo que no.

—Entonces ¿a qué se refiere?

—No lo sé.

—¿Y qué tienen intención de hacer en caso de que descubra quién fue? —inquirió ella enarcando las cejas—. Al fin y al cabo, ¿quién pudo haber sido? Un perfecto desconocido no salta los muros de una finca con la esperanza de encontrar a una doncella sola en una glorieta para forzarla con la discreción suficiente para no alertar al jardinero o a los sirvientes, y luego desaparecer sin dejar rastro.

—Explicado así parece absurdo —declaró Monk con aspereza, y tomó un poco más de anguila. Estaba realmente sabrosa.

—La vida tiene mucho de absurda —repuso ella al tiempo que le pasaba la salsera.

—Sí. —Se sirvió una buena cantidad de salsa—. Lo que es a todas luces improbable es que se tratara de un perfecto desconocido. Si fue un conocido que entró por la casa y sabía que no había nadie que pudiera oírlos y que su mera presencia no la asustaría, como ocurriría en el caso de un intruso, entonces lo sucedido no resulta tan improbable.

—Lo que más me preocupa —reconoció Callandra con actitud pensativa— es lo que pretenden hacer cuando les diga quién fue, si es que lo descubre.

Aquella cuestión también le inquietaba a él.

Callandra resopló.

—Me parece una especie de venganza privada. Creo que tal vez debería meditar mucho lo que les dice y, William...

—¿Sí?

—¡Será mejor que se asegure de que no se equivoca!

Monk suspiró. Cuanto más reflexionaba sobre el caso, más desagradable y complicado le parecía.

—¿Qué impresión le causaron la hermana y su esposo? —inquirió Callandra.

—¿Ellos? —Monk se mostró sorprendido—. Muy comprensivos con ella. Creo que no tiene nada que temer en ese sentido, aun cuando no hubiera opuesto tanta resistencia como cabría esperar.

Callandra no hizo ningún otro comentario más al respecto.

Terminaron de comer en cordial silencio y se les sirvió la tarta de ciruela. Era tan deliciosa que ambos la degustaron sin intercambiar palabra durante unos minutos, hasta que Callandra dejó la cuchara sobre la mesa.

—¿Ha visto a Hester últimamente?

—No —respondió Monk.

Ella sonrió con cierto regocijo. Monk, por su parte, se sintió molesto y un tanto estúpido sin motivo aparente.

—La última vez que nos vimos nos despedimos de forma poco cordial —añadió—. Es la mujer más inflexible y arisca que conozco, y dogmática hasta el punto de no escuchar a los demás. Para colmo, se muestra satisfecha de ello, lo que me resulta insufrible.

—¿Son cualidades que le desagradan? —preguntó ella con ingenuidad.

—¡Por supuesto que sí! ¿Acaso le gustan a alguien?

—¿Le fastidia que exprese sus opiniones y las defienda con vehemencia?

—¡Sí! —afirmó él con rotundidad al tiempo que dejaba la cuchara sobre la mesa—. Lo considero indecoroso y molesto, aparte de que impide toda conversación inteligente y abierta, aunque de hecho no muchos hombres están dispuestos a mantener una conversación inteligente con una mujer de su edad —agregó.

—Sobre todo cuando ésta sostiene puntos de vista equivocados —observó Callandra con un brillo en los ojos.

—Sí, eso no hace más que empeorar la situación —reconoció Monk, convencido entonces de que ella se estaba divirtiendo.

—¿Sabe que dijo algo muy parecido sobre usted cuando estuvo aquí hace unas tres semanas? Cuida de una anciana que se rompió una pierna, pero la mujer ya está casi recuperada, y me temo que no tiene ningún otro empleo en perspectiva.

—Si se mordiera la lengua de vez en cuando y fuera más servicial... y modesta... —sugirió Monk.

—Comparto su opinión —convino Callandra—. Dada su experiencia sobre el valor de tales cualidades, tal vez pudiera darle algún consejo útil —propuso con aparente seriedad.

Él la observó con atención. Intuyó un atisbo de sonrisa en sus labios y advirtió que evitaba mirarlo a la cara.

—Al fin y al cabo —agregó Callandra, que se esforzaba por conservar el semblante serio—, dialogar con una persona de actitud abierta es muy agradable, ¿no cree?

—Está usted tergiversando mis palabras —masculló Monk.

—No; no es cierto. —Ella lo miró con un afecto sincero y cierta dosis de diversión—. Quiere decir que cuando Hester tiene una opinión y la defiende, se muestra inflexible e indecorosa, lo que le irrita sobremanera. Cuando es usted quien tiene una opinión, expresarla le parece una cuestión de valentía y compromiso, el único camino para una persona íntegra. Es eso lo que ha dicho, más o menos, y estoy convencida de que es eso a lo que se refiere.

—Cree que me equivoco.

—Oh, con frecuencia, pero nunca osaré decírselo. ¿Quiere más nata para el pastel? Supongo que tampoco ha sabido nada de Oliver Rathbone últimamente...

Monk se sirvió más nata.

—Hace diez días investigué para él un asunto algo trivial.

Rathbone era un prestigioso abogado con quien Monk había colaborado en todos sus casos importantes desde el accidente. Admiraba sobremanera su talento profesional, pero como persona le resultaba interesante e irritante a la vez. Su distinción y excesiva seguridad en sí mismo le crispaba los nervios. Eran demasiado parecidos en algunos aspectos y demasiado distintos en otros.

—Parecía gozar de una salud excelente —agregó con una sonrisa forzada cuando se encontró con la mirada de Callandra—. ¿Y qué tal se encuentra usted? Hemos hablado de todo menos...

Ella bajó la vista hacia el plato por un instante y luego lo miró de nuevo.

—Estoy muy bien, gracias. ¿Acaso tengo mal aspecto?

—De ningún modo. Tiene un aspecto espléndido —respondió con franqueza, aunque de hecho acababa de percatarse de ello—. ¿Ha encontrado alguna actividad que sea de su interés?

—Qué perspicacia la suya.

—Soy detective.

Callandra lo miró fijamente durante unos segundos, en los que casi fue posible palpar la amistad franca que existía entre ellos, sin la barrera de las palabras.

—¿De qué se trata? —inquirió Monk.

—He entrado a formar parte del consejo del Royal Free Hospital.

—No sabe cuánto lo celebro —repuso él. El difunto esposo de Callandra había sido cirujano del ejército. Así pues, se trataba de un cargo sumamente adecuado para su experiencia, habilidad e inclinación naturales. Se alegraba por ella sobremanera—. ¿Cuándo empezó?

—Hace apenas un mes, pero ya comienzo a sentirme útil. —Ella tenía el rostro encendido y los ojos brillantes de la emoción—. Hay tanto por hacer... —Se inclinó sobre la mesa—. Tengo algunos conocimientos sobre los métodos nuevos, las teorías de la señorita Nightingale sobre la higiene. Llevará su tiempo, pero si trabajamos de firme conseguiremos cosas que ahora parecen milagros. —De manera inconsciente, golpeaba la superficie de la mesa con el dedo índice—. Hay tantos médicos progresistas como intransigentes. ¡Y lo importante que es utilizar la anestesia! No se imagina cómo han cambiado las cosas en los últimos diez o doce años. —Apartó el azucarero sin dejar de mirar a Monk—. ¿Sabe que se puede conseguir que una persona quede inconsciente, que no sienta dolor, y que luego recobre el conocimiento como si nada? —Volvió a golpear la mesa con el dedo—. Gracias a ello pueden realizarse toda clase de operaciones. Ya no hay necesidad de atar al enfermo y confiar en concluir la intervención en dos o tres minutos. La velocidad ya no es la consideración primordial: el cirujano puede tomarse su tiempo y ser cuidadoso al máximo. Nunca imaginé que presenciaría tales progresos; es algo realmente maravilloso.

Su semblante se ensombreció y se reclinó en el asiento.

—Lo malo es que todavía muere como mínimo la mitad de los pacientes debido a infecciones posteriores —añadió—. Ese aspecto es el que debemos mejorar. —Volvió a inclinarse—. Sin embargo, estoy convencida de que es posible, pues contamos con hombres brillantes y entregados a esa labor. Creo que mi aportación puede ser importante. —Su fervor se desvaneció de repente, y esbozó una sonrisa cándida—. Acábese el pastel y sírvase otra porción.

Monk se echó a reír, contento ante el entusiasmo de Callandra, pese a que sabía que gran parte de él se vería defraudado. De todos modos, todo avance en el campo de la cirugía era meritorio.

—Gracias —dijo—. La verdad es que está delicioso.

2

El día siguiente, alrededor de las diez, Monk se dirigió de nuevo a Hastings Street y llamó al número 14. En esta ocasión Julia lo recibió con visible preocupación.

—Buenos días, señor Monk —lo saludó mientras cerraba la puerta. Lucía un vestido de un azul grisáceo pálido bastante normal, de cuello alto y con pocos adornos, que sin embargo le favorecía—. Será usted cauto, ¿verdad? —preguntó angustiada—. No sé cómo puede llevar a cabo sus investigaciones sin explicar el motivo de sus preguntas ni levantar sospechas. ¡Sería horroroso que descubrieran lo ocurrido o que llegaran a barruntarlo! —Levantó la mirada hacia él con el entrecejo fruncido y las mejillas ruborizadas—. Audley, me refiero al señor Penrose, se interesó por el motivo de su visita. No aprecia demasiado al primo Albert y creía que yo tampoco, lo cual es cierto; simplemente fue la excusa más apropiada que se me ocurrió.

—No tiene por qué inquietarse, señora Penrose —repuso él con gravedad—. Seré sumamente discreto.

—Pero ¿cómo lo hará? —inquirió ella con nerviosismo—. ¿Qué dirá para explicar su intervención? Los sirvientes hablan, ya lo sabe. —Meneó la cabeza—. Hasta los más leales. ¿Y qué pensarán los vecinos? ¿Qué motivo imaginable tiene una persona respetable para contratar a un detective privado?

—¿Desea dar por concluida la investigación, señora? —inquirió Monk con toda tranquilidad. Por supuesto, entendería muy bien que se negara a seguir adelante; además desconocía qué pensaba hacer la señora Penrose con la información que recabara, en el caso de que averiguara algo, ya que había decidido no interponer una denuncia.

—No —masculló Julia con vehemencia—. No; no deseo olvidar este asunto, pero debo tener las cosas muy claras antes de permitirle que siga adelante. Sería insensato continuar y causar todavía más daño por la sencilla razón de que me he empeñado en descubrir la verdad.

—Pensaba decir que se habían producido algunos destrozos en el jardín —explicó Monk—; algunas plantas tronchadas y, si lo tiene, algunos cristales del invernadero rotas. Preguntaré a los jardineros y sirvientes si vieron a algunos niños traviesos entrar en su propiedad. No creo que eso sea motivo de escándalo o conjeturas de carácter indecoroso.

Julia se mostró asombrada y a continuación aliviada.

—¡Oh, es una idea excelente! —exclamó con entusiasmo—. Nunca se me habría ocurrido. Es algo tan habitual... Gracias, señor Monk, me siento mucho más tranquila.

Monk forzó una sonrisa.

—Me alegro de que mi excusa la satisfaga, pero con el jardinero no será tan fácil.

—¿Por qué no?

—Porque sabe que nadie ha roto ningún cristal del invernadero. Será mejor que le diga que ha ocurrido en otra casa y esperar que no comente mis preguntas con nadie.

—¡Oh! —Julia esbozó una sonrisa y pareció más divertida que preocupada por la situación—. ¿Desea ver al señor Rodwell? Ahora está en el jardín trasero.

—Sí, gracias. Parece un buen momento.

Sin más preámbulos, Julia lo condujo hacia la puerta lateral, que llevaba al cenador, y dejó que abordara al jardinero, quien estaba arrodillado arrancando hierbajos del arriate.

—Buenos días, Rodwell —le saludó Monk con afabilidad cuando se detuvo a su lado.

—Buenos días, caballero —repuso Rodwell sin levantar la mirada.

—La señora Penrose me ha permitido que hable con usted acerca de algunos destrozos que se han producido en el vecindario, para saber si ha visto a desconocidos en la zona —explicó Monk.

—¿Cómo? —Rodwell se acuclilló y observó a Monk con curiosidad—. ¿Qué clase de destrozos, señor?

—En invernaderos, plantas...

Rodwell apretó los labios.

—No; no he visto a ningún forastero por aquí. Habrá sido algún grupo de muchachos que jugaban o vaya usted a saber... —Resopló—. Lanzan balones, juegan al críquet... Es más probable que fuera una travesura que un acto de maldad.

—Es posible —convino Monk—, pero no resulta muy reconfortante pensar que un desconocido merodea por aquí con la intención de causar daños, por pequeños que sean.

—La señora Penrose no me ha comentado nada al respecto. —Rodwell hizo una mueca y observó a Monk con recelo.

—Es lógico —observó Monk mientras meneaba la cabeza—, porque no han roto nada en su jardín.

—No, nada... Bueno... salvo unas flores pisoteadas ahí, cerca del muro oeste, pero no fue nada grave.

—¿No ha visto a ningún desconocido rondar por aquí en las dos últimas semanas? ¿Está seguro?

—No he visto a nadie —respondió Rodwell con rotundidad—. Los hubiera perseguido, porque no me gusta que entren desconocidos en el jardín. Luego aparecen cosas rotas, como ha dicho.

—Sí, claro. Muchas gracias por dedicarme su tiempo, Rodwell.

—De nada, caballero. —Tras estas palabras, el hombre se ajustó la gorra y siguió arrancando malas hierbas.

A continuación Monk llamó al número 17, explicó los motivos de su visita y pidió hablar con la señora de la casa. La doncella informó de su presencia y regresó al cabo de diez minutos para conducirlo a una biblioteca pequeña pero muy agradable. Una anciana con un collar de perlas de numerosas vueltas que le llegaban hasta el pecho estaba sentada junto a una mesa de escritorio de palisandro. Se volvió y lo miró con curiosidad y luego, a medida que escrutaba su rostro, con interés creciente. Monk supuso que debía de contar por lo menos noventa años.

—Vaya —dijo la señora con satisfacción—. Es usted un joven de aspecto singular para dedicarse a investigar destrozos en un jardín. —Lo miró de arriba abajo, desde las botas discretas y lustradas, hasta la elegante americana, pasando por los inmaculados pantalones y acabando en su rostro enjuto y severo, de ojos penetrantes y expresión sarcástica—. Dudo que sepa diferenciar una pala de una azada aunque las tuviera delante —agregó—, y está claro que no se gana la vida con las manos.

A Monk le interesó la dama. Su rostro, surcado de arrugas, revelaba afabilidad, sentido del humor y curiosidad, y sus comentarios no encerraban ningún componente de crítica. Lo anómalo de la situación parecía agradarle.

—Será mejor que se explique. —Dio la espalda al escritorio, como si él le interesara mucho más que las cartas que estaba escribiendo.

Monk sonrió.

—Sí, señora. Los cristales rotos no me preocupan demasiado, pues pueden cambiarse fácilmente. El caso es que a la señora Penrose le asusta que haya desconocidos rondando por el vecindario. La señorita Gillespie, su hermana, pasa bastante tiempo en el cenador, y no resulta demasiado reconfortante pensar que alguien la observa sin que se dé cuenta. Tal vez su preocupación sea exagerada, pero es real.

—Un mirón. Qué desagradable —repuso la anciana, que enseguida entendió la explicación—. Sí, comprendo su inquietud. Una mujer de mucho temple, la señora Penrose, pero de complexión débil, me parece. Las muchachas de tez tan clara suelen serlo. Debe de ser muy duro para ellos.

Monk estaba asombrado; el último comentario le pareció un tanto exagerado.

—¿Duro para ellos? —repitió.

—No tienen hijos —manifestó ella al tiempo que lo observaba con la cabeza ladeada—. Supongo que usted ya lo sabe, ¿verdad, joven?

—Sí, sí, desde luego, pero no lo había relacionado con su salud.

—Vaya, vaya, hombre tenía que ser... —La anciana hizo una mueca de desaprobación—. Por descontado que guarda relación con su salud. Lleva ocho o nueve años casada. ¿Por qué otro motivo iba a ser? El pobre señor Penrose pone buena cara, pero eso no significa que no lo lamente. Una cruz más para la muchacha, pobre criatura. Los problemas de salud son los peores. —Exhaló un pequeño suspiro. Observó a Monk de hito en hito con los ojos entornados como si tratara de concentrarse—. Aunque, por su aspecto, no creo que usted lo sepa.

»Bien, no he visto a ningún mirón. De todos modos,

no veo más allá de la ventana del jardín. Estoy perdiendo la visión. Son cosas que pasan cuando se llega a mi edad. Eso es algo que usted tampoco puede saber, pues supongo que no tendrá más de cuarenta y cinco años.

Monk hizo un gesto pero permaneció callado. Aunque prefería pensar que no aparentaba más de cuarenta y cinco años, no era momento para vanidades, y aquella anciana tan franca no era la persona más adecuada con quien tratar de cuestiones personales.

—Será mejor que pregunte a los sirvientes que trabajan fuera —agregó la dama—. En realidad sólo está el jardinero, y a veces la fregona, cuando consigue despistar a la cocinera. No crea que tengo un séquito de criados. En fin, no dude en preguntarles e infórmeme si le explican algo interesante. Llevo una vida muy aburrida.

Monk sonrió.

—¿Este vecindario le parece demasiado tranquilo?

Ella volvió a suspirar.

—No salgo tanto como solía —dijo—, y nadie me cuenta chismes. Quizás es que no hay ninguno. —Abrió los ojos como platos—. Hoy día somos todos tan respetables... Es por culpa de la Reina. Cuando yo era joven era distinto. —Meneó la cabeza con tristeza—. Entonces nos gobernaba un rey, claro está. Qué época tan maravillosa. Recuerdo cuando nos enteramos de lo ocurrido en Trafalgar. Fue la mayor victoria naval de Europa, ¿sabe? —Miró a Monk con severidad para asegurarse de que comprendía la importancia de aquellos hechos—. La cuestión era garantizar la supervivencia de Inglaterra ante el emperador de los franceses; aun así, la flota llegó con banderas de luto, y en silencio, porque Nelson había caído en la confrontación. —Miró más allá de Monk, en dirección al jardín, con los ojos empañados por el recuerdo—. Mi padre entró en la sala y, cuando le vimos la cara, todos dejamos de sonreír.

«¿Qué ha sucedido? ¿Nos han derrotado?», le preguntó mi madre de inmediato. A mi padre le corrían las lágrimas por las mejillas. Fue la única vez que lo vi llorar.

Se le iluminó el rostro al rememorar aquellos eventos, y sus arrugas traslucieron de forma sutil la inocencia y las emociones de su juventud.

—«Nelson ha muerto», informó mi padre muy serio. «¿Hemos perdido la guerra? ¿Nos invadirá Napoleón?», inquirió mi madre. Mi padre respondió: «No, hemos ganado. La flota francesa ha sido hundida. Nadie volverá a pisar de nuevo las costas inglesas.» —Se interrumpió y levantó la vista hacia Monk para averiguar si apreciaba la magnitud de los acontecimientos que relataba.

Él la miró a los ojos, y la anciana advirtió que lo había comprendido.

—La noche anterior a la batalla de Waterloo la pasé bailando —prosiguió con entusiasmo. Monk imaginó los colores, la música y el movimiento de las faldas que ella reproducía en su mente—. Me encontraba en Bruselas con mi esposo. Incluso bailé con el mismísimo duque de Wellington. —La sonrisa desapareció de su rostro—. Al día siguiente se libró la batalla. —Su voz se tornó ronca de repente y parpadeó varias veces—. Durante toda la noche recibimos noticias sobre las bajas que se producían. La guerra había llegado a su fin, el Emperador había sido derrotado para siempre. Fue la mayor victoria de Europa pero, santo Cielo, ¡cuántas vidas costó! Creo que no conozco a nadie que no perdiera a algún familiar, un pariente que resultara muerto o herido de tal forma que nunca llegara a ser el mismo de antes.

Monk había visto la carnicería que supuso la guerra de Crimea y sabía a qué se refería; si bien la contienda había sido menor, los ánimos y el dolor habían sido idénticos. En cierto modo había sido peor porque aquel conflicto no parecía tener un objetivo manifiesto. Inglaterra no estaba amenazada como lo había estado en la época de Napoleón.

Ella percibió la emoción y la ira que delataba su rostro. De repente su pesar se desvaneció.

—También conocí a lord Byron —añadió con súbita vehemencia—. ¡Qué hombre! Aquello sí era poesía. ¡Además era tan apuesto! —Soltó una risa tímida—. Tan deliciosamente romántico y peligroso. Menudo escándalo se produjo entonces. Aquellos ideales incendiarios y hombres comprometidos con ellos. —Emitió un pequeño grito de furia y cerró los puños sobre el regazo—. ¿Y a quién tenemos hoy? A Tennyson. —Dejó escapar un gemido de pesar y miró a Monk con una sonrisa dulce—. Supongo que deseará formular algunas preguntas al jardinero sobre lo del mirón. Pues será mejor que lo haga ahora, con mi consentimiento.

Monk le devolvió la sonrisa con verdadero respeto. Le habría resultado mucho más placentero permanecer con ella y escuchar sus recuerdos, pero tenía una misión que cumplir, de modo que se levantó.

—Gracias, señora. Mis obligaciones me reclaman; de no ser así, no me marcharía tan pronto.

—¡Ja! Muy bien dicho, joven. —La anciana asintió—. Por su cara deduzco que se dedica a algo más que a resolver trivialidades, pero eso es asunto suyo. Que pase usted un buen día.

Monk se despidió de la dama con una inclinación de la cabeza. Habló con el jardinero y la criada, que no le explicaron nada interesante. No habían reparado en ningún desconocido en la zona. No tenían acceso al jardín del número 14, a menos que treparan por el muro, y los lechos de flores situados a ambos lados no habían sufrido ningún daño. El mirón, si es que lo había habido, debía de haber entrado por otro lado.

Tampoco le sirvió de gran ayuda el vecino del número 12, un hombre quisquilloso de pelo cano, un tanto escaso en la parte superior, que llevaba gafas de montura dorada. No, no había visto a nadie en la zona que le pareciera sospechoso y que no se caracterizara por su carácter afable. No; no habían roto ningún cristal de su invernadero. Lo sentía pero no podía ofrecerle ayuda y, como estaba sumamente ocupado, seguro que el señor Monk tendría la amabilidad de excusarlo.

Los habitantes de la casa cuyo jardín lindaba con el del 14 en su extremo final eran mucho más alegres. Monk contó por lo menos siete hijos, tres de ellos niños, por lo que prescindió de los cristales del invernadero y se centró en lo del mirón.

—Oh, cielos —exclamó la señora Hylton con el entrecejo fruncido—. Qué insensatez. Hombres que no saben cómo emplear el tiempo, sin duda. Todo el mundo debería tener una ocupación. —Se retiró un mechón de la cara y se alisó los faldones—. No deberían meterse en líos. ¿La señorita Gillespie, dice? Qué vergüenza. Una jovencita tan agradable; su hermana también lo es. Además son tan devotas, lo que es magnífico, ¿no cree? —Condujo a Monk hacia la ventana para que observara su jardín y el muro que lo separaba del de los Penrose, pero no le dio tiempo de responder a su pregunta retórica—. El señor Penrose también es una persona de lo más agradable, estoy convencida.

—¿Tiene jardinero, señora Hylton?

—¿Jardinero? —Saltaba a la vista que la pregunta le había sorprendido—. Pobre de mí, oh no. Me temo que el jardín está casi abandonado a su suerte, aunque mi esposo corte el césped de vez en cuando. —Sonrió con regocijo—. Ya se sabe, con los niños... Al principio pensé que iba a decirme que alguno había lanzado con excesiva fuerza la pelota de críquet y había roto un cristal. ¡No sabe cuán aliviada me siento!

—¿La posibilidad de que haya un mirón por la zona no la asusta, señora?

—Pues la verdad es que no. —La señora Hylton lo miró fijamente—. Si quiere que le sea sincera, dudo que haya uno. La señorita Gillespie es muy joven. Algunas muchachas son propensas a fantasear y a los ataques de nervios. —Volvió a alisarse los faldones—. Suele suceder cuando una se pasa el día a la espera de conocer al joven apropiado y deseando ser la elegida de entre sus amistades. —Respiró hondo—. Claro está que es muy guapa y eso ayuda, pero depende por completo de su cuñado hasta que encuentre a su futuro esposo, que yo sepa, no tiene dote. Yo en su lugar no me preocuparía en exceso, señor Monk. Supongo que sería un gato que correteaba por entre los arbustos o algo parecido.

—Entiendo —repuso Monk, cavilante. En aquel momento no estaba pensando en ningún animal, ni en la imaginación de Marianne, sino en su dependencia económica—. Supongo que está en lo cierto —se apresuró a añadir—. Gracias, señora Hylton. Creo que seguiré su consejo y abandonaré mi misión. Que tenga usted un buen día, señora.

Almorzó en un pequeño y concurrido pub de Euston Road y luego caminó durante un buen rato absorto en sus pensamientos, con las manos en los bolsillos. Cuanto más analizaba las pruebas, más le desagradaban las conclusiones a las que se veía abocado a llegar. Nunca había considerado demasiado probable que alguien hubiera saltado por el muro del jardín, pero ahora lo juzgaba imposible. La persona que había atacado a Marianne había entrado por la casa y, por consiguiente, era un conocido de ella o de su hermana, de ambas con toda seguridad.

Puesto que no tenían intención de interponer una denuncia, ¿por qué habían contratado sus servicios? ¿Por qué le habían mencionado lo sucedido?

La respuesta le parecía evidente. Julia ignoraba qué había ocurrido en realidad. Marianne se había visto obligada a explicar sus contusiones y su consternación; con toda probabilidad le habrían rasgado el vestido o lo tendría manchado de hierba o incluso de sangre. Por razones que sólo ella conocía, se había abstenido de decir a su hermana quién la había atacado. Tal vez se hubiera mostrado dispuesta al principio pero luego se había asustado y, como estaba avergonzada, había explicado que se trataba de un desconocido, la única respuesta que resultaría aceptable desde un punto de vista moral. Nadie creería que había cedido ante un perfecto desconocido o que le había dado esperanzas.

Eran más de las tres cuando regresó a Hastings Street y solicitó entrevistarse de nuevo con las hermanas. Encontró a Julia en la sala de estar con Marianne y Audley, quien al parecer había vuelto a regresar a casa antes de lo esperado.

—¡Señor Monk! —exclamó Audley sin disimular su sorpresa—. ¡No sabía que el primo Albert le había hablado tan bien de nosotros!

—¡Audley! —Julia se puso en pie con visible turbación—. Tenga la amabilidad de entrar, señor Monk. Estoy convencida de que mi esposo sólo pretendía dispensarle una calurosa bienvenida. —Miró al detective con evidente nerviosismo y evitó dirigir la vista hacia Marianne—. Es un poco pronto para el té, pero tal vez le apetezca una limonada fría. Hoy hace mucho calor.

—Gracias. —Monk aceptó por dos motivos: porque tenía sed y porque deseaba observarlos un poco más de cerca, sobre todo a las dos mujeres. ¿Qué grado de confianza se tenían las hermanas y cuán engañada estaba Julia en realidad? ¿Sospechaba que Marianne había tenido algún escarceo amoroso poco prudente? ¿Actuaba así para protegerla del ultraje moral de Audley en caso de que éste creyera que no había sido tan víctima como decía?—. Muy amable por su parte —agregó al tiempo que se sentaba en la silla que su anfitriona le señaló.

Julia hizo sonar la campanilla y ordenó a la criada que sirviera unos refrescos.

Monk consideró que debía explicar de algún modo el motivo de su visita, dado que Audley estaba presente, y se esforzó por inventar una mentira que resultara aceptable. Decir que se había dejado algo sonaría a excusa. Audley sospecharía de inmediato; Monk haría lo mismo en su lugar. ¿Era mejor que sugiriera que tenía un recado que hacer? ¿Reaccionaría Julia con la rapidez suficiente?

Sin embargo, ella se le adelantó.

—Me temo que todavía no lo tengo preparado —dijo después de tragar saliva con dificultad.

—¿Qué no tienes preparado? —preguntó Audley, que la miraba con el entrecejo fruncido.

Julia se volvió hacia él con una sonrisa cándida.

—El señor Monk dijo que tendría la amabilidad de llevar un pequeño paquete al primo Albert de mi parte, pero me he despistado y todavía no está listo.

—¿Qué piensas mandarle? —inquirió Audley, asombrado—. No sabía que lo apreciaras tanto. O al menos no me había dado esa impresión.

—Supongo que en realidad no lo aprecio tanto. —Julia fingió cierta despreocupación, y Monk advirtió que tenía las manos crispadas—. Es una relación que creo que debo conservar. Al fin y al cabo se trata de un pariente. —Esbozó una sonrisa forzada—. He pensado que un pequeño regalo sería un buen comienzo. Además, posee unos documentos de la familia que me encantaría que compartiera conmigo.

—Nunca lo habías mencionado —arguyó su esposo—. ¿Qué documentos?

—Son de nuestros abuelos —intervino Marianne—. Por otro lado, como es mayor que nosotras, tiene recuerdos mucho más vívidos de nuestra familia. A mí me gustaría saber cosas sobre ésta. Nunca conocí a mi madre. A Julia se le ha ocurrido que quizás el primo Albert podría contarnos cosas.

Audley se disponía a decir algo, pero cambió de idea. Para ser una joven que dependía por completo de él, Marianne lo trataba de forma muy directa y no parecía que la intimidara, o quizá se sentía lo bastante unida a Julia para salir en su defensa sin pensar en las consecuencias que ello pudiera acarrearle.

—Muy cortés por tu parte, Julia —Audley se volvió hacia Monk—. ¿Usted también es de Halifax?

—No, de Northumberland —respondió Monk—, pero pasaré por allí a mi regreso. —La mentira comenzaba a convertirse en una bola cada vez mayor. Tendría que enviar el paquete y confiar en que el primo Albert respondiera con la información necesaria. Suponía que si no lo hacía, ellas utilizarían la excusa de que era un hombre obstinado.

—Comprendo. —Audley pareció perder el interés.

La llegada de la criada para informarles de que la señora Hylton estaba en la puerta y deseaba ver a la señora Penrose les evitó tener que hablar de trivialidades.

Cuando la señora Hylton entró en la sala, se mostraba muy nerviosa y llena de curiosidad. Tanto Monk como Audley se levantaron para saludarla, pero sin darles tiempo a articular palabra la mujer empezó a hablar dirigiéndose a los presentes por turnos.

—Oh, señor Monk, me alegro de que todavía no se haya marchado. Mi querida señora Penrose, qué placer verla. Señorita Gillespie, siento su desagradable experiencia, pero estoy convencida de que no habrá sido más que un gato callejero o algo por el estilo. Señor Penrose, ¿qué tal está?

—Muy bien, gracias, señora Hylton —respondió Audley con frialdad. Se volvió hacia su cuñada—. ¿De qué experiencia habla? ¡Yo no sé nada! —Estaba muy pálido, a excepción de sendos círculos rojos en las mejillas. Tenía los puños apretados a los lados del cuerpo.

—¡Oh, cielos! —exclamó la señora Hylton—. Tal vez no debía mencionarlo. Cuánto lo lamento. Odio la indiscreción y resulta que soy yo quien peca de ella.

—¿Qué experiencia? —repitió Audley con nerviosismo—. ¿Julia?

—Oh... —Ella no sabía qué decir, estaba aturdida. No osaba volverse hacia Monk por temor a que su esposo se percatara de que había confiado en él, si es que ya no lo sospechaba.

—Hay algo entre los arbustos del jardín —intervino Monk—. La señorita Gillespie temió que fuera un vagabundo o un desconocido que merodeara por la zona, pero estoy de acuerdo con la señora Hylton en que debió de tratarse de un gato. Es lógico que se alarmara, pero seguro que no corre ningún peligro, señorita Gillespie.

—No. —Marianne carraspeó—. No; por supuesto que no. Me temo que fue una estupidez por mi parte. Me... me precipité.

—Si pediste al señor Monk que buscara a un vagabundo sin duda te precipitaste —convino Audley con irritación y con la voz entrecortada—. ¡Tenías que habérmelo dicho en lugar de importunar a un invitado!

—La señorita Gillespie no me lo pidió —corrigió Monk,

a la defensiva—. En aquel momento me encontraba en el jardín con ella. Lo más normal era que me ofreciese a comprobar que nadie había entrado en la finca.

Audley guardó silencio con la mayor dignidad aunque se sentía sumamente enojado.

—Temía que alguno de mis hijos hubiera lanzado un balón demasiado lejos y he venido para recuperarlo —explicó la señora Hylton a modo de disculpa mientras miraba a los presentes con curiosidad y cierto placer por el dramatismo de la situación—. Es algo de lo más desconsiderado, pero ya saben cómo son los niños. Seguro que se darán cuenta cuando tengan alguno...

Audley palideció y los ojos le brillaban. No dirigió su dura mirada a la señora Hylton, ni a Julia, sino a la ventana, en dirección a los árboles. Julia, que tenía las mejillas encendidas, también había enmudecido.

Marianne fue quien habló, con voz temblorosa debido al dolor y la indignación.

—Es posible, señora Hylton, pero no todos deseamos llevar la misma clase de vida, y algunos no contamos con las mismas opciones que otros. Estoy segura de que usted posee la sensibilidad suficiente para darse cuenta de ello...

La señora Hylton se sonrojó al caer en la cuenta de que había cometido un error tremendo aunque, a tenor de la confusión que transmitía su rostro, todavía no comprendía el motivo.

—Sí —repuso—. Por supuesto. Lo entiendo, claro. Bien, estoy segura de que ha hecho lo que debía, señor Monk. Yo... yo sólo quería... bueno... que pasen un buen día. —Se dio media vuelta y se marchó con evidente desazón.

Monk había visto más que suficiente para confirmar sus temores. Tendría que hablar con Marianne a solas, cuando Audley no estuviera en la casa. Regresaría al día siguiente por la mañana, cuando era más que probable que las mujeres se hallasen solas.

—No deseo importunarles más —declaró mirando primero a Julia y luego a Audley—. Si le parece bien, señora, pasaré en otro momento y recogeré su regalo para el señor Finnister.

—Oh, gracias. —Julia aceptó su sugerencia de inmediato y pareció aliviada—. Es muy amable por su parte.

Audley no habló, y tras unas palabras más Monk se marchó. Se sumió de inmediato en el bullicio y traqueteo de los coches de caballos y en el torbellino de pensamientos que se agolpaban en su mente.

A la mañana siguiente Monk acudió al cenador acompañado de Marianne. A unos diez metros de distancia se oía el canto de los pájaros que se habían posado en el lilo, y una ligera brisa arrastraba unas pocas hojas caídas por el césped. Rodwell tenía el día libre.

—Creo que he realizado todas las investigaciones oportunas —declaró Monk.

—No puedo reprocharle que no haya descubierto nada —afirmó Marianne con una leve sonrisa. Estaba apoyada contra la ventana. Parecía muy joven pero, curiosamente, menos vulnerable que Julia, aunque Monk percibía el miedo que albergaba en su interior.

—He descubierto varias cosas —explicó al tiempo que la observaba con atención—. Por ejemplo, nadie saltó por el muro para entrar en el jardín.

—¿No? —El detective estaba inmóvil, con la cabeza gacha, y parecía contener la respiración.

—¿Está segura de que no fue Rodwell?

La joven se volvió hacia él con expresión de incredulidad.

—¿Rodwell? ¿El jardinero? ¡Por supuesto que no fue él! ¿Cree que no reconocería a nuestro jardinero? Oh... oh, no. No es posible que piense... —Se interrumpió. Tenía el rostro encendido.

—No; no lo pienso —repuso Monk—; sólo pretendo asegurarme. No creo que fuera Rodwell, señorita Gillespie, pero sospecho que usted sabe quién fue.

Marianne palideció, con excepción de las mejillas, que presentaban dos manchas rojas. Lo miró con furia y expresión acusadora.

—¡Usted cree que consentí! Por todos los santos, ¿cómo puede pensar tal cosa? —Se apartó de él con brusquedad, y su semblante transmitió tal horror que los últimos vestigios de duda que Monk albergaba desaparecieron.

—No; no lo creo —respondió él, consciente de lo superficiales que parecían sus palabras—. Sin embargo intuyo que teme que la gente así lo crea, por lo que intenta protegerse a sí misma. —Evitó emplear la palabra «mentir».

—Se equivoca —aseguró Marianne sin mirarlo. Tenía la espalda encorvada y la vista clavada en el muro que se alzaba al final del jardín, detrás del cual se oían los gritos de los hijos de los Hylton mientras jugaban.

—¿Cómo entró ese hombre? —preguntó Monk con delicadeza—. Ningún desconocido pudo acceder aquí por la casa.

—Entonces debió de entrar por el huerto —contestó ella.

—Recuerde que Rodwell estaba allí, y él ha declarado que no vio a nadie.

—Debía de estar en otro sitio. —Marianne hablaba con voz monocorde, como si no aceptara que le rebatieran su argumento—. Quizá fuera a la cocina unos minutos. Tal vez fuera a beber un vaso de agua, comer un trozo de pastel o cualquier otra cosa que no quiso reconocer.

—Ya, y el tipo aprovechó la oportunidad para entrar por el jardín trasero —conjeturó Monk sin disimular su incredulidad.

—Sí.

—¿Para qué? Aquí no hay nada que robar. Además, corría muchos riesgos. Era imposible que supiera que Rodwell iba a ausentarse de nuevo. Podría haberse visto obligado a pasar horas aquí.

—¡No lo sé! —exclamó la joven, desesperada.

—A menos que supiera que usted estaba aquí.

Marianne se volvió con los ojos arrasados en lágrimas.

—¡No lo sé! —insistió—. ¡No sé qué pensó! ¿Por qué no reconoce que es incapaz de encontrarlo y se marcha? Ya sabía yo que no lo descubriría. Es Julia quien desea averiguarlo porque está sumamente afligida por lo ocurrido. Ya le advertí que no encontraría al culpable. Es ridículo. No hay forma de descubrirlo. —Se le quebró la voz—. Es imposible. Si usted no quiere explicárselo, lo haré yo.

—¿Y su honor quedará así recompensado? —inquirió él con sequedad.

—Si a usted se lo parece... —Marianne continuaba furiosa.

—¿Lo ama? —le preguntó con cautela.

La ira se desvaneció del rostro de la joven, que adoptó una expresión de total asombro.

—¿Qué?

—¿Lo ama? —repitió Monk.

—¿A quién? ¿De qué está hablando? ¿Si amo a quién?

—A Audley.

Lo miró de hito en hito como si estuviera hipnotizada, con los ojos ensombrecidos por el dolor y otra emoción más profunda que él supuso era terror.

—¿La forzó? —inquirió Monk.

—¡No! —exclamó ella casi sin aliento—. ¡Está equivocado! ¡No fue Audley! ¿Cómo se atreve a insinuar algo así? ¡Es el marido de mi hermana! —Su voz carecía de toda convicción y le temblaba por más que intentara disimular su indignación.

—Precisamente porque se trata del marido de su hermana no creo que usted se dejara —declaró Monk, cuya voz delataba la lástima que le inspiraba la angustia de Marianne.

Ella tenía los ojos llenos de lágrimas.

—No fue Audley —repitió ella en un susurro. Era una protesta para no herir a Julia, pero ni siquiera confiaba en que él la creyera.

—Sí, fue él —insistió Monk.

—Lo negaré —afirmó con determinación.

A Monk no le cabía duda de que lo haría, pero ella no estaba segura de haberlo persuadido.

—Por favor, señor Monk, no diga nada —suplicó la muchacha—. Él lo negaría y yo quedaría como una mujer malvada, aparte de inmoral. Audley me ha brindado un hogar y ha cuidado de mí desde que se casó con Julia. Nadie me creería y todos pensarían que soy una desagradecida y desvergonzada. —Hablaba con un temor auténtico y mucho más intenso que el horror físico o la repugnancia que había experimentado tras el ataque. Si osaba realizar tal acusación, se encontraría en la calle en un futuro próximo y sin posibilidades de contraer matrimonio en uno más lejano. Ningún hombre respetable se casaría con una mujer que primero había tenido un amante, por voluntad propia o no, y luego había lanzado una acusación tan terrible contra el esposo de su hermana, un hombre que había demostrado tanta generosidad con ella.

—¿Qué quiere que le diga a su hermana? —le preguntó Monk.

—¡Nada! —repuso ella—. Diga que es incapaz de descubrirlo. Diga que era un desconocido que entró no se sabe cómo y escapó hace tiempo. —Tendió la mano y lo agarró del brazo de forma impulsiva—. ¡Se lo ruego, señor Monk! —Sus palabras reflejaban verdadera angustia—. ¡Piense en lo que supondría para Julia! Eso sería lo peor. Yo no lo soportaría. Preferiría que Audley dijese que soy una mujer inmoral y me echara de casa para que me valiera por mí misma.

No tenía la menor idea de lo que significaba «valerse por sí misma»: dormir en burdeles o albergues para pobres, el hambre, los abusos, las enfermedades y el miedo. No tenía ninguna posibilidad de ganarse la vida de forma honesta en una fábrica trabajando dieciocho horas al día, por mucho que su salud y su coraje se lo permitieran. No obstante, a Monk no le costaba creer que la muchacha aceptaría esa situación antes que permitir que Julia se enterara de qué había ocurrido en realidad.

—No le diré que fue Audley —le prometió—. No tema.

Marianne no pudo contener las lágrimas.

—Gracias, gracias, señor Monk —dijo entre sollozos. Sacó del bolsillo un pañuelo demasiado pequeño y de encaje en su mayor parte, por lo que no le servía de nada.

Él le prestó el suyo y Marianne lo aceptó en silencio. Se enjugó las lágrimas y vaciló antes de sonarse la nariz. Luego se mostró desconcertada, pues no sabía si devolvérselo o no.

—Quédeselo —le dijo Monk con una sonrisa.

—Gracias.

—Ahora será mejor que me marche e informe a su hermana de mis últimas pesquisas.

Ella asintió y volvió a sollozar.

—Quedará decepcionada, pero no se deje convencer.

Por mucho que le enoje no saberlo, conocer la verdad sería infinitamente peor para ella.

—Será mejor que se quede aquí.

—Eso haré. —Marianne tragó saliva con dificultad—. Y... gracias, señor Monk.

Encontró a Julia en la salita, donde escribía cartas. Levantó la vista en cuanto lo oyó entrar y lo miró con expectación. Monk detestaba tener que mentir y le fastidiaba admitir una derrota, y más teniendo en cuenta que sí había resuelto el caso.

—Lo siento, señora Penrose, pero me temo que he realizado todas las investigaciones necesarias; seguir adelante sería desperdiciar sus recursos...

—Eso es asunto mío, señor Monk —lo interrumpió ella al tiempo que dejaba la pluma a un lado—. Además, no lo considero un desperdicio.

—Sólo trato de explicarle que no conseguiré averiguar nada más. —A Monk le costaba hablar. Que él recordara, nunca había ocultado la verdad a nadie, por muy dolorosa que fuese. Tal vez debería haberlo hecho. Era otra faceta de su carácter que tendría que pulir.

—Eso nunca se sabe —argumentó empezando ella con obstinación—. ¿O acaso intenta decir que no cree que Marianne fuese víctima de tal ataque?

—No; no he dicho eso —respondió Monk con severidad—. Estoy seguro de que la forzaron, pero quien lo hizo era un desconocido y no hay forma de identificarlo, ya que ninguno de sus vecinos lo vio ni es capaz de ofrecer alguna prueba que pudiera revelarnos su identidad.

—Quizá lo viera alguien —insistió Julia—. No apareció de la nada. Tal vez no fuera un vagabundo, sino un invitado de alguno de los vecinos. ¿Ha pensado en esa posibilidad? —Su mirada y su voz eran desafiantes.

—¿Y saltó por la tapia con la intención de causar tanto daño? —preguntó Monk, que se esforzó por parecer lo menos sarcástico posible.

—No sea ridículo —le espetó ella—. Debió de entrar por el huerto cuando Rodwell no estaba allí. Quizá se confundió de casa.

—¿Y encontró a la señorita Gillespie en el cenador y la violó?

—Eso parece. Yo diría que primero entabló conversación con ella —conjeturó Julia— y que mi hermana no lo recuerda porque el episodio fue tan horroroso que lo ha borrado de su mente. Esas cosas suceden.

Monk volvió a pensar en sus propios lapsus de memoria y el sudor frío provocado por el horror; el temor, la rabia, el olor a sangre, la confusión y la ceguera.

—Lo sé —afirmó con amargura.

—Por favor, siga investigando, señor Monk. —Julia lo miró con expresión desafiante, demasiado absorta en sus propias emociones para prestar atención a las de él—. O si usted considera imposible resolver el caso o bien dejarlo, le agradecería que me recomendara a otro detective que esté dispuesto a aceptarlo.

—Creo que no tiene posibilidades de éxito, señora Penrose —aseguró Monk con cierta frialdad—. No decírselo sería una falta de sinceridad.

—Admiro su integridad —repuso ella con aspereza—. Ahora ya me lo ha dicho y he escuchado sus palabras; aun así, le pido que continúe.

—¡No descubrirá nada!

Julia se puso en pie y se acercó a él.

—Señor Monk, ¿es usted consciente del crimen atroz que supone que un hombre fuerce a una mujer? Quizás opine que se trata de una cuestión de recato y de cierta resistencia y que cuando una mujer dice «no», en realidad quiere decir «sí».

Monk abrió la boca para rebatir esa idea, pero ella siguió hablando.

—Eso no es más que una muestra de la simplicidad engañosa que los hombres emplean para justificar un acto de brutalidad por su parte que en ningún caso puede excusarse. Mi hermana es muy joven y está soltera. Fue una violación de lo más horrible. La ha introducido en un mundo de... de bestialidad en lugar de... de... —Se sonrojó, pero no apartó la mirada de él—. Una relación sagrada que ella... oh... bueno. —Perdió la paciencia—. Nadie tiene derecho a tratar así a otra persona, y si usted es insensible por naturaleza e incapaz de darse cuenta, nunca conseguiré que lo entienda.

Monk escogió sus palabras con sumo cuidado.

—Estoy de acuerdo con usted en que es un delito abyecto, señora Penrose. Mi negativa a continuar no guarda relación con la gravedad del crimen, sino con la imposibilidad de encontrar al criminal.

—Supongo que debía haber acudido a usted mucho antes —reconoció ella—. ¿Acaso intenta decirme eso? Marianne no me contó la verdad hasta al cabo de varios días, y luego tardé algún tiempo en decidir qué debía hacer. Después me costó unos tres días localizarle y averiguar algo de su reputación que, por cierto, es excelente. Me sorprende que se dé por vencido tan pronto. Esa actitud no concuerda con lo que me explicaron de usted.

La ira de Monk iba en aumento, y sólo la angustia de Marianne le impedía contraatacar.

—Volveré mañana y hablaremos del tema con mayor profundidad —declaró con gravedad—. No seguiré aceptando su dinero por un trabajo que me veo incapaz de realizar.

—Venga por la mañana, por favor —le pidió Julia—. Como habrá observado, mi esposo no está al corriente de la situación y cada vez me resulta más difícil darle explicaciones.

—Tal vez debiera entregarme una carta para su primo, el señor Finnister —propuso Monk—. Si algo de todo este asunto transcendiera, me encargaría de enviarla para evitar repercusiones desafortunadas en el futuro.

—Gracias. Es muy considerado por su parte. Así lo haré.

Furioso, inquieto y confuso, Monk salió de la casa y echó a andar con paso ligero en dirección a Fitzroy Street, donde se encontraba su domicilio.

Se veía incapaz de llegar a una conclusión satisfactoria por sí solo. No entendía los acontecimientos ni las emociones implicadas con la suficiente claridad como para tomar una decisión que le pareciera acertada. Sentía una ira descomunal hacia Audley Penrose. Le habría satisfecho sobremanera ver que recibía un castigo; de hecho, deseaba que lo recibiera. Por otra parte, comprendía la necesidad de Marianne de proteger, no sólo a sí misma, sino también a Julia.

Por una vez su fama como detective tenía una importancia secundaria. Independientemente del resultado de su implicación en el caso, no podía permitirse el lujo de pensar en mejorar su reputación profesional a expensas de los sentimientos de las dos mujeres.

Con profundo abatimiento y mal humor, decidió visitar a Callandra Daviot, y su enojo se exacerbó en el acto al encontrar allí a Hester Latterly. Hacía varias semanas que no la veía, y la última vez se habían despedido de forma poco amistosa. Como ocurría con frecuencia, habían discutido sobre algo que tenía más que ver con la forma que con el fondo. En realidad ni siquiera recordaba el motivo, sólo que ella se había mostrado tan arisca como de costumbre y reacia a escuchar o tener en cuenta sus opiniones. En aquel momento estaba sentada en la mejor silla de Callandra, la que él prefería, con aspecto cansado y muy distinto del que ofrecía Julia, tan femenina y delicada. Hester tenía una cabellera abundante y bastante lisa, que no se molestaba en arreglarse con rizos o trenzas. Su peinado hacía resaltar los huesos finos y marcados de su rostro y sus rasgos apasionados, que denotaban una inteligencia demasiado dominante para resultar atractiva. Lucía un vestido de color azul pálido y tenía la falda, sin miriñaque, un tanto arrugada.

Monk hizo caso omiso de su presencia y sonrió a Callandra.

—Buenas tardes, señora Callandra —dijo. Intentó mostrarse cordial, pero la infelicidad que lo embargaba teñía todos sus actos.

—Buenas tardes, William —le saludó a su vez Callandra con la mejor de las sonrisas.

Monk se volvió hacia Hester.

—Buenas tardes, señorita Latterly —dijo con frialdad, sin disimular su enojo.

—Buenas tardes, señor Monk. —Hester se volvió hacia él, pero no se levantó—. No parece usted muy contento. ¿Tiene entre manos algún caso desagradable?

—La mayor parte de los actos delictivos lo son —replicó él—, al igual que la mayoría de las enfermedades.

—Y ambos suelen afectar —observó Hester— a personas que nos agradan y a quienes podemos ayudar. Eso constituye un inmenso placer, al menos para mí. Si a usted no le ocurre lo mismo, tal vez debiera cambiar de profesión.

Monk se sentó. Estaba muy cansado, lo que era ridículo, porque no había hecho casi nada.

—He estado ocupándome de una tragedia durante todo el día, Hester. No me siento con ánimos de escuchar sofistería barata.

—No es sofistería —espetó ella—. Me ha parecido que se autocompadecía por su trabajo, y me he limitado a señalarle lo que tiene de positivo.

—No me compadezco de mí mismo. —Monk levantó la voz a pesar de que había decidido no exaltarse—. ¡Santo Cielo! Me compadezco de todos los implicados en el asunto, con excepción de mí mismo. Le agradecería que no emitiera juicios irreflexivos cuando no sabe nada de un caso ni de las personas involucradas.

Ella lo miró con irritación durante unos segundos. Acto seguido, el rostro se le encendió con cierto regocijo al adivinar qué le sucedía a Monk.

—No sabe qué hacer. Está desconcertado.

El único comentario que se le ocurrió a Monk incluía palabras que no podía emplear en presencia de Callandra. En ese instante ésta decidió terciar al tiempo que posaba la mano en el brazo de Hester para contenerla.

—No debe sentirse mal por ese asunto, querido —dijo a Monk con ternura—. No tenía demasiadas posibilidades de descubrir quién cometió la agresión, si en verdad se produjo. Me refiero a si fue una auténtica violación.

Hester miró a Callandra, luego a Monk.

—Fue una violación —manifestó Monk, que ya se había tranquilizado— y he descubierto al autor, pero no sé qué hacer al respecto. —Actuaba como si Hester no se hallara presente, aunque se dio perfecta cuenta de que había cambiado de actitud: ya no estaba risueña y escuchaba la conversación con semblante serio.

—¿Porque teme lo que haga la señora Penrose cuando se entere? —inquirió Callandra.

—No; no es eso. —Monk observó con gravedad su rostro inteligente e inquisidor—. Es por la ruina y dolor que provocará.

—¿Al atacante? —preguntó Callandra—. ¿A su familia?

—Sí y no —respondió él con una sonrisa.

—¿Por qué no nos lo cuenta? —intervino Hester. La tensión que había habido entre ellos pareció desaparecer, como si no hubiera existido—. Supongo que tendrá que tomar una decisión y es eso lo que le preocupa.

—Sí, mañana a más tardar.

—¿De qué se trata?

Monk se encogió de hombros y se recostó en la silla. Hester estaba sentada en la que más le gustaba, pero poco importaba eso en aquel momento. Ya no se sentía enojado.

—Marianne vive con su hermana, Julia, y el marido de ésta, Audley Penrose. Marianne asegura que la violaron en el cenador del jardín y que no conocía al agresor.

Ni Hester ni Callandra lo interrumpieron. Sus rostros no traslucían incredulidad.

—Interrogué a los vecinos. Nadie vio a ningún desconocido.

—¿Audley Penrose? —preguntó Callandra tras dejar escapar un suspiro.

—Sí.

—Oh, santo Dios. ¿Ella lo ama? ¿O sólo cree que lo ama?

—No. Está horrorizada y, al parecer, muy dolida —repuso él con voz cansina—. Prefiere que la echen de la casa por conducta inmoral a que Julia conozca la verdad.

Hester se mordió el labio inferior.

—¿Es consciente de lo que eso supondría?

—Probablemente no —contestó Monk—, pero poco importa, pues Julia jamás lo permitirá. El caso es que Marianne no quiere contárselo a nadie. Afirma que lo negará y, en cierto modo, la comprendo. Audley, como es natural, también lo negará. No le queda otra opción. No tengo ni idea de lo que Julia creerá o de lo que deberá decir que cree.

—Pobre mujer —dijo Hester—. Qué dilema tan terrible. ¿Qué le ha dicho usted?

—Que no soy capaz de descubrir quién atacó a Marianne y que deseo abandonar el caso.

Hester lo miró con una mezcla de admiración y respeto. A Monk le desarmó la ternura de aquellos ojos, y de pronto la decisión no le pareció tan amarga. Dejó a un lado su amor propio.

—¿Y esa medida le satisface? —inquirió Callandra, estropeando la magia del momento.

—No, en absoluto, pero no se me ocurre nada mejor. No existe ninguna opción honrosa.

—¿Y qué me dice de Audley Penrose? —quiso saber Callandra.

—Me gustaría romperle el pescuezo —respondió Monk, furioso—, pero no puedo permitírmelo.

—No estaba pensando en usted, William —puntualizó Callandra con seriedad. Era la única persona que lo llamaba por su nombre de pila y, aunque esa familiaridad le resultaba agradable, le impedía fingir ante ella.

—¿Cómo? —preguntó con cierta brusquedad.

—No pensaba en la satisfacción que le proporcionaría la venganza —explicó—, por dulce que fuera, ni en las exigencias de la justicia. Pensaba en Marianne Gillespie. ¿Cómo puede seguir viviendo en esa casa, después de lo ocurrido? Además, podría volver a suceder dado que ya se ha salido con la suya en una ocasión.

—Ella así lo ha decidido. —Señaló Monk. No era un argumento satisfactorio, y él lo sabía—. Insistió muchísimo —prosiguió en un intento por justificarse—. Me suplicó que prometiese que no se lo diría a Julia, y le di mi palabra.

—Entonces ¿qué le inquieta, William? —preguntó Callandra con los ojos bien abiertos.

Hester miró primero a Callandra y luego a Monk con actitud expectante, atenta a la conversación.

Monk vaciló.

—¿Acaso es una cuestión de vanidad, el temor a que piensen que ha fracasado? —lo presionó Callandra—. ¿Se trata de eso, William, de su propia reputación?

—No... no; no estoy seguro de qué es —confesó.

—¿Se ha planteado cómo será la vida de esa mujer si él volviera a atacarla? —Callandra hablaba en tono pausado pero apremiante—. Se sentirá aterrorizada cada vez que esté a solas con él pensando que tal vez vuelva a ocurrir. Se sentirá aterrorizada pensando que Julia puede descubrirlo y quedar deshecha de dolor. —Se inclinó en la silla—. Marianne considerará que ha traicionado a su hermana, aunque no lo haya hecho, pero ¿opinará Julia lo mismo? ¿No se instalará en su corazón ese temor lacerante de que Marianne lo permitió y, con cierta sutileza, lo provocó?

—No lo creo —contestó Monk—. Preferiría acabar en la calle a que Julia se enterase.

Callandra sacudió la cabeza.

—No hablo de ahora, William, sino de lo que sucederá si no dice nada y permanece en la casa. Quizás ella todavía no lo haya pensado, pero usted debe tenerlo en cuenta. Es el único que conoce todos los hechos y se encuentra en posición de actuar.

Monk permaneció en silencio; los pensamientos y los temores se agolpaban en su mente.

—Hay algo peor que todo eso —intervino Hester con voz queda—. ¿Qué sucedería si quedase embarazada?

Monk y Callandra se volvieron hacia ella con lentitud; por el modo en que la miraron era evidente que no habían pensado en esa posibilidad, y ahora que ella la había expresado, estaban consternados.

—Lo que le prometió no basta —afirmó Callandra con gravedad—. No puede marcharse sin más y abandonarla a su suerte.

—Sin embargo, nadie tiene derecho a pasar por encima de su decisión —arguyó Hester, no porque deseara poner impedimentos, sino porque era algo que debía tenerse en cuenta. Estaba claro que tenía sentimientos encontrados al respecto. Por una vez, Monk no sintió animadversión hacia ella, sino la antigua sensación de amistad incondicional, el lazo que une a las personas que se entienden y luchan con igual pasión por la misma causa.

—Si no le doy una respuesta, creo que Julia contratará a otro detective —explicó Monk, abatido—. No se lo he dicho a Marianne porque no la vi después de hablar con su hermana.

—¿Qué sucederá si cuenta la verdad a Julia? —preguntó Hester, en tono de preocupación—. ¿Le creerá? Se encontrará en una posición muy desagradable, entre su esposo y su hermana.

—La situación es aún peor —observó Monk—, puesto que las dos dependen económicamente de Audley.

—No puede echar de casa a su esposa. —Hester se enderezó en la silla con el rostro enrojecido por la ira—. Seguro que no será tan... oh, claro. Se refiere a que quizá decida abandonarlo. Oh, cielos. —Se mordió el labio—. Aunque se demostrara su delito, lo que es casi imposible, y lo condenaran, ninguna de las dos tendría dinero y se verían abocadas a vivir en la calle. Qué situación tan ridícula. —Cerró los puños sobre la falda en un gesto de rabia y frustración. A continuación se puso en pie y añadió—:

Ojalá las mujeres pudieran ganar un sueldo como los hombres... Ojalá se les permitiera ser médicas, arquitectas o abogadas. —Se dirigió hacia la ventana y dio media vuelta—. U oficinistas y tenderas. En cualquier caso, ¡algo más que criadas, costureras o prostitutas! ¿Qué mujer gana lo suficiente para vivir en un lugar mejor que la habitación de una casa de huéspedes, si tiene suerte, y un asilo de caridad, si no? Y siempre hambrientas y tiritando de frío, sin saber si la semana siguiente será todavía peor.

—Eso es una quimera —manifestó Monk sin afán de crítica. Comprendía sus sentimientos y la realidad que los provocaba—. Y aun cuando llegue a suceder algún día, lo que es poco probable, porque va en contra del orden social natural, no ayudará a Julia Penrose ni a su hermana. Todo lo que le diga, o deje de decirle, le causará un daño terrible.

Permanecieron en silencio varios minutos, todos meditando en aquel problema, Hester junto a la ventana, Callandra recostada en la silla, Monk sentado en el borde de la suya.

—Creo que debería decírselo a Julia —declaró Callandra al cabo con voz queda y triste—. No es una buena solución, pero creo que es mejor que ocultarle la verdad. De ese modo la decisión de qué medida es preciso tomar dependerá de ella, no de usted. Además, como acaba de comentar, es muy probable que insista hasta que descubra algo, haga usted lo que haga. Roguemos al Señor que sea la decisión adecuada. Sólo nos cabe rezar.

Monk miró a Hester, quien declaró:

—Estoy de acuerdo. Ninguna solución es satisfactoria, y usted destruirá el bienestar de esa mujer haga lo que haga, aunque me temo que quizás ya lo haya perdido. Si él continúa comportándose de ese modo y Marianne resulta gravemente herida o queda embarazada, la situación será todavía peor. En ese caso Julia se culparía a sí misma, no a usted.

—¿Y la promesa que he hecho a Marianne? —preguntó Monk.

—¿Cree que sabe qué peligros tiene ante sí? —dijo Hester con profundo pesar—. Es joven, aún no se ha casado. Quizá ni siquiera sea consciente de lo que le espera. Muchas muchachas no saben lo que supone un parto ni lo que lo causa; lo descubren en el lecho matrimonial.

—No lo sé. —La respuesta de Monk no era suficiente—. Le di mi palabra.

—Entonces tendrá que decirle que no puede cumplirla —repuso Callandra—. Comprendo que será muy duro, pero ¿qué alternativa tiene?

—Cumplirla.

—¿No será todavía más duro? Quizá no ahora, pero sí en el futuro.

Él sabía que Hester estaba en lo cierto. Jamás lograría olvidar el asunto. Todas las posibles tragedias le acecharían y tendría que aceptar por lo menos su parte de responsabilidad.

—Sí —reconoció—. Sí, debo comunicárselo a Marianne.

—Lo siento. —Hester le acarició el brazo unos segundos y luego retiró la mano.

No hablaron más del tema. No había nada más que añadir: además ellas no podían ayudarlo. Así pues, conversaron sobre cuestiones que no guardaban relación con la profesión de ninguno de ellos; de las novelas que iban a publicarse y de lo que habían oído comentar de ellas, de política, de la situación en la India y de las terribles noticias de sublevaciones y de la guerra en China. Se despidieron entrada la agradable noche estival y Monk y Hester compartieron un coche de caballos para regresar a sus domicilios respectivos charlando animadamente.

Como es natural, se detuvieron primero en la pensión donde se hospedaba Hester, un lugar muy austero. Con frecuencia vivía en la casa del paciente a quien atendía, pero en aquel momento la mujer a la que cuidaba estaba casi recuperada, por lo que sólo precisaba de sus servicios en días alternos y no veía por qué debía alojar y alimentar a una enfermera que le prestaba tan poca asistencia.

Monk se apeó del vehículo, abrió la portezuela y le tendió la mano para ayudarla a bajar. Estuvo a punto de decirle lo agradable que había resultado volver a verla, pero se guardó sus palabras. No eran necesarias. Los pequeños cumplidos, por verdaderos que fueran, eran propios de relaciones más triviales y superficiales.

—Buenas noches —se limitó a decir tras acompañarla hasta la entrada principal.

—Buenas noches, Monk —repuso ella con una sonrisa—. Mañana pensaré en usted.

Monk le devolvió una sonrisa triste, porque sabía que lo decía con sinceridad, y se sintió un tanto aliviado al pensar que no lo habían abandonado a su suerte.

Detrás de él, en la calle, el caballo piafó. No había nada que añadir. Hester abrió la puerta con la llave y Monk regresó al carruaje, al que subió cuando éste ya había empezado a traquetear por la calle bañada por la luz de una farola.

Se presentó en Hastings Street a las diez menos cuarto de la mañana. No hacía frío pero lloviznaba. Las flores de los jardines estaban perladas de humedad y un pájaro cantaba en algún lugar con una claridad sorprendente.

Monk hubiera dado cualquier cosas por ser capaz de volverse y regresar hacia Euston Road sin llamar al número 14. Sin embargo, no vaciló antes de tocar la campana.

Ya había reflexionado lo suficiente sobre el tema. Ya no tenía más consideraciones que hacer.

La doncella le recibió con cierta familiaridad pero se mostró un tanto sorprendida cuando pidió ver a la señorita Gillespie en lugar de a la señora Penrose. Monk supuso que Julia le había dicho que esperaba su visita.

Estaba solo en la salita, caminando de un lado a otro con nerviosismo, cuando Marianne entró. Palideció en cuanto lo vio.

—¿De qué se trata? —preguntó enseguida—. ¿Ha ocurrido algo?

—Ayer, antes de marcharme —explicó él—, hablé con su hermana y le advertí que no lograría descubrir quién la había atacado y que no tenía sentido seguir investigando. Sin embargo no acepta una negativa por respuesta. Si no le digo quién es el culpable, contratará a otro detective que sí lo hará.

—¿Cómo conseguiría averiguarlo otro detective? —inquirió la joven con desesperación—. Yo no lo diré. Nadie vio ni oyó nada.

—Lo deduciría como yo. —Aquellas palabras eran un reflejo de sus peores temores. La muchacha estaba profundamente abatida—. Señorita Gillespie, lo lamento, pero tendré que romper la promesa que le hice y contarle la verdad a la señora Penrose.

—¡No puede hacer tal cosa! —Marianne estaba aterrada—. ¡Me prometió que no lo haría! —Mientras hablaba, la indignación que sentía se desvanecía de su rostro para ser sustituida por la comprensión... y una sensación de derrota.

Monk se sentía desdichado. No tenía alternativa, pero la estaba traicionando y no podía negarlo.

—Además, hay que tener en cuenta otras cosas...

—Por supuesto que sí —replicó Marianne con severidad debido a la ira y el sufrimiento que la embargaban—. Lo peor de todo es cómo se sentirá Julia. Quedará destrozada. ¿Cómo va a sentir lo mismo por mí, por mucho que crea que yo no lo provoqué en modo alguno? ¡No hice absolutamente nada que le indujera a pensar que estaba dispuesta a mantener esa clase de relaciones con él, y eso es la pura verdad, señor Monk! Lo juro por lo que más quiero en el mundo...

—Lo sé —la interrumpió Monk—, pero no me refería a eso.

—Entonces ¿a qué? —inquirió la muchacha con aspereza—. ¿Qué hay más importante que eso?

—¿Por qué está convencida de que no volverá a ocurrir?

Marianne palideció, balbució unas palabras y se interrumpió enseguida.

—¿Goza de algún tipo de protección para que no vuelva a suceder? —preguntó Monk con voz queda.

—Yo... pues —Ella bajó la mirada—. Es probable que fuera un terrible desliz en... en un hombre de conducta ejemplar. Estoy segura de que ama a Julia...

—¿Se había planteado usted la posibilidad de que le sucediera una cosa así una semana antes de que ocurriera? ¿Acaso esperaba que él se comportara con usted de ese modo?

A Marianne le centelleaban los ojos.

—Por supuesto que no —respondió—. Era impensable. ¡No! ¡No; no tenía ni idea! ¡Nunca! —Se volvió con brusquedad, como si Monk le hubiera hecho una proposición indecente.

—Entonces no puede afirmar que no se repetirá —razonó él—. Lo lamento. —Consideró la posibilidad de mencionarle que tal vez hubiera quedado embarazada, pero recordó lo que Hester y Callandra habían comentado; quizá Marianne ni siquiera sabía cómo se engendraban los niños y, por tanto, se guardó de manifestarlo. La impotencia y la incompetencia le impedían hablar.

—No le habrá resultado fácil decirme esto. —Marianne se volvió hacia él con el rostro demudado—. Pocos hombres se habrían atrevido. Lo menos que puedo hacer es agradecérselo.

—Ahora tengo que ver a la señora Penrose. Ojalá hubiera otra solución, pero no se me ocurre ninguna.

—Está en la sala de estar. Esperaré en mi dormitorio. Supongo que Audley me pedirá que me marche de aquí y que Julia estará de acuerdo. —Los labios le temblaban cuando se encaminó hacia la puerta con tal rapidez que él no tuvo tiempo de abrírsela. Buscó a tientas el pomo, la abrió y atravesó el vestíbulo en dirección a las escaleras con la cabeza alta pero con paso torpe.

Monk permaneció inmóvil por unos minutos, tentado una vez más de buscar otra solución. Pero el sentido común se impuso a las emociones, y recorrió entonces el ya familiar trayecto que lo conducía a la sala de estar.

Llamó a la puerta y al entrar encontró a Julia de pie junto a la mesa central, delante de un florero, con un tallo largo y brillante de espuela de caballero en la mano. Al parecer, no le gustaba la posición en que estaba y había decidido colocarlo bien. Tan pronto como lo vio, dejó la flor en el jarrón sin preocuparse de enderezarla.

—Buenos días, señor Monk —saludó con voz trémula. Escudriñó el rostro del detective y advirtió algo en su expresión que la asustó—. ¿Qué ocurre?

Él cerró la puerta detrás de sí. Debía enfrentarse a una situación sumamente dolorosa. No había escapatoria, y era imposible aliviar el sufrimiento.

—Me temo que ayer no le dije la verdad, señora Penrose.

Ella lo observó en silencio. La sombra de sorpresa e ira que se apreciaba en sus ojos no era mayor que el temor.

Aquello era como mirar algo y destruirlo deliberadamente. En una ocasión Monk le había comentado a Julia que lo sucedido era irreparable. Ya había tomado una decisión, pero seguía vacilando.

—Le ruego que se explique, señor Monk —pidió por fin la mujer con aflicción, y añadió—: No me basta con lo que ha dicho. ¿En qué me mintió y por qué?

Monk respondió primero a la segunda pregunta.

—Porque la verdad es tan amarga que pretendía evitársela, señora. Además, así lo deseaba la señorita Gillespie. De hecho, al principio lo negó hasta que el peso de la evidencia hizo que ya no fuera posible. Entonces me suplicó que no se lo dijera. Estaba dispuesta a asumir las consecuencias ella sola antes de permitir que usted se enterara. Por ese motivo he hablado con ella esta mañana, para decirle que no podía mantener mi promesa.

Julia estaba tan pálida que Monk temió que fuera a desmayarse de un momento a otro. La mujer se apartó de la mesa muy despacio y extendió el brazo hacia atrás para apoyarse en el sofá. Se desplomó en él sin desviar la mirada de Monk.

—Será mejor que me cuente la verdad. Necesito conocerla. ¿Sabe quién violó a mi hermana? —preguntó.

—Sí; me temo que sí. —Monk respiró hondo y decidió jugar su última baza, aun cuando sabía que era en vano—. Sigo pensando que sería mejor que dejara el asunto como está. No puede interponer una demanda. Quizá conviniese buscar otro alojamiento para su hermana, un lugar donde no pudiera encontrar a ese hombre de nuevo. ¿Tienen algún familiar, una tía, por ejemplo, que accediera a acogerla?

Julia enarcó las cejas.

—¿Insinúa que el culpable no debería recibir ningún castigo, señor Monk? —preguntó—. Soy consciente de que la justicia no lo condenará y que, en todo caso, un juicio sería tan doloroso para Marianne como para él. —Estaba tan tensa que debían de dolerle todos los músculos del cuerpo—. Aun así, ¡jamás toleraré que quede impune! Me da la impresión de que usted no lo considera un delito. Reconozco que me ha decepcionado; tenía otro concepto de usted.

A Monk le hervía la sangre de rabia, y le costó mucho contenerse.

—Así sufrirían menos personas.

Ella lo miró fijamente.

—Es una situación lamentable, pero no debemos olvidarla. ¿Quién fue? Le ruego que no recurra a más evasivas. No cambiaré de opinión.

—Fue su esposo, señora Penrose.

Ella no se mostró incrédula ni indignada. Permaneció inmóvil, con el rostro ceniciento. Al cabo de unos segundos se humedeció los labios y trató de hablar, pero se le quebró la voz y no logró emitir sonido alguno. Volvió a intentarlo.

—Supongo que no lo diría... si... si no estuviera completamente seguro, ¿verdad?

—Por supuesto que no. —Monk deseaba consolarla, pero no había consuelo posible—. Lo cierto es que preferiría no habérselo dicho. Su hermana me rogó que no lo hiciera, pero yo consideré que era mi obligación, en parte porque usted estaba decidida a seguir investigando el caso, si no a través de mí, mediante otro detective. Además, existe el riesgo de que vuelva a ocurrir y cabe la posibilidad de que Marianne quede embarazada...

—¡Cállese! —El grito quedó desgarrado por el dolor—. ¡Cállese! Ya me lo ha dicho. Es suficiente. —Se esforzó por dominarse, pero las manos le temblaban de modo incontrolable.

—Cuando interrogué a su hermana al respecto, al principio negó los hechos con la intención de protegerla —prosiguió Monk, implacable. Tenía que acabar con el asunto—. Más tarde, después de oír su testimonio y el de sus vecinos, la verdad salió a la luz. Entonces la reconoció, pero me imploró que no se la revelara a usted. Creo que la única razón por la que decidió mencionar el suceso fue para justificar su profunda angustia y las contusiones. De lo contrario, sospecho que no habría comentado nada para no herirla a usted.

—Pobre Marianne —susurró Julia con voz trémula—. Se habría tragado su dolor por mí. ¡Cuánto daño le he causado!

Monk avanzó un paso hacia ella, sin saber si debía sentarse aun cuando no lo hubieran invitado, o permanecer de pie, lo que le parecía poco adecuado. Así pues, optó por tomar asiento.

—No debe reprocharse nada —dijo—. Usted es la persona más inocente de todo este asunto.

—No; no lo soy, señor Monk —repuso ella sin mirarlo. Dirigió la vista hacia la sombra verde que formaban las hojas al otro lado de la ventana. Su voz destilaba odio hacia sí misma—. Audley es un hombre con deseos naturales, y yo se los he negado durante todos los años de nuestro matrimonio. —Se encogió sobre sí misma, como si de repente en la estancia hiciera un frío insoportable y se clavó los dedos en los brazos con fuerza.

Monk deseaba interrumpirla, decirle que no era necesario que le diera explicaciones sobre su vida privada, pero sabía que la señora Penrose necesitaba desahogarse, librarse de una carga que ahora le resultaba insoportable.

—No debería haber actuado así, pero estaba muy asustada. —Julia temblaba ligeramente, como si tuviera los músculos agarrotados—. Mi madre concibió un hijo tras otro entre mi nacimiento y el de Marianne. Todos murieron durante la gestación o al poco de venir al mundo. Mi madre sufrió mucho, y yo estaba allí para presenciar sus padecimientos. —Empezó a mecerse como si ese movimiento la aliviara—. Recuerdo verla muy pálida, y la sangre en las sábanas; mucha, enormes manchas oscuras, como si la vida escapara de su interior. Intentaban ocultármelo e impedir que saliera de mi habitación, pero la oía gritar de dolor y veía a las criadas correr de un lado a otro con fardos de ropa de cama. —Las lágrimas corrían por sus mejillas, y no trató de contenerlas—. Luego, cuando me permitían verla, la encontraba exhausta, con círculos negros alrededor de los ojos y los labios blancos. ¡Yo sabía que había estado llorando por el bebé muerto y me resultaba insoportable!

Sin pensarlo dos veces, Monk le tomó las manos entre las suyas. Julia las apretó de forma inconsciente, con fuerza, como si su vida dependiera de ello.

—Sabía que ella temía que sucediera cada vez que quedaba embarazada —prosiguió—. Percibía el terror en sus ojos, aunque entonces ignoraba qué lo causaba. Cuando Marianne nació, mi madre se sintió muy feliz. —Sonrió al recordar el momento, y por unos instantes sus ojos, anegados en lágrimas, reflejaron ternura—. La cogió en brazos y me la enseñó, como si fuera obra de las dos. La comadrona quería echarme de la habitación, pero mamá no se lo permitió. Creo que sabía que se estaba muriendo. Me hizo prometerle que cuidaría de Marianne como lo haría ella, que sería como una madre.

Julia lloraba desconsoladamente. Monk sufría por ella y por su propia impotencia, así como por el desconcierto, el horror y la congoja de tantas mujeres.

—Me quedé con ella toda la noche —añadió ella sin dejar de balancearse—. Por la mañana empezó a sangrar de nuevo, me sacaron del dormitorio y avisaron al médico. Subió por las escaleras con semblante grave y el maletín negro en la mano. Llevaron más sábanas, todas las sirvientas estaban asustadas, y el mayordomo trajinaba por la casa con una profunda tristeza. Mamá falleció poco después. No recuerdo la hora, pero lo adiviné enseguida; de repente me embargó una sensación de soledad que nunca antes había experimentado. Desde su muerte no he vuelto a sentirme tan segura ni querida.

Monk se sentía furioso, impotente, acongojado e invadido por la misma sensación de soledad. Le estrechó las manos, y permanecieron varios minutos en silencio.

Al cabo Julia levantó la mirada y enderezó la espalda mientras buscaba un pañuelo en sus bolsillos. Monk le tendió el suyo, ella lo aceptó y dijo:

—Nunca se me ha pasado por la cabeza quedarme embarazada. No lo soportaría. Me asusta tanto que preferiría morir de un disparo a padecer el sufrimiento que tuvo que soportar mi madre. Sé que no está bien, que probablemente sea una decisión malvada. Se supone que todas las mujeres estamos obligadas a ceder ante los deseos de nuestros esposos y darles hijos. Es nuestro deber. Sin embargo, soy incapaz de vencer el terror, y éste ha sido mi castigo: Marianne ha sido víctima de una violación por mi culpa.

—¡Tonterías! —exclamó Monk, furioso—. Lo que suceda entre usted y su esposo no justifica lo que él le hizo a Marianne. Si no podía contener sus impulsos, hay mujeres cuyo oficio consiste en satisfacer esa clase de apetitos, y podía haberse costeado perfectamente sus servicios. —Deseaba zarandearla para hacerla entrar en razón—. No debe culparse —insistió—. Es un error y una estupidez; además, no le ayudará ni a usted ni a Marianne. ¿Me ha oído?

Julia levantó la mirada hacia él con los ojos empañados por las lágrimas.

—Culparse sería una forma de autocompasión que acabaría por extenuarla —agregó Monk—. Debe hacer acopio de fuerzas. Tiene ante sí una situación terrible. No piense en el pasado, sino en el futuro. Si usted es incapaz de consumar el matrimonio, su esposo debe satisfacer sus deseos en otro sitio, no con Marianne. Nunca con Marianne.

—Lo sé —susurró ella—, pero es evidente que soy la responsable de lo sucedido. Él tiene derecho a que lo complazca, y nunca lo he hecho. Le he decepcionado; eso no puede negarse.

—Sí, es cierto. —Monk tampoco iba a eludir la realidad. No serviría de nada—. Sin embargo, su negativa no justifica el comportamiento de su marido. Ha de plantearse qué va a hacer a partir de ahora, no lo que ha hecho hasta el momento.

—¿Qué puedo hacer? —Julia lo miró a los ojos con desesperación.

—Esa decisión sólo le corresponde a usted —respondió Monk—. En cualquier caso, debe proteger a Marianne para que no vuelva a suceder. Si quedara embarazada, sería su perdición. —No era necesario que le explicara por qué. Ambos eran conscientes de que ningún hombre respetable se casaría con una mujer con un hijo ilegítimo. De hecho, ningún hombre la vería de otra forma que como a una prostituta, por injusto que fuera.

—Lo haré —prometió ella, y por vez primera habló con determinación—. No existe otra solución. Tendré que tragarme mi orgullo. —De nuevo se le quebró la voz y se le empañaron los ojos. Con un esfuerzo supremo logró recuperar la calma—. Gracias, señor Monk, ha cumplido con su cometido de manera honorable. Puede presentarme su factura y le pagaré por sus servicios. Ahora, le agradeceré que me disculpe por no acompañarlo. No deseo que los sirvientes me vean en este estado.

—Descuide. —Monk se puso en pie—. No sabe lo mucho que lo lamento. —Sin esperar una respuesta, que no tendría sentido alguno, añadió—: Adiós, señora Penrose.

Cuando salió a la brumosa claridad de Hastings Street, se sentía entumecido y tan aturdido por las emociones que ni siquiera reparaba en los transeúntes, los ruidos, el calor o la gente que lo observaba mientras caminaba por la calle.

3

La historia de Julia Penrose y su hermana conmovió profundamente a Callandra Daviot, pero no podía hacer nada al respecto y no era una mujer dada a dedicar esfuerzos y tiempo en vano. En aquellos momentos estaba muy atareada, y lo más importante para ella era su labor en el hospital, como había comentado a Monk cuando la había visitado hacía unas semanas.

Formaba parte del consejo, un cargo más nominal que efectivo, que implicaba dar consejos a los médicos y los tesoreros, que los escuchaban más o menos cortésmente para luego olvidarlos, y dar charlas a las enfermeras sobre moralidad y seriedad, tarea que odiaba y juzgaba inútil.

Había un sinfín de cosas mejores que hacer, empezando por las reformas que Florence Nightingale había propuesto y por las que Hester había abogado con tanto ahínco. En las salas de hospital de Inglaterra se otorgaba escasa importancia a la luz natural y al aire fresco, y en algunos casos llegaban incluso a considerarse nocivos. Las autoridades médicas eran conservadoras y celosas de sus conocimientos y privilegios en grado sumo; detestaban los cambios. En su mundo no había lugar para las mujeres, a menos que ejercieran de criadas o, en escasas ocasiones, de administradoras, como las enfermeras jefe, o bien realizaran tareas caritativas, como ella y otras damas de la alta sociedad que actuaban al margen, velando por la moralidad de los demás y aprovechando sus contactos para obtener donaciones económicas.

Salió de su casa y ordenó al cochero que la condujera a Gray's Inn Road con un apremio que sólo en parte guardaba relación con sus planes de reforma. Ni siquiera a Monk le habría contado la verdad al respecto, y ni ella misma se atrevía a reconocer el enorme deseo que sentía de volver a ver al doctor Kristian Beck; el caso era que siempre que pensaba en el hospital, se le aparecía su rostro en la cabeza y le parecía oír su voz.

Centró la atención en los asuntos inmediatos. Ese día debía entrevistarse con la jefa de enfermeras, la señora Flaherty, una mujer menuda y nerviosa que se ofendía con suma facilidad y no olvidaba ni perdonaba nada. Se ocupaba de las salas con eficacia, tenía aterrorizadas a las enfermeras, por lo que se comportaban con una diligencia y seriedad extremas, y demostraba una paciencia con los enfermos que parecía no conocer límites. No obstante, era muy inflexible en sus convicciones, rendía una lealtad absoluta a los cirujanos y médicos que dirigían el hospital y se negaba en redondo a aceptar ideas modernas y a todos aquellos que abogaban por ellas. Ni siquiera el nombre de Florence Nightingale le merecía un respeto especial.

Callandra se apeó del vehículo e informó al cochero de cuándo debía volver para recogerla. Acto seguido subió por las escaleras y entró por las grandes puertas que conducían al vestíbulo. Una mujer de mediana edad pasó cargada con un cubo de agua sucia en una mano y una mopa en la otra. Tenía la cara blanca y el cabello ralo recogido en un moño. Golpeó involuntariamente el cubo con la rodilla y derramó el agua por el suelo sin detenerse. Ni siquiera reparó en Callandra, como si fuera invisible.

Apareció un cirujano en prácticas cuyos pantalones estaban salpicados de sangre; era la prueba silenciosa de su presencia en el quirófano. Saludó a Callandra con un movimiento de la cabeza al pasar por su lado.

El recinto olía a polvo de carbón, al calor de los cuerpos febriles y enfermos, a vendajes viejos, a desagües y aguas residuales estancadas. Debía ver a la jefa de enfermeras para tratar sobre la disciplina moral de sus subordinadas, a quienes pensaba dar otra charla al respecto. Luego se entrevistaría con el tesorero a fin de hablar de fondos, de la disposición de ciertas sumas de dinero y estudiar los casos de beneficencia. Primero se ocuparía de esos asuntos y luego ya tendría tiempo de ver a Kristian Beck.

Encontró a la señora Flaherty en una de las salas destinadas a los pacientes que estaban a la espera de una intervención quirúrgica o se recuperaban de ella. A varios les había subido la fiebre durante la noche, algunos habían empeorado; las infecciones que padecían ya estaban avanzadas. Un hombre se encontraba en estado comatoso y próximo a la muerte. Pese a que el descubrimiento reciente de la anestesia había supuesto un importante avance en el campo de la cirugía, muchos de los pacientes que sobrevivían a las operaciones fallecían posteriormente debido a las infecciones que contraían. Sólo se salvaba una minoría. No se conocía ningún método para evitar la septicemia o la gangrena, ni siquiera un remedio para aliviar los síntomas y mucho menos curar esas enfermedades.

La jefa de enfermeras salió de la pequeña sala donde se guardaban las medicinas y los vendajes limpios. Su rostro enjuto estaba pálido, y llevaba el pelo cano recogido con tanta fuerza que le tiraba de la piel en torno a los ojos. Estaba roja de ira.

—Buenos días, señora —saludó con brusquedad—. Hoy no tiene nada que hacer aquí y no quiero volver a oír hablar de la señorita Nightingale y su teoría de las salas ventiladas. Tenemos una cuantas pobres almas que se mueren de fiebres, y si siguiéramos sus consejos el aire del exterior mataría al resto. —Consultó el reloj que colgaba del alfiler que llevaba prendido en el hombro y luego miró a Callandra—. Señora, le agradecería que la próxima vez que hable a las enfermeras sobre moral y comportamiento, dedique una mención especial a la honestidad. Algunos pacientes han sido víctimas de robos. Ha sido poca cosa, claro está, porque no tienen mucho, ya que de lo contrario no estarían aquí. No sé si usted aprecia la importancia de este hecho, pero yo sí.

Tras estas palabras entró en la sala, una habitación rectangular de techo alto, con una hilera de pequeñas camas a ambos lados, todas ellas con sábanas grises y alguien sentado o tumbado. Algunos enfermos estaban demacrados, otros tenían fiebre, algunos se mostraban intranquilos y se paseaban de arriba abajo, otros yacían inmóviles, respiraban de forma irregular, como si les faltara aire. En la estancia hacía calor, y olía a moho y a cerrado.

Una joven con una bata manchada recorría la sala entre los lechos cargada con un cubo lleno de orines. Callandra percibió con desagrado el hedor que despedía, fuerte y agrio.

—Lo siento —dijo a la enfermera jefe—. La solución no consiste en impartir charlas. Necesitamos contar con la colaboración de otra clase de mujeres y tratarlas como se merecen.

La señora Flaherty hizo una mueca de indignación. Ya había oído esos argumentos antes y le parecían descabellados y poco prácticos.

—Parece muy bonito, señora —repuso con aspereza—, pero hemos de conformarnos con las que tenemos, y lo que tenemos es vagancia, alcoholismo, hurtos y una irresponsabilidad total. Si quiere ayudar, haga algo al respecto y no se dedique a divagar sobre situaciones ideales.

Callandra se disponía a replicar cuando reparó en una mujer situada hacia la mitad de la sala, que empezó a toser, y en su vecina que pedía ayuda.

Apareció una mujer pálida y obesa con un cubo vacío y se acercó a la paciente que tosía. Ésta empezó a vomitar.

—Son las hojas de la dedalera —explicó la señora Flaherty con toda naturalidad—. La pobre padece hidropesía. Hace días que no orina, pero las hierbas la ayudarán. Ya ha estado aquí en otras ocasiones y se ha recuperado. —Se volvió y echó un vistazo a su mesa, en la que había estado tomando notas sobre algunos medicamentos y las reacciones que provocaban. Las pesadas llaves que llevaba prendidas del cinturón sonaban cada vez que se movía—. Ahora, si me disculpa —añadió mientras reanudaba su trabajo de espaldas a Callandra—, tengo muchas cosas que hacer, y estoy segura de que usted también. —Su último comentario rezumaba sarcasmo.

—Sí —repuso Callandra con la misma aspereza—; lo cierto es que sí. Me temo que tendrá que buscar a otra persona que se encargue de dar las charlas a las enfermeras, señora Flaherty. Quizá lady Ross Gilbert acceda; además parece una mujer muy competente.

—Lo es —aseguró la señora Flaherty con intención. Acto seguido se sentó a la mesa y cogió la pluma. Era una forma de decirle adiós.

Callandra salió de la sala y recorrió un pasillo estrecho. Pasó junto a una mujer pertrechada con un cubo y un cepillo de fregar y al lado de otra que parecía una pila de ropa apoyada contra la pared y estaba casi inconsciente debido a su estado de embriaguez.

Al final del corredor vio a un grupo de tres jóvenes médicos en prácticas que charlaban animadamente, con las cabezas juntas y haciendo gestos expresivos con las manos.

—Es así de grande —afirmó un muchacho pelirrojo al tiempo que alzaba el puño—. Sir Herbert va a cortarlo. Gracias a Dios que vivimos en esta época. Imaginaos lo grave que hubiera sido hace doce años, antes del descubrimiento de la anestesia. Hoy día, con el éter o el óxido nitroso, todo es posible.

—Es el descubrimiento más importante desde Harvey y la circulación de la sangre —observó otro con entusiasmo—. Mi abuelo fue cirujano naval en la flota de Nelson. Durante las intervenciones se valía de una botella de ron y una mordaza de cuero, además de dos hombres para sujetar al enfermo. Dios mío, hay que reconocer que la medicina moderna es una maravilla. Vaya, tengo los pantalones manchados de sangre. —Extrajo un pañuelo del bolsillo y se los frotó, pero lo único que consiguió fue que se tiñeran de color escarlata.

—No sé por qué pierdes el tiempo —intervino el tercero, que observaba los esfuerzos de su compañero con una sonrisa en los labios—. Estás de ayudante, ¿no? Volverás a mancharte. No tenías que haberte puesto un buen traje. Yo nunca lo hago. Así aprenderás a no ser presumido sólo porque estás con sir Herbert.

Se empujaron los unos a los otros en son de broma y, al pasar junto a Callandra, la saludaron y siguieron por el vestíbulo en dirección al quirófano.

Pocos segundos después el mismo sir Herbert Stanhope entró por una de las enormes puertas de roble. Vio a Callandra y vaciló, como si no recordase su nombre. Era un hombre corpulento, no demasiado alto pero de aspecto imponente. Tenía un rostro de lo más corriente: ojos pequeños, nariz aguileña, frente ancha y cabello rojizo que ya empezaba a ralear. Sin embargo, en su semblante se percibían la fuerza de su intelecto y la intensidad emocional de su concentración.

—Buenos días, lady Callandra —saludó con repentina satisfacción.

—Buenos días, sir Herbert —repuso ella con leve sonrisa—. Me alegro de poder verlo antes de que empiece a operar.

—Tengo un poco de prisa —explicó él con cierta irritación—. Mis ayudantes me esperan en el quirófano, y supongo que traerán al paciente de un momento a otro.

—Me gustaría comentarle algo que tal vez contribuya a reducir el riesgo de infecciones —declaró Callandra haciendo caso omiso de las prisas del médico.

—Claro —dijo él, ceñudo—. ¿De qué se trata?

—He estado en una sala y he visto, no por vez primera, a una enfermera que llevaba un balde sin tapar lleno de heces y orina.

—Es inevitable, señora —repuso él con impaciencia—. Las personas las generan, y suelen ser desagradables cuando están enfermas. También vomitan. Es algo propio de la naturaleza tanto de la enfermedad como de la curación.

A Callandra le costaba conservar la paciencia. Aunque no era una mujer irascible, le irritaba que la trataran con condescendencia.

—Soy consciente de ello, sir Herbert, pero por muy natural que sea que el cuerpo expulse los residuos, los gases que despiden son nocivos y no es bueno inhalarlos. ¿No sería más saludable que las enfermeras utilizaran orinales con tapa?

Se oyeron unas risas estentóreas al doblar la esquina del pasillo. Sir Herbert apretó los labios en señal de fastidio.

—¿Ha intentado alguna vez enseñar a las enfermeras a que cumplan las normas, señora? —El médico formuló la pregunta con cierta ironía, pero sin regocijo alguno—. Como se publicó el año pasado en el *Times* (no recuerdo las palabras exactas), las enfermeras son sermoneadas por comités y capellanes, miradas con desprecio por los tesoreros y administradores, regañadas por sus jefes, acosadas por los ayudantes, objeto de quejas y groserías por parte de los pacientes, insultadas si son viejas, tratadas con indiferencia si son de mediana edad y carácter afable, y seducidas si son jóvenes. —Enarcó sus finas cejas—. ¿Es de extrañar que se comporten como lo hacen? ¿Qué clase de mujer aceptaría un trabajo como éste?

—Yo también leí ese artículo —manifestó Callandra mientras caminaba a su lado en dirección al quirófano—, pero ha olvidado mencionar que el periódico también dice que los médicos las menosprecian y ofenden. —Callandra hizo caso omiso de la mirada de furia que el doctor Herbert le lanzó—. Tal vez ése sea el mejor argumento para contratar a mujeres más capacitadas y tratarlas como profesionales, en lugar de como a vulgares criadas.

—Mi querida señora —repuso sir Herbert—, está muy bien hablar como si hubiera cientos de jovencitas inteligentes, de buena familia y comportamiento intachable deseosas de prestar sus servicios como enfermeras, pero como el *glamour* de la guerra ya ha pasado resulta que ése no es el caso. —Sacudió la cabeza—. Si analizara la situación actual, se daría cuenta de ello. Los sueños idílicos son muy agradables, pero debo enfrentarme a la realidad. Sólo puedo trabajar con lo que tengo, y lo cierto es que las mujeres que ve avivan el fuego, vacían los orinales, enrollan vendajes, y la mayoría de ellas, cuando están sobrias, tratan bien a los enfermos.

El tesorero del hospital pasó por su lado; vestía de

negro y llevaba una pila de libros de contabilidad. Les saludó con una inclinación de la cabeza, sin detenerse.

—De todos modos —añadió sir Herbert con mayor brusquedad aún—, si usted quiere ponerle tapas a los cubos, haga todo lo posible para que se utilicen. Mientras tanto, debo acudir de inmediato al quirófano; mis pacientes me aguardan. Que tenga un buen día, señora. —Sin esperar ningún comentario por parte de Callandra, dio media vuelta con sus caros y lustrosos zapatos y cruzó el vestíbulo en dirección al pasillo del fondo.

Callandra apenas había inhalado una bocanada de aire cuando vio a una mujer de rostro ceniciento que, apoyada en dos hombres de mirada solemne, se dirigía con dificultad hacia el pasillo que había enfilado sir Herbert. Al parecer era la paciente que esperaba.

Después de una hora tediosa pero productiva de hablar de finanzas, donativos y regalos con el tesorero, Callandra se encontró con otra miembro del consejo rector, a quien la señora Flaherty había dedicado tantas alabanzas, lady Ross Gilbert. Callandra se hallaba en el rellano, al final de la escalera, cuando Berenice Ross Gilbert la abordó. Era un mujer alta que se movía con tamaña elegancia y facilidad que hacía que los vestidos más ordinarios parecieran de lo más moderno. En aquella ocasión lucía uno con la cintura extremadamente puntiaguda en la parte delantera, falda de muselina verde claro con tres grandes volantes y algunas flores bordadas. El color del traje realzaba su cabello rojizo y la palidez de su tez. Además, las pestañas espesas y la mandíbula marcada le otorgaban una belleza particular.

—Buenos días, Callandra —dijo con una sonrisa. Sus faldas giraron alrededor del espigón de la escalera cuando se dispuso a bajar por los peldaños junto a ella—. Me han comentado que tuvo una pequeña diferencia con la señora Flaherty hace un rato. —Adoptó una expresión de resignación divertida—. Yo en su lugar me olvidaría de la señorita Nightingale. Es una persona un tanto romántica, y sus ideas son difíciles de poner en práctica aquí.

—No le he hablado de la señorita Nightingale —repuso Callandra—. Me he limitado a explicarle que no deseaba sermonear a las enfermeras sobre la honestidad y los peligros del alcoholismo.

Berenice se echó a reír.

—Sería una pérdida de tiempo absoluta por su parte, querida. Tan sólo serviría para que la señora Flaherty dijera que lo ha intentado.

—¿No le ha pedido que imparta esas charlas? —preguntó Callandra con curiosidad.

—Por supuesto que sí, y he aceptado. Cuando llegue el momento, les contaré lo que me interese.

—No se lo perdonará. La señora Flaherty no perdona. Por cierto, ¿qué pretende decir?

—La verdad es que no lo sé —respondió Berenice con ligereza—. Nada tan atrevido como lo que usted diría. —Cuando llegaron al pie de la escalera, añadió—: Querida, lo cierto es que debe perder la esperanza de que, con este tiempo, dejen las ventanas abiertas. Se helarían de frío. Hasta en las Antillas las cierran por la noche. No es sano, por muy templado que sea el clima.

—Ese caso es diferente —arguyó Callandra—. Allí tienen toda clase de enfermedades.

—Y aquí tenemos cólera, fiebre tifoidea y viruela —señaló Berenice—. Hubo un brote grave de cólera cerca de aquí hace tan sólo cinco años, lo que ratifica mi punto de vista. Hay que tener las ventanas cerradas, sobre todo en las habitaciones de los enfermos.

Enfilaron el pasillo.

—¿Cuánto tiempo vivió en las Antillas? —preguntó Callandra—. ¿Dónde fue, en Jamaica?

—Oh, quince años —respondió Berenice—. Sí, viví en Jamaica la mayor parte del tiempo. Mi familia poseía plantaciones allí. Era una vida muy agradable —agregó al tiempo que se encogía de hombros con elegancia—, pero aburrida para quien le guste hacer vida social y el ajetreo de una ciudad tan apasionante como Londres. Ves a la misma gente semana tras semana. Al cabo de un tiempo se tiene la sensación de que se conoce a todas las personas interesantes y ya se ha oído todo lo que tienen que contar.

Se detuvieron al llegar a una esquina, pues parecía que Berenice tenía intención de ir a una sala situada a la izquierda, y Callandra deseaba hablar con Kristian Beck, que suponía se encontraría en su consulta, que se hallaba a la derecha. Era el lugar donde estudiaba, visitaba a los pacientes y guardaba sus libros y documentos.

—De todos modos, debió de resultarle muy doloroso marcharse de allí —comentó Callandra sin verdadero interés—. Inglaterra es muy distinta, y seguro que echa de menos a su familia.

Berenice sonrió.

—Lo cierto es que no dejé gran cosa allí —repuso—. Las plantaciones ya no son tan rentables como antes. Recuerdo que de pequeña iba al mercado de esclavos de Kingston, pero, por supuesto, hace años que se abolió la esclavitud. —Se pasó la mano por los faldones para retirar un hilo que se le había adherido a la tela. A continuación, sonrió y se alejó por el pasillo. Callandra echó a andar en dirección contraria hacia el consultorio del doctor Beck. De repente se puso nerviosa, se notó las manos sudorosas y la lengua torpe. Aquello era ridículo. Era una viuda de mediana edad, carente de atractivo, que iba a visitar a un médico, nada más.

Llamó a la puerta con cierta brusquedad.

—Adelante. —Su voz era muy profunda, con un acento extranjero casi imperceptible. Era centroeuropeo, pero Callandra no tenía modo de precisar el país y tampoco se lo había preguntado.

Hizo girar el pomo y abrió la puerta.

El doctor Kristian Beck estaba sentado a la mesa, frente a la ventana. Levantó la mirada de unos papeles que estaba leyendo para comprobar quién había entrado. No era un hombre alto, pero transmitía una sensación de fuerza, tanto física como emocional. En su rostro destacaban unos bonitos ojos oscuros y una boca sensual y graciosa. Su expresión de desasosiego se esfumó en cuanto la vio, y no disimuló su alegría.

—Lady Callandra. Cuánto me complace volver a verla. Espero que su visita no implique que algo va mal.

—Nada nuevo. —Cerró la puerta detrás de sí. Había inventado una buena excusa para justificar su presencia, pero en aquel momento no le salían las palabras—. He intentado convencer a sir Herbert de que las enfermeras tapen los orinales —explicó de forma un tanto precipitada—, pero creo que no lo considera importante. Se dirigía al quirófano, y supongo que tenía la mente puesta en su paciente.

—Entonces ¿intentará convencerme a mí? —Beck esbozó una sonrisa—. Nunca he conocido a más de dos o tres enfermeras que recuerden una orden durante más de un día y, mucho menos, que la cumplan. Las pobres criaturas se sienten acosadas por todos lados, pasan hambre la mitad del tiempo y están ebrias la otra mitad. —La sonrisa desapareció de sus labios—. La mayoría hace lo que puede. —De pronto al doctor se le encendió la mirada de entusiasmo y se acodó en la mesa—. He leído un artículo sumamente interesante. Es de un médico que, cuando regresaba en barco de las Antillas a Inglaterra cayó enfermo y, para curarse, salía a la cubierta por la noche, se desnudaba y tomaba una ducha fría con cubos de agua de mar. ¡Es increíble! —La observó para ver su reacción—. Consiguió aliviar sus síntomas de forma considerable, durmió bien y por la mañana se encontraba mucho mejor. Por la tarde volvió a subirle la fiebre; siguió el mismo método y de nuevo se recuperó. El ataque era cada vez más leve, y cuando la embarcación atracó en el puerto estaba perfectamente.

Callandra quedó estupefacta, pero el entusiasmo del doctor la animó a hablar.

—¿Imagina cómo reaccionaría la señora Flaherty si intentara empapar a sus pacientes con agua de mar? —Se esforzó por contener la risa y notó que le temblaba la voz, no tanto por la diversión como por el nerviosismo—. Ni siquiera logro persuadirla de que abra las ventanas cuando hace sol, de modo que no quiero ni pensar qué diría si le propusieran que no las cerrara por la noche.

—Lo sé, pero cada año se producen nuevos descubrimientos. —El doctor Beck tomó la silla que había entre ellos y la hizo girar para que Callandra se sentara, pero ella pasó por alto la invitación—. Acabo de leer un estudio de Carl Vierordt sobre el recuento de glóbulos de la sangre humana. —Se acercó a la mujer con entusiasmo—. Ha inventado una forma de hacerlo. —Levantó los papeles al tiempo que lo decía, con los ojos destelleantes—. Con tanta precisión, ¡piense en todo lo que podemos aprender! —Le enseñó el estudio como si deseara compartir su placer con ella.

Ella lo cogió mientras sonreía a su pesar y lo miraba a los ojos.

—Léalo —le pidió él.

Callandra bajó la vista. Estaba escrito en alemán.

El médico se percató de su desconcierto.

—Oh, disculpe. —Se sonrojó ligeramente—. Usted me entiende tan bien que he olvidado que no sabe alemán. ¿Desea que le explique lo que dice? —Saltaba a la vista que quería hacerlo, y no había forma de negárselo, aunque ella tampoco se lo hubiera planteado.

—Por favor —le animó Callandra—. Me parece un tratamiento de lo más conveniente.

Él se mostró sorprendido.

—¿Usted cree? Yo no toleraría que me echaran cubos de agua fría por encima.

Ella sonrió abiertamente.

—Quizá no lo sea desde el punto de vista del paciente —señaló—. Estaba pensando en nosotros. El agua fría es barata y se encuentra en todas partes. Además, no se precisa ninguna habilidad especial para administrarla ni hay posibilidad de equivocarse con la dosificación. Un cubo más o menos no supondrá una gran diferencia.

El doctor Beck se relajó y soltó una carcajada de alivio.

—Oh, por supuesto —dijo—. Me temo que usted es mucho más práctica que yo. Las mujeres suelen serlo. —Se le ensombreció el semblante y frunció el entrecejo—. Por eso me gustaría que más mujeres inteligentes y seguras se dedicaran al cuidado de los enfermos. Aquí hay un par de enfermeras excelentes, pero tienen poco futuro a menos que las autoridades médicas abandonen ciertos prejuicios. —La observó con seriedad—. Una es especialmente competente, la señorita Barrymore, que trabajó con la señorita Nightingale en la guerra de Crimea. Posee una perspicacia admirable, pero me temo que no todos respetan su criterio como sería de esperar. —Exhaló un suspiro y esbozó una franca sonrisa, lo que estableció una intimidad entre ellos que turbó a Callandra—. Parece que me ha contagiado su afán reformista.

El doctor Beck lo dijo como si fuera una broma, pero ella comprendió que en realidad así lo sentía y quería hacérselo saber.

Callandra se disponía a hablar cuando se oyeron exclamaciones de ira procedentes del pasillo; era la voz de una mujer furiosa. Ambos se volvieron de forma instintiva hacia la puerta. Poco después sonó un grito colérico, seguido de un chillido de dolor y rabia.

Kristian se acercó a la puerta y la abrió. Callandra lo siguió y se asomó al corredor. No había ventanas, y las lámparas de gas no se encendían durante el día. A pocos metros de ellos, bajo la tenue luz, dos mujeres se peleaban. Una de ellas llevaba la melena suelta y enredada y, pese a que sabían que las observaban, su contrincante arremetió contra ella e intentó tirarle del pelo.

—¡Deténganse! —exclamó Callandra al tiempo que se aproximaba—. ¿Qué ocurre? ¿Qué están haciendo?

Las mujeres dejaron de luchar por un momento, más que nada debido a la sorpresa. Una debía de tener cerca de treinta años, era poco agraciada pero poseía cierto atractivo. La otra contaba por lo menos diez años más, pero parecía envejecida por la dura vida que había llevado y las noches pasadas en compañía de una botella.

—¿Qué ocurre? —repitió Callandra—. ¿Por qué se pelean?

—El conducto de la lavandería —contestó la más joven con resentimiento—. Lo ha atascado al meter un fardo de ropa. —Lanzó una mirada a la otra mujer—. No admite nada, y ahora tendremos que llevar las prendas sucias a los calderos. Como si no tuviéramos nada que hacer aparte de subir y bajar por escaleras cada vez que hay que cambiar una sábana.

En aquel momento Callandra reparó en el fardo de sábanas sucias que había en el suelo, junto a la pared.

—Yo no he sido —replicó la otra mujer con actitud desafiante—. Sólo puse una sábana. ¿Cómo pude atascarla? —Elevó la voz, indignada—. Hay que ser muy lista para meter menos de una por vez. ¿Qué quieres? ¿Que la rasgue por la mitad y luego la cosa cuando esté limpia? —Dedicó una mirada agresiva a su enemiga.

—Veamos —intervino Kristian, que estaba detrás de Callandra. Logró que las enfermeras se separaran y escudriñó el conducto abierto que transportaba la ropa sucia hacia los enormes calderos de cobre donde se lavaba. Miró hacia abajo unos segundos mientras todas esperaban en silencio—. No veo nada —dijo por fin—. Debe de haber algo que lo obstruye, porque si no se verían los cestos de abajo o, por lo menos, una luz. De todos modos, más tarde ya averiguaremos quién es el responsable; ahora lo importante es desatascarlo. —Miró alrededor en busca de algo para empujar la ropa, pero no encontró nada.

—¿Una escoba? —sugirió Callandra—. Algo que tenga el mango largo.

Las enfermeras no se movieron.

—Vamos —ordenó Callandra con impaciencia—. Vayan a buscar algo. —Señaló hacia la sala más cercana—. ¡No se queden ahí paradas!

La más joven echó a andar a regañadientes, vaciló y lanzó una mirada a su compañera; luego siguió su camino.

Callandra miró por la abertura del conducto. Tampoco vio nada. Era evidente que estaba obstruido.

La enfermera regresó con una barra de ventana con el mango largo y se la entregó a Kristian, quien la introdujo por la abertura. Sin embargo, por mucho que extendiera el brazo, no alcanzaba el bulto que lo obstruía.

—Tendremos que bajar para intentar desembozarlo desde allí —manifestó tras un intento fallido.

—Ejem... —La enfermera más joven se aclaró la garganta. Todos se volvieron hacia ella—. Doctor Beck...

—¿Sí?

—Lally, una de las encargadas de la limpieza del quirófano, sólo tiene trece años y está delgada como un palo. No le costaría nada deslizarse por ahí. Además, abajo están los cestos de la ropa, por lo que no se haría daño al caer.

Kristian vaciló sólo unos instantes.

—Buena idea. Vaya a buscarla, por favor. —Se volvió hacia Callandra—. Deberíamos bajar a la lavandería para asegurarnos de que haya algo blando cuando caiga.

—Sí, señor, iré a avisarla —dijo la enfermera más joven. Se alejó a paso ligero y echó a correr en cuanto dobló la esquina.

Callandra, Kristian y la otra enfermera fueron en la dirección contraria y descendieron por las escaleras hasta el sótano, cuyos pasadizos oscuros conducían a la lavandería, donde los enormes calderos de cobre escupían vapor, las tuberías emitían un ruido metálico, vibraban y soltaban agua hirviendo. Mujeres arremangadas agitaban ropa mojada con el extremo de unos palos de madera. Tenían los músculos tensos, el rostro enrojecido y el cabello empapado. Unas pocas los observaron con sorpresa al ver a un hombre en aquel lugar, pero enseguida reanudaron su trabajo.

Kristian se acercó a la base del conducto de la lavandería, miró hacia arriba, retrocedió unos pasos y se volvió hacia Callandra al tiempo que negaba con la cabeza.

Lady Daviot empujó uno de los enormes cestos de mimbre hacia la boca del tubo y recogió un par de fardos de sábanas sucias para amortiguar la caída.

—No tenía por qué obstruirse —manifestó Kristian con el entrecejo fruncido—. La ropa se desliza bien, aunque se introduzca mucha cantidad. Tal vez alguien haya tirado basuras.

—Pronto lo averiguaremos —repuso ella mientras miraba hacia arriba con expectación.

No tuvieron que esperar demasiado. Oyeron una exclamación apagada e ininteligible y, tras unos segundos de silencio, un grito, un sonido extraño, como de una refriega, y otro alarido. Una mujer aterrizó en el cesto de la ropa con la falda descolocada y los brazos y las piernas desmadejados. Acto seguido apareció la menuda fregona, quien profirió un chillido antes de ponerse en pie con dificultad, trepó como un mono para salir del cesto y cayó al suelo lloriqueando.

Kristian se inclinó para ayudar a la otra mujer a levantarse. De pronto se le ensombreció el semblante y extendió el brazo con el fin de impedir que Callandra se acercara. Era demasiado tarde. Su amiga ya había bajado la mirada y, en cuanto vio a la mujer, se percató de que estaba muerta. Su rostro ceniciento, los labios azulados y, sobre todo, las horribles magulladuras que presentaba en el cuello no dejaban lugar a duda.

—Es la enfermera Barrymore —afirmó Kristian con un hilo de voz. No añadió que estaba muerta, pues en los ojos de Callandra advirtió no sólo que ya se había dado cuenta, sino que además comprendía que no había sido por causa de una enfermedad o un accidente. Tendió la mano de manera instintiva para tocar el cuerpo inerte, como si todavía fuera capaz de percibir su compasión.

—No —musitó Callandra—. No...

Él abrió la boca para protestar, pero se dio cuenta de que era de todo punto inútil. Observó el cadáver con una profunda tristeza.

—¿Por qué le habrán hecho esto? —preguntó con impotencia.

Sin pensarlo, Callandra le puso la mano en el brazo y se lo apretó.

—Todavía no lo sabemos, pero debemos avisar a la policía; parece un asesinato.

Una lavandera se volvió al oír los gritos de la pequeña fregona y reparó en el brazo de la mujer muerta, que asomaba del cesto de la colada. Se acercó y observó boquiabierta el cadáver. Acto seguido profirió un grito.

—¡Un asesinato! —Tomó aire y prorrumpió en estridentes chillidos que se impusieron al silbido del vapor y el estruendo de las tuberías—. ¡Un asesinato! ¡Socorro! ¡Un asesinato!

Las demás mujeres interrumpieron su tarea y se apiñaron alrededor del cesto; unas lloraban, otras gritaban y una cayó desmayada al suelo. Nadie prestó atención a la fregona.

—¡Cállense! —ordenó Kristian de repente—. ¡Cállense y vuelvan al trabajo!

El poder que irradiaba, su tono de voz o su actitud hizo aparecer al instante su innato temor a la autoridad y una tras otra se retiraron en silencio, si bien no volvieron a los calderos ni a las pilas de ropa humeante que se enfriaba sobre las losas y en las tinas.

Kristian se dirigió a Callandra.

—Será mejor que informe a sir Herbert para que avise a la policía —murmuró—. Nosotros no podemos ocuparnos de este asunto. Me quedaré aquí para asegurarme de que nadie la toca. Llévese a la fregona, pobre criatura, para que alguien se haga cargo de ella.

—Se lo contará a todo el mundo —advirtió Callandra—, y seguro que exagerará. La mitad del hospital pensará que se ha producido una matanza. Reinará el histerismo y los pacientes sufrirán las consecuencias.

El doctor meditó unos segundos.

—En ese caso, más vale que la lleve con la enfermera jefe y le explique lo sucedido. Luego hable con sir Herbert. Yo me encargaré de que las lavanderas no salgan de aquí.

Callandra sonrió y asintió de forma casi imperceptible. No había nada más que añadir. Dio media vuelta y se dirigió hacia la fregona, que se había escondido detrás de una corpulenta lavandera que trabajaba en silencio. Estaba blanca como el papel y se rodeaba el cuerpo con sus delgados bracitos como si de ese modo pudiera detener sus temblores.

Callandra le tendió la mano.

—Ven —le dijo con ternura—. Te acompañaré arriba para que te sientes y tomes una taza de té antes de volver al trabajo. —No mencionó a la señora Flaherty porque sabía que la mayoría de las enfermeras y fregonas le tenían pánico, no sin razón.

La muchacha observó su rostro dulce, su cabello desaliñado, su vestido de paño, y no advirtió nada amenazador. No guardaba ningún parecido con el aspecto fiero de la señora Flaherty.

—Vamos —le repitió Callandra, esta vez con más brío.

La niña obedeció y la siguió un paso por detrás, como solía hacer.

No les costó demasiado localizar a la señora Flaherty. Todo el hospital sabía dónde estaba. Por dondequiera que pasaba corría la voz de su presencia. Las botellas desaparecían de la vista, las mopas se utilizaban con más ahínco, las cabezas se inclinaban en señal de laboriosidad.

—Dígame, señora, ¿qué quiere ahora? —preguntó con gravedad al tiempo que dirigía una mirada de reprobación a la fregona—. No está enferma, ¿verdad?

—No, no, señora Flaherty, sólo está muy asustada —le respondió Callandra—. Lamento decirle que hemos descubierto un cadáver en el conducto de la lavandería, y esta pobre criatura fue quien lo encontró. Debo comunicárselo a sir Herbert para que llame a la policía.

—¿Para qué? —espetó la jefa de enfermeras—. ¡Por el amor de Dios!, encontrar un cadáver en un hospital no tiene nada de extraño, aunque no acierto a imaginar cómo acabó en el conducto de la lavandería. —Sacudió la cabeza en señal de desaprobación—. Espero que no sea una broma pueril de los médicos en prácticas.

—No es ninguna broma, señora Flaherty. —Callandra se sorprendió de hablar con tanta calma—. Es la enfermera Barrymore y no ha muerto por causas naturales. Debo informar a sir Herbert y le agradecería que se ocupase de esta muchacha para que no cuente lo ocurrido y provoque sin querer una situación de histerismo. La noticia no tardará en trascender; entretanto será mejor que nos preparemos para lo que se avecina.

La señora Flaherty estaba asombrada.

—¿No ha muerto por causas naturales? ¿A qué se refiere?

Callandra no estaba dispuesta a hablar más del tema. Esbozó una sonrisa lúgubre y se marchó sin responder. La enfermera jefe la observó alejarse con una mezcla de desconcierto y rabia.

Sir Herbert Stanhope se encontraba en el quirófano, donde al parecer debía permanecer largo rato. Como el asunto no podía esperar, Callandra no tuvo reparos en abrir la puerta y entrar. La sala no era demasiado grande; una mesa auxiliar con instrumental quirúrgico ocupaba la mayor parte del espacio, y había varias personas en el interior: dos médicos en prácticas, un tercer doctor más experimentado, que comprobaba las botellas de óxido nitroso y controlaba la respiración de la paciente, y una enfermera que se encargaba de proporcionar los instrumentos necesarios. Una mujer yacía inconsciente sobre la mesa de operaciones, pálida, con el torso desnudo y una herida abierta en el pecho. Sir Herbert Stanhope estaba de pie junto a ella, aguja en mano, con las mangas de la camisa y los antebrazos manchados de sangre.

Todos dirigieron la mirada hacia Callandra.

—¿Qué hace aquí, señora? —preguntó sir Herbert—. ¡No tiene derecho a interrumpir una operación! ¡Haga el favor de salir de inmediato!

Ella esperaba un recibimiento como aquél, de modo que no se sorprendió.

—Hay un asunto que no puede esperar, sir Herbert —informó Callandra.

—¡Hable con cualquier otro médico! —espetó sir Herbert; dio media vuelta y siguió suturando la herida—. Observen con atención lo que hago, caballeros —añadió dirigiéndose a los médicos en prácticas, dando por sentado que Callandra había aceptado su sugerencia y se había marchado.

—Ha habido un asesinato en el hospital, sir Herbert —anunció Callandra en voz alta y clara—. ¿Quiere que avise a la policía o prefiere hacerlo usted?

El doctor quedó paralizado, con la aguja en el aire, sin volverse. La enfermera respiró hondo. Uno de los médicos en prácticas sofocó un grito y se agarró al borde de la mesa.

—¡No sea ridícula! —exclamó sir Herbert—. Si un paciente ha fallecido de forma inesperada, ya me ocuparé de él cuando acabe la operación. —Se volvió despacio hacia Callandra, pálido y con expresión de ira.

—Alguien ha estrangulado a una enfermera y ha introducido el cadáver en el conducto de la lavandería —dijo Callandra—. No creo que se trate de un error. No cabe duda de que es un asesinato, y si usted no puede salir de aquí para informar a la policía, lo haré yo en su nombre. El cadáver permanecerá donde está. El doctor Beck se ocupa de que nadie lo toque.

Uno de los médicos en prácticas masculló una blasfemia.

Sir Herbert bajó las manos sin soltar la aguja manchada de sangre y un hilo largo. Miró fijamente a Callandra, tenso.

—¿Una enfermera? —inquirió—. ¿Está segura?

—Por supuesto —respondió Callandra—. La enfermera Barrymore.

—Oh... Es terrible. Sí, claro, hay que avisar a la policía. Acabaré la intervención y me reuniré con ellos en cuanto lleguen. Más vale que tome un coche de caballos en lugar de enviar a un mensajero, y le ruego que sea lo más discreta posible. No debe cundir el pánico en el hospital. No sería bueno para los enfermos. —Se le ensombreció el semblante—. ¿Quién más aparte del doctor Beck, está al corriente de lo sucedido?

—La señora Flaherty, las lavanderas y una fregona que he dejado al cuidado de la enfermera jefe por ese mismo motivo.

—Bien. —Sir Herbert se mostró más tranquilo—. Será mejor que se marche ahora mismo. Cuando regrese, ya habré acabado. —No se disculpó por haberse negado a escucharla al principio, ni por su grosería, pero Callandra tampoco lo esperaba.

Lady Daviot paró un carruaje, tal como el doctor le había sugerido, y ordenó al cochero que la llevara a la vieja comisaría de policía en la que Monk había trabajado. Probablemente fuese la más cercana. Además, sabía la dirección y estaba segura de que encontraría a un agente experimentado que actuaría con la discreción debida. Se valió de su título nobiliario para conseguir que la atendieran de inmediato.

—Lady Callandra. —Runcorn se puso en pie en cuanto la vio entrar en su despacho. Se acercó a ella para saludarla, le tendió la mano, pero enseguida rectificó y le dedicó una breve reverencia. Era alto, de rostro alargado no carente de atractivo, con la boca circundada por arrugas que delataban su mal genio, y sus facciones transmitían una falta de seguridad impropia de un agente de su graduación. Bastaba con mirarlo para adivinar que él y Monk nunca habrían podido congeniar. La personalidad que denotaban los rasgos de cada uno era opuesta. Monk era un hombre seguro de sí mismo, incluso arrogante, de convicciones muy arraigadas y meditadas, y poseía una ambición ilimitada. Runcorn también tenía convicciones firmes, pero le faltaba confianza en sí mismo. Era una persona voluble, poseía un sentido del humor simplón, y aunque ambicioso, su rostro delataba su vulnerabilidad. Se dejaba influir fácilmente por lo que otros pensaban de él.

—Buenos días, señor Runcorn —lo saludó Callandra con una sonrisa tensa antes de aceptar el asiento que le ofreció—. Me apena tener que informarle de un crimen, y me temo que se trata de un asunto delicado, por lo que será preciso la máxima confidencialidad. He preferido comunicárselo en persona en lugar de buscar a un agente en la calle. Es un caso muy grave.

—Entiendo. —Runcorn se mostraba satisfecho, como si le halagara que hubiera confiado en él—. Lamento que se haya producido un suceso tal. ¿Se trata de un robo?

—No —respondió Callandra como si ése fuera un delito trivial—. Se ha cometido un asesinato.

La satisfacción de Runcorn desapareció y se mostró vivamente interesado.

—¿Quién es la víctima, señora? —preguntó—. Asignaré el caso a mi mejor agente. ¿Dónde se ha producido?

—En el Royal Free Hospital, en Gray's Inn Road —explicó ella—. Han estrangulado a una enfermera y la han introducido en el conducto de la lavandería. Vengo directamente de allí. Sir Herbert Stanhope es el director del servicio médico, además de un reputado cirujano.

—He oído hablar de él. Un hombre excelente, sin duda. —Runcorn asintió—. ¿La ha enviado él para que informe de lo ocurrido?

—En cierto modo, sí —respondió Callandra. Era una tontería molestarse por el comentario, que daba a entender que había sido sir Herbert quien había descubierto el asesinato y ella sólo hacía las veces de mera mensajera. No obstante, sabía que al final así era como se presentarían los hechos—. He sido una de las personas que han encontrado el cadáver —añadió.

—Debe de haber sido una experiencia terrible —dijo Runcorn, comprensivo—. ¿Desea que pida algo para que se calme? ¿Tal vez una taza de té?

—No, gracias —contestó ella con más calma de la que en verdad poseía. Estaba muy nerviosa y tenía la boca seca—. No, gracias. Prefiero regresar al hospital y que su agente inicie las investigaciones pertinentes —agregó—. El doctor Beck se ha quedado junto al cuerpo para que nadie lo mueva ni toque nada. Ya lleva algún tiempo haciendo guardia.

—Entiendo. Es muy loable por su parte, señora. —Sin duda Runcorn pretendía mostrar su aprobación, pero a Callandra la frase le pareció condescendiente en grado sumo. Estuvo a punto de preguntarle si había esperado que se comportara como una estúpida y dejara el cadáver en un lugar en que cualquiera pudiera moverlo o tocarlo, pero se contuvo. Estaba más afectada de lo que había pensado en un principio. Se sorprendió al advertir que le temblaban las manos. Las ocultó bajo los pliegues de los faldones para que Runcorn no reparara en ello y lo observó con expectación.

El policía se puso en pie, se excusó y se acercó a la puerta, la abrió y llamó a un agente.

—Avise al inspector Jeavis. Tengo un caso para él y el sargento Evan.

Apenas unos minutos después un hombre moreno y de aspecto taciturno asomó la cabeza en el despacho con expresión inquisitiva y se apresuró a entrar. Era delgado y vestía unos pantalones negros de etiqueta y una levita negra. El cuello de puntas blanco le otorgaba un aspecto de oficinista o empleado de una funeraria. Sus modales eran a la vez vacilantes y seguros. Miró primero a su superior, luego a Callandra, como si pidiera permiso, aunque no esperó a que se le concediera y permaneció de pie entre ambos.

—Jeavis, le presento a Callandra Daviot... —Runcorn se interrumpió al caer en la cuenta de que había cometido un error. Debido a la posición social de lady Daviot, tenía que haberle presentado a Jeavis, no al revés. Se puso rojo de rabia, pero ya era demasiado tarde para rectificar.

Callandra acudió en su ayuda de manera instintiva.

—Gracias por hacer venir tan rápido al agente Jeavis, señor Runcorn. Estoy segura de que será lo mejor para todos. Buenos días, señor Jeavis.

—Buenos días, señora. —Jeavis le dedicó una ligera reverencia que a ella se le antojó sumamente molesta. Era un hombre de tez cetrina, cabello negro y espeso, y ojos muy pequeños, los más oscuros que había visto en su vida, pero lo curioso era que tenía las cejas claras. Callandra sabía que era injusto prejuzgarlo, pero no podía evitarlo—. ¿Sería tan amable de explicarme de qué delito ha sido víctima? —inquirió él.

—De ninguno —respondió Callandra—. Soy miembro del consejo del Royal Free Hospital, en Gray's Inn Road. Hemos encontrado el cadáver de una joven enfermera en el conducto de la lavandería. Todo apunta a que la han estrangulado.

—Oh, cielos. Qué horror. Ha dicho «hemos encontrado», señora, ¿quién estaba con usted en ese momento? —preguntó Jeavis. A pesar de su actitud servil, tenía una mirada penetrante que transmitía inteligencia. Callandra tenía la sensación de que la escudriñaba a conciencia y que la opinión que de ella se formaría carecería de la deferencia social que el inspector aparentaba.

—El doctor Kristian Beck, médico del hospital —respondió—, y, en cierto modo, las lavanderas y una muchachita que trabaja de fregona.

—Entiendo. ¿Por qué motivo examinaron el conducto de la lavandería, señora? —Jeavis ladeó la cabeza y la miró con evidente curiosidad—. Supongo que ésa no es una de las tareas que una dama de su clase tiene encomendadas...

Callandra le explicó la razón mientras él la escuchaba sin apartar la vista de ella.

Runcorn, que estaba de pie, se mostraba inquieto. No sabía si debía intervenir, y tampoco se le ocurría nada que decir para hacer valer su posición.

Llamaron a la puerta, y tras recibir la orden de Runcorn, John Evan entró en la sala. Su rostro juvenil y delgado se iluminó al ver a Callandra. Sin embargo, a pesar de las circunstancias y compromisos pasados que habían compartido, tuvo el aplomo suficiente para aparentar que eran menos conocidos.

—Buenos días, sargento —saludó ella con formalidad.

—Buenos días, señora —dijo Evan, y acto seguido miró a Runcorn con expresión inquisitiva.

—Un asesinato en el Royal Free Hospital —informó Runcorn, que aprovechó la oportunidad para asumir el mando de la situación—. Investigará el caso con el inspector Jeavis. Manténgame al corriente de todas sus averiguaciones.

—Sí, señor.

—Por cierto, Jeavis —añadió Runcorn mientras el inspector le abría la puerta a Callandra.

—Dígame, señor.

—No olviden presentarse ante sir Herbert Stanhope cuando vayan al hospital. No actúen a tontas y a locas como si fuera una persecución por Whitechapel Road. ¡Recuerden quién es!

—Descuide, señor —repuso Jeavis con calma, aunque la tensión de su rostro evidenciaba que le había molestado el comentario. No le gustaba que le recordaran las normas sociales.

Evan lanzó una breve mirada a Callandra, y en sus ojos apareció un destello de regocijo por los muchos momentos que habían compartido.

Cuando llegaron al hospital Callandra observó que, a pesar de los esfuerzos de la señora Flaherty, todo el mundo estaba al corriente de lo ocurrido. El capellán se acercó a toda prisa a ellos y los miró con expresión asustada. Al enterarse de quién era Jeavis, recobró la calma y murmuró algo que nadie acertó a entender, balbució una maldición y se alejó sujetando el devocionario con ambas manos.

Una enfermera joven los observó con ojos inquisitivos antes de reanudar su labor. El tesorero meneó la cabeza con aprensión y los acompañó hasta el despacho de sir Herbert. Éste los recibió en la puerta. Desde el umbral se veía el elegante interior, enmoquetado en azul de Prusia, con muebles de madera lustrada y un haz de luz que se reflejaba en el suelo procedente de la ventana situada más al sur.

—Buenos días, inspector —saludó el médico con gravedad—. Pasen y les informaré de los datos que conozco. Gracias, lady Callandra. Ha cumplido usted con su cometido de manera encomiable. En realidad ha hecho más de lo que debía y le estamos sumamente agradecidos. —Franqueó la entrada a Jeavis y Evan y al mismo tiempo cerró el paso a Callandra con discreción. A ésta no le quedaba otra opción que resignarse y acudir a la lavandería para averiguar si Kristian seguía allí.

El vasto sótano volvía a estar lleno de vapor; las tuberías de cobre borboteaban y producían un ruido metálico, el gran caldero silbaba cuando se levantaba la tapa y las mujeres introducían los palos de madera para extraer la colada, que luego transportaban hacia los lavaderos alineados en la pared del fondo. Los pilones estaban provistos de rodillos gigantes por los que se pasaba la ropa para escurrirla. Habían vuelto al trabajo, el tiempo y las supervisoras no esperaban a nadie, y el cadáver había perdido su interés inicial. Para la mayoría de las lavanderas no era el primero que veían; la muerte formaba parte de sus vidas.

Kristian seguía de pie cerca del cesto de la ropa. En cuanto vio a Callandra, le lanzó una mirada interrogante.

—La policía está con sir Herbert —explicó ella en respuesta a la pregunta no expresada—. Un hombre llamado Jeavis; supongo que es bueno.

Él la observó con atención.

—Parece tener reservas al respecto.

Ella suspiró.

—Ojalá fuera William Monk.

—¿El inspector que abandonó el cuerpo para dedicarse a la investigación privada? —Kristian adoptó una expresión divertida durante unas décimas de segundo, por lo que Callandra ni siquiera la advirtió.

—Él habría tenido... —Callandra dejó la frase sin concluir porque no estaba segura de lo que quería decir. Nadie calificaría a Monk de sensible; de hecho, era de lo más implacable.

Kristian la observó intentando leerle el pensamiento. Callandra sonrió.

—Imaginación, inteligencia —añadió, aun cuando no era eso lo que quería decir—; la perspicacia para vislumbrar más allá de lo evidente. Además, nadie se lo quitaría de encima con una respuesta en apariencia aceptable si no fuera la verdad.

—Le tiene usted en un muy buen concepto —observó Kristian con pesar—. Confiemos en que Jeavis tenga las mismas cualidades. —Echó un vistazo al cesto. Una sábana sucia doblada cubría la cara de la muerta—. Pobre mujer —murmuró—. Era buena enfermera, me atrevería a decir que la mejor de este centro. Qué tragedia tan ridícula que sobreviviera a las campañas de Crimea, los peligros, las enfermedades y los viajes a través del océano para acabar pereciendo en manos de un criminal en un hospital de Londres. —Meneó la cabeza y en su rostro se reflejó una tremenda tristeza—. ¿Por qué querría alguien matar a una mujer como ella?

—Eso, ¿por qué? —Jeavis se había aproximado sin que ninguno de los dos lo advirtiera—. ¿La conocía, doctor Beck?

Kristian se mostró sorprendido.

—Por supuesto —exclamó irritado—. Era una enfermera de este hospital. Todos la conocíamos.

—¿La conocía personalmente? —insistió Jeavis, que miraba con fijeza a Kristian de forma casi acusadora.

—Si se refiere a si la conocía más allá del desempeño de sus funciones en el hospital, no —respondió Kristian con el entrecejo fruncido.

Jeavis resopló y se acercó al cesto de la ropa. Retiró con delicadeza la sábana y miró a la víctima. Callandra aprovechó para observarla de nuevo.

Prudence Barrymore debía de contar poco más de

treinta años, era una mujer muy alta y esbelta. Tal vez en vida hubiese sido elegante pero, en aquel momento, con el desmadejamiento propio de la muerte, carecía por completo de gracilidad. Estaba tendida con las piernas y los brazos abiertos; un pie asomaba por el borde, y los faldones subidos dejaban al descubierto una pierna larga y torneada. El rostro, que debía de haber sido de tez pálida, estaba ceniciento. Tenía el cabello castaño y las cejas bien delineadas, y una boca grande y sensual. Era una cara con carácter, peculiar, agraciada y llena de vigor.

Callandra la recordaba, aunque siempre se habían visto durante breves instantes, mientras cada una cumplía con su cometido. Le constaba que Prudence Barrymore había mostrado un afán reformista considerable, que a pocas personas del hospital les había pasado por alto. No había demasiadas enfermeras tan activas como ella, por lo que verla yacer allí, desprovista de todo lo que la hacía especial y vital, parecía una broma de mal gusto; lo único que quedaba era un caparazón vacío sin sentimientos ni conciencia, que no obstante presentaba una vulnerabilidad extrema.

—Tápela —pidió Callandra por instinto.

—Un momento, por favor. —Jeavis levantó el brazo como si quisiera impedir que Callandra la cubriera—. Un momento. ¿Estrangulada, dice? Sí, por supuesto. Eso parece. Pobre criatura. —Observó las marcas moradas que presentaba en el cuello. Era fácil imaginarlas en forma de dedos que presionaban con fuerza hasta que no quedara aire, ni aliento, ni vida—. Era enfermera, ¿verdad? —Jeavis se dirigió a Kristian—. ¿Trabajaba con usted, doctor?

—A veces. Por lo general asistía a sir Herbert Stanhope, sobre todo en los casos más complicados. Era una profesional excelente y, según tengo entendido, una buena persona. Nunca oí a nadie hablar mal de ella.

Jeavis permanecía inmóvil, mientras miraba fijamente a Kristian.

—Muy interesante. ¿Por qué motivo se asomó al conducto de la lavandería, doctor?

—Estaba obstruido —contestó Kristian—. Dos de las enfermeras tenían problemas para conseguir que las sábanas sucias bajaran hasta el sótano. Lady Callandra y yo acudimos en su ayuda.

—Entiendo. ¿Cómo sacaron el cadáver?

—Llamamos a una fregona, una muchacha de unos trece años, que se deslizó por el conducto y desplazó el cadáver con su propio peso.

—Muy práctico —comentó Jeavis con sequedad—, pero un poco duro para la niña. De todos modos, supongo que al trabajar en un hospital habrá visto muchos muertos. —Arrugó la nariz.

—Ignorábamos que hubiese un cadáver —señaló Kristian—. Pensábamos que se trataba de un fardo de sábanas.

—¿Ah, sí? —Jeavis apartó el cesto y miró por la abertura del conducto—. ¿Dónde está el comienzo? —inquirió al tiempo que se volvía hacia Callandra.

—En el pasillo de la planta baja —respondió ella, cuyo desagrado por el inspector aumentaba por momentos—. En el pasillo del ala oeste, para ser exactos.

—Un lugar extraño para dejar un cadáver, ¿no les parece? —comentó Jeavis—. No sería fácil meterlo ahí sin que nadie reparara en ello. —Observó a Kristian y luego a Callandra.

—Eso no es del todo correcto —repuso Kristian—. El pasillo no tiene ventanas, y durante el día, para reducir gastos, no se encienden las lámparas de gas.

—De todos modos —arguyó Jeavis—, supongo que a cualquiera le llamaría la atención ver a una persona de pie o sentada por allí, sobre todo si levantó un cuerpo y lo arrojó por el conducto. —Hablaba con un tono un tanto inquisitivo, que no llegaba a resultar sarcástico pero que iba más allá de la cortesía.

—No necesariamente —replicó Callandra, a la defensiva—. A veces se dejan fardos de sábanas en el pasillo. Las enfermeras se sientan en el suelo, si están ebrias. Bajo una luz tenue, un cadáver podría presentar el aspecto de una pila de ropa. Además, si yo viera a alguien lanzar un bulto por el conducto, daría por supuesto que no son más que sábanas. Sospecho que todo el mundo pensaría lo mismo.

—Cielo santo. —Jeavis miró al médico y luego a Callandra—. ¿Significa eso que cualquiera podría haber arrojado a la pobre mujer por el conducto, delante de los respetables miembros de la comunidad médica, y a nadie le habría extrañado?

Callandra, que se sentía incómoda, lanzó una mirada a Kristian.

—Más o menos —reconoció—. Por lo general nadie se dedica a observar lo que hacen los demás; cada uno tiene su cometido. —Imaginó una figura borrosa y oscura bajo la luz mortecina levantando un fardo, más pesado de lo que debiera, envuelto en sábanas e intentando deslizarlo por el conducto abierto. Con voz ronca y quebrada, añadió—: Yo misma he pasado al lado de una enfermera borracha o medio dormida esta mañana, pero no sé quién era, no la he mirado a la cara. —Tragó saliva al darse cuenta de lo que implicaban sus palabras—. ¡Tal vez fuera Prudence Barrymore!

—¡Cielo santo! —Jeavis enarcó las cejas—. ¿Sus enfermeras suelen tumbarse en el pasillo, lady Callandra? ¿No tienen camas donde dormir?

—Las que viven aquí, sí —afirmó con aspereza—, pero la mayoría no reside en el hospital y tiene muy pocos recursos. En este centro no se les facilita alojamiento y se les da muy poco de comer. Además, con frecuencia abusan de la bebida.

Jeavis, algo desconcertado, se dirigió de nuevo a Kristian.

—Tendré que volver a hablar con usted, doctor, para que me cuente todo lo que sepa sobre esta desventurada mujer. —Se aclaró la garganta—. Para empezar, ¿cuánto tiempo estima que lleva muerta? Por supuesto, pediremos al forense su opinión, pero si nos ofrece la suya ahora nos ahorrará tiempo.

—Unas dos horas, quizá tres —respondió Kristian.

—¿Cómo lo sabe, si no la ha examinado? —exclamó Jeavis.

—La examiné antes de que viniera usted —contestó Kristian.

—¿Ah, sí? ¿Por qué? —El semblante del inspector se endureció—. ¡Creí que había dicho que no había tocado el cadáver! ¿Decidió quedarse aquí por eso, para evitar que alguien moviera el cuerpo?

—La he examinado visualmente, inspector. No la he movido.

—Pero la ha tocado.

—Sí, para ver si estaba fría.

—¿Y lo estaba?

—Sí.

—¿Cómo sabe que no lleva muerta desde la noche?

—Porque todavía no presentaba el *rigor mortis*.

—¡La ha movido!

—No.

—Entonces, ya me explicará cómo sabe si estaba rígida o no —replicó Jeavis con severidad.

—Cayó por el conducto, inspector —explicó Kristian con paciencia—. Vi cómo bajaba y cómo caía en el cesto, vi el movimiento de sus extremidades. Calculo que lleva muerta entre dos y cuatro horas, pero no dude en preguntar al forense.

El policía lo miró con desconfianza.

—Usted no es inglés, ¿verdad, señor? Habla con acento extranjero, muy ligero, pero se nota. ¿De dónde es?

—De Bohemia —respondió Kristian, a quien le hacía gracia la actitud del policía.

Jeavis respiró hondo y Callandra supuso que a continuación preguntaría dónde estaba ese país, pero pareció cambiar de opinión al advertir que las lavanderas lo observaban.

—Comprendo —dijo con aire pensativo—. Bueno, doctor, quizá tenga la amabilidad de informarme dónde estaba usted a primera hora de la mañana. Por ejemplo, ¿a qué hora llegó al hospital? —Miró a Kristian con expresión inquisitiva—. Sargento, tome nota, por favor —añadió al tiempo que hacía una seña a Evan, quien había permanecido atento a la conversación a unos dos metros de distancia.

—Pasé la noche aquí —contestó Kristian.

Jeavis se mostró sorprendido.

—Vaya. ¿Por qué motivo, señor? —La pregunta estaba cargada de intención.

—Tenía un paciente gravemente enfermo —respondió Kristian sin dejar de mirarlo—. Decidí quedarme a su lado porque creí que podía salvarlo, pero me equivoqué. Murió poco después de las cuatro de la mañana. No valía la pena que regresara a casa. Me acosté en una cama del hospital y dormí hasta poco más de las seis y media.

Jeavis frunció el entrecejo, se volvió hacia Evan para cerciorarse de que tomaba buena nota de todo y luego miró de nuevo a Kristian.

—Comprendo —manifestó con solemnidad—. Así pues, usted se encontraba en el centro cuando la enfermera Barrymore falleció.

Callandra comenzaba a sentirse angustiada. Observó a Kristian y advirtió que su rostro sólo reflejaba cierta curiosidad, como si no acabara de entender lo que las palabras de Jeavis implicaban.

—Sí, eso parece.

—¿Vio a la enfermera Barrymore?

Kristian negó con la cabeza.

—Creo que no, pero no estoy seguro. Lo cierto es que no recuerdo haber hablado con ella.

—Sin embargo, parece usted tenerla muy presente en su mente —se apresuró a observar Jeavis—. Sabe exactamente quién es y habla muy bien de ella.

Kristian bajó la mirada con tristeza.

—La pobre mujer está muerta, inspector. Por supuesto que la tengo muy presente. Además era buena enfermera. No abundan las personas que dedican su vida a cuidar de los demás, por lo que no es fácil olvidarlas.

—¿Acaso aquí no se dedica todo el mundo al cuidado de los enfermos? —preguntó Jeavis, azorado.

Kristian lo observó y luego dejó escapar un suspiro.

—Si no desea nada más, inspector, me gustaría reanudar mi trabajo. Hace casi dos horas que estoy aquí, en la lavandería. Tengo pacientes que visitar.

—Por supuesto —repuso Jeavis—, pero tenga la amabilidad de no ausentarse de Londres, señor.

Kristian asintió, algo confuso. Acto seguido, él y Callandra subieron la escalera que conducía al vestíbulo principal. A Callandra se le ocurría un sinfín de cosas que decirle, pero todas le parecían juicios precipitados o comentarios que reflejaban una preocupación excesiva; además no deseaba transmitirle el temor que había empezado a brotar en su interior. Tal vez fuera infundado. Jeavis no tenía motivo alguno para sospechar de Kristian, pero no era la primera vez que presenciaba injusticias. Hombres inocentes habían sido condenados a la horca. Resultaba fácil sospechar de alguien que era distinto, ya fuera por su actitud, apariencia, raza o religión. Ojalá hubiera sido Monk el encargado de la investigación.

—La noto cansada, lady Callandra —advirtió Kristian con voz queda.

—¿Cómo dice? —Ella se sobresaltó al ver interrumpidos sus pensamientos—. Oh, no, más que cansada me siento triste y temerosa de lo que pueda suceder.

—¿Temerosa?

—No es la primera vez que me veo involucrada en una investigación. La gente se asusta. Se descubren tantas cosas sobre otras personas que uno desearía no saber... —Esbozó una sonrisa forzada—. En fin, es una tontería. Seguro que todo este asunto se resuelve con rapidez. —Llegaron a lo alto de las escaleras y se detuvieron. A unos diez metros dos médicos en prácticas discutían acaloradamente—. No se preocupe por mis temores —se apresuró a añadir—. Si ha pasado gran parte de la noche en vela, sin duda necesitará descansar un poco. Ya casi debe de ser la hora de comer.

—Por supuesto. La estoy entreteniendo, disculpe. —Le dedicó una breve sonrisa, la miró a los ojos por unos segundos, se excusó y se internó en el pasillo en dirección a la sala más cercana.

Callandra no localizó a Monk hasta bien entrada la tarde. No se anduvo con rodeos y le informó inmediatamente del motivo de su visita.

—Se ha cometido un asesinato en el hospital; una enfermera, una joven excepcional, honesta y diligente. La estrangularon, o eso parece, y la introdujeron en el conducto de la lavandería. —Lo miró con expectación.

Monk la contempló con expresión inquisitiva.

—¿Qué le preocupa? —preguntó por fin—. Supongo que eso no es todo.

—Runcorn ha asignado el caso a un tal inspector Jeavis. ¿Lo conoce?

—No mucho. Es muy perspicaz. Seguro que hace un buen trabajo. ¿Por qué? ¿Quién es el asesino? ¿Lo sabe o lo sospecha?

—¡No! —exclamó ella con excesiva rapidez—. No tengo la menor idea. ¿Qué motivos puede tener alguien para matar a una enfermera?

—Infinidad de ellos. —Monk hizo una mueca—. Los más evidentes que se me ocurren son un asunto amoroso, celos o un chantaje, pero hay muchos más. Quizá presenciara un robo u otro asesinato que pareciera una muerte natural. En los hospitales se producen un sinfín de fallecimientos, y siempre hay amor, odio y celos. ¿Era bien parecida?

—Sí, la verdad es que sí. —Callandra lo miró con fijeza.

Monk había mencionado muchas cosas horribles con muy pocas palabras, y lo peor de todo es que cualquiera podía ser cierta. Por lo menos una lo era. Nadie estrangulaba a una mujer sin una razón de peso, a menos que fuera un demente.

Monk pareció haberle leído el pensamiento.

—Supongo que no es un centro para enfermos mentales.

—No, no. Qué idea más espantosa.

—¿Que fuera un manicomio?

—No, me refiero al hecho de que la asesinada fuera una persona en su sano juicio.

—¿Es eso lo que le preocupa?

Callandra se planteó la posibilidad de mentirle o, como

mínimo, eludir la verdad, pero lo miró a la cara y decidió sincerarse.

—No exactamente. Me temo que Jeavis sospecha del doctor Beck por la sencilla razón de que es extranjero y él y yo encontramos el cadáver.

Monk la miró de hito en hito.

—¿Comparte usted sus sospechas? —preguntó.

—¡No! —Ella se ruborizó de inmediato por su impulsiva respuesta, pero era demasiado tarde para ocultarlo. Monk había reparado en su vehemencia y luego en que ella misma se había dado cuenta de que se había traicionado—. No, lo juzgo sumamente improbable —agregó—. El caso es que Jeavis no me inspira confianza. ¿Por qué no se ocupa usted del caso? Le contrataré yo misma, le abonaré sus honorarios habituales.

—¡No sea ridícula! —exclamó él con cierta mordacidad—. Ha contribuido a mi sustento desde que decidí dedicarme a este trabajo. No estoy dispuesto a que me pague porque desee que se resuelva un caso.

—Es mi obligación. —Callandra lo miró y Monk tuvo la impresión de que las palabras que quería articular morían en sus labios. A continuación, añadió—: ¿Sería tan amable de investigar el asesinato de Prudence Barrymore? Falleció esta mañana, probablemente entre las seis y las siete y media. Su cadáver fue encontrado en el conducto de la lavandería, y todo apunta a que la muerte se produjo por estrangulamiento. Poco más puedo decirle, aparte de que era una enfermera excelente, que trabajó con la señorita Nightingale en la guerra de Crimea. Calculo que contaba poco más de treinta años y, por supuesto, era soltera.

—Toda esta información es muy útil —convino Monk—, pero no tengo ninguna posibilidad de participar en las pesquisas. Está claro que Jeavis no solicitará mi ayuda, y considero harto improbable que comparta conmigo los datos que consiga recabar. Además, ningún empleado del hospital respondería a mis preguntas, en caso de que tuviera la osadía de formularlas. —La expresión de su rostro se dulcificó porque lamentaba darle una negativa—. Lo siento. Si pudiera me ocuparía del caso.

Sin embargo, Callandra tenía en mente el rostro de Kristian, no el de Monk.

—Reconozco que será difícil —afirmó sin vacilar—, pero es un hospital, yo estaré allí, le contaré todo cuanto vea. Tal vez sería más fácil si consiguiéramos que contrataran a Hester. Ella se enteraría de más cosas que yo o el inspector Jeavis.

—¡Callandra! —la interrumpió Monk. Llamarla por su nombre de pila sin utilizar su título nobiliario era una muestra de familiaridad, incluso de arrogancia, pero a ella no le importaba. De lo contrario, le habría corregido. Lo que la sorprendió fue el dolor que transmitía su voz del investigador.

—Hester es muy observadora —prosiguió ella sin hacer el menor caso a Monk y con la imagen de Kristian en la mente—. Además, es tan perspicaz como usted a la hora de obtener información. Posee un profundo conocimiento de la naturaleza humana y no le asusta luchar por una buena causa.

—En ese caso parece que puede prescindir de mí —comentó el detective con mordacidad, que enseguida compensó con un brillo de diversión en los ojos.

Callandra comprendió que sus argumentos perdían fuerza al mostrarse tan insistente.

—Quizás haya exagerado un poco —reconoció—, pero sin duda su colaboración sería muy valiosa y podría observar ciertas cosas que a usted se le ocultarían. Luego le comunicaría lo que hubiera averiguado para que usted extrajera sus conclusiones y le indicara en qué debería fijarse a continuación.

—Si hay un asesino suelto en ese hospital, ¿ha pensado en la posibilidad de que Hester podría correr cierto riesgo al trabajar en él? Ya han matado a una enfermera —señaló.

Callandra advirtió la expresión triunfal en el rostro de Monk.

—No; no me lo había planteado —admitió—. Debería actuar con cautela y limitarse a observar sin plantear preguntas. De todos modos, a usted le sería de gran ayuda.

—Habla como si fuera a aceptar el caso.

—¿Me equivoco? —Callandra era consciente de que había conseguido salirse con la suya.

Monk esbozó una sonrisa que otorgó a sus facciones una dulzura poco habitual.

—No; no se equivoca —dijo—. Haré cuanto esté en mi mano.

—Gracias. —Callandra sintió un alivio tan intenso que no dejó de sorprenderla—. ¿Le he comentado que el sargento John Evan participará en la investigación con Jeavis?

—No, pero ya sabía que colaboraba con Jeavis.

—Lo suponía. Me alegro de que conserve su amistad con él. Es un joven muy competente.

Monk sonrió. Callandra se puso en pie y él hizo lo propio.

—En ese caso, será mejor que hable con Hester —sugirió ella—. No hay tiempo que perder. Lo haría yo misma, pero usted podrá explicarle mejor que yo lo que quiere que haga. Dígale que utilizaré mi influencia para asegurarme de que le ofrezcan un empleo. Estoy convencida de que necesitarán a alguien para sustituir a la malograda Prudence Barrymore.

—De acuerdo —repuso Monk con ceño.

—Gracias. Mañana me ocuparé de los trámites oportunos.

Monk le abrió la puerta de la sala. Callandra salió y luego salió a la calidez de la tarde. Ahora que ya no había nada más que hacer, se sentía exhausta y embargada por una profunda aflicción.

Subió a su coche de caballos, que la aguardaba y se dirigió a su hogar en un estado de ánimo un tanto sombrío.

Hester recibió a Monk con un asombro que no se molestó en ocultar. Lo condujo hacia la diminuta sala delantera y le invitó a tomar asiento.

Aquel día parecía menos cansada; tenía buen semblante y se la veía rebosante de energía. No era la primera vez que Monk se percataba de su vivacidad, no tanto física como mental.

—Sospecho que no se trata de una visita de cortesía —conjeturó la mujer con una ligera sonrisa de buen humor—. Ha ocurrido algo —afirmó.

Monk no se anduvo por las ramas.

—Callandra ha venido a verme esta tarde —explicó—. Esta mañana han asesinado a una enfermera del hospital de cuyo consejo forma parte; se trata de una enfermera que estuvo en la guerra de Crimea, no una de las que hace de criada. —Se interrumpió al advertir la conmoción que había causado en ella la noticia. De repente cayó en la cuenta de que era muy probable que Hester la conociera, e incluso de que fueran amigas. Ni él ni Callandra habían considerado tal posibilidad—. Lo siento —añadió con sinceridad—. Se llamaba Prudence Barrymore. ¿La conocía?

—Sí. —Hester respiró hondo; estaba pálida—. Bien, de hecho, no mucho, pero me agradaba. Era muy valiente y tenía un gran corazón. ¿Cómo ha ocurrido?

—No lo sé. Eso es lo que Callandra quiere que descubramos.

—¿Que descubramos nosotros? —preguntó con visible asombro—. ¿Y la policía? Supongo que la habrán avisado...

—Por supuesto que sí —repuso con aspereza. De pronto se reavivaron tanto el desprecio que le había inspirado Runcorn en otros tiempos como su propio resentimiento por haber dejado el cuerpo con el rango, el poder y el respeto que tanto le había costado conseguir aunque fuera a costa de granjearse el temor de los demás—. Sin embargo no confía en que resuelvan el caso.

Hester frunció el entrecejo y lo observó con cierta atención.

—¿Eso es todo?

—¿Todo? ¿Es que no le parece suficiente? —exclamó Monk con incredulidad—. Carecemos del poder y la autoridad necesarios para emprender una investigación, y no contamos con ninguna pista que nos indique por dónde debemos empezar. No tenemos derecho a hacer preguntas, ni acceso a los archivos policiales o a los historiales médicos... ¿Qué más quiere para que sea un reto?

—Un colega arrogante y desagradable —respondió Hester—, ¡para que sea realmente difícil! —Se levantó y se acercó a la ventana—. La verdad es que a veces me pregunto cómo consiguió permanecer tanto tiempo en la policía. —Lo miró—. ¿Por qué está Callandra tan preocupada y por qué duda que la policía logre esclarecer el caso? ¿No es un poco pronto para mostrarse escéptica?

Monk notó que se ponía tenso a causa de la irritación, aunque de hecho le confortaba encontrarse en compañía de alguien capaz de captar con rapidez los elementos esenciales de cualquier asunto, amén de ciertos matices que al final podían llegar a ser incluso más importantes. En algunas ocasiones detestaba a Hester, pero nunca le aburría ni la consideraba superficial o afectada. En realidad, discutir con ella a veces le satisfacía más que mostrarse agradable con otras personas.

—No —respondió con franqueza—. Creo que teme que acusen al doctor Beck porque es extranjero y causaría menos problemas culparlo a él que a un cirujano o dignatario eminentes. Con un poco de suerte podría resultar que el asesinato lo hubiese cometido otra enfermera —añadió con desprecio— o alguien igualmente prescindible desde un punto de vista social, pero tal vez no. En ese hospital no hay hombres que no sean eminentes en cierto modo, como médicos, tesoreros, capellanes o incluso directores.

—¿Qué cree Callandra que puedo hacer yo? —Hester frunció el entrecejo y se apoyó contra el alféizar de la ventana—. Conozco a menos gente en ese centro que ella. ¡Londres no es como Scutari! ¡Y no he permanecido en ningún hospital el tiempo suficiente para aprender lo necesario! —Adoptó una expresión compungida, y Monk comprendió que el recuerdo de su despido todavía le resultaba doloroso.

—Desea que entre a trabajar en el Royal Free. —Monk observó que su semblante se endurecía y añadió—: Ella misma se encargará de conseguirle un puesto, tal vez mañana mismo. Necesitarán a alguien para sustituir a la enfermera Barrymore. Esa posición privilegiada le permitirá observar un buen número de situaciones útiles para la investigación sin necesidad de interrogar a nadie.

—¿Por qué no? —Ella enarcó las cejas—. Si no pregunto, no averiguaré nada.

—¡Porque podría acabar siendo la próxima víctima, tonta! —le espetó él—. ¡Por el amor de Dios, piense con la cabeza! Una mujer con las ideas claras, que no se abstenía de expresarlas, ha sido asesinada. No necesitamos que muera otra para demostrar que estamos en lo cierto.

—Gracias por preocuparse por mí. —Hester le dio la espalda para mirar por la ventana—. Seré discreta. No lo he dicho antes porque suponía que lo daría por sentado, pero al parecer no ha sido así. No tengo ningunas ganas de morir asesinada, ni de que me despidan por exceso de curiosidad. Soy capaz de hacer preguntas de forma que parezca que mi interés es casual y de lo más natural.

—¿De veras? —inquirió Monk con evidente incredulidad—. No permitiré que trabaje allí a menos que me dé su palabra de que se limitará a observar. Mirar y escuchar, nada más. ¿Lo ha entendido?

—Desde luego, se ha expresado con absoluta claridad —contestó ella con tono mordaz—, pero no estoy de acuerdo, eso es todo. Además, no sé por qué cree usted que puede darme órdenes. Haré lo que considere conveniente. Si le parece bien, estupendo; si no, me da lo mismo.

—Como quiera, pero si la atacan, no acuda a mí en busca de ayuda —replicó—. ¡Y si la matan lo sentiré mucho, pero no me sorprenderá lo más mínimo!

—Entonces en mi funeral tendrá la satisfacción de poder decir que ya me había avisado —repuso ella mientras lo miraba de hito en hito.

—Muy poca satisfacción, si usted no está allí para oírme.

Hester se apartó de la ventana y cruzó la sala.

—Oh, deje su mal humor y no sea tan pesimista. Soy yo quien tiene que volver a trabajar en un hospital, obedecer las normas, restrictivas, soportar su asfixiante incompetencia y las ideas anticuadas. Su misión sólo consistirá en escuchar lo que yo le cuente, intentar averiguar quién mató a Prudence y, por supuesto, por qué motivo.

—Y demostrarlo —apuntó él.

—Oh, claro. —De repente Hester le dedicó una sonrisa radiante—. Eso resultará agradable, ¿no cree?

—Sí, por supuesto —reconoció Monk. Aquél fue uno de los pocos momentos de compenetración entre ellos, y lo saboreó con un placer especial.

4

Monk no inició la investigación en el hospital —donde sabía que todos se mostrarían todavía sumamente suspicaces, de tal modo que su intervención podría incluso poner en peligro las oportunidades de Hester—, sino que tomó un tren de la línea del oeste con destino a Hanwell, donde residía la familia de Prudence Barrymore. Hacía un bonito día y soplaba una ligera brisa. Pasear desde la estación a través de los campos hasta el pueblo y a lo largo de Green Lane en dirección al punto en que el río Brent desembocaba en el Grand Junction Canal le habría solazado de no haber sido porque se disponía a visitar a una familia cuya hija había muerto estrangulada.

La casa de los Barrymore era la última de la derecha, y el agua bordeaba el jardín. A primera vista, a la luz del sol, con la imagen de las rosas trepadoras reflejada en los cristales de las ventanas y el aire lleno de los cantos de los pájaros y el sonido del río, era fácil no reparar en las persianas bajadas y en el silencio anormal que rodeaba la vivienda. Cuando estuvo ante la puerta y vio el crespón negro en la aldaba, sintió la molesta presencia de la muerte.

—¿Qué desea, caballero? —preguntó con gravedad una criada que tenía los ojos enrojecidos.

Monk había dispuesto de varias horas para pensar qué diría, cómo se presentaría para no dar la impresión de que se entrometía en una tragedia que nada tenía que ver con él. En aquellos momentos carecía de autoridad oficial, lo que todavía le resultaba doloroso. Era una estupidez sentir celos de Jeavis, pero su aversión por Runcorn estaba bien arraigada en su pasado y, por mucho que sólo recordara fragmentos de él, no le cabía la menor duda del antagonismo que había existido entre ambos. Le desagradaba todo cuanto Runcorn decía o hacía; sus gestos, su porte, y para Monk esa animadversión era algo tan instintivo como parpadear cuando algo pasaba demasiado cerca de su cara.

—Buenos días —saludó con respeto al tiempo que ofrecía su tarjeta personal—. Me llamo William Monk. Lady Callandra Daviot, miembro del consejo rector del Royal Free Hospital y amiga de la señorita Barrymore, me ha pedido que visite a los señores Barrymore por si pudiera servirles de ayuda. ¿Tendría la amabilidad de preguntarles si podrían dedicarme unos minutos? Soy consciente de que no es un asunto agradable para nadie, pero hay ciertos temas que por desgracia no pueden esperar.

—Oh... bueno. —La criada vacilaba—. Lo preguntaré, caballero, pero no puedo asegurarle nada. Acabamos de sufrir una pérdida en la familia, como supongo que sabe.

—¿Sería tan amable de intentarlo? —Monk esbozó una sonrisa.

La sirvienta estaba un tanto desconcertada, pero accedió a su petición. Lo hizo pasar al vestíbulo y se alejó para informar a su señora de la presencia de Monk. Al parecer la casa no contaba con una salita de la mañana u otra sala de recepción desocupada donde hacer esperar a las visitas imprevistas.

Miró alrededor como tenía por costumbre. Se descubrían muchas cosas acerca de las personas observando su hogar; su situación económica, sus gustos, algún indicio de los estudios que habían cursado, si habían viajado o no y, a veces, incluso sus creencias y prejuicios y lo que deseaban que los demás pensaran de ellas. En el caso de las viviendas donde había morado más de una generación, también se deducía información sobre los padres y, por consiguiente, sobre la educación recibida.

El vestíbulo de los Barrymore no resultaba demasiado elocuente. La casa era bastante grande, de estilo rural, con ventanas y techos bajos y vigas de roble. Parecía pensada para albergar a una familia numerosa más que para recibir invitados o impresionar. El recibidor tenía un bonito suelo de madera y contaba con dos o tres sillas tapizadas en cretona apoyadas contra la pared, pero no había estanterías, ni retratos ni dechados que permitieran juzgar el gusto de sus ocupantes, y el único perchero que había no tenía nada especial y tampoco colgaba de él ningún bastón, tan sólo un paraguas muy gastado.

La criada regresó con semblante sombrío.

—Si es tan amable de acompañarme, caballero, el señor Barrymore lo recibirá en el estudio.

La siguió por un pasillo estrecho que conducía a la parte posterior de la vivienda, donde se encontraba una sala con vistas al jardín trasero que le sorprendió por su aspecto acogedor. Por la cristalera vislumbró el césped bien cortado y resguardado del sol en un extremo por unos sauces que se inclinaban sobre el agua. Había pocas flores; en su lugar crecían delicados arbustos con una hermosa variedad de follaje.

El señor Barrymore era alto y delgado, de rostro expresivo. Monk se dio cuenta enseguida de que el hombre que tenía delante no sólo había perdido a una hija, sino parte de sí mismo. Le remordió la conciencia por inmiscuirse en un drama personal. ¿Qué importaban las leyes, o incluso la justicia, frente a una pena tan grande? No había solución, ni procesos judiciales adecuados ni castigos que pudieran devolverle la vida o cambiar lo ocurrido. ¿Para qué servía la venganza?

—Buenos días, caballero —saludó Barrymore con aspecto serio. Su semblante delataba la consternación que lo embargaba y no se disculpó por ella ni intentó disimularla. Observó a Monk con aire indeciso—. La doncella ha explicado que el motivo de su visita guarda relación con la muerte de nuestra hija. No ha mencionado que fuera usted policía, pero supongo que lo es. Ha hablado de una tal lady Daviot, pero debe de haberse producido un malentendido, porque no conocemos a nadie que responda por ese nombre.

Monk deseó poseer alguna capacidad o don especiales para suavizar lo que debía comunicarle. Tal vez lo mejor fuera decir la verdad. Las evasivas no servirían más que para prolongar la agonía.

—No, señor Barrymore, antes trabajaba para la policía, pero dejé el cuerpo. En la actualidad me dedico a la investigación privada. —Detestaba decirlo; sonaba mal, como si su misión consistiera en perseguir a rateros y esposas infieles—. Lady Callandra Daviot —añadió; eso sonaba mejor— es miembro del consejo del hospital y tenía en gran estima a la señorita Barrymore. Le preocupa que la policía no averigüe todos los detalles de lo ocurrido o que, con el fin de no importunar a las autoridades o a personas eminentes, no investigue a fondo. Por consiguiente, me ha pedido, como favor personal, que me ocupe del caso.

Una lánguida sonrisa apareció en los labios de Barrymore pero se desvaneció al instante.

—¿A usted no le preocupa importunar a gente importante, señor Monk? Yo diría que es más fácil que usted caiga en desgracia que la policía. Se da por supuesto que cuentan con el respaldo de las autoridades.

—Eso depende en gran medida de quiénes sean las personas importantes —señaló Monk.

Barrymore frunció el entrecejo. Permanecían de pie en medio de la agradable estancia con vistas al jardín. La ocasión no parecía adecuada para sentarse.

—Supongo que no sospechará que alguien de esa posición está implicado en la muerte de Prudence... —Barrymore pronunció las últimas palabras como si todavía le costase asimilar el hecho y la aflicción que experimentó al enterarse de la noticia no hubiera pasado.

—No tengo la menor idea —respondió Monk—, pero en la investigación de un asesinato es muy normal descubrir ciertos acontecimientos y relaciones que las personas preferirían mantener en secreto. A veces se esfuerzan denodadamente para que no salgan a la luz, aunque ello implique ocultar algunos datos que contribuirían al esclarecimiento del crimen.

—¿Y usted presume que logrará averiguar algo que la policía no conseguirá descubrir? —preguntó Barrymore. Seguía mostrándose cortés, pero su escepticismo era más que evidente.

—No lo sé, pero lo intentaré. En otras ocasiones he cosechado éxitos cuando ellos han fracasado.

—¿De veras? —Con su pregunta el señor Barrymore no pretendía poner en duda sus palabras, sino corroborar el hecho—. ¿Qué podemos decirle? No sé nada del hospital. —Miró por la vidriera hacia las hojas bañadas por los rayos del sol—. En realidad apenas conozco nada sobre la práctica de la medicina. Colecciono mariposas singulares, soy algo así como una autoridad en la materia. —Sonrió con tristeza y se volvió hacia Monk—. Ahora parece que nada merece la pena, ¿no cree?

—No —respondió Monk con voz queda—. El estudio de algo hermoso nunca es inútil, sobre todo si lo que persigue es comprenderlo y conservarlo.

—Gracias —dijo Barrymore con gratitud sincera. Era algo secundario, pero en momentos trágicos como ése la mente recuerda los detalles más banales y se aferra a ellos en medio de la confusión y la desesperación de los acontecimientos. Barrymore levantó la mirada hacia Monk y de repente cayó en la cuenta de que estaban de pie y no había dado muestra alguna de hospitalidad—. Por favor, señor Monk, siéntese —le rogó al tiempo que tomaba asiento—, y dígame qué puedo hacer para ayudar. La verdad es que no entiendo...

—Podría contarme algo sobre ella...

Barrymore parpadeó.

—¿Y de qué le serviría? Seguro que fue obra de un loco. ¿Qué persona en su sano juicio haría algo así...? —Tuvo que esforzarse para no perder la serenidad.

—Podría ser —lo interrumpió Monk para evitarle el mal trago—, pero cabe la posibilidad de que lo hiciera una persona conocida. Incluso los locos deben de tener alguna razón, a menos que sean lunáticos, pero por el momento no hay razón para suponer que hubiera alguno suelto por el hospital. Es un lugar donde se tratan las enfermedades del cuerpo, no de la mente. Por supuesto, la policía llevará a cabo las investigaciones pertinentes para averiguar si se detectó la presencia de algún intruso; puede estar seguro de eso.

Barrymore seguía desconcertado. No comprendía qué quería Monk de él.

—¿Qué desea saber de Prudence? No se me ocurre ninguna razón por la que alguien que la conociera deseara hacerle daño.

—Según tengo entendido participó en la guerra de Crimea.

Barrymore enderezó la espalda de forma inconsciente.

—Sí, claro que sí —confirmó con orgullo—. Fue una de las primeras en ir allí. Recuerdo el día en que se marchó; parecía tan joven. —Quedó unos segundos absorto en sus pensamientos, con la mirada perdida—. Sólo los jóvenes poseen tanta confianza. No saben lo que el mundo les deparará. —Sonrió con una profunda tristeza—. Creen que los fracasos o la muerte jamás les afectarán, que eso les pasará a otros. Eso es la inmortalidad, ¿no cree? Esa convicción.

Monk permaneció en silencio.

—Se llevó consigo un baúl de metal —prosiguió Barrymore—. Sólo guardó en él unos pocos vestidos azules muy sencillos, ropa interior, un par de botas, su Biblia, su diario y los libros de medicina. Quería ser médico. Un sueño imposible, lo sé, pero eso no le impedía desearlo. Sabía mucho sobre el tema. —Por primera vez miró directamente a Monk—. Era muy inteligente, además de trabajadora. Tenía facilidad para los estudios, a diferencia de su hermana, Faith. Eran muy distintas, pero se querían mucho. Cuando Faith se casó y se trasladó al norte, se escribían por lo menos una vez a la semana. —Sus palabras rezumaban emoción—. Ella va a...

—¿En qué se diferenciaban? —interrumpió Monk.

—¿En qué? —El señor Barrymore miraba hacia el jardín mientras rememoraba sus días felices—. Oh, Faith siempre reía, le encantaba bailar. No es que fuera frívola pero sí muy coqueta, y muy hermosa, además. Le resultaba fácil congraciarse con la gente. —Sonrió—. Había una docena de hombres que deseaban cortejarla. Por fin escogió a Joseph Barker. Parecía un joven muy normal y un poco tímido. Incluso tartamudeaba cuando se ponía nervioso. —Meneó la cabeza como si todavía le sorprendiera esa actitud—. No sabía bailar, mientras que a Faith le encantaba bailar. El caso es que ella fue más sensata que su madre o yo, pues Joseph la ha hecho muy feliz.

—¿Y Prudence? —inquirió Monk.

A Barrymore se le ensombreció el semblante.

—¿Prudence? No quería casarse, sólo le interesaba la medicina y servir a los demás. Se propuso curar a la gente y cambiar tantas cosas... —Suspiró—. ¡Y siempre quería aprender más! Por supuesto, su madre deseaba que contrajera matrimonio, pero ella rechazó a todos sus pretendientes, y tuvo varios. Era una muchacha encantadora... —Se interrumpió unos instantes porque le costaba contener la emoción.

Monk esperó. Barrymore necesitaba tiempo para recobrar el control y dominar su dolor. Se oyó el ladrido de un perro al otro lado del jardín, seguido de unas risas infantiles.

—Lo siento —se disculpó Barrymore al cabo de unos minutos—. La quería mucho. Sé que no debe haber hijos favoritos, pero me entendía tan bien con Prudence... Compartíamos muchas cosas: ideas, sueños... —Hizo una pausa. Estaba a punto de echarse a llorar.

—Gracias por dedicarme su tiempo, señor. —Monk se puso en pie. La entrevista le resultaba dolorosa y no conseguía recabar más información—. Veré qué puedo descubrir en el hospital, pero si sabe de alguna amistad con quien ella hubiera hablado recientemente y pudiera conocer otros detalles...

Barrymore recobró la calma.

—No sé cómo podrían ayudar, pero si hay algo...

—Desearía hablar con la señora Barrymore, si es que se encuentra en condiciones de recibirme.

—¿Con la señora Barrymore? —El hombre quedó sorprendido.

—Quizá sepa algo de su hija, alguna confidencia que podría parecer trivial pero que tal vez nos proporcione algún dato importante.

—Oh, sí, supongo que sí. Le preguntaré si se encuentra con ánimos. —Meneó la cabeza—. Me asombra su fortaleza. Creo que está sobrellevando la situación mejor que yo. —Tras estas palabras se excusó y salió del estudio.

Regresó al cabo de unos minutos y condujo a Monk a otra sala confortable y bien decorada con sofás y sillas con tapizado floreado, dechados bordados en las paredes y muchos adornos pequeños. Había varios estantes llenos de libros, escogidos por su contenido, no por su aspecto, y una canastilla abierta con hilos de seda junto a un tapiz en un bastidor.

La señora Barrymore era mucho más menuda que su esposo, hermosa y de baja estatura. Lucía un vestido de faldas amplias y tenía pocas canas en su pelo rubio, que llevaba recogido en una cofia de encaje. Como cabía esperar, iba de luto y en su rostro hermoso y delicado se apreciaban signos de que había llorado recientemente. No obstante, en aquel momento estaba serena y saludó a Monk con cortesía. No se levantó, pero le tendió su delicada mano, enfundada en un mitón de encaje.

—¿Qué tal, señor Monk? Mi esposo me ha explicado que es usted amigo de lady Callandra Daviot, que era una conocida de la pobre Prudence. Es todo un detalle por su parte que se interese por nuestra tragedia.

Monk admiró la diplomacia de Barrymore. No se le había ocurrido una forma tan elegante de justificar su presencia.

—Muchas personas lamentan su muerte, señora —declaró después de rozarle los dedos con los labios. Si Barrymore había decidido presentarlo como un caballero, interpretaría su papel, lo que en realidad le procuraba una inmensa satisfacción, aun cuando comprendía que el hombre lo había hecho para evitar que la señora Barrymore tuviera la sensación de que un inferior, desde el punto de vista social, se entrometía en su vida.

—Es algo terrible —convino la mujer al tiempo que parpadeaba. Le señaló en silencio el asiento que debía ocupar, y Monk se sentó. El señor Barrymore permaneció de pie junto a la silla de su esposa, en actitud curiosamente distante y protectora a la vez—. Sin embargo tal vez no debería asombrarnos tanto. Eso sería pecar de ingenuos, ¿no cree? —Lo miró de hito en hito. Sus ojos eran de un azul sorprendente.

Monk se sentía desconcertado. Optó por no hacer ningún comentario, pues no quería adelantarse a ella y cometer un error.

—Una joven tan obstinada... —añadió la señora Barrymore con una mueca—. Encantadora y atractiva sí, pero muy firme en sus convicciones. —Dirigió la vista más allá de Monk, hacia la ventana—. ¿Tiene usted hijas, señor Monk?

—No, señora.

—Entonces mi consejo le servirá de poco, a menos que piense tenerlas algún día. —Se volvió hacia él con un atisbo de sonrisa en los labios—. Créame, una muchacha agraciada es en ocasiones motivo de preocupación; una belleza lo es todavía más, aunque ella sea consciente de su hermosura, lo que la protegerá de ciertos peligros pero originará otros. —Apretó los labios—. Con todo, una joven con inquietudes intelectuales es infinitamente peor. Una muchacha modesta, bonita pero no deslumbrante, y con la inteligencia suficiente para saber agradar pero sin ambiciones de aprender es lo mejor. —Lo observó con atención para ver si la había entendido—. Siempre se puede enseñar a una jovencita a que sea obediente, así como las labores propias del hogar y los buenos modales.

El señor Barrymore tosió porque se sentía incómodo.

—Oh, ya sé qué estás pensando, Robert —agregó la señora Barrymore como si su marido hubiera hablado—. Una muchacha no puede evitar ser inteligente. Lo único que digo es que habría sido mucho más feliz si se hubiera conformado con utilizar su inteligencia de la forma adecuada, es decir, leyendo libros, escribiendo poemas si así lo deseaba y conversando con sus amigos. —Seguía sentada en el borde de la silla, con los faldones abultados alrededor—. Si pretendía ayudar a los demás y estaba dotada para ello —prosiguió con seriedad—, podía haberse dedicado a un sinfín de obras caritativas. Dios sabe la de horas que he entregado a tareas de esa índole. He perdido la cuenta de la cantidad de comités en los que he participado. —Los contó con sus pequeños dedos—. Para alimentar a los pobres, para encontrar un alojamiento adecuado a jóvenes que han caído en la deshonra y a quienes no se acepta como sirvientas, y toda clase de buenas causas. —Alzó la voz con exasperación—. Sin embargo, a Prudence no le bastaba con eso. ¡Ella quería ser médico! ¡Leía libros con ilustraciones, con cosas que ninguna mujer decente debería saber! —Se le crispó el rostro por el enfado y la turbación—. Yo, por supuesto, intenté hacerla entrar en razón, pero se negaba a escucharme.

El señor Barrymore se inclinó con el entrecejo fruncido.

—Querida, no vale la pena tratar de cambiar a las personas. Dejar de estudiar no entraba en los planes de Prudence —lo dijo con dulzura, pero su voz transmitía un hastío que daba a entender que había repetido lo mismo en numerosas ocasiones y que, como entonces, su esposa había hecho oídos sordos a sus palabras.

Ella estiró el cuello y adoptó una expresión de determinación.

—Las personas deben aceptar el mundo tal como es. —No posó la mirada en su marido, sino en un cuadro de tema bucólico que colgaba de la pared—. Hay ciertas cosas que pueden conseguirse, y otras que no. —Apretó sus hermosos labios—. Me temo que Prudence nunca aprendió esa diferencia, lo que constituye una tragedia. —Meneó la cabeza—. Podía haber sido tan feliz... sólo tenía que haber abandonado esas ideas infantiles y haberse casado con alguien como el pobre de Geoffrey Taunton, un hombre formal, dispuesto a desposarla, pero ya es demasiado tarde. —De pronto se le llenaron los ojos de lágrimas—. Discúlpeme —añadió sorbiéndose la nariz como hacen las damas—. Sólo me cabe llorar su muerte.

—No hacerlo sería inhumano —repuso Monk—. Era una mujer excepcional en todos los sentidos y confortó a muchas personas que agonizaban de dolor. Debe sentirse muy orgullosa de ella.

El señor Barrymore sonrió, pero estaba demasiado emocionado para articular palabra. Su esposa miró a Monk con cierta sorpresa, como si sus elogios de Prudence la hubieran desconcertado.

—Ha hablado del señor Taunton en pasado, señora Barrymore —agregó Monk—. ¿Está muerto?

La mujer no disimuló su asombro.

—Oh, no. No, señor Monk. El pobre Geoffrey está bien vivo, pero es demasiado tarde para Prudence, pobre criatura. Ahora no hay duda de que Geoffrey se casará con esa tal Nanette Cuthbertson. Ya hace tiempo que lo persigue. —Por unos instantes su expresión delató resentimiento—. Sin embargo, en vida de Prudence, Geoffrey no se dignaba ni mirarla. Nos visitó el fin de semana pasado para interesarse por Prudence; nos preguntó cómo le iba por Londres y cuándo vendría.

—Nunca la comprendió —intervino el señor Barrymore con tono pesaroso—. Siempre pensó que era cuestión de esperar, que Prudence sentaría la cabeza, que renunciaría a la enfermería, regresaría a casa y llevaría una vida normal.

—Y así habría sido —se apresuró a conjeturar la señora Barrymore—, pero esperó demasiado. El tiempo en que una mujer resulta atractiva a un hombre que desea casarse con ella y formar una familia es limitado. —A continuación alzó la voz con exasperación—. A Prudence parecía no importarle, aunque sabe Dios la de veces que se lo advertí. «Los años no pasan en balde», le decía. «Algún día te darás cuenta.» —Los ojos se le empañaron de nuevo de lágrimas y volvió la cabeza.

El señor Barrymore se mostraba turbado. Ya había replicado a su mujer sobre ese tema delante de Monk y parecía no tener nada más que añadir.

—¿Dónde podría encontrar al señor Taunton? —inquirió Monk—. Si veía a la señorita Barrymore con frecuencia, tal vez sepa de alguien que estuviera importunándola.

La señora Barrymore lo miró y por un instante el desconcierto que le provocó el comentario sustituyó a la pena.

—¿Geoffrey? ¡Es imposible que Geoffrey conozca a alguien capaz de... cometer un asesinato, señor Monk! Es un joven excelente, de lo más respetable. Su padre era profesor de matemáticas. —Hizo especial hincapié en la última palabra—. El señor Barrymore lo conocía, antes de su muerte, ocurrida hace unos cuatro años. Dejó a Geoffrey en una situación económica desahogada. —Asintió—. Me sorprende que todavía no se haya casado. Normalmente las estrecheces económicas son las que impiden a los hombres jóvenes contraer matrimonio. Prudence no sabía lo afortunada que era al tener a un hombre como él esperando a que cambiara de parecer.

Monk no podía opinar al respecto.

—¿Dónde vive, señora? —preguntó.

—¿Geoffrey? —Ella enarcó las cejas—. En Little Ealing. Baje por Boston Lane y gire a la derecha, luego siga la carretera unos dos kilómetros y a la izquierda encontrará el Ride. Geoffrey vive cerca. Pregunte allí, pues así le será más fácil localizar la casa que si se la intento describir, aunque es preciosa, como todos los edificios de la zona.

—Gracias, señora Barrymore. ¿Y qué me dice de la señorita Cuthbertson, que al parecer era la rival de la señorita Barrymore? ¿Dónde podría encontrarla?

—¿Nanette Cuthbertson? —Adoptó de nuevo una expresión de desagrado—. Oh, vive en Wyke Farm, justo al otro lado de la línea ferroviaria, cerca de Osterley Park. —Sonrió otra vez, pero sólo moviendo los labios—. Ciertamente, es un lugar muy agradable, sobre todo para una amante de los caballos, como ella. Le costará llegar allí. Está bastante lejos, más allá de Boston Lane. A menos que alquile algún vehículo, tendrá que caminar por los campos. —Agitó la mano enfundada en el mitón con gran gracilidad—. Una vez en Boston Farm, camine hacia el oeste, y sin duda encontrará el lugar. Claro que yo siempre voy en coche de caballos.

—Gracias, señora Barrymore. —Monk se puso en pie e inclinó la cabeza—. Disculpen mi intromisión. Les estoy muy agradecido por su ayuda.

—Si descubre algo, ¿la ética de su profesión le permitiría informarnos? —preguntó el señor Barrymore.

—Yo daré parte a lady Callandra, pero no me cabe la menor duda de que ella les mantendrá al corriente —respondió Monk. No tendría reparo alguno en contar a aquel hombre tranquilo y apesadumbrado cualquier cosa que pudiera ayudarle, pero consideró que a Barrymore le sería más fácil escucharlo por boca de Callandra. Además, sería una forma de evitar explicarle ciertas cosas que, aun siendo ciertas, resultarían dolorosas y de nula trascendencia para perseguir o condenar al asesino de Prudence Barrymore. Les dio las gracias de nuevo y les presentó sus condolencias una vez más. El señor Barrymore lo acompañó hasta la puerta y Monk se marchó.

Hacía un día muy agradable y disfrutó de la media hora de paseo desde Green Lane hasta Little Ealing, donde residía Geoffrey Taunton. Ese intervalo de tiempo le brindó la oportunidad de planear qué le diría. No esperaba que la entrevista fuese fácil. Incluso cabía la posibilidad de que Geoffrey Taunton se negara a recibirlo. Las personas reaccionaban de forma distinta ante las tragedias. En algunos casos, lo primero que se manifiesta es la ira, mucho antes que la aceptación del dolor. Además, podría darse el caso de que fuera Geoffrey Taunton quien la hubiera matado. Tal vez no estaba tan dispuesto a esperar como en el pasado y su frustración le había hecho perder el control. O quizá se había desatado una pasión de otra clase, luego se había arrepentido y deseaba casarse con esa tal Nanette Cuthbertson. Tendría que preguntar a Evan qué constaba en el informe del médico forense. Por ejemplo, ¿estaba embarazada Prudence Barrymore? Por lo que había dicho su padre, lo juzgaba poco probable, pero a menudo los progenitores desconocen esos aspectos de la vida de sus hijas, bien porque no los quieren ver, bien porque éstas se los ocultan.

Lo cierto es que hacía un día espléndido. La campiña se extendía a los lados del camino, la brisa mecía el trigo, que comenzaba a dorarse. En un par de meses los cosechadores saldrían al campo, encorvarían la espalda bajo el sol y respirarían el polvo del grano; el olor a paja caliente lo invadiría todo y un carrito iría detrás de ellos con sidra y hogazas de pan. Escuchó en su mente el silbido rítmico de la guadaña, notó el sudor en su piel desnuda, la brisa, y luego el alivio que proporcionaba el carrito, la sed y la sidra dulce y fresca que todavía olía a manzana.

¿Cuándo se había dedicado él a la labranza? Buscó en su memoria pero no encontró nada. ¿Fue allí, en el sur, o en Northumberland, su lugar de origen, antes de trasladarse a Londres para estudiar comercio, ganar dinero y convertirse en una especie de caballero?

No tenía la menor idea. Había desaparecido de su mente, como tantas otras cosas. Tal vez fuera lo mejor. Quizá guardara relación con algún recuerdo personal, como el de Hermione, que todavía le causaba dolor, no por haberla perdido, lo que no le importaba en absoluto, sino por su propia humillación, su error, la estupidez de haber amado tanto a una mujer que carecía de la capacidad de corresponderlo. Es más, había sido lo bastante honrada para reconocer que tampoco deseaba corresponderlo; el amor era peligroso, podía herir. Hermione había admitido que no quería que nadie se interpusiera en su camino hacia la prosperidad.

No, a partir de ese momento todo cuanto intentara recordar se limitaría a su pasado profesional. Por lo menos en ese campo no corría riesgos. Era brillante en su trabajo. Ni siquiera su enemigo más acérrimo, Runcorn, había negado su talento, su inteligencia ni su intuición, y tampoco la entrega que lo había convertido en el mejor inspector del cuerpo. Caminaba con buen paso. Sólo se oían sus pisadas y el viento, suave y cálido, que mecía los campos. A primera hora de la mañana era probable que hubiera habido alondras, pero ahora era demasiado tarde.

Asimismo, había otra razón, aparte de su orgullo, por la que debía esforzarse por evocar detalles relativos a su profesión. Se ganaba la vida como detective y, sin los recuerdos de sus contactos en los bajos fondos, las minucias de su arte, los nombres y las caras de quienes estaban en deuda con él o le temían, de quienes poseían conocimientos que podrían resultarle útiles o de quienes tenían secretos que guardar, estaba en desventaja, era como un principiante. Necesitaba saber con exactitud quiénes eran sus amigos y sus enemigos. Ciego por el olvido, se encontraba a su merced.

El dulce aroma de la madreselva impregnaba el ambiente. Aquí y allá los rosales silvestres, con los capullos en flor, formaban estelas rosadas o blancas.

Giró a la derecha en el Ride y después de unos cien metros se encontró con un viejo carretero que avanzaba con su caballo por el sendero. Le preguntó por Geoffrey Taunton, y tras vacilar con recelo durante unos minutos el hombre le indicó el camino.

El edificio poseía una fachada elegante, y el enlucido parecía haber sido embellecido recientemente con una profusión de nuevos adornos. El entramado de madera era impecable. Todo apuntaba a que Geoffrey Taunton había realizado todas esas mejoras tras heredar la fortuna de su padre.

Monk enfiló el bien marcado sendero de gravilla, que no tenía maleza alguna y habían rastrillado hacía poco, y llamó a la puerta principal. Era a primera hora de la tarde y podía considerarse afortunado si encontraba al señor de la casa; si no estaba, trataría de concertar una cita para otro día.

La doncella que lo atendió era joven y tenía unos ojos vivarachos, incapaces de contener su curiosidad al ver en el umbral a un desconocido vestido con elegancia.

—¿Qué desea, caballero? —preguntó con amabilidad mientras lo observaba.

—Buenas tardes. No tengo cita, pero desearía ver al señor Taunton, si es que se encuentra en casa. Si es demasiado pronto, le agradecería que me indicara una hora más conveniente.

—Oh, no, señor, es una hora perfecta. —La muchacha calló de repente y vaciló al darse cuenta de que había incumplido la convención social de fingir que el señor se había ausentado hasta determinar si accedería a recibir al visitante—. Oh, quiero decir que...

Monk no pudo reprimir una sonrisa.

—Entiendo. Será mejor que vaya a ver si puede recibirme. —Le entregó su tarjeta de visita, en la que figuraban su nombre y dirección, pero no su ocupación—. Dígale que vengo en nombre de una miembro del consejo rector del Royal Free Hospital de Gary's Inn, de lady Callandra Daviot. —Sus palabras impresionaban, no eran demasiado comprometidas y, en parte, eran ciertas.

—Sí, señor —repuso ella con evidente interés—. Si me permite, iré a preguntar. —Con un pequeño revuelo de faldas, dio media vuelta y se marchó tras dejar a Monk en la salita, bañada por el sol.

Geoffrey Taunton no tardó ni cinco minutos en presentarse. Era un hombre de aspecto agradable, de poco más de treinta años, alto y fornido, que vestía de luto por las circunstancias. Tenía la tez ni muy clara ni muy oscura y unos rasgos armoniosos y bien proporcionados. Su expresión era afable, aunque en aquel momento quedaba empañada por una pena profunda.

—¿Señor Monk? Buenas tardes. ¿Qué puedo hacer por

usted y el consejo del hospital? —preguntó al tiempo que le tendía la mano.

Monk se la estrechó con una punzada de remordimiento por su pequeña mentira, pero el sentimiento se desvaneció enseguida. Había otras prioridades.

—Gracias por dedicarme su tiempo, caballero, y discúlpeme por no haber concertado una cita, pero el señor Barrymore me ha hablado de usted esta misma mañana. Como ya habrá supuesto, han requerido mis servicios en relación con la muerte de la señorita Prudence Barrymore.

—¿Sus servicios? —Taunton frunció el entrecejo—. Entonces ¿no es un asunto policial? —Adoptó una expresión de desagrado—. Si al consejo rector le preocupan los escándalos, no puedo hacer nada para ayudarles. Si contratan a mujeres jóvenes como enfermeras, es normal que se produzcan incidentes desafortunados, tal como le expliqué a la señorita Barrymore, aunque fue en vano.

»Los hospitales son lugares poco saludables —añadió con acritud—, tanto física como moralmente. Ya resulta bastante penoso tener que pisarlos para someterse a una operación que no puede practicarse en el domicilio, pero una mujer que busca empleo en un sitio como ése corre riesgos innombrables, sobre todo si es de buena familia y no tiene necesidad de ganarse el sustento. —Se le ensombreció el semblante en señal de dolor al reconocer la inutilidad de sus palabras y hundió las manos en los bolsillos. Su aspecto era el de una persona testaruda, desconcertada y sumamente vulnerable.

Evan se hubiera compadecido de él, mientras que Runcorn habría compartido su opinión. A Monk sólo le molestaba su ceguera. Seguían de pie en la salita de la mañana, uno frente al otro, sobre la alfombra verde.

—Supongo que se dedicó a esa labor por compasión hacia los enfermos más que por la compensación económica —observó Monk con aspereza—. Por lo que me han contado de ella, era una mujer con un talento excepcional y con una gran capacidad de entrega. El hecho de que no trabajara por necesidad sólo demuestra su calidad humana.

—Le costó la vida —repuso Taunton con amargura y cierta rabia—. Eso es una tragedia y un crimen. Sé que nada le devolverá la vida, pero quiero ver a su asesino en la horca.

—Si lo descubrimos, sospecho que tendrá ese privilegio, caballero —replicó Monk—, aunque en mi opinión, presenciar una ejecución es harto desagradable. Sólo he asistido a dos, y ambas fueron experiencias que preferiría olvidar.

Taunton quedó sorprendido y luego hizo una mueca de disgusto.

—No tome mis palabras al pie de la letra, señor Monk. Como bien ha dicho, es un acto desagradable. Tan sólo quería decir que me gustaría que ocurriese.

—Oh, entiendo. Sí, eso es distinto y es un sentimiento bastante común. —Su voz transmitió todo el desprecio que le inspiraban aquellos que recurren a otros para que realicen el trabajo sucio con el fin de no sufrir la angustia de su realidad y dormir tranquilos, sin pesadillas y sin sentirse acechados por el horror de la culpa, la duda y la compasión. Acto seguido, hizo un esfuerzo por recordar el motivo de su visita. Se obligó a mirar a Taunton a los ojos con cierta cortesía—. Le aseguro que haré lo que esté en mi mano para que ello ocurra lo antes posible.

Taunton se calmó. Apartó de sí la indignación y volvió a concentrarse en Prudence y su muerte.

—¿Cuál es el motivo de su visita, señor Monk? ¿En qué puedo ayudarlo? No sé nada que contribuya a esclarecer lo sucedido, excepto la naturaleza propia de los hospitales y las personas que los ocupan, la clase de mujeres que en ellos trabajan, de lo cual usted también debe de estar al corriente, ¿no es cierto?

Monk evitó con disimulo dar una respuesta.

—¿Se le ocurre alguna razón por la que otra enfermera deseara causar algún daño a la señorita Barrymore? —inquirió.

Taunton reflexionó al respecto.

—Se me ocurren muchos motivos. ¿Le importaría pasar a mi estudio? Estaremos más cómodos.

—Gracias. —Monk lo siguió por el vestíbulo hasta un precioso salón mucho más grande de lo que esperaba, con vistas a un jardín de rosas con un extenso campo detrás. A unos doscientos metros crecía un hermoso olmedo—. ¡Qué panorama tan espléndido! —exclamó en un gran impulso.

—Gracias. —Taunton esbozó una sonrisa tensa, señaló una de las sillas más grandes para que Monk tomara asiento y, acto seguido, se sentó frente a él—. Me ha preguntado por las enfermeras. Dado que lo ha contratado el consejo rector, doy por supuesto que conoce usted la clase de mujeres que ejercen tal oficio. Tienen muy pocos estudios, o ninguno, y la moralidad que cabe esperar de personas de ese jaez. —Observó a Monk con semblante serio—. No sería de extrañar que sintieran rencor hacia una mujer como la señorita Barrymore, que poseía lo que a ellas debía de parecerles riqueza y que no trabajaba por necesidad sino por vocación. Saltaba a la vista que tenía estudios, era de buena familia y gozaba de todos los privilegios que hubieran querido para sí. —Miró al detective para asegurarse de que captaba los matices de lo que estaba diciendo.

—¿Una pelea? —aventuró Monk, sorprendido—. Tendría que haber sido una mujer muy depravada, y con una fuerza física considerable, para atacar a la señorita Barrymore y estrangularla sin llamar la atención de los demás.

Los pasillos suelen estar vacíos en muchos momentos del día, pero las salas no están lejos. Si se hubiera oído un grito, alguien habría acudido para ver qué sucedía.

Taunton frunció el entrecejo.

—No entiendo adónde quiere ir a parar, señor Monk. ¿Insinúa que no asesinaron a la señorita Barrymore en el hospital? —inquirió con expresión de desprecio—. ¿Acaso el consejo rector pretende negar su responsabilidad y afirmar que el centro no tiene nada que ver?

—Por supuesto que no. —Si Monk no hubiera estado tan enfadado, la conclusión del señor Taunton le habría incluso divertido. Detestaba la pomposidad. Además, unida a la estupidez, como era habitual, le resultaba insoportable—. Sencillamente considero poco probable que una pelea entre dos mujeres acabe con el estrangulamiento de una de ellas —replicó con impaciencia—; algo se habría oído. De hecho, fue por una riña entre dos mujeres por lo que el doctor Beck y lady Callandra salieron al pasillo y encontraron a la señorita Barrymore.

—Oh. —Taunton palideció. De repente ambos recordaron que estaban hablando de la muerte de Prudence y no inmersos en una especie de dialéctica académica—. Sí, ya lo entiendo. Deduzco de sus palabras que debió de ser un acto premeditado, perpetrado a sangre fría. —Desvió la mirada, emocionado—. ¡Dios mío, qué horror! Pobre Prudence. —Tragó saliva con cierta dificultad—. ¿Es... es posible que ella no sospechara nada, señor Monk?

Monk no tenía la menor idea.

—Supongo que no —mintió—. Puede que todo fuera muy rápido, sobre todo si el atacante era fuerte.

Taunton parpadeó.

—Un hombre. Sí, eso parece mucho más probable. —Su conclusión pareció complacerlo.

—¿La señorita Barrymore le mencionó a algún hombre que la inquietara y con quien mantuviese alguna relación poco satisfactoria? —inquirió Monk.

Taunton frunció el entrecejo y lo observó con aire indeciso.

—No entiendo muy bien a qué se refiere.

—No sé expresarlo de otro modo. Me refiero tanto en el ámbito personal como en el profesional; un médico, un capellán, un tesorero, un miembro del consejo rector, el familiar de un paciente o alguien con quien tuviera que relacionarse en el desempeño de sus obligaciones —aclaró Monk.

Taunton pareció comprender.

—Oh, ya entiendo.

—Así pues, ¿le habló de alguien?

Taunton reflexionó unos minutos con la vista clavada en los olmos del jardín, cuyas grandes ramas verdes brillaban bajo el sol.

—Me temo que no solíamos hablar de su trabajo. —Apretó los labios, pero era imposible discernir si se trataba de una mueca de ira o de dolor—. No me parecía bien que trabajara. Recuerdo que mencionó el gran aprecio que sentía por el cirujano jefe, sir Herbert Stanhope, un hombre más próximo a su clase social, por supuesto. Admiraba su valía profesional, pero no me pareció que sus sentimientos fueran personales. —Miró a Monk con el entrecejo fruncido—. Espero que no sea esto lo que sugiere...

—No sugiero nada —replicó Monk con impaciencia, elevando el tono de voz—. Intento descubrir algo sobre ella y sobre quién podría haberle deseado algún daño por la razón que fuere: celos, temor, ambición, venganza, avaricia, cualquier motivo. ¿Tenía algún admirador? Creo que era una mujer atractiva.

—Sí, en efecto, y también encantadora, a pesar de su

terquedad. —Apartó la vista de Monk por unos instantes e intentó disimular su angustia.

Monk pensó en pedirle disculpas, pero consideró que sólo servirían para incomodarlo aún más. Nunca había aprendido a decir las palabras adecuadas. Probablemente no existieran.

—No —dijo Taunton al cabo de unos minutos—. Nunca me habló de nadie, aunque es posible que, de haber habido alguien, no me lo hubiera dicho, pues sabía lo que sentía por ella. Sin embargo, era muy sincera, por lo que creo que, si hubiera habido otra persona, su propia franqueza la habría obligado a decírmelo. —Su rostro adoptó una expresión de incomprensión absoluta—. Daba la impresión de que su único amor era la medicina y no tenía tiempo para las ocupaciones e intereses propios de las mujeres. Además, en los últimos tiempos esa actitud se acentuó. —Miró a Monk con seriedad—. Usted no la conocía antes de que fuera a la guerra de Crimea, señor Monk. Entonces era distinta, muy distinta. No tenía la... —Se interrumpió en un esfuerzo por encontrar la palabra adecuada—. Era... más tierna, sí, eso es, tierna, mucho más femenina.

Monk se abstuvo de contradecirle, aunque estuvo a punto de hacerlo. ¿Las mujeres eran realmente tiernas? Las mejores que había conocido, las que recordaba en aquel momento, eran todo lo contrario. Las convenciones sociales dictaban que se mostraran complacientes, pero en el fondo tenían un corazón de acero capaz de dejar en ridículo a muchos hombres, así como una fuerza de voluntad y una entereza sin parangón. Hester Latterly había tenido la valentía de luchar para defenderlo cuando él mismo se había dado por vencido. Lo había acosado, engatusado e insultado para que recobrase la esperanza y bregase a su lado, sin dar importancia a su propio bienestar.

Asimismo, habría jurado que Callandra actuaría del

mismo modo si la situación lo requiriese, y conocía a otras. Tal vez Prudence Barrymore había sido como ellas: apasionada, valiente y comprometida con sus ideales. Era difícil que un hombre como Geoffrey Taunton lo aceptara, y mucho menos lo entendiese. De hecho, tratar con mujeres como ésas no era tarea fácil. Sólo Dios sabía cuán arisca, desagradable, obstinada, impertinente y mordaz podía ser Hester, amén de porfiada.

De hecho, la irritación que Taunton le provocaba disminuyó a medida que lo pensaba. Si había estado enamorado de Prudence Barrymore, probablemente habría tenido que soportar muchas cosas.

—Sí, sí, ya le entiendo —afirmó con sonrisa—. Debió de resultarle muy duro. ¿Cuándo vio a la señorita Barrymore por última vez?

—La vi la mañana en que murió... en que la asesinaron —respondió Taunton al tiempo que palidecía—. Con toda probabilidad muy poco antes.

Monk se sorprendió.

—¿Cómo es posible? El crimen se cometió muy temprano, —observó—, entre las seis y las siete y media...

Taunton se sonrojó.

—Sí, era pronto. De hecho creo que no eran más de las siete. Pasé la noche en la ciudad y fui al hospital para verla antes de coger el tren de regreso a casa.

—Debió de tener un motivo importante para ir a verla a esas horas...

—Sí —se limitó a decir Taunton. La expresión de su rostro era inescrutable.

—Si prefiere no decírmelo, tendré que hacer cábalas —advirtió Monk con una sonrisa severa—. Supondré que se pelearon porque a usted no le agradaba su trabajo.

—Suponga lo que quiera —espetó Taunton—. Fue una conversación privada que jamás habría mencionado de no haber ocurrido algo tan terrible. Ahora que la pobre Prudence está muerta, me niego a hablar de ello. —Le lanzó una mirada desafiante—. Charlamos de un tema que no le resultó agradable; es lo único que necesita saber. La pobre estaba de muy mal humor cuando nos despedimos, de lo más irreverente, pero gozaba de una salud excelente.

Monk no hizo ningún comentario al respecto. Todo apuntaba a que Taunton ni siquiera había imaginado que podía ser uno de los sospechosos.

—¿En ningún momento le indicó que tuviera miedo de alguien? —inquirió Monk—. ¿O que alguien se hubiera mostrado desagradable o amenazador con ella?

—Por supuesto que no, de lo contrario ya se lo habría dicho. No haría falta que me lo preguntara.

—Entiendo. Gracias por su colaboración. Estoy seguro de que lady Callandra le estará muy agradecida. —Monk sabía que debía darle el pésame, pero las palabras se negaban a salir por su boca. Había controlado su mal genio, lo que ya le parecía suficiente. Se puso en pie—. Bueno, ya no le robaré más tiempo.

—No parece que haya avanzado usted mucho en la investigación. —Taunton también se levantó, se alisó la ropa en un gesto inconsciente y observó a Monk con expresión crítica—. No sé cómo pretende encontrar al asesino con estos métodos.

—Yo tampoco sería capaz de hacer su trabajo, caballero —repuso Monk con una sonrisa de desaprobación—. Tal vez esté bien así. Gracias de nuevo. Que pase usted un buen día, señor Taunton.

A pesar del calor, Monk disfrutó enormemente mientras caminaba por los campos en dirección a Wyke Farm, pasando junto al Ride y por Boston Lane. Era una delicia notar la tierra bajo sus pies en lugar del asfalto, aspirar el viento que recorría la campiña, impregnado de madreselva, y no oír más que el susurro del trigo que se mecía y el ladrido de algún perro a lo lejos. Tenía la impresión de que Londres y sus problemas pertenecían a otro mundo, que la ciudad no se hallaba a apenas unos kilómetros de allí. Durante un rato olvidó a Prudence Barrymore y sosegó su espíritu con diversos recuerdos: las extensas colinas de Northumberland, la agradable brisa marina, las gaviotas revoloteando en el cielo. Era todo cuanto evocaba de su niñez: impresiones, un sonido, un olor que despertaba reminiscencias, la visión de una cara que desaparecía antes de que lograra reconocerla.

Esa sensación placentera se desvaneció de forma brusca, y regresó al presente al ver a una mujer a lomos de un caballo a pocos metros de distancia. Debía de haberse acercado por la pradera, pero estaba tan absorto en sus pensamientos que no reparó en ella hasta que la tuvo delante. Cabalgaba con la naturalidad propia de alguien para quien montar a caballo es tan habitual como andar. Era muy grácil y femenina, iba con la espalda recta, la cabeza alta y cogía las riendas con delicadeza.

—Buenas tardes, señora —saludó con cierta sorpresa—. Perdone por no haberla visto antes.

Ella sonrió. Tenía la boca generosa y unos ojos oscuros de mirada dulce, tal vez demasiado hundidos. Llevaba el cabello castaño recogido bajo el gorro de montar, y los rizos que escapaban suavizaban su expresión. Era hermosa, una verdadera belleza.

—¿Se ha perdido? —preguntó con regocijo al tiempo que echaba un vistazo a su elegante traje y sus botas oscuras—. Por este camino no encontrará nada, excepto Wyke Farm. —Mantenía la montura bien controlada, a un metro de él, con manos fuertes, diestras y firmes.

—Entonces no me he perdido —repuso mirándola a los ojos—. Busco a la señorita Nanette Cuthbertson.

—Pues no hace falta que busque más. Soy yo. ¿En qué puedo servirle, caballero?

—Encantado de conocerla, señorita Cuthbertson —dijo él, gratamente sorprendido—. Me llamo William Monk. Colaboro con lady Callandra Daviot, quien forma parte del consejo rector del Royal Free Hospital. Desea aclarar la muerte de la señorita Barrymore. Usted la conocía, ¿no es así?

La sonrisa desapareció del rostro de la joven, que no expresó curiosidad, sino sólo que conocía la tragedia. Mostrarse alegre hubiera sido una falta de tacto por su parte.

—Sí, por supuesto que sí, pero no sé en qué puedo ayudarle. —Se apeó con gracilidad sin solicitar su ayuda y antes de que él pudiera ofrecérsela. Sostuvo las riendas para evitar que el caballo se alejara—. No sé nada aparte de lo que me ha contado el señor Taunton, quien se limitó a decirme que la pobre Prudence había muerto de forma repentina y espantosa. —Lo miró con expresión inocente.

—Fue asesinada —informó Monk; aunque sus palabras eran duras, su voz sonó dulce.

—Oh. —Nanette palideció, y Monk no acertó a distinguir si se debía a la noticia o a su forma de comunicársela—. ¡Qué horror! Lo siento. No sabía que... —Frunció el entrecejo—. El señor Taunton comentó que los hospitales no eran un buen sitio, nada más. Ignoraba que fuesen tan peligrosos. Entiendo que puedan contraerse enfermedades, es lógico, pero no que se cometan asesinatos.

—El lugar donde se produjo tal vez fuera meramente casual, señorita Cuthbertson. A algunas personas las matan en su casa, y no por eso consideramos que las casas sean sitios peligrosos.

Una mariposa de color naranja y negro voló entre ellos y luego desapareció.

—No lo entiendo... —Su expresión confirmaba sus palabras.

—¿Conocía bien a la señorita Barrymore?

La joven echó a andar muy despacio hacia las casas de labranza. Monk caminó a su lado, y el caballo los siguió con la cabeza gacha.

—Antes sí —le contestó con actitud reflexiva—, cuando éramos mucho más jóvenes, en la adolescencia. Cuando regresó de la guerra de Crimea creo que nadie podía decir que la conocía. Cambió, ¿sabe? —Volvió la cabeza hacia él para cerciorarse de que la comprendía.

—Supongo que una experiencia semejante cambiaría a cualquiera —declaró Monk—. ¿Acaso es posible ver tanta devastación y sufrimiento sin que ello te afecte?

—Supongo que no —convino al tiempo que echaba una mirada atrás para comprobar que el caballo los seguía—. El caso es que cuando regresó era otra. Siempre fue... si digo obstinada no piense, por favor, que pretendo criticarla; sencillamente es que tenía unos deseos y unas metas muy claros. —Hizo una pausa para poner en orden sus pensamientos—. Sus sueños eran distintos de los del resto de la gente. Cuando volvió de Scutari, se había... —añadió, y frunció el entrecejo mientras trataba de encontrar la palabra adecuada— endurecido... endurecido por dentro. —Levantó la mirada hacia Monk con una sonrisa radiante—. Lo lamento. ¿Le parezco muy cruel? No es ésa mi intención.

Monk observó sus dulces ojos pardos y la delicadeza de sus mejillas y pensó que ésa era exactamente su intención, aunque fuera lo último que deseaba que los demás pensaran de ella. Notó que una parte de él se sentía atraído por Nanette y se despreció por su candidez. Le recordaba a Hermione y sólo Dios sabía a cuántas otras mujeres de su pasado, cuya feminidad le había seducido y luego decepcionado. ¿Por qué había sido tan idiota? Detestaba a los idiotas.

Sin embargo, otra parte de él le hacía ser escéptico, incluso cínico. Si la señora Barrymore estaba en lo cierto, esa dama encantadora de mirada cálida y expresión risueña hacía tiempo que deseaba conquistar a Geoffrey Taunton, por lo que debía de haberle molestado sobremanera el amor que éste profesaba a Prudence. ¿Cuántos años tenía Prudence? Callandra calculaba que apenas treinta. Sin duda Geoffrey superaba esa edad. ¿Tenía Nanette Cuthbertson la misma edad o tal vez era un poco más joven? En todo caso, ya era mayor para casarse, el tiempo se le escapaba de las manos. Pronto la considerarían una solterona, si no la consideraban ya, y decididamente vieja para tener su primer hijo. ¿Había sentido algo más que celos? ¿Desesperación, quizá, pánico a medida que transcurrían los años y veía cómo Geoffrey Taunton esperaba a Prudence y ésta lo rechazaba para entregarse a su profesión?

—Descuide —dijo sin comprometerse—. Supongo que es la verdad, y yo deseo conocerla, sea cual sea. De nada sirven las mentiras piadosas; de hecho no harían más que oscurecer hechos que necesitamos esclarecer.

Monk había hablado con una frialdad que ella consideró estaba justificada. Siguió sujetando las riendas con fuerza para que el caballo no se alejara.

—Gracias, señor Monk, me quedo más tranquila. Resulta desagradable hablar mal de la gente.

—A mucha gente le encanta —repuso él con una sonrisa—. De hecho constituye uno de sus mayores placeres, sobre todo porque de ese modo se sienten superiores.

Nanette quedó desconcertada. No era la clase de defectos que la gente solía reconocer.

—Eh... ¿usted cree?

Monk comprendió que había estado a punto de estropearlo todo.

—Bien, les ocurre a algunas personas —contestó al tiempo que pisaba un largo tallo de trigo que había crecido en el camino—. Lamento tener que pedirle que me cuente algo más de Prudence Barrymore, aunque le resulte desagradable, porque no sé a quién más preguntar que esté dispuesto a ser sincero. Los elogios no me sirven de nada.

La mujer no apartó la vista del sendero. Estaban ya muy cerca de la verja de la finca, y Monk la abrió, aguardó a que entraran Nanette y el caballo y la cerró tras de sí con cuidado. Un hombre mayor que vestía una bata descolorida y unos pantalones ceñidos en los tobillos con una cinta esbozó una sonrisa tímida antes de ocuparse del animal. Nanette le dio las gracias y Monk la siguió por el patio en dirección al huerto. Él abrió la puerta de la casa. No daba a la cocina, como había imaginado, sino que era una entrada lateral, que conducía a un amplio vestíbulo.

—¿Le apetece un refrigerio, señor Monk? —preguntó con una sonrisa. Era alta, de estatura superior a la media, esbelta, con una cintura muy estrecha y poco pecho. Manejaba los faldones del traje de amazona con habilidad, de tal manera que parecían formar parte de ella, no un estorbo, como para algunas mujeres.

—Gracias —aceptó. Ignoraba si lograría averiguar algo conversando con ella, pero quizás ésa fuera su única oportunidad. Por tanto, debía aprovecharla.

Nanette dejó el sombrero y la fusta sobre la mesa del vestíbulo, llamó a una criada, pidió té y lo condujo a una bonita sala de estar decorada con cretona floreada. Hablaron de asuntos triviales hasta que les sirvieron el té, cuando se quedaron solos y ya no corrían el peligro de que los interrumpieran.

—Desea información sobre la pobre Prudence —dijo ella mientras le tendía una taza.

—Si es usted tan amable...

Nanette lo miró a los ojos.

—Quiero que sepa que le hablaré con franqueza sólo porque soy consciente de que la delicadeza no servirá de nada para descubrir al asesino de Prudence, que en paz descanse.

—Le he pedido que sea sincera, señorita Cuthbertson —la alentó.

La mujer se recostó en la silla y empezó a hablar casi sin parpadear.

—Conocía a Prudence desde que éramos pequeñas. Siempre tuvo una gran curiosidad y la determinación de aprender lo máximo posible. Su madre, que es una persona maravillosa y muy sensata, intentó disuadirla, pero fue en vano. ¿Conoce a su hermana Faith?

—No.

—Una mujer magnífica —aseguró—. Se casó y se trasladó a York. No obstante, Prudence siempre fue la preferida de su padre, y lamento decir que opino que se mostró demasiado permisivo con ella cuando hubiera sido más conveniente imponerle un poco más de disciplina. —Se encogió de hombros mientras miraba a Monk con una sonrisa en los labios—. La consecuencia de todo ello fue que, cuando empezaron a llegar a Inglaterra noticias de la gravedad de la guerra de Crimea, Prudence decidió marcharse para atender a los soldados, y nada hubiera conseguido hacerla cambiar de opinión.

A Monk le costó no interrumpirla. Deseaba contar a aquella hermosa mujer, tan resuelta como pagada de sí misma, que con discreción coqueteaba con él, algo del horror de los campos de batalla y los hospitales que Hester le había explicado. Se obligó a guardar silencio y a mirarla para alentarla a continuar.

Nanette, no obstante, no necesitaba que la animaran a hablar.

—Por supuesto, todos dimos por sentado que, a su regreso, ya se habría cansado de los enfermos —añadió—: Había servido a su país y todos nos enorgullecíamos de ella. Sin embargo, nos equivocábamos. Se empeñó en seguir trabajando de enfermera y encontró un empleo en un hospital de Londres. —Miró a Monk con fijeza al tiempo que se mordía el labio inferior como si no supiera muy bien qué decir, aunque, a juzgar por la fuerza que transmitía su voz, él sospechaba que lo tenía muy claro—. Se convirtió en una persona muy... muy enérgica. Expresaba sus opiniones de forma categórica y se mostraba sumamente crítica con las autoridades médicas. Me temo que abrigaba ambiciones imposibles de conseguir y, en todo caso, poco adecuadas, pero se negaba a aceptarlo. —Miró a Monk a los ojos como si tratara de leer sus pensamientos—. Supongo que su experiencia en la guerra de Crimea fue tan espantosa que afectó, al menos en parte, su sentido común. En verdad ha sido una tragedia —agregó con expresión grave.

—Una gran tragedia —convino Monk—. También es trágico que alguien la matara. ¿Le mencionó en alguna ocasión a alguna persona que la amenazara o le desease algún mal? —Se trataba de una pregunta ingenua, pero siempre existía la remota posibilidad de que le diera una respuesta sorprendente.

Nanette se encogió de hombros de forma muy delicada y femenina.

—Bueno, era muy directa y en ocasiones extremadamente crítica —explicó de mala gana—. Dado su carácter, no descartaría la posibilidad de que ofendiera a alguien lo suficiente para provocar una reacción violenta, por terrible que resulte pensarlo. A algunos hombres les cuesta contener la ira. Tal vez sus insultos fueran graves y amenazaran la reputación profesional del hombre en cuestión. No dejaba títere con cabeza... no sé si me entiende.

—¿Mencionó a alguien en concreto, señorita Cuthbertson?

—Oh, a mí no. De todos modos, tampoco habría prestado demasiada atención a los nombres de personas desconocidas.

—Entiendo. ¿Y admiradores? ¿Sabe si había algún hombre que se sintiera despechado o celoso?

Nanette se ruborizó de forma casi imperceptible y sonrió como si, en su opinión, la pregunta careciera de importancia.

—Prudence no me hacía esa clase de confidencias. En todo caso daba la impresión de que no tenía tiempo para esas emociones. —Esbozó una sonrisa que daba a entender cuán ridícula le parecía tal actitud—. Quizá sería mejor que preguntara a alguien que tuviera un trato diario con ella.

—Lo haré. Gracias por su sinceridad, señorita Cuthbertson. Si todos son tan francos conmigo, me consideraré afortunado.

La mujer se inclinó en la pequeña silla.

—¿Descubrirá quién la mató, señor Monk?

—Sí —respondió con rotundidad, no porque estuviera convencido de ello, sino porque jamás contemplaba la posibilidad de la derrota.

—No sabe cuánto me alegro. Me alivia saber que hay personas dispuestas a que se haga justicia. —Volvió a sonreírle, y Monk se preguntó por qué demonios Geoffrey Taunton no había cortejado a Nanette Cuthbertson, que parecía encarnar todas las cualidades que él buscaba en una esposa, en lugar de malgastar el tiempo y los sentimientos con Prudence Barrymore. Ésta nunca habría logrado ser ni hacerle feliz en el matrimonio, que para él habría estado cargado de tensión e incertidumbre, y a ella le habría resultado insulso y asfixiante.

Sin embargo, él mismo se había creído locamente enamorado de Hermione Ward, quien le habría herido y decepcionado a cada momento y le habría dejado en la más amarga de las soledades. Quizás al final hubiera acabado odiándola.

Apuró el té y se excusó. Volvió a agradecer a Nanette su amabilidad y se marchó.

En el viaje de regreso a Londres, con el tren atestado de viajeros, pasó calor. De repente se sintió muy cansado y cerró los ojos al tiempo que se recostaba en el asiento. El traqueteo y el balanceo del vagón se le antojaron de lo más relajante.

Despertó con un sobresalto y vio a un niño que lo miraba con enorme curiosidad. Una mujer rubia tiró de la chaqueta del pequeño y le ordenó que se portara bien y no fuese maleducado con el caballero. Acto seguido el chiquillo sonrió tímidamente a Monk y le pidió disculpas.

—No se preocupe, señora —repuso él con voz queda, y de pronto un recuerdo afloró a su mente. Se trataba de una sensación que experimentaba a menudo desde el accidente, en los últimos meses con más frecuencia todavía, y siempre iba acompañada de un escalofrío de temor. Gran parte de los retazos que recuperaba mostraba sólo sus acciones, no las razones que lo habían movido, y el hombre que descubría no siempre era de su agrado.

Este recuerdo era claro e intenso, aunque distante. No

se trataba del hombre del presente, sino del pasado. La imagen estaba llena de sol y, a pesar de tanta claridad, transmitía una sensación de lejanía. Era joven, mucho más joven, nuevo en su puesto de trabajo, con el entusiasmo y las ganas de aprender que caracterizan a los principiantes. Su jefe inmediato era Samuel Runcorn, no cabía duda. Lo sabía con la certidumbre propia de los sueños: no hay pruebas visibles, pero la certeza es incuestionable. Runcorn aparecía en su mente con la misma nitidez con que veía a la mujer joven sentada delante de él en el ruidoso tren, que avanzaba a toda velocidad junto a las casas próximas al centro de la ciudad. Su rostro enjuto, los ojos hundidos. Entonces Monk era un hombre apuesto: nariz fina, frente ancha y boca generosa. De hecho aún lo era, aunque su expresión, la mezcla de furia y disculpa en la mirada, mermaba su atractivo.

¿Qué había ocurrido? ¿Qué parte de culpa había tenido Monk? Aquel pensamiento no dejaba de acosarlo, por más que fuese una estupidez. Él no era el culpable. El carácter de Runcorn era cosa de éste, su decisión.

¿Por qué había recordado aquel momento? No era más que un fragmento, un viaje en tren en compañía de Runcorn. Éste era a la sazón inspector y Monk, un agente de policía que trabajaba en un caso a sus órdenes.

El ferrocarril entraba en las afueras de Bayswater, cerca de Euston Road y de su casa. Tenía ganas de salir de ese espacio ruidoso, movido y reducido y caminar al aire libre, a pesar de que Fitzroy Street no era como Boston Lane, donde el viento mecía los trigales.

Evocaba una sensación de frustración intensa y profunda, de preguntas y respuestas que no conducían a ningún sitio, de saber que alguien mentía pero no quién lo hacía. Aunque llevaban días investigando el caso, no habían descubierto nada que tuviera sentido, ninguna prueba que sirviese como primera pieza de aquel rompecabezas.

La diferencia con su situación actual radicaba en que era el primer día de la investigación. Aquellas emociones procedían de su pasado, de lo que él y Runcorn habían hecho no sabía cuántos años atrás, ¿diez, quince? Runcorn era distinto. Se mostraba más seguro de sí mismo, menos necesitado de ejercer su autoridad y demostrar que tenía la razón, era menos arrogante. Durante esos años debía de haberle ocurrido algo que había destruido un elemento de su confianza en sí mismo, que había herido una parte de su ser, que ahora estaba mutilada.

¿Sabía Monk de qué se trataba? ¿Lo había sabido antes del accidente? ¿El odio que Runcorn sentía por él era fruto de aquello; de su vulnerabilidad y del hecho de que Monk se aprovechara de ella?

En aquel momento el tren pasó por Paddington. Le faltaba poco para llegar a casa. Anhelaba levantarse.

Cerró los ojos de nuevo. El calor del vagón, el balanceo rítmico, y el traqueteo cuando las ruedas pasaban sobre las junturas de los raíles le resultaban hipnóticos.

En el caso había trabajado otro agente, un joven de complexión menuda y cabello oscuro con el flequillo levantado en la frente. Guardaba un recuerdo claro de él, sumamente desagradable, aunque ignoraba por qué. Se devanó los sesos, pero fue en vano. ¿Acaso había muerto? ¿Por qué se sentía tan desdichado cuando lo recordaba?

Runcorn era distinto, pues su imagen le producía enojo, y de inmediato le invadía un enorme desprecio hacia él, no porque fuera estúpido, que no lo era. Las preguntas que planteaba eran inteligentes, bien formuladas, bien calculadas y, obviamente, sopesaba las respuestas. No era crédulo. Entonces ¿por qué no podía evitar torcer el gesto al pensar en él?

¿En qué había consistido el caso? ¡Tampoco era capaz de recordarlo! Sin embargo, tenía la certeza de que había sido importante, algo serio. El comisario se interesaba cada día por el desarrollo de la investigación. La prensa exigía que detuvieran y condenaran a alguien a la horca, pero ¿por qué crimen?

¿Habían resuelto el caso?

Se puso en pie de un salto. El tren había llegado a Euston Road y debía apearse. A toda prisa, pidiendo disculpas cada vez que pisaba los pies de otros viajeros, salió de su compartimiento y se abrió camino para bajar al andén.

Debía dejar de pensar en el pasado y plantearse cómo debía actuar con respecto al asesinato de Prudence Barrymore. No había nada que comunicar a Callandra, pero tal vez ella tuviera algo que decirle, aunque era un poco pronto. Quizá debería esperar un par de días; tal vez entonces podría informarle de alguna novedad.

Caminó con paso presuroso entre la multitud, chocó contra un mozo de estación y estuvo a punto de tropezar y caer sobre una paca de papel.

¿Qué tal había sido Prudence Barrymore como enfermera? Tendría que empezar por el principio. Había conocido a sus padres, a su pretendiente, aunque no correspondido, y a su rival. En su momento preguntaría a sus superiores, que eran, o podían ser, sospechosos. El mejor juez de la siguiente etapa de su vida sería alguien que la hubiera conocido durante la guerra de Crimea, aparte de Hester. Esquivó a dos hombres y a una mujer que transportaba una sombrerera con dificultad.

¿Por qué no Florence Nightingale? Era muy probable que conociese a todas las enfermeras, pero ¿estaría dispuesta a recibir a Monk? En aquellos momentos era agasajada y admirada en toda la ciudad, el gran público sólo había demostrado un afecto semejante por la Reina.

Valía la pena probar suerte.

Sí, lo intentaría al día siguiente. Aquella mujer era infinitamente más famosa e importante que Hester, pero era imposible que se mostrara más porfiada y más mordaz que ella.

Aceleró el paso de forma inconsciente. Era una buena decisión. Sonrió a una anciana dama que se volvió para mirarlo.

Florence Nightingale era más baja de lo que había imaginado, de complexión menuda, cabello castaño y rasgos poco llamativos a primera vista. Lo que le sorprendió fue la intensidad de su mirada y el hecho de que pareciera escrutar la mente de su interlocutor, no porque le interesara lo que pensaba, sino porque exigía que éste fuera tan sincero como ella. Monk supuso que nadie osaba hacerle perder el tiempo.

Lo recibió en una especie de despacho con pocos muebles y decoración funcional. No le había resultado fácil concertar la cita y había tenido que detallar el motivo de su visita. Todo apuntaba a que estaba dedicada de lleno a alguna causa y la había dejado de lado para la entrevista.

—Buenas tardes, señor Monk —saludó con voz fuerte y clara—. Tengo entendido que su visita guarda relación con la muerte de una de mis enfermeras. Lamento muchísimo lo ocurrido. ¿En qué puedo ayudarlo?

Monk no se hubiera atrevido a recurrir a evasivas aunque ésa hubiese sido su intención.

—La asesinaron, señora, mientras trabajaba en el Royal Free Hospital. Se llamaba Prudence Barrymore. —Advirtió que una sombra de dolor aparecía en el semblante sereno de Florence Nightingale y la admiró aún más por ello—. Estoy investigando el asesinato, aunque no formo parte de la policía, por expreso deseo de una de sus amigas.

—No sabe cuánto lo lamento. Por favor, tome asiento, señor Monk. —Señaló una silla de respaldo recto y se sentó frente a él, posó las manos en su regazo y lo observó con atención.

Monk aceptó su invitación y preguntó:

—¿Podría decirme algo del carácter y las aptitudes de la señorita Barrymore, señora? Ya estoy al corriente de que amaba la medicina por encima de todo, de que rechazó a un hombre que la admiró durante años y de que se mantenía firme en sus opiniones.

El rostro de Florence Nightingale reflejó un atisbo de diversión.

—Y no se abstenía de expresarlas —afirmó—. Sí, era una gran mujer, con un intenso deseo de aprender. Nada la disuadía de la búsqueda y conocimiento de la verdad.

—¿Y transmitía esa actitud a los demás?

—Por supuesto. Si conoces la verdad, hay que ser una mujer más discreta y astuta que Prudence Barry more para no proclamarla. No practicaba el arte de la diplomacia, y me temo que yo tampoco. Los enfermos no pueden estar pendientes de los halagos y las coacciones.

Monk no la aduló diciéndole que compartía su opinión. No era una mujer que diera valor a las obviedades.

—¿Es posible que la señorita Barrymore tuviera enemigos lo bastante acérrimos para querer matarla? —inquirió—. Me refiero a si su afán reformista o sus conocimientos de medicina podían despertar tanta animadversión.

Florence Nightingale permaneció en silencio varios minutos. Monk intuyó que había entendido la pregunta a la perfección y meditaba su respuesta.

—Me parece improbable, señor Monk —contestó por fin—. A Prudence le interesaba más la medicina como tal que las ideas reformistas, al igual que yo. Por encima de todo deseo que se introduzcan pequeños cambios que salvarían numerosas vidas y cuestan tan poco, como que las salas de los hospitales dispongan de la ventilación adecuada. —Los ojos le brillaban por la intensidad de sus sentimientos. Cambió el timbre de voz, que dotó de cierta vehemencia—. ¿Tiene idea, señor Monk, del ambiente que se respira en la mayor parte de las salas, de lo viciado y lleno de vapores y gases nocivos que está? El aire limpio los curaría tanto como la mitad de las medicinas que se les administran. —Se inclinó ligeramente—. Por supuesto que nuestros centros son mucho mejores que los de Scutari, pero ¡aún hay sitios en los que fallecen tantas personas víctimas de las infecciones que contraen como de las enfermedades que originaron su ingreso! ¡Hay tantas cosas por hacer, tanto sufrimiento y tantas muertes que podrían evitarse! —Aunque hablaba con voz queda, Monk quedó impresionado. La pasión que transmitía su mirada procedía de su fuerza interior. No era una persona normal y corriente. Poseía una intensidad, un fuego interno, y a la vez una vulnerabilidad que la hacían especial. En esos momentos Monk entrevió lo que había hecho que tanta gente la amara y toda una nación se rindiera a sus pies; sin embargo, había un núcleo de soledad en su ser.

—Tengo una amiga —dijo Monk, que empleó la palabra sin pensar—, que trabajó de enfermera con usted en Crimea; me refiero a la señorita Hester Latterly...

El semblante de la señorita Nightingale reveló alegría.

—¿Conoce a Hester? ¿Qué tal está? Tuvo que regresar a casa antes de tiempo debido a la muerte de sus padres. ¿La ha visto últimamente? ¿Está bien?

—La vi hace dos días —respondió él—. Goza de una salud excelente. Le complacerá saber que ha preguntado usted por ella. —Monk se sintió un tanto amo y señor de algo que no le pertenecía—. Actualmente se dedica a cuidar enfermos en sus domicilios. Me temo que su franqueza le costó el primer puesto de trabajo que encontró en un hospital. —Se percató de que estaba sonriendo, aunque en su momento se había sentido enfadado y crítico al respecto—. Conocía más remedios para bajar la fiebre que el médico y actuó en consecuencia, lo que él nunca le perdonó.

Florence sonrió con regocijo y, en opinión de Monk, con cierto orgullo.

—No me sorprende —reconoció ella—. Hester no soportaba a los energúmenos, sobre todo si eran militares, y lo cierto es que abundan. Le irritaba el despilfarro, les decía lo estúpidos que eran y qué deberían haber hecho. —Meneó la cabeza—. Creo que, de haber sido un hombre, habría sido un buen soldado. Poseía afán de lucha y un buen instinto para la estrategia, al menos desde el punto de vista material.

—¿Qué quiere decir? —Monk no lo entendía. No se había percatado de que Hester destacara en la planificación; de hecho, era más bien al contrario.

Florence percibió su desconcierto.

—Oh, no me refiero a algo que pudiera serle de utilidad —explicó—, no como mujer, en cualquier caso. No sabía aguardar el momento propicio y manipular a la gente. No tenía paciencia, pero sabía cómo funcionaba un campo de batalla. Y era valiente.

Monk sonrió a su pesar. Aquélla era la Hester que él conocía.

Florence permaneció unos minutos absorta en sus recuerdos, en un pasado muy reciente.

—Cuánto siento lo de Prudence —dijo, más para sí que para Monk. De repente su rostro dejó translucir una tristeza y una soledad insoportables—. Le apasionaba tanto la medicina... Más de una vez acompañó a los cirujanos de campo. No era especialmente fuerte y le aterrorizaban los bichos, pero no le importaba dormir al aire libre con tal de estar preparada en cuanto los cirujanos la necesitaran. Quedaba horrorizada por la gravedad de algunas heridas, pero sólo después de intentar curarlas. En aquella época nunca se daba por vencida. ¡Cuán trabajadora era! Nada le parecía demasiado. Uno de los cirujanos me contó que Prudence sabía de amputaciones tanto como él, y no le asustaba practicarlas si no había otra persona capacitada para ello.

Monk no la interrumpió. La tranquila sala iluminada por el sol de Londres desapareció de su vista; sólo percibía a aquella mujer menuda, con su vestido sencillo y a su vez apasionada.

—Fue Rebecca Box quien me lo contó —prosiguió la señorita Nightingale—. Era una mujer muy robusta, esposa de un militar; medía casi un metro ochenta y era más fuerte que un roble. —No pudo evitar sonreír al recordar—. Solía ir al campo de batalla para recoger a los soldados heridos que yacían en zonas donde otros no se atrevían a ir, justo delante del enemigo. Luego los cargaba a la espalda y los llevaba al campamento. —Se volvió hacia Monk—. Nunca sabrá de qué son capaces las mujeres hasta que haya visto a una como Rebecca. Ella me relató cómo Prudence amputó el brazo de un hombre. La hoja de un sable le había penetrado hasta el hueso, no paraba de sangrar y no había posibilidad de salvárselo ni tiempo para buscar a un cirujano. Prudence estaba tan pálida como el herido pero cortó con mano firme y con gran templanza. Se lo amputó como habría hecho un hombre. El soldado sobrevivió. Así era Prudence. Cuánto lamento su muerte. —Seguía con la vista fija en Monk, como si quisiera cerciorarse de que compartía sus sentimientos—. Escribiré a su familia para expresarle mis condolencias.

Monk intentó imaginar a Prudence bajo la luz de una lámpara de aceite, arrodillada junto a un hombre que se desangraba, sosteniendo la sierra con mano firme, concentrada para poner en práctica lo que había visto hacer a otros. Deseó haberla conocido. Resultaba doloroso pensar que donde antes había estado aquella mujer valiente y obstinada quedaba ahora un vacío, la oscuridad. Una voz vehemente había sido silenciada, y la pérdida era injusta y misteriosa.

Sin embargo, la cosa no quedaría así. Descubriría quién la había matado y por qué. Vengaría su muerte.

—Muchísimas gracias por su tiempo, señorita Nightingale —dijo con mayor frialdad de la que habría querido—. Me ha revelado aspectos de su personalidad que sólo usted conocía.

—No ha sido nada —repuso ella, restando importancia al asunto—. Ojalá tuviera alguna idea de quién podría haber deseado su muerte. Cuando hay en el mundo tanto dolor y tantas tragedias que no podemos evitar, resulta incomprensible que existan seres humanos que los provoquen de forma deliberada. A veces la humanidad me desespera. ¿Le parece una blasfemia, señor Monk?

—No, señora, me parece una opinión sincera.

Ella sonrió con expresión sombría.

—¿Volverá a ver a Hester Latterly?

—Sí. —Estaba tan interesado por ella que, sin pensarlo, preguntó—: ¿La conocía usted bien?

—Por supuesto. —La señorita Nightingale esbozó una sonrisa—. Trabajamos juntas muchas horas. Es extraño lo mucho que se llega a saber de una persona que lucha a tu lado por una causa común, aunque no mencione nada de su vida anterior, su familia o juventud, sus amores o sueños; sin embargo, se acaba conociendo su carácter. Tal vez ésa sea la esencia de la pasión, ¿no le parece?

Monk asintió en silencio porque no deseaba interrumpirla.

—Yo estoy convencida de ello —continuó la señorita

Nightingale—. No sé nada del pasado de Hester, pero aprendí a confiar en su integridad viéndola trabajar noche tras noche para ayudar a los soldados y a sus esposas, para conseguirles comida y mantas, para convencer a las autoridades de que nos dieran más espacio con el fin de que las camas no estuvieran tan juntas. —Dejó escapar una carcajada—. Recuerdo cómo se enfadaba. Siempre estuve segura de que, si tenía que librar alguna batalla, Hester estaría a mi lado. Nunca se daba por vencida, jamás fingía ni adulaba, y yo conocía su valentía. —Hizo un gesto de repugnancia—. Hester odiaba las ratas. Estaban por todas partes. Subían por las paredes y caían como ciruelas maduras de un árbol. Nunca olvidaré el sonido de sus cuerpos al desplomarse. Fui testigo de su pena, que era sincera, provocada por el sufrimiento ajeno, que ella hacía todo lo posible por mitigar. Siento algo muy especial por una persona con quien he compartido momentos como ésos, señor Monk. Sí, por favor, déle recuerdos de mi parte.

—Descuide —prometió Monk. Se puso en pie y, de repente, cayó en la cuenta de que la señorita Nightingale le había dedicado mucho tiempo. Sabía que lo había atendido en un hueco entre las reuniones que mantenía con rectores de hospital, arquitectos, facultades de medicina y organizaciones similares. Desde su vuelta de Crimea, no había dejado de trabajar por la mejora del diseño y la administración de los centros sanitarios, reformas en las que creía con tanto fervor.

—¿Con quién se entrevistará a continuación? —La señorita Nightingale se adelantó a su despedida. No tenía necesidad de explicar a qué asunto se refería, y era una mujer parca en palabras.

—Con la policía —respondió él—. Conservo algunas amistades en el cuerpo que quizá me comuniquen el resultado del informe del forense y me pongan al corriente de las declaraciones de los testigos. Luego hablaré con los colegas de la señorita Barrymore. Si les convenzo de que hablen con sinceridad de ella y de sí mismos, quizás obtenga información importante.

—Entiendo. Que Dios le ilumine, señor Monk. Su misión va más allá de la justicia. Si mujeres como Prudence Barrymore son asesinadas cuando están trabajando, es que todos somos más pobres de espíritu, no sólo ahora, sino también en el futuro.

—No me daré por vencido, señora —aseguró con gravedad, no sólo para estar a la altura de la determinación de ella, sino porque así lo sentía y deseaba, cada vez más, encontrar a quien había destruido la vida de aquella mujer—. Maldecirá el día en que lo hizo, se lo prometo. Buenas tardes, señora.

—Buenas tardes, señor Monk.

5

John Evan no estaba satisfecho con el desarrollo de las investigaciones sobre el caso de Prudence Barrymore. Le dolía pensar que una joven tan llena de pasión y vida había sido asesinada, y en este caso en particular las demás circunstancias le fastidiaban. No le gustaba el hospital. El olor que desprendía se introducía en su interior sin ser fuera consciente siquiera del sufrimiento y el miedo que debían de existir en el recinto. Había visto las ropas manchadas de sangre de los cirujanos mientras caminaban con paso presuroso por los pasillos y las pilas de vendajes sucios. De tanto en tanto, veía y olía los orinales que portaban las enfermeras.

Con todo, había algo que le inquietaba aún más, porque era de carácter personal, y Evan no sólo podía hacer algo al respecto, sino que estaba moralmente obligado a ello. Le desagradaba la manera en que se llevaba la investigación. Se había enfadado y sentido molesto cuando Monk se había visto obligado a dimitir a consecuencia del caso Moidore e, igualmente, le había irritado la postura que Runcorn había adoptado. Por fortuna ya se había acostumbrado a trabajar con Jeavis y, aunque no lo admiraba como a Monk, sabía que era un hombre competente y honrado.

Sin embargo, en este caso Jeavis no estaba a la altura de las circunstancias, o al menos eso consideraba Evan. El testimonio pericial del forense era clarísimo: alguien había atacado a Prudence Barrymore y la había estrangulado con las manos; no se había utilizado ligadura alguna. De lo contrario habrían quedado marcas, y las que la víctima presentaba en el cuello correspondían a los dedos de alguien fuerte y de estatura media. Podía haber sido cualquiera de las muchas personas que tenían fácil acceso al hospital. Había tantos médicos, enfermeras y ayudantes que entraban y salían que nadie se hubiera percatado de la presencia de un desconocido. Del mismo modo, una persona manchada de sangre tampoco hubiera levantado sospecha alguna.

En un principio Jeavis creyó que tal vez el culpable fuera alguna de las enfermeras. Evan presumía que el inspector había llegado a tal conclusión porque le resultaba más fácil que investigar a los médicos y a los cirujanos, que pertenecían a una clase social superior y cuya educación era sin duda más refinada, lo que le hacía sentirse nervioso e inseguro. Sin embargo, una vez que las enfermeras hubieron explicado dónde estaban desde el momento en que se había visto por última vez a Prudence Barrymore con vida hasta que la fregona la encontró en el conducto de la lavandería, Jeavis se vio obligado a ampliar el marco de las pesquisas. Observó al tesorero, un hombre presuntuoso que llevaba una camisa de cuello alto que parecía apretarle. No cesaba de mover y estirar el pescuezo. No obstante, no había estado en el centro a una hora tan temprana y podía demostrar que en ese momento se encontraba en su casa o en un coche de caballos camino de Gray's Inn Road.

Las facciones de Jeavis se endurecieron.

—Señor Evan, tendremos que investigar a los pacientes que estaban ingresados. Si el asesino no es uno de ellos, deberemos interrogar a los médicos. —Se relajó un poco—. Por supuesto, cabe la posibilidad de que entrara alguien, quizás algún conocido de la señorita Barrymore. Así pues, conviene que descubramos más aspectos sobre su personalidad.

—No era una criada —replicó Evan con acritud.

—Por supuesto que no. Dada la reputación de las enfermeras, me atrevería a decir que la mayoría de las damas que disponen de servicio jamás las contratarían. —Esbozó una sonrisa breve.

—¡Las enfermeras que acompañaron a la señorita Nightingale eran de buena familia! —exclamó Evan con exasperación, no sólo por Prudence Barrymore, sino también por Hester y por Florence Nightingale. Por un lado, se consideraba un hombre con mucha experiencia y no toleraba que se rindiera culto a ciertos héroes, pero por otro sentía una fuerte punzada de orgullo cuando pensaba en Florence Nightingale y en lo que ella significaba para los soldados moribundos que se encontraban lejos de casa, en un lugar terrorífico. Las palabras de Jeavis le causaron indignación. Se divirtió al imaginar lo que diría Monk, con su hermosa y sarcástica voz: «Un auténtico hijo de la vicaría, Evan. Se cree usted todo lo que le cuentan. ¡Debería haberse hecho cura como su padre!»

—¿Está soñando despierto? —Jeavis interrumpió sus divagaciones—. ¿Podría contarme por qué se ríe? ¿Acaso sabe algo que desconozco?

—¡No, señor! —Evan se puso serio—. ¿Y los miembros del consejo rector del hospital? Podríamos averiguar quiénes se encontraban aquí y si, de una manera u otra, la conocían.

El semblante de Jeavis se tornó severo.

—¿A qué se refiere con «de una manera u otra»? ¡Los

miembros de los consejos rectores de los hospitales no mantienen relaciones con las enfermeras! —Sólo pensar en ello irritaba a Jeavis, y aún más el hecho de que Evan lo hubiera sugerido.

El sargento se disponía a aclarar que se refería a una relación social o profesional, pero cambió de idea y decidió utilizar el sentido literal.

—No cabe duda de que era hermosa, inteligente y apasionada —repuso—, y a la mayoría de los hombres le atrae esa clase de mujeres.

—¡Tonterías! —Jeavis, al igual que Runcorn, tenía una idea muy clara de lo que significaba ser un caballero. Habían trabado una especie de amistad que resultaba ventajosa para ambos. Era una de las pocas cosas que en verdad enfurecían a Evan y no podía pasar por alto.

—Si el señor Gladstone ayudó a las prostitutas de la calle —manifestó Evan con decisión mientras lo miraba de hito en hito—, estoy seguro de que algún miembro del consejo del hospital pudo albergar la esperanza de mantener relaciones con una mujer tan atractiva como Prudence Barrymore.

Jeavis se identificaba demasiado con el cuerpo de policía para permitir que sus ambiciones sociales se interpusieran en su camino.

—Tal vez —admitió a regañadientes, con expresión ceñuda—, tal vez. Prosiga con su labor y no pierda el tiempo. —Agitó la mano—. Quiero saber si alguien vio a algún desconocido en el centro aquella mañana. Interrogue a todos los trabajadores. Luego averigüe dónde se encontraban los médicos y los cirujanos... exactamente. Yo me ocuparé de los miembros del consejo.

—Sí, señor. ¿Y el capellán?

El rostro de Jeavis reflejó varias emociones: indignación ante la idea de que un cura hubiera perpetrado semejante acto, irritación por el hecho de que Evan lo hubiese sugerido, tristeza porque sabía que no era imposible y cierto regocijo mezclado con la sospecha de que el sargento, que era hijo de un clérigo, era consciente de cuán irónico resultaba que él mismo lo hubiese planteado.

—Encárguese usted de él —dijo Jeavis por fin—, pero céntrese en hechos concretos; nada de «él dijo», «ella dijo»... Quiero testigos oculares, ¿comprende? —Lo miró con fijeza.

—Sí, señor —repuso Evan—. Buscaré pruebas precisas, señor, capaces de convencer a un jurado.

No obstante, tres días después, Evan y Jeavis se encontraban ante el escritorio del despacho de Runcorn con muy pocas pruebas.

—¿Eso es todo cuanto han averiguado? —Runcorn se recostó en la silla con semblante sombrío—. ¡Por Dios, Jeavis! Han estrangulado a una enfermera en un hospital. La joven debía de tener amigos, enemigos, personas con las que había reñido. —Runcorn tabaleaba sobre la mesa con el dedo—. ¿Quiénes son? ¿Dónde estaban cuando la asesinaron? ¿Quién fue el último que la vio antes de que la encontraran muerta? ¿Qué se sabe del doctor Beck? ¿Ha dicho que era extranjero? ¿Cómo es?

Jeavis permanecía de pie, con las manos a los lados.

—Es un tipo muy tranquilo —respondió con expresión respetuosa—, seguro de sí mismo, con un leve acento extranjero, aunque habla bien en inglés, de hecho demasiado bien, no sé si me entiende, señor. Desempeña bien su trabajo, pero a sir Herbert Stanhope, el cirujano jefe, no parece gustarle mucho. —Parpadeó—. Al menos ésa es la impresión que tengo, aunque no se expresó con esas palabras.

—No se preocupe por sir Herbert —Runcorn hizo un movimiento con la mano que daba a entender que eso carecía de importancia—. ¿Qué sabemos de la mujer asesinada? ¿Se llevaba bien con el doctor Beck? —Tamborileó de nuevo sobre el escritorio con el dedo—. ¿Es posible que hubieran mantenido relaciones? ¿Era atractiva? ¿Era una mujer de moral relajada? He oído decir que las enfermeras son mujeres fáciles.

Evan se disponía a replicar, y Jeavis le propinó un enérgico puntapié en la pierna de manera tal que Runcorn no se percatara.

El sargento reprimió un grito. Runcorn se volvió hacia él con los ojos entornados.

—¿Sí? Venga, hable. ¡No se quede ahí como un pasmarote!

—No, señor. Nadie ha hablado mal de la señorita Barrymore en ese sentido, al contrario; todos afirman que no parecía interesada por esas cuestiones.

—Un poco extraño, ¿no creen? —Una expresión de aversión afloró en el rostro de Runcorn—. De hecho no me sorprende. ¿Por qué querría una mujer normal desplazarse hasta un campo de batalla extranjero y tener semejante ocupación?

Evan pensó que si Prudence Barrymore se hubiera mostrado interesada por los hombres, Runcorn la habría tachado de inmoral. Monk le habría replicado y le habría preguntado qué consideraba correcto. El sargento observó primero a Jeavis, y luego la cara de Runcorn, de cejas caídas y nariz aguileña, que había adoptado una expresión reflexiva.

—¿Qué debemos entender por «normal», señor? —Evan formuló la pregunta en contra de lo que le dictaba el sentido común, casi como si fuera otra persona la que la planteaba.

Runcorn levantó la cabeza.

—¿Cómo?

Evan no se amilanó y lo miró con severidad.

—Estaba pensando, señor, que como la señorita Barrymore no se mostraba interesada por los hombres, no era normal, pero si lo hubiera hecho, habría sido una mujer de moral relajada. En su opinión, señor, ¿qué es lo correcto?

—Lo correcto, Evan —masculló Runcorn con el rostro encendido—, es que una joven se comporte como una dama: ha de preocuparse por su apariencia, ser modesta y educada, no debe perseguir a un hombre, sino darle a entender de manera sutil y delicada que lo admira y le complacería recibir sus atenciones. Eso es lo normal, señor Evan, y lo correcto. Usted es hijo de un párroco. Me extraña que sea yo quien tenga que explicárselo.

—Tal vez, si le hubiera gustado recibir las atenciones de alguien, habría informado a la persona en cuestión —sugirió Evan, que había hecho caso omiso del último comentario de Runcorn y lo observaba con los ojos bien abiertos y una expresión de inocencia.

Runcorn estaba asombrado. Nunca había sabido qué pensar de Evan. La larga nariz y los ojos, de un pardo verdoso, le otorgaban un aspecto apacible e inofensivo, pero siempre parecía divertirse, y Runcorn se sentía incómodo porque no acertaba a entender qué le hacía gracia.

—¿Acaso sabe algo que no nos ha contado? —inquirió con acritud.

—¡No, señor! —contestó Evan, que se enderezó aún más.

—La muchacha recibió una visita aquella mañana, señor, un tal señor Taunton —intervino Jeavis.

—¿De veras? —Runcorn enarcó las cejas y se inclinó—. ¿Qué sabemos de él? ¿Por qué no me lo ha dicho antes, Jeavis?

—Porque es un caballero muy respetable —respondió

Jeavis, intentando no perder los estribos—. Permaneció en el hospital unos diez minutos, y al menos una enfermera cree haber visto a la señorita Barrymore con vida después de que el señor Taunton se marchase.

—Oh... —Runcorn quedó decepcionado—. Asegúrese de que eso es cierto. Quizá volviera a entrar. Los hospitales son muy grandes. Cualquier persona puede entrar y salir de ellos con excesiva facilidad. —Sus facciones se endurecieron—. ¿No ha averiguado nada, Jeavis? ¿Qué han hecho durante todo este tiempo? ¡Tienen que haber descubierto algo!

Jeavis estaba disgustado.

—Hemos descubierto algo, señor —le replicó con frialdad—. Barrymore era una persona muy ambiciosa y autoritaria, siempre estaba dando órdenes, pero realizaba muy bien su tarea; hasta los que la apreciaban menos lo admiten. Por lo visto al principio solía asistir al doctor Beck, el médico extranjero, pero luego comenzó a trabajar más asiduamente con sir Herbert Stanhope. Es el jefe del departamento, un profesional excelente, de reputación intachable, tanto profesional como personal.

Runcorn parpadeó.

—Por supuesto que tiene una reputación intachable. He oído hablar de él. ¿Qué sabe del tal Beck? Ha dicho que Barrymore trabajaba con él, ¿no es así?

—Sí, señor —contestó Jeavis con satisfacción—, aunque el caso del doctor Beck es muy diferente. La señora Flaherty, la enfermera jefe, oyó por casualidad a Beck y Barrymore discutir hace unos días.

—¿De veras? —Runcorn se mostró más complacido—. ¿No puede ser más preciso, Jeavis? ¿A qué se refiere con «hace unos días»?

—La señora Flaherty no estaba segura —contestó Jeavis con cierta amargura—. Tal vez dos o tres días antes del asesinato. Al parecer en un hospital los días y las noches acaban por confundirse.

—¿De qué discutían?

Evan se sentía cada vez más incómodo, pero no se le ocurría ninguna objeción razonable.

—No lo sabía con certeza —explicó Jeavis—, pero afirmó que reñían de forma acalorada. —Al advertir que Runcorn se impacientaba, se apresuró a añadir—: Beck dijo: «Eso no te servirá de nada», o algo por el estilo, y ella replicó que, si no le quedaba otra opción, recurriría a las autoridades. Beck le dijo: «¡No lo haga, por favor! Estoy seguro de que no la beneficiará en absoluto; es más, creo que la perjudicará.» —Hizo caso omiso de la sonrisa que Evan esbozó al oír «él dijo», «ella replicó», aunque se sonrojó levemente—. La señorita Barrymore repitió que estaba dispuesta a hacerlo y que nada se lo impediría. Beck le rogó de nuevo que no lo hiciese y luego, más enojado, le dijo que era una mujer estúpida y destructiva y que arruinaría una excelente trayectoria profesional por culpa de su rebeldía. Ella exclamó algo y salió de la habitación furiosa y dando un portazo. —En cuanto hubo terminado de relatar los hechos, Jeavis miró a Runcorn para ver cómo reaccionaba ante su revelación. No dirigió la vista hacia Evan, que permanecía muy serio.

El inspector debió de sentirse satisfecho al observar que Runcorn se erguía en su asiento, con el rostro iluminado.

—Ya tiene algo, Jeavis —afirmó con entusiasmo—. ¡Siga adelante! Interrogue al doctor Beck, sonsáquelo. Espero que, en cuestión de días, tengamos las pruebas suficientes para arrestarlo. No lo estropee todo actuando de forma precipitada.

Un expresión de incertidumbre apareció en el semblante de Jeavis.

—No, señor. Sería precipitado, señor —dijo. Evan sintió lástima de él; estaba convencido de que desconocía el significado de la palabra—. No sabemos por qué discutían...

—Chantaje —aventuró Runcorn—, es más que evidente. Barrymore sabía algo del doctor Beck que podía arruinar su carrera profesional. Si éste no le daba dinero, ella lo denunciaría a las autoridades. Es un trabajo desagradable, lo reconozco. Lo cierto es que no puedo decir que sienta pena cuando matan a un chantajista. De todos modos, no puedo permitir que un asesino quede impune, al menos no aquí, en Londres. Tienen que averiguar por qué lo chantajeaba. —Volvió a tamborilear con suavidad sobre el escritorio—. Investiguen el pasado del doctor, sus pacientes, sus títulos, todo lo que puedan. Tal vez deba dinero o lo gaste con mujeres. —Arrugó la nariz—. O con muchachos... o con quien sea. Quiero saber sobre él más de lo que él sabe sobre sí mismo, ¿me he explicado con claridad?

—Sí, señor —contestó Evan con determinación.

—Sí, señor —respondió Jeavis.

—Entonces, ya pueden comenzar. —Runcorn se recostó en la silla—. ¡A trabajar!

—Doctor Beck —dijo Jeavis, que cambiaba el peso de su cuerpo de un pie a otro y tenía las manos hundidas en los bolsillos—, me gustaría hacerle algunas preguntas.

Beck lo miró con expresión inquisitiva. Tenía los ojos muy oscuros y bonitos, y facciones delicadas y sensuales, pero algo en sus rasgos delataba su origen extranjero.

—¿Sí, inspector? —preguntó con educación.

Jeavis se sentía muy seguro, tal vez porque recordaba la satisfacción de Runcorn.

—¿Trabajó usted con la difunta enfermera Barrymore? —Se trataba más de una afirmación que de una pregunta. Ya conocía la respuesta y por eso actuaba con seguridad.

—Supongo que trabajó con todos los médicos del hospital —respondió Beck—, aunque últimamente solía ayudar a sir Herbert. Era mucho más competente que las demás enfermeras. —Esbozó una sonrisa teñida de ira y buen humor.

—¿Se refiere a que la difunta era diferente de las otras enfermeras, señor? —se apresuró a preguntar Jeavis.

—Por supuesto que lo era. —A Beck le asombraba la estupidez del policía—. ¡Había colaborado con la señorita Nightingale durante la guerra de Crimea! Las demás son simples empleadas que realizan tareas de limpieza aquí como podrían hacerlas en casas de particulares. Eso sucede porque en éstas les exigirían referencias sobre su personalidad, moral, seriedad y honestidad, y muchas de ellas no pueden aportarlas. La señorita Barrymore era una dama, que eligió la enfermería para servir a su país. Probablemente, no necesitaba ganarse el sustento.

—No lo dudo —repuso Jeavis con cierta desconfianza—. El caso es que una testigo ha declarado que por casualidad le oyó discutir con Barrymore pocos días antes de que la asesinaran. ¿Le importaría explicarme qué sucedió, doctor?

Beck se sobresaltó y se puso muy serio.

—Me temo que su testigo se equivoca, inspector. No discutí con la señorita Barrymore. La respetaba enormemente, desde el punto de vista tanto personal como profesional.

—Suponía que lo negaría, dadas las circunstancias del asesinato.

—Entonces ¿por qué me lo ha preguntado, inspector? —Una vez más, un atisbo de diversión apareció en el rostro de Beck, que enseguida recuperó la seriedad—. O bien su testigo es malicioso, o teme por su vida o sólo oyó parte de la conversación y la interpretó de manera errónea.

Jeavis se pellizcó el labio inferior con expresión de recelo.

—Es posible. En todo caso, esa persona merece mi confianza, por lo que desearía que se explicara con la mayor claridad, señor, ya que, por lo que el testigo escuchó, da la impresión de que la señorita Barrymore lo chantajeaba y amenazaba con denunciarlo a las autoridades del hospital, y usted le pidió que no lo hiciera. ¿Podría explicarme eso, señor?

Beck palideció.

—No puedo —admitió—. Es un disparate.

Jeavis gruñó.

—No lo creo, señor —dijo—; pero por el momento dejaremos el tema. —Miró a Beck fijamente mientras añadía—: Le aconsejo que no se le ocurra regresar a Francia o al país del que proceda, ¡o tendré que perseguirlo!

—No deseo ir a Francia, inspector —repuso Beck secamente—. Le aseguro que permaneceré aquí. Y ahora le ruego que, si no desea hacerme más preguntas, me permita atender a mis pacientes. —Sin esperar a que Jeavis diera su conformidad, se volvió y salió de la habitación.

—Sospechoso —dijo Jeavis con tono lúgubre—. Recuerde mis palabras, Evan; ése es el hombre al que buscamos.

—Tal vez sí. —Evan no estaba de acuerdo, no porque supiese algo o sospechase de otra persona, sino por un mero afán de llevar la contraria—. Tal vez no.

Callandra se había percatado de la continua presencia de Jeavis en el hospital y de que sospechaba de Kristian Beck. Ella no creía que fuese culpable, pero ya había presenciado demasiados errores judiciales, por lo que sabía que la inocencia no siempre basta para evitar la horca y, mucho menos, el daño que comporta ser sospechoso: el desdoro para la reputación, el miedo y la pérdida de amigos y fortuna.

Mientras caminaba por el amplio pasillo del hospital, notó que le faltaba el aire y temió marearse. Al doblar la esquina, estuvo a punto de tropezar con Berenice Ross Gilbert.

—¡Oh! Buenas tardes —saludó Callandra casi sin aliento al tiempo que recuperaba el equilibrio de forma poco grácil.

—Buenas tardes, Callandra —repuso Berenice mientras arqueaba las cejas—. La veo un poco nerviosa, querida. ¿Ha ocurrido algo?

—Por supuesto que ha ocurrido algo —respondió Callandra con irritación—. Han asesinado a la enfermera Barrymore. ¿No es terrible?

—Sí, es espantoso —reconoció Berenice a la vez que se ajustaba el pañuelo—, pero a juzgar por su expresión temía que hubiera sucedido otra desgracia. Me alivia saber que no es así. —Llevaba un vestido marrón con encajes dorados—. En este hospital reina un desorden absoluto. La señora Flaherty no consigue hacer entrar en razón a las enfermeras. Las muy tontas creen que hay un lunático suelto y que corren peligro —explicó con evidente desdén mientras miraba fijamente a Callandra—, lo que resulta ridículo. Sin lugar a dudas, se trata de un crimen pasional... Quizá fuera un amante al que Barrymore rechazó.

—Un pretendiente, tal vez —corrigió Callandra—, no un amante. Prudence no era de esa clase de mujeres.

—Oh, querida... —Berenice se rió sin disimulo—. Quizá fuese una persona cohibida, pero no cabe duda de que sí era de esa clase de mujer. ¿Acaso cree que pasó tanto tiempo en la guerra de Crimea, rodeada de soldados, porque tenía la vocación religiosa de ayudar a los enfermos?

—No, creo que lo hizo porque aquí se sentía frustrada —replicó con rudeza Callandra—. Deseaba viajar, conocer a otras personas y otros lugares, hacer algo útil y, sobre todo, aprender tanto como pudiera sobre la medicina, que había sido su pasión desde la infancia.

Berenice continuaba riendo.

—¡Es usted una ingenua, querida! De todos modos, es libre de pensar lo que quiera. —Se acercó a Callandra, como si deseara revelarle un secreto, y ésta aspiró su perfume de almizcle—. ¿Ha visto a ese horrendo policía? Parece un escarabajo. ¿Se ha fijado en que apenas tiene cejas? Y esos ojos, negros como la pez. —Se estremeció—. Le juro que se parecen a los huesos de ciruelas que solía contar para adivinar el futuro. Estoy segura de que sospecha del doctor Beck.

Callandra tragó saliva antes de hablar.

—¿El doctor Beck? —En realidad, no debería sorprenderse. Sus palabras eran resultado del miedo que sentía—. ¿Por qué? ¿Por qué demonios querría... asesinarla?

Berenice se encogió de hombros.

—¿Quién sabe? Es posible que la persiguiera y ella lo rechazase; que el doctor montara en cólera, perdiera los estribos y la estrangulara.

—¿La persiguiera? —Callandra la miró con desconcierto al tiempo que notaba cómo su cuerpo se estremecía de horror.

—¡Por el amor de Dios, Callandra! Deje de repetir como una tonta todo lo que digo! —exclamó Berenice con aspereza—. ¿Por qué no? Beck está en la flor de la vida y está casado con una mujer que, siendo generosos, le es indiferente y, siendo un poco más críticos, se niega a cumplir con sus obligaciones conyugales...

Callandra se sintió avergonzada. Se le antojaba insultante que Berenice hablase de Kristian y de su vida privada en esos términos. Le dolía más de lo que hubiera imaginado.

Berenice prosiguió, en apariencia ignorante de la repulsa de Callandra.

—Y Prudence Barrymore era, a su manera, una mujer muy hermosa, eso es indudable. Sus rasgos no eran bellos según los cánones tradicionales, pero supongo que algunos hombres los encontrarían atractivos, y tal vez el doctor Beck estuviese en una situación un tanto desesperada. Trabajar junto a alguien en ocasiones crea fuertes vínculos. —Se encogió de hombros—. Sin embargo, no se sabe nada con seguridad y tengo demasiadas cosas que hacer para perder el tiempo con conjeturas. Debo hablar con el capellán y luego tomaré el té con lady Washbourne. ¿La conoce?

—No —contestó Callandra con brusquedad—, pero conozco a alguien sin duda más interesante a quien debo ver. Que pase un buen día. —Callandra se alejó con rapidez antes de que Berenice se moviera.

La persona a quien Callandra se refería era Monk, pero antes vio a Kristian Beck. Éste salía de una de las salas del hospital en el preciso instante en que Callandra pasaba por delante. El doctor, que estaba preocupado y nervioso, sonrió al verla, y la franqueza de su expresión provocó en ella una sensación de calidez que agudizó el miedo que le atenazaba. Hubo de reconocer para sus adentros que apreciaba a aquel hombre más que a nadie. Había amado a su esposo, pero se trataba más bien de una amistad producto de la familiaridad y de los ideales compartidos. Junto a Beck se sentía muy vulnerable, eufórica, entusiasmada e invadida por la dulzura, a pesar del dolor.

Beck sonreía, y Callandra no había escuchado lo que acababa de decirle. Se sonrojó por su torpeza.

—Lo siento, ¿qué ha dicho? —balbució.

Beck se sorprendió.

—He dicho «buenos días». ¿Se encuentra bien? —La observó con atención—. ¿Acaso le ha molestado ese maldito policía?

—No. —Callandra sonrió con alivio. La idea era ridícula. Era capaz de tratar con Jeavis sin perder la calma. Cielos, ella sabía muy bien que estaba a la altura de Monk, por no hablar del joven subalterno que Runcorn había designado como su sustituto—. No —repitió—. En absoluto, pero me preocupa su eficiencia. Me temo que no reúne las cualidades que este caso requiere.

Kristian sonrió.

—Es, sin duda, bastante concienzudo. Ya me ha interrogado en tres ocasiones y, a juzgar por su expresión, no le merezco demasiada credibilidad. —Esbozó una sonrisa triste—. Creo que sospecha de mí.

Callandra se percató de que Beck estaba un tanto asustado, pero decidió fingir que no se había percatado. Luego cambió de parecer y lo miró a los ojos. Deseaba tocarlo, pero ignoraba lo que él sentía o sabía. Además, no era el momento más adecuado.

—Desea tanto demostrar su talento que se ha empeñado en resolver el caso lo antes posible y de manera satisfactoria —manifestó Callandra tratando de no alterarse—. Por otro lado, su superior tiene pretensiones sociales y un profundo sentido de lo que políticamente resulta más sensato. —Callandra advirtió que Beck torcía el gesto al comprender con exactitud sus palabras; corría peligro, ya que era extranjero y carecía de contactos en Inglaterra—. Por fortuna tengo un amigo que es detective privado —prosiguió con la intención de tranquilizarlo—. Le he pedido que investigue el caso. Es muy bueno. Descubrirá la verdad.

—Lo dice con plena convicción —murmuró él con una mezcla de buen humor y desesperación.

—Lo conozco desde hace tiempo y le he visto resolver casos que la policía no conseguía solucionar. —Callandra observó que Beck trataba de disimular su inquietud con una sonrisa—. Es implacable y, en algunas ocasiones, arrogante —añadió—, pero también muy perspicaz e íntegro. Si alguien puede desentrañar la verdad, ése es Monk. —Callandra recordó algunos casos de los que Monk se había ocupado y se sintió esperanzada.

—Si confía tanto en él, yo también confiaré en él —repuso el médico.

Callandra deseaba añadir algo, pero no se le ocurrió nada que no pareciera forzado. Para evitar comportarse como una tonta, se excusó y se alejó con la intención de buscar a la señora Flaherty, con quien deseaba hablar sobre las obras de caridad.

A Hester le irritaba volver a trabajar en un hospital tras haber ejercido de enfermera particular. Desde que la despidieran, hacía apenas un año, se había acostumbrado a no recibir órdenes de nadie. Las restricciones del sistema médico inglés le resultaban intolerables después de su experiencia en la guerra de Crimea, donde, dada la escasez de cirujanos militares, muchas enfermeras como ella habían tenido que resolver los problemas tomando decisiones por sí mismas, y casi no había habido quejas. A su regreso a Inglaterra, se había encontrado con que era preciso cumplir todas y cada una de las normativas, aunque se hacía más para mantener la dignidad que para aliviar el dolor o salvar la vida; la reputación se valoraba más que cualquier descubrimiento o avance.

Había conocido a Prudence Barrymore, y su muerte

le produjo una intensa sensación de ira y pérdida. Estaba dispuesta a ayudar a Monk y a hacer todo lo posible para averiguar quién la había asesinado. Por tanto, debía refrenar su cólera, por mucho que le costara. También debía reprimir la tentación de expresar sus opiniones y abstenerse de demostrar sus conocimientos médicos.

Hasta el momento lo había logrado, aunque la señora Flaherty la ponía a prueba continuamente. Era una persona de ideas muy claras. Desoía a quienes le pedían que abriera las ventanas, incluso en los días más cálidos. En dos ocasiones había indicado a las enfermeras que cubrieran con un trapo los orinales; éstas no tardaron en olvidarlo, y la señora Flaherty no las había reprendido por ello. Hester, como discípula de Florence Nightingale, estaba convencida de que el aire fresco era necesario para limpiar el ambiente y alejar las emanaciones nocivas así como los olores desagradables. La enfermera jefe, en cambio, temía sobremanera los resfriados y prefería confiar en la fumigación. A Hester se le hacía muy difícil no expresar su opinión y aconsejar a la señora Flaherty.

Simpatizaba con Kristian Beck de manera instintiva. En su rostro vislumbraba compasión y creatividad. Le gustaban su modestia y su sentido del humor, tan irónico, y lo creía muy capacitado para desempeñar su trabajo. Sir Herbert Stanhope no le agradaba tanto, aunque admitía que era un excelente cirujano. Realizaba intervenciones quirúrgicas que pocos médicos se hubieran atrevido a practicar, y el hecho de que no valorara por encima de todo su reputación le permitía introducir innovaciones. Hester lo admiraba y pensaba que debía apreciarlo más. Sin embargo, tenía la impresión de que no le gustaban las enfermeras que habían estado en la guerra de Crimea. Quizás era el legado que Prudence Barrymore, con su carácter brusco y ambicioso, había dejado.

La primera muerte que tuvo lugar tras su incorporación fue la de una mujer delgada y menuda, de alrededor de cincuenta años, que tenía un tumor en el pecho. A pesar de los esfuerzos de sir Herbert, falleció en la mesa de operaciones.

Era casi de noche. Llevaban todo el día trabajando y habían hecho lo posible por salvarla. Sin embargo sus esfuerzos habían sido vanos; había muerto durante la operación. Sir Herbert permaneció con las manos ensangrentadas en alto. Detrás de él estaban las desnudas paredes de la sala, a la izquierda, la mesa de operaciones con los instrumentos, el algodón y las vendas, y a la derecha, las bombonas de los gases anestésicos. Una enfermera sostenía una fregona en una mano y se apartaba el pelo de la cara con la otra.

No había nadie más en el quirófano, sólo dos estudiantes que ayudaban al cirujano.

Sir Herbert alzó la mirada; estaba pálido.

—Se ha ido —murmuró con voz monocorde—. Pobre criatura. Ya no le quedaban fuerzas.

—¿Hacía mucho tiempo que estaba enferma? —preguntó un estudiante.

—¿Mucho? —Sir Herbert se echó a reír—. Depende de lo que entienda por «mucho». Había tenido catorce hijos y sabe Dios cuántos abortos espontáneos. Su cuerpo estaba exhausto.

—Debe de haber pasado mucho tiempo desde su último embarazo —conjeturó el alumno más joven mientras observaba con los ojos entrecerrados el delgado cuerpo de la mujer, que ya estaba muy blanca, como si hubiera muerto horas antes—. Debía de tener más de cincuenta años.

—Treinta y siete —corrigió sir Herbert con expresión huraña, como si estuviera enfadado y culpase al muchacho de lo ocurrido por su ignorancia.

El joven se disponía a hablar, pero al observar el aspecto cansado de sir Herbert optó por guardar silencio.

—Señorita Latterly —dijo sir Herbert—, informe al depósito de cadáveres y encárguese de que la lleven allí. Yo comunicaré la noticia a su esposo.

—Se lo diré yo, si no le importa, señor —repuso Hester sin reflexionar.

—Es usted muy amable, pero forma parte de mi trabajo. Estoy acostumbrado. Sabe Dios a cuántas mujeres he visto morir mientras daban a luz o tras haber parido tantas veces que ya no resistían más y enfermaban con facilidad.

—¿Por qué lo hacen? —preguntó el estudiante joven con perplejidad—. Supongo que saben lo que les ocurrirá. Ocho o diez niños deberían ser más que suficientes.

—¡Porque no saben hacerlo de otra manera! —le espetó sir Herbert—. La mitad de las mujeres desconoce cómo o por qué se produce la concepción y, mucho menos, cómo evitarla. —Tomó un trapo para limpiarse las manos—. La mayoría de las mujeres se casan sin tener la más remota idea de lo que ello supone, y muchas nunca descubren la conexión que existe entre las relaciones conyugales y los embarazos. —Tendió el paño manchado de sangre a Hester, que lo cogió y le entregó otro limpio—. Les inculcan que ésa es su obligación y el deseo de Dios —prosiguió—. Creen en un Dios que no es misericordioso ni tiene sentido común. —La expresión de su rostro era cada vez más sombría y sus ojos reflejaban ira.

—¿Les informa usted? —preguntó el alumno.

—¿Informarles de qué? —masculló el cirujano—. ¿Acaso pretende que les diga que nieguen a sus maridos uno de los pocos placeres de que disfrutan? Y luego, ¿qué? ¿Quiere que abandonen el hogar y busquen a otro hombre?

—No, por supuesto que no —contestó el joven estudiante con irritación—. Podría explicarles que... —Se interrumpió al comprender cuán fútiles eran sus argumentos. La mayoría de las mujeres a las que se había referido no sabía leer ni escribir. La iglesia no autorizaba ningún método que sirviese para controlar la natalidad. Era la voluntad de Dios que dieran a luz mientras su cuerpo resistiera. El dolor, el miedo y la muerte formaban parte del castigo a Eva y debían soportarlos con entereza.

—¡No se quede ahí parada! —exclamó sir Herbert de repente al tiempo que se volvía hacia Hester—. Ocúpese de que trasladen a la pobre criatura al depósito de cadáveres.

Dos días después Hester acudió al despacho de sir Herbert para entregarle varios documentos que le había dado la señora Flaherty.

Alguien llamó a la puerta y sir Herbert le dio permiso para entrar. Hester estaba al fondo de la sala y pensó que sir Herbert se había olvidado de ella. Luego, cuando aparecieron dos mujeres, se percató de que tal vez el doctor deseara que se quedase.

La primera de las mujeres tendría unos treinta años, pelo claro, tez blanca, pómulos marcados y unos hermosos ojos de un castaño verdoso. La segunda era mucho más joven, apenas contaría unos dieciocho. Aunque se parecía a su compañera, tenía la piel más oscura, las cejas bien delineadas sobre los ojos azules y el pelo recogido. También tenía los pómulos marcados. Era muy atractiva, a pesar de su aspecto cansado y su extrema palidez.

—Buenas tardes, sir Herbert —saludó con cierto nerviosismo la mujer mayor, que mantenía la cabeza bien alta y la mirada clavada en el médico.

Él se puso en pie.

—Buenas tardes, señora.

—Señora Penrose —dijo ella como si respondiera una pregunta que no había sido formulada—, Julia Penrose. Ésta es mi hermana, la señorita Marianne Gillespie. —Señaló a la muchacha, que se hallaba detrás de ella.

—Señorita Gillespie. —Sir Herbert le dedicó una leve inclinación de la cabeza—. ¿En qué puedo ayudarla, señora Penrose? ¿O es su hermana la que necesita ayuda?

La dama quedó perpleja, sorprendida por la perspicacia de sir Herbert. Ninguna podía ver a Hester, que permanecía inmóvil y había tendido la mano para depositar un libro en su lugar correspondiente en la estantería. Los nombres se sucedían en su mente como una descarga eléctrica.

Julia habló.

—Sí —dijo Julia—; mi hermana es la que necesita ayuda.

Sir Herbert observó a Marianne con gesto inquisitivo y reparó en la palidez de su tez, su complexión, el nerviosismo con que movía los dedos y su expresión asustada.

—Les ruego que se sienten, señoras —las invitó mientras les señalaba las sillas que se encontraban al otro lado del escritorio—. Supongo que desea quedarse durante la consulta, ¿no es así, señora Penrose?

Julia levantó el mentón ante la posibilidad de que le sugiriera que se retirase.

—Sí. Puedo confirmar todo lo que mi hermana diga.

Sir Herbert enarcó las cejas.

—¿Acaso debo dudar de ella, señora?

Julia se mordió el labio inferior.

—No lo sé, pero se trata de una eventualidad que prefiero evitar. La situación en sí ya es bastante desagradable. Me niego a que empeore. —Cambió de postura, como si quisiera colocarse bien los faldones. Saltaba a la vista que se sentía incómoda. De repente procedió a relatar los hechos—. Mi hermana está embarazada...

Sir Herbert se puso tenso. Julia le había presentado a Marianne como a una mujer soltera.

—Lo lamento —dijo con gesto de desaprobación.

Marianne se sonrojó, mientras que a Julia le destellaron los ojos de furia.

—La violaron. —Julia empleó el término a propósito, consciente de lo violento y grosero que resultaba—. Como consecuencia de ello, está embarazada. —Se interrumpió incapaz de contener la emoción.

—Entiendo —declaró sir Herbert sin que su rostro trasluciera escepticismo o pena. Era imposible discernir si la creía.

Julia interpretó su actitud como una señal de incredulidad.

—Si necesita pruebas, sir Herbert —prosiguió Julia Penrose con frialdad—, llamaré al detective privado que se hizo cargo de la investigación; él corroborará mis palabras.

—¿No denunció usted el hecho a la policía? —Sir Herbert enarcó las cejas de nuevo—. Se trata de uno de los delitos más atroces que existen, señora Penrose.

Julia palideció.

—Lo sé, pero también es un crimen en el que la víctima corre el riesgo de recibir un castigo tan severo como el delincuente. Por un lado, tendría que soportar los comentarios de la gente y, por otro, revivir la agresión en la sala de los tribunales. ¡Todos la mirarían y formularían conjeturas sobre su futuro por el precio de un periódico! —Respiró hondo. Le temblaban las manos—. ¿Sometería usted a su esposa o a su hija a tan terrible experiencia, señor? Y no me diga que nunca se encontrarían en una posición como la que le he descrito. Mi hermana estaba sola en el jardín, pintando en el cenador, cuando alguien en quien confiaba abusó de ella.

—Peor aún, mi querida señora —repuso con gravedad sir Herbert—. Abusar de la confianza es más despreciable que comportarse de manera violenta con una persona desconocida.

Julia estaba blanca como el papel. Hester temía que se desmayara e hizo ademán de acercarse para ofrecerle un vaso de agua o ayudarla, pero sir Herbert la observó y le indicó con una seña que permaneciera donde estaba.

—Soy consciente de que es terrible, sir Herbert —murmuró Julia. Él se inclinó para oírla mejor—. Fue mi esposo quien cometió el delito. Estoy segura de que comprenderá por qué no deseo que la policía intervenga. Mi hermana comparte mi opinión, por lo que le estoy profundamente agradecida. Además sabe que no serviría de nada. Como es natural, mi esposo lo negaría todo, y aun en el caso de que se demostrara su culpabilidad, hecho bastante improbable, ambas acabaríamos en la miseria, puesto que dependemos de él.

—Comprendo su situación, señora —manifestó el doctor con más amabilidad—. Es realmente trágica, pero no acierto a entender en qué puedo ayudarla. Estar embarazada no es una enfermedad. Su médico de cabecera la ayudará en todo lo necesario y durante el parto la atenderá una comadrona.

Marianne habló por primera vez, con voz clara.

—No deseo que el niño nazca, sir Herbert. Fue concebido en unas circunstancias que intentaré olvidar durante el resto de mi vida. Si naciera, sería mi perdición.

—Comprendo su desesperación, señorita Gillespie. —Él se retrepó en la silla y la observó con expresión grave—. Sin embargo, me temo que no tiene elección. Una vez que se ha concebido a un hijo, lo único que se puede hacer es esperar a que nazca. —Esbozó una sonrisa—. De veras que entiendo la situación en que se encuentra, pero creo que debería pedir consejo a su sacerdote y buscar consuelo en sus palabras.

Marianne parpadeó, se sonrojó y bajó la mirada.

—Existe otra opción —se apresuró a decir Julia—. Puede abortar.

—Mi querida señora —dijo el médico—, su hermana parece una muchacha muy sana. Su vida no correrá peligro, y no cabe duda de que puede tener un hermoso niño. —Entrelazó los dedos—. No permitiré que aborte. Supongo que sabe que constituye un delito.

—¡La violación sí que es un delito! —protestó Julia, presa de la desesperación al tiempo que se inclinaba para apoyar las manos en el borde del escritorio.

—Ya me ha explicado por qué ha preferido no denunciar los hechos —dijo sir Herbert con paciencia—, pero le repito que no estoy dispuesto a permitir que aborte. —Negó con la cabeza—. Lo siento, pero no puedo. Me pide que cometa un crimen. Si lo desea, le recomendaré a un médico excelente. Vive en Bath, de manera que la señorita podría pasar los siguientes meses lejos de Londres y de sus conocidos. Si usted quiere que alguien adopte al niño, y supongo que así será, mi colega le encontrará una buena familia, a menos que... —Se volvió hacia Julia—. ¿Lo aceptaría usted en su hogar, señora Penrose? ¿O las circunstancias de su concepción le provocarían una angustia permanente?

Julia tragó saliva y abrió la boca, pero Marianne habló sin darle tiempo a contestar.

—No deseo tener el niño —afirmó—. Me trae sin cuidado que ese médico sea muy discreto y consiga encontrar un lugar adecuado para la criatura. ¿Acaso no lo comprende? ¡Aquello fue una auténtica pesadilla! ¡Quiero olvidarlo! ¡No deseo tener que recordarlo cada día durante el resto de mi vida!

—Me gustaría ofrecerle una solución —repuso sir Herbert con pesar—, pero no puedo. ¿Cuándo ocurrió?

—Hace tres semanas y cinco días —respondió Marianne de inmediato.

—¿Tres semanas? —repitió él con incredulidad—. ¡Entonces usted no puede saber que está embarazada! El feto comenzará a moverse, como muy pronto, dentro de tres o cuatro meses. Debería regresar a casa y no preocuparse más.

—¡Estoy embarazada! —exclamó Marianne, que a duras penas lograba contener la cólera—. Me lo ha dicho la comadrona, y nunca se equivoca. Le basta con mirar a la cara de una mujer para saberlo. —Su rostro delataba ira y dolor, y observó a sir Herbert de modo insolente.

El doctor suspiró.

—Puede ser, pero eso no cambia nada —dijo—. La ley es muy clara al respecto. Hace algún tiempo establecía una distinción entre los abortos practicados antes o después de que el feto se hubiera movido, pero ese artículo se abolió. —Parecía cansado, como si ya hubiera explicado lo mismo en otras ocasiones—. Antes era un delito que se condenaba con la horca; ahora se cumple una pena menor. En todo caso, sea cual fuere el castigo, señorita Gillespie, es un delito que, por muy trágicas que sean las circunstancias, no estoy dispuesto a cometer. Lo lamento de veras.

—Le pagaríamos... generosamente —intervino ahora Julia.

Sir Herbert adoptó una expresión severa.

—Ya me figuraba que no esperaban que lo hiciese de manera desinteresada, pero la cuestión económica es irrelevante. He intentado explicarle por qué no puedo hacerlo. —Sir Herbert observó a las dos mujeres—. Le ruego que me crean, mi decisión es definitiva. No es que no lamente su situación, ni mucho menos. De veras que me apena, pero no puedo ayudarlas.

Marianne se puso en pie y apoyó la mano sobre el hombro de Julia.

—Vámonos. Aquí no conseguiremos nada. Tendremos que buscar ayuda en otro lugar. —Se volvió hacia sir Herbert—. Gracias por dedicarnos su tiempo. Que tenga usted un buen día.

Julia se levantó con lentitud, como si todavía albergase alguna esperanza.

—¿En algún otro lugar? —preguntó sir Herbert con el entrecejo fruncido—. Le aseguro, señorita Gillespie, que ningún cirujano de prestigio le practicará semejante operación. —Respiró hondo y de pronto palideció ligeramente—. Le suplico que no acuda a quienes realizan abortos clandestinos en ciertas callejuelas de Londres —añadió—. No cabe duda de que la ayudarán, pero es muy posible que la desgracien de por vida. Lo harán tan mal que contraerá usted alguna infección y se desangrará hasta morir o agonizará por culpa de una septicemia.

Las dos mujeres lo observaron con los ojos muy bien abiertos.

—Créame, señorita Gillespie —prosiguió sir Herbert—, no pretendo provocarle una angustia innecesaria. Sé de lo que estoy hablando. ¡Mi propia hija fue víctima de la incompetencia de un desaprensivo! Al igual que usted, abusaron de ella. Sólo tenía dieciséis años... —Se interrumpió y tuvo que hacer un esfuerzo para continuar. La ira superaba al dolor que lo embargaba—. Nunca supimos quién fue; mi hija se negó a decírnoslo. Estaba asustada, demasiado conmocionada y avergonzada. Acudió a un torpe abortista clandestino. Ahora ya no puede quedar embarazada. —Sir Herbert entornó los ojos—. De hecho, nunca podrá mantener relaciones normales con un hombre. No podrá casarse y toda su vida estará marcada por el sufrimiento. ¡Por el amor de Dios, no acuda a un abortista cualquiera! —Se le quebró la voz—. Tenga el niño, señorita Gillespie. No le aconsejo que busque a alguien que le preste la ayuda que yo le he denegado.

—Yo... —Marianne tragó saliva—. No había pensado en nada tan... Quiero decir que... no había...

—Nuestra intención no era la de acudir a una persona como la que usted ha mencionado —intervino Julia—. Tampoco sabríamos cómo dar con ella. Había pensado en algún cirujano prestigioso. No... no sabía que fuese ilegal; creía que estaba permitido si la mujer había sido... violada.

—Me temo que la ley no hace distinciones. La vida del niño es la misma.

—La vida del niño no me importa —susurró Julia—. Me preocupa Marianne.

—Es una joven muy sana. No creo que tenga ningún problema. Con el tiempo lo superará. No puedo hacer nada. Lo siento.

—Entiendo. Lamento haberle robado su tiempo. Buenas tardes, sir Herbert.

—Buenas tardes, señora Penrose... señorita Gillespie.

Una vez que se hubieron marchado, sir Herbert cerró la puerta y regresó al escritorio. Se sentó y permaneció unos minutos inmóvil. Luego pareció olvidarse del asunto y tendió la mano para tomar unas hojas.

Hester echó a andar, vaciló y siguió adelante.

Sir Herbert alzó la vista y abrió los ojos con sorpresa.

—Oh... señorita Latterly. —Entonces recordó el motivo de su presencia—. Sí... el cadáver ha sido trasladado. Gracias. Es todo por el momento. Gracias.

Era una forma cortés de pedirle que se retirara.

—No hay de qué, sir Herbert.

El encuentro con el doctor Herbert afectó sobremanera a Hester. No lograba olvidarlo y, en cuanto pudo, se lo contó con todo lujo de detalles a Callandra. Comenzaba a anochecer y estaban sentadas en el jardín de la casa de ella. El aroma de las rosas era intenso y los últimos rayos del sol doraban las hojas del álamo. El único movimiento que había era el del follaje que el viento del atardecer mecía. El muro amortiguaba el ruido de los cascos de los caballos y el de las ruedas de los carruajes.

—Era como una pesadilla —explicó Hester con la vista clavada en los árboles—. Sabía qué ocurriría antes de que pasara, y, por supuesto, sabía que ella decía la verdad; sin embargo, no podía hacer nada para ayudarla. —Se volvió hacia Callandra—. Supongo que sir Herbert tiene razón, que abortar es un delito, aun cuando el niño sea el resultado de una violación. Nunca había pensado en ello. He atendido a soldados y a personas con lesiones o que padecían fiebres. No tengo experiencia como comadrona. Jamás he cuidado de un niño y mucho menos de una madre y su bebé. Es tan terrible. —Dio una palmada al reposabrazos de la silla de mimbre—. Nunca me había planteado hasta qué punto sufren las mujeres. Supongo que nunca me había detenido a pensar en ello. ¿Sabe cuántas mujeres han acudido al hospital en los pocos días que llevo en él porque sus cuerpos estaban debilitados a consecuencia de los numerosos partos que habían tenido? —Se inclinó en su asiento—. ¿Cuántas más habrá en esa situación? ¿Cuántas mujeres vivirán aterrorizadas por la posibilidad de quedar embarazadas de nuevo? —Volvió a golpear el reposabrazos de la silla—. Hay tanta ignorancia. Tanta ignorancia ciega y trágica.

—No estoy muy segura de que el hecho de que estuviesen bien informadas les sirviera de mucha ayuda —repuso Callandra mientras observaba la rosaleda y a una mariposa que iba de flor en flor—. Desde los tiempos de los romanos existen métodos para prevenir los embarazos, pero no están al alcance de la mayoría de las personas. —Hizo una mueca—. Suelen ser artilugios muy extraños que los hombres normales se negarían a utilizar. Las mujeres están obligadas a aceptar los deseos de sus esposos pero, aun cuando existiese alguna ley que las eximiera de tal deber, el sentido común y la necesidad de sobrevivir prevalecerían.

—Una mínima información les evitaría algunas conmociones —arguyó Hester con vehemencia—. Hace poco atendimos a una muchacha que, al descubrir los deberes del matrimonio, quedó tan espantada que sufrió un ataque de nervios e intentó suicidarse. —Alzó la voz con indignación para añadir—: Nadie le había explicado nada al respecto, y se veía incapaz de soportarlo. La habían educado en la más absoluta pureza y se sentía abrumada. Sus padres la habían obligado a casarse con un hombre treinta años mayor que ella que carecía de paciencia y tacto. Acudió al hospital con las piernas, las costillas y los brazos rotos tras haberse arrojado por una ventana. —Respiró hondo para intentar serenarse—. Para colmo, a menos que el doctor Beck convenza a la policía y a la Iglesia de que fue un accidente, la acusarán de intento de suicidio y la encarcelarán o la condenarán a la horca. Y el idiota de Jeavis se ha empecinado en demostrar que el doctor Beck asesinó a Prudence Barrymore. —No se percató de que Callandra había palidecido y se había puesto tensa—. Es la postura más fácil, pues así se ahorra tener que interrogar a los otros cirujanos y a los miembros del consejo.

Callandra cuando comenzó a hablar, enseguida se interrumpió.

—¿Qué podemos hacer para ayudar a Marianne Gillespie? —inquirió Hester mientras apretaba los puños y se inclinaba en el asiento. Clavó la vista en las rosas—. ¿Hay alguien a quien podamos recurrir? No le he comentado que sir Herbert explicó que su propia hija había sido violada y, como consecuencia, había quedado embarazada. —Se volvió hacia Callandra—. La muchacha acudió a un abortista clandestino, que la dejó imposibilitada de casarse ni tener hijos. Su vida está marcada por el dolor. ¡Por el amor de Dios, tenemos que hacer algo!

—Si se me hubiese ocurrido alguna solución, no estaría aquí sentada —repuso Callandra con una sonrisa de pesar—. Ya la habría compartido con usted y habríamos empezado a actuar. Tenga cuidado, por favor, o acabará por romper el reposabrazos de la mejor silla del jardín.

—¡Oh! Lo siento. ¡Estoy tan enfadada!

Callandra sonrió, pero no dijo nada.

Los dos días siguientes fueron muy calurosos. Los nervios estaban a flor de piel. Jeavis parecía pasarse el día en el hospital, planteando preguntas que la mayoría de la gente encontraba irritantes e inútiles. El tesorero llegó a insultarlo. Un caballero del consejo del hospital se quejó incluso a un miembro del Parlamento. La señora Flaherty le soltó un sermón sobre la abstinencia, el decoro y la probidad; era más de lo que Jeavis podía soportar, de modo que no volvió a molestarla.

Poco a poco todo volvía a la normalidad, e incluso en la lavandería se hablaba menos del asesinato y más de las preocupaciones cotidianas: los esposos, el dinero, las comedias que se estrenaban en el teatro y los chismorreos de siempre.

Monk intentaba recabar datos sobre el pasado y las circunstancias actuales de todos los médicos, especialmente de aquellos que estaban en prácticas. También investigaba detalles relacionados con el tesorero, el capellán y varios miembros del consejo rector.

Comenzaba a anochecer y todavía hacía mucho calor cuando Callandra se dispuso a visitar a Kristian Beck. No tenía ningún motivo para hacerlo, por lo que debía inventárselo. Deseaba conocer su estado de ánimo ante los interrogatorios a que lo sometía Jeavis y la nada sutil insinuación de que tenía un secreto vergonzoso que había rogado a Prudence Barrymore que no revelara a las autoridades.

Se dirigió a su consultorio sin saber todavía qué le diría. Se sentía nerviosa. Tras un día caluroso, el aire estaba viciado. Casi podía distinguir el empalagoso olor de la sangre de las vendas del hedor acre de los desechos. Dos moscas revoloteaban y se golpeaban contra el cristal de una ventana.

Podía preguntarle si Monk había hablado ya con él y asegurarle una vez más que se trataba de un investigador excelente, que había cosechado numerosos éxitos. No era una razón muy convincente para justificar una visita, pero no soportaba la inacción. Tenía que verlo y tratar de ayudarlo a sentirse mejor. Hacía cábalas sobre lo que el doctor Beck habría pensado tras las insinuaciones que le había hecho Jeavis. Resultaba imposible defenderse de los prejuicios o de la sospecha irracional que despierta algo o alguien que es diferente.

Se detuvo ante la puerta y llamó. Oyó un sonido, una voz, pero no entendió lo que decía. Hizo girar el pomo y abrió.

Lo que vio a continuación la dejó conmocionada. La gran mesa que Beck utilizaba como escritorio estaba en el centro del consultorio, y había una mujer tendida sobre ella; una sábana blanca cubría parte de su cuerpo, pero el abdomen y los muslos estaban al descubierto. Había una toalla y trozos de algodón manchados de sangre y, en el suelo, un cubo tapado con un trapo, por lo que no podía ver lo que contenía. Callandra ya había presenciado bastantes operaciones, de manera que reconoció los depósitos de éter y otros instrumentos que se utilizaban para anestesiar a los pacientes.

Kristian estaba de espaldas a ella. Callandra lo reconoció por la forma de sus hombros y la manera en que el pelo le caía sobre el cuello. También adivinó quién era la mujer. Llevaba la negra cabellera recogida. Las cejas eran oscuras, bien perfiladas y tenía un pequeño lunar en el pómulo. ¡Marianne Gillespie! La conclusión era evidente: sir Herbert le había negado su ayuda... pero no Kristian. Estaba practicando un aborto ilegal.

Por unos segundos Callandra permaneció inmóvil, con la boca seca. Ni siquiera reparó en la enfermera. Kristian estaba absorto en la operación; movía las manos con rapidez y delicadeza y observaba una y otra vez a Marianne para asegurarse de que respiraba con normalidad. No había advertido la presencia de nadie más en la habitación.

Callandra retrocedió y salió con sumo sigilo. Temblaba y le costaba respirar. Por un instante pensó que se asfixiaría.

Una enfermera, visiblemente cansada, pasó por su lado, y Callandra se sintió mareada y a punto de perder el equilibrio. Las palabras de Hester resonaban en su mente como golpes de martillo. La hija de sir Herbert había acudido a un abortista poco profesional, que la había desgraciado de por vida, por lo que nunca volvería a ser una mujer normal ni se libraría del dolor.

¿Había hecho Kristian lo mismo? ¿Era él quien la había operado, como a Marianne? El amable y juicioso Kristian, con quien había compartido tantos momentos de comprensión, a quien no necesitaba explicar el motivo de su pena o de su alegría... Kristian, a quien veía cada vez que cerraba los ojos y deseaba tocar, aunque sabía que no debía caer en la tentación. Acabaría con la delicada e implícita barrera que existía entre un amor que era aceptable y otro que no lo era. La idea de romper la imagen que de él se había formado le resultaba intolerable.

¡Deshonra! ¿Acaso el hombre al que ella conocía era el mismo que haría lo que había visto? ¿Y quizás algo peor... mucho peor? La posibilidad le parecía escalofriante, pero no podía borrarla de su mente. Cada vez que cerraba los ojos, se le representaba la escena que había presenciado.

De pronto le asaltó un pensamiento aún más espantoso. ¿Lo sabía Prudence Barrymore? ¿Era eso lo que Beck le había rogado que no denunciase a la policía? ¿Acaso la había asesinado para que no revelase la verdad?

Callandra se apoyó contra la pared. La angustia la abrumaba, y su cerebro se negaba a buscar una solución. No se atrevía a acudir a nadie en busca de ayuda, ni siquiera a Monk. Se trataba de una carga que debía llevar en silencio, y sola. Sin pensar en las posibles consecuencias, decidió compartir con Beck su culpabilidad.

6

A Hester el hospital le resultaba cada vez más insoportable. Obedecía a la señora Flaherty porque su sustento dependía de ese empleo, aunque le costaba mucho no replicarle, y en más de una ocasión había tenido que modificar sus palabras para que fueran inocuas. Sólo pensar en Prudence Barrymore la animaba a continuar adelante. No la había conocido bien. El campo de batalla era demasiado grande y en él imperaban la confusión y el dolor; las personas, a menos que tuvieran ocasión de trabajar juntas, apenas llegaban a conocerse, y el destino había querido que sólo trabajase con Prudence una vez, pero el recuerdo permanecía imborrable en su memoria. Ocurrió tras la batalla de Inkerman, en noviembre de 1854, poco después del desastre de Balaklava y la matanza que tuvo lugar tras el ataque suicida de la Brigada Ligera contra las tropas rusas. El frío era gélido y la implacable lluvia hacía que los soldados avanzasen con el barro hasta las rodillas. Las tiendas de campaña estaban rotas y agujereadas, por lo que dormían rodeados de suciedad y humedad. Los uniformes tenían desgarrones, y carecían de los medios para zurcirlos. Estaban desnutridos porque los víveres escaseaban y agotados por el trabajo constante y las preocupaciones.

El sitio de Sebastopol no daba los resultados deseados. Los rusos, atrincherados, no cedían y el invierno se aproximaba. Los hombres y los caballos morían de frío, hambre, heridas y, sobre todo, por las enfermedades.

Cuando se produjo la batalla de Inkerman, las tropas británicas tuvieron demasiados problemas en un principio, hasta que tras pedir refuerzos a Francia, llegaron tres batallones de zuavos y argelinos tocando las cornetas y los tambores a la vez que proferían gritos de ánimo en árabe. La derrota fue aplastante. De los cuarenta mil rusos, diez mil perecieron, resultaron heridos o fueron hechos prisioneros. Murieron seiscientos soldados británicos y ciento treinta franceses. En ambos casos, el número de heridos fue tres veces mayor. El combate se libró en medio de una densa niebla, motivo por el cual los soldados encontraban al enemigo por casualidad, se perdían e incluso herían a sus propios compañeros.

Hester recordaba todo con gran claridad. Estaba en la bochornosa sala del hospital de Londres y ni siquiera necesitaba cerrar los ojos para rememorar las imágenes, sentir el frío u oír los gritos y los gemidos de dolor. Tres días después de la batalla, los sepultureros aún estaban trabajando. Hester los veía en sueños con la espalda doblegada, las palas en las manos, la cabeza gacha, los hombros encorvados mientras caminaban con dificultad por el barro; también veía cómo se detenían para recoger otro cadáver, que con frecuencia se había congelado en una violenta posición de ataque, con el rostro desfigurado por el terror y repleto de terribles heridas de bayoneta. Al menos cuatro mil rusos fueron enterrados en fosas comunes.

Y continuaban apareciendo heridos entre la maleza.

Los cirujanos trabajaban sin descanso en las tiendas de campaña para tratar de salvar la vida a hombres que luego morirían en el carro que los transportaba hasta los barcos con destino a Scutari, donde, en caso de que sobrevivieran, fallecerían en un hospital a causa de las fiebres o la gangrena.

Hester recordaba el olor y el agotamiento, la tenue luz de las linternas que arrojaba un resplandor amarillo sobre el rostro del cirujano mientras operaba, con el bisturí y la sierra en la mano, esforzándose ante todo por actuar con rapidez. La velocidad era esencial. Aunque hubieran dispuesto de cloroformo, no había tiempo para utilizarlo. Además, muchos doctores preferían como «estimulante» un cuchillo empleado con pericia en lugar de la silenciosa muerte de los anestésicos.

Hester evocaba el rostro ceniciento de los hombres, ojerosos, conmocionados por las heridas, las mutilaciones, la escarlatina y el olor de la sangre; la pila de miembros amputados yacía en el exterior, junto a la tienda de campaña, cubiertos de barro.

Recordaba la cara de Prudence Barrymore, concentrada en su tarea con la boca tensa por la emoción, las manchas de sangre en sus pómulos y en la frente. Habían trabajado juntas en silencio, se sentían demasiado cansadas para hablar cuando una simple mirada bastaba. No necesitaban expresar un sentimiento que ambas compartían. Su mundo estaba marcado por el horror personal, la pena y una especie de terrible victoria. Si lograban sobrevivir, no encontrarían nada peor, ni siquiera en el infierno.

Lo que se había establecido entre ellas no era en realidad amistad, sino una relación más compleja. Compartir esa clase de experiencias creaba un lazo entre ambas y las apartaba de los demás. Era algo que no podían contar a otra persona. No existían palabras para describir el horror o la intensidad de las emociones que las embargaban.

La muerte de Prudence le provocaba una extraña sensación de soledad, además de ira por el modo en que se había producido.

Durante el turno de noche —la señora Flaherty se lo asignaba cada vez que podía, ya que no le gustaban las enfermeras que habían estado en la guerra de Crimea ni la arrogancia que las caracterizaba—, Hester recorría las salas del hospital y rememoraba una y otra vez el pasado. En más de una ocasión, al oír un ruido sordo, se había vuelto con un estremecimiento esperando ver una rata caer de la pared, pero no había nada excepto sábanas, vendas y un orinal.

Poco a poco comenzó a relacionarse con sus compañeras. Por lo general se limitaba a escucharlas. Estaban asustadas. Solían mencionar el nombre de Prudence con miedo. ¿Por qué la habían asesinado? ¿Había un loco suelto en el hospital? ¿Sería alguna de ellas la próxima víctima? Contaban historias sobre sombras siniestras en los pasillos vacíos, gritos ahogados seguidos de silencio, y casi todos los miembros masculinos del personal eran objeto de conjeturas.

Estaban en la lavandería. Las máquinas ya no hacían ruido, y el vapor ya no circulaba por las tuberías. La jornada había concluido. Quedaba poco por hacer, excepto recoger las sábanas y doblarlas.

—¿Cómo era? —preguntó Hester.

—Era muy autoritaria —contestó con una mueca una enfermera entrada en años, rolliza, de aspecto cansado y con la nariz roja, lo que indicaba que encontraba consuelo en la botella de ginebra—. Siempre decía a todo el mundo lo que había que hacer. Se creía que, como había estado en la guerra de Crimea, sabía de todo. Incluso llegó a decírselo a los médicos. —Sonrió y dejó entrever sus encías desdentadas—. Los volvió locos, ya lo creo.

Sus compañeras se echaron a reír. Aunque Prudence se había granjeado su antipatía, los médicos les resultaban aún más desagradables, y cuando la difunta se había enfrentado a ellos las enfermeras se habían puesto de su lado.

—¿De veras? —Hester estaba muy interesada—. ¿No le reprendieron por ello? Tuvo suerte de que no la despidieran.

—Jamás lo habrían hecho —respondió otra mujer entre risas mientras se metía las manos en los bolsillos—. Era muy autoritaria, de acuerdo, pero sabía cómo ocuparse de las salas del hospital y de los enfermos. Lo hacía mejor que la señora Flaherty, pero si alguna de vosotras le cuenta que yo lo he dicho, le sacaré los ojos.

—¿Quién le contaría algo a esa vieja avinagrada, tonta? —replicó la primera mujer con aspereza—. Yo no creo que fuese tan buena. Ella se lo creía, que es muy diferente.

—¡Sí lo era! —exclamó la otra con cierto enojo—. Salvó muchas vidas en este maldito lugar. Incluso hizo que oliese mejor.

—¿Que oliese mejor? —Una mujer pelirroja soltó una carcajada—. ¿Dónde crees que estás, en la casa de un caballero? ¡Serás tonta! Ella pensaba que era una señora, que no era como nosotras y se consideraba demasiado buena para trabajar con fregonas y criadas. Creía que algún día podría llegar a ser médico. Una verdadera tonta, eso era. Deberías haber oído lo que le dijo su jefe al respecto.

—¿Quién? ¿Sir Herbert?

—Naturalmente, ¿quién si no? No iba a ser el viejo germano; es extranjero y tiene unas ideas muy extrañas. No me sorprendería que él la hubiera asesinado. Eso dicen los policías.

—¿De veras? —Hester no disimulaba su curiosidad—. ¿Por qué? ¿No pudo haberla matado otra persona?

Todas la miraron.

—¿Por qué dices eso? —preguntó la pelirroja con el entrecejo fruncido.

Hester se apoyó en el borde del cesto de la ropa. Era la oportunidad que estaba esperando.

—¿Quién se encontraba en el hospital cuando murió ella?

Las enfermeras la miraron y luego se observaron entre sí.

—¿A quién te refieres? ¿A los médicos?

—Claro que se refiere a los médicos —apuntó con sorna la mujer rolliza—. Desde luego, nadie sospecharía que hubiese podido ser alguna de nosotras. Si yo quisiera acabar con la vida de alguien, mataría a un viejo, no a una enfermera ambiciosa. A mí me traía sin cuidado lo que hiciera. No quería verla muerta, pero tampoco he llorado por ella.

—¿Y el tesorero y el capellán? —preguntó Hester con despreocupación—. ¿La apreciaban?

La mujer rolliza se encogió de hombros.

—¿Quién sabe? ¿Por qué tendrían que apreciarla?

—Era atractiva —observó la mayor de todas—, y, si persiguen a Mary Higgins, tal vez también persiguieran a Prudence.

—¿Quién persigue a Mary Higgins? —inquirió Hester, que ignoraba de quién hablaban, aunque suponía que era una enfermera.

—El tesorero —respondió la joven mientras se encogía de hombros—. Le gusta.

—Al capellán también le gusta —declaró la mujer robusta con un resoplido—. Es un viejo asqueroso. No hace más que tocarla y llamarla «cariño». No me extrañaría que le hubiese hecho lo mismo a Prudence Barrymore. Quizá se propasase y ella lo amenazase con denunciarlo.

—¿Estaba aquí la mañana del asesinato? —preguntó Hester tras vacilar unos segundos.

Sus compañeras intercambiaron miradas.

—Sí —respondió con seguridad la mujer rolliza—. Pasó toda la noche en el hospital porque había una persona importante que se esperaba que muriese de un momento a otro. Estaba aquí. Quizá la asesinara él, no el germano. El paciente finalmente murió —añadió—. Fue una sorpresa. Todos creían que se salvaría.

Hester oyó varias conversaciones similares mientras barrían, enrollaban vendas, vaciaban orinales y cambiaban las sábanas de las camas. De ese modo averiguó dónde se encontraban muchas de las personas que estaban en el hospital a las siete de la mañana, hora en que se produjo el asesinato. Sin embargo, eran demasiadas las que podían haberlo cometido. Hester había oído varios rumores sobre el móvil, en su mayor parte difamatorios y puras conjeturas. Aun así, cuando vio a John Evan, le contó todo cuanto había descubierto en una de las pequeñas salas en que se almacenaban los medicamentos. La señora Flaherty acababa de marcharse, no sin antes ordenarle que enrollara una enorme pila de vendas, y sir Herbert no regresaría antes de media hora, cuando hubiese terminado de almorzar.

El sargento se sentó en la mesa y observó cómo Hester alisaba y enrollaba las telas.

—¿Ya se lo ha explicado a Monk? —preguntó con una sonrisa.

—No lo veo desde el domingo —contestó ella.

—¿Qué hace? —inquirió Evan.

—No lo sé —le respondió al tiempo que colocaba otro rimero de vendas sobre la mesa—. Me comentó que quería hacer algunas averiguaciones sobre los miembros del consejo rector para saber si alguno había mantenido relaciones con Prudence Barrymore o con su familia que desconozcamos; o incluso algo que tuviera que ver con la guerra de Crimea.

Evan gruñó y observó la vitrina repleta de tarros con hierbas medicinales, botellas de vino y alcohol.

—No nos habíamos planteado esa posibilidad. —Hizo una mueca—. A Jeavis jamás se le ocurriría. Suele investigar lo que resulta más evidente y por lo general acierta. Runcorn jamás permitiría que se molestase a personas de la alta sociedad, a menos que no quedase otra opción. ¿Acaso Monk cree que se trata de algo personal?

Hester se echó a reír.

—No me lo ha dicho. El asesino podría ser cualquiera. Por lo visto, el capellán pasó toda la noche en el hospital... En cuanto al doctor Beck...

Evan levantó la cabeza.

—¿El capellán? No lo sabía. No lo dijo cuando hablamos con él aunque, para ser sinceros, no recuerdo si Jeavis se lo preguntó. Prefería saber qué opinaba de Prudence o si estaba al corriente de lo que otras personas pensaban de ella.

—¿Averiguó algo? —inquirió Hester.

Evan sonrió con expresión divertida, consciente de que ella contaría a Monk todo cuanto le explicara.

—Nada importante —respondió—. La señora Flaherty no la apreciaba, lo que no es de extrañar. Sus compañeras la respetaban, pero tenían poco en común. Un par de enfermeras jóvenes la admiraban... creo que la consideraban una heroína. Un médico en prácticas parecía sentir lo mismo, pero ella no le hacía mucho caso —añadió con cierta compasión teñida de sarcasmo—. A otro estudiante, uno alto con el pelo rubio, no le gustaba; creía que tenía ambiciones impropias de una mujer. —Miró a Hester a los ojos—. En mi opinión, es un mozalbete un tanto arrogante —agregó—. Además, tampoco le gustan los policías. Nos entrometimos en su trabajo.

—Ya veo que a usted no le cayó muy bien —aseveró Hester mientras cogía otra pila de vendas—. ¿Estaba en el hospital aquella mañana?

Evan hizo una mueca.

—Por desgracia, no, y tampoco el que la admiraba.

—Entonces ¿quiénes estaban?

—La mitad de las enfermeras, el tesorero, el doctor Beck, sir Herbert, dos estudiantes llamados Howard y Cantrell y la señora Flaherty, además de sir Donald Mac-Lean y lady Ross Gilbert, miembros ambos del consejo rector. Las puertas de la entrada estaban abiertas, por lo que cualquiera podría haber entrado y pasado inadvertido. No tenemos gran cosa, ¿verdad?

—No —reconoció Hester—. De todos modos, supongo que las posibilidades de cometer un crimen no constituyen nunca pruebas.

Evan se echó a reír.

—Parece usted muy eficiente. El brazo derecho de Monk.

Hester se disponía a replicar que no era el brazo derecho de nadie cuando la señora Flaherty se presentó en la sala visiblemente enfadada.

—¿Se puede saber, enfermera Latterly, qué hace hablando con este joven? Es usted nueva, por lo que le recuerdo que aquí nos regimos por unos valores morales y que, si usted no los respeta, será despedida, a pesar de su amistad con ciertas personas importantes.

Hester se enfureció. Luego se percató de lo ridículo que resultaba que hubiesen puesto en cuestión sus principios morales por la mera presencia de John Evan.

—Soy policía, enfermera jefe —declaró Evan con frialdad—. Estaba interrogando a la señorita Latterly. No le quedaba más remedio que responderme, al igual que debe hacer el resto del personal del hospital si desea cooperar con la justicia y no ser acusado de obstrucción.

La señora Flaherty se sonrojó.

—¡Tonterías, jovencito! —exclamó—. La enfermera Latterly no trabajaba aquí cuando la pobre Prudence Barrymore murió. Si ni siquiera estaba al corriente de eso, es usted un incompetente redomado. ¡No sé para qué le pagamos!

—Por supuesto que lo sabía —replicó Evan con enojo—. El hecho de que no sea sospechosa implica que sus observaciones pueden sernos de gran utilidad.

—¿Observaciones sobre qué? —La señora Flaherty enarcó las cejas—. Como ya le he dicho, jovencito, la enfermera Latterly no estaba aquí. ¿Qué puede saber ella?

Evan se armó de paciencia.

—Señora Flaherty, hace siete días alguien estranguló a una de sus enfermeras y ocultó el cuerpo en uno de los conductos de la lavandería. Un acto así no es producto de la locura. Quienquiera que lo hiciese tenía un motivo muy importante, algo relacionado con el pasado. Del mismo modo, el recuerdo del crimen y el miedo de ser descubierto tienen que ver con el futuro. Las personas con buenas dotes de observación tienen mucho que decir al respecto.

La señora Flaherty gruñó y observó a Hester; su rostro, su cuerpo esbelto, los hombros erguidos; luego miró a Evan, que seguía sentado en la mesa en la que estaban las pilas de vendas, se fijó en su cabello oscuro, su nariz larga, su expresión, que reflejaba sensibilidad y buen humor. A continuación hizo un gesto de incredulidad, se volvió y salió de la sala.

Evan no sabía si enfadarse o reírse.

—Lo siento —se disculpó—. No era mi intención que se pusiera en duda su reputación. Nunca se me habría ocurrido.

—A mí tampoco —admitió Hester, que se había ruborizado. La situación se le antojaba ridícula—. Creo que si tenemos que vernos de nuevo, sería más conveniente que nos reuniéramos fuera del hospital.

—Y sin que se entere Jeavis —se apresuró a decir Evan—. No le parecería correcto que ayudase al enemigo.

—¿El enemigo? ¿Acaso soy el enemigo?

—Por extensión, sí. —Evan introdujo las manos en los bolsillos—. Runcorn todavía odia a Monk y siempre le recuerda a Jeavis que está mucho más satisfecho con él, pero los suboficiales aún hablan de Monk, y el inspector no es tonto. Sabe por qué Runcorn lo prefiere a él, y está dispuesto a demostrar su habilidad para acabar con el fantasma de Monk. —Sonrió—. No creo que lo consiga. Runcorn nunca olvidará los años en los que Monk le pisaba los talones, las ocasiones en las que Monk tenía razón y él estaba equivocado, los detalles, el desprecio tácito, los trajes de mayor calidad. —Evan miraba fijamente a Hester—. Intentó humillarlo en varias ocasiones, pero nunca lo consiguió. Al final ganó, pero el resultado no le supo a victoria. Desea que regrese para derrotarlo de nuevo y saborear un verdadero triunfo.

—¡Oh! —Hester enrolló la última venda y anudó el extremo. Se compadecía de Jeavis y, en menor medida, de Runcorn, pero sobre todo se sentía orgullosa de Monk—. Pobre inspector Jeavis.

Por unos instantes Evan se mostró perplejo, hasta que comprendió el motivo de su lástima.

—Será mejor que interrogue al capellán. —Inclinó la cabeza—. Gracias.

Esa misma tarde, Hester tuvo que asistir a sir Herbert en una operación. Le había avisado una enfermera corpulenta, de rostro basto y ojos llamativos. Hester, que la había visto en varias ocasiones, siempre se había sentido incómoda a su lado y esta vez se percató de por qué los ojos le llamaban la atención. Uno era azul y el otro verde claro. ¿Por qué no se había dado cuenta antes? Tal vez su imponente apariencia había acaparado todo su interés y había pasado por alto otros detalles.

—Sir Herbert desea que lo ayudes —dijo la mujer con determinación. Se llamaba Dora Parsons.

Hester dejó en el suelo el cubo que llevaba.

—¿Adónde debo ir?

—A su despacho, por supuesto. Supongo que la reemplazarás, ¿no?

—¿Reemplazar a quién?

—No te hagas la tonta conmigo —dijo la enfermera con expresión de desdén—, señorita sabelotodo. Crees que, como has estado en la guerra de Crimea y todos hablan bien de ti, te saldrás con la tuya, pero te equivocas. Te das aires, como si fueras mejor que nosotras.

—Supongo que te refieres a la enfermera Barrymore —replicó Hester con frialdad, aunque la fortaleza de la mujer la intimidaba. Evitaría en la medida de lo posible encontrarse a solas con ella en la lavandería, donde nadie la oiría si gritaba, pero no se mostraría asustada, pues los bravucones sólo persiguen a quienes los temen.

—Claro que me refiero a la enfermera Barrymore. —Dora imitó la voz de Hester—. ¿Acaso hay más enfermeras aquí que hayan estado en la guerra de Crimea?

—Supongo que lo sabes tú mejor que yo. Por lo que has dicho deduzco que no la apreciabas mucho.

—Ni yo ni la mitad de mis compañeras —reconoció Dora—, pero no se te ocurra decir que podría ser yo quien la mató o acabaré contigo. —La miró de soslayo y con malicia—. Podría romperte el pescuezo sin hacer el menor esfuerzo, te lo aseguro.

—Me parece que no valdría la pena decírselo a la policía. —Hester trataba de mantener la calma. Optó por recordar a Prudence, primero en el campo de batalla, en la tienda de campaña del cirujano, y luego en la lavandería, muerta. Era mejor que temer a Dora—. Por tu comportamiento sospecho que hasta el más tonto de los policías se daría cuenta. ¿Sueles romperle el pescuezo a la gente que te molesta?

Dora abrió la boca para contestar, pero enseguida se percató de que lo que iba a decir la haría caer en una trampa.

—¿Vas a ayudar a sir Herbert o le digo que estás ocupada?

—No, ya voy.

Hester sorteó la voluminosa figura de Dora Parsons, salió deprisa de la sala y se dirigió hacia el pasillo. Llegó a la puerta del despacho de sir Herbert y llamó con fuerza.

—¡Adelante! —exclamó sir Herbert en tono imperioso.

Hester hizo girar el pomo y entró.

Sir Herbert, que estaba sentado detrás del escritorio, levantó la vista de unos papeles y dijo:

—Oh... señorita... Latterly. Usted es la enfermera que estuvo en la guerra de Crimea, ¿no es cierto?

—Así es, sir Herbert —respondió Hester, que permaneció de pie, con las manos cruzadas a la espalda.

—Bien —dijo sir Herbert con satisfacción al tiempo que doblaba unos papeles y los apartaba—. Debo realizar una delicada operación a una persona importante. Desearía que me ayudara y después se ocupara del paciente. No puedo estar en todas partes al mismo tiempo. He leído algunos artículos sobre esta clase de intervenciones. Son muy interesantes. —Sonrió—. Por supuesto, no pretendo que se interese por ellos.

Sir Herbert se interrumpió al pensar que Hester diría algo. A ella le atraían las teorías nuevas, pero era consciente de que necesitaba conservar su empleo, que en gran parte dependía de lo que sir Herbert opinase de ella, por lo que dijo lo que supuso que a él le gustaría.

—Dudo que esté capacitada para desempeñar esa tarea, señor —declaró con modestia—, aunque estoy segura de que se trata de algo importante y soy consciente de lo mucho que puedo aprender cuando llegue el momento adecuado.

Sir Herbert se mostró complacido.

—Naturalmente, señorita Latterly. Le informaré de todo cuanto deba saber sobre el paciente a su debido tiempo. Su actitud es más que correcta.

Hester se mordió la lengua para no replicar y se abstuvo de agradecerle el cumplido. Sabía que no podría evitar que su tono fuese sarcástico.

Sir Herbert parecía esperar que la enfermera hablase.

—¿Desea que vea al paciente antes de que entre en la sala de operaciones, señor? —le preguntó.

—No; no será necesario. La señora Flaherty lo está preparando. ¿Duerme usted en las dependencias de las enfermeras?

—Sí. —Era un tema desagradable. Hester detestaba la vida comunitaria, las camas dispuestas en filas como si de un correccional se tratara, la falta de intimidad y silencio para dormir, pensar o leer. Siempre había ruido, interrupciones, movimientos inquietos, charlas y, a veces, risas. Se aseaba en una de las dos amplias pilas y comía lo poco que había entre un turno y otro, que duraban doce largas horas.

No era que no estuviese acostumbrada a la disciplina y las condiciones severas. La guerra de Crimea había sido mucho peor. Había pasado más frío y hambre; el trabajo era más agotador y su vida había corrido peligro. Dadas las circunstancias, resultaba inevitable que así fuese. Por otra parte había disfrutado de la camaradería y se había enfrentado al enemigo en compañía. En el hospital, en cambio, las normas eran arbitrarias, algo que le desagradaba sobremanera. Sólo el recuerdo de Prudence Barrymore le permitía soportarlas.

—Bien. —Sir Herbert esbozó una sonrisa. Aunque era una muestra de cortesía, Hester se percató de que detrás del profesional había un hombre mucho más bondadoso—. Algunas enfermeras tienen casa propia, pero he de admitir que no lo considero adecuado, especialmente cuando han de cuidar de un paciente que requiere una atención absoluta. Le ruego que se presente a las dos en punto. Buenos días, señorita Latterly.

—Gracias, sir Herbert. —Hester se retiró de inmediato.

La operación revestía un gran interés. Durante dos horas, Hester olvidó por completo el desprecio que le inspiraba la disciplina del hospital y lo poco que le gustaba la clase de enfermería que se practicaba, así como la vida comunitaria y la amenazadora presencia de Dora Parsons; olvidó incluso a Prudence Barrymore y el motivo por el que estaba allí. La operación consistía en extraer cálculos a un corpulento caballero de unos cincuenta años. Apenas veía su rostro, pero le resultaba fascinante observar el pálido abdomen, abultado como consecuencia de la gula, y las capas de grasa que sir Herbert retiraba hasta llegar a los órganos. Puesto que el paciente estaba anestesiado, la rapidez de la intervención quirúrgica resultaba irrelevante y, además, no había que presenciar el insoportable dolor del enfermo.

Hester observaba con admiración las finas manos del cirujano. Eran delicadas y fuertes, y las movía deprisa pero sin precipitación. Sir Herbert no perdió la concentración ni la paciencia en ningún momento. Hester estaba tan fascinada con su técnica que no prestaba atención a los tensos rostros de los estudiantes presentes en el quirófano, uno de ellos, un joven de cabello negro, se encontraba muy cerca de ella y, al respirar, hacía un ruido que en otras circunstancias le habría resultado intolerable, pero en esta ocasión apenas lo percibía.

Cuando sir Herbert hubo terminado se apartó satisfecho, consciente de que había realizado la operación con maestría y había logrado acabar con el dolor. Para que la herida cicatrizase y el paciente se recuperara por completo, sólo necesitaba los cuidados de una enfermera y un poco de suerte.

—Caballeros —dijo con una sonrisa—, hace una década hubiera resultado imposible practicar una intervención tan prolongada, pero por fortuna vivimos en una época de milagros. La ciencia avanza a pasos agigantados y nosotros seguimos su ritmo. Nos esperan nuevos horizontes, nuevas técnicas, nuevos descubrimientos. Enfermera Latterly, ya he concluido. Debe vendar la herida y evitar que al paciente le suba la fiebre, y asegúrese de que no se resfríe. Mañana lo examinaré.

—Sí, sir Herbert. —Por una vez, su admiración era sincera y sus palabras, humildes.

El paciente recobró el sentido de forma paulatina, aunque poco agradable. No sólo experimentaba un intenso dolor, sino que también tenía vómitos, y a Hester le preocupaba que se le abrieran los puntos del abdomen. Hizo todo lo posible para aplacar su sufrimiento e impedir que sangrase. El único método que le permitía determinar si existía una hemorragia interna consistía en comprobar si presentaba fiebre, se le enfriaba la piel o se le debilitaba el pulso.

La señora Flaherty entró en la sala en que se encontraba el paciente en tres ocasiones, y en la última fue cuando Hester se enteró del nombre del enfermo.

—¿Cómo se encuentra el señor Prendergast? —preguntó la señora Flaherty con ceño al tiempo que miraba el cubo que estaba en el suelo y el trapo que lo cubría. No pudo evitar decir algo al respecto—. Supongo que está vacío, señorita Latterly.

—No, me temo que el paciente acaba de vomitar —informó Hester.

La señora Flaherty enarcó las cejas.

—Creía que las enfermeras que habían estado en la guerra de Crimea censuraban el que se dejaran vómitos cerca de los enfermos. Por lo visto no siempre se cumple lo que se predica.

Hester respiró hondo con la intención de hablar, pero enseguida recordó el motivo por el que se había incorporado al hospital.

—Pensé que era un mal menor —replicó sin atreverse a mirar a los ojos a la jefa da enfermeras—. Me temo que el paciente está sufriendo y, si yo no hubiese estado aquí, podría habérsele abierto la herida. Además, sólo dispongo de un cubo, y es preferible hacer uso de él y evitar que las sábanas se ensucien.

La señora Flaherty esbozó una gélida sonrisa.

—Veo que utiliza el sentido común, que es más útil que la mejor de las educaciones. Es posible que, después de todo, hagamos de usted una buena enfermera, lo cual es mucho suponer de personas de su índole. —Antes de que Hester pudiera hablar, se apresuró a añadir—: ¿Le ha tomado la temperatura? ¿Cómo tiene el pulso? ¿Ha comprobado el estado de la herida? ¿Sangra?

Hester respondió a todas las preguntas y se disponía a pedir que la relevasen para comer un poco, puesto que desde que sir Herbert solicitó su ayuda apenas había probado bocado, pero la señora Flaherty se marchó a toda prisa.

Quizá fuera injusta, pero Hester pensó que a la enfermera jefe le producía cierto placer el que no hubiese podido abandonar la sala durante todas esas horas excepto para realizar sus necesidades más naturales.

Una joven enfermera que había admirado a Prudence entró en la habitación a las diez de la noche con una taza de té caliente y un grueso emparedado de cordero. Cerró la puerta y le ofreció los alimentos.

—Debes de tener apetito —dijo con los ojos brillantes.

—Estoy hambrienta —admitió Hester—. Muchas gracias.

—¿Cómo se encuentra el paciente? —inquirió la muchacha. Rondaba los veinte años, tenía el cabello oscuro y una expresión agradable.

—Está sufriendo mucho —respondió Hester con la boca llena—, pero el corazón le late con normalidad, por lo que creo que no está perdiendo sangre.

—Pobrecito. Sir Herbert es un cirujano maravilloso.

—Sí —reconoció Hester—, es muy bueno. —Tomó un sorbo de té, aunque estaba muy caliente.

—¿Estuviste también en la guerra de Crimea? —le preguntó la enfermera con visible entusiasmo—. ¿Conociste a la enfermera Barrymore? ¿Y a la señorita Nightingale? —Pronunció este último nombre con admiración.

—Sí —contestó Hester—. Las conocí a las dos. Y a Mary Seacole.

—¿Quién es Mary Seacole? —preguntó la enfermera, desconcertada.

—Una de las mujeres más encantadoras que he conocido en toda mi vida —afirmó Hester, consciente de que su respuesta no sólo era verdad, sino fruto de la terquedad. Admiraba a Florence Nightingale y a las otras mujeres que habían servido en la guerra de Crimea, y de todas ellas había oído hablar muy bien. En cambio no ocurría lo mismo con la mujer negra oriunda de Jamaica que había trabajado con un desinterés y una diligencia idénticos al ocuparse de una residencia que servía de refugio para los enfermos y los heridos, en la que empleaba remedios que había aprendido en las zonas afectadas por la fiebre amarilla de las Antillas.

La joven se mostró interesada.

—¡Oh! Nunca había oído hablar de ella. ¿Por qué? ¿Por qué nadie sabe nada de ella?

—Tal vez porque es natural de Jamaica —contestó Hester tras tomar otro sorbo de té—. Somos muy estrechos de miras a la hora de rendir homenajes. —Pensó en las jerarquías sociales, tan absurdas y rígidas, en las damas que celebraban jira en el monte y se olvidaban de la guerra o desfilaban sobre sus hermosos caballos la mañana previa a la contienda... y en las meriendas que organizaban en medio de las matanzas. Con un estremecimiento regresó al presente—. Sí, conocí a Prudence. Era una mujer valiente y desinteresada... entonces.

—¿Entonces? —La enfermera estaba indignada—. ¿A qué te refieres? Era maravillosa. ¡Sabía tanto! Mucho más que algunos de los médicos... ¡Oh! —Se cubrió la boca con la mano—. ¡No se lo digas a nadie! Al fin y al cabo, no era más que una enfermera...

—¿Sabía muchas cosas? —Un pensamiento desagradable asaltó a Hester e hizo que el emparedado no le supiera tan bien.

—¡Oh, sí! —respondió la muchacha con vehemencia—. Supongo que se debía a su larga experiencia, aunque apenas hablaba de eso. Ojalá me hubiera contado más cosas... Me gustaba mucho escucharla. —Sonrió con timidez—. Puesto que estuviste allí, supongo que también tendrás muchas cosas que explicar.

—Sí —reconoció Hester—, pero a veces es difícil encontrar las palabras para expresar algo que es tan diferente. ¿Cómo se puede describir un olor, un sabor, el cansancio... o las sensaciones de miedo, ira y pena? ¡Ojalá pudieras verlo todo a través de mis ojos! En algunas ocasiones, cuando no se puede hacer una cosa de la forma correcta, es mejor no hacerla y así no estropearla.

—Entiendo. —La enfermera esbozó una sonrisa, como si acabara de comprender algo que en un principio le parecía inexplicable.

Hester respiró hondo, apuró el té y por último formuló la pregunta que más le preocupaba.

—¿Crees que Prudence tenía tantos conocimientos como para darse cuenta de que alguien había cometido un error... muy grave?

—Oh... —La enfermera reflexionó sobre tal posibilidad. A continuación se estremeció al percatarse del alcance de la pregunta y levantó la mano, con los ojos bien abiertos—. ¡Oh, no! ¡Santo cielo! ¿Insinúas que advirtió que alguien cometía un error terrible y que esa persona la asesinó para que no lo revelase? ¿Quién haría algo tan espantoso?

—Alguien que temiera por su reputación —conjeturó Hester—. Si el error en que había incurrido era muy grave...

—Oh, ya entiendo. —La joven miraba a Hester con inquietud.

—¿Con quién trabajaba últimamente? —inquirió Hester. Era consciente de que se adentraba en un terreno peligroso, puesto que aquella enfermera, en apariencia tan ingenua, podía contar la conversación a otra persona, pero la curiosidad superó al sentido común. El peligro era una posibilidad futura. La necesidad de saber pertenecía al presente—. ¿Quién se ocupó de un paciente que murió de forma inesperada?

La enfermera no apartaba la mirada de Hester.

—Prudence trabajaba con sir Herbert. También ayudó al doctor Beck. —Bajó la voz para añadir—: El paciente del doctor Beck falleció aquella noche... inesperadamente. Todos creíamos que se salvaría. Prudence y el doctor Beck discutieron... todo el mundo lo sabe. Sin embargo, creo que si el enfermo hubiera muerto por culpa del doctor Beck, Prudence lo habría dicho. Era muy franca y no se andaba con rodeos. No lo hubiera ocultado para proteger a alguien. Ella no.

—Supongamos que fue así; entonces probablemente ocurriría el día antes de que la asesinasen o tal vez esa misma noche.

—Sí.

—Y el paciente del doctor Beck falleció esa noche —señaló Hester.

—Sí —admitió la enfermera.

—¿Recuerdas con quién trabajó Prudence aquella noche? —inquirió Hester—. ¿Quién estaba en el hospital?

La enfermera vaciló por un instante, con semblante reflexivo. El paciente se rebulló con inquietud en la cama y se destapó. Hester lo cubrió con la sábana. No podía hacer nada más para ayudarlo.

—Sir Herbert pasó aquí todo el día —explicó la joven—, pero no se quedó por la noche. —Alzó la vista al techo—. Casi nunca se queda por las noches. Está casado. Tiene una esposa encantadora, o al menos eso dicen, y siete hijos. Es un auténtico caballero, no como el doctor Beck... es extranjero, y eso se nota, ¿no es cierto? Sin embargo no negaré que es muy amable y educado. Nunca he oído a nadie hablar mal de él. Suele quedarse por las noches si su paciente se encuentra muy mal.

—¿Y los otros médicos?

—El doctor Chalmers no estaba en el hospital. Solía venir por la tarde. Por la mañana trabaja en otro lugar. El doctor Didcot estaba en Glasgow, y los médicos en prácticas casi nunca llegan antes de las nueve de la mañana. —Hizo una mueca—. Si les preguntas, te dirán que estaban estudiando o algo parecido, pero tengo mis dudas al respecto. —Exhaló un sonoro suspiro.

—¿Y las enfermeras? Supongo que también pueden cometer errores —le repuso Hester—. ¿Y la señora Flaherty?

—¿La señora Flaherty? —La joven arqueó las cejas en un gesto de sorpresa—. ¡Santo cielo! No había pensado en ella. Prudence y ella se tenían una antipatía mutua. —Se estremeció un tanto—. Supongo que a las dos les hubiera encantando coger en falta a la otra. Sin embargo la Flaherty es muy baja. En cambio Prudence era de elevada estatura, diría que unos cinco centímetros más alta que tú y unos quince más que la señora Flaherty.

Hester estaba un tanto decepcionada.

—¿Se encontraba en el hospital?

—Sí... sí. —Una expresión de regocijo apareció en su rostro, e inmediatamente después se sintió avergonzada—. Lo recuerdo porque yo estaba con ella.

—¿Dónde?

—En el dormitorio de las enfermeras. Nos regañó con severidad. —Observó a Hester para determinar hasta qué punto podía ser sincera. La miró a los ojos y decidió prescindir de la prudencia—. Se quedó una hora, inspeccionando la habitación. Me consta que había discutido con Prudence, porque vi que ésta se marchaba, y la señora Flaherty fue al dormitorio para desquitarse con nosotras. Supongo que fue la que peor parada salió de la disputa.

—¿Viste a Prudence aquella mañana? —le preguntó Hester.

—Oh, sí —respondió la muchacha con seguridad.

—¿A qué hora?

—Hacia las seis y media.

—Debes de ser una de las últimas personas que la vieron con vida. —Hester se percató de que la enfermera palidecía y se mostraba triste y temerosa—. ¿La policía te ha interrogado al respecto?

—Pues no. Me preguntaron si había visto al doctor Beck y a sir Herbert.

—¿Los viste?

—Vi al doctor Beck cuando se dirigía por el pasillo hacia las salas. Me preguntaron si sabía qué hacía y qué aspecto tenía. Les dije que estaba caminando y que parecía muy cansado, como si hubiera pasado la noche en vela... y supongo que así fue. No le noté enojado ni asustado, como si acabara de asesinar a alguien, sino apesadumbrado.

—¿A quién más viste?

—A mucha gente. A esa hora ya hay muchas personas en el hospital. Vi al capellán y al señor Plumstead... es el tesorero. No sé qué estaba haciendo —añadió mientras se encogía de hombros—, y a un desconocido, un caballero muy elegante de pelo oscuro; por lo visto no conocía el camino. Entró en la lavandería y al cabo de unos segundos salió con una expresión extraña, como si supiese que había hecho el tonto. Creo que no era un doctor. Los médicos visitantes no llegan tan temprano. Parecía un tanto enfadado, como si le hubiesen contrariado. —Observó a Hester con preocupación—. ¿Crees que podría ser él? No tenía pinta de loco; de hecho, parecía un hombre encantador. Tal vez viniera para ver a un paciente y no le permitieron entrar. Suele ocurrir, sobre todo cuando las visitas se presentan fuera del tiempo establecido.

—Es posible —admitió Hester—. ¿Fue antes o después de que vieras a Prudence?

—Antes; pero tal vez se diera una vuelta para hacer tiempo, ¿no?

—Sí..., si es que la conocía.

—No parece muy probable, ¿verdad? —dijo la muchacha con tristeza—. Supongo que lo más lógico es que fuera alguien que trabaja aquí. Prudence y la señora Flaherty discutieron acaloradamente. La semana anterior a la muerte de Prudence la señora Flaherty amenazó con irse si ella no se marchaba. Creo que lo dijo en un arrebato de ira, pero tal vez hablaba en serio. —Miró a Hester con expresión esperanzada.

—Sin embargo, viste a Prudence después de la discusión, luego la señora Flaherty fue al dormitorio y se quedó por lo menos una hora —señaló Hester.

—Oh... sí, yo también estaba allí. Supongo que no pudo ser ella. —La enfermera hizo una mueca—. En realidad no sospechaba de la señora Flaherty, a pesar de lo mucho que odiaba a Prudence. Otras personas también la odiaban.

El paciente se movió de nuevo y las dos lo observaron. Tras dejar escapar un leve quejido, volvió a sumirse en el sueño.

—¿Quiénes?

—¿Quiénes la odiaban de verdad? Supongo que Dora Parsons. Lo cierto es que Dora insulta a casi todo el mundo y es lo bastante fuerte para haberle roto la espalda o haberla estrangulado. ¿Le has visto los brazos?

—Sí —respondió Hester con un estremecimiento. No obstante, el miedo que Dora Parsons le inspiraba se debía sobre todo a la posibilidad de que infligiera un dolor físico a alguien, no a la de que cometiera un asesinato. Le costaba creer que una persona en su sano juicio como Dora Parsons hubiera matado a Prudence porque considerase que era ambiciosa y arrogante y se creyera superior a las demás. Además, a pesar de su carácter ordinario, era una enfermera que ejercía con corrección su trabajo, un poco severa pero sin llegar a ser cruel, infatigable y paciente con los enfermos. Cuanto más pensaba en ello, más se convencía de que, por mucho que despreciara a Prudence, Dora no la había asesinado—. Sí, no cabe duda de que es muy fuerte —prosiguió—, pero no tenía ningún motivo para matarla.

—No, supongo que no. —La muchacha no parecía muy convencida, pero esbozó una sonrisa—. Será mejor que me vaya antes de que la señora Flaherty regrese y descubra que todavía estoy aquí. ¿Quieres que vacíe el cubo? No tardaré mucho.

—Sí, por favor; y gracias por el emparedado y el té.

La enfermera sonrió, luego se sonrojó, cogió el cubo y se marchó.

Fue una noche muy larga y Hester apenas consiguió dormir. El paciente permaneció sumido en un sueño ligero a causa del dolor, pero al amanecer, poco antes de las cuatro, el corazón le latía con normalidad y apenas tenía fiebre. Hester estaba tan cansada como satisfecha. Sir Herbert llegó a las siete y media, y ella le resumió lo acontecido con entusiasmo.

—Magnífico, señorita Latterly —susurró él para que no le oyera el señor Prendergast, que estaba casi despierto—, pero aún falta mucho para acabar. —Miró al paciente con recelo—. La fiebre podría subirle en cualquier momento durante los próximos siete u ocho días, lo que sería de suma gravedad. Desearía que se quedase usted con él por la noche. La señora Flaherty lo atenderá durante el día.

A continuación procedió a examinar al enfermo, por lo que Hester retrocedió y esperó. Sir Herbert estaba completamente concentrado. Formuló algunas preguntas al señor Prendergast para que se sintiese más cómodo y se mostró aliviado al observar que éste contestaba de forma coherente. El hombre tenía los ojos hundidos y estaba muy pálido a causa de la sangre que había perdido.

—Muy bien —dijo por fin el médico—. Su recuperación no podía ser mejor, señor. Creo que dentro de pocas semanas estará perfectamente.

—¿De veras? —Prendergast esbozó una sonrisa—. Ahora me siento muy mal.

—Es lógico, pero le aseguro que pronto recobrará las fuerzas. Ahora debo visitar a otros pacientes. Las enfermeras lo atenderán. Buenos días, señor. —Acto seguido sir Herbert salió de la sala tras asentir con la cabeza a Hester y se alejó a grandes zancadas, con la cabeza erguida.

Una vez que la hubieron relevado, Hester también se marchó de la habitación. Apenas había recorrido la mitad del pasillo que conducía al dormitorio de las enfermeras cuando topó con la imponente figura de Berenice Ross Gilbert. Aunque en cualquier otra situación habría considerado que estaba a la altura social de lady Ross Gilbert, si bien ésta no era la opinión más común, con su traje de enfermera gris estaba en desventaja y era consciente de ello.

Berenice vestía, como de costumbre, con gran gusto. Llevaba un traje con una combinación de colores dorados, marrones y fucsias y un corte acorde con la última moda. Sonrió con un encanto natural, clavó la mirada en Hester y continuó caminando. Apenas había avanzado unos pasos cuando sir Herbert abrió una puerta y se asomó al corredor.

—¡Ah! —exclamó al tiempo que se le iluminaba el rostro—. Sólo esperaba que...

—Buenos días, sir Herbert —lo interrumpió Berenice—. Otro agradable día. ¿Cómo se encuentra el señor Prendergast? He oído decir que realizó usted una magnífica operación. Eso mejorará la reputación del hospital y, por supuesto, la de la medicina inglesa en general. ¿Cómo ha pasado la noche? ¿Bien?

Sir Herbert estaba sorprendido. Hester, que se hallaba a unos metros de distancia, oculta entre las sombras, observaba su perfil. Era una enfermera y, hasta cierto punto, invisible, como un buen criado.

Sir Herbert enarcó las cejas en un gesto de extrañeza.

—Sí, está recuperándose —contestó—, pero aún no se encuentra bien del todo. Ignoraba que lo conociese.

—Ah, no, mi interés no es personal.

—Iba a decirle que...

—Y por supuesto —lo interrumpió de nuevo lady Gilbert— me preocupa la reputación del hospital así como las innovaciones que usted pueda introducir, sir Herbert. —Sonrió—. Todo ese espantoso asunto sobre la pobre enfermera... no recuerdo su nombre.

—Barrymore. De veras, Berenice...

—Sí, Barrymore. He oído decir que tenemos otra enfermera que ha estado en la guerra de Crimea, la señorita... —Se volvió hacia Hester y la señaló.

—Ah... sí. —Sir Herbert estaba perplejo y parecía que en cualquier momento perdería la compostura—. Sí... al parecer ha sido una buena adquisición... de momento. Una joven muy capacitada. Le agradezco sus palabras, lady Ross Gilbert. —Sin darse cuenta, se ajustó la americana—. Es usted muy amable. Y ahora, si me lo permite, he de atender a otros pacientes. Encantado de verla.

Berenice sonrió con tristeza.

—Naturalmente. Buenos días, sir Herbert.

Acto seguido Hester se dirigió hacia el dormitorio con la intención de descansar un par de horas. Estaba tan rendida que sabía que lograría dormir a pesar de los ruidos, aunque deseaba un poco más de intimidad. En aquellas circunstancias, la tranquilidad de que por fin disfrutaba en su pequeña habitación de alquiler le parecía un regalo, a pesar de que siempre la había comparado con la casa de su padre, tan espaciosa, cálida y elegante.

No durmió mucho y despertó sobresaltada. Intentó recordar lo que había soñado, pues estaba convencida de que se trataba de algo importante, pero fue en vano.

Una enfermera entrada en años y de pelo ralo se acercó.

—El policía con ojos de hurón quiere verte —anunció con voz monocorde—. Más vale que te andes con cuidado. No le gusta que lo contraríen. —A continuación salió del dormitorio sin comprobar siquiera si Hester había entendido lo que acababa de decirle.

Con los ojos irritados y los párpados pesados por el sueño, Hester se levantó del camastro, se puso el uniforme y se peinó. Por último abandonó la sala para reunirse con Jeavis; por la descripción que le había hecho la enfermera, no cabía duda de que era Jeavis, no Evan.

Hester lo encontró delante de la puerta del despacho de sir Herbert, mirando hacia el pasillo por el que ella se acercaba. Probablemente sabía dónde estaba el dormitorio y, por lo tanto, suponía que vendría por ahí.

—Buenos días, señorita —la saludó Jeavis cuando ella se hubo aproximado lo bastante. La observó de arriba abajo con curiosidad—. ¿Es usted la señorita Latterly?

—Sí, inspector. ¿En qué puedo ayudarlo? —preguntó Hester con más frialdad de la que pretendía, había algo en Jeavis que la irritaba sobremanera.

—Oh, sí. Usted no trabajaba en el hospital cuando la señorita Barrymore murió —explicó él de forma innecesaria—, pero sé que estuvo en la guerra de Crimea. ¿La conoció allí?

—Sí, un poco. —Hester se disponía a añadir que no sabía nada que fuera relevante, pues de lo contrario se lo habría dicho sin que se lo preguntara, pero entonces pensó que tal vez averiguara algo si prolongaba la conversación—. Trabajamos juntas en una ocasión. —Observó los negros ojos de Jeavis y recordó que la enfermera le había comentado que parecían los de un hurón. Era una descripción cruel, pero no del todo incierta; sus ojos semejaban un hurón inteligente. Tal vez no fuera buena idea intentar sonsacarle información.

—Es difícil saber qué aspecto tiene una mujer —manifestó Jeavis con expresión reflexiva— cuando no la has visto viva. He oído decir que era muy atractiva. ¿Está usted de acuerdo, señorita Latterly?

—Sí. —Hester estaba sorprendida. Lo consideraba irrelevante—. Sí, era muy... muy atractiva, aunque demasiado alta.

Jeavis se irguió de manera inconsciente.

—Entiendo. Supongo que tendría admiradores.

Hester evitó su mirada.

—Oh, sí. ¿Acaso creen que la asesinó alguno de ellos?

—Lo que nosotros creamos carece de importancia —replicó Jeavis con aires de suficiencia—. Le ruego que se limite a contestar a mis preguntas.

A Hester le costó disimular su enojo. ¡Qué hombre más presuntuoso!

—Que yo sepa nunca coqueteó —masculló—. De hecho, creo que no sabía hacerlo.

—Bien. —Jeavis se mordió el labio inferior—. ¿Le habló alguna vez del señor Geoffrey Taunton? Trate de recordar. Necesito una respuesta precisa y sincera.

Hester se contuvo a duras penas; tenía ganas de darle una bofetada, pero la conversación podría serle útil si averiguaba algún detalle, por insignificante que fuera. Lo miró con los ojos bien abiertos.

—¿Qué aspecto tenía, inspector?

—Eso no importa, señorita —repuso él con irritación—. Lo que quiero saber es si mencionó su nombre en alguna ocasión.

—Tenía una fotografía de él. —Hester mintió sin escrúpulos. Al menos, era una verdad a medias. Prudence había tenido una fotografía, aunque era de su padre, como Hester bien sabía.

Jeavis se mostró interesado.

—¿De veras? ¿Qué aspecto tenía el hombre?

—Pues... —Hester hizo una mueca como si se concentrara para encontrar las palabras más apropiadas.

—Vamos, señorita. ¡Seguro que recuerda algo! —la apremió Jeavis—. ¿Vestía bien? ¿Era atractivo o normal? ¿Estaba afeitado? ¿Llevaba bigote, barba o patillas? ¿Qué aspecto tenía?

—Oh, era bien parecido —contestó ella de manera evasiva—. Un poco... Bueno... es difícil de explicar.

—Oh, claro.

Hester temía que Jeavis perdiera el interés.

—La llevaba siempre consigo.

El policía comenzó a impacientarse.

—¿Era alto, de facciones normales, boca más bien pequeña y ojos claros?

—¡Sí! Sí, era así —contestó Hester, fingiendo un gran alivio—. ¿Es él?

—Eso no es asunto suyo. Así pues, siempre llevaba la foto consigo; por tanto, debían de ser buenos amigos. Supongo que recibiría cartas, ¿no?

—Oh, sí, cada vez que llegaba el correo de Inglaterra. Por cierto, creo recordar que el señor Taunton no vivía en Londres.

—No, en efecto —admitió Jeavis—, pero hay trenes, y Ealing sólo está a una hora de distancia, o incluso a menos. Pudo tomar uno, venir al hospital y marcharse sin grandes complicaciones. Tendré que hablar largo y tendido con el señor Taunton. —Meneó la cabeza—. Un caballero tan apuesto como él podría tener otras admiradoras. Resulta curioso que se mostrara tan insistente con la señorita Barrymore, y más aún sabiendo que trabajaba en el hospital y que parecía dispuesta a seguir aquí.

—El amor es imprevisible, inspector —repuso Hester con amargura—. Aunque muchas personas se casan por otras razones, algunas lo hacen por amor. ¿Cree que el señor Taunton es una de ellas?

—Tiene usted la lengua muy afilada, señorita Latterly —le espetó Jeavis mientras la observaba—. ¿También era así la señorita Barrymore? ¿Independiente y un tanto mordaz?

Hester lo miraba de hito en hito. No era precisamente un cumplido.

—Yo no la describiría con esas palabras, inspector, aunque admito que no se equivoca. De todos modos, no creo que la asesinase una mujer celosa. Estoy convencida de que la clase de persona que se enamorara del señor Taunton carecería de la fuerza para estrangularla. Prudence era alta y fuerte. ¿No hubo lucha? ¿No acabaría el asesino con arañazos o magulladuras?

—Oh, no. No hubo pelea alguna. Debió de ocurrir con gran rapidez. Sólo se necesitaban dos manos fuertes. —Jeavis movió las suyas y apretó los labios en una mueca de repulsión—. Así de sencillo. Es posible que la señorita Barrymore le arañase la mano o incluso el cuello o la cara, pero no se detectó sangre en sus uñas ni presentaba arañazos o contusiones en el cuerpo. No hubo lucha, lo que induce a pensar que era alguien de quien Prudence no sospechaba.

—Tiene usted razón, inspector. —Hester ocultó la alegría por su triunfo con una expresión de humildad. ¿Sabía Monk que no había habido pelea? Debía contárselo.

—Si la asesinó una mujer —prosiguió Jeavis con el entrecejo fruncido—, debía de ser muy fuerte, con unas manos como las de un buen jinete. No pudo ser, desde luego, una anciana que nunca haya sostenido nada mayor que un tenedor de postre. Por otro lado la sorpresa es un factor muy importante. ¿Era valiente la señorita Barrymore?

De repente Hester recordó una vez más que la muerte de Prudence era real.

—Sí, muy valiente —contestó ella al tiempo que intentaba evocar a Prudence con el rostro iluminado por la linterna mientras ayudaba a un cirujano, o sentada en una cama en Scutari estudiando documentos médicos a la luz de las velas.

—Bien... —murmuró Jeavis al comprender cómo se sentía Hester—. Me pregunto por qué no gritó. Usted cree que lo haría, ¿no es cierto? ¿Gritaría usted, señorita Latterly?

Hester parpadeó para no llorar.

—No lo sé —respondió con franqueza—. Me sentiría incapaz de hacer frente a la situación.

—¿No es eso un poco tonto, señorita? Al fin y al cabo, si alguien la atacara, usted no podría defenderse sola, ¿no es cierto? Y la señorita Barrymore tampoco. Aquí no hay tanto ruido como para que no se oiga un chillido.

—Por consiguiente, el asesino debió de actuar con suma rapidez —dijo Hester con aspereza, enojada por el tono con el que Jeavis había hablado. Los recuerdos la habían emocionado—. Así pues debía de ser una persona fuerte —añadió innecesariamente.

—Bastante —reconoció Jeavis—. Le agradezco su ayuda, señorita. La señorita Barrymore tuvo un admirador mientras estaba en la guerra de Crimea. Eso era todo cuanto deseaba averiguar. Puede proseguir con sus tareas.

—No estaba trabajando, sino dormida. He pasado la noche atendiendo a un paciente.

—Oh, ¿no me diga? —Jeavis parecía divertirse—. Me alegro de no haber interrumpido nada importante.

Aunque estaba furiosa, a Hester le agradó esa actitud de Jeavis; la prefería al servilismo que lo caracterizaba.

Cuando vio a Monk al día siguiente en Mecklenburg Square, lugar en el que habían ocurrido asesinatos espantosos, hacía un calor insoportable, por lo que Hester agradeció la sombra de los árboles. Caminaban juntos, Monk apoyándose en un bastón, y Hester arrastrando sobre el césped que crecía en el borde del sendero los amplios faldones de su traje de muselina azul. Ya le había contado su encuentro con Jeavis.

—Sé que Geoffrey Taunton fue al hospital —dijo Monk cuando Hester hubo terminado—. Él mismo lo admitió. Supongo que sabía que las enfermeras lo habían visto... u otra persona.

—Oh. —Hester se sentía abrumada.

—En cambio sí me ha sorprendido que las únicas señales que Prudence tenía en el cuerpo fueran los cardenales del cuello —prosiguió él—. Lo ignoraba. Jeavis no me dirá nada, y supongo que es lógico. Yo en su lugar tampoco le diría nada. Lo más curioso es que al parecer no se lo contó a Evan. —Sin darse cuenta, aceleró el paso. Paseaban alrededor de la plaza—. Eso significa que el asesino era muy fuerte. Una persona débil no podría haberla matado sin luchar, pues Prudence hubiera opuesto resistencia. O tal vez fuera alguien a quien conocía y de quien no sospechaba. Muy interesante. Todo esto nos hace plantearnos una pregunta.

Hester se abstuvo de inquirir a qué se refería. De pronto comprendió y habló a medida que los pensamientos se formaban en su mente.

—¿Fue premeditado? ¿Quería esa persona acabar con Prudence? ¿O dijo ella algo y el asesino, o asesina, la atacó sin previo aviso?

Monk la miró con sorpresa y un brillo extraño en los ojos.

—Exacto. —Intentó descargar el bastón sobre una piedra que había en el sendero, pero erró. Profirió un juramento y la lanzó a unos veinte metros con un fuerte golpe.

—¿Geoffrey Taunton? —preguntó Hester.

—Parece poco probable. —Monk golpeó otra piedra—. Por lo que sabemos, Prudence no representaba ninguna amenaza para él. No, creo que si Geoffrey la asesinó, lo hizo sin premeditación, después de que hubieran discutido y él perdiera los estribos. Habían reñido a primera hora de la mañana, pero Prudence aún vivía después de su marcha. Geoffrey pudo regresar, pero se me antoja improbable. —Monk la observó con expresión inquisitiva—. ¿Qué sabe de Kristian Beck?

Pasaron junto a una niñera que cuidaba de un pequeñín vestido de marinero. No lejos de allí un organillero interpretaba una melodía que les resultaba familiar.

—Apenas lo conozco —informó Hester—, pero me gusta lo poco que sé sobre él.

—Me trae sin cuidado si le gusta o no —le replicó Monk con frialdad—. Sólo me interesa saber si cree que pudo asesinar a Prudence.

—¿Sospecha que ocurrió algo extraño con el paciente que murió aquella noche? Lo dudo. Muchas personas fallecen de forma inesperada. Parece que se están recuperando y, de repente, mueren. De todos modos, ¿cómo podría saber Prudence que Beck había incurrido en alguna negligencia? Si él había cometido un error, ella se lo habría dicho para que intentase solventarlo, y no operó al paciente aquella noche.

—Creo que se trata de algo que no tiene nada que ver con lo que sucedió esa noche. —Monk la tomó del brazo y la apartó con suavidad hacia un lado del sendero para franquear el paso a un hombre que se acercaba a toda prisa.

Si hubiera sido un gesto para protegerla, Hester lo habría aceptado encantada, pero había sido producto de la impaciencia y de la fuerza, como si ella no pudiera hacerlo por sí sola. Se separó de él con brusquedad.

—Prudence conocía algo que Beck le había rogado que no contase a las autoridades, pero ella se negó a obedecerlo —añadió Monk como si no hubiera pasado nada.

—No creo que Prudence actuara así —repuso Hester—. Debía de tratarse de algo muy grave, pues despreciaba a las autoridades. ¡A cualquier persona que conozca de cerca el ejército le ocurre lo mismo! ¿Está seguro de que esa información es correcta?

—Alguien oyó la disputa por casualidad —respondió Monk—. Prudence afirmó que se lo contaría a las autoridades, Beck le rogó que no lo hiciese, y ella se negó en redondo.

—¿Sabe usted de qué se trataba? —insistió Hester.

—No. —Monk la miró con fijeza—. Si lo supiese, abordaría a Beck. Tal vez se lo contaría a Jeavis para que lo arrestase, aunque me temo que Callandra lo desaprobaría. Si no me equivoco, me ha contratado para que demuestre que no fue Beck quien asesinó a Prudence. Le tiene mucha estima.

Hester tuvo ganas de replicarle, pero sabía que no era el momento más adecuado para discutir. Había asuntos mucho más importantes que lo que sentía en esos momentos.

—¿Sospecha que la mató él? —susurró Hester.

Monk evitó su mirada.

—No lo sé, pero no hay muchas otras posibilidades. ¿Riñó Prudence con alguna enfermera? Supongo que si compartía sus ideas sobre las reformas, se granjearía la antipatía de sus compañeras. Tampoco me extrañaría que consiguiera sacar de sus casillas a algunos médicos. A usted le ocurrió algo similar cuando trabajó en aquel hospital.

Hester optó por hacer caso omiso de su decisión de no discutir con Monk.

—Si alguien contradice a un médico, éste le despide de inmediato —repuso con aspereza—. Considero bastante ilógico cometer un asesinato cuando existía una opción tan fácil y poco peligrosa para desembarazarse de ella y hacerla sufrir.

Monk gruñó.

—Sus argumentos son razonables, lo que resulta útil... pero poco atractivo. Me pregunto si Prudence era como usted. ¿Qué sabe de las otras enfermeras? ¿Le tenían inquina?

Aunque fuese ridículo, Hester se sintió ofendida. Era consciente de que a Monk le gustaban las mujeres femeninas, vulnerables y misteriosas. Recordó cuánto le había fascinado Imogen, su cuñada, aunque ésta no era tonta ni débil y se comportaba con gracia y encanto. Hester sabía que ella carecía de esos atributos, por lo que se sintió herida.

—¿Y bien? —inquirió Monk—. Las ha visto trabajar, debe de haber averiguado algo.

—Algunas enfermeras la adoraban —respondió con la cabeza alta y paso decidido—. Otras, por supuesto, la envidiaban. Todo el que triunfa en la vida corre el riesgo de que lo envidien. ¡Usted debería saberlo!

—¿Hasta el punto de odiarla? —Monk había adoptado una postura objetiva, que prescindía de los sentimientos.

—Tal vez —contestó Hester—. Una enfermera muy fuerte y robusta, Dora Parsons, la detestaba de veras. Ignoro si la mató por ese motivo. Parece una posibilidad un tanto extrema... a menos que hubiera ocurrido algo entre ellas.

—¿Podía Prudence lograr que despidieran a Dora si se mostraba incompetente, se emborrachaba... o robaba algo? —Monk la miró esperanzado.

—Supongo que sí. —Hester se recogió los faldones con cuidado al pasar por una zona donde la hierba era más alta—. Prudence solía ayudar a sir Herbert, quien me ha hablado muy bien de ella. Me figuro que si Prudence le hubiera contado algo así, sir Herbert le habría creído. —Dejó caer los faldones—. No sería muy difícil encontrar una sustituta para Dora Parsons. Hay muchas mujeres como ella en Londres.

—Y muy pocas como Prudence Barrymore —declaró Monk—, y supongo que habrá muchas como Dora Parsons en el Royal Free Hospital, por lo que esa hipótesis no es concluyente.

Caminaron en silencio durante unos minutos, sumidos en sus pensamientos. Pasaron junto a un hombre con un perro y dos niños pequeños, uno jugaba con un aro, y el otro buscaba un lugar llano para lanzar una peonza. Una muchacha observó a Monk con admiración y su acompañante se mostró visiblemente enfadado. Al final fue Hester la que rompió el silencio.

—¿Ha averiguado algo?

—¿Qué?

—¿Ha averiguado algo? —repitió ella—. Haría algunas pesquisas durante la semana pasada, ¿no es así? ¿Qué ha descubierto?

Monk sonrió, como si la pregunta le divirtiera.

—Supongo que tiene tanto derecho como yo a saber lo que he averiguado —admitió Monk—. Hablé con el señor Geoffrey Taunton y con la señorita Nanette Cuthbertson. Es una joven mucho más decidida de lo que esperaba y por lo visto tenía poderosas razones para querer deshacerse de Prudence, ya que se interponía entre ella y el amor, la respetabilidad y el prestigio que tanto adora. Le queda poco tiempo... muy poco. —Se detuvieron a la sombra de unos árboles y Monk hundió las manos en los bolsillos—. Tiene veintiocho años, aunque todavía es hermosa. Sospecho que debe de tener miedo... el suficiente para actuar de manera violenta. Si lograse averiguar cómo lo hizo… —añadió en tono reflexivo—. No es tan alta ni fuerte como Prudence y, aunque ésta tuviera otras preocupaciones, estoy seguro de que no era tan insensible como para no percatarse de los sentimientos de Nanette.

Hester deseaba decirle que veintiocho años no eran tantos... que por supuesto todavía era hermosa y que podría seguir siéndolo durante los siguientes veinte años... o incluso más. Sin embargo se le formó un ridículo nudo en la garganta que le impidió articular palabra. Daba igual si veintiocho años eran muchos... o si él consideraba que eran muchos. No conseguiría convencerlo de lo contrario.

—¿Hester? —dijo Monk con el entrecejo fruncido.

Ella comenzó a caminar de nuevo.

—Tal vez fuera ella —conjeturó—. Quizás apreciara a las personas por su valía... el sentido del humor, la valentía, la integridad, la inteligencia, la compasión, el compañerismo, la creatividad, el honor o cualquiera de las virtudes que no desaparecen repentinamente el día en que se cumplen treinta años.

—¡Por el amor de Dios, no sea tonta! —le exclamó Monk—. No estamos hablando de la valía de las personas, si no de que Nanette Cuthbertson estaba enamorada de Geoffrey Taunton, quería casarse y formar una familia. Eso nada tiene que ver con la inteligencia, la valentía o el sentido del humor. ¿Qué le sucede? ¡No ande tan deprisa o tropezará! Nanette desea tener hijos... no una aureola.

Es una mujer corriente. Pensé que tal vez Prudence se hubiera dado cuenta de eso, pero al oírla a usted he comprendido que tal vez no fuera así. Usted no se ha dado cuenta.

Hester abrió la boca, pero no se le ocurría nada razonable que decir.

Permanecieron unos minutos en silencio. Monk golpeaba de tanto en tanto las piedras que encontraba en el sendero.

—¿Es eso todo cuanto sabe? —preguntó Hester por fin.

—¿Cómo?

—¿Sólo ha averiguado que Nanette tenía buenas razones para asesinar a Prudence pero carecía de los medios para hacerlo?

—Por supuesto que no. —Golpeó otra piedra—. He investigado el pasado de Prudence, sus aptitudes como enfermera, el archivo sobre sus actividades durante la guerra, todo cuanto he podido. Muy interesante y admirable, pero no hay nada que sugiera que existiera un móvil específico para asesinarla... ni nadie que deseara hacerlo. El hecho de que no disponga de autoridad alguna dificulta mi trabajo.

—¿Y quién tiene la culpa de eso? —replicó Hester con dureza. Enseguida se arrepintió, pero no pensaba disculparse.

Caminaron en total silencio hasta que regresaron a Doughty Street. Hester explicó a Monk que apenas había dormido y que tendría que pasar de nuevo la noche con el señor Prendergast, por lo que se excusó. Se despidieron con frialdad y Hester regresó al hospital sin saber adónde se dirigía Monk.

7

Todo cuanto Monk había averiguado sobre Prudence Barrymore indicaba que era una persona apasionada, inteligente y cuya vocación principal era cuidar de los enfermos. Aunque causaba admiración, resultaba difícil conocerla como amiga o como miembro de una familia. Nadie había mencionado si tenía sentido del humor, cualidad que en ocasiones era lo que salvaba a Hester. No, eso no era del todo cierto; él jamás olvidaría su valentía ni férrea voluntad para luchar junto a él, incluso cuando parecía que todo esfuerzo sería inútil. Sin embargo, a veces se mostraba tan huraña que su compañía resultaba insoportable.

Monk caminaba bajo un cielo gris. En cualquier momento se desencadenaría una tormenta de verano; los transeúntes se empaparían, las actividades de la calle principal se verían interrumpidas, los excrementos de los caballos serían arrastrados hasta la cuneta y el agua formaría enormes charcos en el asfalto. El viento parecía pesado y húmedo.

Monk se encontraba en Gray's Inn Road y se dirigía hacia el hospital con la intención de hablar con Evan para descubrir más detalles sobre la personalidad de Prudence Barrymore, si es que el sargento estaba dispuesto a compartir la información que poseía. Tal vez Evan no quisiera decirle nada. Monk detestaba tener que preguntarle. Si estuviera en el lugar de Jeavis, no contaría nada a nadie y, si un subalterno lo hiciese, lo regañaría con severidad.

Por otro lado, consideraba que Jeavis no estaba capacitado para resolver el caso, aunque era una opinión que carecía de fundamento. Monk era consciente de los logros que había obtenido tras el accidente y sabía que había necesitado de la ayuda de otras personas, sobre todo de Hester, para resolver los casos. Con relación a los que había investigado antes del accidente, sólo podía fiarse de las fichas y archivos policiales; los documentos demostraban que había actuado con gran maestría, además de transmitir su enojo ante las injusticias, la irritación que le provocaban las personas tímidas o dubitativas y la escasa confianza que le merecían los demás. Sin embargo, puesto que él mismo había escrito los informes, ¿hasta qué punto eran fidedignos?

¿Qué había recordado en el tren mientras regresaba de Little Ealing? Él y Runcorn habían trabajado juntos en un caso hacía ya algún tiempo, cuando Monk acababa de incorporarse al cuerpo de policía. Había intentado recordar algo más sobre el asunto, pero había sido inútil; tan sólo lograba evocar una fuerte sensación de ira que era como un coraza contra... ¿contra qué?

Había comenzado a llover, y las grandes y cálidas gotas caían cada vez más deprisa. A lo lejos se oyó, incluso por encima del ruido de las ruedas, el estruendo de un trueno. Un hombre pasó corriendo a su lado mientras trataba de abrir un paraguas negro. Un vendedor introdujo los periódicos en una cartera de lona sin dejar de vocear. Monk se subió el cuello del abrigo y continuó caminando.

¡Eso era! ¡La prensa! Su ira lo había protegido de aquellos que exigían que lo arrestaran y de la presión de sus superiores. No le preocupaba lo que pensaran o sintieran los demás, sino la abrumadora emoción que le provocaba el crimen, pero ¿de qué crimen se trataba? Se esforzó por recordarlo, pero fue en vano.

Era frustrante. La sensación le resultaba familiar. Ya entonces había experimentado una intensa frustración. A pesar de su aparente enojo, en el fondo se sentía impotente. Todas las posibles opciones le llevaban a un callejón sin salida. Conocía bien el proceso: primero se sentía esperanzado y eufórico, luego decepcionado y deprimido por el fracaso. En parte había dirigido su ira hacia Runcorn, ya que era demasiado timorato y se preocupaba en exceso por la sensibilidad de los testigos. Monk hubiera deseado presionarlos mucho más, no por crueldad sino porque ocultaban sus insignificantes secretos cuando una tragedia de mayor envergadura se cernía sobre ellos de forma amenazadora.

¿Cuál era la tragedia? Sólo recordaba una sensación de oscuridad, un peso que le oprimía y la rabia.

Llovía con fuerza, por lo que tenía los pantalones y la espalda mojados, y los tobillos, helados. Comenzó a tiritar y aceleró el paso. El agua había empezado a subir de nivel en la cuneta y se filtraba por las alcantarillas.

Monk necesitaba averiguar la verdad. Necesitaba comprenderse a sí mismo, conocer al hombre que había sido durante esos años y saber si la cólera estaba justificada o si tan sólo se trataba de una excusa que su personalidad irascible se había inventado... una excusa deshonesta tanto desde el punto de vista emocional como intelectual. Eso era algo que Monk despreciaba sobremanera.

Tampoco tenía excusa alguna para mostrarse egoísta y no dedicarse a la tarea que Callandra le había encomendado. Ignoraba quién había asesinado a Prudence Barrymore, así como el porqué. Existían demasiadas posibilidades. El móvil podía haber sido el odio, la frustración o el rechazo, como el que debía de haber sentido Geoffrey Taunton, o tal vez una mezcla de miedo y celos que afectaría a Nanette Cuthbertson al ver que el tiempo pasaba y Geoffrey todavía esperaba a Prudence, quien ni lo aceptaba ni le dejaba el camino libre.

Tal vez se tratara de otro pretendiente, un médico o un miembro del consejo rector. Quizás el motivo fuese una disputa, un ataque de celos o el chantaje del que, según Evan, Jeavis creía que Kristian Beck había sido víctima.

O si Prudence Barrymore era tan intransigente y autoritaria como habían sugerido, quizá la hubiera matado una enfermera que no la soportase y hubiese perdido los estribos. Tal vez un comentario sarcástico o una crítica había sido la gota que había colmado el vaso.

Monk estaba a escasos metros del hospital.

Recorrió a la carrera el último tramo y subió por los escalones de dos en dos para refugiarse de la lluvia, se detuvo en la entrada mientras las gotas de agua caían al suelo y formaban pequeños charcos. Se bajó el cuello del abrigo, se alisó las solapas y se alisó el cabello con las manos. Deseaba hablar con Evan a solas, pero no podía esperar a que se le presentara la ocasión. Debería buscarlo y confiar en que no estuviera con Jeavis. Echó a andar, calado hasta los huesos.

No tuvo suerte. Pensaba decir que deseaba ver a Callandra si alguien le preguntaba qué hacía allí. Mientras andaba por el pasillo, estuvo a punto de tropezar con Jeavis y Evan, que se encontraban junto al conducto de la lavandería.

El inspector levantó la mirada con sorpresa y al ver el traje de Monk lo confundió con un miembro del consejo rector. Enseguida lo reconoció y se mostró receloso.

—Hola... ¿qué hace usted por aquí, Monk? —Jeavis esbozó una sonrisa—. No parece enfermo. —Observó su abrigo mojado y el rastro de pisadas húmedas.

Monk vaciló y por un instante pensó en mentirle, pero la idea de justificarse ante Jeavis le resultaba intolerable.

—Supongo que ya sabrá que lady Callandra Daviot me ha contratado. ¿Es éste el conducto que da a la lavandería?

Evan parecía incómodo. Monk estaba traicionando su fidelidad, y lo sabía. Jeavis adoptó una expresión severa y se puso a la defensiva. Tal vez fuera una actitud un tanto torpe, pero no podía evitarlo.

—Naturalmente —respondió el inspector con frialdad. Enarcó las cejas—. ¿Es la primera vez que lo ve? Un poco tarde para tratarse de usted, Monk.

—No creo que el conducto me ayude a resolver el caso —replicó Monk—. Si así fuera, usted ya habría arrestado a alguien.

—Si hubiese encontrado alguna prueba, ya lo habría hecho —repuso Jeavis—, pero supongo que eso no habría impedido que usted rondara por aquí.

—Ni que a usted le molestara —añadió Monk.

Jeavis le clavó la mirada.

—Tal vez. Puede escudriñar por el conducto cuando lo desee. Sólo verá un cesto para la ropa sucia en la parte de abajo. Arriba hay un pasillo con algunas lámparas y media docena de puertas, pero ninguna en este tramo, excepto las del consultorio del doctor Beck y el despacho del tesorero. Haga las conjeturas que se le ocurran al respecto.

Monk observó el interior del conducto. La única conclusión a la que llegó fue que, si hubieran estrangulado a Prudence allí y ella hubiera gritado, cualquiera que se encontrase en el consultorio de Beck o en el despacho del tesorero la habría oído. Las otras puertas estaban demasiado lejos. Por otro lado, si la habían asesinado en alguna sala, tendrían que haberla llevado por el pasillo, lo que implicaba cierto riesgo. Los corredores del hospital nunca estaban vacíos, tal y como podría suceder en los de la casa de un particular. Sin embargo, no pensaba comentárselo a Jeavis.

—Interesante, ¿no es cierto? —dijo Jeavis secamente, y Monk supo que había pensado lo mismo que él—. Tengo la desagradable sensación de que fue el bueno del doctor Beck, ¿no cree?

—O el tesorero —aventuró Monk—, o alguien que actuó sin premeditación y con tanta rapidez que Prudence no pudo reaccionar para pedir ayuda.

Jeavis hizo una mueca y sonrió.

—Creo que se hubiera defendido —declaró mientras negaba con la cabeza—. Era alta y robusta. Lo cierto es que otras enfermeras de aquí son fuertes como un toro. —Miró a Monk con expresión divertida y desafiante a un tiempo—. Por lo que he oído, tenía una lengua tan afilada como el bisturí de un cirujano y reprendía a sus compañeras si consideraba que no cumplían con su deber.

—Realizaba su trabajo a la perfección, por lo que sus comentarios estaban más que justificados —repuso Monk con expresión reflexiva—. De lo contrario, la habrían despedido, ¿no cree? —Evitó la mirada de Evan.

—Oh, sí —admitió Jeavis sin dudar—. Por lo visto era muy buena. Si no hubiera sido así, nadie la habría soportado, al menos los que le tenían antipatía. Para ser justos, no todos la despreciaban. Algunas enfermeras incluso la admiraban como si fuera una heroína, y sir Herbert habla muy bien de ella.

Una enfermera con una pila de sábanas limpias se aproximaba y se hicieron a un lado para que pasara.

—¿Qué opina de Beck? —preguntó Monk una vez que la mujer se hubo alejado.

—Oh, Beck. Si la asesinó, dudo que nos diga que no la soportaba.

—¿Qué dicen los demás?

—Señor Monk, no deseo privarle de su sustento haciéndole su trabajo —manifestó Jeavis, que clavó la mirada en los ojos de Monk—. Si lo hiciera, ¿cree que lady Callandra le pagaría? —Sonrió, miró a Evan y echó a andar.

Evan observó a Monk y se encogió de hombros antes de seguir al inspector, que se había detenido unos metros más allá y lo esperaba.

Monk ya no tenía nada que hacer en el hospital. Carecía de la autoridad para interrogar y se resistía a la tentación de buscar a Hester. Cualquier asociación innecesaria con él podría reducir las posibilidades de que planteara preguntas sin levantar sospechas.

Ya había memorizado la distribución interior del hospital. No podía averiguar nada más allí.

Se disponía a marcharse, irritado y enfurecido, cuando vio a Callandra en el vestíbulo. Parecía cansada e iba más despeinada de lo normal. Su habitual expresión de tranquilidad había desaparecido, por lo que dedujo que algo la inquietaba.

Callandra vio a Monk cuando sólo estaba a unos metros de él. Entonces cambió de expresión, y él se percató de que le había costado un tremendo esfuerzo.

¿Era acaso la muerte de una enfermera tan destacada como Prudence Barrymore lo que la afectaba tanto? ¿O era porque había ocurrido poco después de la tragedia de Julia Penrose y su hermana? Una vez más, se sintió impotente; la admiraba y le estaba muy agradecido, pero era incapaz de aliviar su dolor. Tenía la impresión de que se repetía el pasado, cuando su mentor lo ayudó la primera vez que llegó a Londres, luego la tragedia se cernió sobre éste y Monk se incorporó al cuerpo de policía. Ahora, como entonces, no podía hacer nada. Se trataba de otro sentimiento del pasado que resurgía con fuerza en el presente.

—Hola, William. —Callandra lo saludó con educación, aunque su voz no traslucía emoción alguna—. ¿Me estaba buscando? —preguntó con inquietud, como si temiese la respuesta.

Monk deseaba consolarla, pero sabía que fuera lo que fuese lo que tanto le preocupaba era de carácter personal y ella se lo contaría de forma espontánea si así lo decidía. Lo único que podía hacer era fingir que no se había dado cuenta de nada.

—En realidad yo quería hablar con Evan a solas —respondió ella con expresión triste—, pero topé con Jeavis. Ya me iba. ¡Ojalá supiese más cosas acerca de Prudence Barrymore! Me han contado infinidad de detalles sobre su personalidad y, sin embargo, tengo la sensación de que me falta algo esencial. Hester la recuerda, ya sabe...

Las facciones de Callandra se endurecieron.

Un médico en prácticas, que parecía atribulado, pasó junto a ellos.

—Visité a la señorita Nightingale —añadió Monk—. Habló muy bien de Prudence y de Hester.

Callandra esbozó una sonrisa lánguida.

—¿Ha averiguado algo nuevo?

—Nada que revele por qué la asesinaron. No cabe duda de que era una enfermera excelente. Su padre no exageró al hablar de sus aptitudes y su entrega a la medicina, pero me pregunto... —Se interrumpió de pronto. Tal vez sus sospechas fueran injustas e hirieran a Callandra.

—¿Qué se pregunta? —Callandra no podía dejarlo pasar. Se le ensombreció el semblante, y el cansancio y la preocupación se hicieron más visibles.

Monk ignoraba qué la inquietaba de modo que no podía elegir las palabras más apropiadas para evitar hacerle daño.

—Me pregunto si sabía tanto como creía saber. Tal vez interpretara mal o juzgara de manera errónea algo...

A Callandra le brillaron los ojos.

—Podría ser —dijo despacio—, aunque me cuesta aceptar que guardara alguna relación con el asesinato. Investigue al respecto, William. Parece que eso es todo cuanto tenemos. Le ruego que me mantenga informada.

Saludaron al capellán, que pasó a su lado murmurando para sí.

—Descuide —aseguró Monk.

Acto seguido se despidió de Callandra, cruzó el vestíbulo y salió a la calle. Había dejado de llover y los rayos del sol brillaban sobre la acera y la calzada. Se respiraba una mezcla de olores, la mayoría pesados y no muy agradables: los excrementos de caballos o las alcantarillas que se habían desbordado. La basura arrastrada por el agua se arremolinaba en la cuneta. Los caballos pasaban haciendo ruido con los cascos, y las ruedas de los vehículos salpicaban a los viandantes.

¿Cómo podría descubrir la verdadera personalidad de Prudence? En el hospital nadie le hablaría de ella de forma imparcial, y tampoco su familia o Geoffrey Taunton. Florence Nightingale ya le había contado todo cuanto sabía, y no existía ningún cuerpo u organismo que evaluase la competencia de las enfermeras.

Podría entrevistarse con algún cirujano del ejército que la hubiese conocido y cuya opinión resultase relevante. Sin embargo, los cirujanos debían de haber estado siempre muy cansados, ocupados y abrumados por el ingente número de enfermos y heridos; ¿acaso recordarían con certeza a una enfermera en concreto y sus aptitudes? ¿Disponían de tiempo para realizar las operaciones con calma o se veían obligados a amputar, cauterizar, suturar, entablillar y rezar?

Monk caminaba sobre el pavimento, ya casi seco, sin mirar a los transeúntes y sin rumbo fijo.

¿Había decidido Prudence ampliar sus conocimientos tras la guerra de Crimea? ¿Cómo lo habría hecho? Las facultades de medicina no aceptaban mujeres; sería inconcebible. ¿Existían escuelas privadas? ¿Qué podría aprender sin la ayuda de un profesor?

Un vago recuerdo de su juventud acudió a su mente. La primera vez que había llegado a Londres desde Northumberland, desesperado por mejorar su situación personal, dispuesto a aprender todo cuanto pudiera y a prepararse para enfrentarse a un mundo receloso e impaciente, había acudido a la sala de lectura del Museo Británico.

Dio media vuelta al instante, recorrió los veinte metros que lo separaban de Guildford Street, aceleró el paso a la altura del Foundling Hospital para dirigirse a Russell Square, luego a Montague Street y por fin al Museo Británico. Entró y se dirigió a la sala de lectura. Prudence habría encontrado allí todos los libros y documentos que necesitaba si en verdad estaba tan deseosa de aprender como su padre había asegurado.

Se dispuso a hablar con el bibliotecario con un entusiasmo que resultaba desproporcionado con la importancia de sus pesquisas.

—Perdón, señor, ¿podría ayudarme un momento?

—Buenas tardes, señor. Naturalmente. —El hombre esbozó una sonrisa cortés. Era de baja estatura y tez oscura—. ¿En qué puedo servirle? Si desea encontrar algo... —Su mirada recorrió con manifiesta admiración la vasta colección de libros. Todo el conocimiento del mundo se hallaba allí, y ese milagro todavía le asombraba; Monk lo advirtió en sus ojos.

—Vengo en nombre de los amigos y familiares de una joven que, según tengo entendido, solía estudiar aquí —explicó Monk.

—¡Dios mío! —Al hombre se le ensombreció el semblante—. ¡Dios mío! Habla usted como si estuviera muerta, señor.

—Me temo que lo está. Como suele ocurrir, las personas que lloran su muerte desean saber todo cuanto puedan acerca de ella. Es lo único que les queda.

—Por supuesto. Sí, por supuesto. —El hombre asintió varias veces con la cabeza—. Comprendo, pero quienes acuden aquí no siempre dejan su nombre, sobre todo si vienen para consultar periódicos o revistas... o la clase de cosas que las muchachas suelen buscar... me temo.

—La joven era alta, educada y, probablemente, llevaba trajes sencillos, tal vez de color azul o gris y puede que con miriñaque.

—Ah. —Al hombre se le iluminó el rostro—. Creo recordar a la joven de la que me habla. ¿No sería, por casualidad, una que estudiaba libros y documentos sobre medicina? Debo admitir que era una persona excepcional, y muy seria. Siempre se mostraba afable, excepto con los que la interrumpían de forma innecesaria y no daban importancia a sus estudios. —Asintió con rapidez—. Recuerdo que trató con suma brusquedad a un joven caballero que no cesaba de distraerla.

—Sí, debía de ser ella. —Monk se sentía exultante—. ¿Ha dicho que leía libros de medicina?

—Oh, sí, era una muchacha muy diligente y aplicada. —Observó a Monk—. Esas cualidades, en una mujer, siempre imponen... no sé si me entiende. Supuse, quizás erróneamente, que algún familiar padecía una enfermedad y deseaba documentarse al respecto. —Una expresión de pesar apareció en su rostro—. Ahora comprendo que me equivocaba y era ella quien estaba enferma. Lo siento de veras. A pesar de su seriedad, había comenzado a apreciarla —añadió con un tono que sonaba a disculpa—. Tenía algo que... oh, ¡vaya! Lo siento de veras. ¿En qué puedo ayudarle, señor? En estos momentos me temo que no sabría decirle qué libros leía, pero podría consultarlo. Eran temas muy generales...

—No... no se moleste, gracias —Monk ya había averiguado lo que le interesaba—. Ha sido usted muy amable. Gracias, señor, por su cortesía. Que tenga un buen día.

—Que tenga un buen día, señor... ejem.

Monk se marchó sin saber más de lo que sabía antes de entrar en la sala de lectura y con una sensación de triunfo que carecía de fundamento.

Hester también se había percatado de que a Callandra le inquietaba algo, pero su intuición femenina y una mayor sensibilidad le permitían adivinar el motivo de su aflicción. Sólo podía tratarse de algo personal. ¿Acaso temía por sí misma? Jeavis jamás sospecharía que ella hubiera asesinado a Prudence, ya que no existía nada que la impulsara a hacerlo, y Monk no había ocultado que había sido Callandra quien le había contratado para que ampliara las investigaciones.

Quizá supiese, o creyese saber, quién era el asesino y temiese por su propia vida. Parecía poco probable. Si supiese algo, se lo habría dicho a Monk de inmediato y habría tomado las medidas necesarias para protegerse.

Hester estaba sopesando hipótesis poco satisfactorias cuando le avisaron que tenía que ayudar a Kristian Beck. El señor Prendergast se había recuperado del todo y su presencia ya no era necesaria durante la noche. Estaba agotada por la falta de sueño y la incertidumbre que le provocaba el no saber cuándo podría descansar con normalidad.

Kristian Beck no habló, pero ella dedujo por su expresión que sabía cuán rendida estaba. El doctor se limitaba a esbozar una sonrisa cada vez que Hester vacilaba durante la operación, y no dijo nada cuando se le cayó un instrumento al suelo y tuvo que agacharse para recogerlo y limpiarlo antes de entregárselo.

Cuando hubieron acabado, Hester se sentía tan avergonzada por su ineptitud que deseaba marcharse, pero no podía desperdiciar la oportunidad de observar al doctor Beck de cerca. También daba muestras de cansancio y era demasiado inteligente para no advertir que Jeavis sospechaba de él. Es en momentos como ésos cuando las personas suelen flaquear y ponerse en evidencia: no consiguen ocultar sus verdaderos sentimientos y carecen de la fuerza necesaria para meditar sus palabras.

—No creo que sobreviva —le susurró Kristian mientras miraba al paciente—, pero hemos hecho todo cuanto estaba en nuestra mano.

—¿Desea que me quede con él? —preguntó ella movida por su sentido del deber, aunque temía la respuesta.

Sin embargo, no tenía por qué preocuparse. Kristian esbozó una sonrisa amable.

—No —respondió—; la señora Flaherty enviará a alguien. Usted debe descansar.

—Pero...

—Ha de hacerlo, señorita Latterly. —Meneó la cabeza imperceptiblemente—. De lo contrario acabará tan exhausta que no estará en condiciones de ayudar a nadie. Durante la guerra de Crimea sin duda habrá aprendido que, para ocuparse de los demás, primero hay que conservar las propias fuerzas, porque si uno agota sus energías la capacidad para razonar se ve gravemente afectada. —No apartó la vista de Hester—. Los enfermos merecen que usted les dé lo mejor de sí. La habilidad y la compasión no bastan; también hace falta sabiduría.

—Tiene usted razón —reconoció Hester—. Me temo que había perdido el sentido de la mesura.

Kristian la miró con expresión divertida.

—No me extraña. Venga conmigo. —Se dirigió hacia la puerta del quirófano y la mantuvo abierta para que Hester la cruzara. Caminaban en silencio por el pasillo cuando estuvieron a punto de tropezar con Callandra, que salía de una sala.

Callandra se detuvo y se sonrojó. No existía motivo que justificara su nerviosismo. Hester se disponía a hablar y enseguida se percató de que Callandra sólo miraba a Kristian; apenas había reparado en su presencia.

—Oh... buenos días... doctor —saludó Callandra al tiempo que se esforzaba por recuperar la calma.

Kristian estaba un tanto perplejo.

—Buenos días, lady Callandra —le susurró Kristian. Pronunció las palabras con gran claridad, como si le gustase decir su nombre. Frunció el entrecejo—. ¿Va todo bien?

—Oh, sí —contestó Callandra, que pronto advirtió cuán ridícula resultaba la situación. Sonrió, y Hester se dio cuenta del esfuerzo que le había supuesto—. Tan bien como cabe esperar con la policía por todos lados. Al parecer no han aclarado nada.

—Dudo que nos lo dijeran en caso contrario —observó Kristian con expresión triste. A continuación esbozó una sonrisa burlona—. ¡Estoy convencido de que sospechan de mí! El inspector Jeavis no hace más que interrogarme e insistir sobre la discusión que mantuve con la pobre enfermera Barrymore. Por fin he recordado que se trataba de un error que en su opinión había cometido uno de los médicos en prácticas y que yo pasé por alto. Me pregunto quién oiría la conversación. —Meneó la cabeza—. Nunca me había preocupado lo que los demás pensasen de mí, pero confieso que ahora empieza a obsesionarme.

Callandra, sonrojada, eludía su mirada.

—No debe permitir que su vida se guíe por el miedo a lo que los demás piensen de usted —dijo—. Si hace lo que juzga correcto... que opinen lo que quieran. —Respiró hondo.

Tanto Hester como Kristian esperaban que continuase hablando, pero no lo hizo. Parecía un comentario demasiado escueto y manido para provenir de Callandra.

—¿Acaso... —añadió por fin mientras miraba fijamente a Kristian— acaso le molesta Jeavis? —Callandra observaba con sumo detenimiento la expresión de su rostro.

—No me gusta que sospechen de mí —respondió con franqueza—, pero sé que se limita a hacer su trabajo. Ojalá supiese lo que le sucedió en realidad a la pobre enfermera Barrymore, pero por mucho que lo piense no se me ocurre nada.

—Existen muchas posibilidades —repuso Callandra con una vehemencia repentina—; un pretendiente al que hubiera rechazado, una mujer celosa, una enfermera envidiosa, un paciente loco o iracundo... muchas personas.

—Espero que Jeavis también haya sopesado esas posibilidades. —Kristian hizo una mueca sin apartar la vista de Callandra—. Confío en que las investigue con la misma diligencia con que me interroga a mí. ¿Desea decirme algo? ¿O acaso nos hemos encontrado por casualidad?

—Sí... nos hemos encontrado por casualidad —contestó Callandra—. Iba... a ver al capellán.

Kristian se inclinó con cortesía y se excusó. Callandra lo observó hasta que dobló la esquina y se volvió hacia Hester.

—¿Cómo se encuentra, querida? —preguntó con amabilidad—. La noto muy cansada. —Ella también parecía agotada. Estaba pálida y más despeinada que nunca, como si se hubiera mesado el cabello distraídamente.

Hester se olvidó por completo de su propio estado de ánimo. Era evidente que algo inquietaba a Callandra, y deseaba ayudarla. No estaba segura de si debía preguntarle de qué se trataba. Tenía la sensación de que era algo muy personal.

Hester adoptó una expresión despreocupada.

—Estoy rendida —admitió. No valía la pena mentir; además parecería que se daba aires de superioridad—. Por fortuna el trabajo es más que gratificante. Sir Herbert es un cirujano excelente. No sólo es hábil, sino también valiente.

—No cabe duda —reconoció Callandra con cierto entusiasmo—. He oído decir que tal vez lo contrate la Casa Real.

—No me extraña que se muestre tan satisfecho consigo mismo —opinó Hester—. Es evidente que se merece ese gran honor.

—Por supuesto. —El semblante de Callandra se ensombreció de pronto—. Hester, ¿ha visto a William últimamente? ¿Sabe qué hace o si ha averiguado algo... importante? —Su voz reflejaba cierta inquietud.

—Hace un par de días que no lo veo —contestó Hester, que no sabía qué hacer para confortar a su amiga. ¿Qué la angustiaba? Era una mujer de una gran sensibilidad, empatía y fuerza, que además se mostraba siempre serena y segura de sí. Sin embargo, su paz interior había desaparecido. Lo que quiera que la perturbara le había afectado sobremanera.

Hester estaba convencida de que guardaba relación con Kristian Beck. ¿Acaso había oído los rumores sobre su discusión con Prudence y temía que fuese culpable? De ser así, ¿por qué habría de sentirse más compungida que los demás? ¿Por qué tendría que preocuparle de semejante forma?

La respuesta era evidente. Sólo existía una posibilidad. Recordó una amarga noche durante el sitio de Sebastopol. La nieve, que había caído con intensidad, cubría las colinas, amortiguaba los ruidos y originaba un frío cortante. El viento atravesaba las finas mantas con que se tapaban los soldados. Todos tenían hambre. Incluso ahora Hester no podía evitar pensar en los caballos.

Creía que se había enamorado de un cirujano... aunque, ¿cuál era la diferencia entre estar enamorado y creer estarlo? Los sentimientos son siempre los mismos, al margen de lo que duren... como el dolor. Si uno considera que lastima a alguien, se siente como si en verdad lo hiciera.

Fue esa noche cuando descubrió que el cirujano había tenido tanto miedo en el campo de batalla que había dejado que algunos heridos pereciesen. Al cabo de los años, durante los cuales no había sentido otra cosa que compasión por él, Hester aún recordaba el dolor que le había producido aquel hecho.

Callandra estaba enamorada de Kristian Beck, no cabía duda. Hester se preguntó por qué había tardado tanto en darse cuenta. Y a su amiga le aterraba pensar que fuera culpable. ¿Se basaba en las sospechas de Jeavis? ¿O acaso había averiguado algo más por su cuenta?

Observó el rostro de Callandra y dedujo que no le diría nada. En su lugar, ella no se lo contaría a nadie. Preferiría creer que debía de existir algún motivo, alguna explicación que aclarase todo. Recordó el asesinato de Joscelin Grey, así como la incertidumbre y el dolor que había provocado, y tuvo la certeza de que ella actuaría como Callandra.

—Será mejor que lo busque y le cuente lo que he averiguado —dijo Hester—, aunque sea muy poco.

—Sí... sí, claro —afirmó Callandra—. No la retendré más. Le aconsejo que duerma, querida. Las personas tienen que descansar o, de lo contrario, carecen de las fuerzas suficientes para ayudar.

Hester esbozó una sonrisa y se despidió.

Antes de encontrarse de nuevo con Monk, Hester deseaba observar el pasillo cercano al conducto de la lavandería a eso de las siete de la mañana, hora a la que, aproximadamente, habían asesinado a Prudence. Se levantó a las seis y media y a las siete estaba sola junto al conducto. Había amanecido hacía unas tres horas, pero aquel tramo del corredor permanecía oscuro porque no había ventanas y en esa época del año no se encendían las lámparas de gas.

Esperó apoyada contra la pared. Al cabo de unos treinta y cinco minutos, un ayudante pasó a su lado cargado con un paquete de vendas. Parecía cansado, y Hester pensó que no la había visto y que, si la había visto, no sería capaz de describirla.

Apareció una enfermera que se encaminaba en la dirección contraria. Profirió un juramento. No miró a Hester. Probablemente estuviera agotada, hambrienta y desesperanzada ante un futuro que tal vez le deparara una interminable sucesión de días y noches idénticos.

Transcurrió otro cuarto de hora y, como no pasaba nadie, Hester se disponía a marcharse. Había averiguado todo cuanto deseaba. Tal vez Monk ya lo supiese, pero sin duda lo habría averiguado por otros medios. Hester lo había descubierto sola. Cualquier persona habría tenido tiempo de sobras para asesinar a Prudence e introducir su cadáver en el conducto de la lavandería sin que nadie la viese o reconociese.

Dio media vuelta, comenzó a bajar por las escaleras... y a punto estuvo de tropezar con la corpulenta Dora Parsons, que estaba de pie y con los brazos cruzados.

—Oh. —Hester se detuvo al instante y un escalofrío le recorrió el cuerpo.

Dora la agarró con fuerza. Era inútil revolverse.

—¿Puede saberse qué estabas haciendo junto al conducto de la lavandería, señorita? —susurró Dora.

A Hester no se le ocurrió ninguna respuesta. Lo más lógico habría sido mentir, pero Dora la observaba atentamente y no parecía dispuesta a tragarse cualquier patraña... de hecho, había adoptado una expresión de complicidad.

—Yo... —balbució Hester presa del pánico. No había nadie cerca. La caja de la escalera estaba a apenas unos metros. Bastaba con que Dora la levantase con sus fornidos brazos y la lanzase por el hueco para que se desplomase en el suelo de piedra de la lavandería, unos seis metros más abajo. ¿Era eso lo que le había ocurrido a Prudence? ¿Unos minutos de mudo terror seguidos de la muerte? ¿Acaso podía tratarse de algo tan simple... una enorme, fea e impasible enfermera que odiaba a las mujeres que representaban una amenaza para su medio de sustento por culpa de sus nuevas ideas y valores?

—¿Y bien? —preguntó Dora—. ¿Es que no puedes hablar? Ya no eres tan listilla, ¿eh? —Zarandeó a Hester con brusquedad—. ¿Qué estabas haciendo? ¿Qué esperabas?

Ninguna mentira resultaría creíble. De todos modos, si decía la verdad también podría morir, si es que acaso iba a morir. Pensó que debía gritar, pero temía que Dora se asustase y la matara de inmediato.

—Estaba... —Hester tenía la boca tan seca que hubo

de tragar saliva—. Estaba... comprobando cuántas personas... pasan por el pasillo a esta hora de la mañana. —Volvió a tragar saliva. Dora le apretaba los brazos con tanta fuerza que le saldrían cardenales al día siguiente... si es que había un mañana.

Dora acercó su rostro y Hester distinguió los poros de su piel y las cortas pestañas negras.

—Claro que sí —masculló Dora—. ¡Que no haya estudiado no quiere decir que sea tonta! ¿A quién has visto? ¿Y qué te importa a ti eso? No trabajabas aquí cuando esa cerda murió. ¿Qué tiene que ver contigo? Es eso lo que quiero saber. —La observó de arriba abajo—. ¿Tienes algún motivo, metomentodo?

Hester estaba convencida de que Dora no se conformaría si le decía que había sido por pura curiosidad. Un motivo resultaría más creíble.

—Un... motivo —repitió Hester con dificultad.

—Sí. ¿De qué se trata?

Estaban a menos de un metro del pasamanos y del hueco de la escalera. Un rápido movimiento, y Hester moriría.

¿Qué excusa encontraría Dora razonable? ¿Qué le podría decir para que no la odiase? En ese momento la verdad era irrelevante.

—Yo... yo quería asegurarme de que no culpasen al doctor Beck porque es extranjero —explicó Hester casi sin aliento.

—¿Por qué? —Dora entornó los ojos—. Si lo acusan, ¿a ti qué te importa? Hace poco que trabajas en el hospital. ¿Qué más te da si lo ahorcan?

—Ya lo conocía. —A Hester le parecía una buena mentira.

—¿De veras? ¿Y cuándo lo conociste? ¡No trabajó contigo durante la guerra! ¡Estaba aquí!

—Ya lo sé —replicó Hester—. La guerra sólo duró dos años.

—¿Te gusta, no? —Dora aflojó un poco la presión de las manos—. No te conviene. Está casado con una fulana con cara de rana muerta y un cuerpo todavía más asqueroso. De todas formas, ése es tu problema, no el mío. Apuesto a que no eres la primera mujer que se interesa por el hombre equivocado. —Entrecerró los ojos y adoptó una expresión un poco más amable—. Será mejor que no te metas en líos. —Aflojó aún más la presión de las manos—. ¿Qué has descubierto?

Hester respiró hondo.

—Que pasan muy pocas personas y que las que lo hacen no se fijan en lo que hay alrededor; además, estoy segura de que no reconocerían a nadie si lo viesen en las sombras. Hay tiempo más que suficiente para matar a alguien y arrojarlo por el conducto.

Dora sonrió, descubriendo varios dientes ennegrecidos.

—Estás en lo cierto. ¡Así que ándate con ojo, o podrías acabar igual! —Sin añadir nada más, soltó a Hester, la empujó a un lado y se alejó.

A Hester le temblaban tanto las rodillas que se le doblaron hasta tocar el frío y duro suelo. Estaba de espaldas a la pared y pensó que su postura le parecería ridícula a cualquiera. Luego se le ocurrió que, si la viesen, pensarían que estaba borracha. Permaneció arrodillada varios minutos antes de agarrarse al pasamanos para levantarse y dirigirse de nuevo hacia el pasillo.

Monk se mostró muy enfadado cuando Hester le contó lo que le había sucedido. Estaba pálido, con los ojos entornados y los labios apretados.

—¡Es usted una necia —exclamó—, y tiene menos cerebro que un mosquito! Callandra me comentó que la notaba cansada, pero olvidó añadir que había perdido el poco juicio que le quedaba. —Le lanzó una mirada furibunda—. ¡No vale la pena preguntarle en qué estaba pensando! ¡Resulta evidente que no pensaba en absoluto! Ahora he de ocuparme de usted como si fuera una niña... y no precisamente sensata.

Hester había pasado mucho miedo, pero ahora que estaba a salvo también podía dar rienda suelta a su ira.

—No me ocurrió nada —replicó con frialdad—. Usted me pidió que fuese allí...

—Fue Callandra quien se lo pidió —la interrumpió Monk con una mueca de desprecio.

—Como prefiera —repuso Hester con un mohín idéntico al de Monk—. Callandra me lo pidió para que lo ayudase a obtener la información que usted jamás lograría recabar.

—Que ella creía que no lograría recabar —corrigió Monk.

Hester enarcó las cejas.

—Oh... ¿acaso Callandra estaba equivocada? No lo entiendo. No le he visto a usted en los pasillos, las salas ni los quirófanos. ¿O es que el ayudante que ayer se cayó sobre el orinal era usted con un disfraz?

Una expresión divertida apareció en el rostro de Monk, que sin embargo no estaba dispuesto a ceder.

—¡No pongo mi reputación en peligro de forma estúpida para conseguir información! —exclamó con frialdad.

—Por supuesto que no —admitió Hester al tiempo que deseaba propinarle una bofetada para sentir un contacto más cercano que el que proporcionaban las palabras, por muy sarcásticas que fueran. El sentido común la refrenó—. Usted siempre actúa sobre seguro —añadió—, sin correr riesgos ni poner en peligro su integridad. Al demonio con los resultados. Es una pena que hayan ahorcado al hombre equivocado, pero al menos nosotros estamos sanos y salvos. Me he dado cuenta de que ésa es su filosofía.

En otras circunstancias, Monk no hubiera replicado, pero su ira iba en aumento.

—Corro riesgos cuando es necesario, no de forma estúpida. ¡Reflexiono antes de actuar!

Hester no pudo contenerse y rompió a reír de forma poco digna para una dama. Era maravilloso. Liberó todas las tensiones y miedos, así como la furia y la soledad, y se rió con más fuerza aún. No hubiera conseguido parar aunque lo hubiese intentado.

—Necia —masculló Monk con el rostro encendido—. ¡Que Dios me libre de los imbéciles! —Se volvió porque también estaba a punto de prorrumpir en carcajadas, y Hester se dio cuenta.

Por fin, con los ojos llenos de lágrimas, Hester recobró la compostura y buscó un pañuelo para sonarse.

—¿Ya se ha tranquilizado? —preguntó Monk, que se esforzaba por mantener una expresión de frialdad—. Entonces quizás esté en condiciones de decirme si ha averiguado algo útil.

—Por supuesto. Por eso he venido. —Ya había decidido no mencionarle lo que Callandra sentía por Kristian Beck. Era algo muy personal. Si se lo contara, sería como traicionarla—. No pasa casi nadie por el pasillo a esa hora de la mañana, y los que lo hacen están tan cansados o tienen tanta prisa que no se fijan en lo que hay alrededor. No me vieron, y creo que tampoco habrían visto a otra persona.

—¿Ni siquiera a un hombre? —inquirió Monk, que ya había concentrado toda su atención en el caso—. ¿Un hombre vestido con pantalones y chaqueta, en lugar del uniforme que llevan los ayudantes?

—Está muy oscuro. Creo que no lo verían —contestó Hester con expresión meditabunda—. Cualquiera que se colocase de espaldas al pasillo y fingiera que está introduciendo algo en el conducto pasaría inadvertido. A esa hora de la mañana, las personas que han trabajado toda la noche están demasiado agotadas para preocuparse de lo que hacen los demás. Ya tienen suficiente con lo suyo. Sólo desean tumbarse y dormir.

Monk la observó con mayor detenimiento.

—Parece usted cansada —aseveró tras cavilar por un instante—. De hecho, tiene muy mal aspecto.

—Pues usted no —se apresuró a decir Hester—. Tiene buen aspecto. Aunque me atrevería a decir que yo he trabajado bastante más que usted.

Monk sorprendió a Hester al darle la razón.

—Lo sé. —Sonrió—. Esperemos que los enfermos sepan agradecérselo. Supongo que Callandra lo hará y usted podrá comprarse un vestido nuevo. La verdad es que lo necesita. ¿Ha descubierto algo más?

El comentario sobre el vestido la ofendió. Consideraba a Monk muy elegante. Nunca se lo hubiera dicho... pues era muy vanidoso... pero lo admiraba. Era consciente de que ella casi nunca seguía los dictados de la moda y elegía atuendos poco femeninos. Había intentado en más de una ocasión cambiar su forma de vestir, aunque siempre infructuosamente. Le habría gustado ser tan hermosa, grácil y romántica como Imogen.

Monk aguardaba su respuesta.

—Tal vez contraten a sir Herbert en la Casa Real —explicó por fin—, pero no sé quién exactamente.

—No parece relevante para el caso —repuso Monk al tiempo que se encogía de hombros—, aunque supongo que podría serlo. ¿Qué más?

—Sir John Robertson, miembro del consejo rector,

tiene problemas económicos. El capellán bebe; no mucho, pero más de lo que le conviene, y el tesorero no aparta los ojos, ni las manos, de las enfermeras más atractivas, en especial si son rubias y de pecho generoso.

Monk la miró.

—Entonces no creo que molestase a Prudence —observó.

Hester tuvo la impresión de que era un comentario personal que también la incluía a ella.

—Creo que si lo hubiera hecho, Prudence habría sabido cómo tratarlo —replicó—. Yo sabría hacerlo.

Monk esbozó una amplia sonrisa, estuvo a punto de reírse, pero no dijo nada.

—¿Ha averiguado usted algo? —inquirió ella al tiempo que enarcaba las cejas—. ¿O acaso se ha limitado a esperar a que lo hiciese yo?

—Por supuesto que he hecho mis propias pesquisas. ¿Quiere que le cuente lo que sé? —preguntó Monk.

—Naturalmente —respondió Hester.

—Muy bien. Tanto Geoffrey Taunton como Nanette Cuthbertson pudieron haberla asesinado —explicó él mientras se erguía, como un soldado que informa a su superior, pero sin dejar de sonreír—. Geoffrey estuvo en el hospital aquella mañana y, tal y como ha confesado, discutió con ella.

—La vieron con vida después de eso —comentó Hester.

—Lo sé, pero no tenemos pruebas de que Geoffrey saliera del hospital. No subió al siguiente tren. De hecho, no regresó a su casa hasta el mediodía y no puede demostrar dónde estuvo. ¿Cree que me molestaría en mencionarlo si tuviera una coartada?

Hester se encogió de hombros.

—Siga.

—En cuanto a la señorita Cuthbertson, estaba en la

ciudad esa mañana. Llegó la noche anterior para asistir a una fiesta que se celebraba en casa de la señora Waldemar, que está en Regent Square, a apenas dos calles del hospital. —Monk no apartaba la vista de Hester—. Lo más extraño es que, después de haberse pasado la velada bailando, se levantó muy temprano a la mañana siguiente y no se presentó a desayunar. Ha declarado que salió a pasear para respirar un poco de aire fresco. Afirma que no se dirigió hacia el hospital, pero no puede probar dónde estuvo. Nadie la vio.

—Su móvil serían los celos —señaló Hester—. ¿La señorita Cuthbertson es lo bastante fuerte?

—Oh, sí —contestó Monk sin vacilar—. Es una excelente amazona. El otro día la vi refrenar un caballo, algo que a cualquier hombre le habría supuesto un gran esfuerzo. Posee la fuerza suficiente para estrangular a alguien, sobre todo si lo pillara desprevenido.

—Supongo que la habrían podido confundir con una enfermera si se hubiera puesto un traje sencillo —conjeturó Hester—, pero no contamos con ninguna prueba.

—Lo sé —repuso Monk—. Si hubiera alguna, ya se la habría mostrado a Jeavis.

—¿Algo más?

—Nada importante.

—Entonces creo que deberíamos trabajar con más ahínco. —Hester se puso en pie—. Intentaré averiguar todo lo que pueda sobre los miembros del consejo del hospital, sir Herbert y el doctor Beck.

Monk se dirigió hacia la puerta. De repente se puso muy serio y la miró a los ojos.

—¡Tenga cuidado, Hester! Quien asesinó a Prudence Barrymore no lo hizo en una pelea ni de manera accidental. La matará también a usted si le da motivos para pensar que debe hacerlo.

—Naturalmente que tendré cuidado —afirmó ella al tiempo que se ruborizaba—. No hago preguntas, me limito a observar.

—Tal vez —admitió Monk sin mucha convicción.

—Y usted ¿qué piensa hacer?

—Investigaré a los médicos en prácticas —respondió él.

—Si necesita mi colaboración, dígamelo. Quizás averigüe algo sobre ellos. Por lo que he visto hasta ahora, son muy normales; les obligan a trabajar demasiado, están deseosos de aprender, son arrogantes con el personal femenino, se gastan bromas estúpidas para disimular la angustia que sienten cuando un paciente muere, así como su propia incompetencia, y siempre están cansados y hambrientos. Cuentan chistes muy malos sobre sir Herbert, pero lo admiran sobremanera.

—Y usted ¿también lo admira? —inquirió Monk con interés.

—Sí —respondió Hester, sorprendida—. Sí. Creo que ahora sí.

—¡Tenga cuidado, Hester! —repitió Monk.

—Ya me lo ha dicho y le he prometido que lo tendría. Buenas noches.

—Buenas noches...

Al día siguiente Hester tenía varias horas libres, por lo que decidió visitar a dos personas por las que sentía una gran amistad. Una de ellas era el comandante Hercules Tiplady, aunque su nombre de pila era un secreto que ella le había prometido guardar. Lo había atendido cuando el comandante se rompió una pierna. El período de recuperación coincidió con la época en la que Hester participó en el caso Carlyon, y acabó encariñándose con el militar más de lo habitual. Normalmente, sólo sentía respeto y una gran responsabilidad hacia sus pacientes, pero con el comandante había entablado una sincera amistad.

Hester había conocido a Edith Sobell antes del caso. Era su amistad la que la indujo a colaborar en la investigación, y durante aquel agitado período se estrechó aún más. Edith abandonó la casa de sus padres gracias a la intervención de Hester, que le presentó al comandante. Éste le ofreció un trabajo, a pesar de que era una viuda que no estaba cualificada desde el punto de vista profesional, como escribiente para que lo ayudara a redactar sus memorias sobre sus vivencias en la India.

Hester llegó a primera hora de la tarde, aunque no había tenido tiempo de anunciar su visita. Sin embargo, la recibieron con gran deleite e interrumpieron la tarea que estaban realizando.

—¡Hester! Me alegro de verte. Pareces muy cansada, querida. Entra y cuéntanos cómo estás. Te prepararemos un poco de té. Te quedarás un rato, ¿no? —El rostro de Edith, hermoso y poco atractivo a la vez, brillaba de entusiasmo.

—Por supuesto que se quedará —se apresuró a señalar el comandante. Estaba completamente recuperado y apenas cojeaba. Hester nunca lo había visto en tan buena forma, por lo que le resultaba extraño que, en lugar de ayudarlo ella, fuese Tiplady quien la atendiese. Ya no se apreciaba rastro alguno de dolor o frustración en su rostro, bien afeitado como siempre. Su cabello, un tanto erizado, parecía una cresta blanca.

Hester accedió complacida. Era delicioso estar entre amigos de nuevo, sin tener que realizar ninguna tarea y sin que esperaran de ella otra cosa que una agradable conversación mientras tomaban el té.

—¿Para quién trabajas ahora? ¿Dónde ejerces de enfermera? —preguntó Edith mientras se reclinaba de forma desgarbada en un gran sillón. A Hester le gustaba verla así; significaba que se sentía a gusto. Ya no tenía que sentarse en el borde del sillón, ni erguir la espalda, arreglarse los faldones o entrelazar las manos como una dama. Hester también se sentía cómoda y sonrió sin motivo alguno.

—Trabajo en el Royal Free Hospital, en Gray's Inn Road —respondió.

—¿En un hospital? —El comandante Tiplady se mostró sorprendido—. ¿Ya no se ocupa de particulares? ¿Por qué? Creía que los hospitales le parecían demasiado... —Vaciló, puesto que no encontraba ninguna palabra agradable para expresar lo que pensaba.

—Restrictivos —finalizó Edith.

—Es cierto —reconoció Hester sin dejar de sonreír—. Se trata de algo temporal. Ha sido usted muy cortés al no recordarme que he sido muy afortunada, dada mi última experiencia, al encontrar un hospital que me acepte. Lady Callandra Daviot pertenece al consejo rector del centro. Me ofreció el trabajo porque habían asesinado a la mejor enfermera que tenían, que también había estado en la guerra de Crimea.

—¡Qué horror! —exclamó Edith—. ¿Cómo ocurrió?

—No lo sabemos —contestó Hester, más seria ahora—. Lady Callandra ha solicitado ayuda a Monk y a la policía. Por eso he venido.

—¡Ah! —Al comandante se le iluminaron ahora los ojos—. Conque se dedica de nuevo a la investigación. —Adoptó también un tono grave—. Le ruego que tenga cuidado, querida. Semejante tarea podría llegar a ser peligrosa si el asesino descubre lo que se propone.

—No debe preocuparse —le aseguró Hester—. Desempeño mi labor igual que las otras enfermeras. —Esbozó una sonrisa—. Siento antipatía hacia los hospitales porque estuve en la guerra de Crimea y soy una persona autoritaria y categórica.

—¿Y cómo era la enfermera a la que asesinaron? —quiso saber Edith.

—Autoritaria y categórica. —Hester sonrió con sarcasmo—. Creo que si ése fue el motivo por el que la asesinaron, quedarían muy pocas enfermeras con vida.

—¿Tienen idea de por qué la mataron? —preguntó el comandante mientras se inclinaba sobre el respaldo del sillón en el que Edith estaba sentada.

—No, la verdad es que no. Existen varias posibilidades. Monk investiga algunas. Me gustaría hacer algunas pesquisas sobre un médico alemán que trabaja en el hospital. Admito que le tengo cierto aprecio y prefiero demostrar su inocencia que su culpabilidad. Me pregunto si... —Hester se interrumpió. Lo que se disponía a decir era del todo impertinente.

—Podríamos ayudarla —declaró Tiplady—. Nos encantaría. Díganos su nombre y todo cuanto sepa acerca de él, y nos encargaremos del resto. Puede confiar en nosotros, ¿no es así, Edith?

—Sin duda —corroboró Edith con entusiasmo—. Creo que he llegado a tener cierta habilidad para descubrir cosas... por lo menos desde un punto de vista literario. —Sonrió con expresión triste. Su rostro revelaba que era consciente de la diferencia entre investigar y descubrir, tal y como Hester entendía los términos—. Supongo que en los hospitales donde ha trabajado nos facilitarían información sobre él. Comenzaré a investigar de inmediato. Hay autoridades médicas que disponen de todo tipo de listas. —Se arrellanó en el asiento—. ¿Por qué no nos cuentas qué has estado haciendo? ¿Cómo te encuentras? Pareces muy cansada.

—Pediré que nos sirvan el té —informó el comandante—. Debe de estar sedienta. Hoy hace mucho calor y estoy convencido de que ha caminado un buen trecho. ¿Le apetecería tomar unos emparedados de pepino con tomate? Si mal no recuerdo, a usted le gustaba mucho el tomate.

—Sí, me encantaría —aceptó Hester complacida, no sólo por el refrigerio sino también por el gesto de amistad. Miró a Tiplady y sonrió—. Es muy amable por su parte.

El comandante se sonrojó y salió de la estancia con una sonrisa de satisfacción.

—Cuéntame todas las cosas divertidas e interesantes que te han pasado desde la última vez que nos vimos —la animó Edith.

Hester se retrepó en su asiento y comenzó a relatar sus últimas experiencias.

Aproximadamente a la misma hora en que Hester disfrutaba del té y los emparedados de pepino en compañía de Edith y el comandante, Callandra comía una delgadísima lengua de gato en la recepción al aire libre que había organizado lady Stanhope. No le gustaban mucho esa clase de fiestas, y menos aún las personas que acudían a ellas, pero había decidido asistir porque deseaba conocer a la hija de sir Herbert, la joven que había quedado lisiada de por vida por culpa de un abortista inexperto. El mero hecho de pensar en eso le producía escalofríos y un intenso aturdimiento.

Entre el ruido de las conversaciones, las risas, el tintineo de las tazas y los vasos, el frufrú de los faldones, los lacayos se movían con discreción, cargados con botellas de champán muy frío o vasos de limonada con hielo. Las doncellas, que llevaban delantales de encaje bien planchados y cofias almidonadas, ofrecían bandejas de emparedados y bollos o pasteles. Una dama de la nobleza contó un chiste y quienes la rodeaban se rieron. Las cabezas se volvieron.

A Callandra no le había resultado fácil obtener una invitación. No conocía a lady Stanhope, una mujer tranquila que prefería quedarse en casa con sus siete hijos a hacer vida social, algo que sólo realizaba para mantener la reputación de su esposo, no para causar admiración. Había organizado la recepción al aire libre con el propósito de cumplir con muchas de sus obligaciones en una sola tarde y no estaba al corriente de la lista de invitados. Por lo tanto, no se sorprendió al ver a Callandra. Tal vez pensase que era alguien que la había recibido con hospitalidad en el pasado, por lo que la había invitado con el fin de saldar la deuda.

De hecho, Callandra había acudido con una amiga común, a la que podía pedir un favor sin dar demasiadas explicaciones.

Había tenido que vestirse con más elegancia de la que gustaba. Su doncella, que llevaba muchos años a su servicio, siempre había tenido problemas a la hora de arreglarle el cabello; por fortuna tenía un carácter afable, una salud de hierro, un agradable sentido del humor y era completamente leal. Puesto que a Callandra no le importaba en absoluto cómo la peinara, las virtudes de su doncella compensaban con creces sus defectos.

Sin embargo, en esta ocasión habría deseado que fuese más hábil con el peine y las horquillas. Daba la impresión de que Callandra hubiese acudido a la fiesta al galope y, cada vez que se atusaba el pelo, se lo ponía aún peor y llamaba más la atención.

Lucía un vestido azul con adornos blancos. No respetaba los dictados de la moda, pero le favorecía, y eso, a su edad, era lo más importante.

No estaba muy segura de qué podría conseguir. Aunque lograra hablar largo y tendido con Victoria Stanhope, hecho bastante improbable, difícilmente se atrevería a preguntarle quién la había operado o cuánto dinero le había costado el atropello... ya que a duras penas podía considerarse un servicio.

Estaba en el borde del césped, junto al arriate repleto de espuelas de caballero, brillantes peonías, amapolas casi marchitas, verónicas azules y nébedas que desprendían un agradable aroma. Se sentía abatida, fuera de lugar y tonta. Permanecer allí por más tiempo se le antojaba inútil, y se disponía a buscar una excusa aceptable para marcharse cuando un anciano caballero entabló conversación con ella con el fin de explicarle su teoría sobre la reproducción de las clavellinas y asegurarse de que entendía a la perfección lo que tenía que decirle al jardinero acerca de los esquejes.

En tres ocasiones intentó Callandra convencerlo de que su jardinero era muy bueno, pero el entusiasmo del caballero no parecía tener límites, por lo que tardó un cuarto de hora en librarse de él y encontrarse cara a cara con Arthur Stanhope, el hijo mayor de sir Herbert. Era un joven esbelto, de tez pálida y cabello oscuro. Tendría unos diecinueve años y cumplía con el papel que le correspondía en la fiesta de su madre. Hubiera sido cruel no hacerle caso. Lo correcto era contestar a sus preguntas e intentar concentrarse en la más que banal conversación.

Callandra se limitaba a decir «sí» o «no» cuando lo juzgaba apropiado; apenas habían transcurrido unos minutos reparó en la presencia de una joven de unos diecisiete años que permanecía inmóvil a unos metros de distancia. Era muy delgada y tenía el cuerpo ladeado, como si cojeara. Lucía un bonito vestido rosa de bella factura, pero ni el mejor de los modistos hubiera conseguido ocultar lo demacrada que estaba ni las marcadas ojeras. Callandra había visto a demasiados inválidos para no reconocer lo que, para ella, constituían evidentes indicios de dolor.

—Perdón —dijo Callandra.

—¿Eh? —A Arthur le sorprendió que lo interrumpiera—. ¿Sí?

—Creo que la joven lo espera. —Callandra señaló a la muchacha vestida de rosa.

Arthur se volvió. Una mezcla de sentimientos se reflejó en su rostro... azoramiento, irritación y ternura.

—Oh... sí. Victoria, ven a conocer a lady Callandra Daviot.

La joven vaciló; se sentía cohibida al convertirse en el centro de atención.

Callandra sabía qué vida aguardaba a una muchacha que nunca se casaría. Dependería de su padre en lo económico, y de su madre para no sentirse sola y desamparada. Nunca tendría casa propia, a menos que fuese la hija única de una pareja acaudalada, que no era el caso de Victoria. Arthur sería quien heredaría todo el patrimonio, por supuesto, con excepción de una cuantiosa dote para las hermanas que contrajeran matrimonio. Los hermanos comenzarían su propia vida tras haber recibido una buena educación.

Para Victoria, lo peor de todo sería la pena que la embargaría, los comentarios crueles, las preguntas irreflexivas, los jóvenes que la cortejaran... hasta que descubrieran la verdad.

Con un dolor que le resultaba casi intolerable, Callandra le sonrió.

—Encantada de conocerla, señorita Stanhope —saludó con suma amabilidad.

—Igualmente, lady Callandra. —Victoria esbozó una sonrisa.

—Tienen ustedes un jardín maravilloso —declaró Callandra. Debía tomar las riendas de la conversación no sólo por ser la mayor, sino porque resultaba evidente que a Victoria le costaba cumplir con las normas de la cortesía, que además no le gustaban. La incapacidad para comportarse como era debido en sociedad era una minucia en comparación con el golpe mortal que le habían asestado, pero en ese momento Callandra deseaba por todos los medios ahorrarle el dolor que le suponía la realidad—. He visto que tienen clavellinas. Me encanta su perfume, ¿y a usted? —Callandra advirtió que Victoria sonreía—. Un caballero que llevaba un monóculo acaba de explicarme cómo se reproducen y se cruza una variedad con otra.

—Oh, sí... el coronel Strother —se apresuró a decir Victoria mientras avanzaba un paso hacia Callandra—. Me temo que suele explayarse cuando habla de jardinería.

—Sólo un poco quizás —admitió Callandra—. De todos modos, es un tema interesante, y se mostró muy amable.

—Prefiero oír al coronel Strother disertar sobre las clavellinas que a la señora Warburton criticar las inmoralidades que se producen en las ciudades donde hay un destacamento —comentó con una sonrisa—; o que a la señora Peabody hablar sobre su salud, o a la señora Kilbride sobre las plantaciones de algodón en América, o al comandante Drissell sobre las sublevaciones en la India. —La muchacha estaba cada vez más entusiasmada—. Siempre que viene menciona la matanza de Amristar. Nos la ha contado incluso mientras cenamos pescado o durante el postre.

—Algunas personas no tienen sentido de la mesura —reconoció Callandra con franqueza—. Cuando hablan de su tema favorito, suelen desbocarse como un caballo.

Victoria se rió; la analogía le había hecho gracia.

—Perdón. —Un apuesto muchacho de unos veintiún años se acercó con un pequeño pañuelo de encaje en la mano. Miró a Victoria, como si Callandra y Arthur no existiesen, y lo tendió hacia ella—. Creo que se le ha caído, señora. Le ruego que disculpe mi atrevimiento al devolvérselo, pero así tengo la oportunidad de presentarme —añadió con una sonrisa—. Me llamo Robert Oliver.

Victoria palideció y, acto seguido, se ruborizó. Varias emociones se reflejaron en su rostro: satisfacción, esperanza y luego la amargura que le producía recordar cuál era su condición.

—Gracias —susurró—, pero lamento decirle que no es mío. Debe de pertenecer a otra... señora.

El muchacho la miró con fijeza tratando de adivinar si sus palabras eran de rechazo.

Callandra deseaba intervenir, pero sabía que lo único que conseguiría sería prolongar su dolor. A Robert Oliver le había atraído algo del rostro de Victoria, tal vez la inteligencia, la imaginación o la vulnerabilidad que traducía. Acaso había intuido lo que Victoria podía haber llegado a ser. Era imposible que supiese que estaba lisiada y que, por lo tanto, nunca podría darle lo que él buscaba.

Casi sin querer, Callandra habló.

—Es usted muy amable, señor Oliver. Sin duda alguna la señorita Stanhope le agradece el gesto, pero también se lo agradecerá la verdadera dueña del pañuelo. —Callandra estaba convencida de que Robert Oliver no tenía intención de buscar a la persona a quien pertenecía el pañuelo. Lo había encontrado y lo había utilizado como excusa para entablar conversación con Victoria. No tenía otro propósito.

Robert observó a Callandra por primera vez mientras intentaba calibrar la importancia de su comentario. Percibió la pena que la embargaba, aunque por supuesto ignoraba qué la había provocado. Estaba desconcertada.

Callandra sintió que la ira se apoderaba de ella. Odiaba al abortista que había desgraciado a Victoria de por vida. Era terrible y vil ganar dinero aprovechándose del miedo y la angustia de los demás. Que una operación realizada con honradez acabase mal era una tragedia común, pero lo que le había ocurrido a Victoria no era honrado. Probablemente el practicante no fuera médico y, mucho menos, cirujano.

¡Ojalá no hubiese sido Kristian! La idea le resultaba tan dolorosa como un puñetazo en el estómago.

¿De veras deseaba descubrir si había sido él? ¿Acaso no prefería aferrarse a lo que conocía: la amabilidad, la risa, el sufrimiento por no poder tocarlo y saber que nunca habría nada entre ellos? Sin embargo, ¿podría vivir sin saberlo? ¿No conseguiría el miedo que la invadía deformar la opinión que tenía de él, tanto si era culpable como si no?

Robert Oliver todavía la miraba.

Se obligó a sonreír, aunque sólo logró esbozar una mueca que no reflejaba placer alguno.

—La señorita Stanhope y yo nos disponíamos a tomar un refrigerio antes de que me enseñara algunas flores que su jardinero ha plantado. Le ruego que nos disculpe. —Tomó el brazo de Victoria con suavidad y, tras unos segundos de vacilación, ésta la acompañó, con la cara muy pálida. Caminaron en silencio. La joven no le preguntó por qué había actuado de esa manera y tampoco qué sabía.

Monk acudió a la misa por Prudence Barrymore que se celebró en la iglesia de Hanwell. Asistió a ella porque así lo requería la investigación, pero también porque sentía un respeto cada vez más profundo hacia la fallecida, así como una angustia terrible al pensar que había muerto una persona valiosa y llena de vida. Ir allí era una manera de llenar el vacío que le provocaba la pérdida.

Fue una misa tranquila, aunque el templo estaba atestado. Al parecer muchas personas habían viajado desde Londres para presentar sus condolencias a la familia. Monk vio al menos una veintena de hombres que supuso habían sido soldados; saltaba a la vista que algunos tenían amputado algún miembro, pues se apoyaban en muletas, o les colgaban las mangas en el costado. Había además algunos jóvenes con señales de una vejez prematura y recuerdos imborrables, y Monk pensó que también debían de haber participado en la guerra.

La señora Barrymore vestía de negro, y su rostro resplandecía, como si fuese presa de una extraña energía, mientras supervisaba todo, saludaba a los presentes o aceptaba el pésame que le ofrecían algunos desconocidos. Resultaba evidente que le asombraba que tanta gente respetase a su hija, que siempre le había causado problemas.

Su esposo controlaba a duras penas la emoción. Apenas hablaba y se limitaba a asentir con la cabeza mientras las personas se acercaban a él para hablarle de la tristeza que las embargaba, lo mucho que habían admirado a su hija o cuánto debían a su valor y dedicación. Se enorgullecía de Prudence y mantenía la cabeza bien erguida, como si, al menos durante ese día, él también fuera un soldado. Sin embargo, le abrumaba la pena y no podía evitar que le temblase la voz, por lo que sólo pronunciaba algunas palabras de cortesía.

Había coronas y guirnaldas de flores. Monk había comprado una de rosas que colocó junto a las demás. Reparó en una de flores silvestres, que parecían pequeñas en comparación con las otras, y pensó en las flores que crecían en los campos de batalla. Leyó la tarjeta, que rezaba: «PARA MI COMPAÑERA. CON CARIÑO, HESTER.»

Sintió una punzada de emoción que lo obligó a apartarse y a respirar hondo. Se alejó, no sin antes observar otra corona, de margaritas blancas, en cuya tarjeta se leía: «DESCANSA EN PAZ. FLORENCE NIGHTINGALE.»

Se separó de la multitud porque no deseaba entablar conversación con nadie. No estaba haciendo su trabajo. Había acudido allí para observar qué ocurría, no para llorar la muerte de Prudence, aunque no podía negar que se sentía emocionado. No experimentaba curiosidad ni ira, sino dolor. La lenta y triste música del órgano, las antiguas piedras de la iglesia, que formaban un arco encima de las minúsculas figuras de las personas, todas vestidas de negro y con la cabeza descubierta, acentuaban la sensación de pérdida.

Vio a Callandra, silenciosa y discreta, que había acudido por voluntad propia, no como miembro del consejo del hospital. Probablemente uno de los solemnes dignatarios que se encontraban al otro extremo del pasillo ejercía esa función. Sir Herbert había enviado una corona, y el personal del hospital, otra, de lirios dispuestos con gran sobriedad.

Una vez que hubo finalizado la misa, la casualidad quiso que se encontrara con el señor Barrymore, y no dirigirle la palabra habría constituido una muestra de descortesía. Sin embargo, no se sentía con ánimo de recurrir a las frases trilladas. Lo miró a los ojos y esbozó una sonrisa.

—Le agradezco que haya venido, señor Monk —dijo Barrymore con franqueza—. Ha sido usted muy amable, puesto que nunca llegó a conocer a Prudence.

—Sé muchas cosas sobre ella —repuso Monk—, y todo lo que sé hace que su muerte me apene aún más. He venido porque deseaba estar presente.

Barrymore no disimuló su sonrisa, pero los ojos se le llenaron de lágrimas y se vio obligado a permanecer en silencio unos instantes hasta que logró serenarse.

Monk no se sintió incómodo. El dolor del hombre era

verdadero, por lo que no había motivo para avergonzarse. Le tendió la mano, y Barrymore se la estrechó con firmeza.

Fue en ese momento cuando Monk reparó en que había una joven detrás de él. Era de estatura media, facciones marcadas y atractivas, que en otras circunstancias habrían resultado encantadoras por su vivacidad. Incluso en momentos tan tristes, delataban su carácter alegre. El parecido que guardaba con la señora Barrymore era más que evidente. Debía de ser Faith Barker, la hermana de Prudence. Puesto que el señor Barrymore le había dicho que vivía en Yorkshire y seguramente había venido con motivo de la misa, no tendría otra oportunidad para hablar con ella. Por muy poco apropiado que pareciera, tenía que abordarla.

—¿Señora Barker? —inquirió.

La mujer se volvió con expresión de interés y lo miró de arriba abajo sin el menor disimulo.

—¿Es usted el señor Monk? —inquirió con educación.

Tenía un rostro agradable, del que en parte había desaparecido la circunspección que el luto requería. Monk imaginó a la muchacha que bailaba y coqueteaba tal y como su madre se la había descrito.

—Sí —contestó Monk mientras se preguntaba qué le habrían contado de él.

Faith le puso la mano enguantada en el brazo en un gesto de familiaridad.

—¿Podríamos hablar a solas un momento? —pidió ella—. Supongo que le estoy robando tiempo, pero apreciaría su ayuda más de lo que imagina.

—Por supuesto —aceptó Monk—. ¿Le parece bien que charlemos fuera?

—Sí, muchas gracias.

Faith lo tomó del brazo, salieron de la oscura iglesia a la luz del sol, caminaron un trecho entre las lápidas y se detuvieron en un tranquilo lugar cubierto de hierba, junto a un muro.

Faith se volvió y lo miró fijamente.

—Papá me ha explicado que usted investiga la muerte de Prudence sin colaborar con la policía, ¿es eso cierto?

—Sí.

—¿Informaría usted a las autoridades si descubriera algo muy importante y haría que obrasen en consecuencia?

—¿Sabe algo, señora Barker?

—Sí... sí. Prudence me escribía cada dos o tres días, por muy ocupada que estuviera. Más que cartas eran una suerte de apuntes para un diario en los que refería los casos en que trabajaba y que le parecían interesantes e instructivos. —Faith observaba a Monk con atención—. Las he traído todas... al menos las que recibí en los últimos tres meses. Creo que bastarán.

—¿Para qué bastarán, señora Barker? —El entusiasmo se apoderaba de Monk, que sin embargo no quería precipitarse, puesto que podría tratarse de una sospecha infundada, de una serie de conjeturas más que de un hecho, del deseo de venganza... o, desde el punto de vista de ella, de justicia.

—Para condenarle a la horca —contestó con determinación. De repente, el encanto desapareció de sus ojos, que destilaron ira y pena.

Monk tendió la mano.

—No puedo opinar hasta que las haya leído. En todo caso le aseguro que, si está en lo cierto, no descansaré hasta que se haga justicia.

—Lo suponía. —Faith esbozó una sonrisa—. Su rostro refleja un carácter implacable, señor Monk. No quisiera que me investigase alguien como usted. —Introdujo la mano en un gran ridículo negro y extrajo un fajo de sobres—. Aquí están. —Se los tendió—. Esperaba que acudiese a la misa. Le ruego que haga con estas cartas lo que considere oportuno. ¿Me las devolverán... después de que hayan servido como prueba?

—Haré cuanto esté en mi mano —le prometió Monk.

—Bien. Ahora debo regresar a la iglesia y consolar a mi padre. ¡Recuerde que me ha dado su palabra! Que tenga un buen día, señor Monk. —Sin añadir nada más, Faith se alejó muy erguida, con la cabeza bien alta. Monk la observó pasar ante un grupo de soldados, algunos mancos o con una sola pierna, que se hicieron a un lado para dejarle el camino libre.

Monk no abrió las cartas hasta que regresó a su casa, donde podría leerlas cómodamente y sin prisas.

La primera databa de unos tres meses atrás, tal como había dicho Faith. Estaba escrita a mano, con una letra pequeña y desgarbada, aunque legible.

Querida Faith:

Hoy ha habido otra larga e interesante operación. Ha venido una mujer con un tumor en el pecho. La pobre llevaba bastante tiempo sufriendo, pero no se atrevía a acudir a nadie. Sir Herbert la ha examinado y le ha dicho que había que extirpar el tumor lo antes posible y que él mismo realizaría la operación. Consiguió tranquilizarla y luego la ingresamos en el hospital.

A continuación Prudence ofrecía una detallada descripción de la intervención y destacaba la experiencia y maestría de sir Herbert.

Después sir Herbert y yo fuimos a comer, puesto que habíamos trabajado largo rato sin descanso. Me explicó los métodos que pensaba emplear para disminuir la conmoción que la cirugía causa en el paciente. Creo que sus teorías son muy acertadas y desearía que ocupase un cargo que le permitiera ponerlas en práctica. Sir Herbert es un hombre de gran valor tanto en la investigación como en la práctica de la medicina. A veces pienso que sus manos son las más hermosas que he visto. Se dice que las manos unidas para rezar es lo más maravilloso que existe. Yo creo que las que operan son todavía mejores.

Cuando me he acostado me sentía muy cansada y, al mismo tiempo, inmensamente feliz.

Te quiere,

TU HERMANA

Monk dejó la carta a un lado. Era personal, sugería ciertas cosas... pero no bastaba para acusar, y mucho menos condenar, a nadie.

Leyó la siguiente y luego otra. Eran muy parecidas; escribía sobre cuestiones médicas e insistía en lo muy capacitado que estaba sir Herbert para desempeñar su trabajo.

Por absurdo que resultara, Monk se sentía decepcionado. ¿Qué esperaba descubrir en las misivas?

Leyó otras tres con interés decreciente. De pronto el corazón comenzó a latirle deprisa y sus dedos agarraron el papel con fuerza.

Anoche hablé con sir Herbert durante una hora. Habíamos terminado de trabajar cerca de la medianoche y nos sentíamos demasiado nerviosos como para retirarnos de inmediato. Nunca antes había admirado tanto la experiencia y destreza de un hombre, y así se lo dije. Fue muy amable y afectuoso conmigo.

Faith, creo que puedo ser feliz como había soñado de niña. Estoy a punto de conseguir lo que siempre he ambicionado, y es Herbert quien puede hacerme feliz.

Cuando me acosté me sentía tan dichosa... e inquieta. Espero... sueño... ¡incluso rezo! Y todo gracias a Herbert. ¡Que Dios le ilumine!

PRUDENCE

Monk echó un vistazo a las otras cartas y leyó pasajes similares en los que Prudence se mostraba ilusionada y esperanzada, aludía a un futuro halagüeño en el que sus sueños se harían realidad y, por supuesto, continuaba describiendo operaciones.

Si quiere, puede hacerme la mujer más feliz del mundo. Sé que suena absurdo, que parece imposible, y comprendo que me aconsejes que sea cauta, pero si mi sueño se cumple... Y sir Herbert puede lograrlo, Faith... ¡puede lograrlo! Al fin y al cabo, no es tan descabellado. He buscado información y he reflexionado, pero no existe ninguna ley que no pueda ser burlada. Reza por mí, querida hermana. ¡Reza por mí!

Sin embargo, apenas una semana antes del asesinato, el tono de las cartas cambiaba bruscamente.

¡Sir Herbert me ha traicionado! Al principio no podía creerlo. Le expliqué mis sentimientos, llena de ilusión y, tonta de mí, confianza. Se rió y me dijo que era del todo imposible.

Fue como si me hubieran dado una bofetada. De repente comprendí que me había utilizado, que nunca había pensado en cumplir su palabra.

Pero le obligaré a cumplirla. No le permitiré que se salga con la suya. Aborrezco el uso de la fuerza, pero ¿qué otra opción me queda? No estoy dispuesta a rendirme... ¡nunca! ¡Dispongo de los medios, y los utilizaré!

¿Era eso lo que había ocurrido? ¿Acaso Prudence le había amenazado y sir Herbert se había vengado a su manera... asesinándola?

Faith Barker tenía razón. Las cartas eran prueba suficiente para juzgar a sir Herbert Stanhope... y tal vez para condenarlo a la horca.

Monk decidió que a la mañana siguiente se las enseñaría a Runcorn.

Eran apenas las ocho de la mañana cuando Monk se introdujo las cartas en el bolsillo y se dirigió hacia la comisaría en un coche de caballos. En cuanto el vehículo se detuvo, se apeó, pagó al cochero y subió por los escalones de la comisaría saboreando cada instante. El aire ya era cálido, y en la calle se oían, como de costumbre, los gritos de los vendedores ambulantes, el trapalear de los caballos y el traqueteo de las ruedas de los carros, pero a Monk ese día no le molestaban, y el olor de las verduras, el pescado, la basura y el estiércol no le desagradaba tanto como en otras ocasiones.

—Buenos días —saludó con buen humor al cabo apostado en la entrada, que le miró con sorpresa y luego con temor.

—Buenos días, señor... —repuso con cautela mientras entornaba los ojos—. ¿En qué podemos ayudarle, señor Monk?

Monk sonrió.

—Desearía ver al señor Runcorn. Dispongo de pruebas en relación con el asesinato de Prudence Barrymore.

—¿De qué se trata, señor?

—Esa información es confidencial, cabo, y tiene que ver con una persona de gran renombre. Si no le importa, quisiera que anunciara mi presencia al señor Runcorn.

El policía reflexionó por un instante mientras observaba a Monk. De repente, el miedo que le había inspirado en el pasado se apoderó de nuevo de él. Decidió que aún temía más a Monk que a Runcorn.

—Sí, señor Monk, le avisaré. —Súbitamente recordó que Monk ya no era policía. Esbozó una sonrisa tímida—. Aunque no sé si querrá atenderle.

—Dígale que las pruebas bastan para efectuar un arresto —declaró Monk con gran satisfacción—. Si no quiere verme, las presentaré en otro lugar.

—No... no, señor. Se lo diré. —El cabo se guardó de mostrar una prontitud deferente, y mucho menos una actitud servil, mientras se dirigía hacia la escaleras.

Al cabo de unos minutos regresó y miró a Monk con rostro inexpresivo.

—El señor Runcorn lo espera.

—Gracias —repuso Monk con cortesía. Subió por las escaleras y llamó a la puerta del despacho. En ese momento le invadieron varios recuerdos, como las incontables ocasiones en que había llamado a esa puerta con la intención de informar sobre alguna noticia... o de ninguna.

Se preguntó en qué estaría pensando Runcorn, si se sentiría nervioso o rememoraría enfrentamientos del pasado, victorias y derrotas. ¿Acaso estaría tan seguro de sí mismo, ahora que Monk ya no era policía, que lograría salir victorioso de cualquier confrontación?

—Adelante —exclamó Runcorn con perceptible impaciencia.

Monk abrió la puerta y entró sonriente. Runcorn se echó hacia atrás en la silla y lo miró con tranquilidad.

—Buenos días —lo saludó Monk, con las manos en los bolsillos, y apretando las cartas de Prudence con los dedos.

Se observaron por unos segundos. Runcorn dejó de sonreír y entornó los ojos.

—¿Y bien? —preguntó con cierta irritación—. No se quede ahí parado. Ha traído algo que la policía debe ver, ¿no es así?

Monk había recobrado la confianza en sí mismo, se sabía superior a Runcorn; era más inteligente, tenía la lengua más afilada y, sobre todo, su voluntad era más férrea. No recordaba ninguna victoria en concreto, pero sí el sabor que le habían dejado.

—En efecto, tengo algo que puede interesarle. —Sacó las cartas del bolsillo y se las mostró a Runcorn.

Runcorn esperó. Se negaba a preguntarle de qué se trataba. Miró a Monk con creciente inseguridad. Los recuerdos eran abrumadores.

—Son cartas que Prudence Barrymore escribió a su hermana —explicó Monk—. Creo que cuando las haya leído dispondrá de una prueba sólida para arrestar a sir Herbert Stanhope. —Lo dijo porque sabía que Runcorn se pondría nervioso, ya que temía acusar a personas importantes en el ámbito social o político tanto como cometer un error irreparable.

A Runcorn se le encendió el rostro de rabia y apretó los labios con fuerza.

—¿Cartas que la enfermera Barrymore escribió a su hermana? —repitió mientras intentaba ordenar sus pensamientos—. No servirán de mucho, Monk. Son las palabras de una mujer muerta... no se pueden comprobar. No arrestaremos a nadie a partir de eso. No habría forma de condenarlo. —Esbozó una sonrisa, que más parecía una mueca de cansancio.

Monk recordó la época en que eran mucho más jóvenes, cuando Runcorn era tímido y temía ofender, también entonces, a un hombre fuerte, aunque resultara evidente que ocultaba información. De pronto experimentó el mismo desprecio que sentía cuando eran unos policías inexpertos. Supo que su rostro lo reflejaba con la misma claridad que en el pasado, y se percató de que Runcorn lo había advertido, al igual que el odio que llameaba en sus ojos.

—Las leeré y decidiré si sirven para algo —añadió Runcorn con voz ronca. Le costaba respirar, y la mano que extendió para coger las cartas estaba rígida—. Ha hecho usted bien en entregarlas a la policía. —Pronunció la última palabra con evidente satisfacción.

El tiempo había pasado muy rápido, al menos para Monk, y pensó que con toda probabilidad también para Runcorn. El pasado permanecía imborrable para ellos, con todas sus heridas y enfados, resentimientos, fracasos y venganzas mezquinas.

—Eso espero. —Monk enarcó las cejas—. Empiezo a pensar que quizá debería llevárselas a alguien que tuviese el valor de utilizarlas y esperar a que fuese el tribunal el que decidiera para qué sirven.

Runcorn parpadeó con perplejidad. Su actitud defensiva era la misma que había adoptado años atrás, cuando él y Monk se habían enfrentado durante la investigación de un caso. La única diferencia estribaba en que Runcorn era más joven y no tenía el rostro arrugado. La inocencia ya había desaparecido, conocía bien a Monk y había descubierto el significado de la derrota, pero la victoria final persistía en su memoria.

¿De qué caso se trataba? ¿Habían conseguido resolverlo?

—Yo, en su lugar, no lo haría —replicó Runcorn—. Estaría usted ocultando una prueba, y eso es un delito. Si cree que no me atrevería a arrestarlo, se equivoca. —Una expresión de profunda satisfacción apareció en su rostro—. Lo conozco, Monk. Me dará las cartas porque no se perdería por nada la oportunidad de poner en evidencia a alguien importante. No soporta a las personas que han triunfado porque usted ha fracasado. Es usted un envidioso. Oh, me las entregará, estoy seguro.

—Por supuesto que está seguro —convino Monk—, y es eso lo que le aterroriza. Tendrá que utilizarlas. Se verá obligado a interrogar a sir Herbert y, cuando no le responda, deberá presionarlo y al final no le quedará más remedio que arrestarle; sólo pensarlo le horroriza. Dará al traste con sus aspiraciones sociales. ¡Siempre se le recordará como el hombre que condenó al mejor cirujano de Londres!

Runcorn estaba pálido y comenzaba a sudar. Sin embargo no cedió.

—Yo... —Tragó saliva—. Se me recordará como el hombre que resolvió el asesinato de Prudence Barrymore —afirmó con voz ronca—. ¡Eso es mucho más de lo que usted conseguirá! ¡A usted lo enterrarán en el olvido!

Monk se sintió ofendido, porque tal vez estuviera en lo cierto.

—Usted jamás me olvidará, Runcorn —replicó Monk con tono malicioso—. Siempre tendrá presente que fui yo quien le entregó las cartas, que no fue usted quien las encontró. Lo recordará cada vez que alguien le diga que es un detective muy inteligente y brillante... sabrá que en realidad se refieren a mí. Sin embargo, no tendrá el valor ni la honradez de contar la verdad. Se limitará a sonreír y dar las gracias.

—¡Tal vez! —Runcorn se puso en pie. Estaba furioso—. En todo caso, usted tampoco me olvidará, porque jamás lo invitarán a los clubs, mansiones o cenas de gala.

—Y a usted tampoco... so idiota —replicó Monk con desprecio—. No es usted un caballero y nunca lo será. No camina como un caballero, no viste ni habla como ellos... y, sobre todo, no tiene valor para hacerse pasar por uno de ellos porque sabe que no lo es. Usted es un policía con demasiadas ambiciones. Tendrá que arrestar a sir Herbert Stanhope... ¡y ése es el recuerdo que tendrán de usted!

Runcorn se encorvó, como si tuviese la intención de golpear a Monk. Se miraron de hito en hito por unos instantes, dispuestos a atacar.

Poco a poco Runcorn se tranquilizó. Se sentó de nuevo y miró a su enemigo con una mueca de desprecio.

—A usted también lo recordarán, Monk, pero no como alguien famoso e importante, ni como un caballero... sino como un simple policía. Los agentes a los que amedrentaba y humillaba se acordarán de usted con una sensación de miedo, al igual que las personas cuya reputación arruinó porque no eran tan implacables o rápidas como usted creía que debían ser. ¿Ha leído alguna vez la Biblia, Monk? «¡Cómo han caído los valientes!», ¿lo recuerda? —Sonrió—. Oh, hablarán de usted en los pubs y en las esquinas de las calles y se alegrarán de que ya no esté vivo. A los recién incorporados al cuerpo que se quejen les dirán que no saben lo que es la verdadera disciplina y que deberían conocer a un auténtico tipo duro... a un tirano. —Todo su rostro parecía una gran sonrisa—. Entrégueme las cartas, Monk, váyase y continúe entrometiéndose en la vida de los demás o haciendo lo que quiera que haga ahora.

—Yo hago lo que siempre he hecho —masculló Monk—; ¡investigar los casos que usted deja a medias o no sabe resolver! —Arrojó las misivas con fuerza sobre el escritorio—. No soy el único que sabe que existen, por lo que no crea que puede ocultarlas y culpar a otro desgraciado inocente como al pobre lacayo que llevó a la horca. —Acto seguido se volvió y salió del despacho.

Runcorn estaba muy pálido, y las manos le temblaban.

8

Sir Herbert fue arrestado y acusado de asesinato, y se contrató a Oliver Rathbone para que se encargase de su defensa. Rathbone era uno de los abogados más brillantes de Londres, que conocía a Hester Latterly y Monk desde el primer caso de que éste se ocupó tras su accidente, conocía bien a éste y a Hester Latterly. Decir que lo que existía entre ellos era amistad hubiera sido tanto una exageración como una frivolidad. Su relación con Monk era difícil y compleja. Se respetaban el uno al otro; de hecho, sentían una admiración mutua. Asimismo, confiaban en la competencia y la integridad profesional del otro. Sin embargo, desde el punto de vista personal, la relación no era tan buena. Monk creía que Rathbone era demasiado arrogante, autocomplaciente y afectado en extremo. Rathbone, por su lado, también consideraba a Monk arrogante, además de brusco, testarudo y sumamente despiadado.

En cambio con Hester el letrado mantenía otra clase de relación. Había llegado a apreciarla con el paso del tiempo, aunque no la juzgaba la compañera más idónea con quien compartir el resto de sus días. Era demasiado obstinada y se interesaba por temas que no eran propios de una dama... como los crímenes. Aun así, disfrutaba más de su compañía que de la de cualquier otra mujer y, para su propia sorpresa, deseaba conocer qué opinaba o sentía por él. Pensaba demasiado en ella, y no acertaba a encontrar un motivo que explicase de manera satisfactoria su inusitado interés. Resultaba desconcertante, aunque no del todo desagradable.

Por otro lado, Hester nunca le permitiría que supiera qué pensaba o sentía por él. En algunas ocasiones Rathbone la inquietaba... como cuando, hacía aproximadamente un año, la había besado de repente y con suma delicadeza. Habían disfrutado juntos durante su estancia en Primrose Hill, acompañados de su padre, Henry Rathbone, con quien Hester simpatizaba. Siempre recordaría la agradable sensación que la había embargado mientras caminaba por el jardín a última hora de la tarde, rodeada de los aromas que transportaba el viento estival, el césped recién cortado.

Sin embargo, siempre tenía presente a Monk. Su rostro aparecía en sus pensamientos una y otra vez; su voz, y sus palabras, sonaban en el silencio.

A Rathbone no le sorprendió en absoluto que los asesores legales de sir Herbert Stanhope acudieran a él. Un hombre de su reputación buscaría la mejor defensa posible y, sin lugar a dudas, muchas personas le recomendarían a Oliver Rathbone.

Leyó los documentos relacionados con el caso y analizó la información que contenían. Existían pruebas para culpar a sir Herbert, pero ninguna concluyente. Había dispuesto de la oportunidad para cometer el crimen, al igual que otra veintena de personas. Había contado con los medios adecuados, al igual que cualquier persona de complexión media, lo que convertía en sospechosas a la mayoría de las enfermeras. El único móvil posible era el que apuntaban las cartas que Prudence Barrymore había escrito a su hermana... las cuales contenían una acusación irrefutable.

Para lograr la absolución y evitar que sir Herbert muriera en la horca, bastaba con demostrar que existía alguna duda razonable respecto a su culpabilidad. Sin embargo, para conseguir que su honor y reputación no sufrieran menoscabo alguno, debía disipar cualquier duda. Así pues, la única forma de salvar a sir Herbert consistía en encontrar a otro sospechoso para que la opinión pública, que era el auténtico jurado, creyese en su inocencia.

No obstante, primero debía lograr la absolución ante el tribunal. Volvió a leer las cartas. Había que hallar una explicación, una interpretación distinta de lo que Prudence Barrymore sugería en ellas. Así pues, no le quedaba más remedio que hablar con sir Herbert.

Era un día caluroso y el cielo estaba encapotado. A Rathbone no le gustaba visitar a sus clientes en la cárcel, y el calor sofocante convertía la experiencia en más desagradable aún. El edificio olía a desagües estancados y a celdas cerradas, en las que los reclusos, ya sin fuerzas, comenzaban a desesperarse. Las puertas se cerraban tras Rathbone con un ruido pesado mientras el guardián lo conducía hasta la sala donde se reuniría con sir Herbert Stanhope.

Era una estancia de piedras grises en la que sólo había una mesa de madera en el centro con dos sillas. En la parte superior de la pared había una ventana, con barrotes y una reja de hierro, por la que apenas entraba luz. El guardián miró a Rathbone.

—Avíseme cuando quiera salir, señor. —Sin añadir nada más, se volvió y dejó a Rathbone con sir Herbert. A pesar de que ambos eran hombres de gran prestigio, no se conocían, por lo que se observaron con interés. Para el doctor era una cuestión de vida o muerte. Oliver Rathbone era el único que lo podía salvar de la horca. Sir Herbert entornó los párpados y escudriñó el rostro de Rathbone, de frente amplia, ojos oscuros, tez clara y nariz larga. Rathbone también observó con atención a su cliente, un hombre muy conocido en el campo de la medicina, el centro de un caso en el que estaba en juego la reputación de muchas personas... la suya incluida si no actuaba con maestría. Era una responsabilidad terrible saber que la vida de una persona dependía de él... no como le ocurría a sir Herbert, quien debía confiar en la destreza de sus dedos. Rathbone, en cambio, debía basar su actuación en su instinto, su conocimiento de las leyes y la rapidez para reaccionar.

¿Era sir Herbert inocente? ¿O acaso era culpable?

—Buenas tardes, señor Rathbone —saludó por fin sir Herbert con una inclinación de la cabeza, sin tenderle la mano. Llevaba su propio traje. Puesto que no lo habían juzgado, de acuerdo con la ley aún era inocente. Hasta los carceleros tenían que tratarlo con respeto.

—Encantado de conocerlo, sir Herbert —repuso Rathbone mientras se dirigía hacia una silla—. Le ruego que se siente. El tiempo es oro, por lo que creo que podemos ahorrarnos todas las formalidades.

Sir Herbert sonrió con tristeza y tomó asiento.

—Comprendo que no se trata de una visita de cortesía —admitió—. Supongo que ya conocerá los argumentos de la acusación.

—Naturalmente. —Rathbone se acomodó en la dura silla y se inclinó hacia la mesa—. Los argumentos son buenos, pero no impecables. No será difícil plantear una duda razonable. No obstante, desearía hacer algo más por usted, pues de lo contrario su reputación se verá dañada.

—Por supuesto. —Sir Herbert adoptó una expresión divertida.

A Rathbone le sorprendió que estuviese dispuesto a luchar en lugar de autocompadecerse, como hubiera hecho una persona menos valiente. Observó que no era un hombre atractivo ni encantador, pero saltaba a la vista que poseía una aguda inteligencia, además de la fuerza de voluntad y el valor necesarios para triunfar en una profesión tan exigente como la suya. Estaba acostumbrado a que la vida de los demás estuviera en su mano y a tomar decisiones en situaciones extremas. Rathbone lo respetaba, un sentimiento que no siempre le inspiraban sus clientes.

—Su asesor legal ya me ha informado de que usted ha negado haber asesinado a Prudence Barrymore —manifestó Rathbone—. ¿Debo dar por sentado que es así? Recuerde que he de defenderlo lo mejor que pueda con independencia de las circunstancias y, si me miente, cometería un grave error, puesto que no me permitiría ejercer mis funciones. Necesito conocer todos los hechos para estar en condiciones de rebatir los argumentos que esgrima la acusación. —Rathbone observó con detenimiento a su cliente y no percibió señal alguna de nerviosismo.

—No maté a la enfermera Barrymore —aseguró sir Herbert con voz firme—, e ignoro quién lo hizo, pero podría conjeturar por qué la asesinaron. Pregúnteme lo que desee.

—Ya nos ocuparemos más adelante de los posibles móviles. —Rathbone se retrepó en la silla, aunque la postura no le resultaba muy cómoda, ya que el respaldo era de madera—. Los medios y la oportunidad son irrelevantes, ya que un gran número de personas disponía de ambos. ¿Hay alguien que pueda demostrar dónde se encontraba usted a la hora en que se cometió el crimen? No, supongo que no, o ya se lo habría dicho a la policía y ahora no estaríamos aquí.

Sir Herbert esbozó una sonrisa.

—Así pues, sólo nos queda el móvil —prosiguió Rathbone—. Las cartas que la señorita Barrymore escribió a su hermana, que se encuentran en manos de la acusación, sugieren que usted mantuvo relaciones con ella y, cuando ella comprendió que sus sueños no se cumplirían, lo amenazó y usted, para evitar un escándalo, la asesinó. Doy por supuesto que no la mató, pero ¿mantuvo relaciones con ella?

Sir Herbert apretó los labios.

—Desde luego que no —dijo—. Nada más lejos de la realidad. No, señor Rathbone, nunca pensé en mantener relaciones con la señorita Barrymore. —Se mostraba sorprendido—. Ni con ninguna otra mujer que no fuese mi esposa. Dada la moralidad de la mayoría de los hombres, tal vez lo encuentre extraño —añadió al tiempo que se encogía de hombros y hacía un gesto de desaprobación—, pero he volcado toda mi energía y pasión en mi vida profesional.

Sir Herbert miraba a Rathbone con fijeza, con gran concentración, como si su interlocutor fuera la persona más importante para él en esos momentos. Rathbone advirtió que poseía una fuerte personalidad y que su pasión no era tanto de carácter físico como mental. Su rostro no era el de una persona dada al desenfreno, no delataba ningún atisbo de debilidad o apetito incontrolado.

—Mi esposa me ama, señor Rathbone —agregó sir Herbert—, y tengo siete hijos. Mi vida familiar me satisface plenamente. El cuerpo humano me fascina, su anatomía, su fisiología, sus enfermedades y los remedios para curarlas. Las enfermeras no me inspiran deseo sexual alguno. —Una expresión divertida apareció en su rostro—. Francamente, si usted hubiera conocido a la enfermera Barrymore, jamás habría supuesto que yo podría haber mantenido relaciones con ella. Era bastante atractiva, pero demasiado inflexible, ambiciosa y muy poco femenina.

Rathbone apretó los labios. Tenía que presionarlo.

—¿Muy poco femenina? ¿A qué se refiere, sir Herbert? Por lo que he oído tenía varios admiradores; de hecho, uno de ellos la cortejó durante años, a pesar de que ella lo rechazaba una y otra vez.

Sir Herbert enarcó sus finas cejas.

—¿De veras? Me sorprende usted. Mire, la enfermera Barrymore era terca, demasiado franca y categórica en ciertos temas, no le interesaba formar una familia, y no se esforzaba en absoluto por ofrecer un aspecto más atractivo. —Se inclinó—. Le ruego que no me interprete mal, no la estoy criticando. —Sacudió la cabeza—. No deseo que las enfermeras coqueteen conmigo ni con nadie. Su trabajo consiste en ocuparse de los pacientes, cumplir las órdenes que reciben y comportarse de acuerdo con la moral establecida. Prudence Barrymore era una enfermera ejemplar en ese sentido. Carecía de vicios, no bebía, era puntual, diligente y, en ocasiones, demostraba un gran talento para la medicina. Me atrevería a decir que es la mejor enfermera que he conocido jamás, y le aseguro que he conocido a cientos.

—Una muchacha decente y un tanto severa —resumió Rathbone.

—Sin duda —convino sir Herbert, echándose hacia atrás en la silla—. No es la clase de mujer con que coquetearía, aunque le repito que esas aventuras no me interesan. —Sonrió con tristeza—. En todo caso le aseguro, señor Rathbone, que si me interesaran no elegiría un lugar público para llevarlas a cabo, y mucho menos el hospital en el que trabajo, puesto que mi profesión es lo que más me importa en la vida. Jamás la pondría en peligro para satisfacer algo tan trivial.

Rathbone le creyó. En su larga trayectoria profesional había aprendido a discernir cuándo alguien mentía o decía la verdad. Existían pequeños detalles que delataban a una persona de inmediato, y no había apreciado ninguno en sir Herbert.

—Entonces ¿cómo se explica el contenido de las cartas? —inquirió Rathbone en voz baja. Se trataba de una pregunta sencilla y esperaba una respuesta creíble.

Sir Herbert adoptó una expresión compungida.

—Me resulta un tanto embarazoso contestarle, señor Rathbone. No me gusta tener que decir esto, pues no es propio de un caballero. —Respiró hondo y luego suspiró—. Todos conocemos casos de muchachas que se... enamoran de... hombres prominentes. —Dirigió a Rathbone una mirada inquisitiva—. ¿Acaso no ha tenido usted alguna experiencia similar? Quizá le haya ocurrido con una joven a la que haya ayudado. ¿No podría su admiración y gratitud convertirse... en algo más romántico? Tal vez usted no se ha percatado de nada hasta que, de repente, una palabra casual o una mirada le ha hecho ver la realidad y darse cuenta de que ella alberga la esperanza de establecer una relación más estrecha.

Rathbone sabía muy bien a qué se refería sir Herbert. Recordaba que en cierta ocasión la agradable sensación de saberse admirado había dado paso a una situación embarazosa con una joven que había confundido su vanidad con una pasión oculta. Se sonrojó al recordarlo.

Sir Herbert sonrió.

—Veo que a usted le ha ocurrido lo mismo. Se trata de una situación sumamente desagradable. El caso es que estaba tan sumido en mi trabajo que no me percaté de nada ni tuve la oportunidad de disuadirla a tiempo; además interpretó de manera errónea mis silencios. —No apartó la vista de Rathbone—. Supongo que eso fue lo que sucedió. Le juro que no sospechaba nada en absoluto. Prudence Barrymore no era la clase de mujer con la que se suelen asociar sentimientos de ese tenor. —Suspiró—. ¡Sabe Dios lo que hice o dije y ella interpretó de modo diferente! Las mujeres tienden a conceder a las palabras, y a los silencios, un sentido distinto del que uno pretende.

—Me ayudaría sobremanera si me diera algún ejemplo concreto.

Sir Herbert frunció el entrecejo.

—Lo cierto es que me resulta difícil. Uno no sopesa sus palabras mientras trabaja. Charlamos en infinidad de ocasiones y le hablé de cosas que no hubiera contado a otras mujeres menos capacitadas. —Meneó la cabeza—. Nuestra relación era meramente profesional, señor Rathbone, no de amistad. Jamás se me ocurrió mirarla a la cara para comprobar si había comprendido mis comentarios. En las operaciones, solía estar de espaldas a ella. Le aseguro que mi interés por ella no era, de ningún modo, personal.

Rathbone no continuaba observándolo. Sir Herbert se encogió de hombros.

—Las jóvenes son propensas a fantasear —prosiguió—, sobre todo cuando llegan a cierta edad y permanecen solteras. —Esbozó una breve sonrisa de compasión—. No es normal que una mujer se entregue como ella a su trabajo; induce a sospechar que sus emociones más naturales se hallan un tanto perturbadas, sobre todo si se trata de una profesión tan agotadora y exigente como la de enfermera. —No apartaba la mirada de Rathbone—. Sus experiencias en la guerra debieron de marcarla de tal modo que quizá se sintiera emocionalmente vulnerable, y soñar despierto ayuda a soportar las circunstancias más adversas.

Rathbone sabía que sir Herbert estaba en lo cierto y, sin embargo, tuvo la sensación de que se mostraba condescendiente, actitud que se le antojó injusta. Creía que la persona menos proclive a disfrazar la realidad o a vivir en un ensueño romántico era Hester Latterly, cuyas vivencias eran equiparables a las de Prudence Barrymore. Si Hester hubiera encajado en la descripción que había hecho el doctor, tal vez a Rathbone le hubiese resultado más fácil coquetear con ella. Sin embargo, también la habría admirado menos y quizás incluso la habría encontrado menos atractiva.

—¿Recuerda alguna ocasión en la que ella interpretara mal una observación suya?—insistió Rathbone—. Nos sería de gran ayuda basar nuestros argumentos en algo concreto.

—Entiendo lo que pretende, pero me temo que no recuerdo ningún comentario o acción por mi parte que diera pie a pensar que mi interés por una mujer fuera más allá de lo estrictamente profesional. —Sir Herbert observó a Rathbone con expresión de desconcierto.

Rathbone se puso en pie.

—Es suficiente por hoy, sir Herbert. No se desanime. Aún nos queda tiempo para averiguar si Prudence tenía rivales y enemigos. Le ruego que se esfuerce por recordar cualquier detalle de su relación con ella que nos permita extraer alguna conclusión. Cuando acudamos a los tribunales, deberemos presentar pruebas, no una mera declaración de inocencia. —Sonrió—. De todos modos no se preocupe en exceso. Mis ayudantes son unos profesionales excelentes y estoy seguro de que descubriremos muchas cosas antes de que se celebre el juicio.

Sir Herbert también se levantó. Estaba pálido y, ahora que las preguntas habían llegado a su fin, se le notaba muy inquieto. La gravedad de la situación lo abrumaba y, a pesar de la aplastante lógica de los argumentos de Rathbone, si el veredicto resultaba en su contra, acabaría en la horca, posibilidad que le preocupaba más que cualquier otra cosa.

Abrió la boca para hablar, pero no encontró las palabras apropiadas.

Rathbone había estado en celdas como ésa en incontables ocasiones para interrogar a hombres y mujeres que vivían sumidos en el miedo. Algunos manifestaban sin reparos su terror, mientras que otros lo ocultaban tras una máscara de orgullo e ira. Sir Herbert parecía tranquilo, pero Rathbone sabía que en realidad estaba asustado, y no podía hacer nada para confortarlo. Una vez que él se hubiera marchado, sir Herbert permanecería solo largas horas, y la esperanza se convertiría en desesperación y el valor, en pánico. Sólo le cabía esperar mientras otro luchaba por él.

—Contaré con la colaboración de mis mejores ayudantes —prosiguió Rathbone mientras estrechaba la mano de su cliente—. Mientras tanto, intente recordar las conversaciones que sostuvo con la señorita Barrymore. Hemos de rebatir la interpretación que la acusación ha hecho sobre su relación con ella.

—De acuerdo —convino sir Herbert con calma—. Por supuesto. Que tenga un buen día, señor Rathbone. Espero su próxima visita...

—Volveré dentro de dos o tres días —anunció Rathbone antes de volverse para llamar al carcelero.

Rathbone estaba dispuesto a hacer todo lo posible para encontrar a otro sospechoso. Si sir Herbert era inocente, tenía que existir un culpable, y la persona más cualificada en Londres para sacar a la luz la verdad era Monk. Le envió una carta a su domicilio, en Fitzroy Street, con el fin de pedirle que lo visitara esa misma tarde para tratar de unos asuntos. No se le ocurrió que Monk pudiera estar ocupado.

Por fortuna no lo estaba. Fueran cuales fuesen sus preferencias personales, necesitaba todos y cada uno de los trabajos que le ofrecían, así como mantener una buena relación con Rathbone. La mayoría de los casos más gratificantes, tanto desde el punto de vista profesional como económico, que le habían encomendado, los había obtenido a través del abogado.

Rathbone lo saludó y lo invitó a tomar asiento en una cómoda silla antes de sentarse al otro lado del escritorio y observarlo con expresión inquisitiva. No había incluido en su mensaje ningún detalle relativo al asunto que deseaba tratar con él.

Rathbone apretó los labios.

—Me ocupo de un caso cuya defensa va a resultarme sumamente difícil —explicó mirando fijamente a Monk—. Doy por supuesto que mi cliente es inocente. Las pruebas circunstanciales no son consistentes, pero existen razones de peso para presumir que tenía motivos para querer matar a la víctima; además, no se ha encontrado a ningún otro sospechoso.

—¿Existe alguno? —inquirió Monk.

—Oh, sí, varios.

—¿Con un móvil?

Rathbone se retrepó en la silla.

—Sí, aunque ninguno parece lo bastante poderoso para inducir a un asesinato; son meras conjeturas, no hechos probados.

—Una buena distinción. —Monk sonrió—. Supongo que el móvil de su cliente resulta más creíble.

—Me temo que sí, si bien no es el único sospechoso, aunque sí el más plausible.

Monk se quedó pensativo.

—Su cliente niega haber cometido el asesinato. ¿Niega también que tuviera un móvil?

—Sí. Asegura que todo se basa en una interpretación errónea de sus palabras... en una percepción distorsionada de sus sentimientos. —Rathbone observó que Monk entornaba los ojos. Sonrió—. He leído sus pensamientos. Está usted en lo cierto. Mi cliente es sir Herbert Stanhope. Me consta que fue usted quien entregó las cartas que Prudence Barrymore había escrito a su hermana.

Monk arqueó las cejas.

—Aun así, ¿me pide que lo ayude a refutar su contenido?

—No quiero que refute el contenido de las cartas, sino que demuestre que el hecho de que la señorita Barrymore se encaprichara de sir Herbert no implica que él la asesinara. Existen otras posibilidades bastante verosímiles, y una podría ser la verdadera.

—¿Se conforma usted con la posibilidad? —inquirió Monk—, o también desea que proporcione pruebas?

—En primer lugar, la posibilidad —respondió Rathbone secamente—; luego convendría recabar pruebas para demostrar que estamos en lo cierto. No resulta demasiado satisfactorio limitarse a plantear dudas. Además, no se puede confiar en que el jurado lo absuelva por el mero hecho de que haya otros sospechosos, y no cabe duda de que sería imposible mantener intacta su reputación. Si no se condena a otra persona, sir Herbert verá arruinado su futuro.

—¿Cree usted que es inocente? —Monk miró a Rathbone con curiosidad—. ¿O prefiere no decírmelo?

—Sí —respondió Rathbone con franqueza—; no puedo probarlo, pero creo en su inocencia. ¿Sospecha usted que es culpable?

—No —contestó Monk tras vacilar por un instante—, no lo creo, a pesar del contenido de las cartas. —Su semblante se ensombreció—. Al parecer, Prudence se encaprichó de él, y tal vez sir Herbert se sintiera tan halagado que cometió el error de no rechazarla. Tras haber reflexionado al respecto, he llegado a la conclusión de que asesinarla habría sido una reacción exagerada y disparatada; tal vez fuera una situación un tanto molesta, pero jamás representaría ningún peligro para sir Herbert. Aunque Prudence estuviera profundamente enamorada —añadió Monk, que pronunció las palabras como si le resultaran desagradables—, no podía causar ningún daño a sir Herbert. Creo que un hombre tan importante como él, acostumbrado a trabajar con mujeres, debe de haber vivido situaciones similares con anterioridad. No estoy tan seguro como usted de su inocencia, pero creo que aún no hemos descubierto la verdad. Acepto su oferta. Investigar este caso me atrae.

—¿Qué le indujo a participar en él? —inquirió Rathbone.

—Lady Callandra me lo pidió. Pertenece al consejo del hospital y apreciaba mucho a Prudence Barrymore.

—¿Y esta solución le satisface? —Rathbone no ocultó su sorpresa—. ¡Creía que, como miembro del consejo rector, defendería a sir Herbert! Sin duda es su cirujano de mayor renombre y, por lo tanto, del único que no pueden prescindir.

La incertidumbre veló la mirada de Monk.

—Sí, lady Callandra parece satisfecha con esa solución. Me ha dado las gracias y me ha pagado, de modo que considera resuelto el caso.

Rathbone no habló; los pensamientos y las conjeturas lo sumían en un estado de preocupación.

—Hester no está de acuerdo con ella —añadió Monk al cabo de unos segundos.

Rathbone salió de su ensimismamiento al oír el nombre de Hester.

—¿Hester? ¿Qué tiene que ver ella con el caso?

Monk sonrió y miró a Rathbone con expresión divertida. Éste tuvo la incómoda sensación de que el detective había adivinado lo que sentía por Hester. ¿Acaso ella le había confiado algún secreto? Rechazó la hipótesis de plano; le resultaba desagradable e insultante.

—Hester conoció a Prudence durante la guerra de Crimea —respondió Monk.

Al abogado le sorprendió que aludiese a la enfermera Barrymore por su nombre de pila. Siempre había pensado en ella como en la víctima y había volcado su atención en sir Herbert. Todo cuanto Prudence representaba se le apareció de repente de forma dolorosa. Hester la había conocido y tal vez la había apreciado. Con una claridad deslumbrante, Rathbone pensó en lo mucho que Prudence debía de haberse parecido a Hester y sintió un frío penetrante en su interior.

Monk se percató de la conmoción que se había apoderado de Rathbone. En lugar de la expresión irónica que esperaba, el abogado percibió en el rostro de su compañero un gesto de pesar.

—¿La conoció usted? —preguntó sin meditar sus palabras. No cabía duda de que no la había conocido.

—No —contestó Monk con evidente dolor—, pero he averiguado muchas cosas sobre ella. —Se le endureció la mirada—, y me propongo encontrar al hombre que la asesinó. —Esbozó una sonrisa amarga—. No sólo se trata de evitar un error judicial... sino de que no absuelvan a sir Herbert y otro ocupe su lugar. No permitiré que este caso se quede sin resolver.

Rathbone observó la vehemencia que refulgía en el rostro de Monk.

—¿Qué ha averiguado sobre ella que le conmueve tanto?

—Su valor —respondió Monk—, su inteligencia, su afán por aprender y su voluntad para luchar por lo que creía y deseaba. Se preocupaba por los demás y jamás se comportó de forma hipócrita.

Rathbone imaginó una mujer no muy diferente de la que Monk se representaba: extraña y compleja en algunos aspectos, de una extrema sencillez en otros. No le sorprendía que su muerte hubiera afectado tanto a Monk e incluso compartía sus sentimientos.

—Da la impresión de que era una mujer que amaba con todo su corazón —conjeturó Rathbone— y no aceptaba un rechazo sin antes luchar.

Monk apretó los labios con una expresión de duda e ira en la mirada.

—Tampoco hubiera recurrido a los ruegos o al chantaje —dijo. Su voz reflejaba más dolor que convicción.

Rathbone se puso en pie.

—Debe reanudar las pesquisas e intentar descubrir otros posibles móviles. Alguien la asesinó.

—Lo haré —prometió Monk con seriedad, no a Rathbone, sino a sí mismo. Sonrió con amargura—. Supongo que es sir Herbert quien corre con los gastos.

—Así es —contestó Rathbone—. ¡Ojalá encontráramos a alguien que lo hubiera hecho guiado por un motivo creíble! Tiene que existir un móvil, Monk. —Hizo una pausa—. ¿Dónde trabaja Hester?

Monk sonrió; encontraba divertida la pregunta.

—En el Royal Free Hospital.

—¿Cómo? —Rathbone no salía de su asombro—. ¿En un hospital? Creía que ella... —Se interrumpió de nuevo. A Monk no le concernía que hubiesen despedido a Hester con anterioridad, aunque era evidente que ya lo sabía.

Rathbone escudriñó su rostro y vio sus pensamientos, la ira y el instinto para defenderse reflejados en sus ojos. En ocasiones se sentía más unido a Monk que nunca, y lo apreciaba y le tenía antipatía a la vez.

—Entiendo —añadió—. Supongo que podría sernos de utilidad. Le ruego que me mantenga informado.

—Naturalmente —repuso Monk en tono solemne—. Que pase un buen día.

Rathbone sabía que el detective también iría a ver a Hester. Reflexionó sobre los pros y los contras de la decisión mientras se dirigía a pie hacia el hospital. No le resultaría fácil encontrarla, puesto que con toda seguridad estaría trabajando. Aun así, pensaba que Hester no podría ayudarlo a resolver el caso. Sin embargo había conocido a Prudence Barrymore y tal vez conociera también a sir Herbert. No podía permitirse el lujo de prescindir de su opinión. De hecho, no podía permitirse el lujo de pasar nada por alto.

No le gustó el hospital. El olor le molestaba tanto como el dolor y la angustia que se respiraban en su interior. Desde el arresto de sir Herbert, todo estaba mucho más desordenado. Los empleados se sentían desconcertados y se mostraban sumamente parciales a la hora de decidir si sir Herbert era inocente o culpable.

Rathbone explicó quién era y el motivo de su visita. Lo condujeron hasta una pequeña y limpia sala y le pidieron que esperara.

Pasaron más de veinte minutos, durante los cuales su impaciencia y mal humor se acentuaron, antes de que se abriera la puerta y entrara Hester.

Habían transcurrido tres meses desde que la vio por última vez y, aunque creía que sus recuerdos eran más que nítidos, su presencia todavía lo sorprendía. Daba muestras de cansancio, estaba un tanto pálida y había una pequeña mancha de sangre en su sencillo vestido gris. A Rathbone, la repentina sensación de familiaridad le resultó agradable y molesta a la vez.

—Buenas tardes, Oliver —le saludó Hester—. Me han dicho que se encarga de la defensa de sir Herbert y que desea hablar conmigo al respecto. Dudo que pueda ayudarlo. No trabajaba en el hospital cuando se cometió el asesinato, pero naturalmente le contaré todo cuanto sepa. —Hester le miró a los ojos sin el decoro propio de las mujeres.

Rathbone adivinó que Hester había conocido y apreciado a Prudence Barrymore y que sus emociones guiarían cada uno de sus actos. Era algo que le gustaba y le desagradaba a la vez. Desde el punto de vista profesional, constituía un inconveniente, pues necesitaba opiniones imparciales. Por otro lado consideraba que la indiferencia hacia la muerte era una tragedia mayor que la muerte misma y, en ocasiones, un pecado mucho más repugnante que las mentiras, evasivas y traiciones que solían tener lugar durante el transcurso de un juicio.

—Monk me ha comentado que usted conoció a Prudence Barrymore —dijo Rathbone sin rodeos.

—Así es —repuso Hester, muy seria.

—¿Conoce el contenido de las cartas que escribió a su hermana?

—Sí. Monk me lo ha contado. —Su expresión reflejaba cautela y descontento. Rathbone se preguntó si era porque se había violado la intimidad de la difunta o por lo que las misivas explicaban.

—¿La sorprendió? —inquirió Rathbone.

Hester permanecía de pie. No había sillas en la sala, que al parecer se utilizaba para almacenar todo tipo de materiales y que le habían ofrecido para que pudiera realizar el interrogatorio con tranquilidad.

—Sí —contestó sin vacilar—. He de suponer que las escribió ella, pero no concuerdan con la personalidad de la mujer que conocí.

Rathbone no deseaba ofenderla, aunque tampoco podía abstenerse de averiguar la verdad.

—¿La trató en algún otro lugar que no fuera Crimea?

Era una pregunta perspicaz, y Hester se percató de inmediato de lo que pretendía Rathbone.

—No; no la conocí en Inglaterra. Regresé de Crimea antes que ella porque mis padres habían fallecido, y no volví a verla. De todos modos, el contenido de las cartas no parece propio de la mujer con la que trabajé. —Frunció el entrecejo mientras se esforzaba por encontrar las palabras más adecuadas para expresar sus pensamientos—. Ella era... autosuficiente... —Miró a Rathbone para comprobar si la entendía—. Jamás hubiera permitido que su felicidad dependiera de otras personas. Tenía madera de líder, no de gregaria. ¿Comprende lo que quiero decir? —Lo miró con inquietud, consciente de su incapacidad para expresarse con claridad.

—No —contestó él con franqueza al tiempo que esbozaba una sonrisa—. ¿Se refiere usted a que era incapaz de enamorarse?

Hester vaciló y Rathbone pensó que se negaría a responder. Deseó no haber abordado el tema, pero ya era demasiado tarde.

—¿Hester?

—No lo sé —dijo ella por fin—. Creo que sí habría podido amar, pero no estoy segura de que fuera capaz de enamorarse. Por otro lado, sir Herbert no parece... —Se interrumpió.

—¿No parece...? —repitió Rathbone.

Hester hizo una mueca.

—No parece la clase de hombre capaz de inspirar una pasión incontenible.

—Entonces ¿a qué se refería en las cartas? —inquirió Rathbone.

Hester meneó la cabeza.

—No se me ocurre otra explicación —dijo—, pero me resulta difícil de creer. Supongo que debió de cambiar mucho. —Su semblante se endureció—. Debió de existir algo entre ellos que aún no hemos logrado averiguar, tal vez cierta dulzura, algo que compartieron y que Prudence valoraba sobremanera y no estaba dispuesta a perder, aunque para ello tuviera que valerse de algo tan humillante como las amenazas. —Hester volvió a sacudir la cabeza con impaciencia, como si quisiera apartar a un insecto molesto—. Era muy directa y franca. ¿Qué demonios querría de él para actuar de esa manera? ¡No tiene sentido!

—El amor casi nunca tiene sentido, querida —susurró Rathbone—. Cuando amas a alguien con tanta pasión, te cuesta creer que, con el paso del tiempo, no acabe por corresponderte. Si tienes la oportunidad de estar con esa persona, eres capaz de hacer cualquier cosa por conseguirlo. — Se interrumpió de repente. Lo que decía era cierto y guardaba relación con el caso, pero había llegado más lejos de lo que pretendía. No obstante, continuó hablando—. ¿Acaso nunca ha apreciado usted a alguien de esa manera?

Rathbone no sólo formulaba la pregunta con relación a Prudence Barrymore, sino porque también quería saber si Hester había sentido alguna vez esa profunda pasión que eclipsa todo lo demás y hace que las otras necesidades y deseos pierdan importancia.

No bien hubo terminado de formular esa pregunta, se arrepintió. Si Hester respondía que no, la consideraría una mujer fría e incapaz de albergar esa clase de sentimientos, en tanto que si su respuesta era afirmativa, se sentiría celoso, por ridículo que pareciera, del hombre que los hubiera podido provocar. Mientras esperaba a que ella contestase, no podía evitar sentirse un perfecto idiota.

Si Hester se percató de lo turbado que se sentía Rathbone, no dio muestras de ello.

—Si me hubiera ocurrido, preferiría no hablar de ello —afirmó con cierto recato. A continuación sonrió—. Me temo que no le estoy siendo de gran ayuda, ¿no es cierto? Lo lamento. Usted debe ocuparse de la defensa de sir Herbert, y todo esto no le servirá de nada. Supongo que lo mejor sería averiguar qué pensaba hacer Prudence para presionar a sir Herbert. —Frunció el entrecejo—. No es una perspectiva muy buena, ¿verdad?

—Me temo que no —reconoció Rathbone con una sonrisa.

—¿Qué puedo hacer para ayudarlo? —preguntó Hester.

—Encontrar pruebas que demuestren que lo hizo otra persona.

Rathbone percibió una expresión de incertidumbre en su rostro, o tal vez de inquietud o descontento.

—¿Que ocurre? —inquirió el abogado—. ¿Sabe algo?

—No —respondió ella—. No sé nada que permita implicar a otra persona. Creo que la policía ya ha investigado a todos los sospechosos. Sé que Monk pensaba que el asesino podía ser Geoffrey Taunton o quizá Nanette Cuthbertson. Supongo que lo tendrá en cuenta.

—Por supuesto. ¿Qué sabe de las demás enfermeras? ¿Tiene idea de lo que opinaban de Prudence Barrymore?

—No sé si mis impresiones tienen valor; algunas la admiraban y otras le tenían antipatía, aunque dudo que desearan causarle ningún mal. —El rostro de Hester reflejó una mezcla de sarcasmo y pena—. Están muy enojadas con sir Herbert. Creen que la asesinó y no están dispuestas a perdonarlo. Considero que cometería una gran imprudencia si llamara a testificar a alguna de ellas.

—¿Por qué? ¿Acaso suponen que ella estaba enamorada de sir Herbert y que él la engañó?

—No sé qué piensan. —Hester negó con la cabeza—. En todo caso están convencidas de que sir Herbert es el culpable. No se trata de un asunto sobre el que hayan reflexionado mucho, sino de la diferencia que existe entre un médico y una enfermera. Él tenía poder, en tanto que ella no. No es más que el viejo resentimiento del pobre hacia el rico, del débil hacia el fuerte, del ignorante hacia el culto. Tendrá usted que proceder con suma sutileza si desea sacar algo en claro de sus declaraciones.

—Le agradezco su advertencia —afirmó Rathbone con determinación. Las perspectiva no eran muy halagüeñas. Hester no le había revelado nada, aunque sí le había infundido esperanzas—. ¿Qué opina de sir Herbert? Usted ha trabajado con él, ¿no es cierto?

—Sí. —Ella frunció el entrecejo—. Lo cierto es que me cuesta creer que él la utilizara, como sugieren las cartas. Espero que no me tache de vanidosa si le digo que nunca le he visto demostrar el más mínimo interés por mí. —Observó al abogado para juzgar su reacción—. He trabajado con él en muchas ocasiones —prosiguió—, a veces hasta bien entrada la noche, y en operaciones complicadas en las que el temor al fracaso o el entusiasmo por el éxito estaban a flor de piel. Creo que se entrega por completo a su trabajo y se comporta con suma corrección.

—¿Estaría dispuesta a declarar eso en un juicio?

—Por supuesto, pero creo que no servirá de nada. Me atrevería a decir que cualquier otra enfermera que haya colaborado con él afirmaría lo mismo.

—No puedo citarlas sin estar seguro de que dirán lo mismo que usted —señaló Rathbone—. Me pregunto si podría...

—Ya lo he hecho —lo interrumpió Hester—. He hablado con compañeras que han trabajado con él en alguna ocasión, sobre todo con las más atractivas y jóvenes, y todas me han asegurado que sir Herbert las ha tratado siempre con absoluta corrección.

Rathbone se sentía un poco más optimista. Al menos ya tenía algo.

—Esa información me resulta útil —admitió—. ¿Sabe usted si la enfermera Barrymore confiaba en alguien? Supongo que tendría alguna buena amiga.

—Que yo sepa, no. —Hester sacudió con la cabeza e hizo una mueca—. Intentaré averiguar algo al respecto. Durante la guerra de Crimea no trabó amistades duraderas. El trabajo era su principal preocupación; no había tiempo ni fuerzas para compartir algo más que una especie de comprensión silenciosa. Inglaterra y todo cuanto nos unía a ella habían quedado atrás. Había muchas cosas de Prudence que yo desconocía.

—Necesito recabar tanta información como sea posible —afirmó Rathbone—. La situación cambiaría si supiésemos lo que de veras pensaba.

—Desde luego. —Hester lo miró por unos instantes y luego se irguió—. Lo mantendré al corriente de todo cuanto considere útil para la defensa. ¿Necesita que se lo escriba o le basta con que se lo diga?

Rathbone reprimió una carcajada.

—Oh, creo que será mejor que me lo diga —contestó con solemnidad—. Le agradezco mucho su ayuda. Estoy seguro de que la justicia prevalecerá.

—Pensaba que su propósito era defender a sir Herbert —replicó Hester con cierta sorna. Acto seguido, se despidió y se marchó para reincorporarse a su trabajo.

Rathbone permaneció en la pequeña sala unos instantes más. Se sentía un tanto eufórico. Había olvidado cuán estimulante le resultaba la compañía de Hester, así como su inteligencia y su franqueza. Cuando estaba a su lado experimentaba una agradable y cómoda sensación de familiaridad, y también, por paradójico que resultara, cierta inquietud. Se trataba de algo que no lograba apartar de su pensamiento.

Monk no estaba seguro de si debía trabajar para Oliver Rathbone en la defensa de sir Herbert Stanhope. Al leer las cartas había tenido la certeza de que demostraban que sir Herbert había mantenido una relación con Prudence Barrymore muy diferente de la que había admitido. Que se hiciera pública sería vergonzoso desde el punto de vista tanto personal como profesional, y si Prudence lo había amenazado con revelar lo que había entre ambos, existía un móvil... un móvil que cualquier jurado tomaría por verdadero.

Por otro lado, la teoría de Rathbone según la cual todo era fruto de la febril imaginación de Prudence habría resultado verosímil en el caso de otra mujer. ¿Acaso era Monk culpable de haber descrito a Prudence como una mujer íntegra, entregada a su trabajo, y de haber omitido sus defectos? ¿Había vuelto a crear en su imaginación a una mujer muy distinta, e inferior a la real?

La hipótesis le resultaba dolorosa, pero no podía dejar de pensar en ella. Había atribuido a Hermione cualidades de que carecía, y tal vez hubiera hecho lo mismo con Imogen Latterly. ¿A cuántas mujeres había idealizado?

Por lo que a las mujeres se refería, Monk se sentía incapaz de aprender de sus propios errores.

Por fortuna estaba más que capacitado para el desempeño de su profesión, y era incluso brillante. Los casos en que había trabajado así lo demostraban; habían sido una sucesión de victorias. Aunque apenas recordaba los detalles, el respeto que le profesaban los demás así lo indicaba. Nadie hablaba mal de él o le llevaba la contraria por puro placer. Los hombres que trabajaban con él siempre daban lo mejor de sí. En ocasiones le obedecían movidos por el temor que les inspiraba, pero cuando el caso se resolvía se sentían eufóricos y orgullosos de formar parte de su equipo. Trabajar a las órdenes de Monk era un honor, una señal de triunfo en la trayectoria del agente, un trampolín hacia un futuro mejor.

De pronto recordó las desagradables palabras que Runcorn le había dirigido después de que hubiera humillado a un joven policía que había colaborado con él en un caso que, a pesar del mucho tiempo transcurrido, aún mantenía vivo en la memoria. Rememoró el rostro del joven mientras lo reprendía con desprecio por haber actuado con tanta timidez y haberse mostrado indulgente con los testigos que ocultaban la verdad para así eludir lo que más les dolía, a pesar de las consecuencias que ello implicaba. Se arrepentía de haber tratado con tanta severidad al agente, que no había sido lento ni cobarde, sino que había optado por no herir los sentimientos de los demás y había intentado encontrar otra forma de resolver el caso. Tal vez su método no resultara tan eficiente como el de Monk, pero no por ello era peor; ahora lo comprendía, con la sabiduría que otorga el paso del tiempo y un mayor conocimiento de sí mismo, pero en aquel entonces sólo sentía desprecio y no hacía el menor esfuerzo por ocultarlo.

No se acordaba de qué había sido del joven policía, si había permanecido en el cuerpo, desanimado y descontento, o si lo había abandonado. Deseaba no haberle arruinado el futuro. El hecho de no recordar nada del muchacho indicaba que no le había importado lo más mínimo lo que le había ocurrido... y sólo de pensarlo se sentía molesto.

Trabajo. Tenía que ayudar a Rathbone y esforzarse al máximo para demostrar que Stanhope era inocente. Tal vez necesitase algo más que eso, incluso para su propia satisfacción. Las cartas constituían una prueba, aunque no concluyente. Para salvar a sir Herbert, tendrían que demostrar que era imposible que hubiera cometido el asesinato, y puesto que disponía tanto de los medios como de la ocasión para hacerlo, e incluso del móvil, había que encauzar la investigación en otra dirección. La única solución posible consistía en descubrir al verdadero asesino. Sólo así lograrían su absolución y su reputación se mantendría intacta. Si planteaban alguna duda razonable, no lo condenarían a la horca, pero sufriría las consecuencias del desprestigio.

¿Era inocente?

A Monk le repugnaba más que condenaran y ajusticiaran a un inocente que dejar en libertad a un culpable. Ya había vivido una experiencia similar y haría cuanto estuviera en su mano para evitar que la situación se repitiera. Todavía tenía pesadillas en las que un rostro ceniciento y desesperanzado le clavaba la mirada en mitad de la noche. Saber que había luchado para impedirlo no lo confortaba en absoluto.

Tal vez no existieran pruebas que demostraran la culpabilidad de otra persona... ninguna huella, trozo de ropa, testigos que hubieran visto u oído algo, ninguna mentira que sirviera para atrapar a alguien.

Si no había sido sir Herbert, ¿quién había asesinado a Prudence Barrymore?

No sabía por dónde comenzar. Tenía dos opciones: encontrar a otro culpable, tarea tal vez imposible, o refutar la culpabilidad de sir Herbert con argumentos sólidos de tal forma que el jurado lo absolviera. En cuanto a la primera, ya había hecho todo lo que se le había ocurrido, de modo que debía confiar en obtener mejores resultados con la segunda. Hablaría con los compañeros de sir Herbert con la intención de averiguar qué pensaban de él. Quizás accedieran a testificar para confirmar la intachable reputación de ésta.

Durante los siguientes días se dedicó a interrogar a varias personas con el propósito de sacarles, con la mayor educación posible, algo más interesante que alabanzas sobre la profesionalidad de sir Herbert o comentarios sobre su indudable inocencia; la mayoría se mostró dispuesta a testificar a su favor... si realmente era necesario hacerlo. A los miembros del consejo del hospital les inquietaba participar en algo que tal vez acabara peor de lo que temían. Sus rostros delataban que no sabían con certeza qué postura adoptar si sir Herbert era culpable .

La señora Flaherty no quiso contarle nada y aseguró que no testificaría. Tenía miedo y como muchos otros que se sentían indefensos, estaba un tanto aterrorizada. Monk se sorprendió al comprobar que la escuchaba con más paciencia de la que esperaba. Mientras observaba, en el pasillo del hospital, su cara demacrada y sus mejillas sonrosadas, percibió su desconcierto y vulnerabilidad.

La actitud de Berenice Ross Gilbert fue muy diferente. Lo recibió en la sala donde se reunían los miembros del consejo, una estancia con una larga mesa de caoba rodeada de sillas, grabados colgados de las paredes y cortinas de brocado. Berenice vestía un traje gris oscuro con adornos de color turquesa. Era un conjunto caro, que le favorecía sobremanera. Movía los amplios faldones con gran elegancia,

Observó con atención las facciones de Monk, su nariz prominente, los pómulos marcados y la mirada impasible. Él no pasó por alto su expresión de curiosidad ni su sonrisa, que le complació porque sabía bien qué significaba.

—Pobre sir Herbert. —Berenice enarcó las cejas—. ¡Qué terrible situación la suya! Ojalá supiese cómo ayudarlo. —Se encogió de hombros—. Lo cierto es que desconozco sus debilidades. Siempre que he tratado con él, se ha comportado con cortesía y educación. Sin embargo —añadió con una sonrisa—, si deseaba mantener un romance ilícito, estoy segura de que no me habría elegido a mí.

Monk sabía que lo que había dicho era verdadero y falso a la vez. Berenice esperaba que él descifrara sus palabras. Ella no constituía un pasatiempo banal y era además una mujer elegante, sofisticada y, a su manera, hermosa, tal vez más que hermosa... de una personalidad arrebatadora. Creía que Prudence era mucho más remilgada, ingenua e inferior a ella y que carecía de su encanto y atractivo.

Si bien no recordaba nada en concreto, Monk intuyó que ya había vivido una situación similar con anterioridad en la que una mujer adinerada y culta se mostraba interesada por él, lo cual le satisfacía mucho.

Monk sonrió e intentó no delatar su interés por la mujer.

—Estoy seguro de que, como miembro del consejo rector, saber cuáles son las virtudes y los defectos del personal forma parte de sus obligaciones, y sospecho que posee usted una buena intuición para detectarlos. —Monk advirtió que le brillaban los ojos—. ¿Qué reputación tenía sir Herbert? Le ruego que me responda con franqueza... los eufemismos no ayudarán a nadie.

—Rara vez me sirvo de eufemismos, señor Monk —repuso Berenice sin dejar de sonreír. Se apoyó con elegancia en una silla—. Me gustaría contarle algo interesante, pero nunca he oído nada malo sobre sir Herbert. —Hizo una mueca—. Todo lo contrario, es un cirujano excelente, pero también aburrido, pomposo, dogmático y ortodoxo desde el punto de vista social, político y religioso. No apartaba la vista de Monk—. Dudo que jamás haya destacado en algo, excepto en medicina. Es como si ya no le quedase energía creativa y lo único que supiese hacer es aburrir a los demás. —Berenice no ocultaba lo mucho que disfrutaba ni su creciente interés. Estaba convencida de que Monk era muy distinto del hombre al que había descrito.

—¿Lo conoce personalmente, lady Ross Gilbert?

Ella se encogió de hombros.

—Sólo trato con él asuntos laborales. He hablado con lady Stanhope en varias ocasiones. —Su voz se tiñó de un desprecio apenas perceptible—. Es una persona muy retraída. Prefiere quedarse en casa con sus hijos... creo que tiene siete. No obstante, es una mujer agradable, correcta y femenina, en absoluto impertinente o molesta. —Entornó un tanto los ojos—. Me atrevería a decir que es una esposa modelo. No tengo motivo alguno para pensar de otro modo.

—¿Qué sabe de la enfermera Barrymore? —inquirió Monk mientras la miraba con fijeza, aunque no percibió nada que delatara sus pensamientos.

—Apenas si la traté, y sólo sé lo que me han contado los demás. He de admitir que jamás he oído a nadie criticarla. —Observó a Monk—. Si le soy sincera, creo que era tan aburrida como sir Herbert. Formaban una buena pareja.

—Curiosa elección de palabras.

Berenice se echó a reír.

—No lo he hecho a propósito, señor Monk.

—¿Cree usted que la enfermera Barrymore albergaba fantasías con respecto a sir Herbert? —inquirió Monk.

Berenice miró hacia el techo.

—¡Quién sabe! Me habría inclinado a pensar que le atraerían personas más interesantes... como el doctor Beck. Es un hombre sensible y con un gran sentido del humor, un poco vanidoso y sospecho que más dado a los apetitos naturales. —Se rió de nuevo—. Sin embargo, tal vez no fuera eso lo que ella deseaba. —Miró a Monk—. Francamente, considero que la señorita Barrymore admiraba a sir Herbert, como todos los demás, pero me extrañaría que acariciara sueños románticos... aunque, por supuesto, la vida está llena de sorpresas, ¿no le parece? —Monk advirtió que una chispa insinuante aparecía en sus ojos, aunque no estaba seguro de si lo invitaba a mostrarse más atrevido.

Fue todo cuanto logró averiguar. Informó a Rathbone, si bien sabía que no le resultaría de gran utilidad.

Tampoco obtuvo información relevante de parte de Kristian Beck, aunque el encuentro fue por completo diferente. Monk lo visitó en su casa. La señora Beck se encontraba ausente, pero su frialdad y meticulosidad quedaban de manifiesto en la escasa originalidad de la decoración, la estricta y precisa disposición del mobiliario, en los asépticos estantes, los libros de contenido ortodoxo. Hasta las flores de los jarrones se habían colocado con excesiva rigidez. La vivienda daba una impresión de limpieza, orden y severidad. A Monk no le costaba imaginar a la señora Beck: llevaría el cabello recogido, tendría las cejas poco perfiladas, los pómulos apenas marcados y unos labios carentes de sensualidad.

¿Por qué había elegido Beck a una mujer así? Él era todo lo contrario: su rostro reflejaba buen humor y sensibilidad, y tenía la boca más sensual que Monk hubiese visto jamás; aun así, no parecía tosco ni dado a los excesos. ¿Qué infortunio había provocado que sus vidas se uniesen? Monk estaba convencido de que nunca lo sabría. Pensó con amargura que tal vez Beck se equivocaba tanto como él al juzgar a las mujeres. Quizás hubiera visto en su rostro desprovisto de pasión un indicio de pureza y refinamiento, y confundido su falta de sentido del humor con inteligencia e incluso piedad.

Kristian lo condujo hasta su estudio, una habitación muy distinta en la que la personalidad del doctor quedaba patente. En las estanterías se apilaban libros de toda clase: novelas, autobiografías, de poesía, historia, filosofía y medicina. Abundaban los colores, las cortinas eran de terciopelo, la chimenea estaba revestida de cobre y la repisa se veía cubierta de adornos. La frialdad de la señora Beck no encajaba en un lugar así. De hecho, la estancia le recordó más bien el estilo de Callandra por su desorden meticuloso y su variedad. Monk la imaginaba allí, con su infalible conocimiento de lo que realmente era importante.

—¿En qué puedo ayudarlo, señor Monk? —Kristian lo miraba con asombro—. Le aseguro que ignoro lo que ocurrió y no acierto a comprender por qué la policía sospecha de sir Herbert. De hecho, sólo sé lo que han publicado los periódicos

—Prudence Barrymore escribió una serie de cartas a su hermana —dijo Monk— en las que se da a entender que estaba profundamente enamorada de sir Herbert; según ella, éste le hizo creer que compartía sus sentimientos y que estaría dispuesto a contraer matrimonio con ella.

—¡Eso es absurdo! —exclamó Kristian mientras indicaba a Monk que se sentase—. ¿Cómo iba a hacer algo así? Está casado y tiene varios hijos... creo que siete. Podría haberlos abandonado, pero eso hubiera supuesto su ruina, hecho del que sin duda era consciente.

Monk aceptó la invitación y tomó asiento. La silla era muy cómoda.

—Aunque lo hubiera hecho —señaló Monk—, no podría haberse casado con la señorita Barrymore. En cualquier caso, me gustaría conocer su opinión sobre sir Herbert y la señorita Barrymore. Dice usted que no comprende la versión oficial de los hechos...

Kristian se sentó frente a él y reflexionó por unos instantes antes de responder.

—Así es. Sir Herbert es un hombre muy prudente, ambicioso y celoso de su posición social y su reputación en el mundo de la medicina, tanto en Gran Bretaña como en el extranjero. —Juntó las yemas de los dedos. Tenía unas manos bonitas, fuertes y grandes, aunque no tanto como las de sir Herbert—. Mantener relaciones con una enfermera, por muy interesante o atractiva que ésta fuese constituiría una estupidez. Sir Herbert no es un hombre impulsivo ni entregado a los apetitos de la carne.

Beck hablaba con un tono inexpresivo, sin delatar aprobación o desprecio por semejante actitud. Monk lo miró a la cara y supo que Beck era completamente distinto de sir Herbert.

—Ha calificado a la enfermera Barrymore de interesante y atractiva —observó Monk—. ¿De veras lo cree? Según lady Ross Gilbert, era un tanto recatada e ingenua en lo que se refiere al amor y no se trataba de la clase de mujer que un hombre encontraría atractiva.

Kristian se rió.

—Sí... Conozco la opinión de Berenice. Es difícil imaginar a dos mujeres más distintas. Dudo mucho que se entendieran.

—No ha respondido a mi pregunta, doctor Beck.

—Tiene usted razón. —Kristian no se mostró ofendido—. Sí, en mi opinión la enfermera Barrymore era muy atractiva, como persona y como mujer. Sin embargo, he de confesar que mis gustos no son los más corrientes. Aprecio el valor y el sentido del humor, así como la inteligencia. —Cruzó las piernas y se arrellanó mientras miraba a Monk con una sonrisa—. Me aburren las mujeres que sólo hablan de banalidades. No me gustan las personas de risa fácil ni las que coquetean sin cesar, y creo que la sumisión es síntoma de soledad. ¿Es posible trabar una verdadera amistad con una mujer que siempre te da la razón? Es como tener una hermosa fotografía de ella, ya que todo cuanto dice es reflejo de tus propias ideas.

Monk pensó en Hermione... encantadora, dócil, acomodaticia... y en Hester, obstinada, arisca, porfiada defensora de sus principios, valiente y bastante impertinente (de hecho en ocasiones su compañía le resultaba más molesta que la de cualquier otra persona), pero era de carne y hueso.

—Sí, comprendo su punto de vista. ¿Cree que sir Herbert también la consideraba atractiva?

—¿A Prudence Barrymore? —Kristian se mordió el labio inferior con expresión reflexiva—. Lo dudo. Me consta que la respetaba como profesional, al igual que todos nosotros, pero de vez en cuando ella cuestionaba las observaciones de sir Herbert, lo cual lo enfurecía sobremanera. No aceptaba que sus compañeros lo criticasen, y mucho menos que lo hiciese una mujer, y enfermera por añadidura.

—¿Podría haberse enfadado tanto como para asesinarla? —preguntó Monk con ceño.

—Me parece poco probable —respondió Kristian entre risas—. Sir Herbert es el cirujano jefe del hospital. Podría haberse deshecho de Prudence, que sólo era una enfermera, sin tener que recurrir a un acto tan extremo.

—¿Aun si él estaba equivocado y ella tenía razón? —insistió Monk—. Los demás se habrían enterado.

De repente Kristian se puso serio.

—En ese caso, todo cambiaría. Sir Herbert no se lo tomaría tan bien. En realidad, ningún hombre lo haría.

—¿Acaso los conocimientos médicos de la señorita

Barrymore eran suficientes para que ocurriese eso? —inquirió Monk.

Kristian meneó la cabeza.

—No lo sé. Imagino que es posible. No cabe duda de que estaba muy bien preparada, mucho más que cualquier otra enfermera que yo haya conocido, aunque debo reconocer que la que la ha sustituido también es muy buena.

Monk experimentó una gran satisfacción, que no dejó de desconcertarlo.

—¿Era ésa razón suficiente? —preguntó con un tono más brusco del que había esperado.

—Tal vez —admitió Kristian—, pero ¿tiene algún indicio que apunte en ese sentido? Creía que lo habían arrestado por el contenido de las cartas. —Volvió a sacudir la cabeza—. Una mujer enamorada no hace públicos los errores del hombre a quien ama. Todo lo contrario. Las que he conocido han defendido al hombre que querían como si la vida les fuera en ello, aunque no tuvieran motivos para hacerlo. No, señor Monk, esa teoría no es verosímil. De todos modos, si no he entendido mal, el abogado de sir Herbert lo ha contratado para que encuentre pruebas que demuestren que no lo hizo él y obtener así la absolución, ¿estoy en lo cierto?

Era una forma educada de preguntarle si había mentido.

—Sí, doctor Beck, lo ha entendido usted bien —contestó Monk, consciente de que Kristian comprendería el significado de sus palabras—. Mi tarea consiste en descubrir la solidez de los argumentos que esgrimirá la acusación para hallar el modo de refutarlos.

—¿Cómo puedo ayudarlo? —preguntó Kristian con seriedad—. He pensado infinidad de veces en lo ocurrido, como todos los que trabajamos en el hospital, supongo. Sin embargo, no sé cómo puedo ayudarlo. Por supuesto, si me lo piden, declararé a su favor.

—Lo tendremos en cuenta —prometió Monk—. Le haré una pregunta personal, doctor Beck: ¿cree usted que sir Herbert es culpable?

Kristian se mostró un tanto sorprendido.

—Le responderé con franqueza, señor; me parece muy poco probable. Nada de lo que he visto u oído sobre él indica que pudiese comportarse de forma tan violenta e impulsiva.

—¿Cuánto hace que lo conoce?

—Llevo trabajando con él unos once años.

—¿Estaría dispuesto a repetir lo que ha dicho ante un tribunal?

—Sí.

Monk tenía que plantearse las preguntas astutas y elaboradas que la acusación formularía para obtener información. Debía realizar las pesquisas necesarias ahora, no cuando el doctor Beck estuviese en el estrado. Expresó todas las posibilidades que se le ocurrieron, y Kristian le ofreció respuestas comedidas. Se levantó al cabo de media hora, agradeció al médico su sinceridad y el que le hubiera dedicado su tiempo, y se despidió.

El encuentro había sido insatisfactorio en cierto sentido, aunque debería sentirse contento. Kristian Beck había corroborado que sir Herbert era un hombre de conducta intachable y estaba más que dispuesto a testificar a su favor. ¿Por qué no se sentía satisfecho entonces?

Si sir Herbert no era el asesino, las sospechas recaían sobre Geoffrey Taunton y el propio Beck. ¿Era éste el encantador e inteligente extranjero que parecía? ¿O acaso había algo más, algo inquietante, detrás de una apariencia que Monk consideraba agradable?

Lo ignoraba, y en esos momentos se sentía incapaz de hacer cábalas al respecto.

Monk se entrevistó con la mayoría de los amigos y compañeras de trabajo de Prudence, que contestaron a sus preguntas de mala gana y con resentimiento. Las enfermeras más jóvenes respondían con monosílabos cuando les preguntaba si Prudence era romántica.

—No —contestó una.

—¿Habló alguna vez de matrimonio?

—No. Nunca la oí hablar de ese tema.

—¿Y de abandonar el oficio de enfermera para formar una familia?

—Oh, no... nunca. Jamás. Le encantaba su trabajo.

—¿La vio en alguna ocasión nerviosa, entusiasmada, sumamente feliz o triste por algún motivo que usted desconociera?

—No. Siempre estaba tranquila. —La respuesta iba acompañada de una desafiante mirada de resentimiento.

—¿Era proclive a la exageración? —preguntó con desesperanza—. ¿Magnificaba la importancia de sus logros o su participación en la guerra de Crimea?

Por fin consiguió que la enfermera reaccionase, aunque no del modo que había deseado.

—No, nunca —exclamó la joven con visible enojo—. ¡Es usted injusto al decir eso! Jamás mentía y no solía mencionar la guerra de Crimea, excepto cuando quería contarnos algo sobre la señorita Nightingale. Nunca hablaba de sí misma. ¡No pienso permitir que usted diga lo contrario, y mucho menos para defender al hombre que la asesinó!

Lo que la enfermera había contado servía de bien poco, y aun así Monk se sentía satisfecho. Había investigado sin éxito durante más de una semana y había descubierto detalles tan poco interesantes como previsibles. No obstante, nadie había roto la imagen que se había formado de Prudence. No había encontrado nada que concordase con la mujer pasional y vengativa que había escrito aquellas cartas.

¿Cómo era Prudence Barrymore en verdad?

La última persona a quien visitó fue lady Stanhope. Como cabía esperar, fue un encuentro en el que los sentimientos estaban a flor de piel. La detención de sir Herbert la había destrozado. La mujer reunió todo su valor para mantener la calma, pero las señales de la conmoción, la falta de sueño y las lágrimas vertidas eran más que visibles en su rostro. Cuando Monk entró, Arthur, el hijo mayor, estaba junto a ella, con la cara pálida y la cabeza alta, en actitud desafiante.

—Buenas tardes, señor Monk —susurró lady Stanhope. No parecía comprender muy bien quién era aquel hombre ni el motivo de su visita. Parpadeó. Estaba sentada en una silla tallada, delante de Arthur, que no se levantó cuando el detective entró en la estancia.

—Buenas tardes, lady Stanhope —la saludó Monk. Tenía, por todos los medios, que mostrarse cortés con ella. La impaciencia no le serviría de nada; era un defecto que debía reprimir—. Buenas tardes, señor Stanhope —añadió.

Arthur asintió con la cabeza.

—Le ruego que se siente, señor Monk —lo invitó para rectificar el descuido de su madre—. ¿En qué podemos ayudarlo, caballero? Como podrá suponer, mi madre sólo recibe visitas en caso de que sea absolutamente necesario. Atravesamos momentos muy difíciles.

—Entiendo. —Monk tomó asiento—. Como explicaba en la nota que les he enviado, ayudo al señor Rathbone en la defensa de sir Herbert.

—Mi padre es inocente —señaló Arthur—. La pobre mujer se engañaba. Creo que es algo que suele ocurrirles a las damas solteras de cierta edad. Se entregan a fantasías sobre gente importante, hombres de gran reputación y dignidad. Es triste, vergonzoso y, en esta ocasión, trágico.

Monk se abstuvo de hacer el comentario que le pasó por la cabeza. ¿Acaso ese presuntuoso jovencito creía que la acusación contra su padre era más importante que el asesinato de Prudence Barrymore?

—Hay algo que es innegable —dijo—. La enfermera Barrymore está muerta, y su padre se encuentra en la cárcel acusado de asesinato.

Lady Stanhope contuvo el aliento, y el último vestigio de color desapareció de sus mejillas. Agarró con fuerza la mano que su hijo apoyaba en su hombro.

—¡Es increíble, señor! —exclamó Arthur, furioso—. ¡No debería haber dicho eso! Creo que tendría que ser más delicado con mi madre. Si desea hablar con nosotros, le ruego que sea conciso y prudente; y luego, por el amor de Dios, déjenos en paz.

Monk se contuvo a duras penas. Recordaba haber vivido situaciones similares, en las que se encontraba sentado frente a personas conmocionadas y asustadas que no sabían qué decir ni cómo reaccionar. Recordaba a una mujer callada, abatida por una pérdida irreparable, las manos crispadas sobre el regazo. Ella tampoco había podido hablar con él. Monk aún recordaba la ira que lo había embargado; no obstante, no se había enfadado con ella; el único sentimiento que experimentaba era una pena profunda. ¿Por qué? ¿Por qué ahora, al cabo de tantos años, recordaba a esa mujer en concreto?

Nada acudió a su mente, aparte de una emoción que hizo que se pusiese tenso.

—¿Qué podemos hacer? —inquirió lady Stanhope—. ¿Qué podemos hacer para ayudar a sir Herbert?

Lentamente, y con una paciencia poco habitual en él, Monk logró que describieran a sir Herbert: un hombre tranquilo y correcto, con una vida familiar normal, y predecible en todos y cada uno de sus gustos. Su única flaqueza al parecer era beber una copa de excelente whisky cada tarde, así como el rosbif. Cumplía con sus obligaciones de esposo y era un padre cariñoso.

La conversación transcurría de forma morosa y en medio de un gran nerviosismo. Monk intentaba encontrar algo que le resultara útil a Rathbone y fuera más interesante que la predecible fidelidad de sir Herbert hacia su esposa, que Monk creía era verdadera pero que tal vez no bastara para influir en la decisión del jurado. ¿Qué más podría revelar una esposa? Además, no era una testigo demasiado buena, pues temía no ser coherente o convincente. Monk sentía lástima de ella.

Se disponía a marcharse cuando alguien llamó a la puerta. Sin esperar respuesta, una muchacha la abrió y entró. Era esbelta, tal vez demasiado delgada, y su rostro estaba tan marcado por la enfermedad y la desilusión que resultaba difícil discernir su edad, aunque Monk calculó que no tendría más de veinte años.

—Les ruego que perdonen mi interrupción —se disculpó.

Antes de que la joven hablara, Monk recordó algo con tanta fuerza y claridad que el presente se volvió invisible, y lady Stanhope y Arthur se convirtieron en meros borrones. Ya sabía de qué caso se trataba. Habían forzado y asesinado a una muchacha. Monk recordaba su flaco cuerpo destrozado y la ira, la confusión y la dolorosa impotencia que lo habían invadido. Ése era el motivo por el que había tratado con tanta dureza a sus subordinados e importunado a los testigos, y también la razón por la que había descargado todo su desprecio contra Runcorn.

Monk experimentaba aquellas emociones con la misma intensidad que entonces. Aunque eso no justificaba el trato que había dispensado a los demás ni cambiaba nada, al menos sí servía de explicación. Había tenido un motivo para conducirse así, lo había guiado una pasión que no tenía que ver con él. No era sólo una persona cruel, arrogante y ambiciosa, sino que también le afectaba el dolor ajeno.

Sonrió con alivio a pesar de las náuseas que sentía.

—¿Señor Monk? —preguntó lady Stanhope con inquietud.

—Sí, señora. ¿Qué me estaba diciendo?

—¿Piensa que podrá ayudar a mi esposo, señor Monk?

—Sí —contestó él con determinación—; le prometo que haré todo lo que esté en mi mano.

—Gracias. Yo..., nosotros... le estamos muy agradecidos. —Apretó aún más la mano de Arthur—. Todos le agradecemos su esfuerzo para demostrar la inocencia de mi esposo.

9

El juicio a sir Herbert se inició el primer lunes de agosto en el Old Bailey. Era un día gris, caluroso, y soplaba un viento cálido del sur que amenazaba lluvia. Una multitud se agolpaba en el exterior, y subía por los escalones a toda prisa con el propósito de conseguir uno de los escasos asientos dispuestos para el público. El nerviosismo se palpaba en el ambiente, había murmullos y empujones. Los vendedores de periódicos prometían a voz en grito revelaciones y profecías de lo que ocurriría. Cayeron las primeras gotas de lluvia, pesadas y cálidas, sobre las cabezas de la muchedumbre.

En la sala del tribunal, revestida con paneles de madera, el jurado se sentaba en dos hileras, de espaldas a las altas ventanas y de cara a las mesas de los abogados. Detrás de éstos se encontraban los pocos asientos para el público. A la derecha del jurado, a unos seis metros de altura, se alzaba el banquillo de los acusados, que parecía una galería, con peldaños ocultos que daban a las celdas. Enfrente se hallaba la tribuna de los testigos, semejante a un púlpito. Éstos debían recorrer el pasillo y subir por la escalera de caracol hasta su puesto, desde donde eran perfectamente visibles para los abogados y el público. Más arriba aún y detrás del estrado, rodeado de hermosos paneles tallados y sentado sobre un sillón tapizado en felpa, se situaba el juez. Llevaba una toga de terciopelo escarlata y una peluca de crin blanca y rizada.

Ya se había llamado al orden en la sala. Se había constituido el jurado y se habían presentado los cargos de la acusación. Con gran dignidad y la voz firme, sir Herbert se declaró inocente. Acto seguido, se escucharon murmullos entre los asistentes.

El juez, un hombre de cerca de cincuenta años, ojos gris claro y pómulos marcados, miró alrededor pero se abstuvo de decir nada. Era un hombre severo, joven para el alto cargo que desempeñaba, pero no debía ningún favor a nadie y su única ambición era la de hacer justicia. Su agudo sentido del humor lo salvaba de parecer implacable, así como su amor por la literatura clásica y una gran imaginación, que él mismo apenas comprendía pero que sabía era de enorme valor.

La acusación corría a cargo de Wilberforce Lovat-Smith, uno de los abogados más brillantes de su generación, a quien Rathbone conocía bien. Se había enfrentado a él en varias ocasiones en las salas de los tribunales y le tenía en alta estima. Era de mediana estatura, tez oscura, facciones marcadas, párpados pesados y ojos azules. Su apariencia no resultaba impresionante. Parecía más un músico ambulante o un jugador que uno de los pilares del sistema judicial británico. La toga le quedaba un poco larga, estaba confeccionada con escaso gusto y no llevaba la peluca bien colocada. No obstante, Rathbone no cometió el error de infravalorarlo.

Callandra Daviot fue la primera testigo a quien se llamó a declarar. Recorrió el espacio que separaba los asientos del estrado con la espalda recta y la cabeza erguida. Mientras subía por los escalones, tuvo que agarrarse a la barandilla y, cuando se volvió, estaba pálida y parecía cansada, como si no hubiera dormido bien en varios días o incluso semanas. Daba la impresión de que estaba enferma o soportaba una carga intolerable.

Hester no había asistido a la sesión, pues estaba de guardia en el hospital. Por un lado, necesitaba el dinero, y, por otro, creía que tal vez consiguiera averiguar algo que fuese de utilidad. Era una posibilidad remota, pero valía la pena intentarlo.

Entre el público, sentado en la parte delantera, en el centro de la fila, Monk escuchaba y observaba todo con atención. Permanecería allí por si Rathbone necesitaba hacer alguna otra averiguación. Miró a Callandra y pensó que algo no encajaba. La observó durante varios minutos, hasta que hubo comenzado a testificar, y por fin se percató de lo que le había sorprendido de su aspecto, incluso más que su rostro demacrado: se había arreglado el pelo. Era algo inusual. Subir al estrado no lo justificaba en absoluto. Monk la había visto en lugares más importantes y formales, incluso momentos antes de que se dirigiera a cenar con embajadores y miembros de la realeza, y aun así iba despeinada. Sintió una tristeza inexplicable.

—¿Se peleaban porque el conducto de la lavandería estaba al parecer bloqueado? —preguntó Lovat-Smith con fingida sorpresa. Reinaba un silencio absoluto en la sala, aunque todos sabían lo que se avecinaba. Los periódicos lo habían anunciado a gritos en los titulares, y eso no se olvidaba con facilidad. Aun así, los miembros del jurado se inclinaron hacia delante, escuchando atentamente cada palabra y con la mirada absorta en lo que sucedía.

El juez Hardie esbozó una sonrisa apenas perceptible.

—Sí. —Callandra se limitaba a responder a lo que le habían preguntado.

—Le ruego que continúe, lady Callandra —pidió Lovat-Smith.

No era una testigo que dificultase la labor de la acusación, pero tampoco colaboraba. Otros abogados ya habrían perdido la paciencia. La sala simpatizaba con ella, ya que consideraba que la experiencia habría conmocionado a cualquier mujer sensible. Los miembros del jurado eran, naturalmente, hombres. Se pensaba que las mujeres carecían del criterio necesario para votar, de modo que, ¿cómo iban a decidir de manera justa acerca del futuro de un hombre, su inocencia o culpabilidad, si formaban parte de un reducido grupo de doce personas? Lovat-Smith sabía que los miembros del jurado eran hombres corrientes, lo que constituía tanto su virtud como su defecto. Supondrían que Callandra era sensible y frágil como el resto de las mujeres. Ignoraban que tenía más genio y fuerza que muchos de los soldados a los que su esposo había atendido a lo largo de su carrera. Por consiguiente, se dirigió a ella con amabilidad y cortesía.

—Siento tener que preguntarle esto, pero ¿tendría la bondad de explicarnos qué ocurrió a continuación? Piénselo bien...

—Es usted muy educado, caballero —dijo ella con una sonrisa—. Lo haré con mucho gusto. El doctor Beck miró en el interior del conducto para descubrir qué lo obstruía, pero no vio nada. Pedimos a una enfermera que trajese una pértiga para introducirla y empujar lo que fuese que lo bloqueaba. En aquel momento... —Tragó saliva y añadió en voz baja—. Creíamos que había demasiadas sábanas. Naturalmente, la pértiga no sirvió de nada.

—Por supuesto. ¿Qué hicieron entonces, señora?

—Alguien, una de las enfermeras, sugirió que fuésemos a buscar a una de las fregonas, una niña menuda, para que entrara en el conducto y sacara lo que hubiese dentro.

—¿Propuso que la niña entrase en el conducto? —exclamó Lovat-Smith—. ¿Todavía creían que lo que lo atoraba era un fardo de sábanas?

Se elevó un murmullo de aprensión en la sala. Rathbone hizo una mueca, aunque tan discreta que los miembros del jurado no lo advirtieron. Sir Herbert, sentado en el banquillo de los acusados, permanecía con rostro inexpresivo.

El juez Hardie comenzó a tamborilear con los dedos sobre el brazo de su asiento. Lovat-Smith reparó en ello y comprendió de inmediato. Pidió a Callandra que continuase.

—Por supuesto —susurró ella.

—¿Qué ocurrió luego?

—El doctor Beck y yo bajamos a la lavandería.

—¿Por qué?

—¿Cómo ha dicho?

—¿Por qué bajaron a la lavandería, señora?

—Pues... pues no lo recuerdo. Parecía lo más normal. Supongo que queríamos saber qué había obstruido el conducto y dar la discusión por zanjada. Ésa era la razón por la que intervine en un principio, para que la riña acabase.

—Entiendo. Sí, parece lo más normal. Entonces ¿sería tan amable de explicar a la sala lo que sucedió a continuación?

Callandra estaba pálida y le costaba mantener la calma. Lovat-Smith le sonrió para infundirle ánimos.

—Al cabo de un rato se oyeron unos ruidos... —Ella respiró hondo y evitó la mirada de Lovat-Smith—. Un cuerpo salió del conducto y cayó en el cesto de la ropa sucia.

Callandra no pudo continuar debido a los murmullos de horror procedentes de la galería. Varios miembros del jurado estaban boquiabiertos, y uno de ellos sacó un pañuelo.

En el banquillo de los acusados, sir Herbert hizo una mueca de dolor, pero no apartó la vista de Callandra.

—Al principio creí que se trataba de la niña —prosiguió la testigo—. Luego, al cabo de unos segundos, cayó otro cuerpo, que salió del cesto con dificultad. Fue entonces cuando observamos el primero y nos dimos cuenta de que no tenía vida.

Se oyeron de nuevo murmullos en la sala.

Rathbone alzó la vista hacia el banquillo de los acusados; las expresiones que éstos adoptaban eran muy importantes, pues en más de una ocasión había visto cómo el procesado se granjeaba la antipatía del jurado por culpa de su insolencia. Sin embargo en este caso no tenía por qué preocuparse. Sir Herbert estaba muy tranquilo y serio, su rostro sólo revelaba tristeza.

—Comprendo. —Lovat-Smith levantó un poco la mano—. ¿Cómo supo que el cuerpo no tenía vida, lady Callandra? Sé que usted posee conocimientos médicos y tengo entendido que su difunto esposo fue cirujano del ejército. ¿Sería tan amable de describirnos qué aspecto tenía el cuerpo? —Esbozó una sonrisa de pesar—. Le pido disculpas por obligarla a recordar una experiencia tan desagradable, pero le aseguro que es esencial para el jurado.

—Era una mujer que vestía el uniforme gris de enfermera —susurró Callandra, embargada por la emoción—. Había caído de espaldas en el cesto y tenía una pierna levantada. Nadie, a menos que estuviera inconsciente, permanecería en semejante posición. Cuando la observamos de cerca, vimos que tenía los ojos cerrados, el rostro ceniciento y cardenales en el cuello. Estaba fría.

En la galería del público se oyó un suspiro y alguien comenzó a sollozar. Dos miembros del jurado intercambiaron una mirada y un tercero sacudió con la cabeza.

Rathbone permanecía inmóvil.

—Quisiera formularle otra pregunta, lady Callandra —dijo Lovat-Smith en tono de disculpa—. ¿Conocía usted a la mujer?

—Sí. —Callandra estaba blanca como el papel—. Era Prudence Barrymore.

—Trabajaba de enfermera en el hospital, ¿no es cierto? —Lovat-Smith retrocedió unos pasos—. De hecho, creo que era una de las mejores enfermeras. ¿Acaso no sirvió en la guerra de Crimea junto a Florence Nightingale?

Rathbone pensó que debía protestar, puesto que se trataba de un dato irrelevante; Lovat-Smith pretendía añadir dramatismo a su actuación. Sin embargo, haría más daño que bien a su causa si intentaba negar a Prudence Barrymore su momento de reconocimiento póstumo, como muy bien sabía el abogado de la acusación. Rathbone lo dedujo por la absoluta seguridad que demostraba aquél, como si su contrincante no supusiese peligro alguno.

—Una excelente mujer —afirmó Callandra con un hilo de voz—. La estimaba y apreciaba mucho.

—Gracias, señora —dijo Lovat-Smith—. La sala le agradece el esfuerzo que ha realizado al explicar hechos tan terribles. No tengo más preguntas que hacerle.

El juez Hardie se inclinó al ver que Callandra hacía ademán de levantarse.

—Le ruego que permanezca en el estrado, lady Callandra, quizás el señor Rathbone desee formularle alguna pregunta.

Callandra se avergonzó de su error, aunque no había llegado a dar un solo paso.

Lovat-Smith regresó a su mesa y Rathbone se aproximó al estrado mirando a Callandra. Le preocupaba que estuviera tan demacrada.

—Buenos días, lady Callandra. Mi estimado colega ha concluido con la identificación de la mujer muerta. ¿Sería tan amable de explicar a este tribunal qué ocurrió después de que se hubieran asegurado de que no podían hacer nada por ella?

—Yo... nosotros... el doctor Beck se quedó en la lavandería —balbució Callandra— para evitar que la tocaran, y yo fui a buscar a sir Herbert Stanhope con el fin de informarle de lo sucedido y pedirle que avisara a la policía.

—¿Dónde lo encontró?

—En el quirófano... Estaba operando a un paciente.

—¿Recuerda cómo reaccionó cuando le contó lo acaecido?

El público se volvió hacía sir Herbert con expresión de curiosidad.

—Sí... quedó conmocionado, naturalmente —respondió ella—. En cuanto comprendió que se trataba de un asunto que concernía a la policía, me pidió que fuera a la comisaría.

—¿Oh? ¿Acaso no se dio cuenta de inmediato de que se trataba de un asunto que exigía la presencia de la policía?

—Me temo que fue culpa mía —reconoció Callandra—. Quizá se lo expliqué como si la muerte se hubiese producido por causas naturales. En un hospital suelen fallecer muchas personas.

—Entiendo. ¿Cree usted que sir Herbert estaba asustado o nervioso?

Callandra esbozó una sonrisa de amargura.

—No. Estaba muy tranquilo. Creo que incluso acabó la operación.

—¿Con éxito? —Rathbone conocía la respuesta, pues, de lo contrario no habría hecho la pregunta. Recordaba con claridad la contestación del propio sir Herbert cuando se la había formulado.

—Sí. —Callandra lo miró a los ojos, y Rathbone supo que había comprendido.

—Un hombre de espíritu tranquilo y mano segura —señaló Rathbone, consciente de que los miembros del jurado dirigirían la miradas hacia el banquillo de los acusados.

Lovat-Smith se puso en pie.

—Sí, sí —dijo el juez Hardie mientras agitaba la mano—. Señor Rathbone, le ruego que se abstenga de hacer comentarios hasta que realice su exposición de los hechos. Lady Callandra no presenció el final de la intervención, por lo que no está en condiciones de evaluar el trabajo de sir Herbert. Ya ha explicado que el paciente sobrevivió, lo cual imagino que usted ya sabía. Continúe, por favor.

—Gracias, Su Señoría. —Rathbone se inclinó—. Así pues, lady Callandra, informó usted a la policía de lo sucedido; al inspector Jeavis, si no me equivoco. ¿Acabó ahí su participación en el caso?

—¿Cómo dice? —Callandra parpadeó y palideció aún más. Una expresión de miedo apareció en su rostro, y apretó los labios.

—¿Acabó ahí su participación en el caso? —repitió Rathbone—. ¿O bien tomó alguna decisión o hizo algo que tuviera que ver con él?

—Sí... sí...

—¿Qué hizo?

En la sala se oyó un murmullo de expectación. Todos los miembros del jurado miraban a Callandra, y el juez Hardie la observaba con expresión inquisitiva.

—Contraté a un investigador privado al que conozco —murmuró ella al fin.

—¿Le importaría hablar más alto para que los miembros del jurado puedan oír sus palabras, por favor? —intervino el juez Hardie.

Callandra repitió la frase sin apartar la mirada de Rathbone.

—¿Por qué tomó esa decisión, lady Callandra? ¿Dudaba acaso de la eficiencia de la policía para resolver el caso? —Rathbone vio con el rabillo del ojo que Lovat-Smith se ponía tenso; puesto que la pregunta lo había sorprendido.

Callandra se mordió el labio inferior.

—Temía que no encontraran la solución correcta. No siempre aciertan.

—Tiene usted razón —admitió Rathbone—. Gracias, lady Callandra. No deseo hacerle más preguntas.

Antes de que el juez se dirigiera a la testigo, Lovat-Smith se puso en pie.

—Lady Callandra, ¿cree que en esta ocasión han encontrado la solución correcta?

—¡Protesto! —exclamó Rathbone—. La opinión de lady Callandra, por muy atinada que sea, no es profesional ni relevante en este proceso.

—Señor Lovat-Smith —dijo el juez Hardie al tiempo que meneaba la cabeza—, me temo que si ésa es su única pregunta, lady Callandra puede retirarse con la venia del tribunal.

Lovat-Smith se sentó con los labios apretados. Evitó la mirada de Rathbone, que sonreía, aunque no se sentía satisfecho.

El fiscal llamó a declarar a Jeavis, que si bien debía de haber testificado en más juicios que cualquiera de los presentes, parecía sentirse fuera de lugar. El cuello de la camisa, alto y blanco, le apretaba a todas luces y las mangas le quedaban un tanto cortas.

Jeavis hizo un relato de los hechos sin expresar opiniones ni comentarios de índole personal. Los miembros del jurado lo observaban con atención y sólo apartaron la mirada en un par de ocasiones para dirigirla hacia sir Herbert.

Rathbone había meditado la conveniencia de interrogarlo. No podía permitir que Lovat-Smith lo incitara a cometer un error, y nada de lo que Jeavis declarara podía ponerse en cuestión.

—No deseo formular preguntas al testigo, su Señoría —dijo Rathbone, y advirtió que Lovat-Smith esbozaba una sonrisa.

Acto seguido la acusación llamó a declarar al forense, que determinó la hora y la causa de la muerte. Se trataba de un testimonio nuevamente formal, y Rathbone se abstuvo de intervenir. En lugar de ello, se dedicó a observar a los miembros del jurado. No parecían cansados y escuchaban con interés las explicaciones del forense. Al cabo de dos o tres días su aspecto sería otro y estarían agotados. Se rebullirían en sus asientos una y otra vez y se mostrarían impacientes. Ya no prestarían atención a las declaraciones sino que mirarían a su alrededor, tal como hacía él en esos momentos, con toda probabilidad ya habrían decidido si sir Herbert era culpable o no.

Por último, poco antes de la pausa para el almuerzo, Lovat-Smith llamó a declarar a la señora Flaherty, que apareció en la sala muy pálida. Subió por la escalera del estrado con mucho cuidado, mientras sus faldones negros rozaban la barandilla. Parecía un ama de llaves entrada en años con un traje de bombasí cubierto de polvo. A Rathbone no le habría sorprendido ver una cadena con llaves colgada de su cintura y el libro mayor de los gastos en la mano.

La señora Flaherty miraba a la sala con gesto de desaprobación. Le ofendía tener que acudir a los tribunales. Todos los procesos criminales carecían de la dignidad que caracterizaba a las personas respetables, y jamás hubiera imaginado que se encontraría en semejante situación.

Lovat-Smith encontraba divertida la actitud de la testigo. Aunque su expresión era seria y sus modales, impecables, Rathbone lo dedujo por el modo en que movía las manos, recorría el encerado suelo de madera y la miraba.

—Señora Flaherty —dijo el abogado de la acusación—, ¿es usted la enfermera jefe del Royal Free Hospital?

—Sí —contestó ella con determinación. Parecía que iba a añadir algo más, pero no lo hizo.

—Bien —A Lovat-Smith no le había educado una institutriz, ni nunca había estado ingresado en un hospital, de manera que las damas eficientes de mediana edad no le imponían tanto respeto como a muchos de sus compañeros de profesión.

En uno de los escasos momentos de solaz que habían compartido, bien entrada la noche y acompañados de una botella de buen vino, había explicado a Rathbone que había estudiado en una escuela benéfica situada en las afueras de la ciudad hasta que un hombre acaudalado, que se había percatado de su inteligencia, costeó su educación.

Lovat-Smith miró a la señora Flaherty.

—¿Sería tan amable de explicar a la sala qué hizo desde la seis de la mañana del día en que Prudence Barrymore murió hasta que le dijeron que habían encontrado el cuerpo sin vida? Muchas gracias.

La señora Flaherty le respondió con suma precisión. Asimismo, explicó dónde se encontraba la mayoría de las enfermeras que estaban de guardia esa mañana, además del capellán y los ayudantes.

Rathbone no interrumpió la declaración. No tenía nada que rebatir. Habría sido una estupidez luchar cuando sabía que no podía ganar, pues pondría de manifiesto cuán delicada era su posición. Deseaba que el jurado pensase que asestaría el golpe mortal más adelante. Se retrepó en la silla, adoptó una expresión de fingido interés y esbozó una sonrisa.

Se percató de que varios miembros del jurado les observaban a él y a Lovat-Smith y adivinó que se preguntaban cuándo comenzaría la verdadera batalla. También miraban de reojo a sir Herbert, que a pesar de su palidez no parecía estar asustado ni sentirse culpable de nada.

Rathbone lo observó con disimulo mientras Lovat-Smith continuaba interrogando a la señora Flaherty. Sir Herbert escuchaba con atención, pero sin excesivo interés. Se le veía tranquilo, con la espalda recta y las manos entrelazadas sobre la barandilla que estaba delante de él. Sabía que las declaraciones de aquella testigo no eran relevantes para el desenlace del caso. Nunca había negado que hubiese estado en el hospital en el momento en que se cometió el asesinato, y la señora Flaherty sólo había excluido a personas que nunca habían sido consideradas sospechosas.

El juez Hardie levantó la sesión, y mientras abandonaban la sala, Lovat-Smith se acercó a Rathbone con los ojos brillantes.

—¿Por qué lo ha aceptado? —preguntó con cierta incredulidad.

—¿Aceptar el qué? —inquirió a su vez Rathbone, sin mirarlo siquiera.

—¡El caso! ¡No lo ganará! —Lovat-Smith caminaba despacio—. Las cartas son una prueba irrefutable.

Rathbone se volvió y esbozó una sonrisa dulce y deslumbrante que dejaba entrever una dentadura perfecta.

Lovat-Smith vaciló por unos instantes y luego afirmó con seguridad:

—Tal vez le reporte algún beneficio económico, pero arruinará su reputación.

Rathbone sonrió abiertamente con el fin de disimular su temor de que Lovat-Smith estuviera en lo cierto.

Los testimonios de la tarde eran más que predecibles

y, sin embargo, Rathbone no se sentía satisfecho, como manifestó a su padre esa misma noche cuando lo visitó en su casa de Primrose Hill.

Henry Rathbone era un hombre alto, de ojos azules, con la espalda un tanto encorvada y muy culto. Su aspecto bondadoso y su agudo y a veces irreverente sentido del humor ocultaban una inteligencia notable. Oliver lo apreciaba más de lo que era capaz de admitir. Aquellas ocasionales y tranquilas cenas eran una especie de oasis placentero, un merecido descanso en una vida marcada por la ambición y el trabajo.

Oliver se mostraba inquieto, y su padre se percató de inmediato, aunque ya había comenzado a hablar de temas triviales como el tiempo, las rosas y el críquet.

Tras haber cenado tostadas con paté y queso francés, se sentaron a la luz del atardecer. Habían bebido una botella de vino tinto; no era una cosecha muy buena, pero la satisfacción que les producía los invitó de algún modo a hablar.

—¿Has cometido un error táctico? —preguntó Henry Rathbone.

—¿Por qué me lo preguntas? —Oliver lo miró con nerviosismo.

—Pareces preocupado —contestó Henry—. Si se tratara de algo que habías previsto, no te inquietaría.

—No lo sé —admitió Oliver—. De hecho, no sé cómo enfocar el caso.

Henry esperó. Oliver resumió lo que había sucedido hasta el momento. Su padre le escuchó en silencio, recostado en la silla, las piernas cruzadas.

—¿Quiénes han declarado? —preguntó Henry cuando su hijo hubo acabado.

—Callandra Daviot, que explicó cómo encontró el cadáver. El forense no aportó nada nuevo; se limitó a determinar la causa y la hora de la muerte. Lovat-Smith dramatizó todo lo que pudo la situación, aunque eso era bastante previsible.

Henry asintió.

—Creo que fue esta tarde —prosiguió Oliver con expresión meditabunda—. La primera testigo que declaró después del almuerzo fue la jefa de enfermeras del hospital... una mujer muy autocrática. Saltaba a la vista que le molestaba tener que testificar. Dejó bien claro que no aprobaba que jóvenes de buena familia trabajasen de enfermeras y ni siquiera parecía aceptar a aquellas que habían servido en la guerra de Crimea. De hecho, era evidente que no le gustaban en absoluto... como si amenazaran su poder.

—¿Cómo reaccionó el jurado? —preguntó Henry.

Oliver sonrió antes de contestar:

—Al jurado no le gustó, ya que puso en entredicho el buen hacer de Prudence. Lovat-Smith procuró que no hablase mucho sobre el tema, pero dio una mala impresión.

—Sin embargo... —dijo Henry.

Oliver se rió.

—Sin embargo juró que Prudence perseguía a sir Herbert, le pedía que le dejase trabajar con él y pasaba más tiempo en su compañía que cualquier otra enfermera. Admitió a regañadientes que era la mejor profesional y que sir Herbert acostumbraba solicitar su ayuda.

—Supongo que ya habías previsto que diría eso. —Henry lo observó con atención—. No parece que justifique el que te sientas tan inquieto.

Oliver reflexionó. La brisa del atardecer transportaba el aroma de la madreselva a través de las puertas vidrieras abiertas y una bandada de estorninos que revoloteaba cerca se dirigió hacia algún punto que estaba más allá del manzanar.

—¿Temes perder el caso? —Henry rompió el silencio—. No será el primero, ni el último, a menos que te limites a escoger aquellos que no presenten ningún riesgo.

—¡Jamás haría algo así! —exclamó Oliver con indignación. No estaba enfadado, pero la hipótesis le parecía absurda.

—¿Temes que sir Herbert sea culpable?

—No; en absoluto. Es un caso difícil, carezco de pruebas, pero le creo. Sé lo que significa que una joven confunda la admiración o la gratitud con el amor, algo que jamás se te habría pasado por la cabeza... aunque admito que tal vez experimentes cierta vanidad. De repente aparece ella, con un traje que acentúa sus pechos, la mirada tierna, las mejillas sonrojadas... y te sientes aterrorizado, con la boca seca; intentas buscar una solución, piensas que eres una víctima y un sinvergüenza a la vez, y te preguntas cómo demonios deshacerte de ella sin perder el honor ni la dignidad.

Henry sonreía abiertamente y parecía reprimir las carcajadas.

—¡No tiene gracia! —protestó Oliver.

—Sí, sí que la tiene. Mi querido muchacho, un día tu elegancia en el vestir, tu maravillosa dicción y tu vanidad sin límites te ocasionarán graves problemas. ¿Cómo es sir Herbert?

—¡No soy vanidoso!

—Lo eres... pero, comparado con otros defectos, ése es leve. Además, posees muchas virtudes. Cuéntame todo cuanto sabes sobre sir Herbert.

—No se caracteriza por su elegancia —explicó Oliver con sarcasmo—. Viste trajes caros, pero sus gustos son sumamente corrientes y su porte carece de gracia. Digamos que da la impresión de ser un hombre acomodado.

—Me estás hablando de lo que piensas de él, no de cómo es en realidad —observó Henry—. ¿Es vanidoso?

—Sí. Sobre todo de su inteligencia. Creo que conside-

raba a Prudence Barrymore una ayudante que co[...]
taba a la perfección su propio talento. Me sorpr[...]
alguna vez se hubiera preocupado por sus sentir[...]
pera que lo admiren y, según tengo entendido, [...]
ceder.

—Pero ¿es culpable? —Henry frunció el e[...]
¿Qué podría perder si ella lo hubiese acusado [...]
tamiento indecoroso? —inquirió.

—Menos que ella. Nadie la creería; la ún[...]
que tenía era su palabra, nada más. La reputa[...]
Herbert es intachable.

—Entonces ¿qué te preocupa? Tu cliente [...]
y tienes la oportunidad de demostrarlo.

Oliver no respondió. Comenzaba a oscure[...]

—¿Actuaste en contra de tu voluntad? —l[...]
Henry.

—Sí. No podía hacer otra cosa... Creo que n[...]
porté como debía.

—¿Qué hiciste?

—Hice trizas la moral del padre de Pruden[...]
more —contestó Oliver en un susurro—. Es [...]
honrado y decente, abrumado por la pena y [...]
le produce la muerte de su hija, a la que adoraba[...]
todo lo posible para convencerlo de que Pruden[...]
soñadora, que exageraba sus conocimientos [...]
blaba de ellos a los demás. Intenté demostrar [...]
la heroína que aparentaba, sino una infeliz que[...]
frustradas sus ambiciones y se había inventado[...]
imaginario en el que ella era más inteligente, va[...]
pacitada de lo que en verdad era. —Respiró hon[...]
seguí hacerle dudar de la valía de su hija. ¡Detest[...]
Creo que nunca me había sentido peor.

—¿Lo que dices de Prudence es cierto? —[...]
Henry.

—No lo sé. Tal vez —respondió Oliver con furia—. ¡No se trata de eso! ¡He manoseado y ensuciado los sueños de ese hombre! He expuesto en público lo que él más apreciaba y luego lo he difamado. Notaba que el público me odiaba... y el jurado también... pero no tanto como me odiaba yo a mí mismo. —De repente, rió—. Creo que Monk me despreció con toda su alma y, mientras salíamos de la sala, temí que me golpeara. Estaba rojo de rabia. Lo miré a los ojos y tuve miedo. —Volvió a reír al tiempo que recordaba la vergüenza, la frustración y el disgusto que había sentido en los escalones de Old Bailey—. Sospecho que si hubiera podido, me habría matado por lo que había dicho sobre Barrymore... y por el daño irreparable que había causado a su memoria. —Se interrumpió deseando encontrar una palabra de consuelo.

Henry lo miró con tristeza. Su expresión reflejaba afecto y el deseo de protegerlo, pero no de disculparlo.

—¿Era preciso que describieras de ese modo a la enfermera Barrymore?

—Sí, por supuesto —respondió Oliver, categórico—. Era una mujer muy inteligente, pero nadie, ni siquiera un tonto, habría creído posible que sir Herbert abandonase a su esposa y a sus siete hijos y arruinase su vida desde un punto de vista profesional, social y económico por ella. ¡Es absurdo!

—¿Y qué te hace pensar que ella creyera que él lo haría?

—¡Las cartas, maldita sea! Y no cabe duda de que es su caligrafía. Su hermana la ha reconocido.

—Entonces era una mujer atormentada con dos facetas bien distintas... una racional, valerosa y eficiente, y otra bastante irracional y soñadora.

—Supongo que sí.

—¿Por qué te sientes culpable, pues? ¿Qué te reprochas?

—He destrozado los sueños del padre de Barrymore y le he robado su bien más preciado... y tal vez también a muchos otros, probablemente a Monk.

—Lo que has hecho es cuestionarlos —lo corrigió Henry—, no destrozarlos, al menos por el momento.

—Sí que lo he hecho. Les he obligado a dudar. Ya nada volverá a ser lo mismo.

—¿Qué crees que ocurrió en realidad?

Oliver reflexionó durante largo rato. Los estorninos habían dejado de revolotear. A medida que anochecía, el aroma de la madreselva se intensificaba.

—Me temo que aún no he averiguado algo que es esencial para comprender el caso —contestó por fin—. Lo malo es que no sé dónde buscarlo.

—Deja que el instinto te guíe —le aconsejó Henry—. Si no dispones de esa información, es lo mejor que puedes hacer.

Durante el segundo día de juicio, Lovat-Smith llamó a declarar al personal del hospital, que aseguró que Prudence había sido una excelente enfermera. En un par de ocasiones el abogado de la acusación miró a Rathbone y sonrió. Sabía muy bien qué sentimientos estaban en juego. Sería absurdo esperar que cometiera un error. Lovat-Smith logró que los testigos hablaran de la admiración que Prudence sentía por sir Herbert, las numerosas veces en las que él había solicitado su ayuda, el mutuo aprecio que se profesaban y, por último, el aparente cariño que a ella le inspiraba.

Rathbone hizo todo lo posible para mitigar el efecto de la intervención de Lovat-Smith. Afirmó que lo que Prudence sintiese por sir Herbert no implicaba que él la correspondiera, que éste no se había percatado de que el interés de la enfermera rebasase el ámbito profesional y que, en ningún caso, él la había alentado en ese sentido. No obstante tuvo la impresión de que los miembros del jurado comenzaban a desconfiar de sus palabras y sospechó que defender a sir Herbert no sería fácil, puesto que éste no era del agrado del jurado. Se mostraba demasiado sereno, como si fuese capaz de controlar su destino. Estaba acostumbrado a tratar con personas que dependían de él: su tarea consistía en aliviarles el dolor físico y evitar que fallecieran.

Rathbone se preguntó si sir Herbert sentiría miedo o sería consciente de las muchas posibilidades que tenía de morir en la horca. ¿En qué estaría pensando? ¿Le recorrería un sudor frío todo el cuerpo? ¿O tal vez creía que no podría pasarle algo así? ¿Acaso saberse inocente lo protegía del peligro que lo acechaba?

¿Qué había ocurrido en realidad entre él y Prudence Barrymore?

Rathbone trató de demostrar que era una soñadora, una romántica, una ilusa, pero la expresión de los miembros del jurado le indicó que no aprobaban que menospreciase el talento de la difunta, de modo que concluyó que debía limitarse a sugerir sus teorías y esperar que germinasen en sus mentes en el transcurso del proceso. Recordaba una y otra vez lo que le había aconsejado su padre: «Deja que te guíe el instinto.»

Se arrepentía de haber discutido con Monk. Había pecado de arrogante. Necesitaba su ayuda. El único modo de salvar a sir Herbert de la horca era encontrar al asesino de Prudence. Incluso la posibilidad de plantear una duda razonable sobre su culpabilidad era cada vez más remota. En una ocasión, había llegado a fallarle la voz mientras se ponía en pie para iniciar su turno de repreguntas y había comenzado a sudar. Estaba seguro de que Lovat-Smith lo había advertido; sabría que estaba ganando.

El tercer día de juicio fue más interesante. Lovat-Smith cometió su primer error táctico. Llamó a declarar a la señora Barrymore para que hablara sobre la conducta intachable de Prudence. Sin duda pretendía que su testimonio acentuase la compasión y el cariño que la difunta enfermera había despertado en la sala. Así cabía esperarlo, pues la señora Barrymore debía de estar destrozada; Rathbone, de haber estado en el lugar de Lovat-Smith, también la habría hecho testificar.

Sin embargo, fue un error.

Lovat-Smith se acercó al estrado con actitud respetuosa y una expresión de lástima, aunque se movía y actuaba con la misma seguridad que el día anterior. Era consciente de que estaba ganando. Puesto que tenía a Oliver Rathbone como rival, la victoria le sabía aún más dulce.

—Señora Barrymore —dijo al tiempo que inclinaba la cabeza—, lamento haberle pedido que declare, ya que sin duda le causará un gran dolor, pero estoy seguro de que desea, al igual que todos nosotros, que se haga justicia.

La señora Barrymore parecía cansada y tenía los ojos hinchados, pero se mostraba muy tranquila. Vestía de negro, color que contrastaba con la palidez de su rostro.

—Naturalmente —repuso ella—. Procuraré responder con absoluta franqueza a sus preguntas.

—Estoy seguro de que lo hará —afirmó LovatSmith. Al percatarse de que el juez comenzaba a impacientarse, se apresuró a añadir—: Probablemente nadie conocía a Prudence tan bien como usted, que al fin al cabo fue quien la crió ¿Era una muchacha romántica, soñadora y enamoradiza?

—En absoluto —respondió la testigo con los ojos bien abiertos—. De hecho, era todo lo contrario. Su hermana, Faith, leía novelas de amor y se identificaba con las heroínas. Como la mayoría de las jovencitas, tenía fantasías en las que aparecían hombres atractivos. Prudence era muy distinta. Sólo le interesaban los estudios; algo no muy recomendable para una muchacha. —Parecía sorprendida, como si esa anomalía todavía le resultase extraña.

—Sin embargo, supongo que tendría alguna aventura sentimental en su juventud —conjeturó Lovat-Smith—. ¿Acaso no le atraía ningún muchacho? —Por la expresión de su rostro y el tono que había empleado, resultaba evidente que Lovat-Smith ya sabía la respuesta.

—No —contestó la señora Barrymore—, nunca; ni siquiera el nuevo y joven sacerdote, que era tan encantador y gustaba a las fieles, despertó interés alguno en Prudence. —Negó con la cabeza, y el encaje de su cofia se movió.

El jurado la escuchaba con atención y por su expresión de concentración e incertidumbre se deducía que no sabía qué pensar.

Rathbone miró a sir Herbert. Por extraño que pareciera, daba la impresión de que no le interesaba aquel testimonio. ¿Acaso no comprendía que tenía un gran valor emocional e influiría en el veredicto final? ¿Ignoraba cuán importante era descubrir la verdadera personalidad de Prudence... una soñadora desilusionada, una idealista, una mujer noble y vehemente, que consideraba que habían sido injustos con ella, una chantajista?

—¿Era una persona sin sentimientos? —inquirió Lovat-Smith con fingida sorpresa.

—Oh, no, cualquier cosa la afectaba muchísimo —aseguró la señora Barrymore—, hasta el punto de que llegué a pensar que enfermaría. —Parpadeó varias veces para contener las lágrimas—. Qué tontería, ¿no es cierto? ¡Parece que ésa ha sido la causa de su muerte! Lo siento, me resulta muy difícil controlar la emoción. Miró con odio a sir Herbert, que por primera vez dio muestras de inquietud. Se puso en pie al tiempo que se inclinaba, y de inmediato un ujier lo agarró de los brazos y lo obligó a sentarse.

En la sala se oyeron gritos ahogados y suspiros. Un miembro del jurado murmuró algo. El juez Hardie hizo ademán de intervención, pero cambió de opinión. Rathbone pensó que debía protestar pero se abstuvo de hacerlo al comprender que sólo lograría indisponerse aún más con el jurado.

—Conociéndola como la conocía, señora Barrymore...—dijo Lovat-Smith con suavidad, casi en un susurro, y Rathbone tuvo la impresión de que sus palabras eran como una cálida manta—, ¿cree poco probable que Prudence considerara a sir Herbert un hombre en quien podía depositar todo su amor y admiración?

—En absoluto —contestó la señora Barrymore sin titubear—. Era la clase de hombre que encarnaba sus ideales y sueños. Prudence lo creería lo bastante noble, entregado y brillante para amarlo con todo su corazón. —No logró evitar que las lágrimas asomaran a sus ojos. Se cubrió el rostro con las manos y lloró en silencio.

Lovat-Smith se acercó al estrado para ofrecerle su pañuelo. La señora Barrymore lo aceptó sin mirarle.

Por primera vez Lovat-Smith no sabía qué decir. Todo cuanto se le ocurría se le antojaba demasiado manido o sumamente inapropiado. Inclinó la cabeza en una reverencia, aunque sabía que ella no lo miraba e indicó a Rathbone que era su turno.

Éste se puso en pie y se dirigió hacia el centro de la sala, consciente de que todos los presentes lo observaban. Podría perder o ganar el caso en los siguientes minutos.

El único sonido que se oía en la estancia era el suave sollozo de la señora Barrymore.

Rathbone esperó. No deseaba interrumpirla. Correría un riesgo demasiado grande. Podrían interpretarlo como una muestra de compasión o bien, como un gesto de apremio cruel.

Quería mirar alrededor, al jurado y a sir Herbert, pero de ese modo delataría su inseguridad, y Lovat-Smith lo habría advertido del mismo modo que un animal de caza olfatea la debilidad de su presa. Su rivalidad era antigua. Se conocían demasiado bien para pasar por alto un susurro o una equivocación.

La señora Barrymore se sonó la nariz con suavidad y elegancia. Cuando levantó la cabeza, tenía los ojos rojos, pero se mostraba serena.

—Lo siento mucho —murmuró—. Me temo que no soy tan fuerte como creía. —Desvió la mirada hacia sir Herbert con una expresión de odio profundo.

—No tiene por qué disculparse, señora —repuso Rathbone con dulzura, asegurándose de que su voz se oía en toda la sala—. Estoy seguro de que los presentes comprenden su dolor y lamentan su desgracia. —Rathbone no podía hacer nada para que el odio desapareciese del rostro de la señora Barrymore. Sólo cabía esperar que el jurado no lo hubiese percibido.

—Gracias —dijo la testigo.

—Señora Barrymore —prosiguió Rathbone al tiempo que esbozaba una sonrisa—, sólo deseo formularle algunas preguntas e intentaré ser lo más breve posible. Como ha señalado el señor Lovat-Smith, usted conocía a su hija como sólo una madre puede hacerlo. Era consciente de su entrega a la medicina y su interés por los enfermos y los heridos. —Introdujo las manos en los bolsillos y la miró—. ¿Le resultaba difícil aceptar que ella realizase operaciones?

Anne Barrymore frunció el entrecejo, como si la pregunta entrañase cierta complejidad.

—Sí, me temo que sí. Era algo que no dejaba de sorprenderme.

—¿Cree usted que tal vez exagerara su ap[...] enfermera para, digamos, estar más cerca de su[...] le de mayor utilidad a sir Herbert?

A Anne Barrymore se le iluminó el rostr[...]

—Sí... sí, eso lo explicaría todo. Las mujer[...] realizar ciertos trabajos, ¿no es cierto?, pero [...] mos lo que uno llega a hacer por amor.

—Naturalmente —admitió Rathbone, aunq[...] que el amor fuese el único motivo que impulsa[...] te a actuar, ni siquiera a las muchachas. Cues[...] propias palabras mientras las pronunciaba, p[...] permitirse el lujo de contradecir a la testigo. [...] que demostrase al jurado que sir Herbert era [...] como Prudence y que la desgracia que se cern[...] podría adquirir dimensiones trágicas—. ¿Cree[...] tejió todos sus sueños y esperanzas alrededor[...] bert?

—Me temo que da la impresión de que era [...] genua, la pobre criatura —dijo la señora Barr[...] una sonrisa de tristeza—. Tan ingenua... —Mir[...] frustración al señor Barrymore, que estaba se[...] galería, pálido y con expresión compungida. Lue[...] vió hacia Rathbone—. Un agradable y encantad[...] cortejó —prosiguió con seriedad—, pero ella l[...] Nunca logramos entender por qué no lo acep[...] ció el entrecejo, y su rostro pareció el de una [...] da—. Acariciaba sueños absurdos, la mayoría [...] y poco recomendables; además, no le habrían p[...] nado la felicidad. —De repente se echó a llorar[...] es demasiado tarde. Los jóvenes desperdician ta[...] tunidades.

En la sala se escucharon murmullos de [...] Rathbone sabía que la situación era complicada[...] ra Barrymore había admitido que Prudence [...]

mundo ilusorio e interpretaba de forma errónea la realidad, pero su pena era auténtica, y ninguno de los presentes se mostraba indiferente. La mayoría tenía familia, una madre que podría encontrarse en la misma situación que la señora Barrymore, o una hija a la que tal vez no volvieran a ver. Si Rathbone actuaba con excesiva precaución, tal vez perdería su oportunidad de ganar el caso y sir Herbert acabase en la horca. Si se mostraba demasiado severo, corría el riesgo de granjearse la animadversión del jurado y sir Herbert también lo pagaría con su vida.

Tenía que continuar. En la sala ya se oían susurros de impaciencia.

—Comprendemos su dolor, señora —dijo con claridad—. ¿Cuántos de los aquí presentes no dejamos escapar en nuestra juventud algo que podía haber sido maravilloso? La mayoría de nosotros no paga tan caro nuestros sueños o errores. —Dio algunos pasos y luego se volvió hacia la señora Barrymore—. ¿Me permite formularle otra pregunta? ¿Cree usted que Prudence, debido a su personalidad apasionada y a su admiración por los ideales nobles, pudo enamorarse de sir Herbert Stanhope y desear que él le ofreciera más de lo que podía darle?

Rathbone se hallaba de espaldas a sir Herbert, y se alegraba de que así fuera, pues prefería no ver el rostro de su cliente mientras planteaba conjeturas sobre esos sentimientos. Si lo viera, tal vez sus propios pensamientos, la ira o los remordimientos que lo invadían le hubieran impedido continuar.

—¿Cree usted —añadió—, que ese deseo pudo haber engendrado la idea de que él la correspondía cuando en realidad sir Herbert Stanhope sólo sentía respeto y admiración por ella, una profesional valiente y abnegada, superior en todos los aspectos a sus compañeras?

—Sí —contestó en un susurro al tiempo que parpadeaba—. Usted lo ha expuesto muy bien. ¡Qué muchacha más ingenua! ¡Si hubiera aprovechado la oportunidad que se le brindó, ahora podría ser muy feliz! Siempre se lo decía... pero no me escuchaba. Mi esposo —añadió tras tragar saliva— la alentó. Estoy segura de que él no pretendía hacerle daño, pero no entendía lo que sucedía. —En esta ocasión evitó mirar hacia la galería del público.

—Gracias, señora Barrymore —se apresuró a decir Rathbone para impedir que continuara hablando, pues no deseaba que estropease el efecto que había creado—. No deseo plantear más preguntas.

Lovat-Smith hizo ademán de levantarse, pero cambió de idea y volvió a sentarse. La señora Barrymore estaba destrozada por el dolor y perpleja, pero había expresado sus opiniones con firmeza. Lovat-Smith no deseaba agravar el error que había cometido.

Dos días atrás, Monk había regresado a su casa hecho una furia tras haber discutido con Rathbone en las escaleras del palacio de justicia. No cambiaba nada el hecho de que supiera que Rathbone había actuado así porque creía en la inocencia de sir Herbert, a pesar de la opinión que se había formado de Prudence Barrymore.

Odiaba a Rathbone por lo que había sugerido sobre Prudence, en especial porque había visto cómo los miembros del jurado meneaban la cabeza, fruncían el entrecejo y se forjaban otra imagen de la difunta enfermera: la discípula de una mujer importante, que había atendido a enfermos en países lejanos y peligrosos, se había transformado en una joven falible, cuyos sueños se habían impuesto a su sentido común.

Con todo, su ira se debía a que la actuación de Rathbone había conseguido que él mismo comenzara a dudar.

La imagen que había construido de Prudence ya no era tan perfecta y, por mucho que lo intentara, no lograba que recuperase la fuerza y la sencillez que la habían caracterizado en un principio. No importaba si había amado o no a sir Herbert, pero ¿había sido tan ingenua como para engañarse? Peor aún, ¿en verdad había llevado a cabo las hazañas médicas de que se jactaba? ¿Había sido una de esas criaturas solitarias que colorean la triste realidad con sus fantasías y se evaden a mundos inventados?

De repente lo comprendió con una claridad deslumbradora. ¿Cuánto sabía de sí mismo? ¿Acaso el hecho de que no recordase todo su pasado hacía que lo cambiase a su conveniencia? ¿Se evadía así de una realidad que le resultaba insoportable? ¿Quería verdaderamente conocer su pasado?

En un principio lo había investigado con pasión. Luego, a medida que descubría aspectos de su personalidad que le desagradaban (el egoísmo, la severidad, la rudeza), la pasión inicial comenzó a perder fuerza. Rememorar lo que le había sucedido con Hermione le resultaba doloroso y humillante, sospechaba que su actitud había sido la causante del rencor que Runcorn sentía hacia él. Runcorn carecía de personalidad, y Monk se había aprovechado de ese defecto. Un hombre más noble jamás lo habría hecho. No era de extrañar que Runcorn saboreare su victoria final.

Mientras reflexionaba, decidió que no cejaría en su empeño. Una parte de él deseaba que sir Herbert fuese culpable para así volver a minar la confianza de Rathbone.

Regresó al hospital a la mañana siguiente y preguntó de nuevo a las enfermeras y a los ayudantes si habían visto a un desconocido en los pasillos el día en que asesinaron a Prudence. Geoffrey Taunton había admitido que había ido allí, pero tal vez alguien lo hubiera visto más tarde de la hora que él había dicho. Quizás alguien hubiese escuchado por casualidad una discusión que habría acabado de forma violenta. Tal vez alguien hubiese visto a Nanette Cuthbertson; era indudable que tenía un móvil.

Pasó buena parte del día en el hospital. No estaba de muy buen humor y se percató de que formulaba las preguntas con aspereza, sarcasmo y tono amenazador. Con todo el desprecio que le inspiraba Rathbone, su impaciencia por encontrar una pista, algo que investigar, se imponían a su sentido común y a sus buenas intenciones.

Eran las cuatro de la tarde y sólo había averiguado que Geoffrey Taunton había estado allí y se había marchado visiblemente enfadado y nervioso cuando Prudence aún vivía. Si había vuelto sobre sus pasos y discutido de nuevo con ella, era algo que no se sabía. Cabía esa posibilidad, pero no había ningún indicio que apuntara en tal dirección. De hecho, no había prueba alguna que sugiriera que Geoffrey Taunton fuera una persona de naturaleza violenta. La forma en que Prudence lo trataba hubiera acabado con la paciencia de cualquier hombre.

No descubrió nada sobre Nanette Cuthbertson. Si hubiese llevado un vestido sencillo, como el de las enfermeras, podría haber entrado y salido sin llamar la atención.

A última hora de la tarde ya había planteado todas las preguntas posibles y estaba harto del caso y de su propia conducta. Había asustado y ofendido a más de doce personas y no había logrado averiguar nada útil.

Salió a la calle y caminó entre los ruidosos carruajes, los vendedores que ofrecían sus mercancías a voz en grito y los hombres y mujeres que se apresuraban para llegar a su destino antes de que se desatara una tormenta de verano.

Monk se detuvo para comprar un periódico a un muchacho que voceaba: «¡Últimas noticias sobre el juicio de

sir Herbert! ¡Todo sobre el caso por un solo penique!»
Cuando Monk abrió la página, encontró lo de siempre:
más preguntas y dudas sobre Prudence, algo que acentuó
su ira.

Todavía le quedaba un lugar en el que podría averiguar
algo. Nanette Cuthbertson había dormido en la casa de
unos amigos que se encontraba a menos de un kilómetro
de distancia. Tal vez le informaran de algo, por muy banal
que fuese.

El mayordomo lo recibió con suma frialdad; de hecho,
Monk tuvo la impresión de que si hubiera podido impedirle el paso sin que eso hubiera supuesto una falta de
respeto, lo habría hecho. El señor de la casa, un tal Roger
Waldemar, se mostró muy maleducado. Su esposa, sin
embargo, lo trató con amabilidad, y Monk se percató de
que lo miraba con cierta admiración.

—Mi hija y la señorita Cuthbertson son amigas desde
hace años. —La mujer observaba a Monk con ojos risueños, aunque la expresión de su rostro era seria. Estaban
solos en la sala de estar, donde predominaban el rosa y el
gris. Daba a un pequeño jardín cercado que parecía íntimo e idóneo para la contemplación... o para el coqueteo.
Monk se abstuvo de hacer cábalas sobre lo que podía haber ocurrido en el jardín y se concentró en el motivo de
su visita.

—Se conocen desde la infancia —agregó la señora Waldemar—. La señorita Cuthbertson estuvo con nosotros
durante toda la fiesta. Estaba encantadora y muy animada. Tenía fuego en los ojos, ¿sabe a lo que me refiero, señor Monk? Algunas mujeres son más... —añadió al tiempo que se encogía de hombros en un gesto significativo—,
expresivas que otras, a pesar de las circunstancias.

Monk sonrió.

—Entiendo, señora Waldemar. No se trata de algo que

un hombre pase por alto u olvide. —La miró fijamente por unos instantes, tal vez con excesivo descaro. Le gustaba saborear el poder, y algún día lo forzaría para así descubrir sus propios límites. Estaba seguro de que podía hacer algo mucho más atrevido que mirarla.

La señora Waldemar bajó la vista mientras acariciaba la tela del sofá en que estaba sentada.

—Creo que salió a pasear muy temprano —explicó—. No desayunó con nosotros. Sin embargo, no desearía que lo interpretase de forma errónea. Estoy convencida de que deseaba caminar un poco y poner sus ideas en orden. Me atrevería a decir que necesitaba estar sola para reflexionar. —Levantó la vista—. Yo, en su lugar, lo habría hecho. Y, para hacerlo, hay que estar a solas, sin interrupciones.

—¿En su lugar? —inquirió Monk al tiempo que la miraba fijamente.

La señora Waldemar se mostró un tanto apesadumbrada. Sus ojos eran hermosos, pero no era la clase de mujer que atraía a Monk. Era demasiado complaciente y resultaba obvio que no se sentía satisfecha de sí misma.

—No estoy segura de que deba decirlo; además, no creo que sea muy importante...

—Si no lo es, señora, lo olvidaré de inmediato —prometió Monk mientras se inclinaba hacia ella —. Le doy mi palabra.

—De acuerdo. Pues bien, durante un tiempo la pobre Nanette Cuthbertson se sintió atraída por Geoffrey Taunton, a quien usted debe de conocer. Él sólo tenía ojos para Prudence Barrymore. Lo cierto es que últimamente Martin Hereford, un joven muy agradable... —prosiguió la señora Waldemar, que recalcó las últimas palabras—, se había mostrado muy interesado por Nanette. La noche de la fiesta, él le expresó su admiración. Es un muchacho tan encantador... mucho más que Geoffrey Taunton.

—¿De veras? —preguntó Monk con una mezcla de escepticismo e interés para animar a la señora Waldemar a continuar hablando.

—Pues... —Ella se encogió de hombros y los ojos le brillaron—. Geoffrey Taunton es en ocasiones muy agradable, y no cabe duda de que está bien situado y disfruta de una excelente reputación, pero ésas son sus únicas virtudes.

Monk la observaba fijamente, esperando que diera más detalles.

—Tiene un genio terrible —prosiguió la dama con seguridad—. Por lo general, es encantador pero, cuando se siente frustrado, pierde los estribos. Sólo lo he visto así en una ocasión, y por un motivo más bien nimio. Ocurrió durante un fin de semana en el campo. —Monk la escuchaba con atención, y ella lo sabía. Se interrumpió por unos instantes, para mantener su interés.

Monk comenzaba a impacientarse. Le costaba permanecer sentado y sonreír; hubiera preferido desatar toda la ira que le provocaba el estúpido comportamiento de la señora Waldemar.

—Fue un largo fin de semana —añadió por fin—. De hecho, si mal no recuerdo comenzó el jueves y acabó el martes siguiente. Los hombres habían salido de caza, creo, y las mujeres habíamos pasado el día cosiendo y contando chismes. Sucedió por la tarde. —Respiró hondo y pareció concentrarse, como si le resultara difícil recordar los hechos—. Creo que fue el domingo. Antes de desayunar fuimos a la iglesia. Hacía un tiempo espléndido y los hombres disfrutaron de lo lindo. ¿Caza usted, señor Monk?

—No.

—Pues debería. Es una actividad de lo más recomendable.

Monk se abstuvo de expresar lo que estaba pensando.

—Lo tendré en cuenta, señora Waldemar.

—Estaban jugando al billar —siguió ella—. Geoffrey había perdido todas las partidas que había jugado contra Archibald Purbright. Es un verdadero sinvergüenza, aunque supongo que no debería decirlo. —Miró a Monk con expresión inquisitiva al tiempo que esbozaba una sonrisa tonta.

Monk sabía lo que quería la señora Waldemar.

—Creo que no debería decirlo —admitió a regañadientes—, pero le guardaré el secreto.

—¿Lo conoce?

—No, y sí, como usted dice, es un sinvergüenza, no tengo el menor interés en que me lo presenten.

La señora Waldemar rió.

—¡Oh, cielos! De todos modos, ¿me promete que no le contará a nadie lo que le diga?

—Naturalmente que no. Será un secreto entre usted y yo. —Se odió mientras hablaba, y a ella aún más—. ¿Qué ocurrió?

—Oh, Archie estaba haciendo trampas, como siempre, y Geoffrey montó en cólera y le dijo algunas cosas muy groseras...

Monk se sintió decepcionado. Los insultos, por muy virulentos que fueran, no eran equiparables a un asesinato. ¡Qué mujer más necia! Tenía ganas de propinarle un bofetón en su sonriente y estúpida cara.

—Entiendo —dijo con frialdad. Se sintió aliviado por no tener que continuar fingiendo.

—Oh, no; eso no es todo —repuso ella—. Geoffrey golpeó al pobre Archie con el taco de billar en la cabeza y en la espalda. Lo arrojó al suelo y lo habría dejado sin sentido si Bertie y George no se lo hubiesen impedido. ¡Fue espantoso! —El intenso color de sus mejillas delataba su entusiasmo—. Archie guardó cama durante cuatro días y, naturalmente, llamamos al médico. Le contaron que Archie se había caído del caballo, pero el doctor no se lo creyó ni por asomo; fue muy discreto y no lo dijo, pero vi la expresión de incredulidad en su rostro. Archie aseguró que demandaría a Geoffrey, pero había hecho trampas, y como todos lo sabíamos, al final no lo denunció. Por supuesto, no volvieron a invitarlos nunca más. —Sonrió y se encogió de hombros—. Por eso he dicho que Nanette tenía buenos motivos para reflexionar. Al fin y al cabo, una persona con semejante carácter resulta inquietante, por muy encantadora que se muestre en otras ocasiones, ¿no cree?

—Sin duda, señora Waldemar —contestó Monk con franqueza. De repente le pareció que era muy diferente. Ya no la consideraba estúpida, sino muy perspicaz. No contaba tonterías, sino hechos que podían ser útiles y de suma importancia. La miró con una expresión de agradecimiento—. Gracias. He de reconocer que posee una excelente memoria y que me ha explicado cosas que ignoraba. No cabe duda de que la señorita Cuthbertson actuó tal como usted ha descrito. Le agradezco su tiempo y cortesía. —Se puso en pie y retrocedió unos pasos.

—De nada. —La señora Waldemar también se levantó y los faldones produjeron un débil frufrú—. Si puedo ayudarlo en algo más, no dude en pedírmelo.

—Así lo haré.

Con suma gracilidad y rapidez, se marchó de la casa. Comenzaba a oscurecer cuando salió a la calle. Pasó junto a un farolero que encendía las farolas.

Así pues, Geoffrey era un hombre temperamental, violento. Aligeró el paso. No se trataba de un descubrimiento de gran importancia, pero contribuiría a salvar a sir Herbert de la horca.

Sin embargo, no explicaba los sueños de Prudence,

algo que le preocupaba sobremanera, pero al menos era un comienzo.

Además le procuraría una gran satisfacción contárselo a Rathbone. Era algo que él no había averiguado, y Monk imaginó la expresión de sorpresa que aparecería en el rostro inteligente y seguro del abogado cuando se lo explicara.

10

Como había imaginado que ocurriría, Rathbone se sintió aliviado cuando Monk le habló del arrebato de cólera de Geoffrey Taunton. Reaccionó con un atisbo de ira ante la expresión un tanto displicente y arrogante de Monk, pero enseguida se dedicó a reflexionar para hallar la mejor forma de emplear esa información.

Cuando hizo una breve visita a sir Herbert antes del comienzo de la sesión del día, lo encontró meditabundo. Movía las manos con nerviosismo y de vez en cuando se ajustaba el cuello de la camisa o se alisaba el chaleco, gestos que delataban su tensión. No obstante, sabía controlarse lo suficiente para no preguntar al abogado qué opinaba del desarrollo del juicio.

—Tengo novedades —anunció Rathbone en cuanto el carcelero los dejó a solas.

Sir Herbert abrió bien los ojos y contuvo la respiración por un instante.

—¿Sí? —susurró con voz ronca.

Rathbone se sentía culpable, pues aquella información no bastaba para albergar esperanzas. Tendría que trabajar de firme para sacar el máximo partido de aquel episodio.

—Monk se ha enterado de un incidente sumamente desafortunado en el pasado reciente de Geoffrey Taunton —explicó con calma—. Descubrió que un conocido hacía trampas en el billar y reaccionó de forma violenta. Al parecer, atacó al hombre y tuvieron que separarlos antes de que Geoffrey lo hiriera, quizá de muerte. —Exageraba un poco, pero sir Herbert necesitaba que le infundieran ánimos.

—Estaba en el hospital cuando la asesinaron —recordó sir Herbert elevando el tono de voz y con ojos encendidos—, y sabe Dios que tenía motivos suficientes. Ella debió de hacerle frente, ¡qué mujer tan estúpida! —Miró de hito en hito a Rathbone—. ¡Es una noticia excelente! ¿Por qué no está más contento? ¡Por lo menos es tan sospechoso como yo!

—Estoy contento —afirmó Rathbone con voz queda—, Pero Geoffrey Taunton no está en el banquillo de los acusados, al menos por el momento. Hay mucho que hacer antes de que lo veamos ahí sentado. Sólo quería que lo supiese; hay esperanzas, así que no se desaliente.

Sir Herbert sonrió.

—Gracias, es usted muy sincero conmigo. Soy consciente de que no puede decir más. He estado en esa misma posición con mis pacientes. Entiendo su postura.

Quiso el azar que Lovat-Smith jugara a favor de Rathbone sin darse cuenta. Su primer testigo del día era Nanette Cuthbertson, que cruzó la sala y subió por las escaleras del estrado con gracilidad. Cuando estuvo arriba, se volvió con una sonrisa apacible en el rostro. Vestía un traje marrón oscuro que, a pesar de su sobriedad, la favorecía en extremo. Se produjo un murmullo de admiración entre los asistentes y varias personas se irguieron en el asiento. Un miembro del jurado asintió en un gesto de aprobación y otro se ajustó el cuello.

Por la mañana no habían mostrado tanto interés. Las revelaciones que habían esperado parecían no llegar. Habían visto cómo sus preferencias se inclinaban primero hacia un lado, luego hacia otro, a medida que las pruebas salían a la luz; es decir, sir Herbert parecía culpable en un momento dado e inocente al siguiente, mientras dos gigantes libraban una batalla en la sala.

Habían presenciado una procesión bastante aburrida de personas corrientes que habían afirmado que Prudence Barrymore era una enfermera excelente, pero no una gran heroína, y que, como muchísimas jóvenes, había confundido la cortesía y amabilidad de un hombre con el amor. Era triste, conmovedor incluso, pero no podía considerarse una gran tragedia. Por otro lado, de momento nadie había presentado a ningún otro sospechoso.

Ahora por lo menos había una testigo interesante, una mujer joven, hermosa y recatada. Los presentes se inclinaron, impacientes por saber por qué la habían citado a declarar.

—Señorita Cuthbertson —dijo Lovat-Smith una vez finalizadas las formalidades necesarias. Percibía la expectación que reinaba en la sala—. Conocía a Prudence Barrymore desde la infancia, ¿no es cierto?

—Sí —respondió Nanette. Tenía el mentón levantado y la mirada baja.

—¿La conocía bien?

—Muy bien.

Nadie miraba a sir Herbert. Todos estaban pendientes de Nanette y deseaban averiguar por qué la hacían testificar.

Sólo Rathbone miró con disimulo hacia el banco de los acusados. Sir Herbert estaba sentado en el borde y observaba a la testigo con atención y un entusiasmo mal disimulado.

—¿Era una persona romántica? —preguntó Lovat-Smith.

—En absoluto. —Nanette sonrió con tristeza—. Era una mujer muy realista y práctica. No le preocupaba lo más mínimo resultar encantadora o atraer a los hombres. —Se cubrió los ojos por un instante y luego alzó la vista al techo—. Me desagrada hablar mal de alguien que no se encuentra presente, pero debo decir la verdad para que no se cometan injusticias.

—Por supuesto. Estoy seguro de que todos comprendemos su postura —manifestó Lovat-Smith en tono sentencioso—. ¿Le habló en alguna ocasión de sus sentimientos, señorita Cuthbertson? Las jóvenes a veces se confían sus secretos.

La testigo adoptó una actitud de recato muy apropiada ante la mención del tema.

—Sí. Me temo que no tenía ojos para nadie que no fuera sir Herbert Stanhope. Había caballeros, adecuados para ella y muy apuestos, que la admiraban, pero ella los rechazó. Sólo hablaba de sir Herbert, de su dedicación, de su talento, de cómo la había ayudado y del cariño que le demostraba. —Frunció el entrecejo como si lo que se disponía a decir la sorprendiera y enojara a la vez. En ningún momento desvió la mirada hacia el banco de los acusados—. Repetía una y otra vez que creía que él haría realidad todos sus sueños. Cuando pronunciaba su nombre, el rostro parecía iluminársele a causa de la emoción.

Lovat-Smith se encontraba en el centro de la sala, con la toga poco menos que inmaculada. No poseía la elegancia de Rathbone, pero transmitía tal energía que captaba la atención de todos. Hasta la presencia de sir Herbert se olvidó por unos instantes.

—¿Y llegó usted a la conclusión, señorita Cuthbertson —preguntó—, de que estaba enamorada y creía que él la correspondía y la convertiría en su esposa?

—Por supuesto —contestó Nanette—. ¿Qué otra cosa iba a pensar?

—Claro, no se me ocurre otra posibilidad —convino Lovat-Smith—. ¿Tuvo usted noticias de que se produjera algún cambio, de que se diera cuenta, por ejemplo, de que en realidad sir Herbert no la quería?

—No. No me enteré de nada por el estilo.

—Entiendo. —Lovat-Smith se alejó del estrado como si hubiera terminado. De pronto dio media vuelta y miró a la testigo—. Señorita Cuthbertson, ¿era Prudence Barrymore una mujer decidida y resuelta? ¿Poseía una gran fuerza de voluntad?

—Sin duda —contestó Nanette con vehemencia—. ¿Cómo si no se le habría ocurrido ir a la guerra de Crimea? Creo que fue espantosa. A decir verdad, cuando se proponía algo nunca se daba por vencida.

—En su opinión, ¿habría aceptado con resignación que sir Herbert no se casase con ella?

Nanette respondió antes de que el juez Hardie tuviera tiempo de intervenir o Rathbone de protestar.

—¡Jamás!

—Señor Lovat-Smith, está siendo tendencioso en sus preguntas, como usted bien sabe —le reprochó Hardie con solemnidad.

—Le presento mis excusas, Su Señoría —se disculpó Lovat-Smith sin el menor remordimiento. Miró de soslayo a Rathbone con una sonrisa—. Su testigo, señor Rathbone.

—Gracias. —Rathbone se puso en pie con calma y elegancia. Se acercó al banco de los testigos y levantó la vista hacia Nanette—. Lo lamento, señora, pero tengo muchas preguntas que formularle. —Su voz era un hermoso instrumento y sabía cómo utilizarla con maestría. Se mostraba educado, incluso respetuoso, pero insidiosamente amenazador.

Nanette lo miró azorada, sin saber lo que le esperaba.

—Sé que es su trabajo y estoy dispuesta a responder.

Un miembro del jurado sonrió y otro asintió para mostrar su aprobación. Un murmullo se elevó de los bancos del público.

—Conocía a Prudence desde la infancia —afirmó Rathbone—. Nos ha explicado que le hacía confidencias, lo que es natural dada su relación. —Le sonrió y advirtió en ella un esbozo de sonrisa, suficiente para resultar cortés. Rathbone no le gustaba por lo que representaba en aquel juicio—. También ha hablado de otro pretendiente a quien ella rechazó. ¿Se refería al señor Geoffrey Taunton?

Ella se ruborizó pero mantuvo la compostura. Ya debía de sospechar que esa pregunta llegaría en un momento u otro.

—Sí.

—¿Consideraba que era una estupidez y una sinrazón por su parte el que no lo aceptara?

Lovat-Smith se puso en pie.

—Ya hemos tratado ese tema, Su Señoría. La testigo ya ha declarado al respecto. Me temo que mi distinguido colega está desesperado y pretende hacer perder el tiempo al tribunal.

Hardie observó a Rathbone con expresión inquisitiva.

—Señor Rathbone, ¿persigue algún propósito aparte de alargar su intervención?

—Por supuesto que sí, Su Señoría —respondió Rathbone.

—Entonces continúe —ordenó Hardie.

Rathbone inclinó la cabeza y preguntó a Nanette:

—¿Conoce al señor Taunton lo suficiente para afirmar que es un hombre admirable?

Nanette se sonrojó de nuevo. Le favorecía, y era probable que lo supiera.

—Sí.

—¿De veras? ¿Conoce algún motivo que indujera a Prudence Barrymore a rechazarlo?

—Ninguno —contestó ella en tono desafiante al tiempo que alzaba el mentón. Comenzaba a adivinar las intenciones de Rathbone. La atención decaía incluso entre los miembros del jurado. La vista estaba siendo aburrida, por no decir lamentable. Sir Herbert había perdido el interés y parecía inquieto. Rathbone no estaba consiguiendo nada. Sólo Lovat-Smith mantenía una expresión circunspecta.

—Si él le pidiera su mano, ¿aceptaría? —preguntó Rathbone con gentileza—. La pregunta es hipotética, por supuesto —añadió antes de que Hardie interviniera.

Nanette se sonrojó. Se oyeron varios suspiros entre el público. Un miembro del jurado sentado en la última fila carraspeó.

—Yo... —Nanette balbució. No podía negarlo, porque eso supondría rechazarlo, que era lo último que deseaba en el mundo—. Yo... usted... —Poco a poco recobró la calma—. ¡Me coloca usted en una posición muy comprometida!

—Lo lamento —mintió Rathbone—, pero sir Herbert también se encuentra en una posición comprometida, señorita, y corre mayor peligro que usted. —Inclinó la cabeza—. Le ruego que responda, porque si usted no estuviera dispuesta a aceptar al señor Taunton, eso indicaría que conoce alguna razón por la que Prudence Barrymore también lo rechazaba. Por consiguiente, cabría concluir que la actitud de Prudence no era tan poco razonable, ni necesariamente guardaba relación con sir Herbert, o con las esperanzas que albergaba con respecto a él. ¿Lo entiende?

—Sí —reconoció a su pesar—. Sí, lo entiendo.

Rathbone esperó. Por fin había logrado captar la atención de los asistentes. Oyó el frufrú del tafetán y el bombasí cuando el público se inclinó. No acababan de entender qué perseguía el abogado, pero percibía el dramatismo y el temor que se respiraban en el ambiente.

Nanette tomó aire.

—Sí, aceptaría —afirmó con un hilo de voz.

—Ya. —Rathbone asintió—. Eso creía yo. —Dio un par de pasos y luego se volvió hacia ella—. De hecho, usted siente un gran afecto por el señor Taunton, ¿no es cierto? ¿El suficiente para minar su aprecio por la señorita Barrymore porque él se empeñaba en cortejarla a pesar de verse siempre rechazado?

Se escuchó un murmullo de enojo en la sala. Varios miembros del jurado cambiaron de postura con inquietud.

Nanette estaba consternada. Tenía el rostro encendido y se agarraba a la barandilla del estrado como si la estuviera sosteniendo. En la sala se percibía cierta incomodidad, que no superaba sin embargo a la curiosidad de los presentes.

—Si insinúa que miento, caballero, está usted en un error —replicó Nanette por fin.

Rathbone era todo cortesía.

—De ninguna manera, señorita Cuthbertson. Tan sólo sugiero que es probable que su percepción de la realidad, al igual que la de muchos de nosotros en momentos de emociones extremas, esté desvirtuada por sus propios imperativos. Eso no es mentir, sino estar equivocado.

Ella lo observó con desconcierto, incapaz de defenderse.

Sin embargo, Rathbone sabía que el dramatismo se desvanecería y se impondría el sentido común. Además, no había conseguido gran cosa para ayudar a sir Herbert.

—¿Lo ama tanto que ni siquiera su carácter violento la disuadiría, señorita Cuthbertson? —inquirió.

Ella palideció al instante.

—¿Carácter violento? —repitió—. Eso es un disparate. El señor Taunton es todo un caballero.

El público, que la observaba con atención, captó la diferencia entre la incredulidad y la conmoción. La rigidez de su cuerpo evidenciaba que sabía muy bien a qué se refería Rathbone. Estaba aturdida porque deseaba ocultarlo, no porque no lo entendiera.

—Si preguntara al señor Archibald Purbright, ¿estaría de acuerdo conmigo? —inquirió Rathbone con delicadeza—. Dudo que la señora Waldemar comparta la opinión que usted ha expresado.

Lovat-Smith se puso en pie en el acto y habló con voz ronca y aparente desconcierto.

—Su Señoría, ¿quién es Archibald Purbright? Mi distinguido colega no ha mencionado a ese hombre hasta ahora. Si puede aportar alguna prueba, debería comparecer aquí para que el tribunal lo interrogue. No podemos aceptar...

—Sí, señor Lovat-Smith —lo interrumpió Hardie—. Tengo presente que el señor Purbright no ha sido llamado a testificar. —Se volvió hacia Rathbone con expresión inquisitiva—. ¿Le importaría explicarnos qué se propone?

—No tengo intención de citar al señor Purbright, Su Señoría, a menos que la señorita Cuthbertson nos obligue a ello. —Era un bulo, pues no tenía la menor idea de dónde podría encontrar a ese hombre.

Hardie se volvió hacia Nanette, que estaba pálida y tensa.

—Fue un incidente aislado, y ya hace tiempo que ocurrió —aseguró la testigo con la voz ahogada—. Purbright había hecho trampas; lamento tener que decirlo, pero es así. —Lanzó una mirada de odio a Rathbone—. ¡Y la señora Waldemar corroboraría mis palabras!

La tensión del momento se esfumó. Lovat-Smith sonrió.

—Es comprensible que el señor Taunton se sintiera engañado —opinó Rathbone—. Nos ocurriría a todos. Esforzarse al máximo, pensar que uno merece ganar porque es mejor jugador y saber que el contrincante ha hecho trampas para impedir nuestra victoria bastaría para enfurecer a cualquiera. —Vaciló, dio un par de pasos con tranquilidad y se volvió—. En esas circunstancias, el señor Taunton arremetió contra aquel hombre con una violencia tan extrema que sólo la intervención de dos de sus amigos impidió que acabara infligiendo una herida grave, quizá mortal, al señor Purbright.

De repente en la sala reinó de nuevo la tensión. Se oían los gritos ahogados de sorpresa por encima del crujido de las ropas y el roce de los zapatos. Sir Herbert esbozó una sonrisa apenas perceptible. Incluso el juez Hardie se puso rígido.

Lovat-Smith se esforzó por disimular su asombro, que asomó a su rostro sólo un instante, lo suficiente para que Rathbone lo percibiera. Cambiaron una mirada antes de que Rathbone se dirigiera de nuevo a Nanette.

—¿No cree posible, señorita Cuthbertson —dijo él—, o mejor dicho, no teme en el fondo que el señor Taunton hubiera experimentado la misma frustración ante las repetidas negativas de la señorita Barrymore cuando no tenía otros pretendientes ni ningún motivo justificado, según él, para rechazarlo? —Hablaba con voz pausada—. ¿No es posible que la atacara, tal vez porque ella cometiera el error de ponerlo en ridículo o desairarlo de tal modo que no existiera la menor duda de que no lo amaba? A esas horas de la mañana no había amigos que pudieran contenerlo en el pasillo del hospital. Ella estaba cansada porque había pasado la noche cuidando a los enfermos y no esperaría una reacción violenta...

—¡No! —exclamó Nanette con el rostro enrojecido de ira al tiempo que se inclinaba—. ¡No! ¡Jamás! ¿Cómo se atreve a decir semejante monstruosidad? La mató sir Herbert Stanhope. —Lanzó una mirada de odio hacia el banco de los acusados, y los miembros del jurado lo advirtieron—. Lo hizo porque ella lo amenazó con sacar a la luz el romance que mantenían. Todos lo sabemos. No fue Geoffrey. Usted lo dice porque está desesperado. —Dirigió otra mirada furibunda a sir Herbert, que quedó desconcertado—. Eso es todo cuanto tiene, caballero, y considero una infamia calumniar a un buen hombre por un pequeño error.

—Basta un pequeño error, señora —manifestó Rathbone, cuya voz acalló los murmullos y el alboroto de la sala—. Un hombre fornido puede estrangular en unos minutos a una mujer. —Levantó sus manos, de dedos largos y finos. Hizo el gesto de apretar algo con fuerza y rapidez, y oyó detrás de él el grito ahogado de una mujer del público, seguido del frufrú de sus ropas cuando se desmayó.

Nanette parecía estar también a punto de desvanecerse.

Hardie llamó al orden con expresión severa.

Lovat-Smith se puso en pie y enseguida volvió a sentarse.

Rathbone sonrió.

—Muchas gracias, señorita Cuthbertson. No tengo más preguntas que hacerle.

Interrogar a Geoffrey Taunton no resultaría tan fácil. Por la actitud de Lovat-Smith al acercarse al estrado, Rathbone supo que dudaba de la conveniencia de haber citado a Taunton. ¿Debía dejar la situación como estaba para no correr el riesgo de que empeorara, o por el contrario debía intentar arreglarla con un ataque atrevido? El abogado de la acusación era un hombre valiente. Se decidió por la última opción, tal como Rathbone había supuesto. Geoffrey Taunton había estado fuera de la sala, como era habitual en el caso de los testigos que aún no habían testificado, con el fin de evitar que los testimonios anteriores influyeran en su declaración. Tampoco había reparado en Nanette Cuthbertson, sentada ahora entre el público con el rostro tenso y el cuerpo rígido, en un intento denodado de no perderse ni una sola palabra, temiendo su declaración pero incapaz de advertirle en modo alguno.

—Señor Taunton —dijo Lovat-Smith, que imprimió un tono de seguridad a su voz para ocultar su inquietud, que sin embargo Rathbone había percibido—, usted conocía a la señorita Barrymore desde hacía años. ¿Sabía lo que ella sentía hacia sir Herbert Stanhope? Le ruego que no haga conjeturas, sino que nos explique lo que observó o lo que ella le dijo.

—Por supuesto —Geoffrey esbozó una sonrisa que transmitía una gran confianza en sí mismo. Ignoraba por qué el público lo observaba con tanta ansiedad y los miembros del jurado evitaban su mirada—. Sí, hacía años que conocía su interés por la medicina y no me sorprendió que decidiera ir a la guerra de Crimea para cuidar de nuestros heridos en el hospital de Scutari. —Apoyó las manos en la barandilla con naturalidad. Se mostraba perfectamente sereno—. Sin embargo —añadió—, reconozco que encontré extraño que insistiera en continuar con su labor en el Royal Free Hospital de Londres, pues su presencia en él no era en absoluto necesaria. Existen cientos de mujeres capaces y dispuestas a realizar ese trabajo, que es totalmente inadecuado para una joven de su posición y educación.

—¿Le comunicó usted su opinión e intentó disuadirla? —inquirió Lovat-Smith.

—Hice más que eso: la pedí en matrimonio. —Sólo se ruborizó ligeramente—. Sin embargo, no cambió de parecer. —Apretó los labios—. Tenía una visión muy poco realista de la práctica de la medicina y, lamento hablar así de ella, sobrevaloraba los servicios que podía prestar en realidad. Sospecho que su experiencia en la guerra le hizo albergar ideas cuya puesta en práctica en tiempos de paz era imposible. Creo que al final se habría percatado de ello, si hubiera escuchado los consejos que le daba.

—¿Se refiere a sus consejos, señor Taunton? —preguntó Lovat-Smith.

—Y a los de su madre —puntualizó Geoffrey.

—Sin embargo, no lograron convencerla.

—No, y lo lamento.

—¿Tiene usted alguna idea de por qué no se dejó disuadir?

—Sí. Sir Herbert Stanhope la alentaba. —Dirigió una mirada de desdén hacia el banquillo de los acusados.

Sir Herbert lo observó con calma, sin delatar ningún sentimiento de culpabilidad.

Un miembro del jurado sonrió con disimulo. Rathbone lo advirtió y sintió el júbilo de una pequeña victoria.

—¿Está usted convencido de ello? —preguntó Lovat-Smith—. Me parece muy extraño, porque precisamente él debía de saber que ella no tenía ninguna posibilidad de asumir más responsabilidades que las propias de una enfermera: hacer recados, vaciar orinales, preparar cataplasmas, cambiar la ropa de cama y los vendajes. —Mientras enumeraba las tareas, agitaba con energía las manos, pequeñas y fuertes—. Atender a los pacientes, llamar al médico ante la aparición de complicaciones y administrar los medicamentos según la prescripción facultativa. ¿Qué otra cosa podía hacer aquí, en Inglaterra, donde no hay hospitales de campaña ni heridos que llegan en masa?

—No tengo la menor idea —Geoffrey torció el gesto—. Sin embargo, me consta que él le aseguró que su futuro estaba en el hospital y que tenía posibilidades de mejorar su posición. —Volvió a mirar de soslayo a sir Herbert con ira y aversión.

En esta ocasión el acusado hizo un gesto de dolor y meneó la cabeza como si no fuera capaz de pasar por alto sus miradas de odio.

—¿Le habló de los sentimientos que le inspiraba sir Herbert? —prosiguió Lovat-Smith.

—Sí. Lo admiraba profundamente y creía que su felicidad futura dependía por completo de él. Ella me lo comunicó... con estas mismas palabras.

Lovat-Smith fingió sorpresa.

—¿No intentó desengañarla, señor Taunton? —preguntó—. Supongo que sabía que sir Herbert Stanhope está casado. —Extendió un brazo hacia el banco de los acusados—. Por lo tanto, no podía ofrecerle más que su aprecio profesional, y sólo como enfermera, cargo muy inferior al suyo. Ni siquiera eran colegas en el sentido estricto del término. ¿Qué podía esperar ella?

—Lo desconozco. —Geoffrey negó con la cabeza y su rostro reflejó ira y dolor—. Nada que valiera la pena. Él le mintió; ése es el menor de sus delitos.

—Sin duda —convino Lovat-Smith—, pero eso debe decidirlo el jurado, señor Taunton. Decir más resultaría inadecuado por nuestra parte. Gracias, caballero. Tenga la amabilidad de permanecer sentado, porque sin duda mi distinguido colega deseará interrogarlo. —Tras estas palabras dio media vuelta para mirar de nuevo hacia el estrado—. ¡Oh! Por cierto, señor Taunton, ¿estuvo en el hospital la mañana en que murió la enfermera Barrymore? —Inquirió en tono inocuo, como si la pregunta careciera de importancia.

—Sí —contestó con cautela Geoffrey, que había palidecido.

Lovat-Smith inclinó la cabeza.

—Nos hemos enterado de que posee usted un temperamento un tanto violento cuando lo provocan. —Lo dijo esbozando una sonrisa, como si se tratara de una debilidad, no de un defecto grave—. ¿Discutió con Prudence y perdió los estribos aquella mañana?

—¡No! —Geoffrey tenía los nudillos blancos de agarrarse con tanta fuerza a la barandilla.

—¿No la asesinó? —preguntó Lovat-Smith, enarcando las cejas y alzando un poco la voz.

—¡Yo no la maté! —Geoffrey estaba temblando, y su rostro reflejaba la emoción que lo embargaba.

En la galería alguien profirió un grito de apoyo, al que siguió un silbido de incredulidad procedente del otro extremo.

Hardie levantó el mazo, pero enseguida lo dejó en su sitio.

Rathbone se puso en pie y ocupó el lugar de Lovat-Smith. Intercambió una breve mirada con su colega al pasar por su lado. Había perdido el empuje, el efímero progreso, y ambos lo sabían.

Rathbone alzó la mirada hacia el estrado.

—¿Intentó convencer a Prudence de que en realidad su felicidad no dependía de sir Herbert Stanhope? —preguntó con gentileza.

—Por supuesto —contestó Geoffrey—. Era absurdo.

—¿Porque sir Herbert está casado? —Rathbone se metió las manos en los bolsillos y adoptó una postura relajada.

—Naturalmente —le respondió Geoffrey—. Él no podía ofrecerle nada respetable aparte de su reconocimiento profesional, y si ella se empeñaba en comportarse como si existiera algo más, perdería incluso eso. —Tensó los músculos del rostro para mostrar su irritación con el abogado por insistir en algo tan evidente, y doloroso.

Rathbone frunció el entrecejo.

—Sin lugar a dudas adoptó una actitud muy insensata y autodestructiva —dijo—, pues sólo podía proporcionarle problemas, infelicidad y pérdidas irreparables.

—Exacto —convino Geoffrey con una mueca de desprecio.

Se disponía a añadir algo, pero Rathbone lo interrumpió.

—Usted sentía un gran afecto por la señorita Barrymore y la conocía desde hacía tiempo. De hecho, también conocía a su familia. ¿Le angustiaba verla conducirse de ese modo?

—¡Por supuesto! —Geoffrey miró a Rathbone con irritación creciente.

—¿Preveía que corría peligro, que sería víctima de una tragedia?

—Sí —respondió Geoffrey—, y así ha resultado.

Se oyó un murmullo en la sala. El público estaba impaciente.

El juez Hardie se inclinó para intervenir.

Rathbone hizo caso omiso y se apresuró a continuar, pues no deseaba perder la atención de los presentes con una interrupción.

—Estaba usted afligido —afirmó—. En varias ocasiones pidió a la señorita Barrymore en matrimonio, y ella lo rechazó, al parecer porque albergaba la ilusión de que sir Herbert tenía algo que ofrecerle, lo que, como usted dice, es absurdo a todas luces. Usted debió de sentirse frustrado ante su obstinación malsana. La actitud de la señorita Barrymore era ridícula, autodestructiva y bastante injusta.

Geoffrey volvió a agarrar con fuerza la barandilla del banco de los testigos y se inclinó aún más.

El crujido y roce de los tejidos cesó en cuanto los presentes intuyeron lo que Rathbone iba a decir a continuación.

—Cualquier hombre en su situación estaría furioso —afirmó Rathbone con delicadeza—, incluso alguien con un temperamento menos violento que el suyo. ¿Aun así asegura que no se pelearon? Usted parece muy pacífico. De hecho, cualquiera diría que no tiene mal genio. No conozco a demasiados hombres, si es que conozco alguno —añadió con una discreta mueca que no llegaba a ser de desprecio—, que no se hubieran enfurecido por recibir un trato como el que a usted se le dispensó.

La insinuación era evidente. Estaba poniendo en entredicho su virilidad y su honor.

En la sala reinaba un silencio absoluto, que quedó roto con el roce que produjo la silla de Lovat-Smith cuando éste la echó hacia atrás para levantarse. Sin embargo, enseguida cambió de opinión.

Geoffrey tragó saliva con dificultad.

—Por supuesto que me enfurecí —reconoció con voz ahogada—, pero no reaccioné de manera violenta. No soy un hombre agresivo.

Rathbone abrió los ojos con expresión de asombro. En el silencio se oyó el suspiro que exhaló Lovat-Smith.

—Claro está que la violencia es un concepto relativo —declaró Rathbone—. No obstante, considero que la forma en que atacó al señor Archibald Purbright porque le hizo trampas mientras jugaban al billar, un hecho irritante, por supuesto, pero de poca importancia, fue violenta, ¿no cree? Si sus amigos no le hubieran contenido, le habría herido de gravedad.

Geoffrey quedó lívido.

—¿Montó en cólera del mismo modo cuando la señorita Barrymore lo rechazó una vez más? —prosiguió Rathbone sin darle tiempo a responder—. ¿Acaso esa situación era menos exasperante que perder una partida de billar con un hombre que, como todos sabían, hacía trampas?

Geoffrey abrió la boca pero no consiguió articular palabra.

—No es necesario que responda. —Rathbone sonrió—. Soy consciente de que es un tanto injusto formularle esa pregunta. El jurado sacará sus propias conclusiones. Gracias, señor Taunton, no tengo ninguna pregunta más.

Lovat-Smith se puso en pie. Los ojos le brillaban y habló con voz fuerte y clara.

—No es preciso que responda de nuevo, señor Taunton —dijo con amargura—, pero puede hacerlo si así lo desea. ¿Mató usted a la señorita Barrymore?

—¡No! ¡Yo no la maté! —Geoffrey recuperó el habla por fin—. ¡Estaba furioso, pero no le hice ningún daño! Por el amor de Dios —agregó al tiempo que lanzaba una mirada al banco de los acusados—, Stanhope la asesinó. ¿Todavía no está claro?

Todos los presentes, incluido Hardie, se volvieron hacia sir Herbert. Por primera vez éste parecía sumamente incómodo, pero no evitó las miradas que le dirigían ni se ruborizó. Observó a Geoffrey Taunton con una expresión de frustración y vergüenza más que de culpabilidad.

Rathbone sintió renacer su admiración por él y su deseo de conseguir que lo absolvieran.

—Para algunos de nosotros, sí —respondió Lovat-Smith con una sonrisa—, pero no para todos. Gracias, señor Taunton. Eso es todo. Puede retirarse.

Geoffrey Taunton bajó despacio por las escaleras, como si no estuviera seguro de si debía marcharse o añadir algo más. Al final comprendió que había perdido su oportunidad, si es que la había tenido, y recorrió a grandes zancadas los pocos metros que lo separaban de los bancos del público.

La primera testigo de la tarde fue Berenice Ross Gilbert. Su mera apariencia produjo un gran revuelo incluso antes de que hablara. Irradiaba serenidad y confianza, e iba elegantemente vestida. Era una ocasión desgraciada, pero no escogió el negro, lo que habría demostrado escaso gusto, ya que no guardaba luto por nadie. Llevaba una chaqueta de un intenso color ciruela con toques de gris marengo y unas faldas amplias de un tono un tanto más oscuro. El conjunto le favorecía sobremanera y armonizaba con su tez, aparte de otorgarle un aspecto distinguido y espectacular al mismo tiempo. Rathbone oyó los suspiros cuando apareció y luego el alboroto de expectación al levantarse Lovat-Smith para iniciar el interrogatorio. Sin duda una dama de su categoría tendría algo importante que decir.

—Lady Ross Gilbert —dijo Lovat-Smith, que si bien no sabía mostrarse deferente, pues en realidad no le agradaba la idea, habló con respeto, aunque ignoraba si por ella o por la situación—, usted pertenece al consejo rector del hospital. ¿Pasa allí mucho tiempo?

—Sí —respondió ella con voz sonora y clara—. No voy cada día, pero sí tres o cuatro veces por semana. Hay mucho trabajo por hacer.

—No me cabe duda. Desempeña usted una labor admirable. Sin la ayuda desinteresada de personas como usted, esos lugares se encontrarían en un estado lamentable —declaró Lovat-Smith, aunque su aseveración era discutible. No se alargó más con esa clase de comentarios—. ¿Veía con frecuencia a Prudence Barrymore?

—Por supuesto. A menudo me pedían que me ocupara del bienestar, la moral y la calidad de la labor de las enfermeras. Veía a la pobre Prudence casi cada vez que acudía al hospital. —Lo miró y sonrió en espera de la siguiente pregunta.

—¿Estaba al corriente de que con frecuencia ayudaba a sir Herbert Stanhope?

—Por supuesto. —Su voz empezó a transmitir cierto pesar—. Al comienzo deduje que era una mera coincidencia, porque era una enfermera excelente.

—¿Y después? —inquirió Lovat-Smith.

Berenice levantó un hombro en un gesto elocuente.

—Luego me di cuenta de que sentía verdadera devoción por él.

—¿Se refiere a una devoción que iba más allá de la normal teniendo en cuenta su posición en el hospital? —Lovat-Smith formuló la pregunta con cautela con el fin de evitar cualquier error que pudiera dar pie a que Rathbone protestara.

—Por supuesto —afirmó Berenice de mala gana—. Saltaba a la vista que lo admiraba profundamente. Es de todos sabido que sir Herbert es un cirujano excelente, pero la devoción que Prudence le profesaba, así como las labores adicionales que realizaba por voluntad propia, no dejaba lugar a dudas de que sus sentimientos escapaban del ámbito profesional, por muy sinceros y altruistas que fueran.

—¿Percibió usted algún indicio que delatara que estaba enamorada de sir Herbert? —preguntó Lovat-Smith con voz suave, aunque sus palabras llegaron a todos los rincones de la sala debido al silencio reinante.

—Se le encendía la mirada siempre que hablaba de él, le resplandecía el rostro, era como si su interior estuviera rebosante de energía. —Berenice sonrió y se mostró un tanto compungida—. A mí no se me ocurre otra explicación cuando una mujer se comporta así.

—A mí tampoco —convino Lovat-Smith—. Puesto que usted se ocupaba de la moral de las enfermeras, ¿habló con ella sobre el tema?

—No —respondió Berenice con aire meditabundo—. Para serle sincera, nunca consideré que su integridad moral corriera peligro. Enamorarse es inherente al ser humano. —Miró con expresión burlona hacia los bancos del público—. Si el amor se entrega a la persona equivocada y es imposible que tenga un desenlace satisfactorio, a veces esa situación es más segura desde el punto de vista moral que cuando es correspondido. —Vaciló y se mostró apesadumbrada—. Claro está que en ese momento no sospechaba siquiera que ese asunto acabaría en tragedia.

No había mirado ni una sola vez a sir Herbert, sentado enfrente, mientras que él no apartaba la vista de ella.

—Dice que Prudence entregó su amor a la persona equivocada. ¿Se refiere a que sir Herbert no la correspondía? —inquirió Lovat-Smith.

Berenice vaciló, no porque no estuviera segura de la respuesta, sino porque trataba de encontrar las palabras precisas.

—No me resulta tan fácil interpretar los sentimientos de los hombres —dijo—; no sé si me entiende...

Se oyó un murmullo en la sala, aunque era imposible discernir si era de asentimiento o de duda. Un miembro del jurado asintió.

Rathbone tenía la impresión de que aquella mujer saboreaba su protagonismo y gozaba de su capacidad de captar y controlar la atención del público.

Lovat-Smith no la interrumpió.

—Él requería sus servicios siempre que necesitaba a una enfermera experimentada —explicó Berenice con lentitud.

Cada una de sus palabras se oía claramente debido al silencio contenido de la sala—. Trabajaba con ella durante horas y, a veces, sin la presencia de otras personas —añadió sin dirigir la mirada al acusado, con la vista fija en Lovat-Smith.

—¿Es posible que no supiera lo que la señorita Barrymore sentía por él? —preguntó Lovat-Smith en tono de incredulidad—. ¿Lo considera usted tan necio?

—¡Por supuesto que no! Sin embargo...

—Por supuesto que no —la interrumpió el abogado—. Por lo tanto, no juzgó necesario advertirle...

—No pensé en ello ni por un instante —reconoció Berenice con cierto enojo—. Mi labor no consiste en inmiscuirme en la vida privada de los cirujanos, y no creo que pudiera decirle nada que él no supiese o consiguiera resolver de la forma adecuada. Si vuelvo la mirada atrás me doy cuenta de que...

—Gracias —le atajó Lovat-Smith—. Gracias, lady Ross Gilbert. No tengo más preguntas, pero quizá mi distinguido colega desee... —Dio a entender con discreción que Rathbone lo tenía todo perdido y tal vez ya se hubiera rendido a lo inevitable.

Lo cierto es que Rathbone no se sentía en absoluto satisfecho con el transcurso del juicio. Lady Ross Gilbert había invalidado gran parte, por no decir la totalidad, de lo que había conseguido con las declaraciones de Nanette y Geoffrey Taunton. En realidad sólo había conseguido suscitar como mucho una sombra de duda sobre la culpabilidad del acusado, y ahora incluso ese logro parecía escapársele de las manos. El caso no serviría para adornar su carrera, y sus posibilidades de salvar la vida de sir Herbert, y mucho menos su reputación, disminuirían por momentos.

Se dirigió a Berenice Ross Gilbert con una seguridad y despreocupación que no sentía. Se mostró relajado a propósito. Pretendía que el jurado pensara que tenía alguna revelación trascendente bajo mano, algún giro inesperado que destruiría de una vez los argumentos de la acusación.

—Lady Ross Gilbert —dijo con una sonrisa encantadora—, Prudence Barrymore era una enfermera excelente, ¿no es así? Poseía un talento y unos conocimientos superiores a los de sus compañeras.

—Sin duda —convino ella—. De hecho, creo que tenía unos amplios conocimientos de medicina.

—¿Y desempeñaba su labor a conciencia?

—Usted ya debe de saberlo, ¿no?

—Sí. —Rathbone asintió—. Varias personas han dado fe de ello. Entonces ¿por qué le sorprendió que sir Herbert la eligiera para que trabajara con él en un gran número de operaciones? ¿No lo haría en beneficio de sus pacientes?

—Sí... Por supuesto que sí.

—Ha declarado que observó en Prudence todos los indicios de una mujer enamorada. ¿Advirtió alguno de esos indicios en sir Herbert, en presencia de Prudence, o cuando la esperaba?

—No, señor —respondió Berenice sin vacilar.

—¿Reparó en algún cambio en su comportamiento con respecto a ella, alguna desviación de lo que se consideraría una relación normal y correcta entre un cirujano entregado a su trabajo y su mejor y más responsable enfermera?

Ella reflexionó por unos minutos antes de responder. Por primera vez dirigió una breve mirada a sir Herbert.

—No, él se conducía como de costumbre —respondió Berenice—. Siempre ha sido un hombre correcto, entregado a su trabajo y poco solícito con los demás, salvo con sus pacientes y los médicos en prácticas.

Rathbone sonrió. Sabía que su sonrisa era encantadora.

—Supongo que muchos hombres se han enamorado de usted...

Lady Ross Gilbert se encogió de hombros. Fue un gesto sutil de regocijo y reconocimiento de una realidad.

—En el caso de que sir Herbert la hubiera tratado como a Prudence Barrymore, ¿habría supuesto que estaba enamorado de usted? ¿O que se planteaba abandonar a su esposa e hijos, su casa y reputación, para pedirle que se casara con él?

Su rostro se iluminó por lo divertida que le resultaba la pregunta.

—¡Por todos los santos, no! Sería absurdo. Por supuesto que no.

—Entonces, ¿diría usted que Prudence no distinguía sus fantasías de la realidad?

Berenice adoptó una expresión inescrutable.

—Sí, eso creo.

Rathbone tenía que aprovechar la situación.

—Ha afirmado que poseía amplios conocimientos médicos. ¿Se refería acaso a conocimientos de cirugía que le permitían realizar amputaciones sin ayuda y de la forma correcta? ¿Era algo más que una enfermera, tal vez una cirujana?

Se oyó un murmullo de desagrado.

Berenice enarcó las cejas con asombro.

—¡Por todos los santos! ¡Por supuesto que no! Lamento decirle, señor Rathbone, que con esa pregunta demuestra desconocer por completo el mundo de la medicina. Una mujer cirujano es algo impensable.

—Entonces ¿en ese sentido también daba muestras de haber perdido la capacidad de distinguir los sueños de la realidad?

—Si era eso lo que decía, sin lugar a dudas. Era una enfermera excelente, pero no era médico. Pobre criatura, seguramente la guerra debió de trastornarla. Tal vez todos seamos responsables por no habernos dado cuenta. —De repente adoptó una cierta expresión de arrepentimiento.

—Quizá las penalidades que soportó y el sufrimiento que vio la perturbaran —convino Rathbone—, y sus deseos de ayudar le hicieran imaginar que podría. Nunca lo sabremos. —Meneó la cabeza—. Es una tragedia que una mujer compasiva y buena, entregada a los demás, estuviera en un estado de tensión tal que ni siquiera fuera capaz de controlar su propia naturaleza y, sobre todo, encontrara la muerte en esas circunstancias. —Habló más bien para el jurado; no es que tuviera relevancia para el caso, pero estaba obligado a ganarse su simpatía. Había destruido la reputación de Prudence como heroína, pero no debía arrebatarle el papel de víctima honorable.

Monk fue el último testigo de Lovat-Smith.

Subió por las escaleras hacia el banco de los testigos con expresión inmutable y miró al tribunal fríamente. Como en casos anteriores, había deducido lo que Rathbone había obtenido de la declaración de Berenice Ross Gilbert a partir de los comentarios de todos aquellos que entraban y salían de la sala: periodistas, oficiales del juzgado, haraganes. Estaba furioso antes incluso de la primera pregunta.

—Señor Monk —dijo con cautela Lovat-Smith, consciente de que estaba frente a un testigo hostil que, sin embargo, había aportado unas pruebas incontestables, usted ya no pertenece al cuerpo de policía y se dedica a la investigación privada, ¿estoy en lo cierto?

—Sí.

—¿Lo contrataron para que investigara la muerte de Prudence Barrymore?

—Así es.

Monk no estaba dispuesto a proporcionar más información que la que le pedían. En lugar de conseguir que el público perdiera el interés, logró el efecto contrario: intuían el antagonismo existente entre los dos hombres y se sentaron más erguidos, atentos a cada palabra o mirada.

—¿Quién lo contrató? ¿La familia de la señorita Barrymore?

—Lady Callandra Daviot.

Sir Herbert se inclinó de repente, con expresión tensa y el entrecejo fruncido.

—¿Fue por ese motivo por el que asistió al funeral de la señorita Barrymore? —inquirió Lovat-Smith.

—No —contestó Monk lacónicamente.

Si Monk tenía intención de desconcertar a Lovat-Smith, apenas si lo conseguía. El instinto o la severidad del rostro de Monk disuadió al abogado de preguntarle el motivo, pues era incapaz de intuir la respuesta.

—Sin embargo, estuvo allí, ¿verdad?

—Sí.

—¿La familia de la señorita Barrymore conocía su relación con el caso?

—Sí.

En la sala reinaba un silencio absoluto. Algo de la furia de Monk, la energía que reflejaba su rostro, captaba la atención de los presentes, que ni susurraban ni se movían.

—¿La hermana de la señorita Barrymore, la señora Faith Barker, le ofreció algunas cartas? —preguntó Lovat-Smith.

—Sí.

A Lovat-Smith le costaba mantener su expresión y su voz serenas.

—Y las aceptó. ¿Qué clase de cartas eran, señor Monk?

—Cartas de Prudence Barrymore dirigidas a su hermana —respondió Monk—. Parecían más bien un diario que daba cuenta de lo ocurrido en los últimos tres meses y medio de su vida.

—¿Las leyó?

—Por supuesto.

Lovat-Smith sacó un fajo de papeles y se lo tendió a Monk.

—¿Son éstas las cartas que la señora Barker le entregó?

Monk les echó una mirada, aunque era innecesario. Las había reconocido de inmediato.

—Así es.

—¿Sería tan amable de leer al tribunal la primera que he marcado con un lazo rojo?

Monk obedeció y comenzó a leer con voz tensa y dura.

Mi querida Faith:

¡Qué día tan maravilloso! Sir Herbert ha realizado un trabajo extraordinario. No podía evitar mirarle las manos. Tanta destreza es digna de admiración. Además, se explica con tanta claridad que no tuve la menor dificultad para seguirle y entender todos los pasos.

Me ha dicho unas cosas que me llenan de alegría y me hacen inmensamente feliz. Todos mis sueños están en juego, y él posee todas las cartas. Nunca pensé que encontraría a alguien tan valiente. Faith, sir Herbert es un hombre maravilloso, un visionario, un héroe en el mejor sentido de la palabra; no se dedica a conquistar otros pueblos que deberían seguir su propio rumbo, ni a batallar para descubrir el origen de algún río, sino que ha emprendido una cruzada aquí, en nuestro país, a favor de los grandes principios que ayudarán a decenas de miles de personas. ¡No puedes imaginar lo feliz y privilegiada que me siento de que me haya escogido!

Hasta la próxima ocasión, tu querida hermana,

PRUDENCE

—¿Y la segunda que he marcado? —solicitó Lovat-Smith.

Monk la leyó y luego levantó la mirada sin que sus ojos ni su expresión denotaran emoción alguna. Sólo Rathbone lo conocía lo suficiente para percibir la repugnancia que le producía tal intromisión en la intimidad de una mujer a quien admiraba.

El silencio en la sala era absoluto, todos los presentes aguzaban el oído. El jurado observaba a sir Herbert sin disimular su desagrado.

—¿Las otras son del mismo estilo, señor Monk? —preguntó Lovat-Smith.

—Algunas sí, otras no —respondió.

—Para acabar, señor Monk, ¿sería tan amable de leer la carta marcada con un lazo amarillo?

Monk la leyó en voz baja y severa.

Querida Faith:

Sólo te envío una nota. Me siento demasiado desconsolada para escribir más y tan cansada que me iría a dormir para no despertar jamás. Todo ha sido una farsa. Todavía me cuesta creerlo, aunque me lo haya dicho a la cara. Sir Herbert me ha traicionado. Todo era mentira, sólo quería utilizarme; sus promesas no significaban nada para él. Sin embargo, esto no va a quedar así. ¡Tengo poder y lo utilizaré!

PRUDENCE

Se oyeron numerosos suspiros y el revuelo del público al volver la cabeza hacia el banco de los acusados. Sir Herbert parecía crispado; el agotamiento y la perplejidad se reflejaban en su rostro. No parecía asustado, sino sumido en una pesadilla que carecía de sentido para él. Posó la mirada en Rathbone con expresión desesperada.

Lovat-Smith vaciló y observó a Monk. Al cabo de unos segundos decidió no plantearle más preguntas, ya que, como en ocasiones anteriores, no estaba seguro de lo que respondería.

—Gracias —dijo al tiempo que miraba a Rathbone.

Rathbone se preguntó una y otra vez qué debía decir para mitigar el efecto que había producido lo que acababan de oír. No necesitaba ver el rostro lívido de sir Herbert para saber que el temor había sustituido al desconcierto benévolo que había mostrado hasta el momento. Independientemente de que entendiera lo que las cartas implicaban, no era tan ingenuo como para no reparar en la impresión que habían causado en el jurado.

Rathbone se obligó a no mirar a los miembros del jurado, por más que de su silencio, de la expresión de sus rostros cuando se volvieron hacia el banco de los acusados, deducía que en su opinión sir Herbert merecía la condena.

¿Qué podía preguntar a Monk? ¿Qué podía decir para arreglar la situación? No se le ocurría nada. Ni siquiera confiaba en Monk. ¿Era posible que su ira contra sir Herbert por haber traicionado a Prudence, aunque fuera de forma involuntaria, le impidiera interpretar la situación de manera más propicia? Por otro lado, ¿de qué servía su opinión?

—¿Señor Rathbone? —El juez Hardie lo miraba con los labios apretados.

—No tengo preguntas que hacer a este testigo, Su Señoría, gracias.

—Éstos han sido los argumentos de la acusación, Su Señoría —declaró Lovat-Smith con una discreta sonrisa de suficiencia.

—Entonces, como ya es tarde, se levanta la sesión. La defensa empezará a presentar sus argumentos mañana.

Callandra no permaneció en el juzgado después de testificar, aunque en cierto modo lo habría deseado. Esperaba desesperadamente que sir Herbert fuera culpable y se demostrara de forma convincente. Le aterrorizaba pensar que hubiera sido Kristian; la simple posibilidad la atormentaba. Durante el día intentaba ocupar todo su tiempo para no permitir que la invadiera la angustia ni cavilar en busca de la solución que ansiaba.

Por la noche se acostaba creyendo que estaba agotada pero despertaba al cabo de un par de horas sobresaltada y se pasaba la madrugada dando vueltas en la cama, deseando dormir pero temerosa de sus sueños y más aún de despertar.

Deseaba hablar con Kristian, pero ignoraba qué decirle. Lo había visto muy a menudo en el hospital, habían afrontado juntos toda clase de problemas; no obstante, le dolía reconocer que sabía muy poco de su vida fuera del hospital. Por supuesto, sabía que estaba casado y que su esposa era una mujer fría y distante, con quien compartía pocos momentos de ternura y alegría, y nada del trabajo al que dedicaba tanta pasión, nada de sentido del humor y comprensión, de sus pequeñas satisfacciones como las que le procuraban las flores, el canto, los reflejos de la luz en la hierba, los amaneceres.

Sin embargo, era mucho lo que desconocía de él. A veces, durante las largas conversaciones que mantenían, él le había hablado de su juventud, de su lucha en su Bohemia natal, del júbilo que había sentido cuando había aprendido el funcionamiento milagroso de la fisiología humana. Le había mencionado a las personas que había conocido, con quienes había vivido toda suerte de experiencias. Habían reído juntos, embargados de repente por una dulce melancolía al recordar pérdidas del pasado que resultaban soportables por el hecho de saber que la otra persona entendía esos sentimientos.

A su debido tiempo Callandra le había hablado de su difunto esposo, de su vitalidad, su temperamento, sus opiniones arbitrarias, su profunda perspicacia, su ingenio y sus ganas de vivir.

¿Qué conocía del presente de Kristian? Todo cuanto le había contado se remontaba a quince o veinte años atrás, como si el período transcurrido desde entonces se hubiera perdido, no fuera digno de mención. ¿Cuándo se había maleado el idealismo de su juventud? ¿Cuándo había traicionado por primera vez lo mejor de sí mismo y empañado todo lo demás practicando abortos? ¿Era posible que necesitara más dinero con tanta desesperación?

No. Era injusto. Ya estaba otra vez torturándose con esa clase de pensamientos, que la conducían inevitablemente a Prudence Barrymore y al asesinato. El hombre que conocía no podía ser el culpable. Era imposible que todo cuanto sabía de él fuera una ilusión. Tal vez lo que había visto aquel día no había sido lo que pensaba. Quizá Marianne Gillespie había padecido alguna complicación. Al fin y al cabo, el hijo que llevaba en sus entrañas era fruto de una violación. Tal vez hubiera sufrido alguna lesión interna y Kristian intentara curarla, no deshacerse del feto.

Claro. Era una posibilidad. Debía descubrirlo y ahuyentar para siempre sus temores.

Sin embargo, ¿cómo podía enterarse? Si se lo preguntaba, tendría que reconocer que había entrado sin permiso en su consulta, y Kristian adivinaría que había sospechado y, por supuesto, pensado en lo peor.

Además, ¿por qué iba a decirle la verdad? No podía pedirle que lo demostrara y, en cambio, el mero hecho de preguntar dañaría para siempre la buena relación que mantenían; pese a su fragilidad, y por poco probable que fuera el que se convirtiera en algo más, Callandra apreciaba en grado sumo su amistad.

No obstante, sus temores, las dudas enfermizas, comenzaban a estropearla. No podía mirarlo a los ojos ni hablar con él con la naturalidad de antes. La tranquilidad, la confianza y las risas habían desaparecido.

Debía verlo. Debía conocer la verdad, fuera ésta buena o mala.

Se le presentó una oportunidad el día en que Lovat-Smith concluyó la presentación de sus argumentos. Callandra había hablado a los miembros del consejo rector de un indigente que acababa de ingresar y los había convencido de que el hombre merecía su ayuda porque estaba muy necesitado. Kristian Beck era la persona idónea para ocuparse de él. El caso era demasiado complejo para los médicos en prácticas, los otros cirujanos estaban muy atareados y, por supuesto, sir Herbert estaría ausente durante un período indefinido de tiempo, quizá para siempre.

La señora Flaherty le había indicado que Kristian estaba en su consulta. Llamó a la puerta. El corazón le latía con tanta fuerza que imaginó que le temblaba todo el cuerpo. Tenía la boca seca. Sabía que tartamudearía al hablar.

Oyó que la invitaba a entrar y de repente sintió deseos de echar a correr, pero las piernas no le respondían.

Él volvió a hablar. En esta ocasión Callandra empujó la puerta y entró.

A Beck se le iluminó el semblante en cuanto la vio y se levantó del asiento detrás de su escritorio.

—¡Callandra! ¡Pase, pase! Hace días que no nos vemos. —Entornó los ojos para observarla mejor. Su mirada no transmitía ninguna clase de crítica, sino una ternura que la conmovió sobremanera—. Parece cansada, querida. ¿Se encuentra usted bien?

Estuvo a punto de sincerarse, como había hecho siempre, sobre todo con él, pero le había proporcionado una excusa perfecta para eludir la verdad.

—No tanto como me gustaría, pero no es nada importante —respondió atropelladamente, con torpeza—. No creo que necesite un médico; se me pasará.

—¿Está segura? —Kristian se mostraba preocupado—. Si prefiere que la atienda otro doctor, acuda a Allington. Es un buen hombre y hoy se encuentra en el hospital.

—Le consultaré si persiste mi malestar —mintió—, pero he venido para hablarle de un hombre que ha ingresado hoy y que sí necesita su ayuda. —Mientras le refería el caso, oía su propia voz como si fuera la de otra persona.

Al cabo de unos segundos él levantó la mano.

—Entiendo, lo visitaré. No hace falta que me convenza. —Volvió a mirarla con fijeza—. ¿Le preocupa algo, querida? Parece usted otra persona. ¿No confía en mí lo suficiente para permitir que la ayude?

Era una invitación clara y sabía que si la rechazaba no sólo cerraría una puerta que luego le costaría abrir, sino que además heriría los sentimientos de Kristian. Los ojos de éste reflejaban su preocupación, y eso debería haber bastado para hacerla hablar.

En aquel momento se sentía asfixiada por las lágrimas no derramadas. Toda la soledad de un período de tiempo indeterminado, mucho antes de la muerte de su esposo, momentos en los que él estaba inmerso en sus problemas —no era que se comportara mal con ella, sino que sencillamente era incapaz de salvar las diferencias que existían entre ambos— y el enorme deseo que sentía de compartir sus emociones más íntimas la hacían vulnerable.

—No es más que el terrible asesinato de la enfermera —aseguró bajando la vista al suelo—, y el juicio. No sé qué pensar y estoy dejando que me trastorne más de lo que debería... Lo siento. Perdóneme por molestar a todo el mundo con este asunto cuando cada uno ya tiene bastante con lo suyo.

—¿Eso es todo? —preguntó el doctor con extrañeza.

—Yo la apreciaba —repuso Callandra al tiempo que lo miraba a la cara; por lo menos eso era cierto—. Además me recordaba a cierta joven a quien aprecio todavía más. Lo que ocurre es que estoy cansada. Mañana me sentiré mucho mejor. —Forzó una sonrisa que supuso debía de parecer espantosa.

Beck sonrió a su vez y le dedicó una mirada triste y tierna a la vez. Callandra dudaba que la hubiera creído. De lo que estaba segura era de que no podía preguntarle por Marianne Gillespie. La respuesta quizá le resultara insoportable.

Se puso en pie y se dirigió de espaldas hacia la puerta.

—Muchas gracias por aceptar al señor Burke. Estaba convencida de que lo haría. —Puso la mano en el pomo, esbozó otra sonrisa breve y forzada, y se marchó.

Sir Herbert volvió la cabeza en cuanto Rathbone entró en la celda. Visto desde la parte inferior de la sala, hacía apenas unos minutos, el doctor había transmitido una serenidad absoluta pero ahora, desde más cerca, bajo la fuerte luz que entraba por la ventana alta de la celda, estaba demacrado. Tenía la piel de la cara hinchada, con excepción de la que le rodeaba los ojos, bajo los cuales se distinguían unas ojeras considerables, como si hubiera dormido mal, sin descansar realmente. Estaba acostumbrado a tomar decisiones de vida o muerte, conocía de primera mano la fragilidad física del hombre y situaciones extremas de dolor y muerte, pero también estaba habituado a mandar; él era quien emprendía las acciones o se abstenía de actuar; quien emitía juicios de los que dependía la suerte de otras personas. En cambio en esta ocasión estaba indefenso. Rathbone se encontraba al mando, no él, y eso le asustaba. El miedo se reflejaba en sus ojos, en la forma como movía la cabeza, se respiraba incluso en el ambiente.

Rathbone, por su parte, estaba acostumbrado a tranquilizar a los demás sin prometerles nada en realidad. Formaba parte de su profesión, pero con sir Herbert le resultaba más difícil de lo habitual, pues existían buenas razones para tener miedo.

—El juicio no va bien, ¿verdad? —preguntó sir Herbert sin rodeos al tiempo que miraba a Rathbone con fijeza. Su rostro reflejaba temor y esperanza a la vez.

—Todavía es pronto. —El abogado se mostró cauto, pero no podía mentir—. Lo cierto es que no hemos progresado demasiado.

—No pueden demostrar que la maté. —Había en la voz de sir Herbert un tono de pánico casi imperceptible. Ambos lo notaron, y sir Herbert se sonrojó—. No fui yo. Esa teoría de que mantuve una aventura con ella es ridícula. Si hubiera conocido a la mujer, nunca se le habría pasado tal cosa por la cabeza. Sencillamente ella no... no pensaba en esas cosas. No sé cómo expresarlo con mayor claridad.

—¿Se le ocurre otra explicación para las cartas? —preguntó Rathbone sin esperanzas reales.

—¡No! No lo entiendo. Por eso es tan alarmante. Es como una absurda pesadilla. —Elevó la voz debido a su creciente temor.

Mientras lo miraba fijamente a los ojos, Rathbone no dudaba de sus palabras. Su experiencia profesional le había permitido perfeccionar su capacidad para juzgar a las personas, y en ella basaba su reputación. Sir Herbert Stanhope decía la verdad; ignoraba los sentimientos de Prudence Barrymore, y su desconcierto y desconocimiento era lo que más le asustaba; la imposibilidad de comprender, el hecho de que acontecimientos que no entendía ni controlaba lo arrastraran y amenazaran con llevarlo a la destrucción.

—¿Podrían ser una suerte de broma maliciosa? —preguntó Rathbone en su desesperación—. La gente cuenta cosas extrañas en sus diarios. ¿Es posible que utilizara su nombre para proteger a otra persona?

Sir Herbert quedó sorprendido por un instante. Acto seguido apareció un atisbo de esperanza en su rostro.

—Supongo que podría ser, sí, pero no se me ocurre quién. ¡Ojalá lo supiera! Sin embargo, ¿por qué había de hacer algo así? Escribía a su hermana. Es improbable que temiera que las leyera otra persona.

—¿El esposo de su hermana tal vez? —sugirió Rathbone, aunque sabía que era una estupidez.

—¿Que mantuviera un romance con su cuñado? —preguntó sir Herbert con incredulidad.

—No —contestó Rathbone con paciencia—. Es posible que su cuñado leyera las cartas. No es extraño que un hombre lea la correspondencia de su mujer.

—¡Oh! —Sir Herbert comprendió por fin—. Sí, por supuesto. Eso sería de lo más natural. Yo también lo he hecho a veces. Sí... es una explicación. Ahora debe descubrir de qué hombre se trata. ¿Qué me dice de Monk? ¿Podría encontrarlo? —El atisbo de esperanza que había acariciado por unos instantes se disipó—. Tenemos tan poco tiempo... ¿Puede solicitar un aplazamiento?

Rathbone no respondió.

—Esta posibilidad me da nuevos argumentos sobre los que interrogar a la señora Barker —afirmó. A continuación se estremeció al recordar que Faith Barker había sido quien había entregado las cartas a Monk con la convicción de que condenarían a sir Herbert a la horca. Fuera lo que fuese lo que Prudence había pretendido, su hermana desconocía los secretos que pudieran contener las misivas. Se esforzó para no mostrar su desilusión, pero fue en vano.

—Tiene que haber una explicación —dijo sir Herbert con evidente desesperación, los puños cerrados y la mandíbula apretada—. Maldita sea, ¡nunca tuve ningún interés personal por esa mujer! Nunca le dije nada que... —De repente quedó horrorizado—. ¡Oh, Dios mío!

Rathbone aguardó, sin atreverse a alimentar la menor esperanza.

Sir Herbert tragó saliva. Trató de hablar, pero tenía los labios secos. Lo intentó de nuevo.

—¡Alababa su trabajo! ¡Lo alabé numerosas veces! ¿Cree que pudo interpretarlo como una señal de admiración hacia su persona? ¡La elogiaba a menudo! —El temor que lo embargaba se había transformado en gotas de sudor en la frente—. Era la mejor enfermera que nunca he tenido. Era inteligente, aprendía con rapidez, obedecía y tenía iniciativa. Era limpia en extremo. Nunca se quejaba de trabajar más horas de la cuenta y luchaba incansablemente para salvar a los pacientes. —Miraba a Rathbone con fijeza—. Juro por Dios que nunca insinué nada personal en mis alabanzas, no tenía otras intenciones. ¡Nada más, nada más! —Se llevó las manos a la cabeza—. ¡Líbreme Dios de trabajar con mujeres jóvenes, con mujeres jóvenes de buena familia que esperan y desean pretendientes!

Rathbone sentía el profundo temor de que sus deseos se iban a cumplir, que no podría trabajar con nadie más, aunque dudaba que Dios tuviera algo que ver en la decisión.

—Haré lo que esté en mi mano —declaró con una firmeza y seguridad que no sentía—. No pierda la esperanza. Existe mucho más que una duda razonable sobre su culpabilidad, y su comportamiento es una de sus mejores bazas.

La posición de Geoffrey Taunton no está ni mucho menos clara, y tampoco la de la señorita Cuthbertson. Además, hay otras posibilidades, Kristian Beck, por ejemplo.

—Sí. —Sir Herbert se puso en pie con lentitud al tiempo que se esforzaba por calmarse. Los años de autodisciplina implacable habían vencido al pánico—. Una duda razonable... Cielo santo, arruinaría mi carrera.

—Eso tiene solución —repuso Rathbone con total sinceridad—. Si lo absuelven, el caso seguirá abierto. Tal vez no transcurra demasiado tiempo, quizás unas semanas, hasta que descubran al verdadero asesino.

Sin embargo, ambos sabían que todavía no habían conseguido plantear una duda razonable para salvar a sir Herbert de la horca, y sólo disponían de unos días.

Rathbone le tendió la mano. Era un gesto de confianza. Sir Herbert se la estrechó durante más tiempo del habitual, como si fuera una cuerda de salvamento. Esbozó una sonrisa forzada que transmitía más coraje que seguridad.

Rathbone se marchó con la determinación de seguir luchando.

Tras su declaración, Monk salió de la sala del tribunal con un nudo en el estómago y el cuerpo tenso por la ira. Ni siquiera sabía hacia quién dirigirla, lo que contribuía a exacerbar su dolor. ¿Era cierto que Prudence había estado tan ciega? No deseaba considerarla falible hasta tal punto. Aquella imagen no se correspondía en modo alguno con la mujer por la que tanto pesar había sentido en el concurrido funeral celebrado en la iglesia de Hanwell. Había sido una joven valiente y generosa, y él se había sentido puro por haber sabido de su existencia. Había entendido sus sueños, y su encarnizada lucha y el precio que había tenido que pagar por ellos. Sentía cierta afinidad con ella.

No obstante, a veces se equivocaba en sus juicios, pues de lo contrario nunca habría amado a Hermione. Incluso la palabra «amor» se le antojaba inadecuada para describir lo que había experimentado; la agitación, la necesidad, la soledad. Aquel amor no estaba dirigido a ninguna mujer verdadera, sino a la imagen que él se había forjado de ella, una figura de ensueño que llenaría su propia desolación, una mujer tierna y pura, que lo amara y necesitara a la vez. Nunca se había parado a contemplar la realidad: una mujer necia y cobarde, que temía los altibajos de los sentimientos, valoraba la seguridad por encima de todo lo demás y se conformaba con presenciar la batalla de la vida como mera espectadora.

¿Cómo iba Monk, precisamente él, a condenar a Prudence Barrymore por interpretar mal la realidad?

Todavía se sentía herido. Caminó con paso presuroso por Newgate Street, sin prestar atención a los respingos de los caballos, los gritos de los cocheros o un calesín ligero que se salió de su trayectoria. Un landó negro estuvo a punto de atropellarlo; el lacayo que iba al lado le lanzó una sarta de improperios que hicieron que el cochero se sorprendiera y se sentara un poco más erguido.

Sin haber tomado esa decisión de forma consciente, Monk se percató de que iba en dirección al hospital y, tras caminar a paso ligero durante veinte minutos, paró un coche de caballos para cubrir el resto del trayecto. Ni siquiera sabía si Hester estaba trabajando o en el dormitorio de las enfermeras procurándose un merecido descanso, aunque tenía la honradez de reconocer que le era indiferente. Era la única persona a quien podía hacer partícipe de la confusión e intensidad de sus sentimientos.

Resultó que Hester acababa de acostarse tras una dura

jornada iniciada antes de las siete, pero sabía dónde estaba el dormitorio de las enfermeras, de manera que se dirigió hacia él con tal autoridad que nadie lo detuvo ni le preguntó adónde iba hasta que llegó a la puerta. Allí topó con una enfermera corpulenta de cabello rojizo y brazos de peón que se le plantó delante y lo observó con expresión grave.

—Necesito ver a la señorita Latterly por un asunto urgente —afirmó Monk—. La vida de una persona está en peligro —mintió sin pestañear.

—¿Ah sí? ¿La de quién? ¿La suya?

Monk se preguntó qué opinión tendría aquella mujer de sir Herbert Stanhope.

—No es asunto suyo —espetó—. Vengo de Old Bailey y tengo cosas que hacer. Ahora muévase y vaya a buscar a la señorita Latterly.

—Por mí como si viene del infierno montado en una escoba; usted aquí no entra. —Se cruzó de brazos—. Le avisaré que está aquí si me dice cómo se llama, y ya saldrá si le apetece.

—Monk.

—¿Que es usted un monje? ¡Imposible! —exclamó la mujer con incredulidad al tiempo que lo miraba de arriba abajo.

—¡Se trata de mi nombre, no de mi profesión, estúpida! Dígale a Hester que estoy aquí.

La enfermera resopló sin disimulo, pero obedeció. Hester apareció al cabo de unos tres minutos con aspecto cansado, vestida de forma precipitada y con una trenza caída sobre un hombro. Monk nunca la había visto peinada así, y quedó asombrado. Parecía muy distinta, más joven y vulnerable. Sintió una punzada de culpabilidad por haberla despertado para algo que, básicamente, era una muestra de egoísmo por su parte. Lo más probable era que la conversación que mantuvieran esa tarde no afectara para nada a la suerte de sir Herbert Stanhope.

—¿Qué ha ocurrido? —preguntó ella de inmediato, demasiado agotada y adormilada para pensar en las posibilidades más terribles.

—Nada especial —respondió Monk al tiempo que la tomaba del brazo para alejarla de la puerta del dormitorio—. Ni siquiera sé si va bien o mal. No debería haber venido, pero me apetecía hablar con usted. Lovat-Smith ya ha llamado a declarar a todos sus testigos, y no me gustaría estar en la piel de Stanhope, aunque Geoffrey Taunton tampoco ha salido muy bien parado. Tiene muy mal genio y antecedentes de comportamiento violento. Estaba en el hospital cuando ocurrió todo, pero es Stanhope quien se sienta en el banco de los acusados, y no hay nada lo bastante convincente para intercambiar sus situaciones.

Se encontraban frente a una de las escasas ventanas del pasillo, y el sol del atardecer arrojaba una luz brumosa y grisácea sobre ellos y formaba un círculo en el suelo.

—¿Sabe si Oliver tiene alguna prueba que presentar? —Estaba demasiado cansada para referirse a Rathbone con formalidad.

—No lo sé. Me temo que fui muy cortante con él. Por el momento su defensa consiste en presentar a Prudence como una tonta. —El dolor y la ira todavía lo atenazaban.

—Si pensó que sir Herbert Stanhope se casaría con ella, sin duda era tonta —afirmó Hester, pero con tal tristeza en la voz que Monk no podía enfadarse por ello.

—También sugirió que exageraba sus conocimientos médicos —explicó—, y que las operaciones que según ella había practicado durante la guerra eran invenciones suyas.

Hester se volvió para mirarlo; su desconcierto inicial comenzaba a transformarse en ira.

—¡No es cierto! Sabía realizar amputaciones tan bien

como la mayoría de los cirujanos; además era valiente y rápida. Yo daré testimonio de ello. Lo juraré y no podrán desmentirlo porque lo vi con mis propios ojos.

—No puede —repuso él; su tono y su actitud delataban su sensación de derrota.

—¡Claro que puedo! —aseguró ella con furia—. ¡Y suélteme el brazo! ¡Puedo aguantarme sola perfectamente! Estoy cansada, no enferma.

Monk no le soltó el brazo por una especie de obstinación malsana.

—No puede declarar porque Lovat-Smith ha terminado de presentar los argumentos de la acusación —masculló—, y Rathbone no va a citarla. Precisamente lo que no quiere oír es que era una persona realista. Sir Herbert acabaría en la horca.

—Tal vez así es como debería acabar —exclamó Hester de repente, y de inmediato se arrepintió—. No pretendía decir eso, pero quizá sea cierto que la mató. Primero pensé que era el asesino, luego que no lo era y ahora ya no sé qué pensar.

—Rathbone está convencido de que no lo hizo, y debo reconocer que, mirándolo a la cara en el banco de los acusados, me cuesta creer que fuera él. Si se piensa fríamente, no parecía tener ninguna razón. Además, cada vez que se menciona el enamoramiento de Prudence, adopta una expresión de absoluta incredulidad.

Hester lo miró a los ojos como si le rogase que fuese sincero.

—Usted cree en la palabra de sir Herbert, ¿verdad? —preguntó.

—Sí, me apena reconocerlo —admitió Monk.

—Pues tendremos que encontrar pruebas que demuestren quién es el asesino o morirá en la horca —afirmó Hester con determinación.

—Lo sé —repuso Monk con gravedad al recordar los esfuerzos de Hester por defenderle a él en el pasado—. Tendremos que actuar con rapidez. He agotado todo lo relativo a Geoffrey Taunton. Será mejor que empiece a investigar al doctor Beck. ¿Ha descubierto algo más sobre él?

—No. —Hester se volvió con expresión triste; parecía enormemente vulnerable. El sol le iluminaba las mejillas y acentuaba el cansancio que reflejaban sus ojos. Monk ignoraba qué la apenaba, pues no le había hecho partícipe de su pesar. De repente, le dolió el que no se sincerara con él. Estaba furioso porque quería evitarle la carga que suponía tener que investigar además de realizar sus labores de enfermera, pero lo enfurecía aún más que eso lo enojara tanto; no tenía por qué: era absurdo y una debilidad por su parte.

—¿Y qué ha estado haciendo aquí? —preguntó con aspereza—. En todo este tiempo habrá hecho algo más que vaciar orinales y poner vendajes, ¿no? ¡Por el amor de Dios, piense!

—La próxima vez que no sepa cómo solucionar un caso, pruebe a trabajar de enfermera —le espetó ella—, a ver si logra cumplir con sus obligaciones y, encima, investigar. Usted no es útil para nadie salvo como detective... ¿y qué ha descubierto?

—Que Geoffrey Taunton tiene un temperamento violento —respondió Monk—, que Nanette Cuthbertson estaba en Londres, tenía muchas razones para odiar a Prudence y posee unas manos lo bastante fuertes para controlar a un caballo, algo que muchos hombres serían incapaces de hacer.

—Eso hace siglos que lo sabemos. —Hester se volvió—. Es útil pero no lo suficiente.

—Por eso he venido, tonta. Si fuera suficiente no estaría aquí.

—Pensé que había venido para quejarse...

—Me estoy quejando. ¿No me ha oído? —Monk sabía que estaba siendo muy injusto, pero siguió adelante—. ¿Y el resto de las enfermeras? Algunas debían de odiarla. Era arrogante, autoritaria y obstinada. Algunas parecen lo bastante fuertes para tirar de un carro y estrangular a una mujer.

—No era tan arrogante como piensa... —replicó Hester.

Monk soltó una carcajada.

—Quizá no según su criterio... pero yo pensaba en el de ellas.

—No tiene ni la menor idea de cuáles son sus criterios —le espetó ella con desdén—. No se mata a una persona porque te incordie de vez en cuando.

—Muchas personas han sido asesinadas porque se dedicaban a criticar, intimidar, insultar y, en general, maltratar a los demás. Uno puede perder los estribos en cualquier momento cuando ya no aguanta más. —Monk sintió que una angustia repentina, casi la premonición de una pérdida, se apoderaba de él—. Por eso debe tener cuidado, Hester.

Ella lo observó con asombro y luego se echó a reír. Al principio no fue más que una risita, pero enseguida se transformó en abiertas carcajadas.

Monk se sintió herido por un instante, pero no le apetecía discutir con ella. Sin embargo, no esbozó ni un atisbo de sonrisa, sino que se limitó a esperar con paciencia y resignación.

Al final Hester se frotó los ojos con el pulpejo de la mano, de manera poco elegante, y dejó de reír. Se sorbió la nariz.

—Tendré cuidado —prometió—. Gracias por preocuparse por mí.

Monk tomó aire para decir alguna grosería, pero cambió de parecer.

—No hemos investigado concienzudamente a Kristian Beck —dijo—. Ignoramos qué pensaba contar Prudence a las autoridades cuando él le rogó que no lo hiciera. —De pronto se le ocurrió algo en lo que debería haber pensado con anterioridad—. Me pregunto a qué clase de autoridad se refería. ¿A los miembros del consejo rector? ¿A sir Herbert? Rathbone podría preguntar a este último.

Hester no dijo nada. Su rostro volvió a mostrar su cansancio.

—Regrese a la cama —le sugirió Monk con ternura al tiempo que le ponía la mano sobre el hombro—. Iré a ver a Rathbone. Espero que en los días que nos quedan consigamos descubrir algo.

Hester sonrió sin convicción, pero con cierto afecto. Fue un momento de entendimiento, de compartir las emociones sin necesidad de emplear palabras, las experiencias pasadas que los habían marcado con el mismo temor por el presente. Tendió la mano para rozar el rostro de Monk con la yema de los dedos, luego dio media vuelta y se encaminó hacia el dormitorio.

Monk albergaba pocas esperanzas de que sir Herbert supiera algo de Kristian Beck, porque de lo contrario ya lo habría dicho. En cualquier caso podría explicarles a qué autoridad había que informar, ¿al presidente del consejo rector quizá? La situación no parecía muy alentadora. Todo dependía de la habilidad de Rathbone y del talante de los miembros del jurado. Hester había resultado de poca ayuda. Aun así, experimentaba una curiosa sensación de felicidad en su interior, como si nunca en su vida hubiera estado tan acompañado.

Al día siguiente Hester se las ingenió para cambiar el turno con otra enfermera y fue a ver a Edith Sobell y al comandante Tiplady, quienes la recibieron emocionados.

—Íbamos a enviarle un mensaje —dijo el comandante al tiempo que la ayudaba a sentarse en una silla tapizada con cretona como si fuera una anciana inválida—. Tenemos noticias para usted.

—Me temo que no van a ser de tu agrado —añadió Edith con gravedad mientras tomaba asiento frente a ella—. Lo lamento tanto...

Hester estaba desconcertada.

—¿No han descubierto nada? —No le parecía tan importante como para enviar un mensaje.

—Sí que hemos descubierto algo. —El comandante también parecía perplejo. Dirigió una mirada inquisitiva a Edith, y Hester percibió la profundidad del afecto que transmitía.

—Sé que es lo que nos pidió —afirmó Edith—, pero aprecia al doctor Beck. —Se volvió hacia Hester—. No te agradará saber que en dos ocasiones lo acusaron de negligencia por la muerte de dos mujeres jóvenes. En ambos casos los padres aseguraron que las muchachas no padecían nada grave, que el doctor Beck realizó operaciones innecesarias y en condiciones tan precarias que las pacientes murieron desangradas. Lo denunciaron, pero no ganaron en ningún caso. No existían pruebas suficientes.

Hester se sintió mal.

—¿Dónde? ¿Dónde ocurrió? No creo que sucediera en el Royal Free Hospital, ¿verdad?

—No —respondió Edith con expresión de tristeza—. El primer caso fue en el norte, en Alwick, cerca de la frontera con Escocia, y el segundo en Somerset. Ojalá pudiera darte alguna buena noticia.

—¿Estás segura de que fue él? —Era una pregunta estúpida, pero a Hester le costaba asimilarlo. No dejaba de pensar en Callandra.

—¿Es posible que existan dos cirujanos naturales de Bohemia que respondan al nombre de Kristian Beck? —dijo Edith con voz queda.

El comandante observaba a Hester con preocupación. Ignoraba por qué le había afectado tanto la noticia.

—¿Cómo lo has descubierto? —preguntó Hester. No cambiaría en absoluto la realidad, pero el hecho de cuestionarla retrasaba en cierto modo su aceptación.

—Me he hecho amiga de la bibliotecaria de la redacción de un periódico —respondió Edith—. Se ocupa de los ejemplares atrasados. Me ha sido de gran ayuda para comprobar algunos detalles de los eventos que el comandante menciona en sus memorias, así que le pedí que me echara una mano.

—Entiendo. —Estaba claro. Aquélla era la pieza que completaba el rompecabezas, lo que Prudence pensaba denunciar a las autoridades, sólo que Beck la había matado antes de que pudiera hacerlo.

De pronto la asaltó otro pensamiento, todavía más negativo. ¿Era posible que Callandra ya lo supiera? ¿Era ésa la razón por la que estaba tan demacrada últimamente? Se sentía atormentada por ese temor, y por su complicidad al ocultarlo.

Edith y el comandante la observaban con inquietud. Hester comprendía que debían saber lo que estaba pensando, pero no podía decir nada sin traicionar a Callandra.

—¿Qué tal van las memorias? —inquirió con una sonrisa forzada y fingiendo un interés que habría sido genuino en cualquier otro momento.

—Ah, ya casi hemos terminado —contestó Edith, más relajada ahora—. Hemos relatado todas sus experiencias en la India y sus aventuras en África, que son algo inverosímil. Es lo más emocionante que he oído en mi vida. Tienes que leerlas cuando las hayamos terminado... —De repente parte de su entusiasmo se apagó, ya que todos pensaron en la conclusión inevitable. Edith no había podido dejar el hogar que la asfixiaba, los padres consideraban que, al haber enviudado tan joven, debía pasar el resto de su vida como si fuera soltera, dependiente en lo económico de la generosidad de su padre y socialmente de los caprichos de su madre. Había tenido la oportunidad de casarse, y eso era todo a lo que una mujer tenía derecho. Su familia había cumplido con su obligación al buscarle un marido; la desgracia de que muriera joven también la habían sufrido otras mujeres. Así pues, debía aceptarlo con dignidad. La tragedia del fallecimiento de su hermano había puesto al descubierto las perversiones del pasado, que todavía no se habían superado y quizá nunca llegasen a superarse. El mero hecho de pensar en vivir de nuevo en Carlyon House bastaba para oscurecer la claridad de aquel día de verano.

—Me muero de ganas de leerlas —afirmó Hester. Se volvió hacia el comandante—. ¿Cuándo se publicarán?

Él parecía tan concentrado en la angustia que le producía la situación que Hester se sorprendió de que le respondiera.

—Oh... creo... —Cerró los ojos y respiró hondo. Exhaló el aire despacio. Estaba muy sonrojado—. Iba a decir que queda mucho trabajo por hacer, pero no es cierto. Edith ha sido tan eficiente que falta muy poco para acabarlo, pero no estoy seguro de encontrar un editor que quiera publicarlo; de ser así, tendré que pagar la publicación de mi bolsillo. —Hizo una pausa, y respiró hondo, más ruborizado aún, antes de volverse hacia Edith—. Edith, la idea de que se marche usted una vez concluido el trabajo me resulta intolerable. Pensé que lo que me proporcionaba tanto placer y paz interior era escribir sobre la India y África, pero no es así. Es compartirlo con usted, tenerla aquí día tras día. Nunca imaginé que una compañía femenina me resultaría tan sumamente... grata. Siempre creía que las mujeres eran criaturas extrañas, formidables en algunos casos, como las institutrices y las enfermeras, o superficiales y mucho más aterradoras, como las damas que coquetean. Sin embargo, usted es la mujer más... agradable que conozco. —En aquel momento tenía el rostro encendido y sus azules ojos relucían como centellas—. Me sentiría muy solo si se marchara, y sería el hombre más dichoso del mundo si se quedara... como mi esposa. Le ruego que me disculpe, pero tenía que decírselo. La amo de verdad. —Guardó silencio, sorprendido ante su propio atrevimiento, pero no dejó de mirarla ni por un instante.

Edith bajó la vista y se sonrojó; estaba sonriendo, no de vergüenza sino de felicidad.

—Mi querido Hercules —dijo con suma ternura—, no hay nada en el mundo que desee más.

Hester se puso en pie, besó a Edith en la mejilla con dulzura y luego al comandante. Salió de puntillas a la calle soleada hasta encontrar un medio de transporte adecuado que la llevara a Old Bailey y a Oliver Rathbone.

11

Antes de presentar los argumentos de la defensa, Rathbone se entrevistó con sir Herbert a fin de darle las instrucciones pertinentes para cuando lo llamara al estrado.

No era una visita que le apeteciera hacer. Sir Herbert poseía inteligencia más que suficiente para darse cuenta de las pocas posibilidades que tenía y de lo mucho que el resultado del juicio dependía de las emociones, los prejuicios y las simpatías de los miembros del jurado. Sin duda se trataba de sentimientos que Rathbone sabía manejar a la perfección, pero no dejaban de ser elementos frágiles, de los que dependía la vida de un hombre. Las pruebas eran irrefutables. Ni el jurado más contumaz iría contra ellas.

Sin embargo, encontró a sir Herbert mucho más optimista de lo que esperaba. Iba recién lavado y afeitado y lucía ropa limpia. De no haber sido por las ojeras y cierta tendencia a retorcerse los dedos, podría haberse pensado que se disponía a ir al hospital para atender a sus pacientes.

—Buenos días, Rathbone —saludó en cuanto se cerró la puerta de la celda—. Ha llegado nuestro turno. ¿Cómo propone que empecemos? A mí me parece que Lovat-Smith no ha presentado una argumentación perfecta. No ha demostrado que fuera yo, ni podrá hacerlo. Lo cierto es que tampoco ha demostrado que no fuesen Taunton, Beck o incluso la señorita Cuthbertson, o alguna otra persona. ¿Cuál es su plan de acción? —Habría parecido que hablaba de una interesante intervención quirúrgica en la que no se jugaba nada personal, de no ser por cierta tensión en los músculos del cuello.

Rathbone no le contradijo, aunque dudaba que esos hechos tuvieran la importancia que sir Herbert les otorgaba. No le movía tanto la compasión como la necesidad de que su cliente se mantuviera tranquilo y seguro. Si se sentía amedrentado, los miembros del jurado lo percibirían y era muy fácil que identificaran el miedo con la culpabilidad. ¿Por qué debía temer su veredicto un hombre inocente?

—Primero lo llamaré a declarar —explicó, obligándose a sonreír con optimismo—. Le brindaré la oportunidad de negar que mantuvo una relación íntima con Prudence y, por supuesto, que la asesinó. También me gustaría que mencionara un par de incidentes específicos que quizás ella interpretara mal. —Observó a sir Herbert con atención—. Decir que era soñadora o tergiversaba la realidad no servirá.

—He intentado recordar —declaró sir Herbert sin apartar la mirada de Rathbone—, pero, ¡por el amor de Dios!, no recuerdo los comentarios banales que se hacen durante el día. No recuerdo que fuera algo más que cortés con ella. Por supuesto que la elogié, se lo merecía con creces, ¡pero es que era muy buena enfermera!

Rathbone permaneció en silencio, con expresión ceñuda.

—¡Por todos los santos! —exclamó sir Herbert girando sobre sus talones como si quisiera andar, pero estaba recluido en esas cuatro paredes, lo que le sacaba de quicio—. ¿Usted sería capaz de recordar todos y cada uno de los comentarios triviales que dirige a sus ayudantes y subordinados? Para mi desgracia, trabajo principalmente con mujeres. Tal vez no debería hacerlo —añadió con furia—, pero el de enfermera es un trabajo de mujeres y me atrevería a decir que resultaría muy difícil encontrar a hombres capaces y que además quisieran dedicarse a él.

Había elevado su tono paulatinamente, y Rathbone, dada su larga experiencia, dedujo que se debía al pánico, que en cualquier momento podía brotar a la superficie. Había sido testigo de ese estado de ánimo en numerosas ocasiones y, como siempre, sentía una punzada de lástima y todo el peso de la responsabilidad sobre sus espaldas. Introdujo las manos en los bolsillos y adoptó una postura más relajada.

—Le recomiendo encarecidamente que no diga nada por el estilo en el estrado. Recuerde que los miembros del jurado son personas normales y corrientes, que casi con certeza se sienten algo intimidadas y desorientadas ante el mundo de la medicina. Además, gracias a la señorita Nightingale, que se ha convertido en una heroína nacional, independientemente de lo que usted piense de ella, sus enfermeras también son muy queridas. No se le ocurra criticar a Prudence, ni siquiera de forma indirecta. Ése es el mejor consejo que puedo darle. Si habla mal de ella, firmará su condena.

Sir Herbert lo observó.

—Descuide —susurró—. Sí, por supuesto que lo entiendo.

—Responda sólo a lo que le pregunte, no se extienda. ¿Está claro?

—Sí, por supuesto, usted manda.

—No infravalore a Lovat-Smith. A veces parece un actor ambulante, pero es uno de los mejores abogados de Inglaterra. No permita que lo provoque para que diga más de lo necesario al contestar a sus preguntas. Lo halagará, lo enfurecerá, lo retará intelectualmente si considera que así conseguirá que pierda el control. La impresión que va a causar al jurado es su arma más importante. Él lo sabe tan bien como yo.

Sir Herbert estaba pálido y fruncía el entrecejo en una expresión de angustia. Observó a Rathbone como si quisiera adivinar qué pensaba.

—Seré prudente —aseguró—. Gracias por su consejo.

—No se preocupe. Éste es el momento más difícil. A partir de ahora llega nuestro turno y, a no ser que cometamos algún error estúpido, saldremos adelante.

Sir Herbert le tomó la mano y se la estrechó con fuerza.

—Gracias. Confío plenamente en usted y obedeceré sus instrucciones al pie de la letra. —Le soltó la mano y retrocedió un paso con una tímida sonrisa en los labios.

Como cada día, la sala del tribunal estaba atestada de espectadores y periodistas. Aquella mañana se respiraba un ambiente de expectación y de algo parecido a la esperanza. La defensa estaba a punto de presentar sus argumentos, y tal vez por fin hubiera revelaciones, dramatismo o incluso pruebas que inculparan a otra persona. Todo el mundo miraba al frente, los únicos sonidos que se oían no eran los comentarios de los asistentes, sino los roces y crujidos de los tejidos, las ballenas de los corsés y las suelas de cuero de los zapatos contra el suelo.

Rathbone no estaba tan bien preparado como hubiese deseado, pero no disponía de más tiempo. Tenía que dar la impresión de que no sólo sabía que sir Herbert era inocente, sino también quién había cometido el crimen en su lugar. Era plenamente consciente de que los miembros del jurado estaban pendientes de él, que observaban todos y cada uno de sus movimientos y reparaban en cada inflexión de su voz.

—Su Señoría, miembros del jurado —dijo con una leve sonrisa—, estoy convencido de que considerarán que resulta mucho más fácil para la acusación demostrar que un hombre es culpable de un delito que para la defensa probar su inocencia. Desgraciadamente no puedo hacerlo, por el momento, aunque siempre es posible que surja algo durante la presentación de las pruebas.

Los susurros de excitación fueron audibles, incluso el garabateo rápido de los lápices sobre el papel.

—No obstante —prosiguió—, la acusación no ha demostrado que sir Herbert Stanhope matara a Prudence Barrymore, sólo que pudo haberlo hecho... igual que muchas otras personas, entre las que podríamos incluir a Geoffrey Taunton, Nanette Cuthbertson o el doctor Beck. La idea central de su argumento —añadió al tiempo que señalaba a Lovat-Smith con un gesto despreocupado— es que sir Herbert poseía un buen motivo, tal como ponen de manifiesto las cartas que Prudence escribió a su hermana, Faith Barker. —Miró a los miembros del jurado y su sonrisa se hizo más amplia—. Sin embargo, demostraré que esas cartas pueden interpretarse de manera muy distinta, de forma que sir Herbert no parezca más culpable que cualquier otro hombre en su posición y con su talento, su modestia personal y con obligaciones más urgentes e importantes que atender.

Los asistentes estaban inquietos. Una mujer rolliza se inclinó para observar al acusado.

Antes de que Hardie se impacientara, Rathbone abordó su defensa de forma directa.

—Llamo a declarar a mi primer testigo, sir Herbert Stanhope.

Pasaron varios minutos desde que sir Herbert bajó del banco de los acusados hasta que reapareció en la sala. Dejó atrás a sus ujieres y recorrió el espacio que lo separaba del estrado andando bien erguido, vestido de forma impecable y con un porte majestuoso. Se produjo un silencio tan absoluto que parecía que todos contenían la respiración. El único sonido audible era el rasgueo de los lápices sobre el papel mientras los periodistas intentaban reflejar en palabras el ambiente que se vivía.

En cuanto sir Herbert llegó a lo alto de la escalera y se volvió, se percibió un pequeño revuelo cuando cientos de cabezas se inclinaron para observarlo y todos los presentes cambiaron de posición en el asiento. Permaneció bien erguido, con la cabeza alta, y Rathbone pensó que era una cuestión de seguridad, no de arrogancia. Observó el rostro de los miembros del jurado y advirtió su interés y un destello de respeto renuente.

El secretario del tribunal hizo que pronunciara su juramento, y Rathbone se acercó al estrado.

—Sir Herbert, hace unos siete años que es usted el cirujano jefe del Royal Free Hospital. Durante ese tiempo ha recibido la ayuda de numerosas enfermeras, probablemente de cientos, ¿no es así?

Sir Herbert enarcó sus finas cejas en señal de sorpresa.

—La verdad es que nunca se me ha ocurrido contarlas, pero sí, supongo que sí.

—¿Puede decirse que eran muy distintas en lo que a sus conocimientos y entrega se refiere?

—Me temo que sí —respondió sir Herbert con un gesto irónico casi imperceptible.

—¿Cuándo conoció a Prudence Barrymore?

Sir Herbert meditó unos segundos. Reinaba un silencio absoluto en la sala, todas las miradas estaban fijas en su rostro. La atención total de los miembros del jurado no era una muestra de hostilidad, sino de interés y expectación.

—Debió de ser en julio de 1856 —contestó—. No puedo dar una fecha más precisa. —Tomó aire como si quisiera añadir algo, pero cambió de parecer.

Rathbone lo advirtió y se sintió satisfecho. Su cliente obedecía sus instrucciones. ¡Gracias a Dios!

—¿Recuerda la llegada de todas las enfermeras nuevas, sir Herbert?

—No, por supuesto. Hay muchas. Eh... —Se interrumpió.

Rathbone se divertía en parte. Sir Herbert seguía al pie de la letra sus consejos, lo que ponía de manifiesto cuán asustado estaba. Rathbone se figuró que no era un hombre acostumbrado a obedecer.

—¿Y por qué se fijó especialmente en la señorita Barrymore? —preguntó.

—Porque había estado en la guerra de Crimea —respondió—; era una joven de buena familia que había dedicado su vida al cuidado de los enfermos, con un coste personal considerable y a riesgo de su propia vida. No trabajaba porque necesitara el dinero para vivir, sino porque deseaba ser enfermera.

Rathbone percibió el débil murmullo de reconocimiento del público y la expresión de aprobación de los miembros del jurado.

—¿Estaba tan preparada y se entregaba a su trabajo tanto como usted esperaba?

—Más de lo que imaginé —contestó sir Herbert sin apartar la mirada de Rathbone. Se inclinó ligeramente en el estrado, con las manos sobre la barandilla y los brazos estirados. Su actitud reflejaba cierta humildad. Rathbone no podía haberlo instruido mejor—. Se mostraba infatigable en su trabajo —añadió—. Nunca llegaba tarde, jamás faltaba sin causa justificada. Poseía una memoria prodigiosa y aprendía con una rapidez considerable. Además, nadie tuvo nunca motivos para poner en duda su moralidad, en ningún sentido. Era una mujer excelente en todos los aspectos.

—¿Y hermosa? —preguntó Rathbone con una sonrisa.

Sir Herbert abrió los ojos como platos. Estaba claro que no esperaba aquella pregunta ni había pensado en una respuesta.

—Sí... supongo que sí. Me temo que me fijo en ese aspecto menos que la mayoría de los hombres. En esas circunstancias, me intereso más por las aptitudes de la mujer. —Lanzó una mirada al jurado, como si quisiera disculparse—. Las caras bonitas sirven de poco cuando hay que curar a los más enfermos. Sin embargo sí recuerdo que tenía unas manos muy hermosas. —No bajó la vista hacia las suyas, que tenía apoyadas en la barandilla.

—¿Estaba muy preparada como enfermera?

—Sí, eso he dicho.

—¿Lo suficiente para realizar una intervención quirúrgica? —inquirió Rathbone.

Sir Herbert pareció de nuevo sorprendido. Abrió la boca como si fuera a hablar, pero no articuló palabra.

—¿Sir Herbert? —insistió Rathbone.

—Era una enfermera excelente, ¡pero no era médico! Hay que comprender que existe una diferencia considerable, un abismo insalvable, de hecho. —Negó con la cabeza—. No había recibido formación académica. Sólo sabía lo que había aprendido con la práctica y la observación en el campo de batalla y en el hospital de Scutari. —Se inclinó con expresión concentrada—. Debe entender la diferencia entre esos conocimientos obtenidos al azar, de forma desordenada, sin referencias de causa y efecto, de opciones, de posibles complicaciones, sin conocimientos de anatomía ni farmacología, sin la experiencia y los historiales clínicos de otros médicos, los años de formación académica y práctica y el resto de conocimientos colaterales y suplementarios que ofrecen los estudios oficiales. —Volvió a sacudir la cabeza, esta vez con mayor vehemencia—. No, señor Rathbone, era una enfermera excelente, no he conocido a otra mejor, pero sin lugar a dudas no era médico. A decir verdad —agregó mientras miraba a Rathbone con los ojos brillantes—, creo que esas historias que hemos oído de que realizaba intervenciones en el campo de batalla no procedían de ella. No era una mujer arrogante ni mentirosa. Sospecho que interpretaron mal sus palabras, o incluso que las tergiversaron.

Se oyeron murmullos de aprobación entre el público, varias personas asintieron y miraron a quienes se sentaban a su lado. Dos miembros del jurado incluso sonrieron.

Había sido una jugada brillante desde el punto de vista emocional, pero tácticamente hacía que a Rathbone le resultara más difícil formular la siguiente pregunta. Se planteó dejarla para después; sin embargo, decidió que quizá fuese interpretado como una evasiva.

—Sir Herbert... —Dio un par de pasos hacia el estrado y alzó la vista—. Las pruebas que la acusación ha presentado contra usted consisten en unas cartas de Prudence Barrymore dirigidas a su hermana, en las que escribe a ésta sobre sus sentimientos hacia usted, la convicción de que usted la correspondía y, en un futuro muy próximo, la haría la más feliz de las mujeres. ¿Es una visión realista y sincera? Eran sus propias palabras, por lo que no hay posibilidad de tergiversación.

Sir Herbert negó con la cabeza, con expresión de desconcierto.

—Yo no les encuentro ninguna explicación —afirmó

compungido—. Juro por Dios que nunca le di el menor motivo para que pensara que sentía algo por ella. He pasado horas, días, intentando recordar qué pude hacer o decir que le diera tal impresión y, sinceramente, no se me ocurre nada. —Volvió a negar con la cabeza mientras se mordía el labio inferior—. Tal vez sea porque soy un hombre de trato fácil y quizá me haya tomado la libertad de hablar de manera informal con las personas con quienes trabajo, pero no entiendo cómo alguien pudo interpretar mis palabras como declaraciones de afecto personal. Sencillamente hablaba con una colega leal en quien había depositado mi confianza.

Vaciló.

Varios miembros del jurado asintieron en señal de comprensión. De sus rostros se deducía que también ellos habían pasado por la misma experiencia. Aquella situación parecía razonable.

—¿Quizá fui descuidado? —se preguntó sir Herbert con gravedad—. No soy un hombre romántico. Llevo más de veinte años felizmente casado con la única mujer a quien he amado. —Sonrió con timidez.

Las mujeres del público se propinaron leves codazos.

—Ella podría decirles que tengo poca imaginación en ese aspecto de la vida —continuó sir Herbert—. Como habrán observado, no soy un hombre apuesto ni gallardo. Las mujeres nunca me han obsequiado con sus atenciones en ese sentido. Hay hombres más... —Titubeó mientras intentaba encontrar las palabras adecuadas—. Hay hombres más seductores y dispuestos para ese papel. Contamos con un buen número de médicos en prácticas con talento, jóvenes, con buena presencia y un futuro prometedor por delante. Por supuesto, también hay otros doctores mucho más encantadores y atractivos que yo. Si he de ser sincero, jamás se me ocurrió que nadie pudiera contemplarme con esos ojos.

Rathbone adoptó una expresión comprensiva, aunque sir Herbert lo hacía tan bien que no necesitaba su ayuda.

—¿En alguna ocasión la señorita Barrymore le dijo algo que lo sorprendiera porque demostrara una admiración inusual, más personal que profesional? —preguntó—. Supongo que está acostumbrado a las muestras de respeto por parte de sus colaboradores y a la gratitud de sus pacientes pero, por favor, trate de recordar.

Sir Herbert se encogió de hombros y esbozó una sonrisa de disculpa.

—Créame, señor Rathbone, lo he intentado, pero las horas que pasé en compañía de la enfermera Barrymore, que reconozco fueron muchas, yo tenía en mente el caso médico de que nos ocupábamos. Nunca la vi en relación con ningún otro asunto. —Juntó las cejas en gesto de concentración—. Pensaba en ella con respeto y confianza, convencido de su entrega y capacidades, pero no como mujer. —Bajó la mirada—. Por lo visto me equivoqué de medio a medio, lo que lamento profundamente. Soy padre, como sin duda saben, pero mi profesión me ha obligado a dejar la educación de mis hijas en manos de mi esposa. No conozco demasiado bien las costumbres de las jóvenes, no tanto como debería, o al menos como otros hombres cuya vida profesional les permite pasar más tiempo en su casa, con su familia, que a mí.

Se oyeron susurros de apoyo entre el público.

—Es un precio que no pago de buen grado —prosiguió sir Herbert—. Parece que tal vez pudo dar pie a un trágico malentendido por parte de la enfermera Barrymore. A mí... no se me ocurre ningún comentario concreto que pudiera haberla alentado. Yo sólo pensaba en nuestros pacientes, y eso lo sé con certeza. —Bajó la voz y con severidad y vehemencia, añadió—: En ningún momento pretendí mantener una relación amorosa con la señorita

Barrymore, ni hice ni dije nada que fuera indecoroso o que una persona objetiva pudiera considerar una insinuación o expresión de interés personal. De eso estoy tan seguro como de que ahora me encuentro ante este tribunal.

Fue magnífico. Ni Rathbone hubiera escrito un guión mejor.

—Gracias, sir Herbert. Ha explicado esta situación trágica de un modo que creo todos comprendemos. —El abogado miró al jurado con expresión compungida—. Yo también he tenido encuentros embarazosos, al igual, me atrevería a decir, que los caballeros del jurado. Las prioridades en la vida y los sueños de las mujeres jóvenes son a veces distintos de los nuestros y quizá nos mostramos insensibles hacia ellas, lo que puede comportar consecuencias peligrosas e incluso dramáticas. —Volvió la cabeza hacia el testigo—. Permanezca donde está, sir Herbert. Sin duda mi distinguido colega tendrá preguntas que hacerle.

Sonrió a Lovat-Smith cuando regresó a su mesa.

Lovat-Smith se levantó y se alisó la toga antes de dirigirse hacia el centro de la sala. No miró ni a derecha ni a izquierda, sino directamente al acusado.

—Según ha dicho, sir Herbert, usted no se considera un donjuán; ¿es eso cierto? —preguntó con cortesía, incluso con amabilidad. No transmitía ninguna sensación de pánico o derrota, sólo deferencia hacia un hombre que gozaba de la estima del público.

Rathbone sabía que estaba interpretando un papel. Lovat-Smith era tan consciente como él de lo fabulosa que había sido la declaración de sir Herbert. No obstante, esa seguridad incomodaba un poco a Rathbone.

—Sí —respondió sir Herbert con cierto recelo—, eso es.

Rathbone cerró los ojos. Ojalá sir Herbert recordara sus consejos. «¡Que no diga nada más! —se repetía el abogado una y otra vez—. Que no añada nada. Que no le dé más pistas. Que no se deje llevar por él. Es nuestro enemigo.»

—Sin embargo debe de conocer el carácter de las mujeres... —aventuró Lovat-Smith.

Sir Herbert no dijo nada.

Rathbone exhaló un suspiro de alivio.

—Lleva muchos años casado —recordó Lovat-Smith—. Ha tenido tres hijas. No sea injusto con usted mismo, caballero. Sé de fuentes fiables que su vida familiar es satisfactoria y ordenada, y que es usted un esposo y un padre excelente.

—Gracias —dijo sir Herbert.

Lovat-Smith tensó los músculos de la cara. Entre el público se oyó una débil risita que se apagó de inmediato.

—No pretendía halagarlo, caballero —dijo Lovat-Smith con cierta aspereza. Se apresuró a continuar para evitar que hubiera más risas—. Trataba de demostrar que la forma de ser de las mujeres no le resulta tan desconocida como quiere que creamos. Ha dicho que mantiene una relación excelente con su esposa y no tengo razones para dudarlo. Por lo menos es innegable que es larga y estrecha.

Volvieron a oírse risas ahogadas, pero fueron breves. El público estaba del lado de sir Herbert; Lovat-Smith lo advirtió y se propuso no volver a cometer ese error.

—Supongo que no pretende que crea que desconoce la naturaleza y los sentimientos de las mujeres, cómo reaccionan ante los halagos o atenciones...

En aquel momento sir Herbert no tenía quien lo guiara. Estaba solo frente al enemigo. Rathbone apretó los dientes.

Sir Herbert permaneció callado unos minutos.

Hardie lo miró con expresión inquisitiva.

Lovat-Smith sonrió.

—No creo —repuso por fin sir Herbert mirando de hito en hito a Lovat-Smith— que pueda compararse la relación que me une a mi esposa con la que mantengo con las enfermeras, ni siquiera con las mejores, entre las cuales, sin duda, se encontraba la señorita Barrymore. Mi esposa me conoce y no malinterpreta mis palabras. No tengo que preocuparme de que me entienda. Por otro lado, mi relación con mis hijas no tiene nada que ver con el tema que nos ocupa. Insisto en que no existe comparación posible. —Se calló bruscamente sin apartar la vista de Lovat-Smith.

Los miembros del jurado asintieron en señal de aquiescencia.

Lovat-Smith decidió cambiar de táctica.

—¿La señorita Barrymore era la única joven de buena familia con quien ha trabajado, sir Herbert?

El acusado sonrió.

—Esta clase de mujeres ha empezado a interesarse por la enfermería en época muy reciente. De hecho, desde que la labor realizada por la señorita Nightingale en la guerra de Crimea se ha popularizado tanto, muchas jóvenes desean emularla. Por supuesto, están las que trabajaron con ella, como la señorita Barrymore, y mi enfermera más destacada en estos momentos, la señorita Latterly. Con anterioridad, las únicas damas de buena familia que tenían algo que ver con el hospital, sin desempeñar un trabajo propiamente dicho, eran las que formaban parte del consejo rector, como lady Ross Gilbert y lady Callandra Daviot, y no son fáciles de impresionar desde un punto de vista romántico.

Rathbone exhaló un suspiro de alivio. Sir Herbert había salido airoso. Incluso había evitado decir que Berenice y Callandra ya no eran jóvenes.

Lovat-Smith encajó bien el golpe y probó suerte de nuevo.

—Sir Herbert, ¿me equivoco si digo que está acostumbrado a que lo admiren?

Sir Herbert vaciló.

—Preferiría hablar de respeto —declaró con la intención de no parecer vanidoso.

—Lo supongo. —Lovat-Smith esbozó una amplia sonrisa—. Sin embargo, me refería a admiración. ¿Sus pupilos no lo admiran?

—Sería mejor que se lo preguntara a ellos.

—¡Oh, vamos! —Lovat-Smith desplegó una sonrisa aún más amplia—. Deje esa falsa modestia, por favor. No nos encontramos en una sala de estar donde imperan los buenos modales. —De repente endureció el tono de voz—. Usted está acostumbrado a que le profesen una admiración excesiva, a que quienes lo rodean estén pendientes de cada una de sus palabras. Al tribunal le resultará difícil creer que no sabe distinguir entre el entusiasmo excesivo, la adulación y un aprecio personal y, por consiguiente, sumamente peligroso.

—Todos los médicos en prácticas son hombres jóvenes —repuso sir Herbert con cierta perplejidad—. Uno no se plantea la posibilidad de mantener un romance con ellos.

Dos o tres miembros del jurado sonrieron.

—¿Y las enfermeras? —insistió Lovat-Smith.

—Disculpe si soy un tanto categórico —dijo sir Herbert con paciencia—, pero creo que ya hemos hablado de ese tema. Hasta época muy reciente no pertenecían a una clase social con la que fuera posible entablar una relación personal.

Lovat-Smith no mostró el menor desconcierto. Se limitó a sonreír ligeramente.

—¿Y sus pacientes, sir Herbert? ¿También eran todos hombres, todos viejos o todos de una clase social demasiado baja para tenerlos en consideración?

Sir Herbert se ruborizó.

—Por supuesto que no —respondió con voz queda—, pero la gratitud y la confianza de un paciente son muy distintas. Yo las acepto como parte de mi labor profesional, del temor y el dolor naturales de los enfermos; no las considero una cuestión personal. Su intensidad es pasajera, aunque la gratitud permanezca. Muchos médicos son objeto de tales sentimientos y los aceptan como lo que son. Confundirlos con amor sería una estupidez.

Bien, pensó Rathbone. Ahora ya puede callarse, por el amor de Dios. Que no lo estropee añadiendo algo más.

Sir Herbert abrió la boca y acto seguido, como si hubiera leído los pensamientos de Rathbone, la cerró.

Lovat-Smith, que seguía en el centro de la sala, miraba hacia el estrado con la cabeza un tanto ladeada.

—Así pues, a pesar de su experiencia con su esposa, sus hijas, sus pacientes agradecidos y confiados, ¿le sorprendió que Prudence Barrymore expresara su amor y entrega hacia usted? ¡Debió de resultarle una experiencia alarmante y bochornosa, puesto que es un hombre felizmente casado!

Sir Herbert no se dejaba confundir.

—Es que no lo expresó. Nunca dijo ni hizo nada que me indujera a suponer que su consideración por mí fuera algo más que profesional. Me enteré por primera vez cuando se leyeron sus cartas aquí.

—¿De veras? —preguntó Lovat-Smith con incredulidad al tiempo que meneaba la cabeza—. ¿De verdad espera que el jurado le crea? —Señaló a sus miembros con la mano—. Son hombres inteligentes y experimentados. Dudo que los considere tan... ingenuos. —Dio media vuelta y se dirigió a su mesa.

—En efecto, espero que me crean —afirmó sir Herbert, que se había inclinado para agarrarse a la barandilla—. Es la verdad. Tal vez fuera descuidado, o quizá no la viera como a una mujer joven y romántica, sino como a una profesional digna de confianza. Quizá sea pecado, y es algo que lamentaré eternamente, ¡pero no es un motivo para cometer un asesinato!

Se oyó un breve murmuro de elogios entre el público. Alguien exclamó: «¡Bien dicho!», y el juez Hardie le lanzó una mirada. Un miembro del jurado sonrió y asintió.

—¿Desea volver a interrogar a su testigo, señor Rathbone? —preguntó el juez.

—No, gracias, Su Señoría —contestó Rathbone.

Hardie indicó a sir Herbert que podía retirarse, y éste se dirigió con dignidad y la cabeza alta al banco de los acusados.

Rathbone llamó a declarar a varios colegas de profesión de su cliente. No les formuló todas las preguntas que había planeado porque la impresión que sir Herbert había causado al tribunal había sido tan buena que no deseaba mermarla con declaraciones que parecerían superfluas en su mayor parte. Se limitó a pedirles su opinión sobre sir Herbert como colega, y todos dieron fe de su gran calidad y entrega profesionales. Asimismo les preguntó por su reputación moral, que coincidieron en calificar de irreprochable.

Lovat-Smith no se molestó en interrogarlos. Aparentó aburrirse profundamente mientras Rathbone hablaba y, cuando le llegó el turno, esperó varios segundos antes de hablar. No llegó a afirmar que la lealtad de esos testigos era predecible, pero lo dio a entender. Rathbone sabía que se trataba de un ardid para aburrir al jurado y hacerle olvidar la impresión que sir Herbert les había causado. De la expresión de sus rostros se deducía que el acusado se había granjeado su simpatía, pero si insistía más en ello corría el riesgo de perder su atención. Tras dar las gracias al médico que se sentaba en el estrado en esos momentos, anunció que no interrogaría a más doctores, con la excepción de Kristian Beck.

No llamarlo a declarar habría constituido una omisión grave; además, deseaba sembrar en la mente de los miembros del jurado la posibilidad de que Beck hubiera asesinado a Prudence.

Kristian subió al estrado sin tener idea de lo que le aguardaba. Rathbone sólo le había comentado que debía testificar sobre la personalidad de sir Herbert.

—Doctor Beck, usted es médico y cirujano, ¿no es así?

—En efecto —respondió Kristian algo sorprendido, pues ese hecho carecía de relevancia.

—Según tengo entendido, ha ejercido en distintos países, entre ellos su Bohemia natal. —Deseaba dejar claro a los miembros del jurado que Beck era extranjero, así como su diferencia con respecto al carácter esencialmente inglés y previsible de sir Herbert. Era una tarea que le desagradaba, pero la sombra de una soga al cuello hace que la mente tome derroteros extraños.

—Sí —afirmó Kristian.

—Ha trabajado con sir Herbert Stanhope durante diez u once años, ¿no es así?

—Sí, aproximadamente —convino Kristian. Su acento extranjero era apenas perceptible; sólo se notaba por el modo en que pronunciaba ciertas vocales—. Sin embargo, pocas veces colaboramos porque nos dedicamos al mismo campo, pero conozco su fama, tanto personal como profesional, y nos vemos con frecuencia. —Su expresión era abierta y sincera, y su intención de ayudar, evidente.

—Entiendo —dijo Rathbone—. ¿Qué reputación personal tiene sir Herbert, doctor Beck?

A Kristian pareció divertirle la pregunta.

—Se le considera presuntuoso, un tanto autoritario,

orgulloso, con razón, de sus habilidades y logros, un maestro excelente y un hombre de una integridad moral sin fisuras. —Dedicó una sonrisa a Rathbone—. Como es natural, sus subalternos hacen bromas sobre él y lo ridiculizan de vez en cuando, como nos ocurre a todos, pero nunca he oído sugerir, ni siquiera a su pupilo más irresponsable, que su comportamiento con las mujeres no fuera totalmente correcto.

—Se ha insinuado que es un tanto ingenuo con respecto a las mujeres. —Rathbone elevó el tono de voz—. Sobre todo con las jóvenes. ¿Comparte usted esa opinión, señor Beck?

—Yo emplearía la palabra «indiferente» —respondió el testigo—, pero supongo que «ingenuo» no se aleja demasiado de la realidad. Es algo que antes ni siquiera me había planteado pero, si quiere que diga que me resulta muy difícil creer que tuviera un interés sentimental por la enfermera Barrymore o que no se diera cuenta de que ella sí podía sentir algo por él, no me cuesta nada hacerlo. Sin embargo me resulta increíble que la enfermera Barrymore estuviera enamorada en secreto de sir Herbert. —Una pausa de duda cruzó por su rostro, y miró a Rathbone fijamente.

—¿Le resulta increíble, doctor Beck? —preguntó Rathbone.

—Sí.

—¿Se considera usted un hombre ingenuo o poco mundano?

Kristian adoptó una expresión burlona.

—No, no, de ninguna manera.

—Entonces, si le resulta sorprendente y difícil de aceptar, ¿le cuesta creer que sir Herbert no se diera cuenta? —Rathbone no podía evitar transmitir una sensación de triunfo, aunque lo intentaba.

Kristian parecía compungido y quizás un tanto asombrado.

—No, no, eso sería lo más normal.

Rathbone pensó en todas las sospechas que Monk había levantado con respecto a Kristian Beck: la discusión que sostuvo con Prudence y que alguien oyó, las posibilidades de que existiera un chantaje, la presencia de Kristian Beck en el hospital la noche anterior al asesinato, el fallecimiento de su paciente cuando él esperaba que se recuperase; pero sólo eran eso, sospechas. No había pruebas concluyentes al respecto. Si exponía todos esos hechos en el tribunal, tal vez los miembros del jurado se plantearan que Beck también podía ser sospechoso. Por otro lado, quizás eso sólo sirviera para perder su apoyo y poner de manifiesto su propia desesperación. Resultaría desagradable. Por el momento contaba con su respaldo y quizá fuera suficiente para que emitieran un veredicto favorable. La vida de sir Herbert podía depender de esa decisión.

¿Debía acusar a Beck? Observó su rostro, de rasgos extranjeros, boca sensual y ojos hermosos. Transmitía demasiada inteligencia, demasiada perspicacia; tal vez corriera un riesgo innecesario. Tal como estaba la situación, la balanza se inclinaba de su lado. Rathbone lo sabía, y Lovat-Smith también.

—Gracias, doctor Beck. Eso es todo.

Lovat-Smith se levantó de inmediato y se dirigió hacia el estrado.

—Doctor Beck, su trabajo de médico y cirujano ocupa la mayor parte de su tiempo, ¿verdad?

—Sí —reconoció Kristian con el entrecejo fruncido.

—¿Dedica muchos ratos a pensar en los posibles romances que se producen en el hospital y en si una persona percibe los sentimientos que inspira en otra?

—No —respondió Kristian.

—¿Dedica siquiera algo de tiempo a esos pensamientos? —insistió Lovat-Smith.

Kristian, sin embargo, no era tan fácil de dominar.

—No hace falta pensar en exceso, señor Lovat-Smith. Es una cuestión de simple observación. Estoy convencido de que usted se fija en sus colegas, aunque se concentre al máximo en su profesión.

Era una verdad tan evidente que Lovat-Smith no podía negarla. Vaciló un momento antes de hablar.

—Ninguno de mis compañeros ha sido acusado de asesinato, doctor Beck —afirmó con un gesto de resignación y cierto divertimiento velado—. Es todo cuanto deseaba preguntarle, gracias.

Hardie lanzó una mirada a Rathbone, quien negó con la cabeza.

Kristian Beck bajó del estrado y desapareció entre el público. Rathbone no sabía si debía considerarse afortunado por no haberse puesto en ridículo o si había dejado escapar una magnífica oportunidad que no volvería a presentársele.

Lovat-Smith lo miró, pero la luz le daba de lleno en el rostro y era imposible observar su expresión.

Al día siguiente Rathbone llamó a declarar a lady Stanhope, aunque no esperaba que su testimonio añadiera nada sustancial. Estaba claro que no conocía datos que guardaran relación con el caso, pero su presencia contrarrestaría el impacto emocional que había causado la señora Barrymore. Lady Stanhope no sólo corría el peligro de que su esposo muriera de forma espantosa, sino de que su familia cayese en desgracia y, con toda probabilidad, perdiera su fortuna.

Subió al estrado casi sin ayuda del secretario y miró a

Rathbone con evidente nerviosismo. Estaba muy pálida y daba la impresión de que le costaba conservar la calma. No obstante se tranquilizó y levantó la vista hacia su esposo, a quien dedicó una sonrisa.

Sir Herbert parpadeó, le sonrió a su vez y luego apartó la mirada. Estaba a todas luces emocionado.

Rathbone esperó para que los miembros del jurado tuvieran tiempo de observar y recordar. Acto seguido, avanzó un paso y se dirigió a la testigo con cortesía y suma delicadeza.

—Lady Stanhope, le ruego que me disculpe por haberla citado a declarar en el que debe de ser uno de los peores momentos de su vida, pero estoy convencido de que desea hacer todo lo posible para demostrar la inocencia de su esposo.

Lady Stanhope tragó saliva sin apartar la mirada de él.

—Por supuesto. Cualquier cosa que... —Se interrumpió al acordarse de las instrucciones que había recibido; debía contestar de forma sucinta.

Rathbone sonrió.

—Gracias. No tengo demasiadas preguntas que hacerle, sólo quisiera formularle algunas sobre sir Herbert.

Lady Stanhope lo observó como si no le entendiera, sin saber qué decir.

La situación era sumamente complicada, pensó Rathbone. Debía encontrar el punto medio entre demostrar una amabilidad exagerada, con lo que no descubriría nada, y tratarla con tanta severidad que la intimidase y forzara a hablar de forma incoherente. La primera vez que había conversado con la señora Stanhope consideró que sería una testigo extraordinaria, pero en ese momento se preguntaba si no había cometido un error al convocarla. De todos modos, su ausencia habría resultado extraña y, en cierto modo, sospechosa.

—Lady Stanhope, ¿cuánto tiempo lleva casada con sir Herbert?

—Veintitrés años —respondió.

—¿Y tienen hijos?

—Sí; tres hijas y cuatro hijos. —Lady Stanhope empezaba a cobrar seguridad en sí misma. Estaba hablando de algo que le resultaba familiar.

—Recuerde que ha prestado juramento, lady Stanhope —le advirtió Rathbone con tacto, no por ella, sino para llamar la atención del jurado—, y que debe contestar con sinceridad, por doloroso que le resulte. ¿En alguna ocasión ha tenido motivos para dudar de la fidelidad de sir Herbert durante su matrimonio?

Ella se mostró sorprendida, aunque el abogado ya se había asegurado de que su respuesta sería negativa, porque de lo contrario no la habría formulado.

—¡No, jamás! —Se ruborizó y se miró las manos—. Le ruego que me perdone por mi vehemencia. Soy consciente de que muchas mujeres no son tan afortunadas, pero lo cierto es que nunca me ha dado motivos para que me angustiase en ese sentido. —Respiró hondo y esbozó una sonrisa mientras miraba a Rathbone—. Debe comprender que está muy entregado a su profesión. No se interesa demasiado por los sentimientos de esa índole. Adora a su familia, le gusta sentirse cómodo con la gente, saber que puede contar con ella. —Sonrió como si quisiera disculparse, sin apartar la vista de Rathbone—. Supongo que, en cierto modo, podría considerarse una actitud perezosa, pero dedica toda su energía a su trabajo. Ha salvado la vida de muchas personas y, sin lugar a dudas, eso es más importante que conversar, halagar a la gente y cumplir con las normas sociales establecidas, ¿no? —Buscaba la aprobación de Rathbone, que ya había advertido los comentarios de apoyo de los presentes: discretos murmullos, asentimientos, afirmaciones susurradas.

—Sí, lady Stanhope, estoy de acuerdo con usted —convino cortésmente—, y estoy seguro de que miles de personas compartirían su opinión. Creo que no tengo más preguntas que hacerle, pero mi distinguido colega quizá sí. Tenga la amabilidad de permanecer en el estrado.

Al regresar a su asiento intercambió una mirada con Lovat-Smith. Sabía que su adversario sopesaba la conveniencia de interrogar a lady Stanhope. La dama gozaba de la simpatía del jurado. Si daba la impresión de que la presionaba, quizás hiciese peligrar su propia posición, aun cuando lograra poner en tela de juicio su testimonio. ¿En qué medida el veredicto del jurado se basaría en los hechos, en sus expectativas, emociones y prejuicios?

Lovat-Smith se levantó y se acercó al banco de los testigos con una sonrisa en los labios. Le resultaba imposible aparentar humildad, pero sin duda sabía mostrarse encantador.

—Lady Stanhope, yo también tengo muy poco que preguntarle, de modo que seré breve. ¿Ha estado alguna vez en el Royal Free Hospital?

Ella se sorprendió.

—No... nunca he tenido necesidad, por fortuna. Di a luz a todos mis hijos en casa y nunca he precisado una intervención quirúrgica.

—Me refería más bien a una visita de carácter social, señora, no como paciente.

—Oh, no, no; no creo que sea necesario y no resultaría muy adecuado, ¿no cree? —Negó con la cabeza al tiempo que se mordía el labio—. Mi sitio está en casa, con mi familia. El lugar de trabajo de mi esposo no es... apropiado... —Se interrumpió porque no sabía muy bien qué decir.

En la galería dos mujeres de cierta edad intercambiaron una mirada y asintieron en señal de aprobación.

—Entiendo. —Lovat-Smith desvió la vista hacia el jurado y luego la posó en lady Stanhope de nuevo—. ¿Conocía a la enfermera Prudence Barrymore?

—No —contestó con visible asombro—. No, por supuesto que no.

—¿Está familiarizada con la forma en que una enfermera colabora con un cirujano en el cuidado de un paciente?

—No —lady Stanhope negó con la cabeza, perpleja—. Lo ignoro. Yo cuido de mi casa y de mis hijos.

—Por supuesto, y es muy loable —convino Lovat-Smith, asintiendo con la cabeza—. Ésa es su vocación y su don.

—Sí.

—Por lo tanto, no se encuentra en posición de decidir si la relación de su esposo con la señorita Barrymore era inusual... o personal, ¿no es así?

—Pues... yo... —La pregunta la incomodó—. Pues... no lo sé.

—Bien. Tampoco tiene motivos para saberlo, señora —afirmó Lovat-Smith con voz queda—. Ninguna mujer de su posición podría. Gracias, es todo cuanto deseaba preguntarle.

Con evidente alivio, lady Stanhope alzó la vista hacia sir Herbert, que esbozó una breve sonrisa.

Rathbone se levantó de nuevo.

—Lady Stanhope, tal como ha señalado mi distinguido colega, usted no sabe nada del hospital ni de sus costumbres y prácticas, pero sí conoce a su esposo desde hace casi un cuarto de siglo, ¿no es cierto?

—Sí, es cierto.

—Y es un buen esposo y padre, fiel y cariñoso, pero entregado a su profesión, poco amigo de la vida social, en absoluto un seductor, ni conocedor de los sentimientos y sueños de las mujeres jóvenes, ¿verdad?

La testigo sonrió con tristeza y miró hacia el banco de los acusados con expresión de disculpa.

—Me temo que tiene toda la razón.

Sir Herbert pareció aliviado, casi satisfecho. Su rostro reflejaba una emoción difícil de desentrañar, pero el jurado la interpretó de forma positiva.

—Gracias, lady Stanhope —dijo Rathbone con mayor seguridad—. Muchas gracias, eso es todo.

El último testigo de Rathbone era Faith Barker, la hermana de Prudence, que volvía a declarar, ahora para la defensa. La primera vez que habían hablado, Faith estaba absolutamente convencida de que sir Herbert era culpable; había asesinado a su hermana y, en su opinión, ese crimen no merecía perdón alguno. Sin embargo Rathbone había conversado con ella posteriormente y al final había hecho concesiones considerables. Estaba insegura, y seguía sin apiadarse de sir Herbert, pero por lo menos en un aspecto se mantenía firme. Rathbone era consciente del riesgo que corría al llamarla a declarar.

Subió al estrado con expresión de profunda pena en el rostro demacrado. Incapaz de reprimir la ira, miró a sir Herbert con odio incontenible. El jurado lo advirtió y se mostró incómodo; uno de sus miembros tosió y se tapó la boca en un gesto de contrariedad. Rathbone lo percibió y se sintió optimista; creían a sir Herbert, y la pesadumbre de Faith Barker les resultaba inoportuna. Lovat-Smith también se percató; tensó la mandíbula y apretó los labios.

—Señora Barker —dijo Rathbone—, sé que está aquí contra su voluntad, al menos en parte. No obstante, debo rogarle que sea lo más imparcial posible, que ponga en práctica esa integridad que seguramente comparte con su hermana, y se limite a responder a mis preguntas, sin emitir juicios ni dejarse arrastrar por los sentimientos. Comprendemos su dolor, al igual que el de lady Stanhope y su familia, y el del resto de personas que se han visto afectadas por esta tragedia.

—Lo entiendo, señor Rathbone —repuso ella con frialdad—. No hablaré con mala intención, se lo juro.

—Gracias, no me cabe duda de que así será. Ahora, si es tan amable, le agradecería que nos comentara el afecto que su hermana profesaba a sir Herbert y lo que conozca de su carácter. Varios testigos, que la conocieron en distintas circunstancias, han hablado de ella, por lo que nos hemos formado la imagen de una mujer compasiva e íntegra. Nadie ha mencionado un solo acto egoísta o cruel por su parte. ¿Era así su hermana?

—Sin duda —respondió Faith sin vacilar.

—¿Una mujer excelente?

—Sí.

—¿Sin defectos? —Rathbone enarcó las cejas.

—No, por supuesto que no. —Faith desechó la idea con una sonrisa—. Todos tenemos defectos.

—Sin ser injusta con ella, estoy seguro de que puede decirnos qué defectos tenía.

Lovat-Smith se puso en pie.

—Sinceramente, Su Señoría, esto resulta muy poco esclarecedor y en absoluto relevante. Dejemos descansar en paz a esa pobre mujer, y más habida cuenta de cómo encontró la muerte.

Hardie miró a Rathbone.

—¿Es su pregunta gratuita y de tan mal gusto como parece, señor Rathbone? —inquirió el juez sin disimular su desaprobación.

—No, Su Señoría —aseguró Rathbone—. Tengo un motivo muy concreto para formularla a la señora Barker. La acusación contra sir Herbert se basa en ciertas suposiciones sobre el carácter de la señorita Barrymore. Debo tener la libertad de analizarlas para defender a mi cliente.

—Entonces adelante, señor Rathbone —ordenó Hardie con expresión más relajada.

Rathbone se volvió hacia el estrado.

—¿Señora Barker?

La testigo tomó aire antes de hablar.

—A veces era un tanto brusca —declaró—. No soportaba a los tontos y, como poseía una inteligencia extraordinaria, para ella la mayoría de las personas se hallaba dentro de esa categoría. ¿Necesita saber más?

—¿Hay algo más?

—Era muy valiente, tanto en el aspecto físico como en el moral. No toleraba la cobardía. A veces se precipitaba en sus juicios.

—¿Era ambiciosa?

—Eso no lo considero un defecto. —Faith miró al abogado sin disimular su desagrado.

—Yo tampoco, señora. No era más que una pregunta. ¿Luchaba por conseguir sus ambiciones, sin importarle el coste o las consecuencias que sus actos pudieran ocasionar a los demás?

—Si se refiere a si era cruel o artera, no, nunca. No esperaba ni deseaba cumplir sus deseos a expensas de otros.

—¿Supo de algún caso en que obligara o coaccionara a alguien a hacer algo contra su voluntad?

—¡No, jamás!

—¿O que utilizara sus conocimientos privilegiados para presionar a otros?

Faith Barker dedicó una mirada airada a Rathbone.

—Eso sería chantaje, señor, una maniobra de lo más despreciable. Me ofende sobremanera que mencione un acto tan ruin en relación con el nombre de Prudence. Si la hubiera conocido, comprendería cuán detestable y ridícula es esa sugerencia. —Lanzó una mirada implacable y llena de odio a sir Herbert y acto seguido se volvió hacia el jurado—. No.

Aborrecía la cobardía moral, el engaño o cualquier actitud de ese tipo —añadió—. Habría considerado deshonroso obtener algo de esa manera, por valioso que fuera. —Miró a Rathbone y luego de nuevo al jurado—. Si sospecha que chantajeó a sir Herbert para obligarle a que se casara con ella, le aseguro que es una estupidez. ¿Qué mujer honrada e íntegra desearía conseguir un marido por esos medios? La vida con él resultaría insoportable. Sería un infierno.

—Sí, señora Barker —convino Rathbone esbozando una sonrisa de satisfacción—. Supongo que sí. Y estoy seguro de que Prudence no sólo era demasiado honrada para emplear tal artimaña, sino también lo bastante inteligente para barruntar que ese acto sólo le reportaría sufrimiento. Gracias por su sinceridad. No tengo más preguntas. Quizá mi distinguido colega tenga alguna. —Miró a Lovat-Smith con una sonrisa.

Lovat-Smith le correspondió con una sonrisa radiante. Sin embargo, probablemente Rathbone fuera el único que supiera que no era sincera.

—Oh, por supuesto que sí. —Lovat-Smith se puso en pie y se acercó al estrado—. Señora Barker, ¿su hermana le escribió para relatarle sus aventuras y experiencias mientras se encontraba en la guerra de Crimea?

—Sí, por supuesto que sí, aunque no recibí todas. Lo sé porque a veces mencionaba hechos que había referido en misivas anteriores que no habían llegado a mis manos. —Estaba sorprendida, como si no comprendiera el motivo de la pregunta. Incluso Hardie se mostró receloso.

—El caso es que recibió una cantidad considerable de cartas, ¿verdad? —insistió Lovat-Smith.

—Sí.

—¿Suficientes para que se formara una idea de sus experiencias, sus actividades como enfermera y cómo le afectaron?

—Creo que sí. —Faith Barker seguía sin entender qué pretendía el abogado.

—¿Afirmaría, pues, que conocía su personalidad de forma bastante acertada?

—Creo que ya se lo he dicho al señor Rathbone —contestó ella con el entrecejo fruncido.

—Cierto. —Lovat-Smith avanzó un par de pasos y se detuvo ante la testigo—. Debía de ser una mujer extraordinaria; sin duda no resultaría fácil llegar a Crimea en tiempos de guerra, y menos aún tomar la decisión de partir hacia allí. ¿No encontró dificultades en su camino?

—Por supuesto —respondió Faith reprimiendo la risa.

—¿Le divierte, señora Barker? —inquirió el abogado—. ¿Le parece absurda mi pregunta?

—Francamente, sí. No pretendo ofenderlo, pero demuestra desconocer por completo los obstáculos con que se encuentra una mujer soltera de buena familia que viaja sola a Crimea en un buque militar para cuidar de los soldados. Todos nos opusimos a su decisión, excepto papá, pero ni siquiera él estaba muy convencido. De habérselo planteado otra persona que no fuera Prudence, creo que se lo habría prohibido terminantemente.

Rathbone se puso tenso. Una parte de su cerebro le envió un aviso, como una punzada de aguja. Se levantó.

—Su Señoría, ya hemos dejado claro que Prudence Barrymore era una mujer extraordinaria. Opino que estas preguntas son irrelevantes y hacen perder tiempo al tribunal. Si mi distinguido colega deseaba que la señora Barker declarara sobre este tema, tuvo sobradas oportunidades para hacerlo cuando la llamó a declarar para la acusación.

Hardie se dirigió a Lovat-Smith.

—Estoy de acuerdo, señor Lovat-Smith. Está perdiendo el tiempo y esto no conduce a nada. Si tiene preguntas que hacer a esta testigo, adelante. De lo contrario, permita que siga la defensa.

Lovat-Smith sonrió, esta vez con verdadero placer.

—Oh, sí que es relevante, Su Señoría. Guarda relación con las últimas preguntas que mi distinguido colega ha planteado a la señora Barker con respecto al carácter de su hermana y a la remota posibilidad de que recurriera a las coacciones... o no —añadió ensanchando su sonrisa.

—Entonces limítese a esa cuestión, señor Lovat-Smith —ordenó Hardie.

—Sí, Su Señoría.

A Rathbone se le encogió el corazón. En ese momento adivinó qué se proponía Lovat-Smith.

No se equivocó. El abogado de la acusación alzó la vista hacia Faith Barker.

—Señora Barker, su hermana debió de ser una mujer capaz de superar grandes obstáculos, de desoír las objeciones de los demás cuando estaba convencida de algo; al parecer nada se interponía en su camino cuando decidía conseguir algo que deseaba en grado sumo.

Se oyeron varios suspiros en la sala. Alguien rompió un lápiz.

Faith Barker estaba pálida; también había intuido qué perseguía Lovat-Smith.

—Sí... pero...

—Basta con un sí —la interrumpió el abogado—. Y su madre, ¿aprobó esa aventura? ¿No le preocupaba su seguridad? Debió de correr graves peligros; un naufragio, heridas por el cargamento, caballos, por no hablar de los soldados, asustados y posiblemente groseros, separados de sus mujeres, que iban a una guerra de la que tal vez no regresarían... ¡Y todo eso antes de llegar a Crimea!

—No necesariamente...

—No estoy hablando de la realidad, señora Barker

—la atajó Lovat-Smith—, sino de los temores que pudo albergar su madre. ¿No estaba alarmada por Prudence? ¿Incluso aterrorizada?

—Temía por ella... sí.

—¿Le asustaba también lo que pudiera ocurrirle cuando estuviera cerca del campo de batalla, o en el mismo hospital? ¿Y si hubieran ganado los rusos? ¿Qué habría sido de Prudence?

Faith Barker esbozó una sonrisa tímida.

—Me figuro que mamá nunca se planteó la posibilidad de que los rusos ganaran —respondió con voz queda—. Cree que somos invencibles.

Se oyeron risas ahogadas en la sala, incluso Hardie esbozó una sonrisa fugaz.

Lovat-Smith se mordió el labio inferior.

—Puede ser —afirmó al tiempo que asentía con la cabeza—. Puede ser. Es un pensamiento agradable pero tal vez no demasiado realista.

—Me ha preguntado por sus sentimientos, señor, no por la realidad —le recordó Faith.

Escaparon más risitas ahogadas, pero enseguida se hundieron en el silencio, como una piedra arrojada en aguas tranquilas.

—Sin embargo, ¿su madre no estaba muy preocupada por ella, incluso asustada?

—Sí —respondió la testigo.

—¿Y usted? ¿No temía por ella? ¿No le costaba conciliar el sueño pensando en lo que podría ocurrirle?

—Sí.

—La angustia de su familia ¿no la disuadió?

—No —respondió. Por primera vez habló a regañadientes.

Lovat-Smith abrió los ojos como platos.

—Así pues, los obstáculos físicos, el peligro personal,

incluso los riesgos extremos, las objeciones y las dificultades confirmadas, el temor, la ansiedad y el dolor de su familia, ¿nada consiguió disuadirla? Por lo visto era una mujer obstinada e inflexible, ¿no es así?

Faith vaciló.

En la sala se respiraba cierta inquietud, una impaciencia teñida de tristeza.

—¿Señora Barker? —insistió Lovat-Smith.

—No me gusta la palabra «inflexible».

—No siempre es una cualidad positiva, señora Barker —convino Lovat-Smith—. Ese coraje y empuje que la llevaron a la guerra de Crimea, a pesar de tenerlo todo en contra, y que la hicieron sobrevivir en medio de tal carnicería, mientras veía morir a diario a hombres valientes, quizás en tiempos de paz se convirtieran en algo más difícil de entender o admirar.

—Pero yo...

—Por supuesto —la interrumpió el abogado una vez más—. Era su hermana y no quiere pensar esas cosas de ella. No obstante, a mí me parece irrefutable. Gracias. No tengo más preguntas.

Rathbone se levantó de nuevo. En la sala reinaba un silencio absoluto. Nadie se movía, ni siquiera en los bancos del público. No se oían el roce de los tejidos, el crujido de las botas, ni el garabateo de los lápices.

—Señora Barker, Prudence fue a la guerra de Crimea sin importarle la angustia que causaba a su madre, o a usted. No nos ha dejado claro si los coaccionó de algún modo, o sencillamente les dijo, de la forma más agradable posible, que deseaba marcharse y nada se lo impediría.

—Lo último, sin duda, señor —se apresuró a señalar Faith—. De todos modos, no podíamos impedírselo.

—¿Intentó explicarles sus razones?

—Sí, por supuesto que sí. Creía que era su obligación.

Deseaba dedicar su vida a los enfermos y heridos. Le traía sin cuidado lo que eso supusiera para ella. —De repente su rostro se llenó de pesar—. Solía decir que prefería morir haciendo algo útil que llegar a los ochenta años sin haber hecho nada de provecho y acabar muriendo de inutilidad.

—Esa actitud no me parece inflexible —manifestó Rathbone con mucho tacto—. Dígame, señora Barker, ¿considera que hubiera sido propio de su hermana (e incluso mi distinguido colega está de acuerdo en que usted la conocía bien) hacer chantaje a un hombre para que se casara con ella?

—Lo juzgo harto improbable —respondió Faith con vehemencia—. No es sólo una mezquindad contraria a su personalidad, sino una estupidez y, al margen de lo que usted piense de ella, nadie la ha tachado de necia.

—Cierto, nadie —convino Rathbone—. Gracias, señora Barker. Eso es todo.

El juez Hardie se inclinó.

—Se ha hecho tarde, señor Rathbone. Escucharemos sus conclusiones el lunes. Se levanta la sesión.

En la sala se dio rienda suelta a la tensión contenida, volvió a oírse el roce de los tejidos a medida que los asistentes se relajaban y se produjo un revuelo cuando los periodistas se abrieron camino para salir los primeros, llegar a la calle y procurarse un medio de transporte a fin de dirigirse a las redacciones de sus periódicos.

Oliver Rathbone no se había percatado de que Hester había estado en la sala durante las últimas tres horas de la tarde, por lo que había oído el testimonio de Faith Barker tanto con respecto a las cartas que había recibido como con relación al carácter y personalidad de Prudence. Confiaba en hablar con él, pero tan pronto como el juez Hardie levantó la sesión, Rathbone entró en un despacho y, como no tenía nada en concreto que decirle, pensó que no valía la pena esperar.

Mientras se dirigía a la salida reflexionaba sobre lo que había oído, sus propias impresiones sobre la reacción del jurado, sir Herbert Stanhope y Lovat-Smith. Se sentía eufórica. Por supuesto, nada era seguro hasta que se emitiera el veredicto, pero estaba prácticamente convencida de que Rathbone había ganado. El único problema era que todavía no habían descubierto quién había asesinado a Prudence. Ese pensamiento le causaba una angustia enfermiza porque la obligaba a plantearse que tal vez fuera Kristian Beck. No había investigado a conciencia lo que había ocurrido la noche anterior a la muerte de Prudence. El paciente de Kristian había fallecido de forma inesperada, era cuanto sabía. Kristian se había mostrado consternado; ¿era culpable de alguna negligencia, o de algo peor? ¿Lo había sabido Prudence? Y lo que resultaba incluso más doloroso, ¿lo sabía Callandra en esos momentos?

Se encontraba en la amplia escalinata de piedra que conducía a la calle cuando vio a Faith Barker. Parecía absorta en sus pensamientos, y exhibía una expresión perpleja y triste.

Hester la abordó.

—Señora Barker...

Faith quedó paralizada.

—No tengo nada que decir. Por favor, déjeme sola.

Hester comprendió enseguida la clase de persona que Faith Barker había supuesto que era.

—Fui enfermera en Crimea —explicó—. Conocí a Prudence, no muy bien, pero trabajé con ella en el campo de batalla.

Observó que Faith Barker se sorprendía y, de repente, se emocionaba; se sentía embargada por el dolor y la esperanza al mismo tiempo.

—Sin embargo la conocía lo suficiente para tener la certeza de que nunca habría chantajeado a sir Herbert, ni a ningún otro hombre, para que se casara con ella —se apresuró a añadir Hester—. En realidad, lo que más me cuesta creer es que quisiera contraer matrimonio. A mí me parecía que estaba entregada por completo a la medicina y que casarse y formar una familia era lo último que deseaba en esta vida. Rechazó a Geoffrey Taunton, a quien creo que apreciaba de verdad.

Faith la observó.

—¿La conoció? —preguntó por fin con los ojos nublados por la concentración, como si tuviera que deshacer un nudo gordiano de ideas—. ¿De veras?

—¿En la guerra de Crimea? Sí.

Faith se mostró perpleja. La gente que las rodeaba bajo el sol de la tarde charlaba, intercambiaba noticias y expresaba sus opiniones con vehemencia. Los vendedores de periódicos gritaban las últimas informaciones del Parlamento, la India, China, la monarquía, la alta sociedad, el críquet y los asuntos internacionales. Dos hombres se peleaban por un coche de caballos, un vendedor de pasteles anunciaba sus productos y una mujer llamaba a gritos a un niño descarriado.

Faith seguía observando a Hester como si deseara asimilar y memorizar todos sus rasgos.

—¿Por qué fue a la guerra de Crimea? —inquirió—. Oh, soy consciente de que se trata de una pregunta impertinente y le pido disculpas. Creo que no sabría explicárselo, pero necesito saberlo desesperadamente, porque necesito entender a Prudence y no lo consigo. Siempre la quise. Era magnífica, tan llena de energía y de ideas. —Sonrió. Estaba a punto de llorar—. Era tres años mayor que yo. De pequeña la adoraba. Era como una criatura mágica para mí, tan apasionada y noble. Solía imaginar que se casaría con un hombre gallardo, con un héroe. Sólo un héroe podía ser lo bastante bueno para Prudence. —Un joven con una chistera chocó con Faith, se disculpó y siguió su camino, pero ella pareció no darse cuenta—. Luego comprendí que no quería casarse con nadie. —Sonrió, compungida—. Yo también tenía muchos sueños, pero sabía que no eran más que eso, sueños. Nunca pensé que remontaría el Nilo para encontrar su nacimiento o convertiría infieles en África ni nada por el estilo. Pensaba que quizá tuviera la fortuna de conocer a un hombre honrado, digno de mi amor y confianza, con quien me casaría y formaría una familia.

Un chico de los recados con un mensaje en la mano les preguntó unas señas, escuchó las indicaciones que le dieron y siguió su camino con aire vacilante.

—Yo contaba unos dieciséis años cuando comprendí que Prudence tenía intención de convertir sus sueños en realidad —continuó Faith como si no las hubieran interrumpido.

—Cuidar de los enfermos —apuntó Hester—. ¿O ir a algún lugar como Crimea, a un campo de batalla?

—En realidad quería ser médico —le respondió Faith—, pero, por supuesto, eso era imposible. —Sonrió al recordar a su soñadora hermana—. Se enfadaba porque era mujer. Deseaba haber sido un hombre para poder hacer lo que le gustaba, pero, claro está, eso es absurdo, y Prudence nunca perdía el tiempo con lamentos absurdos. Lo aceptó. —Se esforzó por reprimir el llanto—. Lo cierto es que... no me la imagino abandonando todos sus ideales para intentar que un hombre como sir Herbert se casara con ella. ¿Qué habría conseguido con eso, aunque él accediera? ¡Es una estupidez! ¿Qué le ocurrió, señorita...? —Se interrumpió. Su rostro reflejaba dolor y desconcierto.

—Latterly —indicó Hester—. Ignoro qué le ocurrió, pero no descansaré hasta descubrirlo. Alguien la asesinó, y si no fue sir Herbert, fue otra persona.

—Quiero saber quién fue —declaró Faith con decisión—, pero sobre todo deseo averiguar por qué. No tiene ningún sentido...

—¿Se refiere a que la Prudence que conocía no se habría comportado como al parecer actuó? —preguntó Hester.

—Exacto. A eso me refiero. ¿Lo entiende?

—No... Si consiguiéramos acceder a esas cartas podríamos leerlas de nuevo y ver si contienen algo que explique cuándo y por qué cambió tanto.

—Oh, no las entregué todas —se apresuró a decirle Faith—; sólo las que aludían a sir Herbert y a lo que sentía hacia él. Hay muchas más.

Hester la tomó del brazo, a pesar de que hacía apenas diez minutos que se conocían.

—¿Las tiene? ¿Aquí, en Londres?

—Sí. No las llevo conmigo. Las dejé en la habitación de la pensión. ¿Quiere leerlas?

—Por supuesto, me encantaría, si me lo permite. —Hester aceptó al instante, sin preocuparse por las normas de cortesía o el decoro, cuestiones completamente triviales en ese momento—. ¿Puedo ir ahora?

—Desde luego —respondió Faith—. Tendremos que tomar un coche de caballos, pues está un poco lejos.

Hester dio media vuelta y se encaminó deprisa hacia el bordillo de la acera, abriéndose camino entre hombres y mujeres que intercambiaban noticias.

—¡Cochero! ¡Pare aquí, por favor! —ordenó a voz en grito.

La habitación de Faith Barker era pequeña y bastante antigua, pero estaba inmaculadamente limpia, y a la casera no le importó añadir otro plato para la cena.

Tras una mínima concesión a los cumplidos, Faith tomó el resto de las cartas de Prudence y Hester se acomodó en el único sofá de la estancia para leerlas.

En su mayor parte los detalles le interesaban como enfermera. Contenían información clínica sobre un buen número de casos y, al leerlas, no pudo por menos de asombrarse ante la profundidad de los conocimientos médicos de Prudence. Eran muy superiores a los suyos, que hasta el momento había considerado bastante buenos.

Las palabras le resultaban familiares, y la forma de expresarse le recordaba a Prudence con tanta viveza que casi oía su voz.

Recordó a las enfermeras tendidas en minúsculos catres a la luz de una vela, acurrucadas bajo mantas grises, charlando, compartiendo emociones que eran demasiado terribles para guardárselas. Esa época acabó con su inocencia y la convirtió en la mujer que era; Prudence había formado parte de aquella experiencia y eso había afectado a su vida para siempre.

No obstante, nada en las misivas indicaba un cambio en sus ideales o en su personalidad.

Las referencias a sir Herbert Stanhope eran objetivas, relacionadas en todo momento con sus aptitudes médicas. Lo alababa en varias ocasiones pero siempre era por su valentía para poner en práctica técnicas nuevas, por su perspicacia a la hora de emitir diagnósticos o por la claridad con la que instruía a sus pupilos. También elogiaba la generosidad que demostraba al compartir sus conocimientos con ella. Cabía la posibilidad de interpretarlo como elogios a su persona y algo más que gratitud profesional pero, para Hester, que comprendía y a quien interesaban los detalles médicos, lo que más le transmitían era el entusiasmo de Prudence por aumentar su saber, y ella habría sentido lo mismo por cualquier cirujano que la tratara como él. En este caso el hombre era secundario.

En cada párrafo quedaban de manifiesto su amor por la medicina, su alegría por sus logros, su esperanza ilimitada en sus posibilidades futuras. La gente necesitaba su ayuda; ella se ocupaba de su dolor y su temor, pero siempre era la medicina lo que la estimulaba y le levantaba el ánimo.

—Debería haber sido médico —murmuró Hester con una sonrisa—. ¡Habría realizado un estupendo trabajo!

—Por eso me extraña que estuviera tan desesperada por casarse —reconoció Faith—. Si me hubieran dicho que intentaba con denuedo que la aceptaran en la facultad de medicina, me lo habría creído. Me temo que habría hecho cualquier cosa para conseguirlo, pero, claro, era imposible. Lo sé. En ninguna facultad de medicina aceptan a mujeres.

—Me pregunto si algún día nos permitirán entrar —dijo Hester muy despacio—. ¿Y si un cirujano de renombre, como sir Herbert, la recomendara?

—¡Jamás! —Faith lo negó, aunque tal pensamiento iluminó su mirada.

—¿Está segura? —preguntó Hester al tiempo que se inclinaba—. ¿Está segura de que Prudence no creía que eso fuera posible?

—¿Insinúa que era eso lo que Prudence pretendía que sir Herbert hiciese? —Faith pareció comprender—. ¿No tenía nada que ver con el matrimonio? ¿Sólo quería que la ayudara a recibir formación médica, no como enfermera, sino como médico? Sí, sí; sería posible. Eso sí habría sido propio de Prudence. —Contrajo el rostro por la emoción—. Pero ¿cómo? Sir Herbert se habría reído de ella y le habría dicho que no tuviera ideas tan absurdas.

—No sé cómo —reconoció Hester—. Sin embargo, es algo que sí habría hecho, ¿verdad?

—Sí, eso sí.

Hester reanudó la lectura de las cartas bajo otra luz y entendió por qué las operaciones se describían con tanto detalle; todos los pasos, todas las reacciones de los pacientes aparecían anotados con suma precisión.

Leyó varias más que describían intervenciones quirúrgicas con todo lujo de detalles. Faith estaba sentada en silencio, a la espera.

De repente Hester quedó paralizada. En las misivas se hacía mención a tres operaciones a mujeres en las que se había seguido exactamente el mismo procedimiento. No se aludía al diagnóstico ni a la enfermedad, y tampoco a dolores o disfunciones de ninguna índole. Decidió releerlas detenidamente.

Entonces supo qué le había llamado la atención: eran tres abortos, no porque la vida de la madre corriera peligro, sino porque, por la razón que fuere, la mujer deseaba interrumpir el embarazo. En cada caso Prudence había utilizado las mismas palabras para describirlo, como si de un ritual se tratara.

Hester leyó con rapidez el resto de las cartas, cada vez de fechas más cercanas. Encontró otras siete operaciones explicadas del mismo modo, palabra por palabra, y en cada una de ellas aparecían las iniciales de la paciente, pero no así su nombre ni su descripción física. Aquello también suponía una diferencia con respecto a los otros casos sobre los que había escrito: había aportado algún detalle sobre el paciente y añadido su opinión personal, como «una mujer atractiva» o «un hombre autoritario».

La conclusión era evidente: Prudence sabía que esas operaciones se habían practicado aunque no había estado presente. Sólo había recibido la información necesaria para cuidar de las pacientes en las primeras horas posteriores a la operación. Había anotado los datos por alguna razón.

¡Chantaje! Era un pensamiento espantoso pero ineludible. Con aquella información podría controlar a sir Herbert. Por eso la había asesinado. Prudence había intentado utilizar su poder, tal vez de manera implacable, y él había tendido sus manos, fuertes y hermosas, para rodearle el cuello... ¡y apretar hasta asfixiarla!

Hester permaneció en silencio en la pequeña habitación, en la que se colaba la luz crepuscular del exterior. De pronto la invadió un frío glacial, como si hubiera tragado hielo. No era de extrañar que sir Herbert hubiera quedado atónito al ver que lo acusaban de haber mantenido un romance con Prudence. Qué ridiculez; nada más lejos de la realidad.

Prudence había querido que la ayudara a estudiar medicina y había utilizado sus conocimientos sobre las operaciones ilegales que él realizaba para presionarle, pero había pagado con su vida.

Levantó la vista hacia Faith, quien la miraba de hito en hito.

—Lo ha descubierto —afirmó—. ¿De qué se trata?

Hester le explicó con prudencia lo que había deducido.

Faith palideció y la observó.

—¿Qué piensa hacer? —preguntó cuando Hester hubo terminado.

—Contárselo a Oliver Rathbone —le respondió Hester.

—¡Pero si defiende a sir Herbert! —exclamó Faith, aterrada—. ¿Por qué no acude al señor Lovat-Smith?

—¿Con qué? —inquirió Hester—. Esto no constituye una prueba. Nosotras lo hemos deducido porque conocíamos a Prudence. Es más, Lovat-Smith ya ha presentado los argumentos de la acusación. No tenemos ningún testigo, ni pruebas nuevas, sino una nueva interpretación de lo que el tribunal ya ha oído. No, hablaré con Oliver. Quizás él sepa qué hacer, ¡que Dios nos ayude!

—Quedará impune —aseguró Faith presa de la desesperación—. ¿De veras... de veras cree que estamos en lo cierto?

—Me temo que sí. De todos modos visitaré a Oliver esta misma noche. Es posible que estemos equivocadas, pero... sospecho que no.

Ya se había puesto en pie y recogió el chal, adecuado para el calor del día pero demasiado ligero para el fresco aire de la tarde.

—No puede ir sola —protestó enfáticamente Faith—. ¿Dónde vive?

—Sí puedo. No es momento para convenciones. Debo encontrar un coche de caballos. No hay tiempo que perder. Muchísimas gracias por dejarme las cartas. Se las devolveré, lo prometo.

Sin más demora, se guardó las misivas en el bolso, de tamaño considerable, dio un abrazo a Faith Barker y salió a toda prisa de la habitación para desaparecer en la fresca y bulliciosa calle.

—Supongo que sí —dijo Rathbone con desconfianza—, pero ¿a una facultad de medicina? ¡Una mujer! ¿Cómo pudo pensar que sería posible?

—¿Por qué no? —inquirió a su vez Hester con enojo—. Poseía los conocimientos necesarios y una experiencia más amplia que muchos estudiantes de los primeros cursos. ¡De hecho, más que la mayoría cuando termina la carrera!

—Entonces... —Rathbone la miró a los ojos y se interrumpió. Tal vez, al ver la expresión de su rostro, decidiera que la discreción era una muestra de valentía.

—¿Sí? —preguntó ella—. Entonces ¿qué?

—¿Poseía la inteligencia y el aguante físico necesarios para llevarlo a cabo? —El abogado la miraba con recelo.

—¡Oh, lo dudo! —respondió ella con ostensible sarcasmo—. Al fin y al cabo no era más que una mujer. Se las apañó para estudiar por su cuenta en la biblioteca del Museo Británico, fue a la guerra de Crimea y sobrevivió, en el campo de batalla y en el hospital. Permaneció allí y trabajó en medio de la carnicería y las mutilaciones, las epidemias, la mugre, las alimañas, el agotamiento, el hambre, el frío glacial y el obstruccionismo de las autoridades militares. Dudo que pudiera superar un curso en la universidad.

—De acuerdo —reconoció él—. Ha sido una estupidez por mi parte. Le pido disculpas. Sin embargo usted adopta el punto de vista de Prudence, mientras que yo intento ponerme en el lugar de las autoridades a las que, por muy equivocadas que estén, competía aceptarla, y sinceramente, aunque sea injusto, creo que no tenía ni la más remota posibilidad de que le permitieran matricularse.

—Quizá sí —declaró Hester con vehemencia—, si sir Herbert hubiera intercedido por ella.

—Nunca lo sabremos. —Apretó los labios—. No obstante, esto nos obliga a plantearnos el caso desde otra perspectiva. Ahora se explica por qué sir Herbert ignoraba el motivo por el que daba la impresión de que estaba enamorada de él. —Frunció el entrecejo—. Por otro lado, es evidente que no ha sido sincero conmigo; debía de saber a qué se refería Prudence.

—¡Nada sincero! —exclamó Hester al tiempo que levantaba los brazos.

—Desde luego, tenía que haberme dicho que le había dado esperanzas, por falsas que fueran, de que la acepta-

rían en una facultad de medicina —razonó Rathbone—.
No obstante tal vez pensara que tenía menos probabilidades
de que el jurado lo creyera —añadió con desconcierto—,
si bien ese móvil parecería menos verosímil. Es curioso;
no lo entiendo.

—¡Por todos los santos! ¡Yo sí! —Casi se atragantó al
hablar. Deseaba zarandearlo hasta que le castañetearan los
dientes—. He leído esas cartas con sumo detenimiento. Sé
lo que implican. Sir Herbert practicaba abortos y Prudence había tomado buena nota de ellos. Él la mató, Oliver.
¡Es culpable!

El abogado tendió la mano; estaba muy pálido.

Hester extrajo las cartas del bolso y las tendió hacia él.

—Ya sé que no constituyen una prueba —reconoció—.
De lo contrario, se las habría entregado a Lovat-Smith. Sin
embargo, ahora que sé lo que implican, entiendo mejor lo
que debió de pasar. Faith Barker está convencida de que fue
así. Prudence sólo habría utilizado lo que había descubierto si ello le hubiera brindado la posibilidad de estudiar y
obtener la licenciatura.

Rathbone leyó en silencio todas las cartas. Transcurrie-
ron casi diez minutos antes de que levantara la mirada.

—Tiene razón —convino el abogado—. No sirven
como prueba.

—¡Sin embargo fue él! Sir Herbert la mató.

—Sí, estoy de acuerdo.

—¿Qué piensa hacer ahora? —preguntó Hester con
indignación.

—No tengo ni idea.

—¡Sabe que es culpable!

—Sí... sí, en efecto, pero soy su abogado.

—Sin embargo... —Se interrumpió al percibir la determinación de su rostro. Hester aceptó su actitud, aunque
no la entendía. Asintió—. Sí, de acuerdo.

Rathbone le dedicó una sonrisa sombría.

—Gracias. Ahora debo reflexionar.

Él llamó un coche de caballos, la acompañó hasta el vehículo y Hester se dirigió a su casa en un estado de perplejidad absoluta.

Cuando Rathbone entró en la celda, sir Herbert se levantó de la silla. Se mostraba sereno, como si hubiera dormido bien y esperara que aquel día se produjera por fin su exculpación. Miró a Rathbone, pero no advirtió su cambio de actitud.

—He releído las cartas de Prudence —explicó el abogado con voz tensa y brusca sin esperar a que su cliente hablara.

Sir Herbert reparó en la actitud de su tono y entornó los ojos.

—¿De veras? ¿Aportan alguna novedad?

—También las ha leído una persona que conoció a Prudence Barrymore y es enfermera como ella.

Sir Herbert permaneció impasible.

—Describe una serie de operaciones que usted practicó a mujeres, sobre todo jóvenes. Por lo que escribió resulta evidente que se trataba de abortos.

Sir Herbert enarcó las cejas.

—Exacto —reconoció—, pero Prudence nunca estuvo presente en ninguna. Se limitó a atender a las pacientes antes y después. Realicé la intervención ayudado por enfermeras que no poseían conocimientos suficientes para saber de qué se trataba. Les dije que les extirpaba tumores, y no sospecharon. La opinión de Prudence no demuestra nada.

—Sin embargo, ella lo sabía —replicó Rathbone con aspereza—. Por ese motivo lo presionaba, no para que se casara con ella (probablemente no le habría aceptado en matrimonio aunque se lo hubiera pedido de rodillas), sino por su reputación profesional, que podía abrirle las puertas de una facultad de medicina.

—Eso es absurdo. —Sir Herbert desechó la idea con un movimiento de la mano—. Ninguna mujer ha estudiado medicina. Era buena enfermera, pero nunca habría llegado a más. Las mujeres no sirven para eso. —Sonrió con desdén—. Se precisan la inteligencia y el aguante físico de un hombre, aparte del equilibrio emocional.

—Olvida la integridad moral —repuso Rathbone con hiriente sarcasmo—. ¿Fue entonces cuando la mató, cuando lo amenazó con denunciarlo por practicar operaciones ilegales si no la recomendaba?

—Sí —confesó sir Herbert mirando a Rathbone a los ojos—. Ella no habría dudado en hacerlo. Habría arruinado mi carrera. No podía permitirlo.

Rathbone lo miró con perplejidad.

—No puede usted hacer nada —le afirmó sir Herbert con una sonrisa—. No puede contar nada ni retirarse del caso, ya que perjudicaría mi defensa y lo inhabilitarían para el ejercicio de la abogacía. Además, probablemente el juicio sería declarado nulo. No conseguiría nada.

Tenía razón, Rathbone lo sabía y, por el semblante sereno e imperturbable de sir Herbert, éste también.

—Usted es un abogado brillante —añadió tranquilamente sir Herbert. Hundió las manos en los bolsillos y añadió—: Me ha defendido de maravilla. Ahora lo único que tiene que hacer es pronunciar su discurso final, que hará a la perfección, porque no le queda más remedio. Conozco las leyes, señor Rathbone.

—Es posible —masculló Rathbone—, pero no me conoce a mí, sir Herbert. —Lo miró con un odio tan profundo que se le encogió el estómago y la mandíbula le dolió por haberla apretado tanto—. Le recuerdo que el juicio todavía no ha concluido.

Sin esperar a que sir Herbert hablara, giró sobre sus talones y se marchó.

12

Se encontraban en el despacho de Rathbone, bajo la luz del sol de la mañana. El abogado estaba pálido; Hester, desconcertada y presa de la desesperación, y Monk, furioso.

—¡Maldita sea, no se quede con los brazos cruzados! —exclamó Monk—. ¿Qué piensa hacer? ¡Es culpable!

—Ya lo sé —farfulló Rathbone—, pero sir Herbert tiene razón; no puedo hacer nada. Las cartas no constituyen una prueba suficiente y, de todos modos, ya las hemos presentado como tal en una ocasión, por lo que ahora no podemos decir al tribunal que significan otra cosa. Es la interpretación de Hester, acertada sin duda. Por otro lado, aunque no me importara que me inhabilitaran para el ejercicio de la abogacía, lo que desde luego sí me importa, no puedo repetir nada de lo que sir Herbert me confesó. Anularían el juicio de todas formas.

—Debe de haber alguna solución —protestó Hester con las manos crispadas, tensa—. Es imposible que la justicia permita una cosa así.

—Si se le ocurre algo... —repuso Rathbone con una amarga sonrisa—. Aparte de ser una enorme injusticia, no recuerdo haber odiado nunca tanto a un hombre. —Cerró los ojos. Tenía los músculos de las mejillas y el mentón tensos—. ¡Se quedó mirándome con una maldita sonrisa en los labios! ¡Sabe que tengo que defenderlo y se reía en mis narices!

Hester lo observó con impotencia.

—Lo siento. —Rathbone se apresuró a disculparse por el lenguaje utilizado.

Monk estaba tan absorto en sus pensamientos que no veía lo que le rodeaba.

En la repisa de caoba de la chimenea, el reloj marcaba los segundos. Los rayos del sol que entraban por la ventana formaban un círculo de luz en el suelo pulimentado. En la calle alguien llamó a un coche de caballos. Los empleados todavía no habían llegado al bufete.

Monk cambió de postura.

—¿Qué? —le preguntaron Hester y Rathbone a la vez.

—Stanhope practicaba abortos —afirmó Monk.

—No hay pruebas —le recordó Rathbone—. Lo ayudó una enfermera distinta en cada caso, y todas carecían de los conocimientos necesarios para saber lo que se llevaba entre manos; se limitaban a tenderle el instrumental que él pedía y limpiaban la sala tras la operación. Creían lo que sir Herbert les decía, que estaba extirpando un tumor.

—¿Cómo lo sabe?

—Porque me lo explicó. ¡No me ocultó nada porque sabe que no puedo declarar contra él!

—Es sólo su palabra —apuntó Monk con sequedad—. Sin embargo ésa no es la cuestión.

—Sí lo es —lo contradijo Rathbone—. Además ignoramos la identidad de las enfermeras, y sabe Dios que el hospital está lleno de enfermeras ignorantes. No declararán y, en el caso de que acusaran a sir Herbert, el jurado no las creería. Imaginen a cualquiera de ellas: ignorante, asustada, huraña, con toda probabilidad sucia y no necesariamente sobria. —Hizo una mueca de amargura y rabia—. Yo mismo la haría pedazos en cuestión de segundos. —Adoptó una postura elegante y satírica a la vez—. Veamos, señorita Moggs, ¿cómo sabe que esa operación era un aborto, no la extirpación de un tumor, como el eminente cirujano, sir Herbert Stanhope, ha jurado? ¿Qué vio usted exactamente? —Arqueó las cejas—. ¿Y en qué conocimientos médicos se basa para hacer tal afirmación? Disculpe, ¿dónde dice que estudió? ¿Cuánto tiempo llevaba trabajando? ¿Toda la noche? ¿Haciendo qué? Oh sí, vaciando orinales, fregando suelos y avivando el fuego. ¿Son ésas sus tareas habituales, señorita Moggs? Sí, comprendo. ¿Cuántas cervezas se ha tomado? ¿Qué diferencia hay entre un tumor grande y un feto de seis semanas? No lo sé. ¿Usted tampoco? Gracias, señorita Moggs, eso es todo.

Monk tomó aire para hablar pero Rathbone se lo impidió.

—Además, no podemos contar con el testimonio de las pacientes, aun en el caso de que las encontráramos, lo cual es imposible. Respaldarían a sir Herbert y asegurarían que era un tumor. —Meneó la cabeza con furia contenida—. No podemos llamarlas. ¡Y Lovat-Smith no sabe nada de todo esto! Él ya ha presentado sus conclusiones; no puede aportar nuevas pruebas a estas alturas sin un motivo excepcional.

—Ya lo sé —repuso Monk con semblante sombrío—. No estaba pensando en las mujeres, pues no cabe duda de que no declararán. Sin embargo ¿cómo se enteraron de que sir Herbert practicaba abortos?

—¿Qué?

—¿Cómo se enteraron...?

—¡Sí! Sí, le he oído. —Rathbone interrumpió a Monk—. Sí, es una pregunta excelente, pero no sé en qué medida nos ayudaría a conocer la respuesta. No es algo que se anuncie públicamente. Debe de haberse propagado de boca en boca. —Se volvió hacia Hester—. ¿Adónde acude una mujer que desea abortar?

—No lo sé —respondió ella con indignación. Acto seguido frunció el entrecejo—. ¿Desea que intente averiguarlo?

—No se moleste. —Rathbone descartó la propuesta con pesimismo—. Aunque lo descubriera, no podríamos llamar a una testigo, y tampoco decírselo a Lovat-Smith. Estamos maniatados.

Monk se acercó a la ventana, donde la luz del sol no hacía más que resaltar sus duras facciones, la piel tersa de sus mejillas y la prominencia de su nariz y su boca.

—Tal vez —admitió—, pero eso no impedirá que investigue. Él la mató y haré cuanto esté en mi mano para que acabe con la soga al cuello. —Sin esperar los comentarios de sus compañeros, dio media vuelta y salió de la sala sin cerrar la puerta tras de sí.

Rathbone miró a Hester, que permanecía de pie en el centro de la estancia.

—No sé qué puedo hacer —susurró ella—, pero esto no puede quedar así. Usted, por su parte —añadió con una tímida sonrisa que pretendía mitigar la arrogancia que destilaban sus palabras—, debe alargar el juicio tanto como sea posible.

—¿Cómo? —Rathbone arqueó las cejas—. ¡Ya he terminado!

—¡No sé cómo! Cite a más testigos para que hablen de la conducta intachable de sir Herbert.

—No los necesito —protestó.

—Ya lo sé. Sin embargo, llámelos —le pidió Hester al

tiempo que agitaba la mano con energía—. Haga algo, cualquier cosa, pero no permita que el jurado emita todavía el veredicto.

—No tiene sentido...

—¡Hágalo! —exclamó con furia y exasperación—. No se rinda.

Rathbone esbozó una leve sonrisa, y en sus ojos apareció un brillo de admiración.

—De acuerdo —accedió—, pero no creo que tenga mucho sentido.

Callandra conocía la marcha del juicio. Había estado en la sala la última tarde y visto el rostro de sir Herbert, su actitud, su serenidad. Había advertido asimismo que se había granjeado la simpatía del jurado. Ninguno de sus miembros evitaba su mirada ni se sonrojaba al observarlo. Saltaba a la vista que estaban convencidos de su inocencia.

Por tanto, había sido otra persona quien había asesinado a Prudence Barrymore.

¿Kristian Beck? ¿Porque practicaba abortos y Prudence, al enterarse, lo sabía y lo había amenazado con denunciarlo a las autoridades?

El mero pensamiento le resultaba repugnante, lo corrompía todo. Dio vueltas y más vueltas en la cama hasta bien pasada la medianoche y al final se incorporó y se rodeó las rodillas con los brazos en un intento por hacer acopio de fuerzas para exteriorizar aquella angustia. Se imaginaba frente a él contándole lo que había visto. Lo repetía en su mente una y otra vez con distintas palabras para encontrar la forma de que le resultara soportable. No había manera.

Consideró las posibles respuestas que el doctor Beck

le daría. Quizá lo negara, pero ella sabría que mentía y quedaría desolada. Sólo de pensarlo se le empañaban los ojos de lágrimas y se le formaba un nudo en la garganta. Tal vez confesara e inventara alguna excusa patética e interesada. Eso sería aún peor. Desechó tal posibilidad sin acabar de perfilarla.

Tenía frío; tiritaba sentada en la cama, con las mantas revueltas en torno a ella.

También era posible que se enfadase y le dijera que no se entrometiera en sus asuntos y se marchara. Tal vez se enzarzaran en una pelea que le causara una herida que nunca cicatrizaría, o que quizá nunca deseara que cicatrizara. Sería terrible, pero mejor que las dos posibilidades anteriores, pues aunque el enfrentamiento resultaría violento y desagradable, por lo menos el doctor Beck demostraría cierta honradez.

Había una última probabilidad: que él afirmara que lo que había visto no era un aborto, sino otra clase de operación. Tal vez hubiera intentado salvar a Marianne después de que le hubiesen practicado un aborto clandestino, y hubiera guardado el secreto para no perjudicarla. Eso sería lo mejor.

Sin embargo, ¿cabía esa posibilidad? ¿No estaba engañándose? ¿Le creería si él le ofreciera tal explicación? ¿O volvería a encontrarse como en esos momentos, asaltada por las dudas, los temores y la terrible sospecha de un crimen mucho peor?

Apoyó la cabeza en las rodillas y permaneció así largo rato.

Al final llegó a la conclusión de que debía hablar con él y asumir las consecuencias. No le quedaba otra opción que le resultara tolerable.

—Adelante.

Callandra empujó la puerta con fuerza y entró. Temblaba y le flaqueaban las piernas, pero aquél no era momento para vacilaciones, estaba decidida a continuar adelante.

Al verla, Kristian se puso en pie con una sonrisa de placer en los labios a pesar de su cansancio. ¿No dormía porque le remordía la conciencia? Callandra tragó saliva y el aire se le quedó bloqueado en la garganta, casi la enmudeció.

—Callandra, ¿se encuentra usted bien? —El doctor le acercó una silla y se la sostuvo mientras ella se sentaba.

Callandra había pensado quedarse de pie, pero no se vio capaz de declinar su ofrecimiento, tal vez porque postergaba el momento unas décimas de segundo.

—No. —Abordó la cuestión sin rodeos en cuanto él se acomodó en su asiento—. Estoy muy preocupada y al final he decidido hablar con usted. No puedo eludir más la cuestión.

Kristian palideció. Los círculos negros que le rodeaban los ojos parecían dos cardenales.

—Dígame —susurró, tenso.

La situación era incluso peor de lo que Callandra sospechaba. Parecía tan acongojado como un hombre en espera de su condena.

—Le noto muy cansado... —empezó a decir y acto seguido se enfureció consigo misma. Era una observación estúpida, no venía a cuento.

El doctor Beck esbozó una sonrisa triste.

—Sir Herbert lleva ausente algún tiempo. Hago lo que puedo para atender a sus pacientes, pero es duro, tanto para ellos como para mí. —Meneó la cabeza—. En fin, eso carece de importancia. Hábleme de su salud. ¿Qué le duele? ¿Cuáles son los síntomas?

Qué estúpida, se reprochó Callandra. Claro que estaba rendido; debía de estar exhausto al intentar realizar el trabajo de sir Herbert además del suyo. Ni siquiera se le había pasado por la cabeza, y, por lo que sabía, ningún miembro del consejo lo había pensado. ¡Menudo grupo de incompetentes! De lo único que habían hablado en las reuniones era de la reputación del hospital.

Él se había figurado que estaba enferma, era natural. ¿Por qué otro motivo si no iba a acudir a su consulta con el cuerpo tembloroso y la voz ronca?

—No estoy enferma —declaró mientras lo miraba con una expresión de disculpa y pesadumbre—. Tengo miedo y remordimientos de conciencia. —Por fin dijo la verdad, sin evasivas. Lo amaba. Se sentía más aliviada al admitirlo, sin más subterfugios. Observó su rostro inteligente, apasionado, agradable y sensual. Independientemente de lo que hubiera hecho, todo aquello no podía destruirse de un golpe. Si acababa saliendo a la superficie, dejaría una herida abierta, como las raíces de un árbol gigante que desgarran el suelo y levantan toda la tierra alrededor.

—¿Por qué motivo? —inquirió mirándola fijamente—. ¿Sabe algo de la muerte de Prudence Barrymore?

—Creo que no, o al menos eso espero.

—Entonces ¿de qué se trata?

Había llegado el momento.

—Hace un tiempo, entré en la sala donde usted realizaba una operación. No me vio ni oyó, y me marché sin decir nada. —El doctor Beck la observaba con semblante preocupado—. Reconocí a la paciente —prosiguió Callandra—. Era Marianne Gillespie y me temo que la intervención era un aborto.

No era necesario añadir más. Por la expresión de él, la absoluta falta de sorpresa u horror, dedujo que no se equivocaba. Intentó disimular su dolor. Debía alejarse de él, aceptar que no podía amar a un hombre que había hecho tal cosa.

—Sí, es cierto —reconoció él sin una muestra de remordimiento en los ojos—. Quedó embarazada porque su cuñado la violó. Estaba en la primera etapa de la gestación, menos de seis semanas. —Se le notaba triste y cansado. Su rostro transmitía temor a lastimarla, pero no vergüenza—. He practicado abortos en otras ocasiones —admitió con voz queda—, cuando las mujeres han recurrido a mí al comienzo del embarazo, en las primeras ocho o diez semanas, y el bebé era producto de un acto indeseado, o cuando la mujer era demasiado joven, a veces incluso menor de doce años, o si su estado de salud era tan precario que, en mi opinión, el parto podría costarle la vida. No lo he hecho en ninguna otra circunstancia, y nunca por dinero. —Callandra deseaba interrumpirlo, pero tenía un nudo en la garganta—. Siento que a usted le parezca una aberración. —Esbozó una sonrisa de amargura—. Lo lamento profundamente. Supongo que sabe lo mucho que la aprecio, aunque no habría sido correcto decírselo, ya que no puedo ofrecerle nada honesto; pero sean cuales fueren sus sentimientos al respecto, le aseguro que lo he meditado mucho. Incluso he rezado. —En su rostro apareció una fugaz expresión burlona—. He llegado a la conclusión de que he hecho bien, que es un acto aceptable ante Dios. Considero que en esos casos la mujer tiene derecho a decidir. No puedo cambiar mis convicciones, ni siquiera para complacerla.

En aquel momento Callandra sintió miedo por él. Lo descubrirían, y eso supondría su encarcelamiento y el fin de su carrera.

—Victoria Stanhope —dijo ella con voz ronca mientras recordaba a la muchacha vestida de rosa. Sus ojos reflejaron esperanza, que enseguida se convirtió en desesperación. Tenía que plantear sus sospechas y luego olvidar el asunto para siempre—. ¿La operó?

El semblante de Beck se ensombreció a causa de la pena.

—No, pero lo habría hecho porque el bebé era fruto del incesto y la seducción, de su hermano Arthur, que Dios lo perdone, pero estaba embarazada de más de cuatro meses. Era demasiado tarde. No podía hacer nada. Ojalá hubiera podido ayudarla.

De repente Callandra lo vio todo bajo otra luz. No se trataba de practicar abortos para obtener un beneficio económico, sino de un intento por evitar que mujeres débiles y desesperadas soportaran una situación insostenible. ¿Había hecho bien? ¿O acaso constituía un pecado?

Seguramente no. ¿No era más bien un acto de compasión... y sabiduría?

Callandra lo observó con incontenible alegría y los ojos empañados de lágrimas.

—¿Callandra? —dijo él con delicadeza.

Ella le dedicó una sonrisa radiante, al tiempo que lo miraba con tal intensidad que era como si se estuvieran tocando.

Kristian sonrió a su vez. Tendió la mano sobre la mesa para tomar la de ella. Si intuyó que Callandra había sospechado que él era el asesino de Prudence, no lo dijo, y tampoco le preguntó por qué no lo había denunciado a la policía. Ella le habría respondido que era porque lo amaba apasionadamente, a su pesar y con dolor, pero era mucho mejor no expresarlo. Ambos lo sabían y comprendían.

Permanecieron sentados en silencio varios minutos, cogidos de la mano, mirándose y sonriendo.

Rathbone entró en la sala enfurecido. Lovat-Smith, que estaba sentado a su mesa con aspecto sombrío, consciente de su derrota, alzó la vista hacia su adversario y, al observar su expresión, se puso rígido. Lanzó una mirada al banco de los acusados. Sir Herbert lo ocupaba con una débil sonrisa en los labios y aspecto sereno, nada tan vulgar o mezquino como una expresión de júbilo.

—¿Señor Rathbone? —El juez Hardie lo observó con gesto inquisitivo—. ¿Está listo para presentar la conclusión de la defensa?

Rathbone se obligó a hablar con la máxima naturalidad.

—No, Su Señoría. Con el permiso de la sala, me gustaría llamar a declarar a un par de testigos más.

Tanto Hardie como Lovat-Smith quedaron sorprendidos. Se produjo un pequeño revuelo entre el público. Varios miembros del jurado fruncieron el entrecejo.

—Si lo considera necesario, señor Rathbone —dijo Hardie con cierto recelo.

—Así es, Su Señoría —afirmó Rathbone—. Para hacer justicia a mi cliente. —Mientras lo decía, miró hacia el banco de los acusados y advirtió que la sonrisa de sir Herbert se desvanecía y adoptaba una expresión un tanto ceñuda. No obstante, la sonrisa reapareció enseguida; observó a Rathbone con seguridad y con un brillo en los ojos que sólo ellos dos sabían que era de desprecio.

Lovat-Smith se irguió en su asiento mientras observaba con curiosidad a Rathbone y al acusado.

—Me gustaría citar al doctor James Cantrell —anunció Rathbone.

—Se cita al doctor James Cantrell —repitió el ujier.

Al cabo de unos segundos apareció un joven delgado, con la mandíbula y el cuello un poco manchados de sangre por los cortes que se había hecho al afeitarse con cierto nerviosismo. Era un médico en prácticas y su futuro profesional estaba en juego. Pronunció el juramento y Rathbone empezó a formularle preguntas largas y detalladas sobre el impecable comportamiento de sir Herbert.

El jurado se aburría, Hardie comenzaba a inquietarse, Lovat-Smith parecía muy interesado y sir Herbert no dejaba de sonreír.

Rathbone se sentía cada vez más ridículo y desesperado, pero debía dar a Monk el máximo tiempo posible.

Hester, que había conseguido que otra enfermera le cambiara el turno ofreciéndose a trabajar en otra ocasión el doble de horas, acudió a la casa de Monk a las seis de la mañana. No debían desperdiciar ni un segundo, ya que no sabían cuánto tiempo podía concederles Rathbone.

—¿Por dónde empezamos? —preguntó ella—. He reflexionado sobre todo el asunto y reconozco que no me siento tan optimista como antes.

—Yo nunca he sido optimista —repuso Monk—. Sin embargo, no permitiré que ese bastardo se salga con la suya. —Esbozó una sonrisa sombría, en la que había algo que no era afecto (estaba demasiado enfadado para eso), sino una emoción más profunda. Era una confianza total, la certeza de que ella le entendía y, sin necesidad de explicaciones, compartía sus sentimientos—. No anunció que practicaba abortos ni buscaba personalmente a sus clientes; alguien realizaba esa tarea para él. Sospecho que no aceptaba a mujeres incapaces de pagar, por lo que supongo era alguien de la alta sociedad, bien de alcurnia o un nuevo rico.

—Probablemente de alcurnia —aventuró Hester con ironía—. Los nuevos ricos proceden de la clase media alta más refinada con ambición social, como Runcorn, pero suelen tener un sentido muy estricto de la moralidad. Los adinerados con raigambre, seguros de sí mismos, que rompen abiertamente las convenciones, es más probable que recurran al aborto, porque no se sienten capaces de mantener a más de un cierto número de hijos.

—Las mujeres pobres aún son menos capaces de mantenerlos —apuntó Monk con el entrecejo fruncido.

—Por supuesto —convino—, pero ¿se las imagina pagando los precios de sir Herbert? Supongo que acuden a las mujeres que practican abortos clandestinos en las callejuelas o intentan provocarse un aborto.

Monk se sintió molesto por haber sido tan estúpido. Permaneció junto a la chimenea, con un pie en la pantalla.

—Así pues, ¿cómo buscaría un médico abortista una dama de la alta sociedad? —inquirió él.

—Me figuro que esa clase de información circula de boca en boca —respondió meditabunda—, pero ¿a quién se atrevería a preguntar?

Él la observó en silencio.

Hester siguió hablando, como si pensara en voz alta.

—A alguien a quien su esposo no conozca, o su padre, si es soltera, ni posiblemente su madre. ¿Adónde puede ir una mujer sola sin levantar sospechas? —Se sentó en un sillón y reposó la barbilla en las manos—. A la modista, la sombrerera —se respondió ella misma—. Podría confiar en una amiga, pero es poco probable, ya que nadie desea que sus amistades se enteren de algo así; precisamente se hace para no ser objeto de sus críticas.

—Entonces tenemos que intentarlo con esas personas, pero ¿qué puedo hacer yo? ¡No voy a quedarme de brazos cruzados!

—Pruebe con las modistas y sombrereras —sugirió ella con decisión al tiempo que se ponía en pie—. Yo iré al hospital. Alguien debe de saber algo. Lo ayudaron varias enfermeras, aunque fuera una distinta cada vez. Releeré las cartas de Prudence y me fijaré en las fechas y los nombres

—añadió mientras se alisaba los faldones—. Tal vez así descubra quién lo asistió en las intervenciones. Prudence escribió las iniciales de las pacientes. Quizás alguna acceda a confesar quién es el intermediario... o intermediaria.

—No puede hacer eso, es demasiado peligroso —le advirtió Monk—. Además, no le dirán nada.

Hester lo miró con indignación.

—No les preguntaré directamente, por el amor de Dios, y no tenemos tiempo para andarnos con melindres. Oliver podrá prolongar el juicio un par de días más como máximo.

Monk reprimió las ganas de protestar.

—¿A qué hora abren las sombrererías? —preguntó—. ¿Y a qué se supone que voy a una sombrerería de señora?

—A mirar sombreros —respondió ella al tiempo que cogía el ridículo.

Monk la miró.

—Para su hermana, su madre, su tía. Para quien quiera.

—¿Y qué voy a hacer con dos docenas de sombreros de señora? Si me da una respuesta impertinente...

—¡No es necesario que compre ninguno! Diga que se lo pensará y entonces... —Se interrumpió.

—Les pregunto si pueden darme las señas de un buen médico abortista —añadió Monk.

—Algo así —repuso Hester.

Monk la fulminó con la mirada antes de abrirle la puerta para que se marchara. Eran las siete menos cuarto. En el escalón Hester se volvió hacia él y esbozó una sonrisa; era un gesto de valor, más que de esperanza o complacencia.

Monk la observó partir sin la sensación de desespero que debería haber sentido por lo absurdo de la misión de ambos.

El primer intento de Monk fue espantoso. El establecimiento abría a las diez, aunque las floristas, las bordadoras y las planchadoras habían empezado a trabajar a las siete. Una mujer de mediana edad le dio la bienvenida con suspicacia y le preguntó en qué podía servirlo.

Monk pidió un sombrero adecuado para su hermana sin mirar los que estaban expuestos y que, en todas sus formas y tamaños, de paja, fieltro, lino, con plumas, flores, lazos y cintas, cubrían las estanterías y varios rincones de la tienda.

Con cierta altanería, la mujer le preguntó cómo era su hermana y para qué ocasión deseaba el sombrero.

Monk se esforzó por describirle los rasgos y el aspecto de Beth.

—El color de piel, caballero —dijo ella sin disimular su hastío—. ¿Es morena como usted, o de tez más clara? ¿Tiene los ojos grandes? ¿Es alta o baja?

Monk maldijo a Hester para sus adentros por haberle encomendado tamaña misión.

—Cabello castaño claro y ojos grandes y azules —respondió de forma atropellada—. Más o menos de su altura.

—¿Y la ocasión, caballero?

—Para la iglesia.

—Entiendo. ¿Será para una iglesia de Londres, caballero, o en el campo?

—En el campo. —¿Tanto se le notaba el acento de Northumberland? ¿Incluso tras haber perfeccionado su dicción durante años? ¿Por qué no había dicho Londres? Habría resultado mucho más sencillo y no importaba. De todos modos no pensaba comprar nada.

—Comprendo. Los más adecuados son estos de aquí. —Le enseñó varios modelos muy sencillos de paja y tela—. Por supuesto añadiremos los adornos que desee —agregó al ver la expresión de su cara.

Monk se sonrojó. Se sentía como un perfecto idiota. Volvió a maldecir a Hester. De no haber sido por el odio que le inspiraba sir Herbert, se habría marchado de inmediato.

—¿Qué tal uno azul? —preguntó.

—Si le gusta... —contestó la dama con desaprobación—. Aunque es demasiado corriente, ¿no le parece? ¿Qué me dice de verde y blanco? —Tomó un ramo de margaritas artificiales y lo colocó junto a un sombrero de paja verde pálido con un lazo del mismo color pero un tono más intenso. El efecto fue tan refrescante y exquisito que a Monk le recordó los veranos de su infancia en el campo, cuando Beth era niña.

—Es precioso —murmuró de forma inconsciente.

—Me encargaré de que se lo envíen —se apresuró a decir ella—. Estará listo mañana por la mañana. La señorita Liversedge se ocupará de los detalles. Puede arreglar el pago con ella.

Cinco minutos después Monk se encontró en la calle, tras haber adquirido un sombrero para Beth, y se preguntó cómo demonios se lo enviaría a Northumberland. Perjuró una y otra vez. El tocado sin duda favorecería a Hester, pero sería la última persona a quien se lo regalaría.

La siguiente tienda era menos cara y tenía más clientes. Sin embargo, en esos momentos su furia era tal que no había sombrero que le agradase.

No podía perder el día contemplando las mercancías. Debía sacar a colación el objeto de su visita, por difícil que le resultara.

—De hecho la señora en cuestión está embarazada —explicó de pronto.

—Así pues, dentro de poco pasará mucho tiempo en casa —observó la dependienta con gran sentido práctico—. Sólo llevará el sombrero unos pocos meses o semanas.

Monk hizo una mueca.

—A menos que pudiera... —Se interrumpió y se encogió de hombros.

La mujer se mostró de lo más perspicaz.

—¿Tiene ya varios hijos? —inquirió.

—Sí.

—Vaya. Entonces, caballero, me figuro que no estará demasiado contenta.

—En absoluto. Además, podría poner en peligro su salud. Hay un límite... —Miró alrededor y añadió en un susurro—: Si supiera qué... qué medidas tomar...

—¿Tiene dinero para... costeárselo? —murmuró la dependienta.

—Oh, sí... si fuera un precio razonable.

La mujer desapareció y volvió al cabo de unos minutos con un trozo de papel doblado.

—Déle esto —dijo.

—Gracias. Lo haré. —Monk vaciló.

Ella sonrió.

—Dígale que sólo tiene que mencionar quién le proporcionó las señas. Con eso bastará.

—Entiendo. Gracias.

Antes de acudir a la dirección que le habían facilitado, que se encontraba en una callejuela cerca de Whitechapel Road, caminó un rato en esa dirección al tiempo que trataba de inventar la historia que contaría. Por un momento se divirtió imaginando que llevaba a Hester y decía que ésa era la dama que necesitaba ayuda. Sin embargo, aunque le hubiera encantado hacerlo, pues era un acto de justicia, estaba demasiado ocupada investigando en el hospital.

Ya no podía fingir que iba en representación de su hermana, pues la persona que practicara el aborto esperaría a la mujer; no era algo que pudiera hacerse en nombre de otra. Sólo accedería a contestar a las preguntas de un hombre si la mujer fuera demasiado joven para ir en persona hasta que llegara el momento, o demasiado importante para arriesgarse a dejarse ver sin necesidad. ¡Sí, era una idea excelente! Explicaría que acudía a instancias de una dama, alguien que no deseaba comprometerse hasta cerciorarse de que el lugar era seguro.

Paró un coche de caballos, dio al cochero las señas de Whitechapel Road y se recostó en el asiento mientras pensaba en lo que diría.

Era un trayecto largo. El caballo estaba cansado y el conductor se mostraba huraño. Monk tenía la impresión de que se detenían cada pocos metros y que en la calle sólo se oían los gritos de otros cocheros enfurruñados. Los vendedores ambulantes anunciaban sus mercancías, el conductor de un carro calculó mal al doblar una esquina y derribó un tenderete. Acto seguido se desencadenó una breve pero feroz pelea que acabó con narices ensangrentadas y un buen repertorio de palabras blasfemas. Un cochero borracho atravesó un cruce a toda prisa y varios caballos se encabritaron. El vehículo en que viajaba Monk recorrió toda una manzana hasta que el cochero consiguió dominar de nuevo a los animales.

Monk se apeó en Whitechapel Road, pagó al cochero, que para entonces ya había perdido los estribos, y empezó a andar hacia la dirección que le habían proporcionado en la sombrerería.

Al principio pensó que se había equivocado, pues era una carnicería. En el escaparate se exhibían empanadas y ristras de salchichas. Si se trataba del lugar adecuado, alguien tenía un sentido del humor macabro... o ninguno.

Tres niños delgados y harapientos lo observaron en la acera. Todos estaban pálidos. Uno de ellos, que debía de rondar los diez años, tenía los dientes delanteros rotos.

Un perro sarnoso dobló una esquina y entró en el establecimiento.

Tras vacilar unos segundos, Monk entró detrás de él.

El interior era caluroso y oscuro, porque entraba muy poca luz por las ventanas mugrientas; el humo de innumerables fábricas y chimeneas las había ennegrecido, y las tormentas de verano no habían servido de mucho. El ambiente estaba cargado y olía a rancio. Una enorme mosca que zumbaba perezosamente se posó en el mostrador. La joven que al parecer atendía a la clientela cogió un periódico viejo y la mató de un golpe.

—¡Te pillé! —exclamó con satisfacción—. ¿En qué puedo servirlo? —preguntó con desenfado—. Hay cordero fresco, pastel de conejo, manitas de cerdo, gelatina de pies de ternera, cabeza de jabalí, la mejor de la zona, callos, sesos de oveja, hígado de cerdo y salchichas, por supuesto. ¿Qué desea?

—Las salchichas tienen buen aspecto —mintió Monk—, pero en realidad quiero ver a la señora Anderson. ¿Es ésta la dirección correcta?

—Depende —respondió la muchacha con cautela—. Hay muchas señoras Anderson. ¿Para qué la quiere?

—Me la ha recomendado una señora que vende sombreros.

—Es ella. —Lo miró de arriba abajo—. No se me ocurre para qué quiere verla usted.

—Vengo en nombre de una conocida que preferiría que no la vieran en este barrio a menos que sea absolutamente necesario.

—¿Ella lo ha enviado aquí? —La muchacha sonrió con una mezcla de satisfacción, regocijo y desprecio—. Bueno, quizá la señora Anderson lo reciba, o quizá no. Se lo preguntaré. —Se volvió y entró en la trastienda tras abrir una puerta con la pintura desconchada.

Monk esperó. Apareció otra mosca que revoloteó con indolencia antes de posarse sobre el mostrador manchado de sangre.

La joven regresó y, sin pronunciar palabra, le sostuvo la puerta abierta. Monk aceptó su invitación y entró en una cocina grande que daba a un patio donde había cubos llenos de carbón, otros rebosantes de basura, varias cajas rotas y un fregadero resquebrajado colmado de agua de lluvia. Un gato se paseaba con sigilo con el cuerpo estirado como un leopardo y una rata muerta entre los dientes.

En la cocina reinaba un caos absoluto. En uno de los dos lavaderos de piedra adosados a la pared, a la derecha, había ropa manchada de sangre, cuyo olor dulzón y desagradable impregnaba la estancia. A la izquierda había un aparador de madera con platos, cuencos, cuchillos, tijeras y pinchos amontonados de cualquier manera, además de varias botellas de ginebra, algunas ya abiertas.

En el centro se alzaba una mesa de madera, oscurecida y con manchas de sangre seca que formaban líneas negras en las grietas. Se apreciaban salpicaduras rojas en el suelo. Sentada en una mecedora una muchacha de rostro ceniciento sollozaba, con las rodillas apretadas contra el pecho. Dos perros estaban tendidos junto a las cenizas del fuego. Uno se rascaba y gruñía cada vez que movía la pata.

La señora Anderson era una mujer corpulenta. Las mangas subidas dejaban al descubierto unos antebrazos robustos y tenía las uñas de las manos desportilladas y negras de una suciedad imposible de eliminar.

—Hola —saludó con cordialidad al tiempo que se apartaba un mechón de cabello rubio de los ojos. No debía de contar más de treinta y cinco años—. ¿Necesitas que te echen un cable, eh, guapo? Pero yo a ti no puedo hacerte nada, ¿verdad? Ella tendrá que venir tarde o temprano. ¿De cuánto está?

Monk sintió una ira tan intensa que casi le produjo náuseas. Respiró hondo en un intento por calmarse mientras le asaltaban los recuerdos; el olor dulzón de la sangre, los lloriqueos de dolor y pánico de una joven, el sonido de las patas de las ratas que correteaban por el suelo sucio. Había estado antes en sitios donde se practicaban abortos clandestinos, Dios sabía cuántas veces, y si había acudido a esos tugurios para investigar la muerte de alguna mujer a consecuencia de una hemorragia o de la septicemia, o sencillamente para conocer el delito que ahí se cometía y las cantidades abusivas que se cobraban.

Asimismo, había visto a muchas mujeres demacradas, agotadas de dar a luz una y otra vez, sin recursos para alimentar a sus hijos, que acababan vendiendo a los bebés por pocos chelines para alimentar a los otros.

Quería romper algo, destrozarlo, oír cómo se astillaba todo y se despedazaba, pero tras esa efímera satisfacción todo seguiría igual. Si lograra llorar tal vez consiguiera aliviar el dolor que lo embargaba.

—¿Qué me dices? —preguntó la mujer—. ¿Me lo vas a decir o no? ¡No puedo hacer nada por ella si te quedas ahí como un pasmarote! ¿De cuánto está? ¿O es que no lo sabes?

—Cuatro meses —farfulló Monk.

La mujer meneó la cabeza.

—Lo ha dejado para un poco tarde, ¿no?, pero... supongo que podré hacer algo. Es peligroso, pero sospecho que tenerlo sería peor.

La chica sentada en la mecedora seguía sollozando mientras la sangre calaba la delgada manta que la envolvía y goteaba en el suelo. Monk intentó serenarse. Había acudido a aquel lugar con un motivo concreto. No conseguiría nada si se dejaba arrastrar por sus sentimientos y lo que quería era que condenaran a Herbert Stanhope.

—¿Aquí? —preguntó, aunque ya conocía la respuesta.

—No, en la calle —contestó la mujer con sarcasmo—. ¡Claro que aquí, imbécil! ¿Qué te piensas? Yo no voy a la casa de nadie. Si quieres algo más «fino», tendrás que intentar sobornar a algún cirujano, aunque no sé dónde ibas a encontrarlo. Por eso te cuelgan, o al menos antes lo hacían; ahora te meten en chirona y acaban con tu carrera.

—A usted no parece preocuparle —observó Monk.

—Yo no corro ningún peligro —afirmó ella con cierta alegría—. Las que acuden a mí están desesperadas, o no lo harían, y no cobro mucho. Además, al venir aquí son tan culpables como yo. De todos modos, doy un servicio público, de manera que ¿quién va a denunciarme? Ni siquiera los polis me molestan si actúo con discreción, y soy discreta. Así que ándate con ojo. No me gustaría que tuvieras un accidente... —Seguía sonriendo, pero su mirada era implacable, amenazadora.

—¿Dónde puedo encontrar a uno de esos cirujanos que practican abortos? —preguntó mientras la miraba de hito en hito—. La señora que me ha enviado tiene dinero.

—Si conociera alguno, no sé si te lo diría, pero no tengo ni idea. Las señoras con dinero tienen sus propios métodos para encontrarlos.

—Entiendo. —Monk la creyó, más bien por instinto, pero aun así confiaba en su criterio.

La impaciencia y la furia enfermiza que sentía le resultaban familiares. En su mente veía a viudos perplejos y amargados, asustados ante la perspectiva de cuidar de doce hijos solos, sin saber ni comprender qué había sucedido o por qué. Sus esposas se habían enfrentado a la carga cada vez mayor de procrear sin hablar del tema y al final habían decidido abortar en secreto. Habían muerto de la hemorragia sin explicar la causa a su marido, pues era un asunto privado, vergonzoso, de mujeres. El hombre, que nunca había pensado en otra cosa que en disfrutar de los placeres de la carne, que consideraba que los hijos eran algo natural y las mujeres estaban hechas para tenerlos, al enviudar se sentía afligido, asustado, enfadado y totalmente desconcertado.

Monk veía con la misma claridad a jóvenes de apenas dieciséis años, pálidas, aterrorizadas ante la mujer que provocaba el aborto y sus instrumentos, la botella de ginebra, y tan avergonzadas como la muchacha de la mecedora, pero conscientes de que eso era mejor que la desgracia de convertirse en una mujer perdida. Además, ¿qué futuro esperaba al hijo bastardo de una madre indigente? Morir era mejor... morir antes de nacer, en una mugrienta trascocina con una mujer que sonreía, trataba de ser amable, se llevaba todo el dinero que habían reunido y mantenía la boca cerrada. Deseó poder hacer algo por aquella jovencita que sollozaba sin dejar de sangrar, pero ¿qué podía hacer él?

—Intentaré encontrar a un cirujano —manifestó Monk con ironía.

—Tú verás —repuso la mujer sin rencor aparente—, pero tu amiga no te agradecerá que vayas contándoselo a sus amistades. De lo que se trata es de que no se enteren, ¿no?

—Seré discreto —afirmó Monk con una repentina necesidad de salir de aquel lugar. Tenía la sensación de que hasta las paredes estaban impregnadas de dolor, al igual que la ropa y la mesa lo estaban de sangre. Incluso Whitechapel Road, con su mugre y su pobreza, sería mejor que eso. Le costaba respirar, tenía un nudo en la garganta y un sabor amargo en la boca—. Gracias. —Le resultaba ridículo pronunciar esa palabra, aunque no era más que una forma de dar por concluido el encuentro. Giró sobre sus talones y dejó la puerta abierta, cruzó la carnicería y, una vez en la calle, aspiró grandes bocanadas de aire. Por muy cargado que estuviera de olor a humo y alcantarilla, era infinitamente mejor que aquella cocina abominable.

Seguiría investigando, pero primero debía alejarse de Whitechapel. Carecía de sentido hablar con las personas que practicaban abortos clandestinos en aquellas callejuelas, gracias a Dios. Stanhope nunca habría confiado sus negocios a ellas, ya que lo traicionarían en cuanto les diera la espalda porque se quedaba con las clientas más adineradas. Habría sido una estupidez por su parte ponerse a merced de seres de esa calaña. La oportunidad de chantajearlo por la mitad de sus beneficios era demasiado tentadora como para desperdiciarla, ¡la mitad o más! Así pues, debía reanudar sus pesquisas entre las clases altas, si se le ocurría cómo hacerlo.

No había tiempo para sutilezas. Quizá sólo disponía de un par de días como máximo.

¡Callandra! Tal vez supiera algo y era la persona más adecuada para preguntar. Por supuesto, no tendría más remedio que explicarle que sir Herbert era culpable y cómo lo habían descubierto, pero no había tiempo ni tenía la posibilidad de pedir permiso a Rathbone. Éste se lo había contado a él porque era su ayudante y, por tanto, estaba obligado a respetar las normas de confidencialidad, al igual que el abogado. Callandra no se encontraba en la misma posición, pero era una sutileza que a Monk le importaba muy poco. ¡Sir Herbert podía presentar su queja desde el patíbulo!

Cuando Monk expuso los hechos a Callandra ya era tarde, pasadas las seis. La mujer quedó horrorizada al enterarse. Monk se había marchado con los pocos consejos que pudo darle, pálido y con una expresión que la asustaba. En aquel momento se encontraba sola en su cómoda salita, a la luz del atardecer, abrumada por el conocimiento que ahora poseía. Una semana antes se habría alegrado sobremanera, porque habría significado que Kristian no era el asesino de Prudence. Sin embargo ahora no hacía más que pensar en que lo más probable era que sir Herbert quedara impune y, lo que la afligía todavía más, en el dolor que se cerniría sobre lady Stanhope. Desconocía si algún día llegaría a enterarse de que su esposo había cometido un asesinato, lo más probable era que no, pero debía saber que su hijo mayor era el padre del niño que Victoria había abortado. El incesto no solía ser un hecho aislado, de manera que sus otras hijas corrían el riesgo de ser víctimas de aquella horrible tragedia.

No había forma de suavizar lo que tenía que decirle, no se le ocurría nada que lo hiciera soportable. Además, de nada servía permanecer sentada en el sillón entre los jarrones de flores, los libros y los almohadones, los gatos, que dormitaban, y el perro, que la miraba de reojo con la esperanza de que lo sacara a pasear.

Se levantó y fue al vestíbulo. Llamó al mayordomo y al lacayo. Iría en el coche de caballos a la casa de lady Stanhope inmediatamente. No era una hora adecuada para visitas, aparte de que era poco probable que lady Stanhope recibiera a sus amistades dadas las circunstancias, pero estaba dispuesta a sacar el tema a colación si era necesario. Llevaba un vestido de tarde muy sencillo, de hacía dos temporadas, pero no se le ocurrió cambiárselo.

Durante todo el trayecto estuvo absorta en sus pensamientos, por lo que se sorprendió cuando el cochero le anunció que ya habían llegado. Tras indicarle que la esperara, Callandra se apeó del vehículo sin ayuda y se dirigió a la puerta principal. La vivienda era bonita, discreta pero de mucha categoría. Mientras la miraba pensó, no sin amargura, que sir Herbert conservaría todo aquello y, con toda probabilidad, su buena reputación ni siquiera se resentiría. No le producía ninguna satisfacción pensar que la vida personal de aquel hombre quedaría marcada para siempre. Sin embargo le preocupaba más el daño que estaba a punto de infligir a su esposa.

Llamó a la puerta y la recibió un lacayo. Quizás en esos momentos de angustia era mejor que las mujeres permanecieran en la parte trasera de la casa. Tal vez resultaba más adecuado que un hombre lidiara con los curiosos o con las personas que tenían el mal gusto de visitar aquel hogar.

—¿Sí, señora? —preguntó, cauteloso.

—Lady Callandra Daviot —se presentó ella con determinación al tiempo que le tendía su tarjeta—. Necesito tratar con lady Stanhope un asunto de extrema urgencia y lamento no poder esperar una ocasión más propicia. ¿Tendría la amabilidad de informarle de mi llegada? —Era una orden, no una pregunta.

—Por supuesto, señora —respondió con frialdad el lacayo, que había cogido la tarjeta sin leerla—. No obstante debo advertirle que lady Stanhope no recibe visitas.

—No es una visita de cortesía —repuso Callandra—. Es un asunto de urgencia médica.

—¿Está... muy enfermo sir Herbert? —El hombre palideció.

—No que yo sepa.

El criado vaciló, porque, a pesar de su indudable experiencia, no sabía qué hacer. Entonces la miró a los ojos y percibió un poder, una autoridad y una fuerza de voluntad que no aceptaban un no por respuesta.

—Sí, señora. Si tiene la amabilidad de esperar en la salita... —Abrió más la puerta para permitirle la entrada y, acto seguido, la acompañó a una estancia muy formal que carecía de flores y resultaba inhóspita porque nadie la utilizaba. Parecía pertenecer a una casa en la que se guardara luto.

Philomena Stanhope apareció al cabo de escasos minutos con el rostro transido de angustia. Observó a Callandra sin reconocerla. Nunca había hecho demasiada vida social, para ella el hospital no era más que el lugar de trabajo de su esposo. Callandra se entristeció al pensar en la terrible desilusión que sufriría la mujer. Los cimientos de su familia y de su hogar estaban a punto de derrumbarse.

—¿Lady Callandra? —inquirió Philomena—. El lacayo me ha dicho que trae noticias para mí.

—Me temo que sí. Lo lamento profundamente, pero si no la informo de lo que sé podrían producirse más desgracias.

Philomena permaneció de pie. Había palidecido aún más.

—¿De qué se trata? —Estaba tan conmocionada que pasó por alto todas las normas de cortesía. En cierto modo, aquello era peor que la muerte. Era de todos sabido que la muerte llegaba algún día y había ciertos procedimientos que seguir; por grande que fuera la pena, al menos se sabía qué hacer. Además, la muerte visitaba todos los hogares; no tenía un componente de vergüenza ni ningún rasgo singular—. ¿Qué ha ocurrido?

—No es fácil de decir —respondió Callandra—. Preferiría que nos sentáramos. —Estuvo a punto de añadir que así le resultaría más sencillo, pero era absurdo. No había nada que facilitara su tarea.

Philomena no se movió.

—Por favor, dígame qué ha sucedido, lady Callandra.

—No ha ocurrido nada nuevo. No es más que la revelación de viejos pecados y sufrimientos que deben conocerse para evitar que se repitan.

—¿Con quién?

Callandra respiró hondo. Aquello era tan doloroso como se había figurado, quizás incluso peor.

—Con sus hijos, lady Stanhope.

—¿Mis hijos? —No había alarma en su voz, sólo incredulidad—. ¿Qué tienen que ver mis hijos con esta... esta tragedia? ¿Y cómo se ha enterado usted?

—Soy miembro del consejo rector del Royal Free Hospital —informó Callandra mientras tomaba asiento—. Su hija Victoria acudió a la consulta de un cirujano hace algún tiempo, cuando descubrió que estaba encinta.

Philomena estaba muy blanca pero mantuvo la calma. Permanecía de pie.

—¿De veras? No lo sabía, pero ahora no me parece que sea tan importante... a menos... a menos que fuera él quien la desgració...

—No, no fue él. —Gracias a Dios que no era así—. Estaba en avanzado estado de gestación y él se negó a operarla.

—Entonces no entiendo por qué desea hablar de ello, a menos que quiera abrir viejas heridas.

—Lady Stanhope... —Callandra detestaba encontrarse en esa situación. Tenía el estómago revuelto y le dolía todo el cuerpo—. Lady Stanhope, ¿sabe quién era el padre del hijo de Victoria?

—No creo que sea asunto suyo, lady Callandra —susurró Philomena.

—¡Lo sabe!

—No lo sé. He intentado convencerla de que me lo dijera, pero no lo he logrado. Mi insistencia parecía producirle tal terror y desesperación que temí que decidiera acabar con su vida, por lo que al final desistí.

—Siéntese, por favor.

Philomena obedeció, no porque Callandra se lo hubiera pedido, sino porque empezaban a flaquearle las piernas. Observaba a Callandra como si fuera una serpiente a punto de atacarla.

—Se lo dijo al cirujano —continuó Callandra, que se despreciaba mientras oía su propia voz en la silenciosa sala—, porque se encontraba en una de las situaciones en que él habría accedido a intervenirla, si hubiera acudido antes.

—No lo entiendo, Victoria gozaba de una salud excelente, así que...

—El hijo era fruto de un incesto. El padre era su hermano Arthur.

Philomena intentó hablar. Abrió la boca pero no logró articular palabra. Estaba tan pálida que Callandra temía que se desmayara.

—Ojalá pudiera haberle evitado este sufrimiento —murmuró—, pero tiene otras hijas. He creído conveniente informarle por el bien de ellas.

Philomena estaba paralizada. Callandra se inclinó hacia ella y la tomó de la mano. La tenía fría y rígida. Entonces se levantó e hizo sonar la campanilla junto a la puerta.

En cuanto apareció la doncella, le ordenó que fuera a buscar una copa de coñac y una tisana caliente.

La criada vaciló.

—No se quede ahí parada, muchacha —exclamó Callandra—. Diga al mayordomo que traiga coñac y vaya a preparar una tisana. ¡Dése prisa!

—Arthur... —dijo Philomena con voz ronca y gran angustia—. ¡Dios mío! ¡Si lo hubiera sabido! ¡Ojalá me lo hubiese dicho! —Poco a poco se inclinó hacia delante y empezó a sollozar. Tiritaba y parecía que le faltaba aire.

Callandra ni siquiera miró para comprobar si la doncella ya se había marchado. Se arrodilló y la rodeó con los brazos para confortarla mientras la mujer se deshacía en un mar de lágrimas.

El mayordomo llevó el coñac y se detuvo sin saber qué hacer; luego dejó la bandeja y se marchó.

Philomena se agarró a Callandra, incapaz de moverse a causa del agotamiento. Ésta la recostó con cuidado en la silla y le acercó la copa de coñac a los labios.

Philomena tomó un sorbo, se atragantó y enseguida apuró el resto.

—No lo entiende —dijo al final con los ojos irritados y el rostro enrojecido por el llanto—. Yo la habría salvado. Sabía dónde encontrar a una mujer que le habría puesto en contacto con un cirujano de verdad que le habría practicado el aborto a cambio de una buena cantidad de dinero. Si hubiera confiado en mí, la habría llevado a ver a ese hombre. Cuando fue por sí sola... era demasiado tarde.

—Usted... —Callandra no daba crédito a sus oídos—. ¿Sabe dónde encontrar a una mujer de ésas?

Philomena interpretó mal su reacción y se ruborizó.

—Yo... tengo siete hijos. Yo...

Callandra le apretó la mano.

—Lo entiendo —dijo de inmediato.

—No fui. —Philomena abrió más los ojos—. No se habría negado. Ella misma me... —Era incapaz de pronunciar las palabras.

—¿Ella sabía cómo localizarlo? —inquirió Callandra con amarga ironía.

—Sí. —Philomena empezó a sollozar de nuevo—. Que Dios me perdone... Podría haber ayudado a Victoria. ¿Por qué no confió en mí? ¿Por qué? ¡La quería tanto! Yo no la censuré... ¿En qué me equivoqué para que acabara de ese modo? —Volvía a tener los ojos empañados de lágrimas y miró a Callandra con desesperación, como si ella pudiera darle la respuesta y, en cierto modo, aliviar el terrible dolor que la sobrecogía.

Callandra dijo lo primero que se le pasó por la mente.

—Tal vez estuviera avergonzada porque había sido Arthur. Usted no sabe lo que él le dijo. Quizá su hija pensara que debía evitar que alguien se enterara, incluso usted... a causa de la angustia que le produciría. En todo caso estoy segura de que no deseaba que usted cargara con el peso de la culpabilidad. ¿Se lo ha reprochado en alguna ocasión?

—No.

—Entonces tenga la certeza de que no la culpa de lo ocurrido.

Philomena parecía sentir repugnancia de sí misma.

—Me lo reproche o no, yo soy la culpable. Soy su madre. Tenía que haberlo evitado y, cuando ocurrió, debí haberla ayudado.

—¿A quién habría recurrido? —Hizo la pregunta de forma despreocupada, como si no le concediera mayor importancia, pero tenía el corazón en un puño mientras esperaba la respuesta.

—Berenice Ross Gilbert —contestó Philomena—. Ella conoce a un cirujano que practica abortos.

—Berenice Ross Gilbert, comprendo. —Callandra había intentado ocultar su sorpresa y casi lo consiguió; sólo elevó un poco el tono de voz.

—Ahora ya no importa —musitó Philomena—. Victoria está acabada, ¡mucho peor que si hubiera dado a luz!

—Tal vez. —Callandra no podía negarlo—. Debe enviar a Arthur a la universidad o a la academia militar, a cualquier sitio para alejarlo de la casa. Debe proteger a sus otras hijas, y será mejor que se asegure de que ninguna esté... Bueno, en ese caso le encontraría a un cirujano que realizaría la operación de forma gratuita e inmediata.

Philomena la observó con asombro. No había más que añadir. Estaba aturdida, se sentía desdichada, debilitada por el dolor y la perplejidad.

Llamaron a la puerta. La doncella entró y miró alrededor con los ojos como platos y expresión asustada.

—Traiga la tisana —ordenó Callandra—. Déjela ahí y no moleste a lady Stanhope durante un rato. No permita que reciba ninguna visita.

—Sí, señora —dijo la criada—. No, señora. —Acto seguido obedeció y se retiró.

Callandra permaneció junto a Philomena Stanhope media hora más, hasta que tuvo la seguridad de que se había serenado y podía emprender la ardua misión que tenía por delante. Acto seguido, se excusó y se marchó. El carruaje la aguardaba. Indicó al cochero que la condujera a Fitzroy Street, al domicilio de Monk.

Hester inició de inmediato las investigaciones para averiguar quién actuaba de enlace entre sir Herbert y las pacientes. Tenía más posibilidades de descubrirlo que Monk. De las cartas de Prudence dedujo qué enfermeras lo habían ayudado y, aunque las notas se remontaban a poco después de la llegada de la difunta al hospital, en su mayoría aún trabajaban en el centro y no era difícil localizarlas.

Encontró a una enrollando vendajes, a otra fregando el suelo y a una tercera preparando cataplasmas. La cuarta cargaba con dos pesados orinales llenos.

—Deja que te ayude —se ofreció, lo que era algo inusitado.

—¿Por qué? —preguntó la mujer con recelo. No era una tarea que las enfermeras realizaran de buen grado.

—Porque prefiero llevar uno a tener que fregar después si se te cae —respondió Hester, aunque la limpieza no era una labor que le correspondiera.

La mujer no pensaba discutir si le proponían echarle una mano en un trabajo tan desagradable. Así pues, le pasó un orinal de inmediato.

Hester ya había trazado su plan de acción. No se granjearía el cariño de sus compañeras, y, con toda seguridad, le resultaría difícil continuar en el Royal Free Hospital cuando hablaran entre sí y comprendieran lo que se traía entre manos, pero ya se preocuparía de eso cuando condenaran a sir Herbert. En aquel momento su enojo no le permitía tener en cuenta esas consideraciones prácticas.

—¿Crees que fue él? —preguntó de forma despreocupada.

—¿Qué?

—¿Crees que fue él? —repitió mientras ambas caminaban por el pasillo.

—¿A quién te refieres? —inquirió a su vez la mujer con mal humor—. ¿Al tesorero? ¿Acaso ha vuelto a manosear a Mary Higgins? ¿Quién sabe? Además, ¿a quién le importa? Se lo tiene bien merecido; es una gorda estúpida.

—Me refería a sir Herbert —le aclaró Hester—. ¿Crees que mató a Barrymore? Los periódicos explican que el juicio acabará pronto, y supongo que volverá. ¿Habrá cambiado?

—¿Ése? Menudo engreído. Sólo sabe decir «toma esto; dame aquello; quédate ahí; limpia lo de más allá; enrolla los vendajes; pásame el bisturí».

—Trabajabas con él, ¿no?

—¿Yo? ¡Qué va! ¡Yo sólo vacío orinales y friego suelos! —exclamó la mujer con indignación.

—Sin embargo lo ayudaste en una operación. Me han comentado que lo hiciste muy bien. Fue en julio del año pasado, cuando operó a una mujer que tenía un tumor en el estómago.

—Oh, sí, también en octubre, pero nunca más. ¡No soy lo bastante buena para él! —vociferó antes de escupir en el suelo.

—Entonces ¿quién es buena para él? —preguntó Hester con el tono de desdén adecuado—. No me parece que ayudarlo sea tan difícil.

—Dora Parsons —le contestó la mujer de mala gana—. Quería trabajar con ella la mitad de las veces. Y tienes razón, no era tan difícil. Sólo había que pasarle los instrumentos y las toallas. Cualquiera puede hacerlo. No sé por qué escogió a Dora. No sabe nada. No es mejor que yo.

—Tampoco es que sea más guapa —comentó Hester con una sonrisa.

La mujer la miró y de repente prorrumpió en carcajadas socarronas.

—¡Qué ocurrencias tienes! ¡No se lo digas a esa cara besugo, o te denunciará a la Virgen Santísima por inmoralidad! De todos modos, si le gusta Dora Parsons hay que reconocer que tiene mal gusto.

Se echó a reír como una loca hasta que se le saltaron las lágrimas. Hester vació el orinal y se marchó.

Dora Parsons. Hester había conseguido la información que buscaba, aunque deseó que hubiera sido otra enfermera. Así pues, sir Herbert también había mentido en eso a Rathbone, pues había solicitado más a menudo la ayuda de una enfermera que la de otras. ¿Por qué?, y ¿por qué Dora? ¿Para operaciones más complicadas, o cuando la paciente estaba en avanzado estado de gestación y era más probable que la enfermera adivinara de qué se trataba? ¿Para pacientes más importantes, tal vez señoras de buena familia, o quizá mujeres que temían más por su reputación? Por lo visto confiaba en Dora, lo que planteaba nuevos interrogantes.

La única forma de despejarlos consistía en hablar con la propia Dora.

Lo consiguió a última hora del día, cuando estaba tan agotada que sólo deseaba sentarse para descansar. Se disponía a bajar por las escaleras para arrojar unos vendajes empapados de sangre al fuego —ninguna lavandera conseguiría limpiarlos—, cuando topó con Dora, que subía cargada con una pila de sábanas; la llevaba como si se tratara de pañuelos.

Hester no podía permitirse esperar un momento más propicio o armarse de valor para abordarla. Se paró en medio de la escalera, bajo la lámpara, para impedirle el paso de tal forma que pareciera que no lo hacía a propósito.

—Tengo una amiga que asiste al juicio —comentó, no con la naturalidad que hubiera deseado.

—¿Cómo?

—El de sir Herbert —contestó—. Ya casi ha terminado. Probablemente emitan el veredicto dentro de un par de días.

Dora la observó con recelo.

—¿Ah, sí?

—Por ahora parece que lo declararán inocente.

Hester, que observaba a Dora con atención, advirtió que se le iluminaba la mirada con una expresión de alivio.

—¿Ah, sí? —repitió.

—El problema es que nadie sabe quién mató a Prudence —explicó Hester, sin apartarse de su camino—. Por tanto, el caso seguirá abierto.

—¿Y qué más da? No fuimos ni tú ni yo, y parece que tampoco sir Herbert.

—¿No crees que fue él?

—¿Yo? No; no lo creo —respondió con furia, como si de repente hubiera olvidado que debía mostrarse cautelosa.

Hester frunció el entrecejo.

—¿Aunque Prudence estuviera enterada de lo de los abortos? De hecho lo sabía, de manera que podía haberlo puesto en un buen aprieto si lo amenazaba con denunciarlo a las autoridades.

Dora estaba tensa. Se balanceaba como si se dispusiera a realizar algún movimiento brusco, aunque no era capaz de decidir cuál. Observaba a Hester sin saber si debía confiar en ella o recelar.

De repente Hester temió por su vida. Estaban solas, la única luz era la que proporcionaban los pequeños oasis de las lámparas de gas situadas en lo alto y al pie de los peldaños y donde se encontraban. El oscuro hueco de la escalera se abría hacia abajo, y por encima sólo tenían las sombras del rellano.

Sin embargo, no se dio por vencida.

—No sé qué pruebas tenía. Ni siquiera sé si vio algo...

—No vio nada —la interrumpió Dora con decisión.

—¿Ah, no?

—No, porque yo sé quién estaba allí. No era tan tonto como para dejarla entrar. Prudence sabía demasiado —añadió con una mueca—, casi tanto como un médico, y mucho más que los médicos en prácticas. Nunca se habría tragado que eran operaciones para extirpar tumores.

—¡Tú lo sabías! ¿Las otras enfermeras también? —preguntó Hester.

—No, la mayoría no distinguirían el hígado del corazón —respondió Dora con una mezcla de desprecio y cierta tolerancia.

Hester esbozó una sonrisa forzada e, intentando imprimir un tono de respeto a su voz, dijo:

—Sir Herbert debía de confiar plenamente en ti.

—Sí —repuso Dora con orgullo—, es cierto, y hace bien, porque yo nunca lo traicionaría.

Hester la miró. Además de orgullo, su rostro reflejaba devoción y reverencia incondicionales. Estos sentimientos transformaron sus rasgos, que parecieron adquirir cierta hermosura.

—Debe de saber cuánto lo respetas —balbució Hester, que estaba abrumada por la emoción. Había llorado infinidad de veces por la muerte de mujeres que habían quedado sin fuerzas para soportar las infecciones y la pérdida de sangre después de dar a luz una y otra vez. Había percibido en sus ojos la desesperanza, el cansancio, el temor a tener hijos que sabían que no podrían mantener. Había visto también a las criaturitas famélicas, que llegaban enfermas al mundo, fruto de un vientre agotado.

Dora Parson la miraba bajo el círculo de luz que las iluminaba.

Hester tampoco podía olvidar a Prudence Barrymore, su entusiasmo y su afán por curar, su inagotable vitalidad.

—Tienes razón —afirmó al cabo de unos segundos—. Algunas mujeres necesitan más ayuda de la que la ley nos permite darles. Hay que admirar a un hombre que arriesga su honor y su libertad por su causa.

Dora se relajó y por fin se atrevió a sonreír.

Hester cerró los puños entre los pliegues de su falda.

—Ojalá lo hubiera hecho por las mujeres pobres, en lugar de por las ricas que han perdido la honra y no desean enfrentarse a la vergüenza y al escándalo que supone tener un hijo ilegítimo...

Los ojos de Dora eran como dos agujeros negros.

Hester volvió a sentir miedo. ¿Había ido demasiado lejos?

—Él no hacía eso —repuso Dora—. Atendía a mujeres pobres, enfermas... a las que no querían tener más hijos.

—No; trabajaba para mujeres ricas —susurró Hester con gravedad, agarrada a la barandilla de la escalera como si buscara seguridad en ella—, y cobraba mucho dinero.

—Ignoraba si era cierto, pero había conocido a Prudence y sospechaba que no lo habría delatado por hacer lo que Dora creía. Y sir Herbert la había matado...

—No es verdad —dijo Dora en tono quejumbroso—. No cobraba nada —aseguró, aunque en su voz se intuía una sombra de duda.

—Sí cobraba. Por eso Prudence lo amenazó.

—Mientes —la acusó Dora—. Yo la conocía, y sé que nunca se le habría ocurrido obligarlo a que se casara con ella. No tiene ningún sentido. No lo amaba. No tenía tiempo para los hombres. Quería ser médico, ¡qué ideas! No tenía ninguna posibilidad; ninguna mujer la tiene, por buena que sea. Si de verdad la hubieras conocido, no habrías dicho una tontería semejante.

—Ya sé que no quería casarse con él —convino Hester—. ¡Deseaba que la ayudara a entrar en una facultad de medicina!

De repente Dora pareció entenderlo todo. La luz y la belleza que había adquirido su rostro desaparecieron y fueron sustituidas por la agonía de la desilusión primero, luego del odio, un odio creciente, implacable y corrosivo.

—Me ha utilizado —murmuró.

Hester asintió con la cabeza.

—Como a Prudence —afirmó—. A ella también la utilizó.

Dora frunció el entrecejo.

—¿Y dices que se va a librar? —susurró con crispación.

—Eso parece.

—¡Si se libra, lo mataré con mis propias manos!

Hester la miró a los ojos y la creyó. El dolor no le permitiría olvidar. Su idealismo había sido traicionado; habían destruido lo único que la había hecho valiosa, que le había otorgado dignidad y confianza. Él se había burlado de lo mejor de ella. Era una mujer poco agraciada, ordinaria y despreciada, y Dora lo sabía. Había considerado que poseía algo precioso, y ahora lo había perdido. Quizás habérselo arrebatado constituía un pecado tan grave como matar.

—Puedes hacer algo mejor —dijo Hester sin pensar. Puso la mano sobre el recio brazo de Dora y notó con asombro que tenía el músculo duro como una piedra. Se tragó el miedo—. Puedes conseguir que lo condenen a la horca. Ésa sería una muerte mucho más exquisita y sabría que tú fuiste la responsable. Si lo matas, se convertirá en un mártir. Todos pensarán que era inocente, y tú, culpable. ¡Además, podrían colgarte! ¡Si sigues mi consejo, tú serás la heroína y él acabará en la ruina!

—¿Cómo? —preguntó Dora.

—Cuéntame todo lo que sabes.

—No me creerán. —La ira se reflejó en su rostro—. Estás soñando. No, mi método es mejor. Es seguro, y el tuyo no.

—Podría serlo —insistió Hester—. Debes de saber algo importante.

—¿Como qué? Nunca me creerán. No soy nadie. —Pronunció la última frase con amargura, como si se sumiera en el abismo de su falta de valor como persona y viera la luz extinguirse a lo lejos.

—¿Qué me dices de las pacientes? —preguntó Hester con desesperación—. ¿Cómo llegaron a él? Me figuro que no iría pregonando lo que hacía.

—Por supuesto que no, pero no sé quién le proporcionaba a las clientas.

—¿Estás segura? ¡Piensa! Quizá viste u oíste algo. ¿Cuánto tiempo llevaba haciéndolo?

—¡Oh, años! Desde que se lo hizo a lady Ross Gilbert. Ella fue la primera. —De repente en su rostro se encendió una chispa de regocijo, y no oyó el grito ahogado de asombro que acababa de emitir Hester—. ¡Menuda barbaridad! El embarazo estaba ya avanzado, cinco meses o más, y ella estaba fuera de sí. Acababa de llegar de las Antillas en barco, por eso había esperado tanto. —Soltó una carcajada e hizo una mueca de desprecio—. Era negro, ¡pobre diablo! Lo vi perfectamente, era un bebé ya formado; los brazos, las piernas, la cabecita. —Se le empañaron los ojos de lágrimas y sus facciones se enternecieron mientras rememoraba ese triste momento—. Casi me puse enferma al ver que acababa con él de ese modo, pero era negro como el carbón, de manera que no es de extrañar que no lo quisiera. Su esposo la habría echado de casa y todo Londres se habría llevado las manos a la cabeza y se habría burlado de ella.

A Hester también le apenaba y repugnaba pensar en una vida no deseada y destruida antes de que pudiera iniciarse. Comprendió que el desprecio que Dora sentía no era por el color de piel de la criatura, sino por el hecho de que Berenice se había librado de ella por ese motivo. Aquel sentimiento se mezclaba con una sensación de pérdida por un ser humano a punto de nacer. La ira era la única forma de aliviar el horror y la compasión. Dora no tenía hijos y probablemente nunca los tendría. ¿Qué emociones la habrían embargado al ver el feto, casi formado, antes de que acabaran con él como si fuera un tumor maligno? Por unos instantes ella y Dora compartieron el mismo sentimiento, como si sus vidas hubieran seguido caminos paralelos.

—No sé quién le manda las mujeres —reconoció Dora con enojo—. Si encontraras a alguna, quizá te lo diría, pero lo dudo. No despegarán los labios. Si las obligaran a declarar mentirían como bellacas antes de admitir lo que hicieron; quizá no las mujeres pobres, pero las ricas, seguro. Las pobres temen tener más hijos de los que pueden alimentar, pero las damas sólo temen el qué dirán.

Hester no se molestó en apuntar que las ricas podían estar igual de agotadas físicamente tras haber dado a luz una y otra vez. Todas las mujeres paren del mismo modo, no hay dinero en el mundo capaz de cambiar el funcionamiento del cuerpo, el dolor o los peligros, el desgarro, la hemorragia, el riesgo de enfermedades o de septicemia. En esas circunstancias todas las mujeres son iguales, pero no era el momento adecuado para decirlo.

—Intenta recordar —insistió—. Releeré todas las notas de Prudence para ver si descubro algo.

—No conseguirás nada —repuso Dora con desesperación—. Saldrá libre, y yo lo mataré, del mismo modo que él mató a Prudence. Tal vez acabe en la horca, pero me quedaré satisfecha si me aseguro de que él también vaya al infierno. —Tras estas palabras, hizo que Hester se apartara y se marchó llorando desconsoladamente y perjurando en voz baja.

Monk se alegró sobremanera cuando Hester le informó de lo que había averiguado. Era la solución. Sabía cómo debía actuar. Sin dudarlo un instante, se presentó en la casa de Berenice Ross Gilbert y ordenó al reacio lacayo que le permitiera la entrada. No aceptaría una negativa a causa de la hora que era, cerca de la medianoche. Se trataba de una urgencia. Le importaba muy poco que lady Ross Gilbert se hubiera acostado. Tenía que despertarla. Tal vez fuera por su porte, por su implacabilidad innata;

el caso fue que, tras vacilar durante unos minutos, el criado obedeció.

Monk esperó en la sala de estar, una estancia elegante y lujosa con mobiliario francés, madera bruñida y cortinas de brocado. ¿Cuánto de todo aquello se habría comprado con el dinero de mujeres desesperadas? Ni siquiera tenía tiempo de admirarlo. Permaneció en el centro de la pieza, de cara a la puerta doble.

Ella la abrió y entró sonriente, vestida con un magnífico salto de cama color aguamarina que formaba ondas. Parecía una reina medieval, lo único que le faltaba era una diadema sobre su cabello, largo y brillante.

—Qué sorpresa, señor Monk —exclamó con toda tranquilidad. Su rostro sólo denotaba curiosidad—. ¿Qué le ha hecho venir a estas horas de la noche? ¡Cuéntemelo! —Lo observaba sin disimular su interés.

—Probablemente el juicio termine mañana —explicó él con voz alta y clara, con una dicción exageradamente perfecta—. Sir Herbert será absuelto.

La dama arqueó las cejas.

—No me diga que ha venido a las doce de la noche para contarme eso. Ya suponía que sería bastante rápido. —Parecía divertida y no podía ocultar su curiosidad. La explicación de Monk era absurda, y esperaba conocer la verdadera razón de su visita.

—Es culpable —afirmó Monk con severidad.

—¿De veras? —Se acercó más a él después de cerrar la puerta. Poseía una belleza extraordinaria, capaz de llenar toda la sala con su presencia, y Monk estaba seguro de que era consciente de ello—. Ésa es su opinión, señor Monk. Si tuviera pruebas, habría hablado con el señor Lovat-Smith, no conmigo... —Vaciló—. ¿Qué se propone? No acierto a comprender por qué ha venido...

—No tengo pruebas —respondió—, pero usted sí.

—¿Yo? —exclamó con asombro—. Mi querido amigo, está usted muy equivocado.

—Sí, las tiene. —La miró de hito en hito.

Berenice percibió su fuerza interior y la resolución implacable que dominaban sus actos. El regocijo que había sentido al principio desapareció.

—Está equivocado —musitó—. No tengo nada. —Se volvió y empezó a juguetear con un adorno de porcelana que había sobre la mesa de mármol—. Eso de que quería casarse con él es una estupidez. El señor Rathbone ya lo ha demostrado.

—Por supuesto que sí —convino Monk mientras observaba cómo la mujer acariciaba la figurita—. Prudence confiaba en que él la ayudara a que la admitieran en la facultad de medicina.

—Eso es ridículo —repuso ella, sin mirarlo—. En ninguna facultad aceptarían a una mujer. Seguro que él se lo advirtió.

—Me figuro que sí, pero sólo cuando se hubo aprovechado al máximo de sus conocimientos; la hizo trabajar más horas de las necesarias sin recompensarla y le dio esperanzas. Luego, cuando ella se impacientó y quiso que cumpliera su promesa, él la mató.

Berenice dejó la estatuilla y se volvió hacia él con una expresión divertida en los ojos.

—Bastaba con que sir Herbert le dijera que era imposible —observó—. ¿Por qué iba a matarla? Lo que dice es ridículo, señor Monk.

—Porque amenazó con contar a las autoridades que practicaba abortos por dinero —respondió con voz airada—; abortos para que las mujeres ricas se deshicieran de los hijos no deseados.

Monk advirtió que palidecía, aunque no cambió de expresión.

—Si puede demostrarlo, no sé qué hace aquí, señor Monk. Es una acusación muy grave; de hecho, podrían encarcelarlo por ello pero, sin pruebas, lo que ha dicho es una calumnia.

—Usted sabe que es cierto... porque le consigue las pacientes —afirmó.

—¿Ah, sí? —Berenice abrió los ojos como platos y esbozó una sonrisa, pero era forzada y reflejaba terror—. Eso también es una calumnia, señor Monk.

—Usted sabe que practicaba abortos y puede testificar —replicó Monk—. No cometería perjurio porque posee todos los datos, las fechas, los nombres, los detalles.

—Aun en el caso de que tuviera tal conocimiento —dijo ella mientras lo miraba con fijeza, sin parpadear—, supongo que no esperará que me delate. ¿Por qué iba a hacerlo?

Monk esbozó una sonrisa que dejó al descubierto su dentadura.

—Porque de lo contrario me ocuparé de que la alta sociedad (con un susurro, una sonrisa, una palabra murmurada al oído cuando usted se acerque) se entere de que fue su primera paciente...

Lady Ross Gilbert no se inmutó. No estaba asustada.

—Al regresar de las Antillas —añadió él sin ninguna piedad—. Contaré también que su hijo era negro.

Berenice palideció y dejó escapar un grito.

—¿Es eso también una calumnia, lady Ross Gilbert? —masculló Monk—. ¡Denúncieme! Conozco a la enfermera que arrojó el bebé al cubo de la basura.

La mujer sofocó un chillido.

—Sin embargo —prosiguió Monk—, si testifica contra sir Herbert y afirma que le enviaba mujeres desesperadas, cuyos nombres facilitaría si no fuera una indiscreción y a las que él practicaba abortos, yo olvidaría lo que sé y usted no volvería a tener noticias ni de mí ni de la enfermera.

—¿Seguro? —preguntó ella con incredulidad—. ¿Y qué impedirá que regrese, por dinero o por Dios sabe qué?

—Señora —afirmó Monk con frialdad—, aparte de su testimonio, no quiero nada de usted.

Berenice se acercó a él y le propinó una sonora bofetada.

Monk estuvo a punto de perder el equilibrio por la fuerza del golpe y la mejilla le ardía. Sin embargo, esbozó una sonrisa.

—Lamento haberla decepcionado —murmuró—. Preséntese mañana en el palacio de justicia. El señor Rathbone la citará a declarar, para la defensa, claro está. Decida usted misma cómo desea transmitir la información. —Tras una ligera reverencia, salió de la sala, recorrió el vestíbulo y se marchó.

El juicio no había llegado a su fin. El jurado comenzaba a cansarse, pues ya había decidido el veredicto y no entendía por qué Rathbone llamaba a más testigos para que repitieran lo que todos sabían; que sir Herbert era un profesional excelente y un hombre correcto y aburrido en su vida privada. Lovat-Smith, por su parte, se sentía muy molesto. El público estaba inquieto. Por primera vez desde el inicio del proceso, había asientos vacíos en la galería.

El juez Hardie se inclinó con evidente irritación.

—Señor Rathbone, la justicia siempre está dispuesta a mostrar su lenidad con un acusado, pero da la impresión de que nos hace usted perder el tiempo. Todos sus testigos dicen lo mismo. ¿Es necesario continuar?

—No, Su Señoría —respondió Rathbone con una sonrisa. En cuanto habló, el entusiasmo que destilaba su voz provocó cierto revuelo en la sala, y pareció que la tensión volvía de nuevo—. Sólo llamaré a un testigo más, que confío dará por terminado el caso.

—Entonces, adelante, señor Rathbone —indicó Hardie con severidad.

—Llamo a declarar a lady Berenice Ross Gilbert —anunció Rathbone.

Lovat-Smith frunció el entrecejo y se inclinó en su asiento.

Sir Herbert seguía sonriendo en el banco de los acusados. Sólo se le ensombreció un tanto la mirada.

—¡Lady Berenice Ross Gilbert! —llamó el ujier, y sus palabras resonaron en el vestíbulo.

La mujer estaba muy pálida cuando entró. Se dirigió hacia el estrado con la cabeza alta y la vista fija al frente, subió por las escaleras y se volvió. Miró hacia el banco de los acusados por un instante con expresión inescrutable. Era imposible saber si había reparado en la presencia de Philomena Stanhope entre el público.

Se le recordó que estaba bajo juramento.

—Lo sé —dijo—. ¡No tengo ninguna intención de mentir!

—Es usted el último testigo que llamo para declarar sobre la personalidad y las cualidades del acusado —explicó Rathbone.

El abogado caminó hasta el centro de la sala con elegancia y se volvió sonriendo hacia sir Herbert, quien advirtió que lo miraba con expresión triunfal, que ya no estaba enfadado, y se sintió desfallecer. Enseguida recuperó su seguridad y le devolvió la sonrisa.

—Lady Ross Gilbert —añadió Rathbone al tiempo que se situaba frente a ella—, desde hace un tiempo desempeña usted una labor excelente en el consejo rector del hospital. ¿Ha tratado a sir Herbert durante estos años?

—Por supuesto.

—¿Sólo por cuestiones profesionales o lo conoce también personalmente?

—Más o menos. No hace mucha vida social. Me figuro que su trabajo le roba mucho tiempo.

—Eso dicen —convino Rathbone—. Creo que una de sus tareas consiste en asegurarse de que la moral de las enfermeras sea intachable.

Hardie dejó escapar un suspiro de impaciencia. Un miembro del jurado había cerrado los ojos.

—Eso sería imposible —repuso Berenice con una mueca de desdén—. Me limito a intentar que su comportamiento sea aceptable dentro del hospital.

Al público pareció divertirle la respuesta. El miembro del jurado abrió los párpados.

El juez se inclinó.

—Señor Rathbone, está usted tratando un tema que ya hemos analizado en profundidad. Cíñase a lo importante.

—Sí, Su Señoría. Pido disculpas. Lady Ross Gilbert, ¿alguna de las enfermeras ha emitido alguna queja contra sir Herbert?

—No. Creo que ya lo he dicho. —Frunció el entrecejo porque empezaba a ponerse nerviosa.

—Por lo que usted sabe, ¿las relaciones de sir Herbert con las mujeres han sido siempre estrictamente profesionales?

—¡Sí!

—¿Intachables desde un punto de vista moral?

—Pues... —Berenice quedó sorprendida, pero enseguida comprendió qué pretendía el abogado.

Sir Herbert empezó a temblar en el banco de los acusados.

—¿Sí o no, lady Ross Gilbert? —inquirió Rathbone con vehemencia.

—Eso depende de cómo interprete usted la moralidad —contestó ella. En ningún momento miró a Monk, que estaba sentado en la galería, ni a Hester, que se hallaba junto a él.

Todo el mundo escuchaba con suma atención para no perderse ni una palabra.

—¿Con respecto a qué clase de moral le cuesta responder a la pregunta? —inquirió Hardie—. Recuerde que habla bajo juramento, señora.

—¿Insinúa que tuvo un romance con alguien, lady Ross Gilbert? —preguntó Rathbone con tono de sorpresa e incredulidad.

Alguien tosió en la galería, y los demás le chistaron.

—No —respondió Berenice.

—Entonces ¿por qué duda? —El juez Hardie estaba perplejo—. ¡Por favor, hable claro!

Reinaba un silencio absoluto en la sala. Todas las miradas se dirigían a la testigo. Rathbone no se atrevió a intervenir de nuevo por temor a que ella desperdiciara la oportunidad. Quizá no pudiera ofrecerle otra.

Berenice seguía vacilando.

Sir Herbert se inclinó hacia la barandilla del banco de los acusados con expresión tensa y asustada por vez primera.

—¿Puede acusar de inmoralidad a sir Herbert? —inquirió Rathbone con indignación fingida—. ¡Será mejor que hable o deje de hacer insinuaciones!

—Estoy bajo juramento —murmuró lady Ross Gilbert con la mirada perdida—. Sé que practicaba abortos por dinero. Lo sé porque era yo quién proporcionaba su nombre a las mujeres que necesitaban ayuda.

En la sala imperaba un silencio total. Nadie se movía. Ni siquiera se oían suspiros.

Rathbone no se atrevía a mirar hacia el banquillo de los acusados.

—¿Cómo ha dicho? —preguntó con incredulidad.

—Yo era la persona que les proporcionaba su nombre cuando necesitaban ayuda —repitió Berenice despacio—. Supongo que usted lo calificará de inmoral. Si lo hubiese hecho por caridad, resultaría cuestionable... pero por dinero... —Berenice dejó la frase a medias.

Hardie miró a la testigo de hito en hito y declaró:

—Éste es un asunto de suma gravedad, lady Ross Gilbert. ¿Es usted consciente de las implicaciones de lo que acaba de decir?

—Creo que sí.

—¡Cuando compareció ante este tribunal con anterioridad no lo mencionó! —le recordó el juez.

—Nadie me preguntó al respecto.

Hardie entrecerró los ojos.

—¿Debo entender que es usted tan ingenua como para desconocer la importancia de este hecho?

—No lo consideré tan relevante —respondió con voz trémula—. La acusación argumentó que la enfermera Barrymore había intentado obligar a sir Herbert a que se casara con ella. Sé que eso es absurdo. Ella nunca habría hecho nada semejante, ni él se habría comportado de ese modo con ella. Estaba tan segura de ello entonces como lo estoy ahora.

Sir Herbert había palidecido y miraba a Rathbone con desesperación.

Hardie apretó los labios.

Lovat-Smith miró primero al juez, luego a Berenice y por último a Rathbone. No acababa de entender lo que estaba sucediendo.

Rathbone cerró los puños con tanta fuerza que las uñas se le clavaron en la piel. El caso se le escapaba de las manos. No bastaba con acusar a sir Herbert de practicar abortos ilegales. Era culpable de asesinato, y no se le podía juzgar por el mismo crimen en dos ocasiones. Avanzó hacia el estrado.

—¡Ah! Entonces ¿sugiere que Prudence Barrymore esta ba al corriente de las actividades de sir Herbert y lo chantajeó? Supongo que no insinuará eso, ¿verdad?

Lovat-Smith se puso en pie. Su desconcierto era evidente.

—Su Señoría, ¿podría indicar a mi distinguido colega que permita a la testigo responder y no interprete lo que ha dicho o ha dejado de decir?

Rathbone estaba muy tenso. No osaba volver a interrumpir. No debía parecer que condenaba a su cliente. Miró a Berenice con inquietud. ¡Ojalá aprovechara esa oportunidad!

—Lady Ross Gilbert —dijo Hardie.

—No... no recuerdo la pregunta —admitió la testigo con un hilo de voz.

Rathbone habló antes de que Hardie pudiera formularla de nuevo y convertirla en una pregunta inofensiva.

—No insinuará que Prudence Barrymore hacía chantaje a sir Herbert, ¿verdad? —Su voz sonó más aguda de lo que habría deseado.

—Sí. Sí, lo chantajeaba —afirmó lady Ross Gilbert.

—Sin embargo —repuso Rathbone como simulaba indignación—, usted ha declarado, ¡válgame Dios!, que no tenía ninguna intención de casarse con él.

Berenice lo miró con odio.

—Ella quería que sir Herbert la ayudara a estudiar medicina. Es algo que he deducido; no tengo constancia de ello. En todo caso no pueden acusarme de haberlo ocultado.

—¿Acusarla? —dijo Rathbone, azorado.

—¡Por el amor de Dios! —Ella se inclinó sobre la barandilla del estrado con el rostro contraído por la ira—. ¡Usted sabe que la mató! ¡Lo que ocurre es que tiene que hacer esta pantomima porque es su abogado! ¡Acabemos de una vez!

Rathbone la miró por unos instantes y luego se volvió hacia sir Herbert, que estaba muy blanco. No daba crédito a sus oídos, y el brillo de sus ojos transmitía el profundo pánico que sentía. Su esperanza pendía de un hilo sumamente fino. Miró a Rathbone, luego al jurado. Observó a todos y cada uno de sus miembros. Entonces comprendió que su derrota era... definitiva y absoluta.

En la sala se hizo el silencio. Ni siquiera se oía el rasgueo de los lápices de los periodistas.

Philomena Stanhope miró a su esposo en un gesto compasivo.

Lovat-Smith tendió la mano a Rathbone sin poder ocultar su admiración.

En la galería Hester se volvió hacia Monk, temerosa de advertir en sus ojos un destello de triunfo. Sin embargo, no fue así. No habían conseguido una victoria, sino que habían puesto fin a una tragedia y habían hecho justicia, como mínimo para Prudence Barrymore y quienes la habían amado.